TANJA HEITMANN

Das Geheimnis des zweiten Sommers

Buch

Nach einer herben Enttäuschung verlässt die junge Greta Rosenboom ihren Lebensgefährten und flieht Hals über Kopf zu ihrer Familie nach Schleswig-Holstein. Dort begeht man gerade den 85. Geburtstag ihres Großvaters Arjen, an dem Greta sehr hängt, und den sie in den vergangenen Jahren nicht oft gesehen hat. Kurzentschlossen schenkt Greta Arjen „gemeinsame Zeit" – für die dieser auch umgehend Verwendung findet. Er bittet seine Enkelin, mit ihm noch einmal an die Nordküste zu fahren. Heimlich zieht es ihn auf die Insel Beekensiel, auf der er aufwuchs – und deren Strände ein dunkles Geheimnis bergen …

Autorin

Tanja Heitmann wurde 1975 in Hannover geboren und arbeitet in einer Literaturagentur. Sie veröffentlichte bereits mehrere Romane, unter anderem den sensationellen Erfolg »Morgenrot«, der monatelang auf den Bestsellerlisten stand. Mit »Das Geheimnis des zweiten Sommers« schreibt Tanja Heitmann ihre erste Familiensaga vor der stimmungsvollen Kulisse der Nordsee, dem Ort ihrer ganz persönlichen Sehnsucht.

Außerdem von Tanja Heitmann bei Blanvalet lieferbar:

Das Haus am Fluss (geb. 0463-2)

Tanja Heitmann

Das Geheimnis des zweiten Sommers

Roman

blanvalet

MIX
Papier aus verantwortungsvollen Quellen
FSC® C014496
FSC www.fsc.org

Verlagsgruppe Random House FSC® N001967
Das FSC®-zertifizierte Papier *Holmen Book Cream*
für dieses Buch liefert Holmen Paper, Hallstavik, Schweden

1. Auflage
Taschenbuchausgabe 2015 bei Blanvalet Verlag,
einem Unternehmen der Verlagsgruppe Random House GmbH, München

Der Roman erschien im Hardcover unter dem Titel
»Das Geheimnis des Walfischknochens«
Umschlagmotiv: Corbis/A. Green; Getty Images/Manuel Gutjahr
ES · Herstellung: sam
Druck und Einband: GGP Media GmbH, Pößneck
Printed in Germany
ISBN: 978-3-442-38411-2

www.blanvalet.de

Für Anneliese –
in liebevoller Erinnerung

Prolog

BEEKENSIEL, SOMMER 1939

Es kam fast einer Befreiung gleich, dass endlich passierte, was Arjen schon die ganze Zeit über befürchtete.

Auf der Treppe im Hausflur erklangen Schritte.

Jemand war auf dem Weg nach oben.

Oben … Wo sie in einem fremden Zimmer herumschnüffelten.

Arjen stieß einen lautlosen Schrei aus. Mit einem Schlag löste sich die Anspannung, die ihm die Luft abgeschnitten hatte, seit sie heimlich übers Rosengitter durch das offenstehende Fenster geklettert und durch sämtliche Räume des heruntergekommenen Herrenhauses bis ins Obergeschoss geschlichen waren.

Dieser Koloss Denneburg ist aus seinem Nickerchen im Garten aufgewacht! Von wegen der schläft nach einem Saufgelage mit seinen Parteikumpanen seinen Rausch noch dann aus, wenn wir längst über alle Berge sind … Denneburg war schließlich schon trinkfest gewesen, bevor er Ortsgruppenleiter der NSDAP geworden war.

Warum hatte Arjen sich bloß auf diese Dummheit eingelassen? Sein Herzschlag dröhnte ihm bis in die Ohren, nur übertönt von Rubens Lachen. Ein kehliger und viel zu schallender Laut.

Im nächsten Moment versetzte sein Freund ihm auch schon einen Stoß in die Rippen, und Arjen fiel das Keksglas aus den Händen, das er vom Nachttisch genommen hatte. Es zersprang mit einem Knall. Entsetzt starrte er auf die zerbrochenen Gebäckstücke und die vielen Glassplitter.

Die Schritte wurden nicht nur lauter, sondern auch schneller. Gleich würden sie den oberen Flur erreichen, dann waren sie nur noch einige Zimmertüren von ihnen entfernt.

Wir sind entdeckt. Verloren.

Endlich verstummte Rubens Lachen, obwohl er weiterhin belustigt dreinblickte, als er eine Hand auf Arjens Schulter legte. »Halb so wild, die Kekse waren ohnehin staubtrocken, so wie die beim Aufschlag zerbröselt sind. Und genau dasselbe wird Denneburg mit uns anstellen, wenn wir uns nicht sofort aus dem Staub machen. Der Kerl hat keine Hände, sondern Pranken.«

»Weglaufen?«, fragte Arjen benommen, obwohl sein Körper wie unter Strom stand, bereit, jederzeit loszusprinten. »Wohin denn?«

Da war es wieder, dieses kehlige Lachen, als habe Ruben nur darauf gewartet, dass sie erwischt wurden, als ob der Spaß erst jetzt richtig losging, seit ihr kleiner Ausflug auf Messers Schneide stand. Mit einem schmerzhaft festen Griff packte er Arjen und zerrte ihn zum Fenster, das hinter bodenlangen Vorhängen verborgen lag. Ruben riss den Stoff beiseite, und Arjen blinzelte ins Sonnenlicht, regelrecht geblendet, nachdem sie eine gefühlte Ewigkeit durchs abgedunkelte Haus geschlichen waren. Zwei Jungen auf der Suche nach einem Zeitvertreib an diesem flirrend heißen Sommertag. Zumindest hatte Arjen das geglaubt, bis Ruben den Fotoapparat – eine Leica – vom Sekretär in der Wohnstube genommen hatte. »Du willst den Apparat doch nicht ernsthaft mitnehmen?«, hatte Arjen gefragt. Ruben hatte daraufhin etwas von »ausleihen« erzählt, und Arjen hatte sich nur allzu bereitwillig beschwichtigen lassen. Ein großer Fehler, wie er sich jetzt eingestehen musste.

»Wir *laufen* nicht weg, wir fliegen«, erklärte Ruben, während er mit seiner unnachahmlichen Leichtigkeit auf die Fensterbank glitt und den Gurt des Fotoapparates quer über seine Brust legte. »Und zwar auf das Schuppendach, das ist höchstens einen Katzensprung weit entfernt.« Sonnenstrahlen umtanzten seine Silhouette, und einige Sekunden lang schien er nicht wie ein für seine zwölf Jahre zu schmächtiger Junge, sondern wie eine überirdische Erscheinung, die Arjen seine Furcht vergessen ließ. So war Ruben, und deshalb war er ihm in dieses Haus gefolgt. Deshalb würde er ihm überallhin folgen.

Als gäbe es die Schwerkraft nicht, stieß Ruben sich vom Fensterbrett ab und landete auf den hölzernen Dachschindeln des Schuppens. »Siehst du? Nichts leichter als das.«

Gerade als Arjen sich aus dem Fenster beugte und feststellte, dass der »Katzensprung« gut und gern zwei Meter betrug, wurde die Zimmertür aufgeschlagen.

»Was zum Henker treibst du Bengel in meinem Haus?«

Vor Arjens geistigem Auge erschien ein furchteinflößendes Bild von Denneburg: Unrasiert und von der Mittagshitze verschwitzt stand er in der Tür, lediglich mit Hosen und Unterhemd bekleidet, das Gesicht bereits zunderrot vor Zorn, die Faust zum Schlag erhoben. Ganz anders als der stramme Parteimann, als der er sonst auftrat, stets akkurat gekleidet, das bronzene Dienstabzeichen stolz auf der Brust. Frederick »Fred« Denneburg war der in ganz Beekensiel bekannte Wortführer der Partei, der mit Kirchenverbot belegt worden war, nachdem er die letzte Weihnachtsmesse mit politischen Parolen ruiniert hatte.

Arjen hörte, wie der schwere Mann sich näherte. Er glaubte, den Windzug seiner Bewegungen zu spüren, und trotzdem rührte er sich nicht. Das Dach vom Schuppen war zu weit fort, und er war nicht Ruben, dem unsichtbare Flügel wuchsen, wenn er sie brauchte. Als eine Diele hinter Arjen knarrte, wirbelte er herum und wechselte einen Blick mit Fred Denneburg, der bereits den halben Raum durchschritten hatte.

»Moment mal.« Langsam hob Denneburg den Zeigefinger. »Du bist doch der Sohn von Thaisen Rosenboom, diesem alten Wichtigtuer. Dein Herr Papa hat mich vor ganz Beekensiel zum Affen gemacht, weißt du das? Er hat mich einfach aus seiner Kirche geschmissen, nur weil ich erwähnt habe, dass der angebliche Heiland ein verdammter Jude ist. Und ausgerechnet du, das Pfaffenkind, steigst bei mir ein?«

Ein Grinsen breitete sich auf Denneburgs Gesicht aus. Offenbar gefiel ihm der Gedanke, den Nachwuchs vom widerspenstigen Pastor Rosenboom auf frischer Tat ertappt zu haben. Vor kurzem erst hatte es eine große Diskussion darum gegeben, dass Thaisen sich weigerte, seinen Sohn an den Veranstaltungen der Hitlerjugend teilnehmen zu lassen – offiziell wegen der zarten Gesundheit des Jungen. Nur war allgemein bekannt, dass der einzige Verbund, den der Herr Pastor akzeptierte, der seiner Kirche war. Wenn Denneburg jetzt Arjen zu fassen bekam, würde er ihn zweifelsohne auf den Marktplatz des Dorfes schleppen und lautstark bekannt geben, dass er den jungen Herrn Rosenboom beim Einbruch ertappt hatte. Für eine solche Schandtat würde Arjens angeblich ach so zarte Gesundheit ja gerade noch hinreichen.

»Na, warte«, drohte Denneburg. »Dich werde ich lehren …« Weiter kam er nicht, denn eine Scherbe bohrte sich in seine nackte Fußsohle.

Das derbe Schimpfwort, das Denneburg ausstieß, ließ Arjen seine Höhenangst vergessen. Ein Sturz aus dem oberen Stockwerk konnte unmöglich furchtbarer sein, als von diesem Ungetüm eingefangen zu werden. Vor allem wenn das Ungetüm seinetwegen Schmerzen litt.

Mit einem Satz sprang Arjen auf die Fensterbank und sogleich weiter ins Freie, warf seinen Körper nach vorn und spürte prompt, wie er wegsackte, wie die haltlose Tiefe an ihm sog. Im letzten Moment packten Finger sein nass geschwitztes Hemd und verliehen ihm den nötigen Schwung, um das Schuppendach zu erreichen. Seine Hüfte schlug hart gegen die Traufe, während seine Beine ins Leere fuhren, doch sein Oberkörper lag sicher auf Rubens Schoß.

»Mist, verdammt«, brachte Arjen atemlos hervor. »Mist, verdammt, verdammt, verdammt. Zur Hölle mit dir und deinen Schnapsideen!« Das sonst immer aufs strengste verbotene Fluchen fühlte sich wunderbar an, genau wie Rubens fester Griff. Sogar der Schmerz in seinem Hüftknochen gab Arjen das Gefühl, lebendig – ja, unbesiegbar zu sein.

»Das war keine Schnapsidee, sondern eine Herausforderung des Schicksals«, erklärte sein Freund würdevoll, doch in seinen Augen blitzte es, als er auf die Kette um seinen Hals deutete.

Ein Bogen, breit wie der Handteller eines Kindes, zeichnete sich unter Rubens fadenscheinigem Hemd ab. Für einen Außenstehenden sah er aus wie ein zu groß geratener Anhänger an einem Lederband. Arjen hingegen wusste nur allzu gut, welcher Schatz dort verborgen lag. Ein wundersames Geheimnis, dessen Macht er am eigenen Leib zu spüren bekommen hatte. Allein bei seinem Anblick glaubte er, seine Kraft zu spüren, während die Gewissheit zunahm, mehr als nur ein Junge auf einer abseitigen Nordseeinsel zu sein, mehr als Thaisen Rosenbooms stiller Sohn … Er gehörte zu Ruben, und er war als Einziger in das Geheimnis eingeweiht worden, das diesen charismatischen Jungen in die Einsamkeit von Beekensiel verschlagen hatte.

»Na ja, zumindest so viel Schicksal, wie man aus diesem elenden Kaff herausholen kann«, fügte Ruben grinsend hinzu.

Arjen begann zu lachen, wild und frei, und vergaß den tobenden Denneburg und seine Verwünschungen. Er verschwendete nicht einmal einen Gedanken daran, welche Folgen dieser Zwischenfall und der *geliehene* Fotoapparat haben würden. Für ihn – und noch mehr für Ruben. Stattdessen stemmte er sich auf die Beine und lief hinter seinem Freund her, eine Hand an den sonnenerhitzten Schindeln, um das Gleichgewicht zu halten, obwohl er wusste, dass er nicht fallen würde.

Nicht, solange Ruben das Schicksal in seinen Händen hielt.

1

SEPTEMBER 2012

Seit zehn Minuten hatte sich auf der Autobahn nichts mehr bewegt – einmal abgesehen von dem SUV, der Gretas mit einem Schlag winzig erscheinendem Mietwagen noch einen Zentimeter näher kam. Sollte der Fahrer dieses Monstrums das Gaspedal auch nur mit der Fußspitze berühren, würde es unweigerlich zu einem Zusammenstoß kommen. Greta ertappte sich dabei, wie sie gebannt in den Rückspiegel starrte und fest mit einem heftigen Ruck rechnete, der sie in den Anschnallgurt drücken würde. Ihr Brustkorb verengte sich in vorauseilendem Gehorsam, während gleichzeitig Adrenalin durch ihre Glieder jagte.

Bleib ruhig, noch ist nichts passiert.

Doch das Kopfkino ließ sich nicht so leicht unter Kontrolle bringen und spann das Schreckszenario weiter: Nach dem Rums würde der Fahrer heftig an ihr Fenster klopfen, um ihr die Schuld für den Auffahrunfall in die Schuhe zu schieben, während sie zu durcheinander wäre, um sich zur Wehr zu setzen. Das wäre dann die Krönung dieses grauenhaften Tages am Ende einer grauenhaften Woche.

Schon am gestrigen Mittag, als Greta vor der Ausgabe des Autoverleihs stand, hätte sie den VW Fox am liebsten stehen lassen und stattdessen den Zug in Richtung Kiel genommen. Nur wäre es dann unmöglich gewesen, all ihre Sachen mitzunehmen. Erik hätte sie ihr hinterherschicken müssen, und genau das hatte sie um jeden Preis vermeiden wollen. Von Erik Brunner wollte sie nichts mehr hören und sehen, nicht einmal seine Handschrift auf einem Paketschein. Als sie die Kartons mit rasch hineingeworfener Kleidung, zwei Bonsais, jeder Menge Bücher und Krimskrams im Wagen verstaut hatte, war sie sich plötzlich armselig vorgekommen. Sie war achtundzwanzig Jahre alt, und alles, was sie besaß, passte in einen VW Fox, der ihr nicht einmal gehörte.

Dann gibt es wenigstens nichts, das deinen Neustart belastet, hatte sie sich selbst aufzumuntern versucht.

Nur hatte sich der Neustart von der ersten Sekunde an als Albtraum erwiesen. Denn Greta besaß zwar einen Führerschein, aber so gut wie keine Fahrpraxis. In Zürich, das in den letzten drei Jahren ihr Zuhause gewesen war, fuhr man mit der Straßenbahn, und in Berlin, wo sie zuvor gelebt hatte, war sie stets mit dem Fahrrad unterwegs gewesen. Durcheinander und überreizt, wie sie nun einmal war, stellte die Fahrt von Zürich in den Norden Deutschlands eine Herausforderung dar, die sie nur gerade so bewältigte. Als die Nacht eingebrochen war, hatte sie sich eingestehen müssen, dass ihre Idee durchzufahren nicht funktionieren würde. Und so hatte sie ein paar Stunden im Autositz geschlafen, nur um mit dröhnenden Kopfschmerzen aufzuwachen. Am schlimmsten war jedoch der Traum gewesen, der ihr realer erschienen war als das im Halbdunkel liegende Waldstück hinter der Windschutzscheibe. Es war auch gar kein richtiger Traum gewesen, dazu ähnelte er viel zu sehr dem Abend, an dem Greta nachgegeben hatte. Mit pochenden Schmerzen hinter ihren Schläfen erinnerte sie sich …

Erik lachte.

Sein Schauspielerlachen, dachte Greta wie so oft, halb fasziniert, halb abgestoßen. Ein Mann sollte nicht auf diese Weise lachen, ganz auf die Wirkung bedacht und in dem Wissen, dass keine Frau seinem Charme würde widerstehen können. Letztendlich bildete auch sie keine Ausnahme. Die Anziehungskraft dieses klangvollen Gelächters in Verbindung mit Eriks gut geschnittenem Gesicht war stärker als ihr Argwohn, und Greta fiel mit ein, auch wenn ihrem Lachen etwas Aufgesetztes anhaftete.

Und warum hätte sie auch in Grübeleien versinken sollen? Der Sommerabend war lau, Lichter spiegelten sich auf dem Zürichsee, und das Plätschern der Wellen verlor sich fast bis zu der Terrasse, auf der sie saßen.

»Ich bin so froh, dass du dich endlich dazu entschieden hast, bei mir zu leben«, sagte Erik. »Ich stand schon kurz davor, härtere Geschütze aufzufahren und deine gesamte Familie nach Zürich einzuladen, damit sie dir erklärt, dass es einem Nordlicht wie dir auch in der Schweiz durchaus gefallen kann.« Mit diesen Worten wollte er sie in die Arme schließen und küssen, der krönende Abschluss für seine Bemühungen.

Greta wich seinen Lippen jedoch aus, von einer plötzlichen Unruhe erfasst. Der moderne Bau, der Eriks ganzer Stolz war, schien plötzlich näher zu rutschen, als wolle er sie erdrücken. Es ähnelte der Reaktion, die sie bei den Bergketten rings um Zürich überkam, von denen sie sich – aller Vernunft zum Trotz – umzingelt fühlte. Kälte breitete sich zwischen ihren Schulterblättern aus, gegen die weder Eriks Umarmung noch die Sommernacht ankamen.

»Ich bin mir immer noch nicht sicher, ob dieses Leben das richtige für mich ist«, flüsterte sie so leise, dass Erik sie nicht verstand. Aber vermutlich hätte er sie nicht einmal dann verstanden, wenn sie ihn angeschrien hätte …

Mit einem Stöhnen schüttelte Greta diese Erinnerung ab. Schließlich kannte sie inzwischen die Antwort auf diese Unsicherheit. *Unsere Beziehung war von Anfang an zum Scheitern verurteilt*, gestand sie sich ein, während das anbrechende Tageslicht immer mehr Unrat am Waldsaum zeigte. Der schäbige Parkplatz passte perfekt zu ihrer Stimmung. Mit Not unterdrückte sie die aufsteigenden Tränen und ließ den Motor an.

Ein Gutes musste sie der Autofahrerei ja zugestehen: Man kam kaum zum Nachdenken – zumindest wenn man eine so unerfahrene Fahrerin war wie Greta, der jeder Spurwechsel einen Schweißausbruch verursachte. Dann, kurz vor ihrem Ziel, geriet sie in diesen Endlosstau vorm Hamburger Elbtunnel. Zu Beginn war Greta noch erleichtert. Vielleicht war das ihre Chance, ihre Gedanken in Ruhe zu sortieren und einen Schlachtplan für ihre Ankunft in Meresund aufzustellen. Den würde sie nämlich auf jeden Fall brauchen, wenn sie ihrer Familie gegenübertrat – allein und sichtlich mitgenommen. Nachdem sie den Elbtunnel hinter sich gelassen hatte, konnte von einem Schlachtplan allerdings nicht einmal ansatzweise die Rede sein. Greta musste nämlich feststellen, dass Staus zwar Unmengen an Zeit kosteten, einen geistig aber trotzdem vollauf in Beschlag nahmen. Das galt besonders, wenn der Hintermann einen SUV fuhr und die Tatsache nicht akzeptieren wollte, dass der Stau für alle Teilnehmer galt.

»Selbst wenn ich mich in Luft auflösen würde, wärst du nur ein paar Meter weiter«, brummte Greta gereizt in den Rückspiegel.

Die Kühlerhaube des SUV sparte sich eine Antwort und begnügte sich damit, bedrohlich hinter ihrem Kleinwagen aufzuragen.

In Gretas Schläfen begann es erneut zu pochen. Zu gern hätte sie die übertrieben laute Radiomusik für den Druck in ihrem Kopf verantwortlich gemacht. Die sollte sie eigentlich unterhalten, aber ganz gleich, wie weit sie den Lautstärkeregler nach rechts drehte, die Musik erreichte sie nicht. *Nichts erreicht mich, ich fühle mich vollkommen festgefahren.*

Immer wieder tauchte ganz unvermittelt Eriks Gesicht vor ihren Augen auf: Vor Konzentration ganz eingefroren, wenn er Börsenkurse auf dem Handydisplay verfolgte, anstatt die Möhren fürs gemeinsame Abendessen kleinzuschneiden … Beim Schlafen entspannt und jung, trotz der vierzig intensiv gelebten Jahre, die sich hineingezeichnet hatten … Zu einer Maske erstarrt, sobald er sich in der Gegenwart von Gretas Freunden zu langweilen begann … Außer Kontrolle geraten, als sie ihm sagte, dass es vorbei sei.

Es fehlte nicht viel, und Greta würde in Tränen ausbrechen. Nicht auf eine malerische Weise, bei der einem ein stiller Fluss über die Wangen lief, während sich kein einziger Muskel im Gesicht rührte, und auch nicht auf eine Mädchentour, bei der man am Ende nur ein Taschentuch brauchte, um den Schaden zu beseitigen. Wenn sie sich nicht zusammenriss, dann würde sie heulend über dem Lenkrad zusammensacken, am ganzen Körper geschüttelt und außerstande, das Elend mit einem Sack voll Taschentücher aufzufangen. Anschließend wären ihre eh schon überanstrengten Augen so zugeschwollen, dass sie bestenfalls auf den Seitenstreifen ausscheren konnte, von wo aus die vorbeirollende Kolonne sie dann beäugen würde. Sie, die

Frau mit dem verquollenen Gesicht, dem wirr abstehenden Blondhaar und der blutverkrusteten Schramme auf der Stirn.

Der Gedanke an die Schramme brachte Greta die dringend benötigte Ablenkung. Während sie die hässlich blau unterlaufene Linie im Rückspiegel betrachtete, überlegte sie ernsthaft, sich mit der Nagelschere einen Pony zu schneiden. Andernfalls würde sie zuhause erklären müssen, woher die Verletzung stammte, und sie verspürte nicht das Bedürfnis, gleich nach ihrer Ankunft mit dieser Geschichte herauszurücken. Die Verletzung stand für den Höhepunkt ihrer Auseinandersetzung mit Erik, den Höhepunkt nach einem extrem steilen Aufstieg. Gerade als sie, trotz des einschneidenden Gurts, nach ihrer Kosmetiktasche auf dem Rücksitz langte, klopfte jemand an ihr Fenster. Gut möglich, dass er schon länger klopfte – bei der Musik war das kaum auszumachen.

Einen Moment lang befürchtete Greta, es sei der SUV-Fahrer, dem es nicht länger reichte, unhöflich dicht aufzufahren, und der seine Frustration jetzt direkt an ihr ablassen wollte. Anstelle eines aufgebrachten Mannes stand dort jedoch eine typische Hanseatin, adrett bis in die Haarspitzen und vielleicht zehn Jahre älter als Greta. Die Frau lächelte sie an, während Greta das Radio ausschaltete und die Fensterscheibe herunterließ.

»Ja?«

»Nun … Ich wollte bloß nachfragen, ob bei Ihnen alles in Ordnung ist?«

Die Hanseatin lächelte ein wenig mehr, was Greta zu denken gab. Wenn sich eine Fremde dermaßen bemühte, freundlich und beruhigend auf sie zu wirken, dann stimmte definitiv etwas nicht. Greta lächelte entschlossen zurück, obwohl das Pochen in ihren Schläfen dadurch schlimmer wurde. »Vielen Dank. Ich weiß, ich sehe grauenhaft aus, aber Sie brauchen sich meinetwegen keine Sorgen zu machen. Die Schramme auf meiner Stirn ist ein rein oberflächlicher Kratzer. Ein dummes Missgeschick, mehr nicht.«

Offenbar zerstreute ihre Antwort die Bedenken der Frau nicht, denn sie begann nervös an ihrem Halstuch herumzuzupfen. »Diese Verletzung sieht wirklich gefährlich aus«, stimmte sie zu. »Aber ich frage mich eher, warum Sie gerade zum zweiten Mal nicht gefahren sind, als der Verkehr auf unserer Spur weiterging. Jetzt werden wir wohl eine Weile stehen.«

»Bei uns ging es weiter?« Irritiert stellte Greta fest, dass kein einziges von den Autos, auf deren Rückseite sie gefühlte Stunden lang gestarrt hatte, mehr zu sehen war. Nur der monströse SUV in ihrem Rücken war noch da. Es machte ganz den Eindruck, als sei es der Wagen der Hanseatin. Greta schluckte schwer. »Tut mir leid, ich war wohl in Gedanken …«

Die Hanseatin zog die Brauen hoch. »Sie meinen, Sie haben das Hupkonzert hinter uns gar nicht gehört?«

»Im Stau hupt doch immer irgendwer«, versuchte Greta die Tatsache zu überspielen, dass sie tatsächlich nichts von alldem mitbekommen hatte.

»Nun, ich möchte Ihnen vorschlagen, die Musik auszulassen und die nächste Abfahrt zu nehmen. Wenn Sie Hilfe brauchen, kann ich Ihnen gern folgen und bei Ihnen bleiben, bis jemand Vertrautes Sie abholen kommt. Sie haben doch sicherlich Freunde oder Familie?« In ihrer Stimme schwang Zweifel darüber mit, dass überhaupt jemand auf Gottes schöner Welt zu Greta gehörte – so verlassen, wie sie aussah.

»Das ist wirklich sehr nett von Ihnen, aber meine Familie wohnt nur eine halbe Stunde von hier entfernt, und ich bin unterwegs zu ihr. Hören Sie, ich werde mich jetzt kräftig am Riemen reißen und weiterfahren, wenn die anderen fahren. Versprochen.«

Die Hanseatin blickte skeptisch drein, aber als sich Bewegung auf ihrer Spur abzeichnete, nickte sie und verschwand rasch zu ihrem Wagen, allerdings nicht ohne Greta zum Abschied noch rasch zu versichern, dass bestimmt alles gut werden würde. *Das glaube ich nicht*, dachte Greta, als sie den Motor anließ und zügig hinter ihrem Vordermann herfuhr. *Nichts ist gut, und nichts wird so schnell wieder gut werden.*

2

Vor einigen Jahrzehnten war Meresund noch ein Dorf in Schleswig-Holstein gewesen. Nachdem jedoch immer mehr Menschen aus dem Umland hinzugezogen waren, während die Bauernhöfe nach und nach verschwanden, konnte man mittlerweile von einer Kleinstadt sprechen. Die Familien in den Neubaugebieten wussten es zu schätzen, dass sie inmitten von Wiesen und Feldern wohnten, während Hafenstädte wie Kiel und Hamburg und somit das Meer nur eine kurze Autofahrt entfernt lagen. Den meisten Alteingesessenen Meresundern waren die Veränderungen allerdings nicht nur wegen der vielen Fertigbauhäuser ein Dorn im Auge. Für sie verkam ihr einst heimeliges Dorf zu einer Bettenburg, randvoll mit Leuten, die auf der Straße nicht grüßten und keine Zeit für Vereinsarbeit hatten, weil sie zu sehr mit der täglichen Pendelei beschäftigt waren.

Greta war sich nicht sicher, zu welcher Gruppe sie gehörte: zu den neuen oder zu den alteingesessenen Meresundern? Ihre Familie war aus Kiel zugezogen, als sie neun Jahre alt war, und trotzdem kannte sie das Dorf schon ihr Leben lang. Die Eltern ihres Vaters hatten hier ein Backsteinhaus mit Obstgarten und Kaninchenstall, wo sie als Kind fast alle Wochenenden und die Ferien verlebt hatte. Wenn Greta daran zurückdachte, kam es ihr so vor, als habe sie ihre Kindheit unter Apfel- und Birnbäumen verbracht, während ihr Großvater Arjen damit beschäftigt war, Unkraut zu jäten, Zweige zu beschneiden und sonstige Gartenarbeiten zu erledigen. Noch immer klangen ihr die Shantys in den Ohren, die er dabei gesungen hatte – vermutlich nur ihr zuliebe, denn niemand sonst hatte Arjen je singen gehört. Ohnehin war ihre Beziehung schon immer etwas Besonderes gewesen, und wenn sie zurückblickte, gestand Greta ohne Zögern ein, dass ihr Großvater der wichtigste Mensch in ihrem Leben gewesen war.

Ihre Mutter Anette konnte darüber nur den Kopf schütteln. »Da gibt man sich so viel Mühe mit seiner Jüngsten, verhätschelt sie von vorn bis hinten, und was kommt dabei heraus? Ihr Großvater ist die erklärte Nummer eins!«

Damals war Anette eifersüchtig auf ihren Schwiegervater gewesen, dem die Menschen zugetan waren, obwohl er es keineswegs darauf anlegte. Nach über vierzig Jahren als Landarzt hatte er vermutlich so viel gesehen und erlebt, dass er nicht mehr von den Menschen forderte, als sie zu geben imstande waren. Gelassenheit und ein kaum zu trübender Frohsinn zeichneten Arjen Rosenboom aus. Der Tag, an dem er sich zur Ruhe gesetzt hatte, kam einem Volkstrauertag in Meresund gleich. Mittlerweile stand auch Anette anders zu ihrem Schwiegervater, denn nachdem ihr Mann Carsten bei einem Autounfall ums Leben gekommen war, hatte sie sich kurzerhand bei dem verwitweten Arjen einquartiert. Ihre Wohnung war ihr plötzlich unerträglich verwaist vorgekommen, und die wenigen Stunden, die sie an der Grundschule unterrichtete, hatten einfach nicht genug Ablenkung geboten.

»Auf diese Weise können wir uns gegenseitig in unserer Trauer beistehen«, hatte Anette erklärt, als sie mit gepackten Koffern und rotgeweinten Augen vor Arjens Tür stand.

»Sobald wir zwei Hübschen wieder festen Boden unter den Füßen haben, kehre ich selbstverständlich in meine Wohnung zurück.«

Dieser Fall war bis heute nicht eingetreten.

Nach außen machte es den Eindruck, als sei Anette eine treusorgende Schwiegertochter – was sie auch war. Nur war Arjen trotz seiner fünfundachtzig Jahre kein Mann, der versorgt werden musste. Ganz im Gegenteil, er kannte sich hervorragend in Haushaltsdingen aus, denn seine Frau Elisabeth hatte neben den drei Kindern auch in der Praxis ausgeholfen, die mit im Backsteinhaus untergebracht war. Es war eine kleine Praxis gewesen, wie sie für einen Landarzt im Nachkriegsdeutschland typisch gewesen war: Die Diele diente als Empfangsbereich, und das Behandlungszimmer war dort, wo eigentlich der Wirtschaftsraum vorgesehen war. Mehr brauchte es damals nicht, denn die meiste Zeit brachte Arjen ohnehin damit zu, die weit verstreut lebenden Patienten auf ihren Höfen zu besuchen. Dass nun Anette hinter ihm herputzte und glaubte, ihm seine Tabletten in Bogenform angerichtet auf dem Frühstückstisch bereitlegen zu müssen, ertrug er stoisch. Wie Greta ihren Großvater kannte, ging ihm die gluckenhafte Anette bestimmt auf den Geist, auch wenn er sich niemals beschwerte. Vermutlich wusste er besser als jeder andere, dass es die verschiedensten Arten der Trauer um einen geliebten Menschen gab. Anette verarbeitete ihren Verlust, indem sie den Vater ihres verstorbenen Mannes zu ihrem Lebensmittelpunkt machte und sich einredete, zu beschäftigt zum Trauern zu sein. Nachdem Arjen vor drei Jahren an Knochenmarkkrebs erkrankt war, hatte sie ihre Wohnung schließlich gekündigt und war endgültig bei ihm eingezogen, obwohl er die Krankheit rasch überwunden hatte.

Es ging bereits auf den späten Nachmittag zu, als Greta ihren Mietwagen in der Asmussengasse vor dem Backsteinhaus parkte. Der kräftige Septemberwind brachte Salz vom Meer mit, das sich auf ihre Lippen legte und ihr das Gefühl gab, spätestens jetzt zuhause angekommen zu sein. In den Heckenrosen, die den Vorgarten eingrenzten, steckten Papierblumen, und über der breiten Eingangstür hing eine Girlande aus Tannengrün, die eine goldene »85« zierte. Vorfreude stieg in Greta auf, und sie schüttelte die Erschöpfung nach der langen Fahrt ab. Was ihr jetzt noch fehlte, waren die Geschenke. *Das Geschenk*, korrigierte sie sich sogleich, denn bereits bei Stuttgart war ihr eingefallen, dass die liebevoll ausgesuchten Kleinigkeiten für ihre Neffen und ihre Nichte auf dem Sideboard in Eriks Haus liegen geblieben waren.

Greta öffnete den Kofferraum und blickte ratlos auf das Durcheinander. Irgendwo zwischen oder auch in einem der Kartons war Arjens Geburtstagsüberraschung untergebracht. Wie sollte sie die bloß in diesem Durcheinander finden? Dann kam ihr die Erkenntnis, dass es nicht *ihr* Geschenk war, sondern das von Erik und ihr, und sie knallte den Deckel zu. Sie würde dem Geburtstagskind etwas schenken, von dem sie beide zuletzt viel zu wenig gehabt hatten: gemeinsame Zeit. Seit sie zum Studieren fortgezogen war, hatte sie ihren Großvater nur selten gesehen. Sie hatten sich zwar oft Briefe geschrieben und telefoniert, aber Greta war zu eingespannt gewesen, um öfter nach Meresund zu reisen, und Arjen verließ sein Zuhause nur selten. Vermutlich weil es so schwierig war, Anettes Fürsorge zu entkommen.

Es ist ein Fehler gewesen, ich hätte häufiger hier sein sollen. Bei meiner Familie. Bei ihm. Jetzt ist er fünfundachtzig Jahre alt, und niemand weiß, wie viel Zeit ihm noch bleibt, in der er gesund und klar bei Verstand ist.

Entschlossen durchquerte Greta den Vorgarten, in dem Margeriten und Sonnenhut in der zusehends schwächer werdenden Herbstsonne standen. Neben der Türklingel brachte ihr Schein ein Messingschild zum Glänzen, das schon lange nicht mehr an dieser Stelle gehangen hatte. Es war Arjens Praxisschild, das er nach seinem Eintritt in den Ruhestand abgenommen hatte. »Wer von meinen ehemaligen Patienten meinen Rat gebrauchen kann, wird kaum vergessen haben, wo ich wohne«, hatte er mit seiner verschmitzten Art erklärt. Nun hing das Schild nicht bloß wieder, sondern hinter dem »Arjen Rosenboom, Allgemeinmediziner« war ein »a. D.« eingraviert worden. Ein kleiner Scherz, aber in erster Linie ein Zugeständnis an Arjens Zurückhaltung. Sogleich stand Greta das lebendige Bild vor Augen, wie ihre Mutter das frisch angebrachte Schild polierte und wienerte, während ihr Großvater kopfschüttelnd hinter ihr stand, halb über die Marotten seiner Schwiegertochter schmunzelnd, halb verärgert über die seiner Meinung nach unnötige Aufmerksamkeit.

Anettes Hingabe nimmt langsam, aber sicher wahnhafte Züge an, dachte Greta, bevor sie die Klingel drückte.

Die Eichentür wurde mit Schwung aufgerissen, und Greta zuckte zusammen, als ihr Schwager Till mit wütendem Gesicht auf sie zustürmte. *Till Fröben*, wie sie ihn im Stillen nannte, als wäre er nur ein Bekannter und nicht der Mann ihrer Schwester Wencke.

»Jetzt reicht es aber, ihr verflixten Nervensägen!«, drohte Till, ehe er erkannte, wer vor ihm stand. »Ach, du bist es bloß, Greta. Die Kinder haben sich zusammengerottet und spielen uns seit einer geschlagenen Stunde Klingelstreiche.

Ich hoffe, sie gehen mit diesem Zeitvertreib nicht der gesamten Nachbarschaft auf den Geist.« Er warf einen demonstrativen Blick auf seine Armbanduhr. »Dir ist schon klar, wie spät du dran bist, oder? Die Kuchentafel ist bereits geplündert, und Arjen hält ein Nickerchen im Sessel.«

Greta schüttelte die Hand ihres Schwagers, an dessen steife Art sie sich vermutlich nie gewöhnen würde. Es kam ihr vor, als ginge er mit ihr genauso unverbindlich um wie mit seinen Bankkunden. »Hallo, Till. Ich wäre auch gern schon viel früher da gewesen, aber die Fahrt von Zürich hierher ist nicht gerade ein Klacks. Und zu allem Überfluss habe ich noch eine Ewigkeit im Elbtunnel festgesteckt.«

»Tja, mit dem Umweg über die Landstraße ist man meist besser beraten, gerade am Samstag, wenn halb Hamburg an die Küste will. Den Tipp hätte ich dir jedenfalls gegeben, wenn du gefragt hättest. Wo hast du denn Erik gelassen, ist ihm beruflich was dazwischengekommen?«

Greta lächelte lediglich, was Till sogleich als ein »Ja« nahm.

»Schade. Ich hätte gern mit ihm geplaudert, wo er doch quasi ein Spezialist für grüne Geldanlagen ist. Das Thema kommt auch bei unserer kleinen Filiale immer mehr an, da wäre mir ein Insidertipp gerade recht gekommen, so von Schwager zu Schwager …«

Gretas Lächeln gefror, ohne dass Till es bemerkte. Immer noch über Eriks bemerkenswertes Fachwissen schwadronierend, begleitete er sie ins Haus. Einen unglücklicheren Empfang hätte Greta sich wirklich nicht ausmalen können. Dabei hatte sie gehofft, dass es Anette sein würde, die ihr die Tür öffnete. Nicht nur weil ihr eine überschwängliche Begrüßung mit Umarmung und Küssen gutgetan hätte, sondern weil sie auf diese Weise auch im Halbdunkel der

Diele hätte verraten können, warum Erik nicht mitgekommen war. Aber mit Till Fröben an ihrer Seite verflüchtigte sich sogar das Gefühl von Heimkommen, nach Geständnissen war ihr deshalb schon gar nicht zumute.

Als ihr Schwager auf das Wohnzimmer hinter der Doppeltür mit den verzierten Milchglasscheiben deutete, wehrte Greta ab. Das Stimmengewirr und die zahlreichen umhergehenden Schatten verrieten, dass nicht nur Familie und Freunde eingeladen waren, sondern das halbe Dorf – allen voran vermutlich die alteingesessenen Meresunder. Seit das alte Wirtshaus am Platz einem Supermarkt hatte weichen müssen, fanden sie selten Gelegenheit beizusammenzusitzen.

»Bevor ich die ganze Gästeschar begrüße, mache ich erst einen Abstecher in die Küche. Ich brauche dringend eine Stärkung.« Erfahrungsgemäß würden sich in der Küche die wirklich wichtigen Leute tummeln, solange Arjen eine Auszeit im Sessel nahm.

Irritiert über diese Abweichung im Ablauf blinzelte Till. Dann beschloss er, dass bei seiner Schwägerin eigentlich mit nichts anderem zu rechnen war. Gretas unkonventionelle Art war ihm genauso fremd, wie es ihr sein Rund-um-die-Uhr-Bankfilialleiter-Gehabe war. »Fein, wie du meinst. Dann sage ich den anderen schon einmal Bescheid, dass du nun doch noch eingetroffen bist. Wencke redet schon seit Stunden über nichts anderes als über deine Verspätung.«

Na, und warum hat meine liebe Schwester mich dann nicht persönlich in Empfang genommen, sondern ihren Stellvertreter geschickt? Greta ahnte warum: Wencke würde es deutlich befriedigender finden, sie vor versammelter Gästeschar anzupfeifen. Hastig lief sie zur angelehnten Küchentür, bevor

Wencke noch auf die Idee kam, einen Blick um die Ecke zu werfen.

Wie erwartet hielt Anette sich in der Küche auf. Es war ihr Lieblingsplatz, denn während eines Familienfestes lag hier die Kommandozentrale. Zwischen Küchenbuffet und Eichenschränken wurde nicht nur frischer Tee aufgesetzt, Schlagsahnenachschub produziert und Abräumpatrouillen ausgesandt. Hier wurden auch die wirklich interessanten Gespräche geführt, während noch einmal die übriggebliebenen Sektflaschen kreisten. Später würde Anette dann entscheiden, wer ein paar Stücke Kuchen eingepackt bekam und wer am nächsten Vormittag auf eine Tasse Kaffee vorbeischauen durfte, um die Feier in Ruhe noch einmal Revue passieren zu lassen. Im Augenblick war sie jedoch damit beschäftigt, das blutende Knie ihres siebenjährigen Enkels Lars zu verarzten, während der Junge die Tränen auf seinen Wangen verrieb, damit keine verräterischen Spuren zurückblieben.

»Siehst du, Lars: Nichts mehr zu sehen von dem Kratzer. Das Pflaster deckt alles ab. Und wenn man nichts sieht, dann tut auch nichts weh«, erklärte Anette im Brustton der Überzeugung. »Geh jetzt wieder zu den anderen Rackern in den Garten, aber wenn ich noch einmal die verfluchte Klingel läuten höre, setzt es was hinter die Löffel.« Die Drohung nahm Lars allem Anschein nach nicht ganz ernst, denn er zuckte bloß mit den Achseln. Anette entging der Mangel an Zustimmung. »Braver Junge. Und mach einen Bogen um deine Mutter. Wenn Wencke das Pflaster sieht, regt sie sich bloß unnötig auf.« Lars bekam zum Trost noch einen Windbeutel in die Hand gedrückt, dann war er entlassen. Nach einem hastigen Nicken in Richtung seiner

Tante machte der Junge sich durch die Seitentür ins Freie davon – so gut, wie man mit einem frisch aufgeschrammten Knie eben laufen kann.

Endlich bekam Greta ihre ersehnte Umarmung. Sie ließ sich tief in die Arme ihrer Mutter sinken, spürte die vertraute Nähe und atmete den Duft von Chanel No. 5, den Anette schon seit Ewigkeiten trug.

»Da bist du ja, mein Schatz.« Anette verlor kein Wort darüber, dass Greta später als angekündigt eingetroffen war, sondern schob sie in Richtung Anrichte. Fast rechnete Greta damit, hochgehievt zu werden wie der kleine Lars. Stattdessen positionierte Anette ihre Tochter so, dass sie inmitten des Durcheinanders einen Kuchenteller, eine Teetasse und ein randvolles Sektglas vor ihr platzieren konnte. Schlagartig bemerkte Greta, wie ausgehungert sie war. Auf der Fahrt hatte sie lediglich eine Packung Reiswaffeln gegessen, weil ihr nach ihrer Abreise aus Zürich der Magen geschmerzt hatte. In Anettes Gegenwart verflüchtigte sich endlich der unangenehme Druck im Bauch, den sie seit ihrer Abfahrt aus Zürich verspürte. Der Frankfurter Kranz stellte wirklich die reinste Versuchung dar … Trotzdem stürzte Greta erst einmal den Sekt hinunter, denn sie ahnte, dass es in der Küche nicht lange so friedlich bleiben würde. Schon wanderte Anettes prüfender Blick über ihr Äußeres.

»Warum bist du denn allein in der Küche?« Weit würde Greta mit diesem Ablenkungsmanöver nicht kommen, aber sie war für jede Sekunde Aufschub dankbar.

»Ach, dieses Tamtam … Dabei sind meine Nerven eh schon zum Zerreißen angespannt.« Anette hielt inne, als würde die Belastung ihr die Worte rauben. Einen verstörenden Moment lang befürchtete Greta, ihre Mutter wisse bereits wegen der Trennung Bescheid, aber dann deutete Anette auf den Kalender. »Vorgestern hatte Arjen seine Nachuntersuchung wegen der Knochenmarkgeschichte. Diese Unwissenheit und die ständige Angst setzen mir zu, obwohl er ja immerzu behauptet, vollständig genesen zu sein. Als wäre Krebs eine Erkältung, die man nur gründlich auskurieren muss.«

Die halbjährliche Nachuntersuchung hatte Greta vor lauter eigenen Sorgen ganz vergessen gehabt. »Und, was sagen die Ergebnisse?«

Anette zuckte mit den Achseln. »Laut Arjen ist alles bestens. Aber ich mache mir trotzdem Sorgen, er sieht so ausgelaugt aus in der letzten Zeit und hält deutlich mehr Nickerchen in seinem Lesesessel als sonst. Nicht einmal die Tageszeitung weckt sein Interesse, die blättert er lediglich durch. Vermutlich werde ich mich daran gewöhnen müssen, dass ihn sein Alter nun doch einholt.« Unvermittelt hoben sich Anettes Mundwinkel zu einem Lächeln. »Außerdem gibt es noch einen triftigen Grund, sich in der Küche zu verstecken: Wilke Anders von nebenan schenkt gerade seinen selbstgemachten Kirschlikör aus. Sieht ganz so aus, als wäre ich die Einzige, die nach dem Desaster im letzten Jahr nicht vergessen hat, dass dieses Zeug das reinste Abführmittel ist.«

Mit einem Grinsen füllte Greta ihr Sektglas nach. »Ich erinnere mich, Wencke hat mir die Folgen des Geburtstagslikörchens am Telefon lebhaft geschildert. Ich würde ohnehin nur unter Zwang etwas zu mir nehmen, das der alte Wilke gebraut hat. Mit seinen dicken Brillengläsern konnte er Wencke und mich schon nicht mehr auseinanderhalten, als sie noch ein pummeliger Teenager war und ich eine Grundschülerin mit raspelkurzen Haaren, die von allen für einen Jungen gehalten wurde.«

»Manche Dinge ändern sich eben nie.« Anette nippte an ihrem Glas. »Scheint ja auch der Fall bei deinen Haaren zu sein … Hast du wieder angefangen, sie dir selber mit der Papierschere zu schneiden, so wie damals, als du lediglich ein wenig Knete aus deinem Zopf schneiden wolltest und das Rumgeschnippel in einem Igelschnitt endete? Als ich dich das letzte Mal gesehen habe, reichten deine Haare noch über die Schultern, was schick und ausgesprochen weiblich aussah.«

Schuldbewusst packte Greta in ihren Schopf, der im Nacken in unregelmäßigen Stufen endete. Einen besseren Schnitt hatte sie nach ihrem Wutanfall, bei dem ihr langes Haar hatte dran glauben müssen, nicht hinbekommen.

Anettes Augen verengten sich zu Schlitzen. »Was ist eigentlich mit deiner Stirn passiert?«

Da war sie auch schon, eine der Fragen, mit denen Greta fest gerechnet und für die sie es dennoch verpasst hatte, sich eine Ausrede zurechtzulegen. »Diese Schramme … Also das war ein Bilderrahmen. So einer von diesen kleinen Dingern, in die wir Zeichnungen aus unserem Toskanaurlaub getan hatten. Ganz schön scharfe Kanten.«

»Ein Bilderrahmen? Was hatte der denn an deiner Stirn zu suchen?« Anette nahm jetzt einen großen Schluck Sekt, sie war offenbar etwas überfordert. »Nun lass dir doch nicht jedes Wort einzeln aus der Nase ziehen! Erzähl' endlich, was um Himmels willen passiert ist.«

»Wenn du es genau wissen möchtest: Der Rahmen ist von der Wand abgeprallt und mir ins Gesicht geflogen.«

»Du meinst: Er ist abgefallen.«

»Nein, abgeprallt. Nachdem ich ihn gegen die Wand geworfen hatte.«

»Warum solltest du denn so etwas tun?«

»Ehrlich gesagt, war das nicht meine Absicht. Also, das Werfen schon, aber ich wollte nicht die Wand, sondern Erik treffen. Dabei habe ich offenbar ein Stück zu hoch gezielt. Diese Rahmen machen es einem aber auch nicht leicht, sie sind ziemlich unhandlich beim Werfen.«

Anette starrte sie mit offenem Mund an, und Greta widerstand nur knapp dem Verlangen, ihr kurzerhand eine Gabel voll Kuchen hineinzuschieben. Irrsinnigerweise war ihr zum Lachen zumute, und von der Erschöpfung, die sie während der Fahrt beinahe gelähmt hatte, war nichts mehr vorhanden. Die Ausmaße ihrer Auseinandersetzung mit Erik wurden ihr erst jetzt richtig bewusst: ihr kindisches Wüten und ihre Kurzschlussreaktion, die sie dazu gebracht hatte, einen Mietwagen zu nehmen und als ungeübte Fahrerin geschlagene 1000 Kilometer zurückzulegen, ohne einen Nervenzusammenbruch zu erleiden. Mit einem Anflug von Stolz aß sie das Stück Frankfurter Kranz und begann sich währenddessen bereits nach Nachschub umzusehen. Der Windbeutel, mit dem Lars abgezogen war, hatte äußerst appetitlich gewirkt.

»Bedeutet das, dass Erik dich nicht begleitet, weil ihr einen heftigen Streit hattet?«, begann Anette die Rahmengeschichte weiterzuspinnen.

»Erik Brunner ist heute nicht mit von der Partie, weil er nicht länger Teil meines Lebens ist. Und soweit es möglich ist, werde ich verschweigen, je etwas mit ihm zu tun gehabt zu haben.«

»A-ha.« Anette wirkte restlos überrumpelt. »Das ist nun wirklich eine Überraschung, schließlich wart ihr doch so ein schönes Paar … Vor ein paar Wochen erst hast du mir diese hübschen Fotos von eurem Wanderurlaub geschickt. Du und Erik … Ihr habt doch auf vielen Ebenen harmoniert.«

»Das dachte ich auch«, unterbrach Greta ihre Mutter, bevor sie noch anfing, von Eriks gutem Aussehen oder anderen Schwiegersohn-Qualitäten zu schwärmen. »Nur leider hat sich herausgestellt, dass der Mann, mit dem ich fast vier Jahre zusammen war, gar nicht existiert. Der Erik, den wir kannten, war sozusagen ein ausgesprochen raffinierter Marketing-Gag.«

»Ein Gag?«

Anette verstummte, aber sie wäre ohnehin nicht weiter zum Reden gekommen, denn in diesem Augenblick stürmte Wencke in die Küche. Gretas ältere Schwester war eine von Natur aus üppige Frau, der es nur mit eiserner Disziplin und häufigen Besuchen im Fitnessstudio gelang, ihre Figur auf eine durchschnittliche Kleidergröße zu trimmen. Im Gegensatz zu Greta trug sie stets Make-up und versuchte die aktuellen Modecodes mit Hilfe der »Bunten« und »Gala« nachzuahmen. Anklagend deutete sie mit dem Zeigefinger auf ihre jüngere Schwester.

»Das ist wieder einmal typisch, dass du dich in die Küche verkrümelst, anstatt uns ›Guten Tag‹ zu sagen. Wir warten alle auf dich, aber dir ist das ja egal.«

Greta seufzte, obwohl sie mit dieser Art Begrüßungsritual durchaus vertraut war. Wencke verdächtigte sie permanent, mit allen Mitteln die Aufmerksamkeit auf sich zu ziehen, sogar wenn sie gar nichts tat. »Hallo, Schwesterherz. Soviel ich mitbekommen habe, warst du zu sehr mit Wilkes Kirschlikör beschäftigt, um mir die Tür aufzumachen. Oder fandest du eher, dass ich eine solche Freundlichkeit nicht verdiene?«

Ein Muskel in Wenckes Kinn zuckte und verriet, dass Greta mit ihrer Vermutung richtiglag. »Ich bin nicht zur Tür gegangen, weil es gerade so lustig war, außerdem nerven die

Kinder schon den ganzen Nachmittag mit der Klingelei. Ich wette, da steckt Finn dahinter, der ärgert sich nämlich darüber, dass er auf die Kleinen aufpassen muss. Der ist in der letzten Zeit ständig launisch, vermutlich fängt das schwierige Alter heutzutage schon mit neun Jahren an.« Finn war Wenckes ältestes von drei Kindern. Irgendwo musste noch die kleine Agnes sein, vermutlich hielt sie sich dort auf, wo auch Arjen war. Die Dreijährige hegte eine Schwäche für ihren Uropa und ließ sich bestimmt auch nicht davon abschrecken, dass er inmitten seiner Geburtstagsgäste döste.

»Was ist eigentlich mit deinem Handy los?«, hakte Wencke nach. »Ich habe mindestens hundert Mal versucht, dich zu erreichen.«

Greta brauchte einige Sekunden, um zu reagieren. »Es ist ausgeschaltet.«

»Ja, das habe ich mitbekommen. Ich frage mich bloß: warum? Wozu hat man so ein Teil, wenn man es nie benutzt? Nicht einmal wenn man sich zu einem Fest wie irre verspätet und bloß mal durchrufen müsste, um zu sagen, wann man denn nun bitte schön eintrifft – und vor allem allein, also ohne die erwartete Begleitung. Erik hätte dir das Handy nicht zu schenken brauchen, das war die reinste Geldverschwendung.«

Ja, das hätte Erik mal besser gelassen, dann müsste er jetzt auch nicht versuchen, das teure Gerät aus seinem Toilettenabfluss zu befreien. Dort hatte es jedenfalls festgehangen, nachdem Greta es gemeinsam mit ein paar anderen Geschenken von Erik runtergespült hatte. Der Wasserrückstau hatte zu einer Überschwemmung des Badezimmers geführt, mit der sie sich, Gott sei Dank, nicht mehr hatte befassen müssen.

»Da lebst du jahrelang im mondänen Zürich aber benimmst dich schlimmer als jede Dorfpomeranze. Allein dein Haarschnitt! Mensch, Greta, du siehst aus wie ein gerupftes Huhn. Nur mal so nebenbei erwähnt, dieser Selbstfindungstrip und das ganze aufgesetzte Autonomiebewusstsein liegen schon Jahrzehnte zurück. Heute gehen sogar Leute von deinem Schlag zum Friseur, egal für was für Mordsindividualisten sie sich halten«, schimpfte Wencke weiter, unbeeindruckt von der Tatsache, dass ihre Schwester sich einem weiteren Stück Kuchen widmete, anstatt auf ihre Anschuldigungen einzugehen. So leicht würde sie nicht aufgeben, auf dem Gebiet legte Wencke eine erstaunliche Ausdauer an den Tag. »Kein Wunder, dass Erik wenig Lust hatte, mit dir zusammen aufzuschlagen«, setzte sie kühl nach.

»Jetzt mach aber mal einen Punkt«, unterbrach Anette die Anklagerede. Sie war dazu übergegangen, die Folie von den belegten Broten zu ziehen, denn nach dem Kuchen und Likör würde die Gesellschaft unbedingt etwas Anständiges im Magen brauchen. »Deine Schwester hat sich schrecklich mit Erik gestritten und braucht Trost. Heb dir deine Vorhaltungen also für später auf, ja?«

Wencke spitzte die Lippen. »Ach, so ist das also: Unser Vorzeigepaar hat sich in die Haare bekommen. Allem Anschein nach wortwörtlich, wenn ich mir deinen Restschopf so anschaue. Und warum hast du Till überhaupt erzählt, dass Erik aus beruflichen Gründen nicht mitgekommen ist?«

»Das habe ich nicht erzählt, das muss Till vermutet haben«, erklärte Greta wahrheitsgemäß. »Genau wie du zieht er lieber seine eigenen Schlüsse, anstatt einfach mal zuzuhören.«

»Ach, jetzt ist das also meine Schuld! Wenn das so ist, dann gehe ich jetzt mal zurück zu den Gästen und ziehe dort meine eigenen Schlüsse über dieses unerwartete Liebesende.« Wencke schnappte sich eine Schale mit eingelegten Gurken und verließ die Küche.

Mit einem Schlag schien es wieder sehr viel mehr Raum zu geben. Dafür, dass Gretas Schwester ihr oft und gern vorhielt, sie würde nach Aufmerksamkeit lechzen, verwandelte sie jede Begrüßung in einen Auftritt samt dramatischem Auf- und Abgang.

Entgegen Anettes sonstiger Art, alles schönzureden, kräuselte sie jetzt die Stirn. »Du weißt schon, dass Wencke eigentlich nicht so ist, oder? Normalerweise ist sie ganz verträglich, aber irgendwas an dir treibt sie zur Weißglut. Als müsse sie dann um jeden Preis beweisen, dass sich ihr Leben locker mit deinem messen kann, auch wenn es ganz anders ist.«

Greta nickte nachdenklich. Dass Wencke sich an ihren Gegensätzen rieb, war ihr auch schon aufgefallen, obwohl sie die Wurzel des Problems nicht begriff. Ihre Schwester hatte sich schließlich bewusst für Meresund entschieden, als sie nach ihrer Bankausbildung Till Fröben geheiratet hatte und schon kurze Zeit später schwanger geworden war. Dieser Lebensweg mit Familie, Haus und Garten in einer Kleinstadt war zwar nicht außergewöhnlich, aber deshalb noch lange kein Grund, sich angreifbar zu fühlen. Und schon gar nicht gegenüber ihrer jüngeren Schwester, die mehr denn je das Gefühl hatte, weder angekommen zu sein, noch zu wissen, wohin sie eigentlich gehörte.

3

Die Begrüßung der Gästeschar im Wohnzimmer überstand Greta ohne weitere Fragen oder Anspielungen auf den abwesenden Erik. Das lag gewiss an dem Tablett, das sie vor sich hertrug und dessen belegte Brote jeden milde stimmten, der auf sie zutrat. Die Nachbarn und Freunde der Familie, die sie von klein auf kannten, freuten sich, sie endlich wieder einmal zu sehen. Bei ihrem Rundgang durch Wohn- und Esszimmer wurde Greta bewusst, wie sehr sie Meresund vermisst hatte. All die vertrauten Gesichter, die während ihrer Abwesenheit reifer, kantiger, fülliger und faltiger geworden waren, ohne dass sie diesen Prozess begleitet hatte … Und was war ihr von diesen Jahren geblieben? Ein Abschluss in Umweltwissenschaften und ein Mietwagen voller Habseligkeiten. Und darauf sollte Wencke ernsthaft neidisch sein? Wohl kaum.

»So, Mädchen, du trinkst jetzt erst mal einen ordentlichen Kirschlikör, damit du einen Tupfer Farbe auf die Wangen bekommst.« Über den Rand des Glases, das ihr der alte Wilke reichte, rannen rote Tropfen.

Greta zögerte, denn seit dem zweiten Glas Sekt rumorte es in ihrem Bauch. Dann warf sie ihre Bedenken über Bord. Zu einer ordentlichen Feier gehörte es schließlich, angeheitert zu sein – selbst auf die Gefahr hin, die Fassung zu verlieren und einem von Arjens ehemaligen Patienten ihr

Elend zu klagen. Im Zweifelsfall dankten einem die Leute solche Ausrutscher, weil man damit ordentlich für Gesprächsstoff sorgte. Der Geschmack von Cocktailkirschen setzte ihren Plänen, sich anständig zu betrinken, allerdings sogleich ein Ende. Die zähe Flüssigkeit klebte ihr regelrecht am Gaumen fest. *Um dieses Teufelszeug anständig runterzubekommen, muss man ja seit Ewigkeiten im Training sein*, dachte Greta, bevor sie beherzt schluckte.

»Ein ordentliches Tröpfchen, was? Und gleich noch einen hinterher.« Während Greta den Tränenschleier aus den Augen blinzelte, schenkte Wilke ihr bereits nach. »Immer schön den Kopf in den Nacken und dann fix ein Leberwurstbrot hinterher. Wir heben das Glas hoch auf den mürben Knochen Rosenboom, auf dass der Teufel ihn vergisst!«

»Nur zu, mein Liebes. Einen besseren Trinkspruch wird es heute nicht mehr geben«, sagte eine vom Alter tief gewordene Stimme neben ihr.

Greta blickte in Arjens ungebrochen strahlend blaue Augen. Mit seiner immer noch aufrechten Haltung überragte er sie ein ganzes Stück, und obwohl er deutlich hagerer geworden war, fühlte sie sich in seinem Schatten geborgen. Mit einem Lächeln prostete Greta ihm erst zu, dann umarmte sie ihren Großvater. »Alles Liebe und Wundervolle zum Geburtstag. Es tut mir leid, dass ich erst jetzt da bin. Wirklich sehr leid.«

»Nicht doch«, erwiderte Arjen. Sein Gesicht war braungebrannt vom gerade ausklingenden Sommer, und die Furchen um Augen und Mund waren noch ein Stück tiefer geworden seit ihrem letzten Besuch. »Mir tut es leid, dass du so eine weite Reise wegen dieses lästigen Ehrentags auf dich genommen hast, obwohl ich mich natürlich außerordentlich darüber freue. Hübsch übrigens, wie du dein Haar trägst.«

»Frisur kann man das, glaube ich, nur nennen, wenn man eine halbe Flasche von ›Wilkes Spezial‹ intus hat.« Es fiel Greta so leicht wie immer, mit Arjen zu plaudern. Ein Wort ergab das andere, sodass sie die Gesellschaft des anderen nie leid wurden.

»Dann bin ich der richtige Mann. Wirklich, Wilke, ich bin froh, dass kein einziger Zahn in meinem Mund mehr echt ist, ansonsten würde ich mir nach diesem Zuckerkonzentrat ordentlich Sorgen um meine Beißer machen. Hat dieser Sirup überhaupt jemals eine echte Kirsche gesehen?«

Während Wilke bloß abwinkte und sich Menschen zuwandte, die mehr von seinen Destillierkünsten verstanden, deutete Arjen auf die offenstehende Terrassentür, die in den Garten führte.

»Nach meinem Nickerchen brauche ich dringend ein wenig Bewegung. Möchtest du mich begleiten?«

»Nichts lieber als das.« Glücklich hakte sich Greta bei ihrem Großvater unter.

Der Garten lag still im Nachmittagslicht. Die Kinder, die vor kurzem noch zwischen den Obstbäumen Fangen gespielt oder verbotenerweise Astern gepflückt hatten, waren hungrig ins Haus zurückgekehrt. Auch die Gruppe von Rauchern, die es sich in der Laube gemütlich gemacht hatten, war verschwunden. Arjen und Greta steuerten in Eintracht die Bank unter dem Apfelbaum an, jenen Ort, den sie schon in Kindheitstagen geliebt hatte. Von hier aus konnte man den weitläufigen Garten mit seinen Rabatten und Obstbäumen am besten überschauen und fühlte sich zugleich geborgen. Ein paar späte Äpfel hingen noch im Baum, als hätten sie auf Gretas Rückkehr gewartet.

»Lass uns die ruhigen Minuten genießen, bevor die Meute

wie auf ein geheimes Signal hin aufbricht und Anette uns scheucht, damit wir uns rechtzeitig zum Abendessen zurechtmachen. Der heutige Tag ist nämlich fest durchgetaktet wie ein offizieller Anlass. Heute Vormittag ging es los, da wurde denjenigen eine Audienz gewährt, die nicht zur großen Kuchenschlacht geladen worden waren. Ich bin ehrlich erstaunt, dass die Gratulanten unter Anettes Aufsicht weder Zehn-Minuten-Termine zugewiesen bekamen noch Nummern ziehen mussten, um mir die Hand zu schütteln.«

Obwohl Arjen amüsiert klang, glaubte Greta eine gewisse Erschöpfung herauszuhören. Auch seine Hand, die sie hielt, fühlte sich ungewohnt knochig und kühl an. Die ganze Aufmerksamkeit überstieg seine Kräfte, auch wenn er es sich nicht eingestehen wollte. »Anette will dir halt um jeden Preis zeigen, wie wichtig du für Meresund und unsere Familie bist«, tastete sie sich vorsichtig an das Thema heran. »Die vielen Gratulanten und Gäste … Mir schwirrt ebenfalls der Kopf, und dabei bin ich erst seit einer Stunde hier. Es wird sicherlich jeder verstehen, wenn du den Restaurantbesuch ausfallen lässt und dich stattdessen zurückziehst.«

Arjen winkte ab. »Um Himmels willen, das Essen im Kreis der Familie ist doch der Höhepunkt! Endlich sind wir wieder einmal alle vereint – abgesehen von der kleinen Agnes, die jetzt schon bettreif ist. Nach so einem langen Tag ist eine Abendgesellschaft zwar anstrengend, aber ich möchte meinen Geburtstag auskosten, als wäre er mein letzter. Da bin ich mit deiner Mutter ausnahmsweise einer Meinung.«

Greta konnte sich ein Grinsen nicht verkneifen. »Wenn du Anette weiterhin die Regie überlässt, dann wird es bestimmt dein letzter Geburtstag sein. Mama muss es immer übertreiben, bestimmt endet die Feier mit einem Überraschungsfeuerwerk direkt unter deiner Nase, und du erleidest vor Schreck einen Herzinfarkt. Wenigstens kannst du dich in dem Fall darauf verlassen, dass sie dir eine großartige Beerdigung mit allen Schikanen organisieren wird.«

Einen Moment lang blickte Arjen sie streng an, obwohl seine Mundwinkel bereits verdächtig zuckten, dann brachen sie in schallendes Gelächter aus. So wunderbar das gemeinsame Lachen sich auch anfühlte, es täuschte nicht darüber hinweg, dass viel Ungesagtes zwischen ihnen stand und die Vertrautheit auf längst vergangenen Tagen beruhte. Regelmäßige Telefonate und Briefe vermochten den Anschein zu erwecken, am Alltag des anderen teilzuhaben, aber die entscheidenden Zwischentöne gingen auf diesem Weg verloren.

Warum bist du überrascht?, ging es Greta durch den Kopf. *Genauso wenig wie Arjen weiß, wie dein Leben in Zürich unter der Oberfläche ausgesehen hat, so wenig weißt du über seins. Das Leben von Großvätern findet nicht bloß dann statt, wenn ein Enkelkind neben ihm sitzt. Aber genau so hast du ihn gesehen, als wärst du immer noch ein Kind, in dessen Wahrnehmung die Familienmitglieder ihre verschiedenen Rollen erfüllen – und nicht mehr.*

Während ihr Großvater sich vorbeugte, um einen abgebrochenen Zweig vom Boden aufzuheben, fragte Greta sich plötzlich, was sie wirklich über Arjen Rosenboom wusste. Natürlich wusste sie, dass er in einem Fischerdorf an der ostfriesischen Küste geboren worden war und dass er nach seinem Medizinstudium in Heidelberg letztendlich nach Meresund in Schleswig-Holstein gezogen war. Greta kannte die Geschichte, wie Arjen seine Frau Elisabeth während einer Zugfahrt nach Süddeutschland kennengelernt und so bezaubert hatte, dass sie direkt beim Aussteigen ihrem am Bahnhof auf sie wartenden Verlobten seinen Ring zurückgegeben hatte. Sie wusste, dass Arjen als Landarzt sein halbes Leben lang auf Hausbesuchen zu den weit verstreut liegenden Höfen unterwegs gewesen war und deshalb die Geburt jedes seiner drei Kinder fast verpasst hatte. Greta erinnerte sich sogar an die Innigkeit zwischen ihren Großeltern, obwohl Elisabeth kurz nach ihrem fünften Geburtstag verstorben war. In ihren Kindheitserinnerungen berührten sich Arjen und Elisabeth mit einer selbstverständlichen Zärtlichkeit, wie es nur Menschen tun, die einander vertraut sind und die sich ungebrochen zum anderen hingezogen fühlen. Hätte jemand Greta nach Arjens Persönlichkeit befragt, wäre es ihr ein Leichtes gewesen, ihn mit wenigen Worten zu skizzieren: Er war ein waschechter Familienmensch, verantwortungsbewusst, humorvoll und mit einer Vorliebe für gutes Essen, auch wenn er das offenbar vergessen hatte, so schmal wie er geworden war. Außerdem mochte er die Menschen, und sie zahlten es ihm mit gleicher Münze zurück. Selbst als widerspenstig verschriene Käuze verwandelten sich in seiner Gegenwart in umgängliche Zeitgenossen. Ihr Großvater war ein alter Mann, der den Nationalsozialismus und die trostlose Nachkriegszeit erlebt hatte, der als Arzt unzähligen Schrecken und Abgründen begegnet war und der geliebte Menschen verloren hatte.

Aber ist das wirklich schon alles, was es über Arjen Rosenboom zu wissen gibt?

Plötzlich überkam Greta das Bedürfnis, mehr über ihren Großvater zu erfahren, als wäre er ein Geschenk, das ihr schon bald genommen werden würde und das sie bis zur Neige auskosten wollte. Als habe er Gretas Gedanken gelesen, lächelte Arjen sie aufmunternd an, und sie spürte ihren Herzschlag bis in die Kehle. »Ich habe ein Geschenk für dich«, sagte sie mit gepresster Stimme. »Es ist etwas außergewöhnlich – ich hoffe, du freust dich trotzdem darüber.«

Und da war sie: diese einzigartige Art, mit der Arjen sie betrachtete. Als wisse er jetzt schon, dass sie ihm genau das Richtige schenken würde, weil es zwischen ihnen eine Verbindung gab, die sich schlecht in Worte fassen ließ. Ihre Familie war groß und pflegte einen innigen Umgang, aber trotzdem stach die Zuneigung, die Großvater und Enkelin füreinander empfanden, heraus. Sie war von Anfang an »Arjens Mädchen« gewesen, und daran hatte sich nie etwas geändert.

Greta nahm ihren Mut zusammen. »Ich möchte dir ›gemeinsame Zeit‹ schenken, Zeit, die nur uns beiden gehört und in der wir tun und lassen, wonach uns der Sinn steht. Großvater und Enkeltochter, wie früher, wenn du mit mir an der Kieler Förde spazieren gegangen bist und mir Seemannslieder beigebracht hast. Oder wenn wir den halben Wochenmarkt leer gekauft haben. Also nichts Außergewöhnliches, darum geht es mir nicht. Ich möchte einfach ein Teil von deinem Leben sein und etwas mit dir erleben, das außerhalb der sonstigen Festtags- und Familienfeiern stattfindet.«

»Das ist ein ganz wunderbares Geschenk.« Da es kaum etwas gab, das ihren Großvater sprachlos machte, nahm Greta die knappe Erwiderung als Kompliment.

»Und nur keine Sorge. Ich habe nicht vor, dich komplett in Beschlag zu nehmen – einmal davon abgesehen, dass Anette mir das auch gar nicht durchgehen lassen würde.«

Endlich fand Arjen sein Lachen wieder. »Da bin ich

aber erleichtert. Zwischen zwei willensstarke Rosenboom-Frauen zu geraten würde bestimmt meine Kräfte übersteigen. Allerdings muss ich Anette ein wenig in Schutz nehmen, denn ein alter Kerl wie ich darf sich nun wirklich nicht über Unterstützung beschweren. Ohne ihren unerschöpflichen Tatendrang wären Haus, Garten und das antike Mobiliar – zu dem ich ihrer Meinung nach zweifelsohne zähle – gewiss nicht halb so gut in Schuss. Ich lasse sie gern gewähren, solange es den Nebeneffekt hat, dass deine Mutter nicht in Trübsal verfällt. Nach dem Tod deines Vaters wirkte Anette so verloren, dass ich mir ernsthaft Sorgen gemacht habe.«

»Das haben wir uns alle«, gestand Greta ein. Doch egal wie es ihr Großvater drehte, es war schwierig zu sagen, ob Anette nun Arjen half oder ob er nicht derjenige war, der ihr ein Zuhause und damit das dringend benötigte Gefühl gab, gebraucht zu werden.

Arjen lehnte sich auf der Bank zurück und hielt den Zweig des Apfelbaums zwischen den Händen, so behutsam, wie er alles anfasste. Aus dem Haus erklang lautstarkes Gelächter, gefolgt von Gesang. Offenbar stimmte die kirschlikörgetränkte Gesellschaft gerade ein Lied auf Plattdeutsch an, dem erfahrungsgemäß noch weitere folgen würden. Greta war das nur recht, denn so würden sie nicht gestört werden und konnten diesen schönsten Moment seit langem auskosten.

»Natürlich schätze ich Anettes Fürsorge, und vor allem während der Chemotherapie wegen dieser unangenehmen Knochenmarkgeschichte habe ich sie überaus dringend benötigt«, fuhr Arjen nachdenklich fort. »Nichtsdestotrotz ist es langsam an der Zeit, dass sie sich auf ihr eigenes Leben besinnt. Sie ist noch eine junge Frau und sollte sich nicht hinter Backsteinmauern verkriechen, nur weil sie Angst davor hat, sich zur Abwechslung einmal um ihr eigenes Wohlergehen kümmern zu müssen. Notfalls muss man sie zu ihrem Glück zwingen.«

Diese Aussage überraschte Greta nun doch. »Wie ich dich kenne, erklärst du Anette wohl kaum aus dem Blauen heraus für flügge, nachdem du jahrelang geduldet hast, dass sie wegen deiner gefährdeten Gesundheit salzfrei kocht und den Politikteil aus der Tageszeitung klaut, damit du dich nicht schon beim Frühstück aufregst.«

»Vergiss die selbstgestrickten Schlafsocken nicht, die sie mir sogar im Hochsommer aufs Kopfkissen legt, damit ich mir bloß keine Lungenentzündung hole.« Der Schalk auf Arjens Gesicht ließ ihn für einige Sekunden jung und unbeschwert aussehen.

Unwillkürlich kamen Greta Schwarzweißaufnahmen in einem zerfledderten Fotoalbum in den Sinn, das sie durch verregnete Nachmittage begleitet hatte. Die meisten Fotografien zeigten den Medizinstudenten Rosenboom mit der für die 1950er typischen Haartolle. Von dieser Lebensphase sprach ihr Großvater bevorzugt. Von dem Kind, das er einst gewesen war, gab es hingegen nur eine einzige abgegriffene Aufnahme, auf der er ungefähr zehn oder zwölf Jahre alt gewesen sein mochte. Darauf beschirmte ein molliger Junge seine Augen mit der Hand, als würde ihn die Sonne blenden. Nur dass die Hand keinen Schatten warf und sein Gesicht deshalb deutlich zu erkennen war: ein schmaler Mund im Kontrast zu den weichen Zügen. Von der für ihren Großvater charakteristischen Hakennase, den markanten Wangenknochen und dem leicht vorgeschobenen Kinn war noch keine Spur zu entdecken. Es war Greta stets schwergefallen, in diesem dicklichen Jungen ihren hochgewachsenen, hageren Großvater wiederzufinden. Der scheue Blick und das zaghafte Lächeln riefen in ihr nichts Bekanntes wach. Es war, als würde sie einen Fremden betrachten. Einen in sich gekehrten Jungen, jemanden, der sich lieber in ein Spiel oder Buch vertiefte, anstatt draußen Abenteuer zu erleben. Aber so ein Typ war Arjen nicht, er liebte Gesellschaft, mochte die Menschen manchmal mehr, als sie es verdienten, und war beherzt durchs Leben gegangen. Je länger Greta über diesen Widerspruch nachdachte, desto stärker wurde ihre Überzeugung, dass es auf Arjens Lebensweg einen folgenschweren Einschnitt gegeben haben musste.

»Der Winter wird in diesem Jahr früh kommen«, unterbrach Arjen ihre Grübeleien, auch wenn er mehr zu sich selbst gesprochen hatte.

Die Worte passten wenig zu dem lauen Septembertag mit seinem goldenen Licht. Es herrschte eine viel zu große Farbenvielfalt in den Blumenbeeten, und das Grün war noch zu satt, um an die dunkle Jahreszeit überhaupt zu denken. Selbst das Holz der Bank war von der Sonne ganz warm. Trotzdem überkam Greta plötzlich eine Ahnung von Kälte, als duftete es nicht nach Astern und Fallobst, sondern als läge bereits eine Spur von Frost in der Luft.

»Sag mal, ist vor kurzem etwas vorgefallen, wovon ich keine Ahnung habe?«

Obwohl Greta ihren ganzen Charme in ihre Stimme legte, reagierte Arjen nicht, sondern saß in Gedanken versunken da. Dann richtete er sich auf und schenkte ihr ein Lächeln. »Nun, es gibt tatsächlich eine Neuigkeit, aber ich bin ein Gentleman und werde sie deshalb nicht verraten. Bestimmt wirst du es heute Abend von ganz allein herausfinden, wenn du deine Mutter im Auge behältst. Nur so viel: Dein Angebot der ›gemeinsame Zeit‹ kommt genau richtig – davon einmal abgesehen, dass es die perfekte Idee ist, um Großväter Tränen der Rührung vergießen zu lassen. Ich frage mich nur, ob du nicht zu großzügig bist. Wirst du denn in Zürich nicht vermisst werden?«

»Nein, Zürich ist ein Kapitel aus der Vergangenheit, dort gibt es niemanden, der auf mich wartet.«

»Bist du dir sicher?«

Eine schlichte Frage, ohne eine Spur von Neugierde oder gar Mitleid. Greta war ihrem Großvater äußerst dankbar dafür, dass er ihr die Entscheidung zugestand, über ihre Trennung zu sprechen. Und im Augenblick verspürte sie nicht das geringste Verlangen, Erik in den Bannkreis dieses Nachmittags eindringen zu lassen. »Absolut«, bekräftigte sie deshalb. »Mir steht ein Neuanfang bevor, in so ziemlich jeder Hinsicht.«

Wie erwartet nickte Arjen. »Für Neuanfänge ist es nie zu spät. Das ändert jedoch nichts daran, dass es zwecklos ist, vor seiner Vergangenheit davonzulaufen. Früher oder später holt sie einen ein. Glaub mir, ich weiß, wovon ich spreche.«

Ein erstauntes Lachen kam über Gretas Lippen. »Du? Soviel ich weiß, hast du im Großen und Ganzen ein Leben geführt, mit dem du im Reinen sein kannst, in dem alles zusammengepasst hat. Ein sauber gespannter Bogen – wenn man so sagen kann.«

»Das mag wohl stimmen, wenn man den Bogen ab dem Moment spannt, in dem ich zum Studium nach Heidelberg gegangen bin. Meine Kindheit…« Arjen blickte Greta mit einer solchen Intensität an, dass sie betreten das Gesicht abwandte. »Jetzt weiß ich, warum mich dein neuer Haarschnitt so fasziniert«, erklärte er. »Von der Seite betrachtet siehst du deiner Urgroßmutter Magda zum Verwechseln ähnlich. Das Profil, die Nackenlinie… Als säße sie plötzlich wieder neben mir.« Arjen verstummte, als sei diese Ähnlichkeit mehr, als er ertragen konnte. Und auch Greta wusste es nicht besser, als ihre Hand auf seine zu legen.

Magda Rosenboom… Für Greta war Arjens Mutter eine Märchengestalt, von der man nur leise sprach, als wöge ihr Verlust immer noch schwer. Magda musste tatsächlich etwas Besonderes gewesen sein, denn ihr war es schließlich gelungen, das Herz des als unnahbar geltenden Junggesellen Thaisen Rosenboom zu erobern. Und soviel sie wusste, hatte Magdas Wirkung auf den zwanzig Jahre älteren Mann niemals nachgelassen, obwohl er ansonsten wenig auf seine Mitmenschen gab – trotz seines Pastorenamts. Und ihrem Sohn war es nicht anders ergangen, auch wenn er seine Mutter früh verloren hatte. Als Arjen noch ein Kind war, wurde Magda beim Schwimmen in der Nordsee von einer Strömung ergriffen und ertrank. Ein Unglück, wie es an warmen Sonnentagen passiert, wenn alles leicht und unbefangen wirkt. Es musste ein Tag gewesen sein, an dem niemand mit dem Schicksal rechnete. Und dieser Frau sah Greta nun so ähnlich, dass ihr Großvater sie plötzlich mit einem Ausdruck ansah, der ihr fremd war.

»Als du noch klein warst, hast du dir immer gern Geschichten darüber angehört, wie unsere Familie ins Backsteinhaus gezogen ist, wie dein Vater sich als Kleinkind die Vorderzähne auf der Kellertreppe ausschlug und Ewigkeiten mit einer Lücke herumlief. Oder wie deine Tante Beeke mit ihrer schon damals störrischen Art darauf bestand, mit dem Cocktailring ihrer Mutter Piratenschatz zu spielen, bis das gute Stück plötzlich verschwunden war, weil sie sich nicht mehr daran erinnerte, wo sie es verbuddelt hatte.

Diese Meresunder Anekdoten haben dir gefallen, du konntest sie dir immer aufs Neue anhören.«

»Das war ja auch besser als jede Bullerbü-Geschichte!«, erklärte Greta lachend. »Ihr habt damals ein tolles Familienleben geführt, schöner kann ich es mir gar nicht vorstellen.«

Arjen rieb sich das Kinn, um seine Ergriffenheit zu überspielen. »Es ist schön zu hören, dass meine alten Geschichten dir so viel bedeutet haben. Schon als kleines Kind warst du stets eine aufmerksame Zuhörerin, ganz anders als Wencke, die sofort die Flucht ergriffen hat, wenn ich bloß ›damals‹ sagte.«

»So gesehen ist es doppelt schade, dass du nie von deinen eigenen Anfangstagen erzählt hast. Ich vermute, es hängt damit zusammen, dass eine Kindheit unterm Naziregime wenig geeignet für amüsante Abenteuer war«, mutmaßte Greta.

»So leicht könnte die Erklärung sein, ist sie aber nicht. Beekensiel, die Halbinsel vor der Küste Ostfrieslands, auf der ich aufgewachsen bin, war ab 1933 fest in der Hand der NSDAP. Die Ausschreitungen gegen Juden während der Novemberpogrome fünf Jahre später wurden auch bei uns heftig beklatscht. Die Beekensieler konnten von Glück reden, dass es auf ihrer Insel keine jüdischen Familien gab, sonst hätten sie sich gewiss an ihnen versündigt, so wie die Dinge standen. Selbst Kritiker des Regimes, wie mein Vater, hielten sich in diesen Tagen zurück, denn die allgemeine Zustimmung zum Treiben der Nazis war einfach zu breit. Nur an mir prallten diese Ereignisse ab, als Kind lebte ich schlicht in meiner eignen Welt.«

Arjen fuhr sich mit der Hand durchs Haar, als könne er nicht fassen, dass der Junge, der er einst gewesen war, mit solchen Scheuklappen durchs Leben gegangen war. Ganz anders als der heutige Arjen, der die Tageszeitung akribisch las und keiner politischen Diskussion aus dem Weg ging. Die Politik war sogar das einzige Thema, bei dem er mit der Faust auf den Tisch schlagen konnte, etwa wenn es um Fremdenfeindlichkeit, engstirniges Gerede über sozial benachteiligte Gruppen oder schlecht verborgene Vorteilssucht ging. Durch seine Unnachgiebigkeit war schon so manche Meresunder Freundschaft Gefahr gelaufen zu zerbrechen, was auch einer der Gründe dafür war, dass Anette regelmäßig Zeitungen gleich nach der Lieferung im Ofen verbrannte, damit Arjen sich mit seinen alten und in mancher Hinsicht wenig toleranten Nachbarn nicht die Köpfe über Tagespolitisches einschlug. Deshalb fiel es Greta schwer, sich ihren Großvater als weltabgewandten Jungen vorzustellen.

Arjen ließ jedoch keinen Zweifel an der Haltung seines kindlichen Alter Egos aufkommen. »Damals hatte ich weder mit der Welt der Erwachsenen noch mit der von Gleichaltrigen zu tun, was sich überwiegend dadurch erklären ließ, dass ich das einzige Kind von Thaisen Rosenboom war. Ein über sechzig Jahre alter Pastor, der fest daran glaubte, die Menschen kämen ins Paradies wenn sie so lange arbeiteten, dass sie abends zu erschöpft ins Bett fielen, um auf dumme Ideen zu kommen. Politik – oder gar Demokratie – hielt mein Vater für eine überbewertete Modeerscheinung und die Nazis für proletarisches Kruppzeug, an dem man sich, als geistig erhabene Person, nicht die Finger schmutzig machte. Für seinen Sohn bedeutete das, ein Außenseiter zu sein, der gar nicht wusste, wie einsam er in Wirklichkeit war.«

»Deshalb hast du also nie von deiner Kindheit erzählt?

Weil es nichts zu erzählen gab?« Greta war noch immer nicht überzeugt.

»Im Wesentlichen stimmt das«, bestätigte Arjen jedoch. »Die meisten meiner zusammenhängenden Erinnerungen beginnen nicht umsonst erst im Sommer 1939. Im Herbst diesen Jahres sollte ich zwölf Jahre alt werden, und Deutschland würde einen Krieg beginnen, der sich wie ein Flächenbrand ausbreiten und Europa fast in den Abgrund reißen würde. In den Monaten, bevor die Wehrmacht in Polen einfiel, herrschte bereits eine vor Erwartung knisternde Stimmung, die ein Gefühl von Unbesiegbarkeit und Ungeduld hervorrief. Sogar mich erreichte diese besondere Stimmung. Es lag in der Luft, dass die Dinge sich ändern würden.«

Bei diesen Worten fühlte Greta eine Unruhe in sich aufsteigen. Es war, als streife sie etwas Unsichtbares, ein Stück Vergangenheit, das einen Ton in ihrem Inneren auslöste. Ganz fein, fast zu leise, um ihn wahrzunehmen … Und zum ersten Mal erahnte sie etwas Bedeutsames hinter Arjens Schweigen. Etwas, das nicht ihn allein betraf, sondern auch sie. Als würde ein jahrzehntealtes Geheimnis sie berühren, als hätte sein Nachhall in diesem Augenblick auch sie erreicht. Oder hatte sie ihn bislang bloß überhört?

»In deiner Kindheit gab es also einen Bruch in deinem Leben, der alles verändert hat?«, fragte Greta vorsichtig nach. Die aufziehende Kühle des anbrechenden Abends hatte sie genauso vergessen wie den Gesang und die Stimmfetzen, die vom Backsteinhaus herüberdrangen und daran erinnerten, dass nur einige Schritte entfernt ein Fest stattfand. Als ihr Großvater nicht antwortete, hakte Greta nach: »Arjen, was ist damals in deiner Kindheit vorgefallen, über das du bis heute nicht reden kannst?«

»Es fällt mir sehr schwer, überhaupt daran zu denken.

Schließlich habe ich all die Jahre mit aller Kraft versucht, es zu vergessen.«

Bei diesem Geständnis wurde Arjens Stimme so rau, dass Greta überlegte, ihm rasch etwas zu trinken zu holen. Aber sie durfte sich nicht rühren, sonst würde er vielleicht nicht von diesem längst vergangenen Sommer erzählen. Arjens Blick ging ins Leere, als er ungewohnt zögerlich weitersprach, geradezu suchend. Es schien, als taste er sich zum ersten Mal bewusst an diese weit zurückliegende Zeit heran. Und sogleich überkam Greta die Gewissheit, dass diese Erzählung mehr bedeuten würde als alle anderen zuvor. Sie berührte auf eine unerklärliche Weise ihr eigenes Leben, als gäbe es zwischen ihnen eine bislang unsichtbare Verknüpfung.

»Der Sommer 1939 veränderte alles«, sagte Arjen. »Mich und damit den Verlauf, den mein Leben nehmen sollte. Es begann mit einer schicksalshaften Begegnung.«

4

BEEKENSIEL, SOMMER 1939

In der Nacht stürmte und gewitterte es heftig. Der Lärm ließ Arjen vergessen, dass es den Tag über stickig und so warm gewesen war, dass man es selbst im Schatten kaum aushalten konnte. Mit den ersten Regentropfen hatte es sich dann schlagartig abgekühlt, und der aufbrausende Wind hatte die letzten Reste der Schwüle hinfortgefegt.

»Nun zuck' doch nicht jedes Mal zusammen, wenn der Donner grollt.« Thaisen Rosenbooms struppige Augenbrauen fuhren missbilligend zusammen, als er seinen elfjährigen Sohn betrachtete, der vollständig bekleidet neben ihm am Küchentisch saß. »Dieses Haus steht seit fast zweihundert Jahren, da wird gewiss nicht heute der Blitz ins Reet einschlagen, auch wenn es allein auf weiter Flur zwischen den Wiesen steht. Die Blitze zieht es zum Kirchturm des Dorfs, was mir – ehrlich gesagt – sehr viel mehr Sorgen bereitet. Bei einem Einschlag wäre die ganze Arbeit, die ich mir beim Einsammeln der Spenden gemacht habe, umsonst gewesen.«

»Aber eine Böe könnte das Dach wegreißen. Ob das schon einmal passiert ist, kannst du ja nicht wissen. Oder ein Blitz schlägt in die Erlenallee vorm Haus ein, und dann brennen wir bis auf die Grundmauern ab, weil die Freiwillige Feuerwehr sich nicht blicken lässt, nachdem du sie als gottlosen Säufertrupp bezeichnet hast«, fügte Arjen so leise hinzu, dass sein Vater ihn nicht verstand. Gelegentlich war seine Schwerhörigkeit von Vorteil.

»Dieses Überempfindliche ist ein Zeichen unserer Tage«, regte sich Thaisen weiter auf. »Lauter überhitzte Gemüter, die sich gut darin gefallen, sich zum Mittelpunkt der Dinge aufzuschwingen. Tugenden wie Demut und Bescheidenheit gehören endgültig der Vergangenheit an! Heute laufen selbst schlicht gestrickte Menschen wie dieser Denneburg mit stolzgeschwellter Brust herum, nur weil ihnen irgend so ein Hanswurst eine Plakette angesteckt hat. Und anders kann man diese Parteihansel doch nicht nennen. Sind das Männer von edler Gesinnung, mit Bildung und von weitreichender Denkart? Wohl kaum. Früher wussten die einfachen Menschen, was sich für sie geziemt: Acker und Gotteshaus. Aber dank der Politik glauben sie heutzutage, die Geschicke der Welt bestimmen zu dürfen. Pah! Sie haben vergessen, dass wir alle fest in Gottes Hand sind.«

»Ich glaube nicht, dass Fred Denneburg und die anderen Parteimitglieder an Gott glauben.« Eigentlich wusste Arjen nicht recht, woran diese Leute überhaupt glaubten, obwohl es auch auf dem Gymnasium, das er besuchte, kaum ein anderes Thema gab als die Ideen und Pläne der Nationalsozialisten. Selbst die gutbürgerlichen Söhne zeigten sich vollauf begeistert, nur Arjen stand seltsam unberührt daneben, weder mit Kopf noch Herzen bei der Sache.

Thaisen nickte grimmig. »Der Anfang vom Ende. Sie beten den Führer an, als habe er ihnen eine neue Religion gegründet, dabei ist die Politik eine schmutzige Sache. Ich habe Dekan Albrecht erst vor wenigen Tagen deswegen angeschrieben, obwohl es sinnlos ist. Bestimmt wird er mir auch dieses Mal antworten, dass die NSDAP ein Ordnungsinstrument der Gesellschaft ist, das der Kirche zuarbeitet. Ein ausgemachter Unsinn.«

Ein härteres Schimpfwort würde nicht über Thaisens Lippen kommen, aber das war auch gar nicht nötig. Sein Sohn wusste auch so, dass Dekan Albrecht in den Augen seines Vaters genauso infiziert war von dem Wahn wie alle anderen auch. Thaisen Rosenboom war der letzte aufrechte Mann des Herrn, auch wenn ihm sein Stolz schon vor Jahren eine Versetzung von Hamburg-Altona nach Beekensiel mit seinen sechshundert Seelen eingebracht hatte. Arjen kannte die Tirade seines Vaters zur Genüge und blendete sie gekonnt aus. Ohnehin nahm ihn die unruhige Flamme der Öllampe in Beschlag, die aussah, als wäre sie ein einsames Licht in dieser sturmumwehten Dunkelheit. Ein weiterer Donner rollte über die Kate hinweg und brachte Arjen zum Schlottern.

»Ich sage dir doch: Dem Haus wird nichts zustoßen!« Thaisen schlug mit der Faust auf den Tisch. Er konnte Ungehorsam nicht ausstehen, und Arjens zitternde Hände bewiesen zweifelsohne, dass er nicht auf seinen Vater hörte, obwohl er eindeutig klargestellt hatte, dass sie sich in Sicherheit befanden, egal ob das Gebälk ächzte oder nicht. »Für deine Mutter – Gott hab' sie selig – war dies der beste Platz auf Erden. Glaubst du, sie hätte dieses Haus für ihre Familie erwählt, wenn es nicht so gewesen wäre? Ich erwarte mehr Respekt, mein Sohn.«

Arjen presste die Handflächen so fest auf die Tischplatte, bis es schmerzte. Wenigstens gelang es ihm auf diese Weise, das Zittern zu kontrollieren. So schwer es ihm auch fiel, aber er musste Thaisen recht geben: Seine Mutter Magda hatte diese alte Kate geliebt und bei ihrem Anblick schlagartig die belebten Straßen von Altona vergessen. Vielleicht erreichten ihn die Worte seines Vaters nicht, aber er glaubte an seine Mutter. Während er versuchte sich an ihr immer mehr verblassendes Gesicht zu erinnern, vergaß er sogar das tosende Unwetter.

Am nächsten Morgen zeigte sich der Himmel in einem strahlenden Blau. Trotz des kühlen Windes, der Arjen beim Öffnen der Haustür begrüßte, ließ sich bereits erahnen, dass es schon bald warm werden würde. Nicht wie am Tag zuvor, als einem die Kleidung verschwitzt am Leib geklebt hatte und man kaum genug Luft in die Lungen hatte ziehen können. Dies würde sein erster richtiger Sommertag in diesem Jahr werden. Was für ein großartiger Beginn der großen Ferien! Anstatt in aller Herrgottsfrühe bei der Verbindungsstraße auf Jörg Claußen warten zu müssen, der ihn und zwei andere Jungen in seinem Wagen mit nach Aurich zum Gymnasium nahm, würde ihm der ganze Tag zur freien Verfügung stehen. Selbst für den Fall, dass sein Vater den Nachmittag in seinem Studierzimmer unterm Dach verbringen sollte, würde sich nichts daran ändern. Denn Thaisen erwartete von seinem Sohn, dass er seine Zeit eigenständig gestaltete – was nichts anderes hieß, als dass er ihn sich selbst überließ.

Arjen beschloss, die Gunst des Augenblicks zu nutzen und nicht auf ihre Haushälterin Dörchen zu warten. Für gewöhnlich war ihr gemeinsames Frühstück der Höhepunkt an Arjens freien Tagen, denn das Beisammensitzen und Plaudern gab ihm eine Ahnung von Familienleben. Seit seine Mutter Magda bei einem Unfall verstorben war, stellte Dörchen nicht nur die einzige weibliche Person in seinem Umfeld dar, sondern auch den einzigen Menschen, der ihm Nähe und Zuneigung gab. Deshalb war die halbe Stunde mit Malzkaffee samt Pfannkuchen mit Schmand und Sanddorngelee so wichtig, denn danach musste Dörchen sich beeilen, den Haushalt auf Trab zu bringen. Zur Mittagszeit musste sie bereits aufbrechen, da ihr Mann nach einem Schlaganfall nicht lange allein gelassen werden durfte. Mit ihr verließ das Haus auch die Wärme und der herrliche Duft nach Frau, der Arjen in der letzten Zeit seltsam in der Nase kitzelte.

Deshalb zog es Arjen trotz seines Wunsches, ins Freie zu stürmen, zum Küchentisch. Nicht mehr lange, dann würde Dörchen daran sitzen, ihre milchweißen Unterarme aufgestützt, während sie einen Pfannkuchen zusammenrollte … Aber er durfte der Verlockung nicht nachgeben! Nach dem nächtlichen Ausharren während des Unwetters ertrug er die Enge der Kate nicht, außerdem spürte er ein merkwürdiges Kribbeln in seiner Brust. *Abenteuerlust*, gestand er sich widerwillig ein. Daran war nur dieses Buch schuld, das er in der Leihbibliothek gefunden hatte: »Tom Sawyer und Huckleberry Finn« von dem amerikanischen Schriftsteller Mark Twain. Sein Vater hatte die Nase gerümpft, als er den Roman im spärlichen Licht der Öllampe gelesen hatte, um sich von seiner Furcht vor Blitz und Donner abzulenken. »Diese Geschichtchen aus der Neuen Welt sind doch keine Literatur«, hatte Thaisen angemerkt, um auch schon im nächsten Moment das Interesse zu verlieren. Die Korrektur seiner Sonntagspredigt war schlicht zu spannend gewesen. Da Arjen nur allzu gut wusste, was sein Vater unter Literatur verstand, war er nicht sonderlich beleidigt gewesen – außerdem nahmen ihn das Unwetter und die »Geschichtchen« ganz gefangen.

Doch Arjen hatte seinen Entschluss gefasst: Er würde den Tag am Meer verbringen. Wie ein echter Wandersmann packte er eine mit Wasser gefüllte Feldflasche, ein

Stück Mettwurst und ein dick mit Butter bestrichenes Brot sowie seine Lektüre in den Rucksack. Nach einiger Überlegung schnallte er die Kamelhaardecke vom Sofa unter, denn der Boden würde noch kühl sein, und er wollte sich nur ungern die Hosen dreckig machen. Auf dem Tisch hinterlegte er eine Nachricht für Dörchen:

»Bin auf zu einer Strandwanderung. Erwarten Sie mich zu Mittag zurück! Ihr A.«

Dann griff er nach dem Strohhut seines Vaters, den er keck in den Nacken schob. Dies war sein Tag, er konnte die Gewissheit fast körperlich spüren.

Den befestigten Weg, der in den Ort von Beekensiel führte, ließ Arjen links liegen und ging stattdessen querfeldein über die Wiesen, bis er die Dünen erreichte. Als Ziel hatte er eine verlassene Fischerkate auserkoren, von der nur noch die steinernen Wände und das verrottete Dachgebälk standen. Es gab eigentlich keinen besonderen Grund, warum er gerade dorthin wollte, außer dem, dass die Insel kaum nennenswerte Landmarken besaß. Es gab nicht einmal einen Leuchtturm wie auf den Nachbarinseln, stattdessen hatten sich die Seeleute früher mit dem Kirchturm zur Orientierung begnügen müssen. Zu Beginn seines Marschs ging Arjen noch flott. Leichtfüßig stieg er über den unebenen Grund und ließ sich nicht vom kniehohen Gras behindern. Doch schon bald wurde der Rucksack immer schwerer, und erste Schweißperlen traten ihm auf die Stirn. Als er sich umdrehte, konnte er das Reetdachhaus immer noch sehen, obwohl es sich flach in die Landschaft duckte. Das Kribbeln in seiner Brust drohte zu erlöschen – und wenn das geschah, würde er wieder zu dem dicklichen Jungen werden, der am besten auf der Bank unterm Kirschbaum aufgehoben war. Ein Stubenhocker, der über Abenteuer las, anstatt sie zu erleben.

»Wenn ich jetzt umdrehe, dann werde ich den ganzen Sommer auf dieser verfluchten Bank verbringen«, gestand Arjen sich ein.

Möglicherweise wäre das nicht ganz so schlimm, schließlich hatte er die letzten Sommer auf diese Weise verbracht – lesend, puzzelnd, mit Zinnsoldaten spielend und der guten Dörchen beim Kochen helfend. Ihm hatten diese ruhig dahinfließenden Tage durchaus gefallen, aber dieses Jahr würde es anders sein, da war er sicher. Er musste hinaus in die Welt, er musste etwas erleben. Wenn er diesem Verlangen nicht nachgab, würde er platzen, so viel stand fest. Also ruckelte er die Riemen des Rucksacks zurecht und begann »Im Frühtau zu Berge« zu pfeifen, das einzige Wanderlied, das er kannte.

Arjen hörte das Meer schon lange, bevor er es sah. Sein Rauschen klang lockend in seinen Ohren, es sang von der Naturgewalt mit ihren schäumenden Kronen. Arjen musste jedoch immer noch eine Düne erklimmen, von deren Höhe er hoffte, endlich auf die See zu blicken. Sie übte eine sirenenhafte Anziehung auf ihn aus, und je näher er kam, desto mehr vergaß er seine schweren Beine und das Hemd, das verschwitzt an seinem Rücken klebte. Als er endlich auf das dunkle Blau blickte, tat sich eine neue Empfindung in seiner Brust auf: Die Schönheit des Meeres traf ihn unvorbereitet, strömte in ihn hinein, riss Türen auf und flutete Räume, von denen er gar nicht gewusst hatte, dass sie in ihm existierten. Wie hatte er nur jeden Tag auf dieses Wunder blicken können, ohne diese Wucht zu empfinden? Vermutlich weil er das Wellenspiel für gewöhnlich unbeachtet ließ, nachdem seine Mutter ertrunken war. Für ihn war das Meer nicht einfach das Meer, sondern ein geheimnisvoller Ort, der ihn anzog und ihn zugleich mit Angst erfüllte.

Sein Vater Thaisen liebte die See ebenfalls, allerdings mit jener Gelassenheit, die darauf beruhte, sich einer Sache sicher zu sein. Als geborener Hanseat hatte ihn das Meer von Geburt an begleitet und würde noch lange da sein, nachdem seine Seele längst zum Herrn berufen worden war. Für seinen Sohn hingegen war das Meer bislang so fern gewesen, als wäre er tief im Festland aufgewachsen. Zwar bildete der natürliche Hafen das Herz der Insel, und die meisten Kinder stammten aus Fischerfamilien, aber Arjen hatte, als er noch die Beekensieler Grundschule besuchte, höchstens die Kirche und den Krämerladen zu sehen bekommen. Laut Thaisen schickte es sich für den Sohn des Pastors nicht, sich herumzutreiben und Unsinn anzustellen – ganz gleich wie alt er war. Diese auferlegte Zurückgezogenheit hatte Arjen nie belastet, er hatte sich wohl gefühlt in der Reetdachkate inmitten der Wiesen und Felder. Das war zumindest so gewesen, bis ihm die Kate am heutigen Morgen ganz unvermittelt zu klein geworden war.

Schnaufend erklomm Arjen den Dünenkamm, wo ihn sogleich eine Böe erfasste. Das Ziehen in seinen überanstrengten Muskeln ignorierend, richtete er den Rücken auf und streckte sich trotzig dem Wind entgegen. Dann blickte er auf das Meer, das immer noch vom Unwetter aufgewühlt war und dessen Wellen mächtig gegen den Strand schlugen. In der Senke unter ihm, umzäunt von zerzausten, geduckt dastehenden Birken, ragten die Überreste der Fischerkate auf. Auf dem Vorhof, zwischen dessen auseinanderklaffenden Steinplatten Strandflieder wuchs, lag etwas.

Ein rotes Bündel.

In dem Moment, als Arjen begriff, dass es eine Beuteltasche war, spielte ihm der Wind Stimmen zu. Jungenstimmen, die durcheinanderredeten. Es folgte ein Krachen, dann eine Pause und schließlich schallendes Gelächter. Arjen ahnte, wer dort unten Lärm veranstaltete. Die dröhnende Lache zumindest gehörte Haro Flennigs, mit dem er die vierte Grundschulklasse besucht hatte. Für Haro war es die zweite Runde gewesen – nicht etwa weil er ein Dummkopf war, obwohl man das bei seiner niedrigen Stirn leicht denken konnte, sondern weil er seinem Vater, einem Fischer, oft bei der Arbeit aushalf. Wenn man alle Sinne beisammenhatte, erwähnte man Haros Ehrenrunde nicht, er war nämlich ein Schrank von einem Jungen. Haro wusste nicht nur, wie man richtig zuschlug, sondern glaubte fest an das Gesetz des Stärkeren, vermutlich weil es immer auf seiner Seite war.

Unschlüssig wie er sich angesichts dieser lauernden Gefahr verhalten sollte, zupfte Arjen am Dünengras. Eine scharfe Kante schnitt ihm in den Finger. »Aua«, entfuhr es ihm viel zu laut. Voller Furcht blickte er auf die Ruine, wo man seinen Ausruf scheinbar nicht gehört hatte. Das Gerede der Jungen ertönte erneut, und als sie plötzlich aus der Ruine traten, sahen sie nicht in Arjens Richtung. Einer der Jungen, die auf dem Vorhof standen und Geröll mit ihren Stiefelspitzen wegkickten, war tatsächlich Haro Flennigs mit seinem Bürstenschnitt und seiner massigen Statur. Neben ihm stand Oke Sonstwie, gut zu erkennen an seinen Segelohren. Den dritten Jungen kannte Arjen lediglich vom Sehen. Seine Visage reichte allerdings aus, um ihn als jemanden einzuschätzen, dem man lieber aus dem Weg ging. Was für alle drei galt, vor allem wenn man sie als jüngeres

Kind allein an einem abgelegenen Ort traf und sie sich nach dem nächsten Zeitvertreib umsahen.

Als Haro die rote Tasche schulterte und sich in Arjens Richtung drehte, ließ er sich ins Gras fallen und vergrub das Gesicht zwischen Sand und Wurzelgeflecht.

»Das war auch höchste Eisenbahn, Bursche. Wärst du noch einen Moment länger offen in der Landschaft rumgestanden, hätte ich dich für vollkommen verrückt gehalten.«

Der herablassende Ton erklang direkt hinter Arjen, der einen Schreckensschrei ausgestoßen hätte, wäre sein Mund nicht voller Sand gewesen.

Sie haben mich erwischt!

Einen unerträglichen Moment lang geschah nichts.

»Sag mal, machst du alles mit einer gewissen Verzögerung? Dich in Sicherheit bringen, auf einen Überraschungsgast in deinem Nacken reagieren ...«

Arjen dämmerte endlich, dass es keiner von Haros Kumpanen war, der ihn gestellt hatte, obgleich es eindeutig ein Junge war. Langsam drehte er sich auf den Rücken, wobei sich ihm der Verschluss der Feldflasche zwischen die Rippen bohrte. In seinen Ohren rauschte das Blut, doch es erzeugte keinen Druck, wie sonst immer in furchterregenden Situationen. Bislang waren das auch bloß Prüfungen in Mathematik oder eine der selten notwendigen Strafpredigten seines Vaters gewesen. Jetzt preschte das Blut von seinem Kopf hinab in seine Glieder, bis er glaubte, in den Stand springen und laufen zu können, bis er die Grenzen von Ostfriesland weit hinter sich gelassen hatte.

Als Arjen es endlich wagte, seinen Entdecker zu betrachten, stellte er fest, dass es keinen Grund zur Flucht gab. Denn im Dünengras hockte ein ihm unbekannter

Junge, dessen Lächeln zwar frech, aber auch freundlich wirkte. Sonnengebleichtes Haar hing ihm in die Stirn, so lang, wie es keine Mutter auf Beekensiel erlauben würde. Außerdem war er höchstens ein Jahr älter als Arjen und um einiges schmächtiger. Wie er so vor ihm kauerte, überkam Arjen die Hoffnung, dass er es im Zweifelsfall durchaus mit dem Kerl aufnehmen konnte … Bis er den Blick des Jungen bemerkte. Nein, er hatte sich getäuscht: Er würde unterliegen, und zwar nicht nur bei einem körperlichen Kräftemessen. Diese blaugrauen Augen hatten bereits sehr viel mehr gesehen als seine – das erkannte er instinktiv.

Der Junge grinste ihn forsch an, wobei ein angeknackster Schneidezahn zum Vorschein kam, was Arjen seltsam faszinierte. »Schön den Kopf unten behalten«, forderte der Junge im Flüsterton. Im Gegensatz zu Arjen hatte er das Trio auf dem Vorhof nämlich nicht vergessen. Behände krabbelte er an den Grad und blickte hinab.

Arjen kam nicht umhin, den Geruch des Jungen wahrzunehmen: eine Mischung aus frischem Schweiß und Dünengras. Genauso wollte Arjen auch riechen, wild … unbändig – und nicht nach getrocknetem Lavendel und Dörchens Holzpolitur. Obwohl ihm seine Neugierde unangenehm war, konnte er nicht aufhören, den Jungen anzustarren. Nicht einmal seine Angst vor Haro und seiner Bande lenkte ihn ab. Der Junge trug keine Schuhe, umgekrempelte Hosen und ein kurzärmeliges Unterhemd, das seine goldbraunen Arme zeigte. Beklommen linste Arjen auf seine eigene blasse Haut, die er bis eben für ganz normal gehalten hatte, schließlich begann der Sommer gerade erst. Selbst wenn er gewollt hätte, hätte er wegen der Schule keine Zeit zum Rumstromern gehabt.

»Was ist?«, fragte der Junge. Als er ihn über die Schulter hinweg anblickte, bemerkte Arjen ein Lederband um seinen Hals. »Bist du immer noch fassungslos, dass du hier oben nicht allein auf Beobachtungsposten gewesen bist?«

»Beobachtungsposten?«, echote Arjen.

Der Junge hielt sich eine Hand über die Augen und blickte mit aufmerksamer Miene hinab. »Ich schau' mir schon etwas länger an, was diese drei Schwachköpfe treiben. Die Ruine ist ein toller Rückzugsort, von den Erwachsenen kommt hier bestimmt keiner her. Aber den Heinis fällt nichts Besseres ein, als die wenigen Sachen, die noch vorhanden sind, kurz und klein zu schlagen und in die Ecken zu pinkeln. Jetzt, wo wir zu zweit sind, können wir sie endlich vertreiben.«

»Das halte ich für keine gute Idee.« Der Satz flog Arjen regelrecht von den Lippen, so eilig hatte er es, den Jungen umzustimmen. »Ich habe einmal miterlebt, wie Haro nach Unterrichtsschluss einem Schulkameraden den Arm auf den Rücken gedreht hat, bis es knackte. Das hat er nicht gemacht, weil die beiden gestritten haben. Nein, er hat es getan, weil er zeigen wollte, wie stark er ist. Dass er der Chef ist. Haro mag solche Sachen, sie sind wichtig für ihn.«

»Haro … Ist das der Muskelberg?«

Arjen nickte.

»Und wie heißen die anderen beiden?«

»Der mit den großen Ohren ist Oke, und von dem gemein Aussehenden kenne ich den Namen nicht. Warum willst du das wissen?«

»Ist immer gut, die Namen seiner Feinde zu kennen.« Der Junge klang unvermutet ernsthaft, fast wie ein Nachrichtensprecher aus dem Radio. »Wie heißt du überhaupt, Wandervogel?«

»Arjen, Arjen Rosenboom. Und du?«, fragte er schüchtern.

Der Junge sah ihn an und schwieg einen Moment, als müsse er erst einmal abwägen, ob er Arjen eine so wichtige Information anvertrauen konnte. »Ruben.«

»A-ha. Ruben. Und weiter?« Arjen war sich mittlerweile sicher, den Jungen nie zuvor auf Beekensiel gesehen zu haben. Nichts an ihm wirkte so, als würde es von der Insel stammen – weder seine Sprache noch seine Kleidung und schon gar nicht sein Verhalten. Ein Nachname würde helfen, ihn der Familie zuzuordnen, bei der er wahrscheinlich zu Gast war. Arjen wusste selbst nicht, warum er so viel wie möglich über diesen Jungen erfahren wollte …

»Ruben muss reichen«, erklärte dieser jedoch unwirsch.

Es kostete Arjen kaum Überwindung, sich Ruben unterzuordnen. Im Gegensatz zu ihm war der Junge der festen Überzeugung, stets genau zu wissen, was zu tun sei, und strahlte dabei eine Bestimmtheit aus, die Arjen faszinierte. Vermutlich wäre er sogar an Rubens Seite die Düne hinabgestürmt, um sich auf Haro und Konsorten zu stürzen, wenn er es verlangt hätte. Gott sei Dank zogen die drei jedoch von alleine ab. Kaum schlugen sie den Trampelpfad zum Strand ein, kletterte Ruben auch schon durch ein rahmenloses Fenster in die Ruine.

Arjen zögerte. »Was machen wir, wenn sie zurückkommen?«

Ohne sich umzudrehen, sagte Ruben: »Na, was wohl? Dann sagen wir ihnen, dass sie sich verpissen sollen.«

Diese Ausdrucksweise schockte Arjen noch mehr als die Vorstellung, Haro die Stirn zu bieten.

Es dauerte eine Weile, bis Ruben bemerkte, dass sein

neuer Freund ihm nicht folgte. Doch selbst da zuckte er nur mit den Achseln und inspizierte erst einmal in Ruhe den schief stehenden Herd, dem jemand einen Fuß abgeschlagen hatte, und mühte sich mit dem Vorratsschrank ab, dessen Türen durch die Feuchtigkeit verkantet waren. Als Arjen immer noch keine Anstalten machte hereinzuklettern, seufzte Ruben ergeben.

»Ich sage dir jetzt mal, wie es funktioniert: Wenn man etwas will, muss man es sich nehmen – alles andere ist Bockmist. Du musst es mehr wollen als die anderen, und du musst weiter dafür gehen, um es zu bekommen, ansonsten kannst du es gleich sein lassen. So sieht es aus. Mir gefällt dieser kaputte Kasten, da könnte man was draus machen. Einen echten Unterschlupf. Und was willst du?«

Die Sommertage mit dir verbringen.

Das war es, was Arjen am allermeisten wollte. Doch er sprach es nicht aus. Stattdessen stieg er zu Ruben in die Ruine und hörte aufmerksam der Bestandsaufnahme und den Ideen des Jungen zu. Nach und nach steuerte er Vorschläge bei, obwohl er keinerlei Ahnung von Handwerksarbeit hatte. Da Ruben allerdings jeden einzelnen seiner Kommentare mit in seine Überlegungen einfließen ließ, ging Arjen schon bald im Pläneschmieden auf. Als er begriff, dass es tatsächlich ihre gemeinsamen Pläne waren, lag er schon frisch gewaschen und erschöpft daheim im Bett. Sein letzter Gedanke, bevor er einschlief, galt der Sonne. Sobald sie aufging, würde er Ruben wieder treffen.

5

Greta saß auf dem Bett unter der Dachschräge und hing immer noch wie benommen Arjens Kindheitserzählung nach. Nicht nur weil es eine packende Geschichte war, die ihren Großvater auf eine Weise zeigte, die ihr bislang unbekannt gewesen war, sondern auch wegen der Art, wie er sie erzählt hatte. Er war ganz bei sich gewesen, vollkommen konzentriert, beinahe so, als würde er den Jungen vor sich sehen, der er einst gewesen war, und würde ihm über Wege folgen, die er im Laufe der Jahre vergessen hatte. *Es ist, als öffne er eine seit langem verschlossene Tür in die Vergangenheit und wäre erstaunt über das, was er dort entdeckt.* Ja, es war anders gewesen als sonst. Für gewöhnlich ging es Arjen in erster Linie darum, sie mit Anekdoten zu unterhalten, und er freute sich über jeden Lacher und jedes verblüffte Hochfahren der Augenbrauen. Dieses Mal jedoch hatte er Greta fast vergessen gehabt, seine Stimme war nach und nach so leise geworden, dass sie ihn kaum noch verstanden hatte. Sie hatte sich weit vorlehnen müssen, um kein Wort zu verpassen. Ohne dass sie erklären konnte, warum, war sie sich sicher gewesen, nichts verpassen zu dürfen, weil Arjen diese Geschichte nur ein einziges Mal erzählen würde.

Das Geheimnis in Arjens Kindheit hörte also auf den Namen Ruben und hatte einen angeschlagenen Schneidezahn. Gretas Versuch, diesen Gedanken amüsiert klingen zu lassen, scheiterte. Was ihr Großvater erzählt hatte, war amüsant gewesen, aber eben noch viel mehr als das … Und sie hatte den dringenden Verdacht, dass Arjen noch lange nicht alles erzählt hatte.

Jetzt aber war Greta bemüht, sich dem Sog des Sommers von 1939 zu entziehen. Sie hatten viel zu lange auf der Bank unter dem Apfelbaum gesessen, und nun drängte die Zeit. Die Familie würde gleich zum Essen aufbrechen, und sie hatte noch nicht einmal den Reißverschluss des Weekenders geöffnet, in dem sie ihre hastig zusammengeraffte Kleidung vermutete. Ihre Abreise aus Zürich hatte eher einer Flucht geglichen, und sie konnte sich lediglich daran erinnern, wie sie wahllos einzelne Stücke aus Kommoden und Schränken gezerrt hatte.

Anstatt sich jedoch für das Abendessen fertig zu machen, blieb sie sitzen, und ihr Blick wanderte zum Biedermeierschrank, der an der gegenüberliegenden Wand stand. Auf der einen Seite berührte seine Krone die Dachschräge, weil die Kammer kaum ausreichend Platz bot. Die Schranktüren schmückten je zwei eingelassene Rechtecke, und sie hatte diese klaren Linien schon immer geliebt. Als Jugendliche hatte sie die Kammer unterm Dach in Beschlag genommen und in ihr eigenes Reich verwandelt. Was ihr nicht weiter schwergefallen war, denn der Schrank hatte bereits an Ort und Stelle gestanden, während sie das Messingbett, an dessen Herkunft sich niemand erinnerte, im Keller gefunden hatte. Genau wie einige Rollen Tapete mit Rosenmuster, über deren Stockflecken sie großzügig hinwegsah. Die gesamten Herbstferien war sie damit beschäftigt gewesen, zu tapezieren, zu polieren, die Holzdielen zu ölen und eine Ikea-Matratze endlose Kilometer mit dem Fahrrad zu transportieren. Am Ende der Plackerei hatte sie einen eigenen Platz im Backsteinhaus erobert gehabt. Das war schon deshalb wichtig, weil sie oft bei ihrem Großvater war. Die Wohnung ihrer Eltern im Neubauviertel von Meresund war ihr immer beengend erschienen, obwohl Wencke und sie eigene Zimmer hatten und Anette sich unablässig bemühte, es ihnen so gemütlich zu machen, dass sie ihrer Meinung nach nie das Haus verlassen mussten.

Zuhause – das war für Greta schon immer das Backsteinhaus in der Asmussengasse gewesen.

Erst als Greta zum Studium Meresund verlassen hatte, begriff sie, dass es nicht das Haus war, das sie schmerzlich vermisste, sondern seine Atmosphäre, die zu gleichen Teilen aus Geborgenheit und Freiheit bestand. Ganze Regennachmittage, die sie ungestört mit Lesen verbrachte, und dann Damespielen am Küchentisch, wenn es ihr zu einsam wurde. Unabhängigkeit und große Nähe – diese Kunst beherrschte Arjen wie kein Zweiter, damit hatte er den Geist des Backsteinhauses und Greta gleich mit geprägt. Zumindest hatte sie das Gefühl, dass ihr inneres Fundament zu großen Teilen von ihrem Großvater gelegt worden war.

Irgendwann musste dieses Fundament allerdings einen Riss erfahren haben – anders konnte sie sich nicht erklären, warum sie mit Erik jahrelang in einer so vollkommen verkehrten Beziehung gelebt hatte. Obwohl sie sich dagegen wehrte, wanderten Gretas Gedanken zu jenem Moment, als sich ihre schon länger gehegten Befürchtungen bewahrheitet hatten, dass ihr Leben an Erik Brunners Seite ein Fehler war …

Ein Nebelfilm, der am frühen Morgen auf dem Zürichsee lag, verriet den Herbstanbruch, ein feiner Schleier, der die sowieso schon unwirkliche Aussicht unwirklicher denn je erscheinen ließ. Doch selbst wenn der Nebel nicht gewesen wäre, hätte Greta gewusst, dass die schöne Zeit des Jahres vorbei war, denn der Sandstein, mit dem das Wohnzimmer ausgelegt war, biss ihr vor Kälte in die nackten Fußsohlen. In den letzten Monaten dagegen hatte er sich angenehm warm angefühlt, wenn sie vor der breiten Fensterfront stand und ihren Tee trank.

»Wie sieht es draußen aus?«

Erik rief vom oberen Stockwerk, wo er gerade mit einem Handtuch um die Hüften übers Geländer lehnte, das zu lange Haar noch nass vom Duschen. »Meinst du etwa, ich sei zu alt für diese Art Haarschnitt?«, hatte er Greta mit einem Blinzeln gefragt, als sie ihn vorsichtig darauf aufmerksam gemacht hatte. »Nein, nicht zu alt«, hatte sie wahrheitsgemäß geantwortet und wohlweislich verschwiegen, dass sie bloß irritiert darüber war, wie sehr ihn sein Äußeres beschäftigte. Irritierenderweise war er viel eitler als seine eher natürlich veranlagte Lebensgefährtin. Auch jetzt ging er wieder zu seinem Morgenritual über, die richtige Garderobe zusammenzustellen, nur um schließlich auszusehen, als verschenke er nicht eine Sekunde an solche Überlegungen. Eigentlich hätte Greta über seine Eitelkeit großzügig hinwegsehen können, wenn sie sie schon nicht als liebenswerte Macke abtat – aber es wollte ihr nicht gelingen. Eriks Lust am Darstellen störte sie nach wie vor, und es war sogar noch schlimmer geworden. Seit zwei Tagen stand nun zu befürchten, dass sein dauerhaftes Arbeiten an der Fassade sehr viel tiefer ging als vermutet, dass Erik den schönen Schein nicht bloß aufrechterhielt, sondern geradezu verinnerlicht hatte. Das Ausmaß dieser Erkenntnis lähmte Greta nach wie vor.

»Schatz, meinst du, es ist schon an der Zeit für einen Kaschmirpullover, oder werde ich mich in so einem Wollteil bloß zu Tode schwitzen? Na, komm, erzähl mir schon, was du von deinem Beobachtungsposten aus siehst.«

»Es wird kalt, du solltest dich besser warm anziehen. Sehr warm.«

Zwar sträubte sich alles in ihr, Erik anzusehen, aber sie tat es trotzdem. Sein Anblick war wie ein brennender Dorn, den sie sich selbst tiefer ins Fleisch rammte, anstatt sich von ihm zu befreien. Vier Jahre lang betrachtete sie diesen Mann schon und hatte sich ein ums andere Mal gefragt, was sie dabei empfand. Dabei war nie jenes eindeutige Gefühl erwacht, nach dem sie sich zunehmend sehnte, jener Moment, in dem ihre innere Stimme ihr zuflüsterte: »Es passt.« Während sie nun sein braungebranntes, auffallend angenehm geschnittenes Gesicht, seine durchtrainierten Schultern und den bestenfalls einen Tick gewölbten Bauch musterte, meldete sich die Stimme endlich, und zwar ohne eine Spur von Zweifel: »Es passt nicht.«

Was auch immer Erik in diesem Moment in ihren Augen las – den Bruch, der sich in ihr vollzog, erkannte er nicht. Stattdessen schenkte er ihr ein anzügliches Lächeln und verschwand im Schlafzimmer.

In der Tasche ihres Morgenmantels piepste ihr Handy. Die Nachricht, auf die sie wartete, war eingetroffen. Unabhängig davon, ob sie nun ihren Verdacht bestätigte oder nicht, sie würde diesen Mann verlassen … Und mit ihm ein Leben, das herrlich bequem und zugleich voller Herausforderungen war, genau wie dieses Haus auf der goldenen Seite des Zürichsees. *So schön es hier ist, ich bin trotzdem nie heimisch geworden*, tröstete Greta sich, nur um Tränen in ihren Augen zu spüren. Es war kaum fair, Erik sein aufgesetztes

Gehabe anzukreiden, wo sie doch selbst eine Meisterin im Vortäuschen war. Sogar sich selbst hatte sie getäuscht, indem sie beharrlich an ihrer Beziehung festgehalten hatte, obwohl mit jedem Tag mehr Risse aufgetaucht waren.

Vorsichtig, als befürchte sie, sich zu verbrennen, tastete sie nach dem Handy und holte es hervor. War es wirklich nötig, dass sie die Nachricht überhaupt las, nun, da ihr klar geworden war, dass es ab hier nicht weiterging? Gewiss, sie war in Erik Brunner verliebt gewesen und sicherlich auch fasziniert von der Vorstellung, an der Seite eines Mannes wie ihm zu leben, der trotz seines rasiermesserscharfen Geschäftssinns auch ein facettenreicher und querdenkender Mensch war … oder zumindest zu sein schien. Aber das letzte Stück Weg, das es brauchte, um einen Menschen zu lieben, war in diesem Fall versperrt gewesen.

Gretas Finger fuhren unsicher über das schwarze Display. Nur ein Fingerstreich, und es würde ein neues Licht auf Erik Brunner werfen. *Los, tu es*, spornte sie sich an. *Du musst wissen, wie sehr du dich getäuscht hast, ansonsten wirst du dir den Rest deines Lebens nicht mehr über den Weg trauen. Auch wenn es wehtut, du musst dich der Wahrheit stellen.*

Und genau das tat Greta, wobei sie die Wahrheit viel härter traf als vermutet. Doch als am schwierigsten sollte sich das Aufstehen nach dem Fall erweisen, der Moment, in dem sie in die Zukunft blickte und sie vor lauter Bruchstücken der Vergangenheit nicht sah.

Endlich rang Greta sich dazu durch, den Weekender zu öffnen. Zu ihrem Verdruss stellte sie fest, dass er jede Menge Strümpfe, Yogakleidung, wirr hineingeworfene Kosmetik und eine Nackenrolle enthielt, jedoch kein einziges elegantes Oberteil, worauf sie gehofft hatte. Doch ihr fehlte schlicht die Zeit, um zum Auto zu laufen und in dem Chaos, das in seinem Inneren herrschte, nach passender Kleidung für das Abendessen zu suchen. Anette hatte sie bloß unter dem Vorwand entlassen, dass sie sich für den Restaurantbesuch rasch frisch machen wollte. Die Nachricht, dass der Bruch zwischen Erik und ihr weit über einen normalen Streit hinausging, hatte sich offenbar gesetzt, sodass es nur eine Frage der Zeit war, bis Anettes Fürsorgeprogramm startete – dem Greta um jeden Preis entgehen wollte.

Ihre Mutter war eine großartige Frau – ohne Frage. Sie war immer zur Stelle, wenn man sie brauchte. Allerdings war sie auch bei jeder anderen Gelegenheit da, denn Anette war fest davon überzeugt, es ginge niemals ohne sie. Passte man nicht sehr gut auf, hüllte sie einen in einen Kokon aus Übermütterlichkeit, der so schwer zu zerreißen war, als wäre er aus Stahl gesponnen. Dabei ging Anette keineswegs plump vor, nein. Sie war eine sanfte Tyrannin. Das hatte Greta bereits in ihrer Jugend geahnt, als die Allgegenwart ihrer Mutter in ihr einen Fluchtinstinkt wachrief, der sie bis heute begleitete. Den endgültigen Beweis dafür, dass ein Zuviel an Unterstützung für alle Beteiligten verkehrt ist, brachte ihr Studiumsbeginn: Am Bahnhof hatte Anette tapfer gewunken und unnötig oft betont, dass sie vollstes Verständnis dafür habe, dass Greta ihren Umzug nach Berlin allein hinbekommen wolle. Ihren Nervenzusammenbruch hatte sie erst dann erlitten, als der Zug nicht mehr zu sehen gewesen war. Sie vergoss endlose Tränen darüber, dass sie ihr Kind verloren habe. Gott sei Dank war Wencke zur Stelle gewesen und hatte das ganze Elend aufgefangen… Nur um es Greta später, mit scharfzüngigen Vorwürfen garniert, unter die Nase zu reiben.

Seitdem wusste Greta, dass ihre Mutter geradezu süchtig danach war, sich für ihre Familie aufzureiben, und achtete darauf, Anette das Gefühl zu vermitteln, ihr Dasein sei ein Spaziergang im Sonnenschein, in dem es keinerlei Notwendigkeit für eine kleine Dosis Unterstützung gab. Sogar nachdem ihre Herzensangelegenheit – ein Non-Profit-Fahrradverleih in Berlin – pleitegegangen war, hatte Greta ihre Mutter davon überzeugen können, dass sie ohnehin vorgehabt hätte, zu Erik nach Zürich zu ziehen. Die Schulden, die sie dorthin begleitet hatten, verschwieg sie eisern, obwohl ihr eine Finanzspritze äußerst willkommen gewesen wäre.

Mit ihrem heutigen Auftritt hatte Greta jedoch mit Pauken und Trompeten gegen diese Regel verstoßen. Vermutlich schleppte Anette bereits ihre Kartons vom Mietwagen ins Haus, damit das Kind sich in seinem verwirrten Zustand nicht bei Nacht und Nebel davonmachte. Gut möglich, dass sie auch die Familie anwies, sie wie eine Schwerverletzte zu behandeln.

Allein bei der Vorstellung lief ein Schauder über Gretas Rücken. Dann ging sie zum Waschbecken, wusch sich und kämmte sich ihr welliges Haar mit den nassen Fingern, ehe sie versuchte, es in die Stirn zu frisieren. Sinnlos, die Strähnen waren zu lang. Aus dem Spiegel blickte ihr eine erschöpfte Frau entgegen, die mit fiebrigen Flecken auf den Wangen und Augenschatten deutlich älter als Ende zwanzig aussah. Wahrscheinlich würde eine durchschlafene Nacht das wieder richten, aber Greta glaubte nicht, so schnell wieder schlafen zu können. Hinter ihrer Stirn rasten Fragen, Vorwürfe und Ängste im Kreis, die sie gewiss auch nachts nicht zur Ruhe kommen lassen würden.

Nach einem Kontrollblick auf das Shirt, das sie getragen hatte, entschied sie, dass sie unbedingt ein frisches Oberteil brauchte. Ihr wurde ganz anders bei der Vorstellung, wie sie in diesem zerknitterten Stück Stoff bei der Geburtstagsfeier ihres Großvaters eingetroffen war, dazu mit wirrem Haar und einer Schramme an der Stirn, die sie aussehen ließ wie ein Kind, das vom Fahrrad gefallen war. Dabei war sie davon ausgegangen, heute zum ersten Mal als vollwertige Erwachsene im Kreis der Familie aufzutreten: eine Frau in einer ernsthaften Beziehung, die mitten im Berufsleben stand und ein Heim vorzuweisen hatte, in dem die Einrichtung nicht aus Flohmarktmöbeln und Erbstücken des Vormieters bestand. Nun, das war gründlich schiefgegangen.

Gerade als Greta ein paar nach Lavendel duftende Kleidungsstücke durchsah, die im Schrank lagerten, klopfte es an der Tür. Eine Schrecksekunde lang befürchtete sie, es wäre Anette, die ihr den ersten Entwurf ihres Liebeskummer-Überwindungsplans präsentieren wollte, doch für ihre Mutter war das Klopfen zu aggressiv gewesen.

»Wencke, bist du es?«

Die Tür ging auf, und ihre Schwester trat ein, ohne ein Herein abzuwarten. »Du hast vielleicht ein Glück, weißt du das eigentlich?«, legte sie sofort los. »Anette wollte dir gerade einen Besuch abstatten, als Großvater urplötzlich schwindelig geworden ist. Nun ist sie mit nassen Waschlappen beschäftigt, um ihn wieder auf die Beine zu bringen.« Als Greta zur Tür eilen wollte, versperrte sie ihr den Weg. »Ist schon wieder alles okay, brauchst dir keine Sorgen zu machen. Eine Tablette, ein Glas Wasser und schon funkeln Arjens Augen wieder, und er spricht davon, dass er einen Bärenhunger hat und zum Essen loswill.«

Der gute Arjen – diesen Anfall musste er vorgetäuscht haben, um ihr eine Auszeit zu verschaffen. Obgleich die Vorstellung, dass ihm tatsächlich unwohl war, keineswegs abwegig erschien, so erschöpft wie er ausgesehen hatte. Nicht einmal seine Sommerbräune hatte darüber hinweggetäuscht, wie blass er tatsächlich war. Vermutlich hatten sie alle miteinander noch nicht recht begriffen, wie alt Arjen wirklich war.

Greta fand eine schlichte Bluse, die ihrer Großmutter gehört haben musste. Als sie hineinschlüpfte, stellte sie erleichtert fest, dass das Oberteil saß, nur die Ärmel waren ein Stück zu kurz, weshalb Greta sie aufkrempelte. »Bin ich jetzt vorzeigbar?«

Wencke presste ihre Lippen zusammen, als könne sie nur leidlich einen schneidenden Kommentar zurückhalten. Dann hielt sie einen Schminkbeutel hoch. »Ich habe mir schon gedacht, dass du Hilfe brauchst. Großvater freut sich sehr auf den Restaurantbesuch, da solltest du also lieber anständig aussehen. Die Bluse ist ein Anfang, den Rest versuche ich hinzubekommen. Setz dich auf die Bettkante und lass mich meine Arbeit machen.« Nachdem sie eine ganze Weile mit Pinseln und Stiften an Gretas Gesicht gearbeitet hatte, trat sie einen Schritt zurück und gab ein zufriedenes Brummen von sich. »So wird es gehen. Du siehst zwar immer noch übernächtigt aus, aber wenigstens nicht mehr wie eine Wahnsinnige auf Freigang.«

»Vielen Dank. Wirklich. Du musst wissen, ich war nämlich richtig unzufrieden mit mir und meiner chaotischen Ankunft. Auch wenn es in deinen Ohren verdreht klingt: Ich habe es ehrlich nicht darauf angelegt, die Attraktion der Feier zu sein, über die sich alle das Maul zerreißen, weil mein Leben unübersehbar ein Trümmerfeld ist. Es ist mir schrecklich unangenehm, Wencke, einmal davon abgesehen, dass ich mich am liebsten in einer Ecke verkriechen würde, um in Ruhe zu heulen.«

Zu Gretas Verwunderung verschwand der harte Zug um Wenckes Mund. »Es tut mir übrigens leid, dass ich vorhin in der Küche so abweisend zu dir gewesen bin. Ich war bloß so wütend, weil du dich nicht gemeldet hattest, und als du dann schön Sekt mit Mama getrunken hast, anstatt dich bei uns für die Verspätung zu entschuldigen, ist es mit mir durchgegangen. Hätte ich geahnt, dass etwas Ernstes vorgefallen ist, dann wäre ich natürlich nicht so patzig gewesen. Bin ja schließlich kein Biest.« Auch in dieser Hinsicht hatte sich nichts verändert: Wencke konnte erst auf ihre Schwester zugehen, wenn diese am Boden lag und nicht so schnell wieder aufstehen würde. »Ist es mit Erik wirklich vorbei?«

Greta nickte. »Ich habe etwas über ihn herausgefunden, das mich schwer verletzt hat und unsere gesamte Beziehung in Frage stellt. Das war ein ziemlicher Schock, obwohl ich mir schon länger unsicher gewesen bin, ob wir wirklich zusammenpassen. Ich habe das dann immer auf meine Verkopftheit geschoben, weil ich die Dinge eben gern zergrüble, während er *nie* den geringsten Zweifel an unserer gemeinsamen Zukunft hegte. Stattdessen hat Erik bei jeder sich bietenden Gelegenheit betont, wie stolz er auf unsere eher ungewöhnliche Beziehung war: der aufstrebende und lediglich grün angehauchte Erik Brunner und die deutlich jüngere Weltverbesserin Greta Rosenboom. Schade nur, dass ich mit meiner Skepsis richtiggelegen hatte.«

»Und was ist mit deinem Job bei Wind Tech? Der war vielleicht nicht traummäßig, aber dieses Netzwerk zum Infoaustausch über grüne Technik, an dem du rumgewerkelt hast, war doch schon eine tolle Sache. Du warst immer ganz aus dem Häuschen, wenn du uns damit gelangweilt hast.«

Das stimmte durchaus, nur hatte diese Aufgabe komplett ihren Sinn verloren, nachdem Greta herausgefunden hatte, womit Eriks Vorzeigeunternehmen Wind Tech in Wahrheit das Geld einfuhr. Die Öffentlichkeitsabteilung, die Greta aufgebaut hatte, verlor ihre Grundlage, wenn erst einmal herauskam, womit Erik Brunner sich eine goldene Nase verdiente. Und es würde herauskommen, so viel stand fest. »Der Job ist genauso tot wie meine Beziehung zu Erik.«

Wencke kam ein Stück näher, als würde sie dieses Geständnis geradezu anlocken. »Dann war es das also wirklich mit eurer ›Aschenputtel findet ihren Prinzen‹-Nummer?«

Ich fände »Die Schöne und das Biest« passender, allerdings in verkehrter Reihenfolge, in der sich der vermeintliche Prinz ganz unvermutet in ein Biest verwandelt. Diesen Vergleich behielt Greta jedoch für sich und gab stattdessen vor, ihre verstreut herumliegenden Socken zusammenzusammeln. Es würde nicht viel bringen, wenn Wencke mitbekam, wie sehr sie diesen Märchen-Vergleich hasste, immer schon gehasst hatte. Nur weil Erik bei ihrem Kennenlernen bereits ein erfolgreicher Unternehmer gewesen war, während sie lediglich mit zwei Freunden einen Berliner Non-Profit-Fahrradverleih am Leben zu erhalten versuchte, hatte sie sich niemals als Aschenputtel gesehen. Eriks Geld hatte sie genauso wenig beeindruckt wie sein Erfolg. Das würde Wencke ihr allerdings niemals glauben, egal wie sehr sie beteuerte, dass ein »guter Fang« in ihren Augen weniger mit einem beachtlichen Lebenslauf, sondern mehr durch einen überzeugenden Charakter bestach.

»Erik und ich … Wir waren einfach zu verschieden«, erklärte Greta ausweichend. »Daran hat sich auch nie etwas geändert, egal, wie viele Kompromisse wir eingegangen sind. Irgendwann … Eigentlich schon ziemlich früh hat unsere Beziehung angefangen, sich falsch anzufühlen, wie eine wunde Stelle, die man immer häufiger berührt, bis man sie nicht länger totschweigen kann. Das allein wäre schon Grund für eine Trennung gewesen, aber so weit ist es nicht gekommen. Dank Eriks ans Licht gekommenem Doppelleben.«

»Willst du mir auf deine umständliche Art etwa erzählen, dass der perfekte Erik nicht vollkommen perfekt ist?«, unterbrach Wencke sie. »Das fände ich, so leid es mir tut, ziemlich kindisch.«

»Mir geht es nicht um Perfektion – einmal davon abgesehen, dass Erik weit davon entfernt ist, perfekt zu sein. Er ist ein Lügner, ein Heuchler …« Gretas Stimme versagte, und sie wünschte sich, sich einfach auf dem Bett zusammenzurollen und unter der Decke zu verschwinden. Nur würde sich der Schmerz nicht von Daunen und Leinen abhalten lassen, er würde jede Lücke finden und über sie kommen, bis sie es nicht länger aushielt und ihr Nest unter dem Dach verfluchte.

Zum ersten Mal blickte Wencke sie mitfühlend an. »Der Mistkerl hat dich betrogen, richtig?«

Greta kniff sich ins Nasenbein, um die Tränen zurückzuhalten. Erik war nun wirklich kein Grund, Wenckes Schminkkünste zu ruinieren. »Ja, er hat mir von Anfang an etwas vorgemacht.« Als Wencke ihr einen Arm um die Schultern legen wollte, zuckte Greta zurück. »Bitte nicht, ansonsten kann ich für nichts garantieren. Für Selbstmitleid ist später noch genug Zeit, ich will nicht auch noch Großvaters Abendessen verderben, indem ich als aufgelöstes Nervenbündel mit Schnupfnase am Tisch sitze. Eigentlich hätte ich an seinem Ehrentag gar nicht nach Meresund kommen dürfen, aber ich wusste nicht, wohin ich sonst hätte gehen sollen.«

»Du hast alles richtig gemacht«, beruhigte Wencke sie.

»Wenn alle Stricke reißen, geht man eben zu seiner Familie. Du gehörst zu uns, obwohl es mir manchmal schwerfällt, das zu glauben. Ich vertrete ja nach wie vor die These, dass du auf der Geburtsstation mit meiner wahren Schwester, einem sanften und umgänglichen Geschöpf, vertauscht wurdest.« Als Greta sie irritiert ansah und ihre Schultern straffte, als gälte es einen Angriff abzuwehren, lächelte ihre Schwester. »Siehst du, ich weiß genau, mit welcher Taktik man dich am besten ablenkt. Da reicht ein wenig Gestichele, und schon hebst du stolz deinen Kopf. So habe ich das schon gemacht, als wir noch Kinder waren. Wenn du bei irgendeiner Kleinigkeit zu flennen angefangen hast, dann brauchte ich nur ›Lauf schnell zu Mutti, du Heulsuse‹ zu sagen, und sofort hast du aufgehört. Ich wette, Erik hat sein blaues Wunder erlebt, als du hinter seine Lügengeschichte gekommen bist. Egal wie kläglich es dir jetzt geht, der hat doch bestimmt die Abreibung seines Lebens bekommen.«

Leider nicht annähernd genug, dachte Greta, die sich nach Wenckes Seitenhieb tatsächlich besser fühlte. Es machte sich sogar eine gewisse Vorfreude auf den Abend bemerkbar. Sie würde sich auf ihre Familie konzentrieren, hören, wie es jedem Einzelnen ging, und zusehen, ob sie das Geheimnis lüftete, das Arjen angedeutet hatte. Schließlich war sie wesentlich mehr als eine von Liebeskummer gezeichnete Frau. Zumindest für diesen Abend nahm sie sich fest vor, es zu sein.

6

Die »Kapitänskajüte« war das einzige nennenswerte Restaurant in Meresund, seit die alteingesessene Schankwirtschaft dem Neubauwahn hatte weichen müssen und der Rest des kulinarischen Lebens aus Pizzabringdiensten und asiatischem Takeaway bestand. Wer etwas Besseres wollte, fuhr nach Kiel, dort konnte man beim Essen die Ozeanriesen im Hafen beobachten, anstatt durch bunte Butzenfenster auf den verwaisten Meresunder Marktplatz zu blicken. Die Speisekarte der »Kapitänskajüte« war genauso altehrwürdig wie das Restaurant selbst, und es hatte eine Zeit gegeben, als Greta das alles zuwider gewesen war: angefangen bei der »Kutterscholle Finkenwerder Art« bis hin zu den Eichentischen, auf denen silberne Salz- und Pfefferstreuer standen. Jede einzelne Familienfeier endete in diesem Restaurant, begleitet von Marie Jobsts schlechtgelauntem Service und der Seemannsmusik aus den Boxen von anno 1950.

Als Greta heute jedoch den spärlich beleuchteten Saal betrat, stellte sie erstaunt fest, dass sie ausatmete. Voller Erleichterung. Nichts hatte sich verändert – einmal abgesehen von ihrer Haltung. Plötzlich strahlte die rustikale Einrichtung für sie Vertrautheit aus, der Duft nach Gebratenem und Salzkartoffeln mit Petersilie weckte ihren Appetit, und selbst Marie Jobsts herabhängende Mundwinkel wirkten einladender als jedes Willkommenswort.

»Es ist schön, wieder einmal bei Ihnen zu sein«, begrüßte Greta die Wirtin, die sie mit einem gewissen Unglauben anblinzelte.

Die Familie ließ sich in der angestammten Sitzordnung an der Tafel im hinteren Gewölbe nieder. Hier saß man zwar abseits, aber das war Arjen mehr als recht. »Ich will in Ruhe essen und nicht im Sekundentakt Neuankömmlinge begrüßen, denen ich vor Jahren mal in den Hals geschaut oder den Bauch abgetastet habe«, erklärte er gern, wenn sich mal wieder jemand beschwerte, dass es in dieser Ecke muffig roch oder die Karte im Dämmerlicht unlesbar war. Ein weiterer Vorteil war die Akustik, denn man verstand durchaus, was drei Plätze von einem entfernt gesprochen wurde, sodass alle Familienmitglieder stets auf dem gleichen Stand der Unterhaltung waren.

Gretas Onkel Martin tätschelte ihr die Schulter, bevor er sich neben sie setzte. Er war erst jetzt gekommen, weil es am Containerhafen in Kiel, wo er arbeitete, Probleme mit der Software gegeben hatte. Leider hatte man das erst festgestellt, als ein Frachter mit Containern voller gefrorener Hühnerbeine anstelle einer antiken Möbelsammlung bereits in Richtung Übersee abgelegt hatte.

»Schön dich mal wieder zu sehen, Mädchen. Ich habe von deiner Mutter zwischen Tür und Angel gehört, dass du wohl ein paar Tage länger als geplant in Meresund bleibst. Es ist mir eh ein Rätsel, wie du es so lange eingekeilt zwischen den Bergen ausgehalten hast. Mich hat es mal zu einer Fortbildung in den Harz verschlagen, und zuerst fand ich die Berge ja ganz interessant, aber nach einem Tag habe ich Atembeschwerden bekommen. Wir Rosenbooms brauchen das Meer und ordentlich Hering auf dem Teller anstatt diesem stinkenden Käse.«

Greta lag der Widerspruch bereits auf der Zunge, doch sie hielt ihn zurück. Für gewöhnlich konnte sie mit dem »Rosenbooms gehören an die Küste«-Gerede nichts anfangen, nun erinnerte sie sich jedoch daran, wie es sich angefühlt hatte, bei ihrer Ankunft Salz auf den Lippen zu schmecken. »Ab und an ist eine Luftveränderung einfach nötig«, gab sie deshalb vage zurück.

Zu ihrer Erleichterung hakte Martin nicht nach. Arjens ältester Sohn war nicht einmal im Ansatz romantisch veranlagt und hatte seine Scheidung entsprechend unbeschadet überstanden. Seitdem lebte er als überzeugter Single, der ganz in seiner Arbeit und noch mehr in seinen unzähligen Hobbys von Amateurfunken bis Nordic Walking aufging. Seine Interessen nahmen zwar viel Zeit in Anspruch, warfen ihm – im Gegensatz zu seiner Exfrau – dafür aber niemals vor, ein Langweiler zu sein.

Innerhalb kürzester Zeit verwickelte Martin Greta in ein Gespräch über das öffentliche Verkehrsnetz der Schweiz, das bei allen anderen Familienmitgliedern kollektives Gähnen auslöste. Wenckes Sohn Lars schlief sogar ein und hauchte in schönster Regelmäßigkeit Nebel auf das polierte Besteck, das halb verdeckt unter seinem Gesicht lag.

»Wenn ich mir einen Vortrag über den CO_2-Effekt anhören will, schalte ich die Glotze nach vierundzwanzig Uhr ein«, moserte Tante Beeke, die für ihr loses Mundwerk berüchtigt war. »Bei einem Abendessen erwarte ich Unterhaltung, meine liebe Greta. Weißt du eigentlich, was das ist: Unterhaltung? Bei euch Grünen steht das ja nicht so hoch im Kurs.« Beeke, die eigentlich Elisabeth hieß wie ihre Mutter und das jüngste der drei Geschwister war, lebte in einem restaurierten Bauernhaus bei Eckernförde, das sie jedoch ausgesprochen selten sah. Ihr Mann war als Schiffsarzt unentwegt auf See, und da die Ehe kinderlos geblieben war, verteilte Beeke ihr Übermaß an freier Zeit gleichmäßig auf jeden ihrer Verwandten, der ein Gästezimmer besaß. Da Anette ihre beste Freundin war, war sie praktisch Stammgast im Backsteinhaus. »Diese dröge Ader hat Greta eindeutig von Carsten geerbt«, flüsterte Beeke gerade ihrem Vater Arjen laut genug zu, dass der ganze Tisch es hörte. »Ich habe meinen Bruder – Gott weiß – geliebt, aber er konnte einen zu Tode langweilen mit seiner ewigen Doziererei. Das liegt an dieser idealistischen Ader, wenn du mich fragst.« Bevor Arjen etwas erwidern konnte, wechselte Beeke rasch das Thema und erzählte von einer Ölmaltechnik, die sie seit neuestem für ihre Landschaftsbilder verwendete. In ihren Augen das spannendste Thema schlechthin.

Greta steckte den Seitenhieb ihrer Tante mit einem Lächeln weg, schließlich war sie diese Art von Kommentar von Kindheit an gewöhnt. Es wunderte sie jedoch, dass ihre Mutter nicht sofort eingefallen war, um Beekes Scharfzüngigkeit zu mildern, wie sie es ansonsten stets tat. Doch Anette hatte von dem Zwist gar nichts mitbekommen, sie war viel zu sehr in ein Gespräch mit Thomas Roder, ihrem Tischnachbarn, vertieft. Neugierig beobachtete Greta den Mann, der vor zwei Jahren die Pastorenstelle der Meresunder Gemeinde angetreten hatte und – der rosenboomschen Familientradition gemäß – selbstverständlich eingeladen war. Ein angenehmer Mann um die fünfzig, der mit seinen auffallend schlanken Händen jeden seiner Sätze zu untermalen pflegte. Im Gegensatz zu ihrem alten Pastor kannte er andere Themen als seine bevorstehende Sonntagspredigt und riss die Unterhaltung des gesamten Tisches auch nicht an sich. Vielmehr machte er den Eindruck, als würde ihm Anettes Gesellschaft vollauf genügen. Und auch Anette hatte ihre Antennen untypischerweise nicht in alle Richtungen des Tisches ausgefahren, sondern war ganz bei den erzählenden Händen von Thomas Roder.

»Ich finde es schade, dass ich so selten die Gelegenheit finde, ins Theater zu gehen, obwohl Hamburg nur eine knappe Stunde mit dem Zug entfernt ist«, stellte der Pastor gerade fest. »Dabei hätte ich große Lust, die Neuinszenierung des ›Sommernachtstraums‹ zu sehen und anschließend ganz gemütlich bei einem Glas Wein darüber zu reden.«

Anette lächelte verträumt, als sähe sie sich schon an der Seite dieses stattlichen Mannes durchs Thalia Theater flanieren. Offenbar hatte er einen Nerv getroffen. »Den ›Sommernachtstraum‹ wollte ich immer schon einmal sehen.«

Was Thomas Roder darauf erwiderte, bekam Greta nicht mit, denn die Unterhaltung der beiden wurde plötzlich merklich leiser. Da half nicht einmal mehr die hervorragende Akustik des Gewölbes. *Was hat Arjen im Garten noch einmal gesagt?*, versuchte Greta sich zu erinnern. Wenn sie achtsam sei, würde sie schon herausfinden, warum Anette sich ihrem eigenen Leben zuwenden sollte. War es möglich, dass ihr Großvater auf den Herrn Pastor angespielt hatte? Plötzlich sah Greta den Mann, der neben ihrer Mutter saß, aus einem gänzlich anderen Blickwinkel. Waren diese Hände etwa so viel in Bewegung, weil Thomas Roder nervös war? Und überhaupt: War dieser Mann denn alleinstehend, oder betörte er möglicherweise die halbe Meresunder Frauenwelt mit seinen Klavierspielerhänden? Mit Mühe rief Greta sich zur Räson.

Als Anette nach der Vorspeise in Richtung Toiletten verschwand, folgte Greta ihr. Während sie vor dem Waschtisch wartete, musste sie sich eingestehen, dass Wencke an ihrem Gesicht wahre Wunder gewirkt hatte. Es war schon erstaunlich, was man mit ein wenig Farbe alles anstellen konnte, vor allem weil Greta als nordischer Typ stets blass wirkte. Ihre Tante Beeke war nie müde geworden zu behaupten, dass Greta verschwand, wenn man sie vor eine weiße Wand stellte. Jetzt hob jedoch Kajal ihre blauen Augen hervor, während die Schatten darunter durch den Concealer abgemildert wurden. Sogar das Gloss, auf das Wencke bestanden hatte, ließ ihre von Natur aus zu üppig geratenen Lippen nicht, wie befürchtet, aufgeplustert, sondern gepflegt aussehen. *Ob ich das wohl auch allein hinbekomme?*, fragte sich Greta gerade, als ihre Mutter neben sie trat.

»Im Vergleich zu deiner Ankunft siehst du blendend aus, wie ausgewechselt. Wenn es um Farben geht, ist Wencke ein Naturtalent, nicht wahr?« Manchmal schien Anette Gedanken lesen zu können, aber eben nur manchmal.

»Ja, das hat sie wirklich klasse hinbekommen, ich sehe tatsächlich aus wie ein Mensch. Wenn ich gewusst hätte, dass mein Gesicht mit ein paar Handgriffen Konturen bekommt, wäre ich schon viel früher auf den Geschmack gekommen. Meine Eigenversuche mit Schminke waren immer die reinste Katastrophe, da habe ich es lieber gleich sein gelassen.«

Anstelle eines zu erwartenden Lächelns musterte Anette sie nachdenklich, bevor sie sich einige weizenblonde Fransen zurechtzupfte. Dabei saß ihr locker fallender Bob hervorragend. »Attraktivität ist niemals verkehrt. Es ist wichtig für eine Frau, dass sie etwas hermacht – auch wenn dazu ein paar kleine Hilfsmittel nötig sind. Und Männer bekommen davon nichts mit, solange du es dezent machst. Die denken, das wäre alles Natur. Wenn Erik dich jetzt sehen könnte ...«

Das Gespräch drohte in eine vollkommen verkehrte Richtung abzudriften. »Übrigens habe ich vorhin mitbekommen, dass du einen Theaterbesuch mit Pastor Roder planst. Das finde ich großartig. Hamburg … Shakespeare … Intensive Gespräche bei einem Glas Wein.«

»Seit wann hast du denn dein Ohr auf dem Tisch liegen?« Empört zeigte Anette mit dem Finger auf ihre Tochter, die jedoch nur verschwörerisch grinste.

»Scheint mir ein ausgesprochen netter Mann zu sein, dieser Pastor Roder. Und wenn ich mich nicht irre, genießt er deine Gesellschaft genauso sehr wie du seine. Wollt ihr Hamburg denn schon in den nächsten Tagen unsicher machen?«

Anette schnaubte durch die Nase und korrigierte erneut ihre Frisur. »Ehrlich gesagt, habe ich seine Einladung ausgeschlagen«, gestand sie schließlich. »Er hatte nämlich diesen Donnerstag vorgeschlagen.«

»Ja, und? Donnerstag ist doch perfekt, schließlich gibst du freitags keinen Unterricht. Ihr könntet sogar bis in die Morgenstunden die Inszenierung diskutieren, falls es mit euch durchgeht.«

»Aber es passt mir gerade nicht«, hielt Anette unbeirrt dagegen.

»Warum denn, Mama? Und schieb ja nicht Großvater vor, der würde sich nämlich freuen, wenn du dir mal was gönnst.«

»Das mag ja sein, aber im Augenblick werde ich hier gebraucht. Das ist doch wohl offensichtlich.«

Greta hob verständnislos die Hände. »Was ist offensichtlich?«

»Na, dass du meine Unterstützung brauchst, um die Angelegenheit mit Erik wieder ins Reine zu bringen. Was auch immer er getan hat – es war bestimmt verkehrt. Nur ist ein Fehler doch noch lange kein Grund, eine Beziehung aufzugeben. Glaub mir, dein Vater und ich hatten auch so unsere Probleme, schließlich war er als Journalist ständig unterwegs. Aber wir sind sie stets gemeinsam angegangen und standen anschließend als Paar gestärkt da. Sobald du zur Ruhe kommst und alles mit jemanden Vertrautem durchgesprochen hast, der sich mit solchen Dingen auskennt, wirst du erkennen, dass es durchaus eine Alternative zur Trennung gibt.«

Dankbar nahm Greta ihre Mutter in die Arme und drückte sie an sich. »Das ist sehr lieb von dir, und ich weiß dein Angebot wirklich zu schätzen. Es ist nur so, dass ich es aus eigener Kraft schaffen muss. Was mit Erik passiert ist, geht nämlich weit über einen Streit hinaus. Es hat mir vielmehr gezeigt, dass ich keine Ahnung habe, wie ich wirklich leben will, damit ich – wenn schon nicht glücklich – zumindest zufrieden bin. Darauf eine Antwort zu finden scheint mir eine ziemlich schwierige Aufgabe zu sein, trotzdem muss ich sie allein lösen.«

»Das musst du nicht!« In Anettes Stimme schwang nicht der geringste Zweifel mit, dass sie dieses Problem für Greta zu lösen bereit war. »Obwohl diese Reaktion mal wieder typisch für dich ist: Nie willst du dir helfen lassen! Was muss ich tun, damit du meine Unterstützung annimmst?«

»Vielleicht, indem du mir als Vorbild vorangehst. Kümmere dich zur Abwechslung einmal um dich selbst, und geh mit Pastor Roder ins Theater, anstatt meine Trennung als Ausrede vorzuschieben, um ihn abblitzen zu lassen. Ihr beiden mögt euch, das ist nicht zu übersehen. Mach' was draus, Mama.«

Einige Sekunden lang starrte Anette sie fassungslos an, dann stürmte sie zurück in den Saal.

Ist das nun der richtige oder komplett verkehrte Ansatz gewe-

sen, um Anette in Richtung Glück zu schieben? Greta wusste es nicht.

Greta stand noch eine ganze Weile in Gedanken verloren da, bevor sie zur Gesellschaft zurückkehrte. Martin hielt gerade eine Ansprache über seinen Vater, der sichtlich ermattet am Kopfende des Tisches saß.

Sein Lebensabend ist da, darüber täuscht weder seine Schlagfertigkeit noch seine unbekümmerte Art hinweg – ein Eingeständnis, das Greta einen Stich versetzte. Als Arjen sie bemerkte, blitzte es aufmerksam in seinen Augen. Gleichgültig wie viel Kraft dieser Tag ihn auch gekostet haben mochte, ihm entging nichts. Während des Essens ließ er sie nicht aus den Augen und reimte sich vermutlich zusammen, was sich zwischen Mutter und Tochter unter vier Augen abgespielt hatte. Von den anderen bemerkte niemand etwas, die Familie war viel zu guter Dinge, und der Abend verlief noch viel schöner als erwartet.

Als die Stimmung den Höhepunkt erreichte, schlug Arjen mit der Gabel gegen sein Wasserglas. Augenblicklich kehrte Ruhe im Gewölbe ein.

»Seht es mir bitte nach, ihr Lieben, wenn ich meine Ansprache im Sitzen halte, aber zu mehr bin ich nach diesem Essen schlicht außerstande. Dafür verspreche ich, euch nicht allzu lange zu quälen. Und falls doch, könnt ihr der braven Marie ja unauffällig ein Zeichen geben, damit sie Nachtisch und Kaffee bringt. Sie wird mich mit ihrer charmanten Art schon zu stoppen wissen.« Trotz des humorvollen Auftakts und der vielen Zurufe, die er dafür bekam, rang Arjen sich lediglich ein schmales Lächeln ab. Unter dem Hemd bebten seine Schultern, als koste es ihn Anstrengung, mit aufrechter Haltung der Tafel vorzusitzen und gleichzeitig seine Stimme zu erheben. »Ich habe es heute schon oft gesagt und wiederhole mich gern: Ich bin überaus glücklich darüber, dass wir am heutigen Tag alle zusammen sind. Nicht um meinen Geburtstag zu feiern – dieses Getue fand ich schon albern, als ich ein Kind war und mir unsere Haushälterin einen Papierhut aufsetzte und allen Ernstes erwartete, dass ich mich über einen Karottenkuchen mit sieben brennenden Kerzen freute. Dabei war ich doch damals schon fast ein Mann! Nein, wir sind hier, um auf uns als Familie anzustoßen.«

Mit lauter Zustimmung hoben die Gäste ihre Gläser, und einige setzten bereits zum Trinken an, als Arjens Ausdruck sich veränderte. Obwohl Greta den Wandel nicht recht benennen konnte, lief ihr ein Schauder über den Rücken. *Ich möchte nicht hören, was er zu sagen hat,* schoss es ihr durch den Kopf. Doch es war bereits zu spät.

»Ich habe eine ordentliche Wegstrecke zurückgelegt, und den größten Teil davon habe ich in Meresund verbracht, gemeinsam mit euch. Und wenn ich in die Runde blicke, dann habe ich offenbar vieles richtig gemacht. Nicht alles, das versteht sich von selbst. Ich möchte die Gelegenheit nutzen, um euch zu danken. Jeder Einzelne von euch ist ein Geschenk, und dabei denke ich auch an Elisabeth und Carsten, die ich sehr vermisse. Es war ein gutes Leben, das ich in eurem Kreis geführt habe, ein Leben, das Sinn machte. Das Zurückschauen fällt mir deshalb leichter als der Blick nach vorne. Zumindest habe ich das geglaubt, bis ich begriffen habe, dass ich lediglich eine Luftveränderung brauche.« Arjen hielt inne und gab seiner Familie Zeit, diese unerwartete Wendung zu begreifen. Als Anette Anstalten machte aufzustehen, redete er allerdings mit kräftiger Stimme weiter. »Ich möchte niemanden verunsichern, aber ich wünsche mir auf Reisen zu gehen, solange meine Kräfte das noch zulassen. Dafür hatte ich bisher nie die Zeit. Das soll sich jetzt allerdings ändern: Ich werde eine Art Küstenreise unternehmen, ohne feste Route, aber dafür mit hübschen Landgaststätten und viel Muße. Den Herbst und vielleicht auch den Winter über. Während der kalten Jahreszeit hat mir das Meer immer besonders gut gefallen, wenn es sich von seiner herben, naturgewaltigen Seite zeigt.«

»Was für eine absurde Idee, du wirst dir den Tod holen!«, brach es aus Anette hervor. Zu ihrem Entsetzen entlockte sie Arjen damit lediglich ein schmales Lächeln.

»Der Tod wartet ohnehin schon auf mich, in meinem Alter ist er ein guter Bekannter, den man hinter jeder Ecke treffen kann. Zu deiner Beruhigung kann ich jedoch mitteilen, dass ich keineswegs vorhabe, mich allein in dieses Abenteuer zu stürzen. Greta wird mich begleiten, sie hat mir nämlich ›gemeinsame Zeit‹ geschenkt, und ich habe vor, dieses wunderbare Geschenk in Anspruch zu nehmen. Ein Tapetenwechsel wird uns beiden guttun.«

Während am Tisch zahlreiche Diskussionen gleichzeitig ausbrachen und ein Familiemitglied lauter seine Meinung kundtat als das andere, blickte Greta ihren Großvater nur vollkommen perplex an. *Als Arjen mir erzählt hat, wie er in den Dünen Ruben kennengelernt hat … Ist das vielleicht der Moment gewesen, in dem er sich zu dieser Reise entschlossen hat? Dann würde es um sehr viel mehr als bloß um seine Unternehmungslust gehen … Es wäre eine Reise in die Vergangenheit, eine Vergangenheit, die Arjen schon fast vergessen hat.* Als ihr Großvater ihr stumm zuprostete, musste sie lächeln. Wie mit Zauberhand war es ihm gelungen, eine Lösung für ihre verschiedensten Probleme zu finden: Anette würde in ihrer Abwesenheit zwangsläufig reichlich Zeit für ihre eigenen

Angelegenheiten haben, Greta selbst bekam die Auszeit, die sie dringend brauchte, und würde dabei mit ihrem Großvater zusammen sein, der währenddessen in seiner Vergangenheit schwelgen konnte. Denn darum ging es Arjen bei dieser Reise in erster Linie, oder?

7

Die Luft, die durch das gekippte Fenster drang, war mild, und aus den Boxen des – original 1960er – Blaupunkt-Radios klimperte ein Klavierkonzert. Es war ein klassischer Sonntag im Backsteinhaus, und es fehlte nur noch der Duft von Blechkuchen und frisch gemahlenen Kaffeebohnen.

Greta kniete vor dem Gepäckberg, den sie im Wohnzimmer aufgerichtet hatte. Gerade inspizierte sie das Durcheinander in einem Karton, auf den sie mit hastig hingeschmierten Buchstaben »Diverses« geschrieben hatte. Diverses – dieses Wort passte hervorragend zu ihrem Sammelsurium an Dingen. Es war wirklich erstaunlich, was sie in ihrem Ausnahmezustand alles eingepackt hatte: eine Seifenschale, die ihr nach dem Kauf auf einem Handwerksmarkt sofort heruntergefallen war und nun von einem Sprung geziert wurde, ein Stapel Unterzieh-Shirts, die eigentlich in die Altkleidersammlung gehen sollten, und jede Menge anderer unnützer Dinge. Die Aufgabe, ihre Habe zu sortieren, war eine traurige Angelegenheit, aber so war sie wenigstens zu beschäftigt, um sich mit ihrer durchs Haus irrlichternden Mutter auseinanderzusetzen.

Immer noch verspannte sich augenblicklich Gretas Rückenmuskulatur, wenn sie an den heutigen Morgen dachte.

Nach dem Gottesdienst hatten Anette und ihre Schwägerin Beeke noch einen Spaziergang gemacht, während

Greta den Mittagstisch deckte und Arjen Kartoffeln schälte, wobei er mehr das Sonntagsblatt las, auf dem die Schalen landeten. Als die beiden Frauen Seite an Seite die Küche betraten, war klar, dass nun die Diskussion über die Küstenrundreise anstand.

»Vater, wir müssen über diese seltsame Idee reden, die du dir in den Kopf gesetzt hast. Das geht natürlich nicht, so etwas Verrücktes können wir nicht zulassen«, eröffnete Beeke die Schlacht mit ihrer resoluten Art, nur um sogleich von Arjen ausgebremst zu werden.

»Du kannst gern reden, wenn dir danach zumute ist, aber an meiner Entscheidung wird das nichts ändern. Also spar dir die Mühe und trink lieber einen Schluck Tee.« Als Beeke empört nach Luft schnappte, deutete Arjen mit dem Schälmesser auf sie. »Hör auf mich und rede dich nicht weiter ins Unglück, indem du mich wie einen senilen Pflegefall darstellst, der außerstande ist, seine eigenen Entscheidungen zu treffen. Ich bin vielleicht ein alter Knochen, aber ich werde mir nicht von meiner Tochter auf der Nase herumtanzen lassen, Fräulein.«

Es war Beeke anzusehen, dass ihr Vater schon seit Jahrzehnten nicht mehr in diesem Ton mit ihr gesprochen hatte. Entsprechend perplex entschied sie, dass sie sich wohl besser dem Gemüse widmete.

Anettes Taktik hingegen war subtiler. »Wenn diese Reise schon unbedingt stattfinden muss, dann lass mich dich wenigstens begleiten. In einem Monat sind Herbstferien, bis dahin könnte ich eine hübsche Route entlang der Küste organisieren. Sag ›ja‹, Arjen. Mir wäre gleich leichter ums Herz. Außerdem ist Greta in ihrem Zustand wohl kaum die passende Reisebegleitung. Sie muss erst einmal zusehen, was aus ihrer Beziehung zu Erik wird.«

Amüsiert blinzelte Arjen seiner Enkelin zu. »Hörst du? Ich bin senil und du vor Liebeskummer nicht ganz zurechnungsfähig. Wir werden auf unserer Tour ein schönes Paar abgeben.«

Obwohl sichtlich enttäuscht über diese Zurückweisung, lächelte Anette tapfer. »Versetz dich bitte nur für einen Augenblick in meine Lage«, bat sie. »Von der Sorge einmal abgesehen, würdest du mir ganz schrecklich fehlen.«

»Nun, Pastor Roder wird gewiss gern für Ablenkung sorgen, wenn es dir zu einsam wird. Du musst ihn nur lassen«, erwiderte Arjen gelassen. »Es wäre schade, wenn du diese Gelegenheit für Zweisamkeit nicht nutzen würdest.«

Diese Abfuhr war dann auch für Anette zu viel. Ihr Schwiegervater, den sie mit solcher Hingabe umsorgte, wies sie nicht bloß als Reisebegleiterin zurück, sondern versuchte sie sogar an den Mann zu bringen, als wäre er ihrer Fürsorge überdrüssig.

»Das ist sehr hart von dir gewesen … Ein solch resolutes Verhalten sind die beiden von dir nicht gewohnt, vor allem Anette nicht«, sagte Greta. Nach dem Mittagessen war Beeke kurzfristig zu sich nach Hause gefahren, weil sie angeblich die Waschmaschine angelassen hatte, während Anette nun mit Unglücksmiene durchs Haus lief.

»Das mag sein, aber anders wäre es nicht gegangen – besonders was Anette anbelangt, deren Hilfsbereitschaft wirklich Suchtcharakter hat. Da bleibt nur noch der kalte Entzug, damit sie sich ihr Leben nicht verbaut. Die Sache mit Thomas Roder ist ernst, auch wenn sie es sich nicht eingestehen will. Wir müssen aufbrechen, solange sie noch schmollt. Oder glaubst du, es wäre für einen von uns dreien von Vorteil, nachzugeben und die Reisepläne fallenzulassen?«

In diesem Moment lag die Entscheidung bei Greta, und zu ihrer eigenen Verwunderung fiel sie ihr nicht schwer. »Nein, du hast recht. Es wird für uns alle das Beste sein, wenn du und ich eine Weile unterwegs sind. Außerdem ist es, wie dieser Junge … dieser Ruben gesagt hat: Wenn man etwas wirklich will, dann muss man es sich nehmen. Davon einmal abgesehen, freue mich sehr auf unsere gemeinsame Zeit. Ich habe nämlich so den Verdacht, dass diese Reise noch eine Überraschung für mich bereithält – und dass du mir noch lange nicht alles über deine Beweggründe erzählt hast.«

Arjen erwiderte ihren hoffnungsvollen Blick lediglich mit einem Lächeln.

Somit war die Entscheidung gefallen, und nun musste Greta zusehen, dass sie aus den Kartons herausfischte, was sie für die Reise brauchte, während sie den Rest vorübergehend im Keller des Backsteinhauses verstauen würde. Erst das Klingeln des Telefons lenkte sie von ihrer Arbeit ab. Bevor sie jedoch in die Diele eilte, trat Wencke mit dem Apparat ein und hielt ihr den Hörer hin.

»Gut, dass ich dich gleich gefunden habe«, sagte Wencke mit einem erregten Glitzern in den Augen. »Erik ist dran, er möchte dich sprechen.« Die Sprechmuschel hielt Wencke mit der Hand zu, damit Erik nicht lauschte. »Ich war extra kühl zu ihm, kurz angebunden, aber überaus höflich. Er klingt reumütig und aufgelöst – die perfekte Ausgangssituation, um ihn kräftig in die Mangel zu nehmen. Lies ihm die Leviten, halt dich nicht zurück.«

In Gretas Magengegend setzte augenblicklich ein schmerzhaftes Ziehen ein, und ihre Hand zitterte unübersehbar, als sie das Telefon annahm. *Ein Gespräch mit Erik kann ich jetzt gar nicht gebrauchen*, dachte sie. Dann legte sie den Hörer auf.

»Du hast einfach aufgelegt?« Wencke stand der Unglauben ins Gesicht geschrieben.

»Was sollte ich sonst tun? Das Telefon unter einem der Sofakissen verstecken, weil ich nicht mit Erik sprechen will?« Erst jetzt stellte Greta fest, dass sie sich an der Scherbe eines zerbrochenen Cremetiegels geschnitten hatte, und saugte an der plötzlich heftig pochenden Wunde.

Von solchen Nebensächlichkeiten ließ Wencke sich nicht ablenken. »Du hättest ihn wenigstens derbe beschimpfen können, bevor du auflegst. Männer, die zu Kreuze kriechen, lässt man gefälligst auch zu Kreuze kriechen. So eine verschenkte Chance! Himmel, man sollte meinen, dass du mit fast dreißig weißt, wie solche Sachen funktionieren.«

Mit einem Seufzer blickte Greta an ihrer Schwester vorbei in den Flur, in der Hoffnung, dass dort eins der Kinder stand, doch offenbar war Wencke allein gekommen. »Du bist zu spät, die Küstenreise-Diskussion ist bereits gelaufen.«

Verlegen zuckte Wencke mit den Achseln. »Agnes hat sich aus dem Kindergottesdienst geschlichen und sich in der Kaffeeküche mit Keksen überfressen. Sie ist echt eine kleine Raupe. Und da Till mit seiner pingeligen Art nicht so gut damit klarkommt, wenn einem Kind übel ist und es alles vollspuckt, bin ich jetzt erst weggekommen. Wie ist es denn so gelaufen?«

»Arjen ist als glatter Punktsieger aus dem Schaukampf hervorgegangen. Er hat unmissverständlich klargestellt, dass er diese Reise antreten wird. Nicht einmal Tante Beeke hat während des Mittagessens noch einen Mucks von sich gegeben.«

Wencke nahm sich die Zeit, ihre Jacke in Ruhe auszuziehen und sie sorgfältig über eine Sessellehne zu hängen.

Ihr Gesicht wirkte zwar ausdruckslos, doch ihr verkniffener Mund verriet den Aufruhr, der sich in ihr aufbaute. »Raus mit der Sprache: Welchen Floh hast du Arjen ins Ohr gesetzt, dass er sich so aufführt? Es ist absolut nicht normal für Großvater, Beeke anzufahren, egal wie anstrengend sie ist. Und Mama bekommt immer ihren Willen, das ist ein ungeschriebenes Gesetz in diesem Haus. Bis du gestern mit deinem Liebeskummer reingeschneit bist, war alles Friede, Freude, Eierkuchen in unserer Familie, Großvater hat nicht ein Sterbenswörtchen über seine Reisesehnsucht verloren oder gar angedeutet, dass seine Liebsten ihn erdrücken. Erzähl mir also ja nicht, dass ihm das spontan beim Abendessen eingefallen ist.«

Greta stieg die Hitze den Nacken hoch und breitete sich bis auf ihre Wangen aus. Wencke hatte so viele Anschuldigungen ausgesprochen, dass sie auf die Schnelle nicht entscheiden konnte, wo sie mit ihrer Verteidigung ansetzen sollte. Das war auch gar nicht nötig, denn ihre Schwester war noch lange nicht fertig.

»Du bist so ein egoistisches Stück.« Wenckes Zorn ließ ihre grünen Augen funkeln. »Einfach Großvater in Beschlag zu nehmen, nur weil du dich nach der Trennung von Erik verlassen fühlst. Was das für uns bedeutet, ist dir völlig gleichgültig. Dabei weißt du genau, wie fixiert Anette auf Arjen ist. Oder wer, glaubst du, hat seit Papas Tod als Puffer zwischen uns und Mama gewirkt? Wenn Großvater sich nicht bereitwillig von ihr umsorgen lassen würde, dann hätten wir beide keine ruhige Sekunde gehabt, das kann ich dir versichern. Wenn er demnächst weg ist, was glaubst du wohl, wer darunter wird leiden müssen? Du ja nicht, schließlich wirst du lustig mit ihm die Küste entlangtingeln.«

Langsam riss Greta der Geduldsfaden. »Das ganze Theater, das ihr veranstaltet, ist vollkommen überzogen. Führ dir doch einmal vor Augen, worin der angeblich absurde und böswillige Plan besteht: Ein Großvater will mit seiner Enkeltochter eine Reise unternehmen, die ihm über alle Maßen am Herzen liegt. Es tut mir leid, dass Anette deswegen aufgelöst ist. Und es tut mir auch leid, dass du dir nun vermutlich tagein, tagaus ihren Kummer anhören musst. Das ändert jedoch nichts an unserer durchaus normalen Absicht.«

»Natürlich nicht! Schließlich passt Großvaters Idee dir ja bestens in den Kram. Warum sich seinen Problemen stellen, wenn man auch weglaufen kann? Auf diese Weise kannst du Erik aus dem Weg gehen und deiner aufdringlichen Familie gleich mit. Alles dreht sich immer nur um dich. Kein Wunder, dass Erik die Nähe zu einer anderen Frau gesucht hat.«

Dieser Seitenhieb kam nicht nur unerwartet, sondern zeigte, dass ihre Schwester aus dem Gespräch am Vorabend die falschen Schlüsse gezogen hatte, Schlüsse, die perfekt zu Wenckes Weltbild passten und herzlich wenig mit Greta zu tun hatten.

»Du glaubst, ich habe mich von Erik getrennt, weil er eine Affäre hat? Vermutlich ist das ja der Standardtrennungsgrund in deinen Promiblättchen, aber echte Beziehungen sind schon etwas komplizierter. Ich möchte meinem Partner gern auf Augenhöhe begegnen, von ihm respektiert werden und nicht bloß seine Hormone in Wallung bringen. Übrigens hat Erik stets so getan, als würde er das genauso sehen wie ich. ›Du bist nicht wie diese Karrierefrauen, die nur ihren Job kennen und alles andere ausblenden‹, hat er mir bei jeder Gelegenheit erzählt. ›Und du bist auch nicht wie die Frauen, die von meinen Geschäftspartnern abends zum Essen mitgebracht werden: entweder vom Typ perfekte Ehefrau oder aufgestylt und naiv bis zum Gehtnichtmehr. Dich kann man in keine Schublade stecken, Greta, du hast deinen eigenen Kopf, und genau das liebe ich an dir.‹ Klingt schmeichelhaft und nach einer richtig tollen Beziehung, oder?« Allein bei der Erinnerung an diese verlogenen Komplimente stieg eine Wut in Greta auf und pochte wie Gift in ihren Adern. Wenn sie nicht aufpasste, würde diese Wut ihren Neuanfang überschatten, deshalb war es an der Zeit, dieses Gespräch hinter sich zu bringen. »Leider bin ich für Erik keine tolle Frau, sondern lediglich ein exzentrisches Schmuckstück gewesen, das ihm einen Anstrich von Persönlichkeit verliehen hat. Nach dem Motto ›Mit einer solchen Frau kann ein nur ein ganz besonderer Kerl zusammen sein.‹ Und obendrein war ich noch das grüne Feigenblatt für sein Unternehmen! Nach außen ist Wind Tech der reinste Umweltverein mit seiner Spezialisierung auf Software für Windparks. Allerdings lässt sich das wirklich große Geld leider nur auf dreckige Weise verdienen, indem man die komplexe Steuerungssoftware modifiziert und sie Waffenproduzenten zur Verfügung stellt. Das ist natürlich legal, widerspricht aber in so ziemlich jeder Hinsicht den Idealen, für die Wind Tech steht. Der Aufbau eines Netzwerks zum Informationsaustausch für grüne Programmierer und die Öffentlichkeitsarbeit, die ich für Erics Unternehmen geleistet habe, das war im Prinzip alles nur Fassade. Das habe ich letzte Woche durch Zufall herausgefunden. Du kannst dir bestimmt vorstellen, was für ein Schock das für mich war. Erik hat in mir nicht die Partnerin fürs Leben gesehen – für ihn gründete unsere Beziehung nicht auf Liebe, sondern auf knallhart kalkulierten Vorteilen.«

Schon bei Gretas letzten Sätzen hatte Wencke angefangen, ungläubig den Kopf zu schütteln. »Verflucht, Greta! Wie bescheuert bist du eigentlich? Erik ist ein toller Mann und hat dir obendrein auch noch einen Traumjob besorgt, bei dem du deinen überkandidelten Idealen frönen konntest. Und du servierst ihn ab wegen eines anrüchigen Geschäfts? Ich weiß ja nicht, was die Spinner und Ökos während deiner Berliner Zeit mit deinem Verstand angestellt haben, aber dir muss doch wohl klar sein, dass kein Unternehmer astrein sauber sein kann. Es wäre ja noch zu begreifen, wenn du deinem Arbeitgeber kündigst, weil du mit seinen Praktiken nicht einverstanden bist. Aber nur eine Idiotin würde eine Beziehung aufgeben, weil ihr Mann für ein volles Bankkonto sorgt. Und wirf mir jetzt ja nicht vor, raffgierig oder scheißspießig zu sein, denn hier geht es um gesunden Menschenverstand. Du gehst auf die dreißig zu, da kannst du dir dieses Revoluzzergelaber nicht mehr leisten. Werd endlich erwachsen.«

»Ich bin erwachsen, aber ich bin eben nicht wie du«, erwiderte Greta so leise, dass es nach Wenckes Ausbruch fast wie ein Flüstern klang. »Es ist schade, dass du meinen Standpunkt nicht nachvollziehen kannst, Wencke, obwohl ich durchaus damit gerechnet habe. Ich will dich nicht vor den Kopf stoßen, aber ich muss langsam meine Sachen sortiert bekommen. Arjen möchte am liebsten schon morgen aufbrechen, und mir ist mittlerweile auch danach zumute.«

Eine Weile stand Wencke noch reglos da, unentschieden, ob es noch zu früh für die Entschuldigung war, die stets auf ihre Ausbrüche folgte. Unter anderen Umständen hätte Greta ihr signalisiert, dass es schon wieder gut sei, nur fehlte ihr jetzt schlicht die Kraft, um weiter mit Wencke zu reden. Sie würden nur ein anderes Thema zum Streiten finden. Als ihre Schwester schließlich sagte, sie würde nach

Anette sehen, nickte Greta bloß geistesabwesend und verstaute ein bislang unbenutztes Notizbuch, in dessen Umschlag man eine Fotografie oder Zeichnung als Deckblatt stecken konnte, in ihrer Reisetasche.

Kaum war Wencke zur Tür hinaus, holte sie das Notizbuch wieder hervor und sah es nachdenklich an. Warum widerstrebte es ihr, es in einem der Kartons zu verstauen, die in den Keller sollten?

Während sie es noch in den Händen wog, kam ihr plötzlich eine Idee, und sie durchforstete den Wohnzimmerschrank so lange nach alten Fotoalben, bis sie die abgegriffene Aufnahme von Arjen als Jungen gefunden hatte. Vorsichtig löste sie das Foto aus dem Album und fuhr mit den Fingern über den welligen Rand. Dieses Kindergesicht hatte sie nie zuvor mit ihrem Großvater in Verbindung gebracht. Nach diesem Morgen sah sie es jedoch mit anderen Augen, denn das war eindeutig der Junge namens Arjen, von dem er ihr erzählt hatte. Das schüchterne Lächeln passte genau wie das rundliche Gesicht und der erwartungsfrohe und zugleich besorgte Ausdruck.

Als würde Greta einen Schatz in den Händen halten, schob sie die Fotografie unter die Schutzfolie auf dem Umschlag des Notizbuchs. Sie würde Arjen während ihrer Küstenreise nicht nur dazu überreden, mehr über seine Kindheit in Beekensiel zu erzählen, sie würde alles aufschreiben, passende Fotos und Zeichnungen einfügen und ihm das Buch am Ende ihrer Reise schenken, damit er ein Stück von sich selbst zurückerlangte, von dem die Zeit ihn getrennt hatte.

8

Am nächsten Tag gelang ihnen tatsächlich die Abreise in Arjens betagtem Mercedes SL Coupé. Sie ließen das Frühstück aus und verstauten ihre Gepäckstücke schneller im Auto, als Anette einen Versuch starten konnte, ihren Schwiegervater umzustimmen oder Greta zur Vernunft zu bringen. Arjen hauchte seiner Schwiegertochter einen Kuss auf die Wange und setzte sich, erstaunlich gelenkig für einen Mann seines Alters, in den tiefliegenden Wagen. Und Greta sah schleunigst zu, dass sie es ihrem Großvater nachmachte.

»Mach's gut, Mama. Wir melden uns ab und zu, damit du weißt, wohin es uns verschlägt. Mach dir keine Sorgen, alles ist bestens.«

»Ihr könnt doch nicht einfach …« Anette schnappte nach Luft wie ein Fisch auf dem Trockenen.

»Der Schlüssel steckt, also gib Gas, Mädchen. Ansonsten wirft sich Anette noch auf die Kühlerhaube, um uns aufzuhalten.«

In ihrer Aufregung begriff Greta jetzt erst, dass sie auf dem Fahrersitz saß. *Oh, nein.* Dann schob sie ihre Beklemmung beiseite und ließ den Motor an, der ihr mit einem tiefen, Vertrauen erweckenden Brummen antwortete. Kaum berührte sie das Gaspedal, machte der Wagen einen Sprung nach vorne, und sie konnte Anette aufschreien hören. Erst als sie die Asmussengasse hinter sich gelassen hatten, entspannten sie sich beide merklich, Arjen stieß sogar ein heiseres Lachen aus.

»Flucht geglückt.« Greta meinte das wortwörtlich. Die halbe Nacht lang hatte sie sich Schreckensszenarien über ihren Abschied ausgemalt. »Wie gut, dass keiner von uns beiden ein Handy besitzt, sonsten hätten wir Anette gewiss im Halbstundentakt an der Strippe. Soll ich an den Straßenrand fahren, damit du das Steuer übernehmen kannst? Du willst doch bestimmt fahren.« Arjen war ein leidenschaftlicher Autofahrer, dem es nie etwas ausgemacht hatte, weite Strecken zu seinen Patienten zurückzulegen. Noch nie hatte Greta ihn auf dem Beifahrersitz gesehen.

»Wollen schon, aber seit meiner Nachuntersuchung nehme ich ein neues Medikament, das sich leider ungünstig auf mein Reaktionsvermögen auswirkt. Und ein wenig Fahrpraxis schadet dir bestimmt nicht«, sagte Arjen, als Greta ein ganzes Stück entfernt von einer soeben auf Gelb gesprungenen Ampel mit quietschenden Reifen anhielt.

»Was ist das denn für ein neues Medikament?«

»Ich möchte dich nicht belehren, aber dieser Wagen hat schon ein paar Jahre und noch mehr Kilometer auf dem Buckel. Wenn du ihm – und mir – einen Gefallen tun willst, dann fahr ihn bitte sanfter. Dieses Liebhaberstück ist ein braves Auto, man muss es nicht treten, damit es sein Bestes gibt.«

Wohlweislich verkniff Greta sich den Kommentar, dass eine Reise mit dem Zug ohnehin viel komfortabler wäre als mit diesem alten Schätzchen. Sie wusste allerdings nur allzu gut, was ihr Großvater von öffentlichen Verkehrsmitteln hielt: Mit solchen Transportmitteln schlugen sich ausschließlich Menschen herum, die über kein eigenes Fahrzeug verfügten. In dieser Hinsicht war Arjen ein Snob.

»Ich werde mich um Gelassenheit beim Fahren bemühen, versprochen. Und was ist das nun für ein Medikament, das dich von deinem heißgeliebten Steuerrad fernhält?«

Arjen ordnete mit der Hand sein weißes Haar, das an den Schläfen nun doch noch schütter zu werden begann. »Ach, nichts Spektakuläres. In meinem Alter folgt ein Medikament auf das andere, bei mir ersetzen die Pillen und Tabletten schon fast das Frühstück. Du musst dir aber keine Sorgen machen, abgesehen von dieser Einschränkung habe ich nur Probleme mit meinem Appetit, und mir geht früher als sonst die Puste aus. Ich bin alt, Greta, daran lässt sich nichts ändern. Es wäre schön, wenn wir beide nicht allzu viel darauf geben würden und stattdessen unsere Reise in vollen Zügen genießen. Wenn du den Weg in Richtung Heiligenhafen einschlägst, kann ich dich zum Mittagessen in ein wunderbares kleines Restaurant ausführen. Vielleicht wecken die Erinnerungen an frühere Besuche ja meinen Hunger. Was meinst du?«

Entgegen Arjens ursprünglicher Aussage, es ziehe ihn vor allem auf die Nordseite der Küste, führten seine Vorschläge in den ersten Tagen stetig weiter nach Osten. Von Heiligenhafen aus ging es in die alte Hansestadt Lübeck und schließlich bis nach Rostock, wo er sich für die bunten Fassaden der Innenstadt begeisterte und erstaunt über die einsam aus der Landschaft hervorstechenden Hochhäuser auf dem Weg nach Warnemünde zeigte. Trotz seiner Kurzatmigkeit legte er eine erstaunliche Energie und ein noch größeres Interesse an den Tag. Egal ob sie mit dem Auto unterwegs waren und er vom Beifahrersitz aus die Landschaft studierte oder ob sie auf eigene Faust einen Ort erforschten, er war vollauf dabei. Den Preis dafür zahlte er am frühen Abend, wenn Greta gern mit ihm in einem Lokal gegessen und geplaudert hätte. Dann war Arjen oftmals so erschöpft, dass er lediglich noch die Kraft aufbrachte, sein Zimmer zu beziehen, und Greta blieb mit ihren Gedanken allein.

Die ersten Abende der Reise nutzte sie, um niederzuschreiben, was ihr Großvater über den Beginn seines Sommers 1939 erzählt hatte. Arjen hatte seine Dünenwanderung und die Bekanntschaft, die er dabei gemacht hatte, so lebendig beschrieben, dass es ein Leichtes war, sie aufzuschreiben. Um in der übrigen Zeit nicht in Grübeleien über Erik zu versinken, ging Greta deshalb ins Kino, las Zeitungen in Cafés zwischen urlaubenden Rentnern und Familien mit Kleinkindern oder tüftelte, auf ihrem Bett sitzend, das nächste Reiseziel aus.

Bei einem Strandspaziergang in Warnemünde erahnte Greta zum ersten Mal den anbrechenden Herbst. Die Luft schmeckte salziger als sonst und trug einen herben Geschmack nach Tang, die Sonne verbarg sich hinter Wolkentürmen, und die Farbe des Seegrases begann zu verblassen. Mit klammen Fingern griff sie nach der umgehängten Kamera, die sie in einem Fachgeschäft in Rostock gekauft hatte, wo ihr der blauhaarige Verkäufer begeistert mitgeteilt hatte, dass anspruchsvolle Kameras nach der ganzen Handyfotografiererei wieder schwer im Kommen seien. Sie machte eine Aufnahme vom Hotel Neptun mit seinen achtzehn Stockwerken inmitten der wunderschön geschwungenen Bucht, ein Relikt aus DDR-Zeiten, als sich die Parteiobersten eine feine Zeit an der Küste gemacht hatten.

»Sieht dieses Kuriosum mitten an so einem prächtigen Strand nicht wie ein Alien aus?«, fragte sie ihren Großvater, der einige Schritte von ihr entfernt aufs Meer blickte. »Wie kommt man denn bitte schön darauf, solche Scheußlichkeiten zu bauen und die alten Villen in den Dünen verrotten zu lassen?«

Zu ihrer Enttäuschung nickte Arjen lediglich, er war schon seit dem Morgen ungewöhnlich schweigsam.

Vielleicht setzt ihm der Wetterumschwung zu, mutmaßte Greta. *Oder er kann das eigentliche Ziel unserer Reise nicht mehr verdrängen und braucht noch einen Anstupser, um es sich einzugestehen.* »Es ist Herbst, der Sommer hat sich endgültig verabschiedet. Noch ein paar Tage, dann bricht der Oktober an. Können wir jetzt an die Nordsee fahren?«

»Ja«, sagte Arjen, während er aufs dunkle Meer hinausblickte. »Jetzt können wir gen Nordsee fahren.«

Als sie die Ostsee hinter sich ließen, war ihre Reise bereits ein voller Erfolg: die Städte mit ihren hochherrschaftlichen Backsteinbauten, die von den Pfeffersäcken zu Hansezeiten errichten worden waren, die Hochhausklufen aus DDR-Zeiten und die schiefen Reetdachkaten auf dem Land … Und an ihrer Seite stets das Meer, das mit jedem Tag grauer wurde und seine Wellen gegen Dünen, Hafenmauern und Sandbuchten branden ließ – alles war auf seine Weise beeindruckend. Selbst wenn sie schon jetzt zurück nach Meresund gefahren wären, würden diese Tage mit Arjen mit die schönsten in Gretas Leben sein. Vielleicht war sie nicht sonderlich gut darin, sich einen passenden Lebensgefährten zu suchen, aber die Männer in ihrer Familie waren echte Treffer! Es hieß ja, man könne im Leben nicht alles haben – und so gesehen, hatte sie sehr viel. Auch wenn die Telefonate mit Anette bislang eine Herausforderung an Ausweich- und Verschleierungsgeschick darstellten (sie riefen sie erst an, wenn sie einen Ort verließen, und behaupteten stets, noch nicht zu wissen, wohin der Weg sie bringen würde), so war Greta zuversichtlich, dass sie sich auch mit der weiblichen Hälfte ihrer Familie noch aussöhnen würde.

Nach einer zähen Fahrt über Landstraßen erreichten sie schließlich Aurich, die alte Residenzstadt der ostfriesischen Fürsten. Schon als ein Schild sie in Niedersachsen willkommen hieß, war Arjen merklich stiller geworden, nachdem er zuvor noch einmal genüsslich ihre bisherigen Höhepunkte aufgezählt hatte. Greta verspürte eine gewisse Unruhe – denn die Halbinsel Beekensiel war nun nicht mehr als eine Autostunde entfernt.

»Auf welchen alten Spuren möchtest du durch Aurich wandeln?«, fragte Greta, während sie das Coupé an stattlichen Villen vorbeilenkte. Allmählich gewöhnte sie sich ans Autofahren, auch wenn sie vermutlich nie ein Gefühl fürs Bremsen oder für den richtigen Abstand zum Vordermann gewinnen würde. »Meinetwegen können wir die typischen Sehenswürdigkeiten ausfallen lassen und uns stattdessen dein altes Gymnasium anschauen. Das habe ich doch richtig in Erinnerung behalten, dass du zum Unterricht aufs Festland musstest?«

Arjen warf ihr einen überraschten Blick zu. »Woher weißt du das?«

»Du hast es in deiner Erzählung darüber erwähnt, wie du diesen Jungen namens Ruben kennengelernt hast.«

»Stimmt … Du bist eine aufmerksame Zuhörerin. Ich werde besser aufpassen müssen, was ich dir gegenüber preisgebe.« Arjen schmunzelte, bis seine Augen hinter dem Saum seiner zahlreichen Lachfalten zu verschwinden drohten. »Auf Beekensiel gab es nur ein klappriges Schulgebäude, in dem die Grund- und Volksschule untergebracht waren. Wer eine höhere Schule besuchen wollte, musste nach Aurich. Ich ging aufs Ulricianum. Das gibt es noch heute, wenn ich mich nicht irre.«

Greta nickte zustimmend. Am letzten Abend hatte sie ein Internetcafé besucht und im Netz herumgestöbert, während sie auf der Karte Kreuzchen an interessanten Stellen setzte. Mittlerweile machte ihre Karte einen recht mitgenommenen Eindruck, doch Arjen weigerte sich, ein Navi anzuschaffen. Für Greta war das kein Problem, sie hatte nichts dagegen, am Straßenrand zu halten, um mit ihrem Großvater über die Route zu diskutieren oder Passanten und Radfahrer nach dem Weg zu fragen. Sie hatte damit gerechnet, dass Arjen gewiss den Ort wiedersehen wollte, an dem er so viele Jahre verbracht hatte… Auch wenn es, seiner verhaltenen Reaktion nach, nicht unbedingt die besten gewesen waren.

»Ach, na ja, das Ulricianum…« Sein ausweichender Ton bestätigte ihre Vermutung. »Der Schulbesuch während der Nazi-Zeit war nicht gerade ein Zuckerschlecken, besonders nicht für den Sohn eines Pastors, der Politik generell als eine dumme Mode abtat.« Anstatt sich wie sonst aufmerksam umzuschauen, betrachtete Arjen seine Hände mit den hervortretenden Adern und Knöcheln. »Außerdem war es ein elender Aufwand, zum Gymnasium zu gelangen: Jeden Tag nahm Jörg Claußen, der in einer Auricher Anwaltskanzlei arbeitete, mich und zwei andere Schüler in seinem Wagen mit. Am Anfang war es noch spannend, allein die Autofahrt, denn auf Beekensiel waren ansonsten nur Pferdegespanne und gelegentlich mal ein Lieferwagen unterwegs. Als Jörg Claußen später dann zum Kriegsdienst eingezogen wurde, wohnte ich unter der Woche bei einer alten Dame zur Untermiete in der Stadt und litt unsäglich unter Heimweh, während um mich herum die ursprüngliche Kriegseuphorie in Angst und später in Panik umschlug. Dabei hatte ich es in Aurich noch verhältnismäßig gut, die Stadt erlebte nur drei Bombenangriffe, und bei dem schwersten Angriff im Herbst 1943 war ich auf Beekensiel und zum ersten Mal wirklich glücklich darüber, dass das Haus meines Vaters am gefühlten Ende der Welt stand. Das war kurz bevor ich den Krieg persönlich kennenlernen sollte.«

Obwohl durch den Berufsverkehr einiges auf den Straßen los war und Greta sich aufs Fahren konzentrieren musste, versuchte sie sich Aurich als eine vom Krieg heimgesuchte Stadt vorzustellen, doch es fiel ihr schwer. Vermutlich hing es mit Arjens widerstrebendem Erzählstil zusammen. »Du bist wie die meisten Sechzehnjährigen gegen Kriegsende als Flakhelfer eingezogen worden, richtig? Kindersoldaten, die sich um Geschütze und Gerätschaft kümmerten und die ausblutende Wehrmacht unterstützen sollten.«

Arjen brummte zustimmend. »Eine Schande, die sich auch nicht durch die paar Stunden Unterricht aufheben ließ. Ich landete bei der Marine, lag ja auf der Hand. Als der verkopfte, unpolitische Typ, der ich damals war, wurde ich für Meldegänge eingesetzt, während scheinbar rund um die Uhr Luftalarm herrschte. Die meiste Zeit über war ich so vollgepumpt mit Adrenalin, dass ich meine Furcht kaum bemerkte. Im Frühjahr war meine Kriegskarriere dann auch schon vorbei – Gott sei Dank. Nachdem ich fast an einer Lungenentzündung verreckt war, kam ich nur zögerlich wieder auf die Beine, noch ein Jahr später pfiffen meine Lungen wie ein undichter Wasserkessel, und ich klappte zusammen, wenn ich nur zu rasch aufstand. Aber ich darf mich nicht beschweren, ich hatte noch Glück im Unglück. Von den anderen Beekensieler Jungen, die ein oder zwei Jahre älter waren als ich, kamen nur wenige aus dem Krieg zurück, und diese wenigen trugen ganz andere Schäden davon. Dieses allgegenwärtige Elend war sicherlich einer der Gründe, warum ich später Medizin studiert habe.«

Es war ein distanzierter, absichtlich kurz gehaltener Bericht. Keine Geschichte wie sonst, die einem das Gefühl gab, dabei zu sein, sondern nur ein Wiedergeben von Fakten – und selbst das geschah bloß aus einer gewissen Pflicht heraus. Als Arjen von Ruben erzählt hatte, war er in diese Zeit zurückgekehrt und hatte sie dadurch für Greta lebendig gemacht. Aurich verlockte ihn nicht dazu.

»Da vorne muss ich nur noch einmal abbiegen, dann sind wir beim Ulricianum«, sprach Greta in die sich ausbreitende Stille hinein.

»Halt bitte an. Jetzt gleich.« Arjens Stimme war nicht mehr als ein Raunen.

»Wie du meinst.«

Greta lenkte den Wagen in eine Parklücke, in der sie nach zweimaligem Korrigieren stand. Ihr Großvater sah mitgenommen aus, sein Gesicht grau und die Schultern bebten. Für einen Moment fragte sie sich, ob er nicht bloß aufgewühlt war, sondern ganz reale Schmerzen verspürte. Während der Fahrt hatte er sich allerdings weder über Kopfschmerzen noch über sonst ein Unwohlsein beklagt, er hatte geradezu einen munteren Eindruck gemacht. »Ist alles in Ordnung mit dir? Du wirkst erschöpft«, tastete sie sich vor.

»Mach dir keine Sorgen, mir geht es gut. Es ist nur … Anstelle der Schule würde ich mir lieber etwas Erbauliches anschauen, das Auricher Schloss zum Beispiel.« Arjens Blick war auf seine Hände gerichtet, als müsse er sich davon überzeugen, dass sie nicht zitterten. Schweißperlen sammelten sich auf seiner Stirn. »Das Schloss würde dir gefallen, mit seiner weißen Fassade und den Erkern und Türmchen im Tudorstil. Und wenn du Aurich unbedingt besser kennenlernen möchtest, gibt es ohne Frage noch ein paar andere Bauten, die mehr Geschichte zu bieten haben als ein altes Gymnasium, das dein Großvater ohne große Freude besucht hat. Ich war ein Kind, das am Montagmorgen schon vom Freitagnachmittag träumte. In Beekensiel habe ich gelebt, in Aurich bin ich nur zur Schule gegangen.«

Zu gern hätte Greta weiter nachgehakt, in der Hoffnung, Arjen würde doch noch erzählen, welche Erinnerungen seine Hände zum Zittern brachten. Doch sie hatte Angst, dass er sich verschließen würde, wenn sie ihn jetzt bedrängte, und dass sie sich dann seinen alten Lebenspfaden nicht weiter annähern würde. Doch genau darauf kam es an! Sie wollte mit ihrem Großvater die Halbinsel Beekensiel besuchen, denn inzwischen war sie davon überzeugt, dass dort entscheidende Dinge in seinem Leben geschehen waren. Von diesen Ereignissen wollte sie hören, sie wollte dabei sein, wenn er sich seiner Vergangenheit stellte. Sie glaubte nicht daran, dass das hier in Aurich passieren würde. Alles, was sie brauchte, war noch ein wenig Geduld, dann würde sie das Notizbuch Seite um Seite füllen können.

Greta schmiss den Blinker an und wendete auf der Straße. Wenn sie sich beeilten, konnten sie Beekensiel noch am selben Tag erreichen …

9

Im diesigen Licht des Nachmittags tauchte Beekensiel hinterm begrünten Deich auf: eine sandfarbene Erhebung im Meer, mit dem Kirchturm als Wahrzeichen, den man trotz der Entfernung erkennen konnte. Unruhige Wellen tanzten zwischen Insel und Festland, nur gebrochen von einem schmalen, gut drei Kilometer langen Streifen Land, der Beekensiel zu einer Halbinsel machte. Während die anderen ostfriesischen Inseln von der Küste abgetrennt waren, hatte die Strömung an dieser Stelle stetig Sand angelagert, bis eine natürliche Verbindung entstanden war.

Greta stieg aus dem Wagen und atmete tief ein, obwohl es ihr albern vorkam – als wäre die Luft hier besser als anderswo an der Küste. Und doch glaubte sie, eine gewisse Erwartungsfreude auf der Zunge zu schmecken. Der Wind strich rau und zärtlich zugleich durch ihr Haar, und das Rufen der Möwen klang wie ein Willkommen.

Während sie den Eindruck auf sich wirken ließ, blieb Arjen im Wagen sitzen. Er schien eingenickt zu sein. Zumindest hielt er die Augen geschlossen und hatte lediglich mit einem Murren reagiert, als Greta die Insel angekündigt hatte. Während der Fahrt waren ihr Zweifel gekommen, ob dieser Abstecher in seine alte Heimat ihm wirklich guttun würde, nachdem er schon den ganzen Tag über einen bekümmerten Eindruck gemacht hatte. Nun, da Beekensiel vor ihr lag, fühlte sie sich jedoch bestätigt: Dies war keine weitere Etappe ihrer Rundreise, die ein paar interessante Ansichten bot, während man im Hinterkopf bereits bei der Weiterreise war. Sie waren endlich am Ziel.

Vielleicht war ihr erster Eindruck von Beekensiel deswegen so stark, weil Greta auf dieser Insel das Geheimnis ihres Großvaters verborgen glaubte. Während sie in die Ferne blickte, flüsterten ihr die Sinne unentwegt zu, wie sehr sich die Nordsee doch von der Ostsee unterschied. Der Wind war hier deutlich schroffer und peitschte ihr ins Gesicht. Sogar der Himmel kam ihr weiter vor, voller hoch aufgetürmter Wolken, gegen die das Meer sich dunkel abzeichnete. Wie ein Kleinod schmiegte sich die Insel ins Blau, die zu erahnende Hafenanlage in der Einbuchtung ein dunkler Pinselstrich, die umliegenden Häuser nicht mehr als ein paar bunte Tupfen und ansonsten Sand und Grün. Eine letzte Bastion, bevor Sturmwolken und Meeresfluten am Horizont miteinander verschmolzen. Dorthin wollte sie mit ihrem Großvater gehen und die Insel aus den Augen des Jungen, der Arjen einst gewesen war, sehen. Gewiss würde er die Sache geruhsam angehen müssen, und sie würde ihn bei seiner Eingewöhnung unterstützen, aber dieses Ziel fühlte sich mehr als richtig an.

Obwohl gerade Hochwasser herrschte und ein kräftiger Wind ging, war die Schranke zur Verbindungsstraße geöffnet. So leise wie möglich setzte sich Greta hinters Lenkrad und startete den Motor, dann fuhr sie auf das befestigte Verbindungsstück, das in die Höhe aufgestockt worden war, um den Verkehr von den Gezeiten so unabhängig wie möglich zu machen. Vom Wagen aus gesehen reichte die Brandung gefährlich nahe an die Straße heran, das dazwischenliegende Stück Deich wirkte mit einem Mal nicht sonderlich sicher. Fast rechnete Greta damit, dass eine hohe Welle den Wall aus Gesteinsbrocken überwand und den Asphalt unter Wasser setzte. Vom Festland aus hatte die Verbindungsstraße breit und gut gesichert gewirkt, aber es war tatsächlich ausgesprochen unheimlich, mitten durchs Meer zu fahren. In Greta meldete sich eine tief verwurzelte Angst, sie könnten hinfortgespült werden.

»Der Flut vor Beekensiel wohnte schon immer etwas Herrschaftliches inne, sie erinnert einen an die Macht, die das Meer besitzt. Mit jedem weiteren Herbsttag wird die Strömung an Kraft zunehmen, hochgepeitscht von Stürmen, bis es schließlich kein Durchkommen mehr gibt.« Offensichtlich schlief Arjen doch nicht, sondern sah unter schweren Lidern zum Fenster hinaus. Er blickte auf den Wellentanz und nicht nach Beekensiel.

»Tut mir leid, dass ich dich nicht rechtzeitig geweckt habe, als die Insel in Sicht kam. Es wäre sicherlich schön für dich gewesen, sie vom Festland aus zu begrüßen, aber du machtest so einen erschlagenen Eindruck, dass ich dich nicht stören wollte.«

Arjen tätschelte ihr die Schulter. »Erschlagen eher weniger, sondern mehr von der Frage in Anspruch genommen, was mich wohl erwartet – schließlich kehrt man nicht oft zu dem fast vergessenen Hort seiner Kindheit zurück. Ich habe Beekensiel seit sechsundsechzig Jahren nicht mehr betreten. Als ich nach dem Tod meines Vaters nach Heidelberg aufgebrochen bin, habe ich nicht einmal zurückgeblickt. Ich wollte mich ganz und gar auf die Zukunft einlassen und keinen Gedanken mehr an dieses angeschnittene Stück Land verschwenden. Beekensiel und ich – wir sind nicht im Guten auseinandergegangen … Nun bin ich hier und weiß plötzlich nicht mehr, was ich hier eigentlich will. Um darauf eine Antwort zu finden, werde ich mich allerdings wohl oder übel darauf einlassen müssen, richtig?«

Zu Gretas Erleichterung blitzten Arjens Augen auf, während er sprach. Von der Müdigkeit, die seine Bewegungen oftmals bestimmten, war nichts mehr zu bemerken, als er sich aufsetzte und sein Hemd unterm Gurt glattstrich.

Abschätzig blickte Arjen zur Insel, von der sich nun immer mehr Details abzeichneten. »Als ich ein kleiner Junge war, musste man noch auf die Ebbe warten, um aufs Festland zu gelangen. Der alte Fedder Lehnt hat sich ein wenig Geld dazuverdient, indem er einige Male am Tag die Verbindung mit seinem Karren abfuhr, dessen hohen Rädern die Flut nichts anhaben konnte. Im Winter habe ich mir auf seinen harten Bänken so manches Mal den Hintern abgefroren, bis die Nazis dann Gelder für diese Straßenaufschüttung bereitgestellt haben. Manche Dinge ändern sich… Andere nie. Vermutlich werde ich keine Probleme haben, mich im Dorf zurechtzufinden. Die Beekensieler sind nämlich ein störrisches Volk, und großes Geld ist nach dem Krieg auch nicht auf die Insel gekommen. Der Löwenanteil der Insel stand schon damals unter Naturschutz, da ist kein Platz für Golfhotels. Auf Gäste war man zu meiner Zeit sowieso nicht erpicht, sondern hat auf die Fischerei gesetzt. Damals wurde ganz Beekensiel von der Familie Ennenhof bestimmt, die das Fischereigeschäft unter Kontrolle hatte – und die Lokalpolitik gleich mit, auch wenn sie das hartnäckig abgestritten hat. Diese Ennenhofs waren allesamt Verbrecher, Spezialisten darin, ihre Spuren zu verdecken. Die haben ihre Ränke in aller Heimlichkeit gesponnen, und das hat auch stets funktioniert.«

Arjen schnaufte aufgebracht, und Greta erahnte einen

alten, wohl vergrabenen Zorn, der unvermittelt wieder in ihm hochkam. Dahinter verbarg sich eindeutig mehr als Ärger über Ungerechtigkeiten … eine alte, nie verheilte Wunde. Was immer diese Ennenhofs getan hatten, die Auswirkungen hatten auch ihren Großvater betroffen, da war Greta sich sicher.

»Unter ihrer Regie flossen jedenfalls öffentliche Gelder in den Ausbau der Hafenanlage, damit immer mehr Kutter anlegen und ihren Fang rasch verladen konnten. Für Segelboote war dort nie Platz, aber es war ja auch nicht erwünscht, dass da irgendwelche Fremde kamen und vor Anker gingen. Nein, Fremde mochten die Beekensieler nicht. Das hat sich wohl gerächt, nach allem, was man so hört: Während die anderen Nordseeinseln vor Besuchern geradezu überquellen, zieht Beekensiel bestenfalls einige wenige Liebhaber der Stille und Einsamkeit an. Wenn die Insel in den letzten Jahren in der Presse aufgetaucht ist, dann nur wegen ihrer arbeitslosen Fischer und der folgenreichen Abwanderung der Insulaner.«

»So, wie du das sagst, klingt es, als würde es den Beekensielern recht geschehen.«

»Das wäre bestimmt zu hart ausgedrückt«, winkte Arjen ab. »Die Beekensieler sind jedoch ein ganz besonderer Menschenschlag, du wirst schon sehen. Schau an, wir sind gleich auf der Insel angekommen, das ging ja fix.« Während Arjen noch erstaunt dreinblickte, ließ Greta die Luft ab, die in ihrem verspannten Brustkorb festgehangen hatte. »Bieg bitte links in den Ort ab und halt auf den Marktplatz zu, der müsste eigentlich ausgeschildert sein. Es würde mich nicht überraschen, wenn dort noch dieselben Familien dieselben Läden betreiben würden wie in meinen Tagen. Außerdem steht am Marktplatz auch die Kirche mit dem Turm, um dessen Erhalt dein Urgroßvater Thaisen sich jede wache Minute gekümmert hat, wenn er sich nicht gerade mit Klageschreiben bei seinen Vorgesetzten unbeliebt machte. Ich habe für uns ein Hotel ausgesucht, von dem aus wir den Kirchturm nicht ständig im Nacken haben und trotzdem direkt am Platz sind. Das war mir wichtig.«

Arjen sollte mit seiner Vermutung, dass im Dorf alles beim Alten geblieben war, recht behalten – einmal davon abgesehen, dass der Marktplatz im Laufe der Zeit für den Autoverkehr gesperrt worden war. Um zu ihrem Hotel zu gelangen, musste sie deshalb durch ein verwirrendes Labyrinth aus Einbahnstraßen und viel zu engen Gassen fahren, die bei Greta Platzangst auslösten. Trotz der vielen zurückgelegten Kilometer hatte sich bei ihr keinerlei Fahrfreude eingestellt, sodass sie nach wie vor verspannt hinter dem Lenkrad saß und inständig hoffte, dass es zu keiner besonderen Herausforderung kam.

Ausgerechnet in dieser sowieso schon schwierigen Situation passierte es dann.

Greta stand der Schweiß bereits auf der Stirn, weil die Straße, durch die sie fuhr, allenfalls Platz fürs Coupé bot, als ihr ein Jeep entgegenkam und mitten auf einer Kreuzung stehen blieb.

Eine bedrohliche Blechwand ragte vor ihnen auf. Wie ein Reh im Scheinwerferlicht starrte Greta den Geländewagen an. *Diese riesigen Kisten, mit denen heutzutage alle herumkutschieren, sind der totale Albtraum*, stellte sie panisch fest. *Bitte, bitte, bieg nicht in diese Gasse ein.*

Leider machte der Fahrer keine Anstalten abzubiegen, sondern blieb stehen und ließ sein Fernlicht aufflackern, als wäre das ein Code … den Greta nicht verstand. Und das, wo sie ohnehin schon überfordert war. Entnervt trat sie auf die Bremse und legte den Rückwärtsgang ein. Dann würde sie sich halt eine seitliche Nische suchen, ehe der Jeep vor ihrer Stoßstange klebte und sie gewaltsam zurückdrängte.

»Kind, was machst du denn? Wir müssen da vorne links abbiegen, um zum Hotel Sturmwind zu gelangen. Der Jeep lässt dich bestimmt durch, anders geht es ja auch gar nicht. Außerdem ist Rückwärtsfahren nicht gerade eine deiner Stärken.« Den letzten Satz beendete Arjen mit einem leisen Aufschrei, als Greta mit dem Außenspiegel eine Papiertonne streifte.

Fluchend legte sie eine Vollbremsung hin. »Nichts passiert, also zumindest der Tonne, der Spiegel hat einen winzigen Sprung. Wie geht es deinem Nacken?«

Arjen blinzelte sie an. »Alles bestens«, versicherte er in dem Ton, den man Frauen am Rande des Nervenzusammenbruchs gegenüber anschlägt. »Und nun fahr zu, in dieser Gasse findest du doch nirgendwo eine Lücke zum Ausweichen.«

Leichter gesagt als getan, der Fahrer des Geländewagens hatte in der Zwischenzeit offenbar beschlossen, dass Greta schon eine passende Nische finden würde, und bog deshalb in die Gasse ein. In ihrer Verzweiflung trat sie aufs Gaspedal, und das Coupé machte einen mächtigen Sprung nach vorne, als wolle es den Jeep angreifen.

»Nicht so stürmisch!«, rief Arjen.

»Was soll ich denn sonst tun? Angriff ist immer noch die beste Form der Verteidigung.«

Um ihren Entschluss zu untermauern, haute Greta mit dem Handballen auf die Hupe, dass es schmerzte. Zu ihrer Erleichterung setzte der Geländewagen zurück, bevor sie gegen ihn prallte. Kaum war die Lücke auf der Kreuzung groß genug, damit sie abbiegen konnte, quetschte Greta sich hinein, nur um festzustellen, dass die Lücke doch nicht groß genug war: Ihr Heck streifte den Jeep, wenn auch nur leicht.

»Höchstens ein Lackschaden«, versicherte Greta ihrem Großvater. Dann blickte sie in den Rückspiegel und sah den Gesichtsausdruck des Fahrers, der zwischen Verblüffung und Ärger schwankte. Zu allem Überfluss handelte es sich auch noch um einen Mann in ihrem Alter, mit breiten Schultern und dunklem Haar, was ihn nicht gerade wie einen leicht zu handelnden Gegner wirken ließ. Sie beschloss, dass dieser Mensch ihr genug Aufregung bereitet hatte, und fuhr weiter. Arjen, der sich immer noch an der Sitzkante festhielt, war zu geschockt, um sie zum Anhalten zu bewegen. Erst als sie auf dem Parkplatz ihres Hotels hielt, fand er seine Sprache wieder.

»Mädchen, das eben war Fahrerflucht. Wir hätten sofort stoppen und nachschauen müssen, ob dem Fahrer oder seinem Wagen etwas passiert ist.«

Greta löste einzeln ihre verkrampften Finger vom Lenkrad. »Unsinn, es ist ja nichts passiert. Und wenn doch, dann hat dieser Chaot mindestens genauso viel Schuld an der Misere wie ich. Mich zuerst mit dem Fernlicht blenden und dann Gas geben, sobald ich anfahre. Der hat mich mit seiner Riesenklitsche ganz nervös gemacht, solche Autos gehören verboten.«

Ihr Großvater ließ jedoch nicht locker, ihre Fahrkünste hatten seine sonstige Gelassenheit allem Anschein nach massiv erschüttert. »Der Mann hat doch nichts falsch gemacht, der wollte dir die Vorfahrt geben, deshalb das Lichtzeichen. Und als er dann zugefahren ist, hast du ihn bedrängt. Gehupt hast du. Ich habe in den vierzig Jahren, die mir das Coupé gehört, nicht ein einziges Mal gehupt!«

»Arjen«, unterbrach Greta seinen Sermon. »Können wir jetzt bitte im Hotel einchecken, bevor es dunkel wird? Für alles andere fehlen mir momentan einfach die Nerven. Und falls es dich beruhigt: Ich werde den Kratzer an deinem heißgeliebten Wagen ausbessern lassen und in Zukunft nett zu allen Fahrern sein, unabhängig davon, ob ihre Autos meinen Fluchtinstinkt wecken oder nicht. Ich will ja gar nicht abstreiten, dass mein Verhalten unglücklich gewesen ist, aber ich bin nun mal keine besonders gute Autofahrerin, und die Situation hat mich einfach überfordert.«

Mit einem Nicken beendete Arjen das Gespräch, und als sie ihr Gepäck aus dem Kofferraum holten, drückte er kurz, aber fest ihre Hand. »Kaum sind wir auf Beekensiel, geht das Abenteuer auch schon los. Nichts anderes habe ich erwartet.«

Das Hotel Sturmwind war ein dreistöckiges Gründerzeitgebäude mit einer cremefarbenen Fassade und hohen weißen Sprossenfenstern, vor denen in Holzkästen Heidekraut wucherte, und einer obersten Reihe mit kleinen rechteckigen Fenstern unter der Regenrinne. Die roten Ziegel des Krüppelwalmdachs lagen teils schief auf, als habe der Wind kräftig durch sie hindurchgepustet, und auch an dem Schmiedeschild, auf dem der Name des Hotels prangte, war die Zeit nicht spurlos vorbeigegangen: Das Messing war angelaufen. Die Vorderseite des Gebäudes zeigte zum Marktplatz, der auf der gegenüberliegenden Seite vom Kai begrenzt wurde. Der Hafen war nur einen Katzensprung weit entfernt, wie Greta begeistert feststellte, obwohl um diese Jahreszeit nur noch vereinzelte Segelschiffe und Kutter vor Anker lagen.

Beim Öffnen der friesengrünen Holztür des Sturmwind ertönte ein feines Glöckchen, und schon eine Sekunde später erschien eine füllige Frau an der Rezeption. Wegen ihrer glatten, runden Wangen und ihrem rötlich gefärbten Haar war ihr genaues Alter schwer zu schätzen, aber Greta tippte auf jung gebliebene sechzig.

»Moin«, begrüßte sie die Frau überschwänglich. »Sie müssen die Rosenbooms sein! Ich hatte schon Sorge, der Wind würde die Flut vorantreiben und Sie würden es heute nicht mehr rechtzeitig über die Verbindungsstraße schaffen. Ab Oktober ist die Anreise zu uns auf die Insel nicht immer ganz unkompliziert … Aber was rede ich, nun sind Sie ja da und sehen frisch und munter aus. Eine Tasse Tee zu Begrüßung? Habe ich gerade frisch aufgesetzt. Nein? Dann vielleicht später. Teetrinken ist ein klassisches Begrüßungsritual bei uns im Norden, aber das wissen Sie bestimmt. Rosenboom … Der Name kommt doch aus unserem Landstrich, nicht wahr? Wir hatten sogar mal einen Pastor Rosenboom, allerdings von außerhalb. Oh, Ihr Gepäck! Das hätten Sie ruhig im Wagen lassen können, das hätten wir gern für Sie hereingeholt. Aber kommen Sie, kommen Sie. Der Wind ist heute ja ordentlich frisch, da muss man sich nach dem Sommer erst wieder dran gewöhnen.« Während sie weiterplapperte, machte sie Anstalten, Arjen den Koffer aus der Hand zu nehmen. Die schmale Vorhalle des Hotels machte es den ausladenden Hüften der Wirtin jedoch unmöglich, an ihm vorbeizukommen – und Arjen wollte sein Gepäck selbstredend nicht von einer Dame tragen lassen.

»Das ist sehr nett von Ihnen, aber ich bin nicht halb so gebrechlich, wie ich anscheinend aussehe. Lassen Sie mich das Köfferchen mal ruhig allein tragen, Frau …?«

»Frau Hayden, Gertrud Hayden, von jedermann Trude genannt – natürlich nur für die, die das auch wünschen.«

Trude Hayden lächelte einnehmend, wobei sich ihre Apfelbacken rot färbten. In ihrer fliederfarbenen Strickjacke, die nach anspruchsvoller Handarbeit aussah, passte sie auf eine altmodische Art zur Rezeption mit ihren moosgrünen Wänden, den dicken Teppichen auf den Holzdielen und der Theke, deren Oberfläche mit friesischen Fliesen verziert war. Jedes Detail wies Patina auf und wirkte verschlissen, was das liebevolle Arrangement jedoch noch charmanter wirken ließ. »Nun aber hereinspaziert. Wir haben zwei wunderschöne Zimmer für Sie vorbereitet, eines sogar mit Aussicht auf den Hafen. Beim anderen ist die Aussicht natürlich auch nicht zu verachten, das Zimmer liegt nämlich unterm Dach, sodass man Himmel und noch mehr Himmel sieht. Allerdings muss man einige Treppenstufen steigen, aber dafür hat das Zimmer eine emaillierte Badewanne aus den guten alten Tagen zu bieten. Höchst gemütlich! Wenn man Kerzen ansteckt und einen ordentlichen Roman zur Hand hat, gibt es keinen besseren Ort auf dieser Welt, das verspreche ich Ihnen.« Trude stieß Greta verschwörerisch von der Seite an, die sich schon allein wegen der Treppen sofort für dieses Zimmer entschieden hatte. Arjen mit seiner täglich zunehmenden Kurzatmigkeit wäre auf der unteren Etage zweifellos besser aufgehoben.

»Klingt hervorragend, ich kann mir im Moment nichts Angenehmeres vorstellen, als in einer Badewanne zu entspannen. Die Fahrt hierher war der reinste Stress.«

Bei der Erwähnung von »Stress« blickte Trude sogleich drein, als trage sie persönlich die Verantwortung dafür. »Ja, an manchen Tagen macht Beekensiel es einem nicht leicht. Es wird ja immer wieder einmal diskutiert, die Verbindungsstraße zu erweitern und vor allem höher zu legen. Aber für unser armes Wattenmeer wäre das gar nicht segensreich. Und das Watt, das ist uns Beekensielern heilig, müssen Sie wissen.«

Greta winkte ab, während Arjen sich daranmachte, die Anmeldung auszufüllen. »Der Weg hierher war zwar ein Abenteuer, allerdings mit genau dem richtigen Maß an Nervenkitzel«, erklärte sie. »Es ist diese grauenhafte Straßenführung um den Hafen herum, die mir übel zugesetzt hat. Und – entschuldigen Sie, wenn ich das so offen sage – einige Einheimische fahren wie die Verrückten, als handele es sich bei den schmalen Gassen um Rennstrecken.« Obwohl sie aus den Augenwinkeln mitbekam, wie Arjen sich bei ihren Worten versteifte, konnte sie das Thema nicht fallenlassen. Dabei war ihr durchaus bewusst, dass sie an dem Malheur keineswegs unschuldig gewesen war und dass möglicherweise sogar die Hauptschuld bei ihr lag. In diesem Moment war ihr das jedoch herzlich egal, da ihr Nacken schmerzte und sie sich wie durchs Wasser gezogen fühlte. »Man sollte meinen, dass man auf Fahrer, die ein Kennzeichen von außerhalb haben, ein wenig Rücksicht nimmt. Aber nein, es wird gedrängelt und, wo es geht, geschnitten. Und warum, zur Hölle, muss man bei so verflixt engen Straßen auch noch in Monsterautos herumfahren?«

»Das ist leicht zu erklären: Weil uns Einheimische die Touristen, die ihr Gehirn beim Betreten der Insel automatisch auf Ausspannmodus stellen, ansonsten gnadenlos überrollen würden.«

Die Stimme, die diese Anschuldigung vom Stapel ließ, erklang hinter Gretas Rücken. Sie fuhr herum und trat instinktiv einen Schritt zurück – nicht nur weil der Mann mindestens einen Kopf größer war als sie und eine Kiste vor sich hertrug, gegen die Greta fast stieß, sondern weil sie ihn als den Fahrer des Jeeps wiedererkannte. Er hatte das gleiche dunkle Haar und vor allem den gleichen Gesichtsausdruck, irgendwo zwischen verärgert und verwundert. Aus der Nähe betrachtet erkannte sie, dass er einige Jahre älter war als zuerst geschätzt, vermutlich Mitte dreißig, denn um seine Augen zeichneten sich bereits die ersten feinen Linien ab.

Einige Sekunden lang maßen sie einander, und zu Gretas Ärger fand er die Sprache als Erster wieder. Eine kühle, tiefe Stimme. »Sie schulden mir eine neue Stoßstange für mein Monsterauto.« Die Stiefel an seinen Füßen machten ein knarzendes Geräusch, als er das Gleichgewicht verlagerte. Greta rechnete fast damit, dass eine Ladung Salzwasser hervorschwappen würde – ein Wassermann in Parka mit einem dicken Wollschal um den Hals. »Nicht dass es wichtig wäre, aber hier auf der Insel brauchen wir keine Geländewagen, um unsere Mitmenschen zu beeindrucken, sondern weil die meisten Wege auf Beekensiel unbefestigt sind und wir vieles transportieren müssen, um die Gäste satt und glücklich zu bekommen. Im Gegensatz zu Urlaubern wie Ihnen tollen wir nicht kopflos umher, sondern leben und arbeiten hier.«

»Mattes, was bist du nur für ein unhöflicher Mensch?«, fuhr Trude Hayden den Mann an, der die sichtlich schwere Kiste weiterhin vor seinen Oberkörper hielt, als sei sie ein Bollwerk zwischen Greta und ihm. »Die Rosenbooms sind meine Gäste, und ganz gleich, was sie dir auch schulden mögen, du hast sie zuvorkommend zu behandeln, wenn Gastfreundschaft schon ein Fremdwort für dich ist. Ich frage mich ohnehin, warum du mit den Fischen einmal quer durch meinen Eingangsbereich marschierst, anstatt den Lieferanteneingang zu benutzen.«

»Weil man ungefähr hundert Mal im Kreis fahren muss,

bis man dort ankommt. Außerdem bin ich bei Wuddels & Appel vorbeigefahren, um deine Gemüsekiste mitzubringen, dann musst du bei diesem Wind nicht mehr mit dem Fahrrad los. Habe mir nämlich gedacht, dass du die Abholung wegen der Zimmer noch nicht geschafft hast. Wie ich gehört habe, ist Birte mal wieder aufs Gesicht gefallen. Dabei dachte ich, damit sei endlich Schluss, seit sie mit Frank zusammengezogen ist und er ihr ihren rabiaten Vater vom Hals hält. Das tollpatschigste Zimmermädchen der Insel – sollte man nicht denken, wenn man die Birte so sieht«, erklärte er sachlich, während er die Kiste hinter den Tresen brachte.

»Also, wirklich, das ist so typisch, dass du Frank die Schuld dafür in die Schuhe schiebst. Was soll der Junge denn machen, wenn Birte immer wieder zu ihrem alten Herrn läuft, ganz egal, was der anstellt? Und dann parkt mein feiner Herr Neffe auch noch mitten auf dem Marktplatz, was das wieder an Gerede gibt. Frede aus dem Haushaltswarengeschäft ist bestimmt schon wieder auf hundertachtzig, und das bei seinem Blutdruck.« Trude seufzte – es machte ganz den Eindruck, als habe sie schon unzählige Male auf diese Weise über Mattes geseufzt. »Wenn ich vorstellen darf: Greta und Arjen Rosenboom – mein missratener Neffe Mathias Ennenhof. Die Rosenbooms wollen ein paar Tage lang die Insel erkunden.«

»Hoffentlich zu Fuß«, merkte Mattes Ennenhof trocken an.

Bislang hatte Greta seine Schmährede über sich ergehen lassen, zu bestürzt über ihr erneutes Zusammentreffen, um zu reagieren. Doch nach diesem weiteren Seitenhieb überwand sie ihre Verlegenheit. »Damit Sie uns mit Ihrem Lieferantenwagen besser abdrängeln können, ja?«

»Nein, der junge Herr ist kein Lieferant«, meldete sich

Arjen zu Wort, der bisher schweigend und seltsam abwesend dabeigestanden hatte. »Dieser Ennenhof wird genauso Fischer sein, wie seine Großväter es vor ihm waren. Alle Ennenhofs sind Fischer, das ist so sicher wie die Tide. Sie müssen ein Urenkel von Rasmus Ennenhof sein, dem früher die größte Kutterflotte im hiesigen Hafen gehörte.«

Mattes blickte Arjen erstaunt an. »Sie kannten meinen Urgroßvater? Dann haben Sie früher einmal auf der Insel gelebt? Rosenboom, war das nicht …«

Doch Arjen beachtete ihn nicht weiter, sondern suchte den Blick seiner Enkelin. »Wenn du den Grund wissen willst, warum Beekensiel trotz seiner Schönheit eine Insel ist, auf die es nur wenige Besucher zieht: Der Grund dafür steht persönlich vor dir.« Arjen deutete auf Mattes, der ihn verwundert ansah. »Die Familie Ennenhof machte um 1940 herum ihren Einfluss geltend, damit sämtliche Gelder des Ortes in die Hafenanlage samt Umschlagplatz gesteckt wurden. Dabei war schon damals absehbar, dass der Fischfang allein nicht ausreichen würde, um allen Insulanern ein Einkommen zu gewähren. Außerdem war bereits klar, dass die ständig steigende Fangquote eine Kutterflotte notwendig machen würde, die so groß sein müsste, dass selbst ein ausgebauter Hafen nicht ausreichend Platz bieten würde. Doch die Idee, Beekensiel für Gäste herauszuputzen und für eine Zukunft zu sorgen, an der alle Teilhabe hätten, ging damals sang- und klanglos unter. Wozu braucht es schließlich einen eigenen Bahnhof, wenn Rasmus Ennenhof Lieferwagen gekauft hatte, die ihm das Monopol beim Transport des Fangs zu den Umschlagplätzen auf dem Festland gaben? Mafiöse Zustände waren das, auch wenn man den Ennenhofs niemals etwas nachweisen konnte. War ein schlauer Hund, der alte Rasmus – und sein Sohn nicht minder. Das weiß ich aus eigener Erfahrung.« Arjens Mund war eine verhärtete Linie, die Greta so noch nie bei ihrem Großvater gesehen hatte, auch dann nicht, wenn er sich leidenschaftlich über politische Fehlentscheidungen aufregte. Seinen Worten wohnte eine bittere Note bei, die seine persönliche Betroffenheit verriet. »So ist das: Kaum betritt man Beekensiel, bekommt man es auch schon mit einem Ennenhof zu tun ... Und mit ihm mit der typischen Unfreundlichkeit gegenüber Fremden.«

Mattes war während Arjens Rede zunehmend blasser geworden, worüber auch seine gelassene Miene nicht hinwegtäuschte. »In meinem Fall werden Sie das Vergnügen nicht mehr lange haben, ich muss nämlich wieder los, ansonsten wird mir noch der Wagen abgeschleppt. Oder jemand klaut mir die abgefallene Stoßstange, die ich hinten auf der Ladefläche liegen habe.«

»Den Schaden begleiche ich Ihnen natürlich«, erklärte Greta schleunigst, die selbst einer Generalüberholung des Jeeps zugestimmt hätte, wenn sie dafür bloß nicht länger in der Schuld dieses schnippischen Menschen stand.

Doch Mattes winkte ab. »Lassen Sie es gut sein, das Teil bekomme ich schon allein wieder dranmontiert. Und wenn ich Ihnen noch einmal auf der Straße begegne, lege ich sofort freiwillig den Rückwärtsgang ein. Wir Beekensieler sind vielleicht nicht die herzlichsten und offensten Typen, aber lernwillig sind wir durchaus.« Er gab seiner Tante einen Abschiedskuss auf die inzwischen glühende Wange.

»Willst du denn nicht wenigstens eine Tasse Tee trinken, bevor du gehst?«, rief Trude ihm hinterher, doch Mattes war schon zur Tür hinaus.

Trude entfuhr ein Seufzen, dann blickte sie ihre Gäste beklommen an. »Das tut mir so leid. Sie haben Mattes auf dem falschen Fuß erwischt, so ist er sonst nie. Na ja, also eine scharfe Zunge hat der Bursche schon seit Kindertagen, und er muss auch immer mit dem Kopf durch den Wand, sobald er sich etwas vorgenommen hat. Ansonsten ist er aber eine Seele von Mensch, das müssen Sie mir glauben. Das hat ihm bestimmt noch in den Knochen gesteckt, was da zwischen Ihren beiden Autos vorgefallen ist. Und über Birtes blaue Flecken und Verstauchungen regt er sich auch jedes Mal auf, vor allem weil das letzte Mal schon einige Zeit her ist und wir gehofft hatten …« Es war Trude vom Gesicht abzulesen, wie sie die unangenehmen Stellen der Unterhaltung noch einmal im Geiste durchging. Dann wurde sie plötzlich ernst. »Was Sie da über den alten Ennenhof gesagt haben, Herr Rosenboom, mag zwar stimmen, und auch sein Sohn Ole, Mattes' Großvater, hatte nur den eigenen Vorteil im Sinn und hat dem Familienbetrieb damit nicht nur Gutes getan. Mattes schlägt jedoch nicht in diese Richtung, der geht ganz nach seiner Mutter Rose, die zwar auch eine Ennenhof war, aber mehr Herz hatte als die ganze Sippe zusammen. Zu viel Herz, sollte man meinen … Sie ist vor einigen Jahren ganz allein irgendwo in Andalusien verstorben, dahin war sie ausgewandert, weil sie Beekensiel nicht ertrug. Eine traurige Geschichte. Jedenfalls sollten Sie es dem Jungen nachsehen, wenn er nicht allzu freundlich gewesen ist, das nächste Mal macht er es bestimmt wieder wett.«

»Auf ein nächstes Mal kann ich gern verzichten«, murmelte Greta, während sie ihr Gepäck nahm, um die Treppen bis unters Dach zu erklimmen. Mattes Ennenhof war nun wirklich nicht nach ihrem Geschmack: ein sturer Insulaner, der einer Familie aus geschäftsgierigen Meeresausbeutern entstammte und zu jedem Streit bereit war – noch mehr konnte ein Mann nicht von ihrer Wunschvorstellung abweichen.

10

Zu Gretas Zimmer gehörte eine ganze Reihe der quadratischen Fenster, durch die man – wie Trude versprochen hatte – ausschließlich den Himmel sah. Nur noch wenige Momente, dann würde draußen sturmgepeitschte Dunkelheit herrschen, wie Greta mit einem wohligen Schauder feststellte.

Das Dachzimmer war ganz nach ihrem Geschmack, auch wenn es deutlich größer als ihre Kammer im Backsteinhaus ausfiel. Es handelte sich um einen großzügigen, länglich geschnittenen Raum, dessen Wände zwischen den Holzbalken mit Tuchen bespannt waren. Als wäre sie ein neugieriges Mädchen, berührte sie die ungewöhnliche Verkleidung mit dem kornblauen Gänseblumenmotiv. Die Wandbespannung ließ sich leicht wie Watte eindrücken, und Greta fragte sich, um was für einen Dämmstoff es sich wohl handelte. Das Zimmer roch würzig nach Heublumen, und es gab eine harzige Note wie von frisch geschlagenem Holz. Dabei hätte sie in so einem altmodisch anmutenden Hotel eher mit einer Putzmittelnote und muffigen Ecken gerechnet. Das Himmelbett unter der Dachschräge war in dasselbe Material gekleidet, und Greta fühlte sich versucht, sich auf die dicke Matratze fallen zu lassen und die Gänseblümchen darauf zu zählen, bis sie einschlief. Dafür fehlte ihr jedoch die Zeit, denn in einer Stunde wollte sie Arjen zum Abendessen im Restaurant des Hotels mit dem seltsamen Namen Leileckerland treffen. Mit einem Drücken im Magen kam ihr der Gedanke, dass sie notgedrungen Mattes Ennenhofs Fisch würde essen müssen. Seine Worte klangen ihr immer noch nach, als würde ein Teil von ihr weiterhin unten an der Rezeption stehen und sich mit ihm einen Schlagabtausch liefern.

Schweren Herzens wendete Greta sich von dem Bett ab und räumte stattdessen ihre Garderobe in den Wandschrank, ehe sie die Badezimmertür öffnete. Sie stieß einen anerkennenden Pfiff aus.

»Da hat die liebe Frau Trude ja keinen Deut zu viel versprochen. Das sind ja paradiesische Zustände hier.«

Auch an den Wänden des Badezimmers dominierten rohe Holzbalken, zwischen denen die Wände allerdings weiß getüncht waren, während Greta auf dem Boden die Fliesen mit dem blauweißen Zwiebelmuster von der Rezeptionstheke wiederentdeckte. Kunstvoll bildeten sie den Umriss nach und erinnerten den Besucher daran, in welchem Landstrich er zu Gast war. In der Mitte des Raums stand die angekündigte Badewanne auf Messingfüßen, mit einer schwarzen Außenwand und einem Emaillebauch. *Ein Traum. Fehlt nur noch eine Riesenflasche Badeschaum,* dachte Greta verzückt. Aber das nach Zitrone duftende Badesalz, das in einem blassgrauen Tongefäß auf der Wannenablage stand, war auch nicht zu verachten, wie sie schon wenige Minuten später feststellte.

Erfrischt und gut gelaunt traf Greta im Leileckerland ein, das neben der Rezeption lag. Von dem Dutzend Tische waren an diesem Abend nur drei besetzt. Arjen saß bereits in der Nähe des Kamins über einem Glas Bier und sah mindestens genauso erholt aus wie seine Enkeltochter, was Greta ein wenig überraschte. Der Tag war lang gewesen, und für gewöhnlich fühlte Arjen sich am Abend zu matt, um mehr als eine Kleinigkeit zu essen. Zur Feier des Tages trug er sogar einen Anzug, obwohl er sonst Strickjacken und Cordjacketts bevorzugte. Er mochte seine Kleidung elegant, aber auf eine legere Weise, ganz im Landadelstil.

»Die Beekensieler Luft scheint dir zu bekommen, so frisch habe ich dich schon lange nicht mehr gesehen«, begrüßte Greta ihren Großvater.

»Das Kompliment kann ich nur zurückgeben. Bist du anständig untergebracht, ja? Ich bin auch angetan von meinem Zimmer – und noch mehr von der Aussicht. Ich könnte Ewigkeiten vor den Fenstern verbringen und auf den Marktplatz mit dem angrenzenden Hafen blicken.« Als Greta sich neben ihn setzte, zog er die Luft ein. »Himmlisch, du duftest ja wie alle Zitronenfelder Siziliens zusammen.«

»Das Badesalz des Hauses – ich hoffe, man kann es kaufen. Ein Leben ohne diesen Duft kann ich mir nämlich nicht mehr vorstellen. Frau Trude sorgt wirklich hervorragend für ihre Gäste und hat die Zimmer unglaublich schön hergerichtet. Ich wundere mich nur, dass es im Sturmwind so wenige Gäste gibt …« Unauffällig deutete sie in Richtung der beiden anderen Tische, an denen ein griesgrämig dreinblickendes älteres Ehepaar und eine alleinreisende Frau saßen, die sogleich Gretas Blick einzufangen versuchte. Offenbar hatte sie sich auch mehr Unterhaltung erhofft und wäre vermutlich überaus bereit, sich auf eine Plauderei einzulassen. »Die Hauptsaison ist zwar vorbei, aber andernorts waren doch noch einige Reisende unterwegs«, überlegte Greta laut.

»Nun, der Beekensieler Charme wirkt eben nicht wie ein Magnet auf die Reisewilligen, obwohl unser Hotel es zweifelsohne verdient hätte.« Arjen nahm einen Schluck Bier. »Ich bin mir nicht sicher, aber möglicherweise sind ja nur einige Zimmer vor kurzem neu hergerichtet worden. Eine Renovierung ist eine kostspielige Angelegenheit, vor allem wenn man sie auf diesem hohen Niveau durchführt, und Reichtümer wird das Hotel kaum einbringen.«

»Hier im Haus ist renoviert worden? Davon habe ich gar nichts mitbekommen, ich meine: die alten Holzdielen, Tuche an den Wänden, die Porzellanlichtschalter …«

Arjen lächelte. »Wie in der guten alten Zeit, nicht wahr? Und damit meine ich nicht die Nachkriegszeit, in der bestimmt scheußliche Vorhänge die Butzenfenster verdeckt haben und Fischernetze mit Plastikkrebsen unter der Decke hingen. Nein, um diesen Stil hinzubekommen, muss man sich ganz schön ins Zeug legen. Ich möchten zu gern wissen, womit sie die Dielen nach dem Schleifen eingeölt haben.«

»Frag einfach Trude, sie wird es dir bestimmt liebend gern in aller Ausführlichkeit erklären. Da kommt sie gerade.«

»Ein anderes Mal«, flüsterte Arjen hinter der vorgehaltenen Hand. »Ich möchte heute nämlich noch was in den Magen bekommen, und ich habe den Verdacht, wenn die Dame erst einmal zu reden beginnt, wird sie so rasch kein Ende finden. Vorhin bin ich sie nur mit viel Mühe losgeworden, sie wollte nämlich unbedingt wissen, wie lange ich auf Beekensiel gelebt habe, wie Thaisen als Vater so war und welche Familien ich auf der Insel näher kannte. Am liebsten hätte sie mich vermutlich gefragt, ob ich nicht ein paar Klatschgeschichten aus dieser Zeit auf Lager habe.«

Wie vermutet hatte Trude noch nicht einmal den halben Raum durchquert, als sie bereits zu reden anfing. »Guten Abend, meine Lieben. Sind Sie glücklich und zufrieden mit Ihren Zimmern, ja? Oh, das freut mich aber. Alles bestens? Sehr schön, so soll es sein.« Am Tisch angekommen, strich sie ihre geblümte Bluse glatt und zückte einen Notizblock. »Ich würde ja zu gern eine Runde plaudern, aber unser Koch Willi und ich, wir sind heute Abend nur zu zweit, da ist ein Schwätzchen einfach nicht drin. Wir finden bestimmt ein anderes Mal Zeit füreinander. So, dann wollen wir einmal: Unsere Küche bietet als Vorspeise eine Granatsuppe mit Brunnenkresse. Für danach empfehlen wir Miesmuscheln ›Beekensieler Art‹ oder ein Platte mit Räucherfisch, und den krönenden Abschluss bildet ein Zwetschgenkompott nach dem Rezept meiner Großmutter. Eine echte Spezialität, wenn ich das so sagen darf.«

Arjen bestellte mit einer Begeisterung, die seine Appetitlosigkeit in der letzten Zeit in Vergessenheit geraten ließ.

Bei Greta hingegen dauerte es länger. »Etwas anderes als diese Auswahl steht wohl nicht zur Debatte?«, fragte sie vorsichtig nach. Obwohl es ihr unangenehm war, hatte sie sich vorgenommen, nichts zu essen, das Kontakt mit einem Fischernetz gehabt hatte. Darauf war ihr der Appetit nach dem Zusammenstoß an der Rezeption gründlich vergangen.

Die Verlegenheit über das begrenzte Angebot stand Trude ins Gesicht geschrieben. »In der Hauptsaison ist die Auswahl natürlich größer, das Restaurant heißt schließlich nicht umsonst ›Leileckerland‹ – also Schlaraffenland auf Plattdeutsch. Nur im Augenblick…« Sie deutete mit dem Kopf in Richtung der spärlich besetzten Tische. »Das verstehen Sie doch bestimmt, ja? Dafür sind der Fisch und die

Meeresfrüchte fangfrisch! Das bekommt man auf den anderen Inseln nicht geboten, das können Sie mir glauben. Die müssen alles vom Festland beziehen. Unsere Ware ist sogar selbst geräuchert, mein Neffe Mattes macht das, den haben Sie ja schon kennengelernt.« In diesem Moment flackerte die Erkenntnis in Trudes Augen auf. »Das hat Ihnen also den Appetit verdorben! Wie unglücklich, das muss Mattes unbedingt wiedergutmachen, dafür werde ich sorgen. Aber jetzt besorge ich Ihnen erst einmal einen Toast mit Rührei und Speck, da hatte dieser freche Kerl auf keinen Fall seine Finger dran, das verspreche ich Ihnen.«

»Bitte keine Umstände, es ist nur …«

»Nicht doch, ich habe schon verstanden. Ich werde ihm auf den Kopf zusagen, dass er mit Ihnen nicht so umspringen darf, ganz gleich wie verrückt Sie Auto fahren. Mattes ist manchmal schrecklich unsensibel. Und stur! Stur ist er auch, aber das wird ihm dieses Mal nicht helfen. Schließlich bin ich seine Tante, da schuldet er mir doch wenigstens Respekt – und Ihnen als meinem Gast ebenfalls.«

Es gelang Greta nicht, sich aus dieser unangenehmen Situation herauszureden, denn wenn Trude Hayden einen Entschluss gefasst hatte, dann gab es daran nichts zu rütteln. Offenbar war sie der Auffassung, dass ihrem Neffen gründlich die Meinung gesagt gehörte, so entrüstet, wie sie klang. Anstatt Greta beizustehen, lehnte Arjen sich im Stuhl zurück und schaute sich das Spektakel mit einem Schmunzeln an.

»Warum hast du mir nicht geholfen, sie von ihrem Rachefeldzug abzubringen?«, fragte Greta, nachdem Trude endlich einen Schluss gefunden hatte und in die Küche verschwunden war.

»Nun, ich hatte den Eindruck, dass du nichts dagegen

hättest, noch einmal an diesen jungen Ennenhof zu geraten. Und ganz gleich, was unsere Gastgeberin in ihrer Rage zu erreichen glaubt, zweifle ich daran, dass du mit einer zerknirschten Entschuldigung dieses Burschens rechnen darfst. Der hat nicht den Eindruck gemacht, als wäre er gut darin, nachzugeben oder sich zu entschuldigen.«

»Für diese Klarsicht muss man kein Hellseher sein, das war schließlich offensichtlich«, schnaufte Greta. »Ab jetzt werde ich Acht geben müssen, damit mir auf der Straße nicht rein zufällig eine Angelrute gegen den Hinterkopf knallt oder die Fischabfälle versehentlich in meinem Kleiderschrank zwischengelagert werden. Wie lange wollen wir eigentlich auf Beekensiel bleiben?«

Arjens Miene strahlte ungebrochen gute Laune aus, als wäre Gretas Elend bloß ein großer Spaß. »Warum fragst du? Würde es dir gefallen, aufgrund der netten Einheimischen eine Weile hierzubleiben?«

Egal wie sehr diese Andeutungen zu Arjens Stimmung beitrugen, nun reichte es. »Du bist mein Großvater – oder hast du das zufälligerweise vergessen? Das ist nicht witzig. Und ich finde es unfair von dir, mich damit aufzuziehen.«

»Du meinst, mit deinem Interesse an Mattes Ennenhof?«

»Da hast du wohl was nicht richtig mitbekommen, mein werter Herr Großvater.« Gretas Stimme klang gepresst, was Arjen jedoch wenig beeindruckte.

»Nun tu mal nicht so, mein Kind. Ich habe schon immer ein gutes Gespür für die Liebe gehabt. Denk nur daran, wer dich darauf aufmerksam gemacht hat, dass die Chemie zwischen deiner Mutter und Pastor Roder stimmt. Wenn sich zwischen den beiden während unserer Abwesenheit nicht ein festes Band entwickelt, fress ich einen Besen. Du darfst ruhig auf den jungen Ennenhof schimpfen – wie du mitbekommen hast, bin ich kein Freund dieser Familie –, aber mach dir nicht selbst was vor. In der letzten Woche hat dich nichts anderes interessiert als Fahrrouten, Ausflugsziele und Restaurantführer, vermutlich bist du sogar mit einem Reiseführer ins Bett gegangen. Diese Konzentration auf unsere Ausflugsziele hat dir gewiss dabei geholfen, nicht über das nachdenken zu müssen, was in Zürich passiert ist – obwohl das nicht immer geklappt hat, wenn ich mich nicht täusche. Aber seitdem dieser Hitzkopf dich über seine Fischkiste hinweg angeraunzt hat, wirkst du wie ausgewechselt. Sieh es nicht unbedingt als Ratschlag an, aber das beste Mittel gegen Liebeskummer ist nun einmal eine neue Liebe. Seit unserer Ankunft in Beekensiel hast du nicht einen Gedanken an Erik verschwendet, richtig?«

Ertappt nahm Greta einen viel zu tiefen Schluck von ihrem Bier, wobei ihr der folgende Hustenanfall ganz recht kam. Ihr Großvater war wirklich ein erstaunlich guter Beobachter. Das kam vermutlich von seiner Arbeit als Landarzt, bei der er genügend schweigsamen Bauersleuten gegenübergesessen hatte und selbst hatte herausfinden müssen, wo denn nun das Problem lag. »Themenwechsel, bitte«, war deshalb auch schon alles, was ihr dazu einfiel.

»Einverstanden.« Arjen sparte sich zu ihrer Erleichterung ein schelmisches Lächeln. »Nach dem Essen reden wir nur noch über Themen, die du aussuchst.«

»Ich wüsste da auch schon eins.« Greta sah ihre Chance gekommen, endlich wieder Futter für ihr Notizbuch zu sammeln. »Ich würde liebend gern mehr über deine Kindheit auf Beekensiel hören. Das letzte Mal hast du mir davon erzählt, wie du diesem geheimnisvollen Ruben in der verlassenen Fischerkate begegnet bist. Hast du den Jungen denn je wiedergesehen?«

Es dauerte eine Weile, bevor Arjen antwortete. Noch während Greta ihre Frage gestellt hatte, verschleierte sich sein Ausdruck, als würde er tief in seinem Innersten suchen, um jene längst vergangene Zeit wiederzufinden. »Ruben«, sagte er schließlich, mit einer Vorsicht, als könnte der Name zerbrechen, wenn er zu laut ausgesprochen würde. »Ja, Ruben habe ich wiedergesehen, jeden Sommertag, an dem mein Vater keine andere Aufgabe für mich hatte. Und das hatte Thaisen selten, er vergaß mich einfach, wenn er nicht zufällig über mich stolperte. Ich werde dir von diesem Sommer erzählen.«

»Ich kann es kaum erwarten.«

Arjen nahm Greta ihre Begeisterung ab, denn er nickte zustimmend. »Dann reden wir also über Ruben und den Sommer meines Lebens. Aber erst beim Kaffee, jetzt muss ich mich noch stärken. Der Nordseeluft ist gelungen, was sonst nichts geschafft hat: meinen Hunger wiederzubeleben.«

11

SOMMER 1939

Arjens Schlafkammer in der Reetdachkate lag noch im Zwielicht, als er durch hartnäckiges Klopfen geweckt wurde. Wilder Zorn flammte in ihm auf, weil er aus einem Traum hochschreckte, den er gern zu Ende geträumt hätte. Im nächsten Moment schon verflüchtigten sich die nächtlichen Bilder und mit ihnen der Eindruck, wütend wegen dieser Unterbrechung zu sein. Zurück blieb nur eine wattige Leere hinter seiner Stirn. Schwerfällig richtete Arjen sich auf und stellte fest, dass das Klopfen nicht wie erwartet von der Tür, sondern vom Fenster kam. So rasch es seine müden Glieder zuließen, kletterte er aus dem Bett und zog die Vorhänge beiseite. Draußen stand Ruben und klopfte demonstrativ ein Stück höher gegen das Glas, als würde er gegen Arjens Stirn hämmern.

»Tock, tock, irgendwer zuhause? Sag bloß, du bist endlich wach, du Schlafmütze.«

»Noch nicht richtig«, gestand Arjen ein und blickte in die ungeduldig funkelnden Augen seines Freundes.

Für Ruben reagierte er ständig zu langsam, dachte zu lange nach und war ohnehin so verträumt, wie es nur ein behütetes Kind sein konnte. Auch jetzt war Arjen bewusst, dass er schon längst hätte handeln müssen, aber es ging nicht. Ihm war gerade eine Eingebung gekommen. An den letzten Morgen hatte er den diesigen Himmel betrachtet und sich gefragt, woran ihn diese Farbe bloß erinnerte. Dieses frühe Blau, von dem man ahnte, dass es sich in einen strahlenden Himmel verwandeln würde, sobald die Sonne aufging und der gräuliche Schleier sich hob. Genau so sah Rubens blaugraue Iris aus – und sie war typisch für ihn, als würde er verbergen, dass in seinem Inneren der Sommer wohnte. Das war Ruben – stets geheimnisvoll. Sogar Arjen gegenüber, obwohl sie seit ihrer Begegnung in den Dünen jede freie Minute miteinander verbracht hatten.

»Hühnerkacke, jetzt lass mich endlich rein, Rosenboom! Ich frier mir sonst noch die Zehen ab.«

Aufgescheucht von dem Gebrüll hielt Arjen seinen Zeigefinger vor die Lippen. »Leise, sonst weckst du noch meinen Vater.«

Ruben winkte ab. »Der ist bereits auf seinem Drahtesel in Richtung Dorf gefahren. Ich habe ihn gesehen, als ich mich gerade zur Straße durchgeschlagen habe. Ganz schön früh dran, der Herr Pastor, sogar für die Morgenmesse.«

»Wie meinst du das?«, fragte Arjen, während er das Fenster öffnete, nicht einen Gedanken daran verschwendend, seinen Freund zu bitten, durch die Haustür hereinzukommen. Ruben nahm gern seinen eigenen Weg. Selbst in die Fischerkate, wo sie sich ein Lager eingerichtet hatten, kletterte er durchs Fenster.

»Na, dein Vater tut so, als gäbe es nichts anderes als seine Kirche und sein Amt, er ist doch immerzu unterwegs. Man könnte glatt meinen, der sei auf der Flucht. Dabei ist es doch ganz hübsch bei euch.«

Das stimmt, ich verbringe schließlich auch gern meine Zeit unter dem Reetdach, dachte Arjen. *Aber ich sehe ja auch nicht in jedem Winkel des Hauses eine Erinnerung an meine Mutter.*

Ruben musste seinem Freund angesehen haben, dass ihm diese Andeutung zusetzte, denn er klopfte ihm lang auf den Rücken. »Vergiss mein Gerede, ich habe bloß laut nachgedacht. Ist ja auch gleich, was dein Vater treibt. Hauptsache er ist viel unterwegs, dann haben wir mehr Gelegenheit, zu tun und zu lassen, was wir wollen.«

Erst jetzt fiel Arjen auf, dass sein Vater tatsächlich kaum noch zur Ruhe kam. Thaisen brauchte für seine Aufgaben deutlich länger als sonst, er wirkte gereizt und unzufrieden. In seiner Unermüdlichkeit hatte er etwas von einem Hamster im Laufrad, der mit jeder Runde, die nicht zum gewünschten Ziel führte, verbissener wurde. All die ausgefeilten Predigten, Briefe an Würdenträger und Hausbesuche bei seinen Schäfchen änderten nichts daran, dass der Einfluss von Thaisen Rosenbooms Kirche auf Beekensiel immer mehr schwand. Wenn er zwischendurch einmal in der Reetdachkate vorbeischaute, horchte er seinen Sohn nur oberflächlich darüber aus, womit dieser seine Ferientage verbrachte – für mehr fehlte ihm schlicht die Zeit. Thaisen hatte noch nicht einmal nachgebohrt, als er von Arjen ausweichend zu hören bekam, dass er die Ferientage »mit Lesen und so« in den Dünen verbrachte. Bislang hatte Arjen geglaubt, schlicht Glück gehabt zu haben, aber jetzt erkannte er, dass sein Vater nicht recht bei der Sache gewesen war. Für gewöhnlich war Thaisen nicht leicht zufrieden zu stellen und darauf bedacht herauszufinden, ob sein Sohn auch nichts Unredliches tat, das auf ihn zurückfallen könnte. Wenn er auch nur geahnt hätte, dass Arjen mit einem Rumtreiber wie Ruben befreundet war, hätte er ihn gewiss nicht mehr vor die Tür gelassen. Für Thaisen war ohnehin niemand aus Beekensiel der passende Umgang für seinen Sohn. Die Kinder der Insel waren seiner Meinung nach entweder Sprösslinge der raffgierigen, machtverliebten Ennenhofs und Claußens oder schlicht gestricktes Fischerpack, deren Geist gerade dafür ausreichte, Krabben zu pulen. *Es ist das Alter*, begriff Arjen plötzlich. *Mein Vater wird alt, und das treibt ihn zur Verzweiflung.*

»Das soll mal einer begreifen: Wie kann es im Juli nur so verflixt kalt sein?«, beschwerte sich Ruben und trat von einem Bein aufs andere, als versuche er, sich mitten im Schnee warmzuhalten.

»Zieh dir doch ein Paar Schuhe an, hier an der Küste ist es nämlich selbst im Sommer kühl, zumindest am Morgen.«

»Weiß ich doch«, behauptete Ruben trotzig. Obwohl sein Freund bereits an vielen Kleinigkeiten bemerkt hatte, dass er nicht auf einer Insel und gewiss auch nicht an der Küste aufgewachsen war, gab Ruben beharrlich vor, bestens über sämtliche Eigenarten des Insellebens Bescheid zu wissen. Nach wie vor tat er so, als lebe er auf Beekensiel, und schmetterte jeden von Arjens zaghaften Versuchen, mehr über ihn herauszufinden, ab. »Ich brauche keine Schuhe, denn es wird schon bald warm werden – Küste hin oder her. Und schwitzen ist deutlich unangenehmer als frieren.«

»Deshalb läufst du auch jetzt schon im Unterhemd herum und holst dir blaue Lippen und eine Gänsehaut.«

»Genau.« Es war Ruben vom Gesicht abzulesen, dass er keinen Deut von seiner Position abweichen würde. Deshalb unterließ Arjen es auch, ihm einen seiner Strickpullunder anzubieten, er würde sich sowieso nur eine Absage holen. Mit Rubens Stolz hatte er schon ausreichend Erfahrung gemacht.

Arjen seufzte und nahm seinen Freund mit in die Küche,

wo er den Ofen befeuerte und Wasser für Malzkaffee aufsetzte. Bis Dörchen kam, war es noch mehr als eine Stunde hin. »Hol du die Sachen fürs Frühstück aus dem Vorratsschrank, und bitte nicht zu wenig! Ich habe morgens nämlich einen Bärenhunger, und es ist genug zu essen da.« Obwohl Arjens Magen um diese Tageszeit in Wahrheit wie verschlossen war, würde er ordentlich zuschlagen müssen, damit sein Freund dasselbe tat. Denn dass Ruben ausgehungert war, war die einzige Erklärung dafür, dass er in aller Herrgottsfrühe auftauchte. Wäre es wegen einer Idee gewesen, was sie heute unternehmen könnten, wäre sie schon längst aus ihm herausgesprudelt. Außerdem mied er das Reetdachhaus nach Möglichkeit. Selbst Dörchen, die allzu gern mal einen Blick auf Arjens Spielkameraden geworfen hätte, war bislang enttäuscht worden.

»Gib es zu: Den Burschen hast du dir ausgedacht, den gibt es in Wirklichkeit überhaupt nicht. So schnell kann doch keiner verschwinden und schon gar nicht vom großen Kirschbaum im Garten, wenn er bis oben in die Zweige geklettert ist, um die schönsten Kirschen zu pflücken.«

»Und wo kommen dann bitte schön diese Krawanzmänner in der Pflückschale her?«, hatte Arjen dagegengehalten. Zu gern hätte er Ruben der Haushälterin präsentiert, anstatt ihr nur Geschichten von diesem außergewöhnlichen Jungen zu erzählen, der sein Freund geworden war. Es fiel ihm schwer, ihren amüsierten Blick auszuhalten, weil Dörchen glaubte, das seien alles nur die Märchen eines einsamen Kindes. Aber Ruben hatte nun einmal einen sechsten Sinn dafür, wann sich Erwachsene näherten und machte sich stets rechtzeitig aus dem Staub. So wie auch in diesem Fall: Eben noch machte er Jagd auf die reifen Kirschen, und im nächsten Moment war er verschwunden. »Ich würde nicht einmal dann in die Baumspitze klettern, wenn mein Leben davon abhinge, das weißt du ganz genau. Es war Ruben, der hat vor nichts Angst und tut, was er will.«

Dörchen hatte eine ihrer goldblonden Strähnen aus der Stirn gepustet und die Arme unter ihrem beachtlichen Busen verschränkt, dessen Anblick Arjen in der letzten Zeit immer häufiger in seinen Bann zog. Einen Moment lang hoffte er, sie würde wegen ihrer Unterstellung ein schlechtes Gewissen bekommen und ihn umarmen, ganz fest, und nah an ihr Herz drücken. Allein die Vorstellung ließ eine Hitze in ihm aufsteigen, die ihm vollkommen unbekannt war. Er trat rasch zwei Schritte zurück, um auf Abstand zu gehen, ahnungslos, was ihn bloß so durcheinanderbrachte. Auch wenn er Dörchen nur am Vormittag traf, so war sie ihm eine Art Mutter, die einzige Frau, die ihm zugetan war und sich um sein Wohlergehen sorgte. Solche Empfindungen ihr gegenüber erschienen ihm unangebracht, obwohl die weichen Rundungen ihres Körpers eine Faszination ausübten, der er sich nur schwer entziehen konnte.

Mit krauser Stirn stand Ruben vor dem Vorratsschrank. »Gehören kalte Reibekuchen auf den Frühstückstisch?«

Allein bei dem Gedanken an die fettigen, nach gebratener Zwiebel riechenden Küchlein zu dieser frühen Stunde wurde Arjen schlecht. Andererseits musste Ruben ernsthaft der Magen zwischen den Knien hängen, so wie er sich beim Anblick des vollen Tisches über die Lippen leckte. »Reibekuchen gehören unbedingt dazu. Es gehört alles auf den Tisch, was wir haben! Dann können wir auch gleich den Rucksack mit Proviant füllen. Wir wollen heute doch zusammen etwas unternehmen?« Zu Arjens Unglück konnte man sich nie sicher sein, wie viel Zeit Ruben zur Verfügung haben würde. Es konnte durchaus vorkommen, dass er zu einer Verabredung nicht auftauchte oder viel zu früh fortmusste. »Geheime Aufträge, über die ich nicht mit dir reden kann. Je weniger du über meine Mission weißt, umso besser für dich«, wand er sich mit einem Augenzwinkern heraus, wenn Arjen wieder einmal einen Nachmittag mit sehnsüchtigem Warten verbracht hatte. »Wir werden doch den Tag miteinander verbringen, oder?«

Ruben nickte abwesend, und Arjen begriff, dass aus seinem Freund erst nach dem Essen eine Reaktion herauszulocken sein würde. Mit Schwung stellte er die gusseiserne Pfanne auf den Herd und beschloss, zum ersten Mal in seinem Leben Spiegeleier zu braten. So schwer konnte das doch nicht sein, oder?

Beim Gehen ließ Ruben den Arm, mit dem er den Eimer hielt, kräftig vor- und zurückschlenkern. Im Gegensatz zu Arjen war er bester Laune und erzählte eine seiner angeblich wahren Räuberpistolen, während sie durch die Wiesen liefen, stets abseits der fest angelegten Wege. Ruben erriet immer rechtzeitig, wenn jemand hinter einem Hügel auftauchte oder ein Liebespaar in den Dünen lag. »Wer will den Tag schon mit Grüßen verschwenden?«, erklärte er leichthin, wenn sie hinter einem Sanddorngestrüpp in Deckung gingen. Zwar ahnte Arjen, dass mehr dahintersteckte, aber er war viel zu glücklich, Ruben für sich zu haben, als dass er die Stimmung mit Fragen gefährdet hätte. Manchmal kam es Arjen so vor, als gehöre Beekensiel ihnen allein, ein ganze Insel nur für zwei Jungen und ihre Freiheit. So erging es ihm besonders dann, wenn Ruben zu erzählen anfing.

Seine aufregenden Geschichten handelten oft von Männern, die sich nachts Duelle an Klippenrändern lieferten, von Verfolgungsjagden durch glitzernde Weltstädte und von heimlichen Treffen in Kanalisationen, bei denen rätselhafte Artefakte ihren Besitzer wechselten. Es war eine Welt voller Spione, Meisterdiebe und Helden, wobei nie deutlich wurde, wer in Wirklichkeit der Gauner und wer der Held war. Für gewöhnlich hörte Arjen mit offenem Mund zu, denn sein Freund wusste lebhaft und spannend zu erzählen. Doch heute ärgerten ihn diese Geschichten, die stets so klangen, als wäre Ruben leibhaftig dabei gewesen, als stiller Zeuge dieser Abenteuer. Als würde er ein anderes Leben führen, wenn er nicht gerade auf Beekensiel herumstromerte, ausgehungert und miserabel eingekleidet … Ein Leben, in dem schnittige Herren mit Revolvern unterm Jackett und Damen in Abendgarderobe die Hauptrolle spielten und das von Villen mit Geheimkammern und Verschwörungen in den höheren Kreisen nur so strotzte.

Heute handelte Rubens Geschichte von einem Trupp schwarz gekleideter Männer, die in ein Stadthaus einbrachen, um den Herrn des Hauses zu entführen. Doch sie hatten nicht mit seinem Sohn gerechnet, der seinen Vater rechtzeitig warnte. Nach einem wilden Schusswechsel flohen sie bei strömendem Regen über das Dach, während die Häscher …

»Lass mich raten, der Sohn heißt Ruben, richtig?«, unterbrach Arjen seinen Freund. Im Gegensatz zu sonst verärgerte ihn die Geschichte, und das war allein Rubens Schuld. »Du liest eindeutig zu viele billige Agentenromane, die haben dir offenbar den Verstand benebelt. Warum sonst machst du aus allem unentwegt so ein riesiges Geheimnis? Jetzt auch schon wieder: Ich soll mich für eine geschlagene Stunde unter einen Baum hocken, weil du irgendetwas Mysteriöses zu erledigen hast. Und zwar mit unseren Essensresten.«

So leicht ließ Ruben sich nicht aus der Ruhe bringen. »Willst du deine verbrannten Eier zurück? Ich dachte, dafür hast du keine Verwendung?«

»Habe ich auch nicht. Ich will nur wissen, was du damit vorhast. Das ist schließlich mein gutes Recht.«

»Hätte nicht gedacht, dass das Verschenken von Angekokeltem Rechte mit sich bringt.« Noch immer lag ein Lächeln ins Rubens Mundwinkeln, aber sein Ton war deutlich kühler geworden. Er mochte es gar nicht, in die Ecke gedrängt zu werden.

Arjen gab vor, den Flug einer Möwe zu verfolgen, während er nach einer passenden Entgegnung suchte. Er wollte … Er *musste* seinem Ärger Luft machen, aber auf keinen Fall wollte er Ruben so weit verärgern, dass der sich umdrehte und ging. Denn in so einem Fall hätte Arjen keine Ahnung gehabt, wie er ihn wiederfinden sollte. Es war Ruben, der zu ihm kam, der sein Zuhause und die wenigen Plätze kannte, an denen er sich gern aufhielt, während er nicht einmal den Nachnamen des Freundes kannte. Dafür wusste er, dass Ruben den Möwenschrei nachahmen konnte und beim Flunkern nicht rot wurde, dass er die Farbe der Sanddornbeeren liebte und sich ganz und gar in ihren gemeinsamen Spielen verlieren konnte. Dagegen war es ihm peinlich, wenn man seine mageren Beine mit Streichhölzern verglich, was Arjen bei jeder Gelegenheit tat. Die Bindung zwischen ihnen fühlte sich stark und zerbrechlich zugleich an.

»Ich bin dein Freund, du kannst mir vertrauen«, sagte Arjen aus tiefster Überzeugung. Während er noch sprach, legte sich bereits ein Schatten über Rubens Augen.

»Ich kenne dich erst seit drei Wochen«, erklärte er. »Versteh mich nicht falsch, du bist ein guter Kerl, aber Vertrauen muss man sich verdienen. Du hältst meine Geschichten für Räuberpistolen, und ein bisschen sind sie das auch. Das ändert jedoch nichts daran, dass die Welt dort draußen tatsächlich gefährlich ist, auch wenn man das auf einer verschnarchten Insel wie Beekensiel nicht mitbekommt. Deshalb bin ich ja auch hier: In diesem Niemandsland kann man hervorragend unterschlüpfen.«

In Arjens Brust setzte ein tiefes Pochen ein, das seinen gesamten Körper erbeben ließ. Obwohl er nicht richtig verstand, worauf Ruben hinauswollte, begriff er, dass er weder schwindelte, noch sich aufspielte. Ruben war mehr als ein Ausreißer, der die schöne Jahreszeit an der Küste verbrachte: Er hütete ein Geheimnis. »Du kannst mir vertrauen, und ich werde dir auch keine Fragen mehr stellen. Wenn du willst, kannst du mir alles erzählen oder es sein lassen, das wird nichts daran ändern, dass ich dein Freund bin.«

Eine lange Zeit sah Ruben ihn einfach nur an, keine Regung verriet, was sich hinter seiner Stirn abspielte. Die Sonne brannte auf Arjens Nacken, und er hörte, wie das Meer ihn rief. Er wollte mit Ruben an den Strand laufen, die Hosenbeine hochkrempeln und ins Wasser waten. Sie würden einander nass spritzen und lachen, Muscheln nach den frechen Möwen werfen und bei Ebbe einen Priel ins Watt graben, der nach und nach volllief. All das wollte er unbedingt tun, und es gab nur einen einzigen Menschen, mit dem er es zusammen tun konnte.

Endlich kehrte das Lächeln auf Rubens Gesicht zurück. »Komm«, sagte er. »Ich zeig' dir, was ich mit den Essensresten vorhabe, aber sei nicht enttäuscht, wenn das große Geheimnis kein großes Geheimnis ist.«

Arjen nickte so eifrig, dass er wie eine Marionette aussehen musste, an deren Fäden geruckt wurde. Das war ihm jedoch gleichgültig. Aufgeregt lief er neben Ruben her, der sich querfeldein durch ein Birkenwäldchen schlug, wobei er sich immerzu umsah, ob vielleicht jemand ihren Weg kreuzte. Doch es tauchte niemand auf, die Erwachsenen gingen auch bei schönstem Sonnenschein ihrer Arbeit nach, und die meisten Kinder vertrieben sich die Zeit am Hafen oder am nah bei den Häusern liegenden Weststrand, wenn sie nicht ihren Eltern zur Hand gehen mussten. Die Dünen und der Wald gehörten ihnen deshalb allein, niemand von den Beekensielern sah einen Sinn darin, diesen – in ihren Augen – nutzlosen Teil der Insel aufzusuchen. In diesem Punkt täuschte Arjen sich jedoch, wie er schon bald feststellen musste, als sie auf eine Lichtung zwischen den Birken traten. Dort stand nämlich im Dickicht eine versteckte Hütte, deren Wellblechdach mit Moos überwuchert war.

Zur Begrüßung erschall zorniges Gekläffe, das jedoch sofort abbrach, als Ruben einen Pfiff ausstieß. Trotzdem verspürte Arjen das Bedürfnis, auf der Stelle kehrtzumachen, denn dem Gebell nach zu urteilen, musste es sich bei dem Hund um ein gewaltiges Tier handeln.

»Keine Sorge, das ist nur der alte Pirat, der ist halb blind und hinkt auf einem Hinterbein. Außer Rumtönen kann der nichts mehr anstellen.« Aufmunternd klopfte Ruben seinem Freund auf die Schulter. »Nun mach nicht so ein ängstliches Gesicht, der Kläffer ist angekettet.«

Ruben führte ihn zu einem steinernen Verschlag neben der Hütte, in dem ein räudig aussehender Hund kauerte. Als das Tier sich aufrichtete, war es genauso riesig, wie Arjen befürchtet hatte. Schon im nächsten Moment öffnete Ruben das Gatter und ließ den Hund heraus. Es gelang Arjen nicht, das zischende Geräusch, das direkt aus seinem Brustkorb aufstieg, zu unterdrücken. Mit hochgezogener Braue betrachtete Ruben ihn, dann drückte er ihm den Eimer mit den Essensresten in die Hand.

»Unser Pirat ist eine beeindruckende Mischung, da stecken auf jeden Fall Neufundländer und Schäferhund drin. Na, los, biete ihm das Zeug schon an. Die Hand, die ihn füttert, beißt er nicht.«

Arjen stand stocksteif da, als der dunkelbraune Pirat sich vor ihm aufbaute und interessiert an der Melange aus verbrannten Eiern, Reibekuchen und Haferflockenresten schnupperte.

»Hör mal, Arjen. Du solltest ihm das Futter anbieten, bevor er es kapert und dich wie einen Deppen aussehen lässt. Du kennst dich wohl nicht aus mit Hunden, was?«

Vorsichtig kippte Arjen den Eimer, sodass Pirat seine Schnauze reinstecken konnte. Was er auch sofort tat. Mit konzentrierter Gier verschlang er den Mischmasch. »Mein Vater mag keine Hunde, er meint, sie besäßen keinen Charakter. Außerdem würden sie stinken.«

»Das mit dem Stinken stimmt. Ab und zu jedenfalls, wenn man was Falsches verfüttert hat. Aber ansonsten sind Hunde großartig, sie stehen wirklich zu dir, egal wie es dir ergeht. Es gibt doch diesen einen Spruch …« Ruben knabberte nachdenklich auf seiner Unterlippe. »Dass mir mein Hund das Liebste sei, sagst du, oh Mensch, sei Sünde. Mein Hund ist mir im Sturme treu, der Mensch nicht mal im Winde.«

»Der Ausspruch stammt von dem heiligen Franz von Assisi«, erklärte Arjen mit der Selbstverständlichkeit eines Pastorensohns.

Ruben grinste. »Klasse, dann reib das deinem alten Herrn das nächste Mal unter die Nase, wenn er auf Hunde schimpft. Franz von Sonstwas wird doch selbst ein Thaisen Rosenboom nicht widersprechen wollen, oder?«

Arjen war sich in dieser Hinsicht nicht wirklich sicher, aber er war viel zu sehr von Pirat in Anspruch genommen. Mit jedem weiteren Bissen, den der Rüde verschlang, ohne nach seiner Hand zu schnappen, entspannte Arjen sich mehr. Allem Anschein nach hatte Ruben nicht übertrieben, was die Harmlosigkeit des Tieres anging, auch wenn Pirat durchaus den Eindruck machte, als bräuchte er zum Kehledurchbeißen des Feindes weder seine Augen noch seinen Hinterlauf. »Wenn du Pirat so gern hast, warum sperrst du ihn dann in diesem Verschlag ein?«

Die Antwort machte Ruben sichtlich zu schaffen, so wie er die Arme um seinen schmalen Körper schlang und trotzig das Kinn vorschob. »Weil Pirat nicht mein Hund ist, genau wie mir diese Hütte nicht gehört. Ich bin nur Gast.«

»Und wem gehört die Hütte?«

»Vermutlich würde dir der Name eh nichts sagen …«, druckste Ruben herum.

»Und vielleicht doch. Falls du es nicht weißt: Ich bin auf dieser Insel geboren worden.« In diesem Moment wünschte Arjen sich nichts sehnlicher, als dass Ruben es ihm verriet und damit bewies, dass das Band zwischen ihnen stärker wurde.

»Ach, was soll's. Das ist Peer Hinrichs' Unterschlupf, wenn er nicht auf seinem Boot schläft.«

»Den kenne ich«, sagte Arjen, stolz darauf, nicht ganz so ahnungslos zu sein, wie er sich in Rubens Gegenwart fühlte. »So ein krumm gewachsener Kerl mit Bart. Einer von den unabhängigen Fischern, ein Einzelgänger und Gottesleugner. Das weiß ich von meinem Vater, der Hinrichs besucht nämlich nicht einmal am Heiligen Abend die Kirche.« Arjen beschlich ohnehin zunehmend der Verdacht, dass niemand besonders gern Thaisen Rosenbooms Kirche besuchte. Vermutlich war das seinem Vater sogar recht, dann musste er sich nicht mit Leuten abgeben, die er missbilligte – und daran herrschte auf Beekensiel kein Mangel, wenn man Thaisens Reden so lauschte. »Ist Peer dein Onkel?«

Ruben zuckte mit den Achseln. »Eine Art Gastonkel, könnte man sagen.« Dann teilten sich plötzlich seine Lippen zu einem breiten Lächeln, bei dem sein angeschlagener Schneidezahn sichtbar wurde. »Für die doppelte Ration Schnaps wäre er bestimmt sogar bereit, meinen Gastvater zu geben.«

»Du bezahlst ihn dafür, dass du in dieser Bruchbude leben darfst und er sich als dein Onkel ausgibt? Ich bin ja noch nicht drin gewesen, aber ich würde allein vom Äußeren darauf tippen, dass diese Unterkunft keine Flasche Schnaps wert ist.«

»Nun, es ist ein Dach überm Kopf, was man von der Fischerkate in den Dünen nicht gerade sagen kann, auch wenn ich sie bis zum Herbst so weit bringen möchte. Und Trinkwasser gibt es hier auch, ein Stück weiter weg hat Peer sogar einen Brunnen ausgehoben, um die Süßwasserlinse unter der Insel anzuzapfen.«

Brunnen hin oder her, Arjen war nicht im Geringsten überzeugt. Er kannte Peer Hinrichs nicht persönlich, sondern hatte ihn nur einige Male am Hafen gesehen, eine schnell ausschreitende Gestalt, den Kopf zwischen die ungleichen Schultern gezogen, den Blick aufs Pflaster gerichtet, damit er niemandem ins Gesicht schauen musste. Angeblich hatte er sich mit dem alten Ennenhof angelegt, weil er dessen übliche Preise für den Fang nicht akzeptieren wollte. Vielleicht ging es auch um die Anlegestelle für sein

Boot … Wie auch immer, niemand, der bei klarem Verstand war, legte sich mit Rasmus Ennenhof und seiner Sippschaft an – das wusste sogar Arjen. »Wenn du nicht weißt, wo du schlafen sollst, dann komm eben zu mir.«

Ruben lachte lauthals. »Ich habe so meine Zweifel daran, dass dein Vater etwas Freundlicheres über mich als über die Hunde sagen würde. Der würde doch nicht einmal zulassen, dass du einem von meinem Schlag auf der Straße guten Tag sagst.«

»Mein Vater ist Pastor, er ist zur Nächstenliebe verpflichtet.«

»Ja, in die Gunst der Nächstenliebe würde er mich garantiert kommen lassen, indem er mich ins nächste Kinderheim steckt. Glaub mir, ich kenne diese Sorte Menschen. Dann schlüpfe ich doch lieber beim eigenbrötlerischen Peer unter und stopfe ihm die Netze.«

»Gibt er dir auch zu essen?«

Zum ersten Mal wich Ruben seinem Blick aus. »Wenn er genug vom Hafen mitbringt und eine Aufgabe für mich hat, damit ich es abarbeiten kann … Aber ich bin nicht auf ihn angewiesen, ich kann nämlich allein für mich sorgen«, flüsterte er. »Und wenn ich schon dabei bin, dann sorge ich für Pirat gleich mit. Peer vergisst den alten Burschen nämlich ganz gern einmal, so ein greiser Köter brauche nicht viel zwischen die Zähne, behauptet er immer. Aber wenn ich ein Brot oder sogar eine Wurst mitbringe, hat sich Pirat noch nie beschwert.«

Unwillkürlich dachte Arjen an eine Unterhaltung zwischen seinem Vater und Dörchen vor ein paar Tagen, bei der Thaisen nachgefragt hatte, ob die Bestückung des Vorratsschrankes stimme. Ihm wäre zu Ohren gekommen, dass in einigen Häusern Lebensmittel verschwunden waren. Nicht viel, aber immerhin. Damals hatte Arjen sich nicht das Geringste dabei gedacht. Die Angelegenheiten der Erwachsenen kümmerten ihn nicht sonderlich, aber jetzt sah er die Unterhaltung aus einem anderen Blickwinkel. Er würde künftig Essen für Ruben und Pirat abzweigen müssen, damit die Leute nicht Jagd auf den geheimnisvollen Dieb machten. Dabei würde es leichter sein, Dörchen seinen plötzlichen Appetit zu erklären, als Ruben dazu zu bringen, seine Gaben auch anzunehmen.

Offenbar entging Ruben dieses fieberhafte Nachdenken nicht. »Ich habe keine Ahnung, was dir gerade durch den Kopf geht, aber lass mich eine Sache klarstellen: Egal wie ich im Augenblick auf dich wirke – so bin ich nicht. Ich bin kein Streuner und auch kein nichtsnutziger Dieb oder gar Schnorrer. Ich bin mit einer Aufgabe nach Beekensiel gekommen, und mein zerlumptes Auftreten ist nur Tarnung.«

Arjen nickte zustimmend und hoffte, dadurch zu vermeiden, dass sein Freund sich noch tiefer in ein Lügenmärchen verstrickte. Es war schwer zu sagen, für wen diese Situation unerträglicher war: für Ruben, der nicht dazu stehen konnte, wer er war, oder für Arjen, der es nicht ertrug, seinen Freund erniedrigt zu sehen.

»Mein Vater ist ein bedeutender Historiker und Weltreisender«, erklärte Ruben. Vor Anspannung war ihm sämtliche Farbe aus dem Gesicht gewichen, und unter seinen Wangenknochen zeichneten sich Einkerbungen ab, weil er seine Kiefer aufeinanderpresste. »Mein Vater hat eine bedeutende Entdeckung gemacht, ein Relikt von unermesslichem Wert. Die verdammten Nazischergen haben ihn deshalb verfolgt, sie wollten das Relikt unbedingt in ihren Besitz bringen. Mein Vater und ich haben ein Leben auf der Flucht geführt, während er mich darauf vorbereitet hat, im Ernstfall seine Aufgabe zu übernehmen. Im letzten Juni war es dann so weit: Sie haben ihn bei einer groß angelegten Suchaktion erwischt und verschleppt. Es ist ihm gerade noch rechtzeitig gelungen, seinen Fund an mich weiterzugeben und mir das Versprechen abzunehmen, ihn um jeden Preis vor der Welt verborgen zu halten, solange sie so ist, wie sie ist: kalt, berechnend und auf Zerstörung aus. Ich habe es meinem Vater versprochen, und deshalb bin ich auch nach Beekensiel gekommen. Einen besseren Unterschlupf gibt es nicht, hier ist man so gut wie am Ende der Welt.«

In seiner Not war Arjen dazu übergegangen, Pirat hinter den Ohren zu kraulen, was der Hund mit sichtlichem Genuss zuließ. Und auch Arjen gefielen die Zärtlichkeiten, das Gefühl seiner Finger im dichten Fell.

»Du glaubst mir nicht?« Es lag so viel Verletztheit und Schärfe in Rubens Stimme, dass Arjen zusammenzuckte.

»Doch. Bestimmt. Beekensiel liegt wirklich am Ende der Welt. Das war clever von dir, dich an einem solchen Ort zu verstecken. Die Nationalsozialisten regieren zwar auch bei uns ohne Abstriche, aber von der Insel ist bislang noch keiner verschleppt worden. Hier bist du in Sicherheit.«

Die entstehende Pause raubte Arjen fast den Atem. Ruben würde nicht auf diese Ausflucht hereinfallen, dafür war er zu gescheit. Als er ein Rascheln von Stoff hörte, traute er sich kaum aufzublicken. Ruben hatte in den Ausschnitt seines fadenscheinigen Hemdes gegriffen und das Lederband hervorgezogen, das immerzu um seinen Hals hing. An seinem Ende hing ein schmales Schmuckstück. Zuerst dachte Arjen, es handle sich um ein gebogenes Stück Ast, nicht länger als sein Handteller breit. Allem Anschein nach war die Rinde abgeschält worden, bis das weiße Kernholz freilag, in das jemand feine Zeichen und Muster geschnitzt hatte. Sie waren nur erkennbar, wenn man ganz genau hinsah. Arjen beugte sich dichter über das Stück, bis Rubens Fingerspitzen leicht seine Schulter berührten und ihm deuteten, den Abstand zu wahren. Nur ungern gab Arjen nach, denn von dem bleichen Holz ging eine unerklärliche Anziehungskraft aus. Es kribbelte in seinen Fingern, so sehr wollte er es berühren, die feinen Linien erkunden, sie auf diese Weise vielleicht verstehen lernen.

»Das Relikt ist ein mit Schnitzwerk geschmücktes Stück Holz?« Arjens eigene Worte dröhnten ihm stumpf in den Ohren, als sei nur ein Teil von ihm in der gegenwärtigen Welt, während sich ein viel bedeutenderer Teil auf die Reise gemacht hatte, dieses Mysterium zu begreifen. Auch Ruben wirkte mit einem Mal losgelöst, als würde die Magie des Reliktes auf ihn überspringen und ihn unwirklich werden lassen. Als befände er sich nicht auf dieser Insel, sondern in einer anderen Sphäre, in der man keinen Hunger und keine kalten Füße kannte.

»Das ist kein Holz, sondern ein Knochen. Das Relikt ist lange Zeit von den Eskimos im fernen Grönland beschützt worden, bevor mein Vater diese Pflicht übernahm. Es ist ein Walfischknochen, und er trägt die Macht in sich, das Schicksal zu beeinflussen. Wenn man imstande ist, seine Zeichen zu lesen, dann kann man mit ihm sein eigenes Schicksal schreiben. Dann hat man sein Leben in der Hand. Begreifst du nun, warum er nicht den falschen Menschen in die Hände fallen darf?«

12

Mit dem ersten Tageslicht eilte Greta – in Parka und Gummistiefeln, den Schal zweimal um den Hals geschlungen – durch den Eingangsbereich des Sturmwind. Die knarrenden Holzdielen riefen Trude auf den Plan, die mit den Vorbereitungen fürs Frühstücksbuffet zugange war.

»Moin! So früh schon auf den Beinen? Trinken Sie wenigstens eine Tasse Tee, bevor Sie rausgehen, draußen ist es nämlich nicht sonderlich angenehm.«

Greta lehnte dankend ab, denn sie befürchtete, aus ihrem Morgenspaziergang würde nichts mehr werden, wenn sie es sich erst einmal gemütlich gemacht hatte: Zu der Tasse Tee würde sich bestimmt ein belegtes Brötchen gesellen, und eher sie es sich versah, hätte sie sich schon in eine Unterhaltung mit Trude Hayden verstrickt. Sie hatte sich jedoch vorgenommen, die frühe Stunde dafür zu nutzen, sich einige Dinge durch den Kopf gehen zu lassen. Arjen hatte ihr gestern Abend so lange von Rubens Geheimnis erzählt, bis das Kaminfeuer niedergebrannt war und Trude sich längst verabschiedet hatte. Ihr Großvater hatte danach erschöpft, aber erleichtert ausgesehen, als wäre er froh, diese Geschichte mit jemandem geteilt zu haben. Greta war sich sicher, dass Arjen mit niemandem über den Walfischknochen gesprochen hatte – außer mit Ruben.

»Wie komme ich eigentlich zum Nordstrand?«

Trude blickte vom Gebäckkorb auf, den sie auf dem Buffet arrangierte. »O, warum laufen Sie denn nicht zum Weststrand? Der ist gleich um die Ecke und auch viel besser für einen Spaziergang geeignet, dort gibt es nämlich eine hübsche Promenade, und der Wind fährt einem nicht ganz so arg in die Knochen.«

»Der Wind stört mich nicht, aber ich möchte ein wenig für mich sein, und der Nordstrand scheint mir der richtige Ort dafür.« Die Dünen, in denen Arjen sich als Kind herumgetrieben hatte, würde sie später in seiner Gesellschaft kennenlernen – falls ihr Großvater nach dem aufregenden Vortag überhaupt aus dem Bett kam. Gestern Abend auf der Treppe, als sie zu ihren Zimmern gegangen waren, hatte er ihr trotz ihrer beharrlichen Nachfragen keine weiteren Antworten geben wollen.

Trude musterte sie zweifelnd, dann lenkte sie ein. »Verlassen Sie den Ort in Richtung Osten und halten Sie auf den Dünenkamm zu. Dann treffen Sie auf den einzigen befestigten Weg, der zum Nordstrand führt. Bitte nicht verlassen, nicht nur weil die Dünen unter Naturschutz stehen, sondern auch weil man sich leicht in ihnen verläuft. Früher oder später landet man zwar immer an der Inselkante, aber so ein Marsch ist ganz schön anstrengend. Vor allem mit leerem Magen. Hier …« Trude reichte ihr einen Zimtwecken aus dem Korb. »Und pünktlich um neun Uhr erwarte ich Sie zum Frühstück. Sollten Sie bis dahin nicht zurück sein, rufe ich den Küstenschutz an.«

Lachend ging Greta auf die Eingangstür zu, vor der ihr eine Böe das Lachen von den Lippen klaute. Es war tatsächlich frisch und diesig. Für die meisten Besucher auf Beekensiel war das Wetter vermutlich ein hervorragender Grund, um sich noch einmal in ihren Betten umzudrehen, aber Greta fand es perfekt für einen Küstenspaziergang. Der Wind würde in den Ohren tosen, der Dunstschleier die Welt entrücken, und das Meer würde eine dunkle, ungezähmte Woge sein. Der passende Hintergrund, um über das Schicksal nachzudenken.

Wie erwartet, lag der langgezogene Nordstrand verlassen da. Der feine Sand war von Muschelschalen und Seegut durchsetzt, und das Watt, in das er überging, war ein graues, welliges Band, das noch nicht von Schuhsohlen und Wattwürmern verziert worden war. Die Dünen schwangen sich in die Höhe, auf ihren Hängen wuchs Seegras, das sich im Wind bog und gelegentlich von einem Sanddornbusch mit seinem silbrig grünen Blattwerk unterbrochen wurde. Es war ein gewaltiger und zugleich beruhigender Anblick, der dazu einlud, immer weiterzulaufen – nicht um etwas Unerwartetes zu entdecken. Nein, die Anziehungskraft des Nordstrandes lag in seiner Beständigkeit, dem Gleichklang des Meeres und der Weite des Himmels.

Während Greta sich vom Wind treiben ließ, kreisten ihre Gedanken um den Walfischknochen, von dem Ruben behauptet hatte, er besitze die Macht, das Schicksal zu beeinflussen. Im Gegensatz dazu klang der Rest seiner Geschichte mehr oder weniger erfunden. Greta glaubte weder, dass Rubens Vater ein bekannter Historiker gewesen war, noch dass die Nazis sich jemals eines Inuit-Relikts hatten bemächtigen wollen, das ihnen dabei helfen sollte, die Weltherrschaft an sich zu reißen. Wäre Ruben ein Kind der heutigen Zeit gewesen, hätte sie darauf getippt, dass er eindeutig zu viele *Indiana-Jones*-Filme gesehen hatte. Gewiss verbarg sich ein Funken Wahrheit in seiner Geschichte, aber ein Großteil entsprang sicherlich dem Bedürfnis, vor seinem Freund die Würde zu bewahren. Und wahrscheinlich auch vor sich selbst, denn offenbar litt der stolze Junge unter seiner Lage.

Während Greta im Geist noch einmal durchging, was genau Ruben über den Walfischknochen gesagt hatte, holte sie den Zimtwecken hervor und biss hinein. Mit Hilfe des Relikts könne man sein eigenes Schicksal bestimmen. Was für eine verlockende Vorstellung. Für einen zwölfjährigen Herumtreiber genauso wie für eine junge Frau, die endlich in ihrem Leben ankommen wollte.

Der Walfischknochen hat die Form eines Bogens, mit einem Anfangs- und einem Endpunkt – genau wie das Leben. Nur verleiht er den Geschehen, die dazwischenliegen, einen Sinn. Sie geschehen nicht zufällig, sondern reihen sich in ein größeres Ganzes ein.

Das Bild verdichtete sich immer mehr vor Gretas innerem Auge. Und wer sagte überhaupt, dass damit nur das Schicksal eines Einzelnen gemeint war? Vielleicht spannte sich ja ein Bogen zwischen Arjens abenteuerlichem Sommer und seiner Wiederkehr nach Beekensiel gemeinsam mit ihr, sodass auch ihr Schicksal mit dieser Reise verknüpft war. Ein elektrisierender Schauder überkam Greta und brachte sie zum Stehen. Dieser Ruben war wirklich ein begnadeter Geschichtenerzähler, das musste sie ihm schon lassen. Wie war es sonst zu erklären, dass sie sich wegen eines Hirngespinsts wie dem Walfischknochen den Kopf zerbrach? Die Zukunft zu bestimmen war schlicht unmöglich, da half auch kein Walfischknochen, der mit kunstvollen Schnitzereien versehen war. Man konnte sein Leben in die Hand nehmen, aber sein eigenes Schicksal beeinflussen? Das war unmöglich. Falls es denn überhaupt so etwas wie Schicksal gab.

Während Greta über den Walfischknochen nachdachte, entging ihr die Gestalt, die über den Strand entlang auf sie zukam. Erst als sie bis auf wenige Schritte herangekommen war, hob Greta den Blick, nur um es sogleich zu bereuen. »Sollten Sie nicht auf einem Kutter sitzen und die Meere leerfischen?«, rief sie Mattes Ennenhof zur Begrüßung zu.

»Das hebe ich mir für morgen auf.« Die Entgegnung klang überraschend gut gelaunt.

Mattes trug eine dunkle Mütze, die ihn vor dem Wind schützte und seine Augen hervorhob. Unwillkürlich musste Greta daran denken, wie Arjen die Augenfarbe seines Freundes beschrieben hatte: ein vom morgendlichen Dunst verschleiertes Blau. Bei Mattes fiel das Gemenge anders aus, mehr Sturmgrau mit einer Ahnung Blau, als vermute man lediglich den Himmel hinter den Wolken. Wie passend für diesen Mann.

»Und was treibt Sie in aller Herrgottsfrühe an den Strand?«, fragte Mattes. »Laufen Sie sich die schlechte Laune aus dem Leib?«

»Wie kommen Sie denn darauf?« Es ärgerte Greta, dass ihr Ton so scharf geriet, als gebe es Anlass zur Verteidigung.

»Wegen des Gesichtsausdrucks, mit dem Sie durchs Watt gestampft sind. Als läge Ihnen etwas auf der Seele.«

»Sie sind ja wirklich ein Meister der scharfsinnigen Beobachtung. Ehrlich gesagt, habe ich über etwas nachgedacht, das mein Großvater mir über seine Kindheit auf Beekensiel erzählt hat. Ich habe mich gefragt, ob es wohl so etwas wie das Schicksal gibt.«

Mattes zog seine schwarzen Brauen hoch. »Beeindruckend tiefsinnig. Wirklich.«

Der Spott ärgerte Greta, aber noch mehr ärgerte sie sich

über ihr albernes Bedürfnis, diesen Mann zu beeindrucken, vor allem weil der Versuch auch noch nach hinten losgegangen war. »*Sie* denken vermutlich eher darüber nach, warum die meisten Frauen bloß so gereizt auf Sie reagieren.«

»Das – und ob zum Frühstück im Sturmwind wohl noch Zimtwecken übrig sind.«

Zuerst blinzelte Greta verwirrt, dann erinnerte sie sich an das angebissene Gebäck in ihrer Hand. »Wenn Sie Hunger haben, was machen Sie dann so weit ab vom Schuss?«

Mattes steckte zwei Finger in den Mund, und ein ohrenbetäubender Pfiff erklang. Im nächsten Moment rannte ein Labrador aus der Brandung auf sie zu und spuckte vor Mattes' Stiefeln einen Tennisball in den Sand, bevor er sich schüttelte, dass die Tropfen nur so flogen. Gerade noch rechtzeitig schützte Greta ihr Gesicht mit den Unterarmen, dann betrachtete sie den Hund genauer: ein großgewachsener Rüde, unter dessen nassglänzendem Fell sich Muskelstränge abzeichneten. Ein schönes Tier, wenn auch etwas ungestüm.

»Das ist Fado, mein treuer Begleiter«, erklärte Mattes mit unüberhörbarem Stolz in der Stimme.

»Hallo, Fado.« Greta hielt dem schokoladenfarbenen Labrador eine Hand hin, die dieser zuerst beschnüffelte und dann seinen Kopf hineinschmiegte. Eine unmissverständliche Aufforderung für Schmuseeinheiten, das verstand sogar Greta, die wenig Erfahrung mit Hunden hatte. Vorsichtig kraulte sie ihm den Nacken, bis Fado ihr einen aufmunternden Blick zuwarf, der sie beherzter zugreifen ließ. Als Dank erntete sie ein tiefes Brummen. »Ist der immer so zutraulich?«

»Bei Frauen ja, für die hat er eine Schwäche.«

»Und ich dachte immer, Hunde würden ihren Herren ähneln.«

Mattes' Lippen öffneten sich bereits, als wolle er zu einer passenden Antwort ansetzen, er entschied sich jedoch im letzten Moment anders und lächelte bloß. Was auf seinen ansonsten so harten Zügen ausgesprochen anziehend aussah. »Ihr Großvater stammt also von Beekensiel ... Wir hatten hier mal einen Pastor namens Rosenboom, der hartnäckig Spenden für den Kirchturm und den Altar eingetrieben hat, weil er sich nicht mit dem Gedanken abfinden konnte, in einer so unbedeutenden und allmählich zerfallenden Kirche seine Predigten zu halten. Mein Großvater erzählte gelegentlich von ihm, und die alten Leute hier benutzen bis heute die Wendung ›versessener als ein Rosenboom‹, wenn man nicht ihrer Meinung ist.«

Greta konnte ein Lächeln nicht unterdrücken. »Damit meinen sie wohl Thaisen Rosenboom. Ja, er war mein Urgroßvater.«

»Nun, das erklärt einiges.« Als Greta andeutete, den Wecken nach ihm zu werfen, hob Mattes rasch die Hände. »Damit meinte ich natürlich, warum Sie ausgerechnet im Herbst nach Beekensiel kommen, obwohl sonst jedermann die Insel meidet.«

Es kostete Greta einiges an Überwindungskraft, aber dann entschloss sie sich, Mattes gegenüber mit offenen Karten zu spielen. Aus einem ihr unerfindlichen Grund hoffte sie, dass er verstehen würde, was sie hierhergebracht hatte. Es blieb nur zu wünschen, dass sie das Risiko einging, weil Mattes ebenfalls ein Familienmensch zu sein schien, und nicht, weil sie tatsächlich ein uneingestandenes Interesse an den Tag legte, wie Arjen behauptet hatte. »Mein Großvater hat vor kurzem seinen 85. Geburtstag gefeiert und sich eine Küstenreise gewünscht. Noch einmal nach Beekensiel zu kommen war ihm besonders wichtig. Diese Reise ist auch der Auslöser dafür, dass Arjen seine in Vergessenheit geratenen Kindheitserinnerungen wiederzubeleben versucht, was ihn sichtlich Kraft kostet. Obwohl er nichts in diese Richtung erwähnt hat, glaube ich, dass damals etwas passiert ist. Etwas, mit dem Arjen erst jetzt bereit ist abzuschließen.«

Greta erschrak vor ihren eignen Worten, während Mattes verständnisvoll nickte.

»Das scheint mir eine gute Idee zu sein am Ende seiner Tage. In einem so hohen Alter ist man sicherlich eher dazu in der Lage, mit jenen Ereignissen seinen Frieden zu schließen, die einem zuvor unverwindbar schienen. Und Sie unterstützen Ihren Großvater dabei?«

Es war kaum zu glauben, dass Greta tatsächlich eine solche Unterhaltung mit Mattes Ennenhof führte, nachdem alles, was sie bisher miteinander ausgetauscht hatten, Bissigkeiten gewesen waren. In Mattes' Miene hatte sich etwas gelöst, als ließe er die Deckung tatsächlich ein Stück weit sinken. Sie beschloss, noch einen Schritt weiterzugehen. »Das tue ich, soweit Arjen mich lässt. Ich habe sogar ein Notizbuch angelegt, in dem ich seine Erzählungen niederschreibe und das ich mit zusätzlichem Material ausstatten möchte. Ein paar von den Orten, wo Arjen sich als Junge herumgetrieben hat, wird er heute nicht mehr erreichen können, für solche Wanderungen reichen seine Kräfte schlicht nicht mehr aus. Aber Fotos und kleine Fundstücke sind ja auch nicht zu verachten.«

Mattes musterte sie abwägend, als wäre ihm ebenfalls bewusst geworden, welche unerwartete Richtung ihre Unterhaltung genommen hatte. Bevor sich Beklemmung zwischen ihnen ausbreitete, nahm er Fados Ball in die Hand und warf ihn in einem weiten Bogen ins Meer. Der Hund stürzte sich begeistert in die Wellen, die Kälte schien ihm nichts auszumachen. Gerade als Greta sich verabschieden wollte, räusperte sich Mattes.

»Falls Sie bei Ihrer Suche ein wenig Unterstützung gebrauchen können, sprechen Sie mich ruhig an. Ich kenne die Insel in- und auswendig, weil Fado unruhig wird, wenn er nicht mindestens zwei Stunden am Tag durch die Natur tollen kann. Egal wo sich Ihr Großvater als Junge herumgetrieben hat, ich bin höchstwahrscheinlich bereits dort gewesen.«

Während Greta die Worte auf sich wirken ließ, fuhr sie sich durch das Haar, das der Wind ihr unablässig ins Gesicht blies. »Das ist wirklich nett, danke. Ich kann mir gut vorstellen, dass ich auf Ihr Angebot zurückkomme.«

»Auf *dein* Angebot.«

»Bitte?«

Mattes zog sich die Mütze vom Kopf, als wäre ihm plötzlich zu warm. »Einmal davon abgesehen, dass ich es seltsam finde, dass wir einander wie zwei alte verbiesterte Leutchen siezen, ist es ziemlich anstrengend. Auf Beekensiel wird geduzt, nur für die Touristen gilt das nicht. Und so gesehen bist du doch keine Touristin, oder?« Während Greta überlegte, ob es wohl zu aufdringlich wäre, Mattes Ennenhof nach seiner Telefonnummer zu fragen, blieb sein Blick an ihrer Stirn hängen. »Wie hast du dir denn diese Verletzung zugezogen?«

»Bei einem Streit mit meinem Freund, nichts Schlimmes, nur ein dummes Missgeschick«, rutschte es Greta heraus. »Exfreund«, korrigierte sie sich sogleich, doch Mattes beugte sich bereits zu Fado hinunter, um den Ball aufzunehmen.

»Nun denn«, sagte Mattes, den Blick in den Himmel gerichtet, als sähe er dort ein geheimes Zeichen, das ihn zum Abschied drängte. »Fado und ich müssen langsam mal weiter. Du solltest lieber nicht mehr allzu weit laufen, sonst ist das Frühstücksbuffet bei Tante Trude geplündert, bis du wieder zurück bist. Es ist nämlich hervorragend. Und mit einem Wecken im Magen kommt man nicht allzu weit, die Nordsee macht hungrig.«

Greta rief ihm noch ein »Auf Wiedersehen« hinterher, dann stand sie eine Weile da und fragte sich, was auf einmal dagegensprach, den Weg gemeinsam zurückzugehen. Was natürlich auf der Hand lang: Sie waren jeder für sich an den Strand gekommen. Kurzerhand beschloss sie, Muscheln zu sammeln, bis der Abstand zu Mattes mit seinem Fado groß genug war, um ihnen zu folgen. So schnell wie Mattes ausschritt, würde sie nicht allzu lange warten müssen.

13

Die niedrig stehende Mittagssonne blendete Greta, als sie den Wagen auf dem Schotterweg anhielt. Zu beiden Seiten war Sand über die Abgrenzung gedrungen, und obgleich das Dünengras ihm gefolgt war, wollte Greta nur ungern das Risiko eingehen, dass sich ein Reifen festfuhr. Der Vorhof der Reetdachkate bot zwar ausreichend Platz fürs Coupé, war jedoch so zugewuchert, dass man leicht etwas überfahren konnte – sei es nun ein Igel oder ein paar Scherben.

»Den Wagen können wir wohl getrost mitten auf der Straße stehen lassen.« Greta schenkte Arjen ein Lächeln, auch um ihre eigene Unsicherheit zu überspielen.

In diesem Haus war ihr Großvater also aufgewachsen … Es duckte sich in die flache Landschaft, als suche es nach Halt, um nicht vom Herbstwind fortgerissen zu werden. Dabei machte das vermooste Dach, auf dem an einigen Stellen sogar kleine dunkelbraune Pilze wuchsen, erstaunlicherweise noch den besten Eindruck. Die Jahre der Verlassenheit hatten ihm genauso wenig anhaben können wie Regenfluten und Sommerhitze. Die Fassade hingegen zeigte eindeutige Spuren der Vernachlässigung, genau wie die Holzrahmen der Fenster, von denen der hässliche braune Lack abplatzte.

Ernst Freitag, ein Bekannter ihrer Gastwirtin Trude, arbeitete im Bürgeramt und hatte ihnen erzählt, dass die

Reetdachkate bis vor gut zehn Jahren noch bewohnt gewesen war. Danach hatte sich niemand von den Beekensielern finden lassen, der in der Einsamkeit hatte leben wollen – und kauffreudige Touristen gab es auf der Insel nicht. Nach langem Hin und Her, begleitet von einigen klaren Schnäpsen und Trudes freundlichem Zureden, hatte Ernst Freitag den Schlüssel herausgerückt. »So gesehen ist es ja wie eine Besichtigung, was Sie da vorhaben. Vielleicht wollen Sie das gute Stück am Ende ja sogar erwerben, richtig? Also behalten Sie den Schlüssel ruhig ein paar Tage, es wird ihn schon keiner vermissen.« Ernst Freitags Augen hatten hinter den Brillengläsern geleuchtet, so angetan war er von seiner eigenen Gerissenheit gewesen.

Arjen erwiderte Gretas Lächeln, allerdings verhalten. Noch immer machte er keinerlei Anstalten, sich abzuschnallen.

»Noch ist Zeit zu fliehen«, versuchte Greta ihn aufzumuntern. Diesen Gesichtsausdruck hatte sie bei Arjen das letzte Mal gesehen, als sie sich seinem alten Gymnasium genähert hatten. Als schlage ihm der Zusammenstoß von Vergangenheit und Gegenwart aufs Gemüt. Dabei war Arjen seit ihrer Ankunft auf Beekensiel regelrecht aufgeblüht: Sie waren am Weststrand entlanggeschlendert, hatten die Kutter im Hafen beobachtet und die Kirche besucht, die Thaisen Rosenboom auf seine unnachahmliche Art geprägt hatte. Der amtsinhabende Pastor Scheunemann war ihnen von Trude Hayden vorgestellt worden, als der Mann eines Abends im Leileckerland aß. Scheunemann war direkt einen Kopf kleiner geworden, als er hörte, dass er einem Nachfahren jenes Vorgängers gegenüberstand, von dem die kleine Beekensieler Gemeinde bis heute Anekdoten zu erzählen wusste.

Ihre bisherigen Ausflüge schienen Arjen nicht weiter bewegt zu haben: Er war interessiert und oft sogar amüsiert gewesen. Er hatte sich auch nicht aus der Ruhe bringen lassen, als eine junge Dame am Fischbrötchenstand ihm unbedingt hatte erzählen wollen, dass der Ort Beekensiel auf eine stolze Geschichte zurückblickt. Sogar während der Nazizeit sei man hier seinen eigenen Weg gegangen und habe ausschließlich die Interessen der Insel im Auge behalten – so wie man es bis heute halte. »So kann man das natürlich auch erzählen«, hatte Arjen trocken erwidert. »Aber wenn man, wie ich, in diesen Tagen dabei gewesen ist, hat die Situation doch etwas anders ausgesehen. Eine weiße Weste hatten damals nur diejenigen, die ohnehin nichts zu melden hatten. Daran hat sich ja bis heute nichts geändert.«

Mit dem Auftauchen des Reetdachs vor ihren Augen war Arjens Stimmung jedoch umgeschlagen. *Worin besteht nur der Unterschied, ob er die Kirche besucht, in der sein alter Herr gepredigt hat, oder dieses Haus*?, fragte Greta sich, während Arjen gedankenverloren neben ihr auf dem Beifahrersitz saß. *Beide Orte haben sein Leben geprägt, warum reagiert er so unterschiedlich?*

»Mein Zimmer ging nach hinten hinaus«, sagte Arjen unwillkürlich. »Von meinem Bett aus sah ich Wiesen und den Himmel. Der Kirschbaum, in dem Ruben bis in die Spitze geklettert ist, um die prallsten Kirschen zu pflücken, stand zu weit rechts, als das ich ihn hätte sehen können. Offenbar steht er mittlerweile überhaupt nicht mehr.«

Darum ging es also! Die Reetdachkate war der erste Ort, den Arjen mit Ruben in Verbindung brachte, hier hatte Ruben ihn gelegentlich besucht, wenn Thaisen außer Haus war. Greta wunderte sich, dass sie nicht von allein darauf gekommen war. Schließlich drehten sich die wenigen Erinnerungen, von denen ihr Großvater erzählte, nicht etwa um seine Schulzeit oder um seine kostbaren Stunden mit der Haushälterin Dörchen ... Sie erzählten von dem Sommer, in dem Arjen dem Ausreißer Ruben begegnet war und dessen andersartige Welt kennengelernt hatte. Deshalb waren sie auf Beekensiel – und nur deshalb.

»Ich möchte es von innen sehen. Das Haus. Dein Zimmer. Ich möchte mir nicht nur vorstellen, was du mir erzählt hast ...« Greta musste sich beherrschen, um nicht allzu sehr zu drängen. »Wenn es dir lieber ist, gehe ich allein ins Haus. Ich habe einen Fotoapparat dabei, du könntest dir also die Aufnahmen später ansehen, falls dir danach zumute sein sollte.«

Arjen schüttelte den Kopf. »Mir geht es wie dir: Ich will es mit eigenen Augen sehen, um mir zu beweisen, dass es wirklich geschehen ist und nicht bloß ein Traum war. Denn so kommt es mir heute vor, als hätte ich nur geträumt. Vielleicht hätte ich es dabei belassen sollen.«

Warum?, wollte Greta nachfragen. *Weil die Vergangenheit so unerreichbar weit zurückliegt, wie dieses verlassene Haus beweist? Oder weil es dich schmerzt, an Ruben zu denken?* Plötzlich überkam sie eine böse Ahnung, dass die gemeinsame Zeit mit Ruben, so wunderbar sie in Arjens Erinnerungsbruchstücken auch wirkte, tiefe Narben hinterlassen hatte. Sogar sie spürte den Schmerz, der von ihnen ausging, obwohl sie nicht die leiseste Ahnung hatte, was ihn erzeugte. Ruben mochte für den elfjährigen Arjen für seinen ersten wahren Sommer stehen, aber von Anfang an lag bereits ein Schatten über dem Jungen, der bis in die Gegenwart reichte.

»Vielleicht sollten wir die Vergangenheit lieber ruhen lassen und in Beekensiel nur eine Station unter vielen sehen. Wenn wir schon bald weiterreisen, könnten wir es vielleicht sogar vermeiden, dass Anette plötzlich vor unserem Hotel steht. Mit der vagen Angabe, wir seien gerade auf den ostfriesischen Inseln unterwegs, wird sie sich nicht ewig zufriedengeben. Und wenn sie erst einmal spitzkriegt, dass wir uns für längere Zeit auf Beekensiel einquartiert haben, dann hält sie nichts mehr in Meresund.«

»Da wäre ich mir gar nicht so sicher, schließlich klang Anette zuletzt nicht mehr ganz so gluckig. Es würde mich nicht überraschen, wenn Wencke dir einiges über zarte Liebesbande zu berichten wüsste, wenn du das nächste Mal mit ihr telefonierst. Denn eins kannst du mir glauben: Wäre Anette nicht anderweitig beschäftigt, hätte sie uns längst gestellt.«

Greta blieb nichts anderes übrig, als zustimmend zu nicken. Arjen bekam wirklich mehr mit, als einem lieb sein konnte. »Also gut. Sollen wir es wagen?«

Mit einem Ächzen stemmte Arjen sich aus dem Sitz und richtete sich, nachdem er ausgestiegen war, zunächst die Kleidung. Obwohl er immer gepflegt auftrat, machte es heute den Anschein, als habe er besondere Sorgfalt walten lassen. Er gab ein imposantes Erscheinungsbild ab, groß und hager, die Schultern nur leicht nach vorn gebogen und das Haar schlohweiß. Es versetzte Greta allerdings einen Stich, als sie die Falten bemerkte, die Mantel und Hose warfen. Arjen war nicht mehr als Haut und Knochen. Blieb nur zu hoffen, dass sein Appetit, der mit ihrer Ankunft auf der Insel zurückgekehrt war, weiterhin anhielt.

Einen Schritt hinter ihrem Großvater folgte Greta ihm zur Reetdachkate, unter deren Türklopfer nicht einmal mehr ein Namensschild angebracht war. Seltsamerweise verstärkte sich in ihr die Wahrnehmung, es mit einem verwaisten Haus zu tun zu haben, als sie vor ihm standen, sodass es ihr schwerfiel, Bilder von einer fernen Vergangenheit in sich aufsteigen zu lassen. Nachdem es Arjen gelungen war, die verzogene Haustür aufzustemmen, schlug ihnen ein modriger Geruch entgegen, die typische Nordseemischung aus Feuchtigkeit und Salz. Die kastenförmige Diele war dunkel, der Strom abgeschaltet, doch als Arjen eine Tür aufstieß, fiel weiches Herbstlicht auf eine Holztreppe, die ins obere Stockwerk führte. Instinktiv berührte Greta den schön geschwungenen Handlauf und wäre fast die Treppe hinaufgestiegen, hätte Arjen sie nicht zurückgehalten.

»Die Kammer dort oben war Thaisens Reich, die können wir uns später ansehen. Lass uns zuerst bitte mein altes Kinderzimmer aufsuchen, bevor mich der Mut verlässt.«

Während sie das Wohnzimmer durchquerten, in dem noch einige abgewetzte Möbelstücke und ein Ofen standen, stieg eine Wärme in Greta auf, der nicht einmal die klamme Luft etwas anhaben konnte. Diese Kate mochte in einem trostlosen Zustand sein, aber in Greta löste sie trotzdem ein bislang unbekanntes Gefühl von Vertrautheit aus. Die unebene Decke mit dem Holzgebälk, die knapp über ihren Köpfen hing, der knarzende Boden und das weite Land hinter den Fenstern gaben ihr das Gefühl, angekommen zu sein. War so etwas möglich … die Erkenntnis, zu einem Haus zu gehören, als seien seine Koordinaten tief in einem verankert?

»Hast du als Kind gern in diesem Haus gewohnt?«, fragte Greta, als Arjen zögerlich vor der geschlossenen Tür stand, die offenbar in sein früheres Zimmer führte.

»Schwer zu sagen. Auf eine solche Weise habe ich als Kind nie gedacht, es war eben mein Elternhaus, und ich kannte es nicht anders. Für ein Kind ist ein Haus ein Haus, erst rückblickend ist sein Wert einzuschätzen. Obwohl… So einfach war es dann doch wieder nicht, schließlich hat meine Mutter die Kate geliebt. Thaisen wäre niemals so weit weg von seiner Kirche gezogen, aber Magda hatte sich auf den ersten Blick in diese Kate verliebt. Eigentlich war mein Vater kein Mann, der sich den Wünschen anderer unterordnete, aber er betete seine jüngere Frau nicht bloß an, sondern hat ihr gegenüber wohl auch ein schlechtes Gewissen gehabt, weil sie seinetwegen von Hamburg auf eine einsame Insel ziehen musste. Weil ihr Gatte es sich mit den Vorgesetzten verscherzt hatte mit seiner ewigen Besserwisserei und seinem Hochmut.« Arjen berührte flüchtig die Tür, die in dem gleichen scheußlichen Braunton gestrichen war wie alles andere auch. Verbarg sich darunter noch der Farbanstrich, für den sich Magda einst entschieden hatte? »Wenn ich recht darüber nachdenke, muss Magda die Kate liebevoll hergerichtet und den Garten bestellt haben, denn noch Jahre nach ihrem Tod sah es bei uns ausgesprochen heimelig aus, obwohl Thaisen für so etwas keinen Sinn hatte. Bis zu seinem Tod hat er bewahrt, was Magda geschaffen hatte. Ich vermute, dass ich als Junge gerne hier gelebt habe, auch wenn es ein wenig unheimlich war, dass über Jahre hinweg alles gleich blieb, während sich die Welt vor der Tür rasant veränderte.«

Während er diesem Gedanken nachhing, öffnete Arjen die Tür, ohne jedoch hindurchzugehen. Eine kleine Kammer kam zum Vorschein, in deren Ecke ebenfalls ein Ofen stand. Die Wände waren besonders uneben, was dem Eindruck, mit den richtigen Möbeln ein Nest schaffen zu können, nichts abtat. Auch Arjen schien angenehm überrascht zu sein, denn er atmete hörbar aus, bevor er aufs

Fenster zuging und es öffnete. Es führte auf den hinteren Garten hinaus.

»Der Kirschbaum ist tatsächlich fort, wie schade.«

Greta trat hinter ihn und legte eine Hand auf seine Schulter. »Deine Mutter hat wirklich eine gute Entscheidung getroffen. Diese Kate ist wie gemacht für eine Familie, die auf Beekensiel lebt: Man hört das Meer und sieht die Weite, und trotzdem ist man beschützt. Es ist, als würde sich das Haus ans Herz der Insel schmiegen …«

Arjen warf Greta einen aufmerksamen Blick zu. »Du scheinst Magda sehr viel besser zu verstehen als ich es jemals konnte. Als ich im Jugendalter war, fragte ich mich oft, was sie nur an dieser Einöde gefunden hatte. Alles, was ich damals sah, war ein geducktes Häuschen mitten im Nirgendwo. Dabei hat sie vermutlich die gleichen Empfindungen und Gedanken gehabt wie du, für sie war die Kate etwas Besonderes, sie hat sie geliebt, das konnte man noch Jahre nach ihrem Tod spüren. Offenbar trägst du mehr von deiner Urgroßmutter in dir als dein Aussehen verrät.« Seit ihrem Gespräch im Meresunder Garten hatte Arjen die Ähnlichkeit zwischen ihr und ihrer Urgroßmutter mit keinem Wort mehr erwähnt. Behutsam umfasste er ihre Hände. »Was habe ich nur für eine wunderbare Reisebegleiterin. Ich bin dir so dankbar dafür, dass du es mit mir verschrobenem Kauz nicht nur aushältst, sondern sogar besser als ich zu wissen scheinst, was ich in Wirklichkeit auf dieser Insel will.«

Es lag Greta auf der Zunge, ihre Vermutungen auszusprechen und ihm sogar von dem Notizbuch zu erzählen, aber Arjens Blick wanderte bereits zum Fenster hinaus, wo einst ein Kirschbaum gestanden hatte, damit abenteuerlustige Jungen ihn hinaufklettern konnten. Sie sah, wie sich ein

Film über seine Augen legte, die jetzt nicht länger nur die Gegenwart, sondern auch die Vergangenheit sahen. Dabei wollte sie ihn nicht stören. Sie war sich sicher, dass er darauf gehofft hatte, auch wenn es ihm zugleich Angst einjagte.

Greta überließ ihren Großvater sich selbst und streifte durch die Kate. An der Kopfseite der Diele lag die Küche, wovon noch ein gemauerter Herd und eine steinerne Spüle kündeten. Die Treppe ächzte unter ihrem Gewicht, als sie hinaufstieg, um die Kammer zu besichtigen, zu der es sie beinahe magisch hinzog. Hier oben war also Thaisens Reich gewesen… Fast erwartete sie, ihre Verbindung zu dem Gebäude würde abbrechen, weil dieser Raum immer noch von ihrem längst verstorbenen Urgroßvater beansprucht wurde, während das Parterre sie überaus freundlich willkommen geheißen hatte. Aber genau das Gegenteil geschah, mit jedem Schritt gewann sie mehr den Eindruck, dort angekommen zu sein, wo sie hingehörte. Die Kammer unter dem Dach bot ausreichend Platz für ein Bett, Schrank, Schreibtisch und vermutlich sogar für einen Sessel, von dem aus man zur Gaube hinausblicken konnte. Das Dachgebälk hing so niedrig, dass sie den Kopf einziehen musste, aber das machte nichts. Greta ertappte sich dabei, wie sie im Geiste bereits alles einrichtete. Sie sah sich umhergehen, eine Teetasse abstellen, um das Feuer im Ofen zu schüren, bevor sie sich in den Sessel kuschelte. Unten in der Küche bereitete jemand das Abendessen zu, jemand anderes rief nach ihr, eine junge, fordernde Stimme, doch das kümmerte sie nicht, diese ruhigen Minuten gehörten ihr und dieser Kammer. Erst wenn der Tee ausgetrunken war, wäre sie wieder ansprechbar, würde hinuntergehen und sich um ihre Familie kümmern.

»Liebes, kommst du nach unten?«, hallte es die Treppe herauf.

Es ist noch Tee in meiner Tasse, wollte sie schon rufen, als ihr klar wurde, dass die Frage von ihrem Großvater stammte und nicht von jemandem, der sich in der Küche zu schaffen machte, die sie zusammenfantasiert hatte.

Greta musste über sich selbst schmunzeln. Sie war vielleicht in mancher Hinsicht eine Idealistin, aber als Träumerin hatte sie noch nie jemand bezeichnet. Obwohl… Für einen Tagtraum hatte alles erstaunlich klar gewirkt und hatte sich ohne jegliches Wunschdenken entwickelt, mehr als handle es sich um eine Vision als um eine überspannte Fantasie. Plötzlich verging ihr das Schmunzeln, und sie fragte sich, ob sie möglicherweise eine Ahnung davon bekommen hatte, wie sich ihr Schicksal entwickeln könnte. Spannte sich ein Bogen von ihrer Ankunft in der Reetdachkate in die Zukunft? War es einer anderen Rosenboom vor ihr möglicherweise auch schon einmal genauso ergangen, dass sie mit dem Eintreten zwischen die krummen Wände der Kate einen Sinn gesehen hatte, wo vorher nur mildes Interesse am Leben auf Beekensiel gewesen war? *Ich steigere mich in etwas rein*, versuchte Greta ihre Überzeugung abzuschwächen. *Das kommt nur daher, weil ich Arjen zu verstehen versuche, um ihm so gut wie irgend möglich zu helfen bei seiner Suche nach der Vergangenheit.* Außerdem war doch allein die Vorstellung absurd, dass ausgerechnet ihre Zukunft aus Familienleben mitten im Nirgendwo bestand, nichts deutete auch nur im Entferntesten in diese Richtung. Erik hatte sich ein paarmal vorsichtig an das Thema herangetastet, ob sie sich gemeinsame Kinder vorstellen könnte, aber die Frage hatte sich falsch angefühlt… Vielleicht weil es Erik gewesen war, der sie angesprochen hatte. Vielleicht auch weil sie nicht die richtige Frau dafür war. Doch selbst diese einleuchtenden Argumente änderten nichts daran, dass ihr Tagtraum erschreckend real gewirkt hatte.

»Greta, ist bei dir alles in Ordnung, soll ich zu dir kommen?«

Ja und nein. »Entschuldige, ich habe mich in der Aussicht verloren.« Erst jetzt bemerkte sie, dass das gebogene Gaubenfenster tatsächlich eine wunderbare Aussicht aufs Meer bot, obwohl man einen ordentlichen Spaziergang von der Küste entfernt war. Magdas Kate, wie Greta das Haus bereits getauft hatte, bot einem alles: vom endlosen Himmel über Wiesen und Dünen bis hin zum Meer. Es kostete sie Mühe, sich von den Eindrücken loszureißen.

Arjen wartete am untersten Treppenabsatz und lächelte verlegen. »Ich erinnere mich nicht daran, wie die Aussicht ist. Ehrlich gesagt, wollte ich mit Thaisens Kammer möglichst wenig zu tun haben. Dort hing bis zum Schluss Magdas Morgenmantel überm Schaukelstuhl, und von meinem Vater wurde ich nur hinaufkommandiert, wenn eine Tracht Prügel anstand. Die Kraft für den Aufstieg spare ich mir deshalb lieber, die weiß ich für etwas Besseres zu gebrauchen, für unser nächstes Ausflugsziel nämlich.«

Dieser Plan gefiel Greta gar nicht. Zwar wirkte Arjen zu allen Taten bereit, aber die Schatten und Einhöhlungen auf seinem Gesicht verrieten, dass die Anstrengung, sein Elternhaus wiederzusehen, nicht spurlos an ihm vorbeigegangen war. Fast machte es den Eindruck, als brenne ein Feuer in seinem Inneren, das ihm die notwendige Antriebskraft schenkte, während es ihn zugleich aufzehrte. War er vor einigen Tagen noch davor zurückgewichen, sich seiner Vergangenheit zu stellen, so schien nun der Damm gebrochen. Es lag auf der Hand, wie sehr er sich danach sehnte, ihr weiter vom Sommer 1939 zu erzählen. Und Greta wäre auch erpicht aufs Zuhören gewesen, nur überwog ihre Sorge.

»Was auch immer du als nächstes Ziel auserkoren hast, es läuft bestimmt nicht weg«, sagte sie so leichthin wie möglich. »Es geht schon auf den Nachmittag zu, und wir sollten uns beide eine Pause gönnen. Ich könnte glatt sterben für eine Tasse Tee und Frau Trudes selbstgebackenen Apfelkuchen.«

Arjen schüttelte augenblicklich den Kopf. »Nein, ich kann mich jetzt nicht ausruhen, vollkommen unmöglich. Bitte tu mir den Gefallen und beherrsche deine plötzliche Leidenschaft für Tee noch eine Weile. Ich möchte ... Ich muss zum Nordstrand, nur ein paar Schritte entlang der Wasserkante gehen, mehr nicht. Luft schnappen, das Dröhnen der Brandung hören. Ein wenig frischer Wind um die Nase wird uns beiden guttun, du siehst nämlich mindestens so blass und mitgenommen aus wie ich. Diese alten Gemäuer machen es einem auch wirklich nicht leicht.«

Ihr Großvater wollte sie um den Finger wickeln, so viel stand fest. Er wusste, was für einen mitgenommenen Eindruck er machte, aber er wusste auch, dass Greta ihn nicht bevormunden würde. »Wir fahren so dicht wie möglich mit dem Auto an den Strand und gehen dann wirklich nur ein paar Schritte. Und den Rest des Tages ruhen wir uns aus, versprochen?«

»Versprochen.« Arjen wirkte erleichtert. »Bis an den Strand fahren ... Solche Worte aus deinem Mund. Klingt geradezu danach, als würde aus dir noch eine begeisterte Autofahrerin werden.«

Greta gab nur ein Murren von sich, während sie die Hand nach dem Schlüssel ausstreckte, um die Haustür hinter ihnen abzuschließen, ehe sie den Schlüssel ohne viel Aufheben einsteckte. Sie würde an einem anderen Tag allein zur Kate zurückkehren, um Aufnahmen für das Notizbuch zu machen. Und um zu überprüfen, ob diese Verbindung zwischen ihr und diesem Haus, die sich so unvermittelt und intensiv aufgebaut hatte, sich erneut einstellte. Sie hoffte es, obwohl sie sich gleichzeitig davor fürchtete. Denn was würde es bedeuten, wenn sie sich der Kate tatsächlich verbunden fühlte? Sie war auf Beekensiel, weil ihr Großvater seinen Kindheitserinnerungen nachforschte, und nicht, um sich mit ihrer Zukunft zu beschäftigen. Die musste warten, solange sie Arjen seinen Geburtstagswunsch erfüllte …

Das Meer war aufgewühlt, und sein dunkles Grau spiegelte den wolkenbehangenen Himmel. Die Wellen schlugen heftig gegen den Strand, donnerten und schäumten, als hegten sie eine Wut gegen das feste Land, das sich ihnen in den Weg stellte.

»Sollen wir zu der Ruine laufen, wo du Ruben kennengelernt hast?«

Arjen hatte die Hände tief in seinen Taschen vergraben, und mit dem hochgeschlagenen Kragen sah er aus wie ein Mann, der an die Küste gehörte: wetterfest und naturverbunden. »Von der Ruine gibt es leider nichts mehr zu sehen, die ist Jahre später bis auf die Grundmauern abgebrannt. Die Düne wird die letzten Reste dieses Ortes verschluckt haben, sodass sich die Kletterei nicht lohnen würde. Lass uns einfach an der Wasserkante entlanglaufen.«

Greta hielt dem Wind ihr Gesicht entgegen und ließ zu, dass er ihre Wangen kühlte und an ihrem Haar riss. Obwohl sie immer noch ein schlechtes Gewissen quälte, weil sie Arjens Wunsch nachgegeben hatte, war sie froh, am Nordstrand zu sein. Ihr Großvater hatte recht: Das Meer tat ihr gut in seiner rauen Schönheit, mit seinem immergleichen und doch stets wechselhaften Gesicht. Sie gestand sich sogar ein, dass ihr die Nordsee mehr zusagte als die Küste vor Kiel: der Wechsel der Gezeiten, das aufgewühlte Wasser und der Wind, der immerzu ging. Die anderen Leben, die sie bislang geführt hatte, schienen plötzlich sehr weit weg, von ihren ersten Jahren in Meresund, der harten und doch inspirierenden Zeit in Berlin bis hin zu Zürich, an das ihr die Erinnerung fast unwirklich vorkam. Selbst die Erinnerung an Erik rückte stetig in den Hintergrund. Der Schmerz, den er ihr zugefügt hatte, verblasste mit jedem Tag mehr. Alle drei Lebensabschnitte hatten ihre guten und ihre schlechten Seiten gehabt, so verschieden sie sonst auch gewesen waren. Rückblickend verband sie allerdings eine Gemeinsamkeit: Ihnen hatte das Besondere gefehlt, das entscheidende verbindende Element. Das wusste sie erst jetzt, da sie die Kate besucht hatte. Man konnte ein Leben nicht bauen wie ein Haus, nein. Man trug seinen Wesenskern in sich, man musste ihn nur erkennen. Greta hatte es geahnt, in ihrer wackeligen Beziehung zu Erik, den Jobs, bei denen sie stets alles gegeben hatte, ohne sich erfüllt zu fühlen, an den Orten, an denen sie gelebt hatte, weil es nichts gegen sie zu sagen gab, außer dass sie sich nicht zugehörig fühlte. Das Problem hatte bei ihr gelegen, weil sie nicht hatte einsehen wollen, dass sich solche Entscheidungen nicht allein mit dem Kopf treffen ließen. Dass einige Entscheidungen vielleicht nicht einmal bei ihr allein lagen.

»Wäre es möglich, dass in der Geschichte über den Walfischknochen, die Ruben dir erzählt hat, ein Fünkchen Wahrheit liegt?«, fragte sie ihren Großvater unvermittelt. »Glaubst du an das Schicksal?«

Arjen antwortete nicht sofort. »Du meinst, ob unser Lebensweg eine Ansammlung von Zufällen ist oder ob er vorbestimmt ist? Ich weiß es nicht. Aber Ruben glaubte daran, dass der Walfischknochen eine Antwort auf diese Frage gab, auch wenn er keine Ahnung hatte, wie man seine Magie steuerte. Für ihn war unser Leben eine Geschichte, und hinter jedem Rückschlag lauerte eine Absicht, die wir erst im Nachhinein erkannten.«

»In deinen Erzählungen wirkt Ruben aber keineswegs wie ein schicksalsergebener Junge, sondern eher wie jemand, der den Stier bei den Hörnern packt.«

Arjen lachte gegen den Wind an. »Genau das war Ruben! Entschlossen und angriffslustig. Er war überzeugt davon, dass man nicht darauf warten durfte, dass einem der Apfel in den Schoß fällt, sondern dass man alles daransetzen musste, dass es auch wirklich passierte. Man muss sein Schicksal erfüllen, auch wenn das zunächst wie ein Widerspruch klingt.«

»Und das hat er so gesagt, ein zwölfjähriger Junge?«

Arjen deutete ihr an, ein paar Schritte zu gehen. Greta bemerkte, dass seine Schultern leicht zitterten, bestimmt fror er. Sosehr es auch der richtige Augenblick für eine Geschichte war, sie mussten sofort ins Warme.

»Gesagt hat Ruben es nicht direkt, obwohl er es bestimmt gekonnt hätte, so wortgewandt, wie er war. Aber er hat es mir auf eine Weise verständlich gemacht, die sehr viel besser funktioniert als mit Worten. Er hat es mir gezeigt. Hier. An dieser Stelle.«

Irritiert blickte Greta auf das tosende Wellenspiel, auf das Arjen deutete.

»Natürlich war es nicht so ein stürmischer Herbsttag wie heute«, sagte er mit einem Lächeln, als er ihren Gesichtsausdruck bemerkte. »Es war allerdings auch nicht gerade einer der wärmsten Tage des Sommers. Wenn ich mich recht erinnere, hatte ich durchgehend eine Gänsehaut, aber das hat mich nicht davon abgehalten, hinter Ruben herzulaufen. »An den Strand« hatte die Parole des Tages gelautet. Wir hatten am letzten Nachmittag, der von Gewittern erfüllt gewesen war, in der Stube einen Drachen aus Seidenpapier gebastelt. Ich weiß noch, wie ich unter Hochdruck stand, weil ich jeden Moment damit rechnete, dass mein Vater in der Tür stehen und mich mit herablassender Stimme fragen würde, wer dieser verlumpte Junge sei, der auf Mutters gutem Sofa säße. Ruben dagegen machte sich keinerlei Sorgen, als wisse er besser als ich, dass mein Vater nicht unvermittelt auftauchen würde, er kannte sich mit Thaisens Angewohnheiten verblüffend genau aus. Jedenfalls bauten wir unseren Drachen in Ruhe fertig und probierten ihn schon am nächsten Tag aus. Die Biegung da drüben.« Arjen wies auf eine Stelle, an der sich die Düne vor den Strand schob. »Dort ist es immer besonders windig, der perfekte Platz, um schon im August einen Drachen steigen zu lassen. ›Zu irgendwas muss so ein Unwetter schließlich gut sein‹, hat Ruben gesagt, als der Wind unseren Drachen tatsächlich in die Höhe trug. Karmesinrot war er, aus dem Seidenpapier, mit dem meine Mutter ihre Schubladen ausgelegt hatte. Und nun tanzte er wie ein Leuchtfeuer am Himmel. Kannst du dir das vorstellen?«

Greta nickte, während sie darüber erschrak, wie gut sie es sich vorstellen konnte. In ihren Ohren klang Kinderlachen, die Sonnenstrahlen brachen sich auf einem hellen Schopf, und ein dicklicher Junge lief erstaunlich leichtfüßig über den Strand, die Augen auf den tanzenden Drachen gerichtet. Ein echter Drachen, flammend rot. *Es muss an diesem Gerede über das Schicksal liegen, dass sich die Vergangenheit zum Greifen nah anfühlt*, suchte Greta nach einer Erklärung. Als wäre das Gestern lediglich durch eine dünne Membran von der Gegenwart abgetrennt, und es brauchte nicht mehr als einen geheimen Trick, um sie zu überwinden.

»Der Moment hätte ewig währen können«, sagte Arjen leise. »Er war perfekt.«

14

SOMMER 1939

»Höher! Los, Ruben, lass ihn höher steigen!«

Arjen sprang in die Luft und tat, als wolle er nach dem Drachen greifen, was jedoch unmöglich war. In einem kräftigen Bogen flog der Drachen auf und ab, machte Drehungen und zitterte, als warte er bloß auf eine Gelegenheit, um auszubrechen.

»Würde ich ja gern, aber der Wind ist zu stark. Es wäre doch nicht verkehrt gewesen, ihn kleiner zu bauen, genau wie du gesagt hast. Aber zur Hölle! Er ist ein Prachtexemplar von einem Drachen!«

Auch in Rubens Augen war die Begeisterung zu lesen. Er hatte gewusst, dass es großartig werden würde. Aber so großartig? Das konnte er sich kaum vorgestellt haben. Als Arjen die Hand ausstreckte, reichte sein Freund ihm die Garnrolle und übernahm den Part des Drachenjägers, wobei er die tollkühnsten Sprünge vollführte und sich nicht darum scherte, immer wieder im nassen Sand des Watts hinzufallen, bis er ganz paniert aussah.

Die Jungen waren derartig in ihr Spiel versunken, dass sie nicht mitbekamen, wie sie von den Dünen aus beobachtet wurden. Seit Wochen trieben sie sich nun schon auf der Insel herum, stets mit ihren eigenen Angelegenheiten beschäftigt und auf Pfaden, die kein anderer Insulaner kreuzte. Sie werkelten an ihrem Schlupfloch in der Fischerkate, gingen angeln oder suchten nach Möweneiern und Strandgut. Sie waren so erfolgreich darin gewesen, die Welt der Beekensieler hinter sich zu lassen, dass sie ihre Vorsicht vergessen hatten. Als nun Haro Flennigs und seine beiden Kumpane auf sie zuschlenderten, bemerkten sie es erst, als Oke mit den Segelohren Arjen die Garnrolle entwand.

»Seid ihr beiden Pfeifen nicht noch ein bisschen zu klein, um Drachen steigen zu lassen?« Haro grinste und zeigte eine Reihe kleiner gelber Zähne, ganz der Anführer seiner Meute.

»Ach, ist ja nur ein Babydrachen«, sagte Oke, um im nächsten Moment einen Schritt nach vorn gerissen zu werden, weil der Babydrachen stärker war als er.

Während Arjen hilflos zusah, ballte Ruben die Hände zu Fäusten. Seine Lippen presste er zu einer schmalen Linie, und als würde Haro ihn nicht um eine Kopflänge überragen, stampfte er auf ihn zu.

»Der Drachen gehört uns. Ich will ihn wiederhaben. Sofort.«

Haro stoppte Ruben mit einem Stoß vor die Brust. »Du hast hier gar nichts zu wollen, du Fratz. Wer bist denn du überhaupt, irgendein Schiffbrüchiger, den Rosenboom aus dem Wasser gezogen hat? So siehst du zumindest aus, völlig zerlumpt und dreckig.«

»Eine Wasserratte«, kicherte der namenlose Junge, der neben Haro stand, als wäre er sein zweiter Schatten.

Ruben strich sich den Pony aus den Augen und funkelte Haro aufgebracht an. »Das geht dich einen feuchten Kehricht an, wer ich bin, Flennigs. Wozu auch? Du kannst dir meinen Namen eh nicht länger merken als ich brauche, um dir vor die Füße zu spucken. Vermutlich bist du schon froh, wenn du deinen eigenen Namen nicht vergisst.«

Einige Sekunden lang rechnete Arjen fest damit, dass Haro den schmächtigen Ruben für diese Unverschämtheit niederschlagen würde. Stattdessen blickte der ältere Junge erst entgeistert drein, um dann in Gelächter auszubrechen.

»Habt ihr das gehört? Scheißfrech, der Strich in der Landschaft. Dabei könnte ich ihn unangespitzt in den Boden rammen.« Wie zum Beweis verpasste er Ruben einen weiteren Stoß vor die Brust, der ihn zurücktaumeln ließ. Das war jedoch schon alles, womit Haro seine Überlegenheit bewies. Mehr hatte er eindeutig nicht nötig, und allem Anschein nach amüsierte ihn der fluchende Ruben obendrein.

»Kleine scheißfreche Wasserratte«, steuerte Haros Schatten Udo der Unterhaltung bei.

»Halt's Maul«, fuhr Ruben ihn an, um im nächsten Moment eine kräftige Ohrfeige von Haro einzustecken, die seinen Kopf zur Seite fliegen ließ.

Arjen entfuhr ein ängstlicher Schrei, der ihm viel zu hoch in den Ohren schrillte. Als er von einem Fuß auf den anderen trat, unentschieden, ob er seinem Freund zu Hilfe eilen sollte, stieß Oke ihm seinen Ellbogen in die Seite, woraufhin Arjen erstarrte. Von Prügeleien auf dem Schulhof hatte er sich stets ferngehalten, und die einzigen Schläge, die er jemals eingesteckt hatte, waren mit dem Gürtel seines Vaters aufs Hinterteil gewesen. Dieser plötzliche Übergriff schockierte Arjen mehr als der Schmerz, der in seinen Rippen aufflammte.

»Mal nicht übertreiben mit den Frechheiten, Ratte«, sagte Haro. »So ein bisschen Geflaxe nimmt dir hier keiner übel, aber Udo zu sagen, dass er sein Maul halten soll, das darf sich eine Ratte wie du in meiner Gegenwart nicht erlauben. Obwohl mir sein Gequatsche manchmal auch ziemlich auf die Nerven geht. Also, wie sieht es aus: Reißt du dich zusammen, oder soll ich dir Benehmen beibringen?« Trotz der harschen Drohung wirkte Haro erstaunlich entspannt, während sein Kumpan Udo sichtlich den Spaß an der Kabbelei verlor. Offenbar nahm er es Haro übel, dass er ihn als Nervensäge bezeichnete, traute sich aber nicht, deshalb herumzumaulen. Haro hatte seinen Haufen fest im Griff.

Als Ruben trotzig das Kinn hob und Arjen sah, wie auf seinem linken Wangenknochen ein dunkler Bluterguss aufblühte, befürchtete er, das Gleichgewicht zu verlieren. Ruben jedoch betastete die getroffene Stelle nicht einmal, gerade so, als würde sie ihn nicht im Geringsten kümmern. Immer noch blickte er Haro zornerfüllt an, nickte aber schließlich einwilligend.

»Na, siehste. Geht doch. Deinen Namen kannste übrigens gern für dich behalten, Ratte. Ich weiß auch so, wer du bist: der Essensdieb, über den sich im Dorf alle das Maul zerreißen. Da hat Udo dir doch den richtigen Spitznamen verpasst. Ein schäbiges Nagetier, das in den Schatten herumkriecht und heimlich die Vorräte der ehrenwerten Beekensieler anknabbert. Wenn die dich in die Finger bekommen, werden die kurzen Prozess mit dir machen. Darauf kannst du dich verlassen: Geht es um ihr Futter, versteht die Bande keinen Spaß.«

»Dazu müssen die mich erst einmal kriegen«, hielt Ruben unerschrocken dagegen.

»Wir haben dich doch auch gekriegt. War ganz einfach.«

»Passiert mir nicht noch einmal.« Ohne die Spur eines

Zweifels verschränkte Ruben die Arme vor der Brust. »Und jetzt will ich den Drachen wiederhaben.«

»Verpass der Ratte noch eine Maulschelle, sonst mache ich es. Dieses miese großschnäuzige Würstchen, dieses …« Udos Stolz hatte sich noch immer nicht erholt. Seine Schultern bebten vor Anspannung. »Oder wir packen ihn und schleppen ihn in den Ort, dann bekommen wir bestimmt einen Finderlohn. Oder noch besser: Wir bringen ihn zu Denneburg, der ist Ortsgruppenleiter, der weiß, wie man mit solchem Gesocks umgeht. Ein Anruf, und dann holen sie den Burschen ab. Gegen lichtscheues Gesindel wie den haben die was bei der Partei.«

»Lass mich endlich mit deinen Nationalsozis in Ruhe, mit diesen Saubermännern hab ich nichts am Hut. Reicht schon, dass sie uns dazu zwingen, bei dieser Jugendarbeit mitzumachen, als wären wir ein Stück Knete, das sie sich zurechtformen können.« Haro baute sich vor Udo auf, allem Anschein nach hatten sie diese Diskussion schon häufiger geführt. »Und die Beekensieler, die wegen eines verschwundenen Stücks Käse rumheulen, die können mir mal den Buckel runterrutschen. Diese Arschlöcher. Für die spiele ich nicht den verfluchten Kammerjäger! Solange keiner auf die Idee kommt, uns die Schuld für die Diebstähle in die Schuhe zu schieben, soll die Ratte meinetwegen ruhig sämtliche Vorratsschränke im Dorf leerräumen. Geschieht denen recht. In unserem Vorratsschrank ist jedenfalls nichts zu holen, falls du vorhaben solltest, mal bei uns vorbeizuschauen, Ratte.«

»Weiß ich«, sagte Ruben trocken. »Ich habe nämlich schon nachgesehen, und Luft lässt sich ja bekanntlich schlecht einstecken.«

Endlich fand Haro sein Grinsen wieder. »Seht ihr? Der

Nagezahn ist witzig. Wenn man ihn nach Strich und Faden vermöbelt, sagt der doch nichts mehr, und das wäre eine echte Schande.«

»Unser Drachen«, erinnerte Ruben hartnäckig.

»Was ist damit?«

»Ich will ihn haben.«

Haro verdrehte die Augen, dann riss er Oke die Garnrolle aus der Hand und zückte zu Arjens Entsetzen ein Taschenmesser, mit dem er den Faden durchschnitt. Im nächsten Moment wurde der Drachen von einer Böe erfasst und aufs Meer hinausgeweht, wo er nach einem rasanten Überschlag abstürzte. »Du willst deinen Drachen haben, Ratte? Dann hol ihn dir.«

Unter zusammengezogenen Brauen stierte Ruben ihn an, dann drehte er sich um und lief auf die Brandung zu.

»Der Kerl ist so verrückt, der schwimmt dem verdammten Drachen bis nach China hinterher.« Oke lachte schrill.

Doch Haro hatte bereits das Interesse an Ruben verloren. Nachdem er die Klinge seines Taschenmessers mit dem Daumen geprüft hatte, steckte er es wieder weg. »Wenn er Pech hat, erwischt ihn die Strömung. Die ist manchmal ganz schön tückisch. Damit kennst du dich doch aus, Rosenboom. Oder? Kommt, Jungs, wir hauen ab.«

Mit klopfendem Herzen lief Arjen seinem Freund hinterher, der sich die Kleidung abgestreift hatte und jetzt die ersten Wellen durchschritt. Arjen nahm sich nicht die Zeit, seine Hose auszuziehen, sondern lief direkt ins Wasser. Er hatte keine Zeit zu verlieren, er musste Ruben aufhalten. Als die Wellen seine Oberschenkel umspülten, blieb er trotzdem mit einem Schlag stehen, unfähig, sich auch nur noch einen Zentimeter zu rühren. Seine Angst vor dem Wasser war größer als die Angst um seinen Freund, der bereits mit kräftigen Armzügen schwamm, dem Drachen hinterher, der aufs offene Meer abtrieb. Während Arjens Brustkorb sich verkrampfte, als befände er sich bereits am Meeresgrund, schrie er in seiner Verzweiflung Rubens Namen. Ein einziges Mal, für mehr reichte seine Kraft nicht.

Mein Rufen wird ihn nicht kümmern, er will diesen Drachen, das ist alles, was zählt.

Ruben warf ihm jedoch einen Blick über die Schulter zu, und Arjen konnte nicht anders, als dazustehen und zu hoffen, dass sein Freund begriff, in welcher Lage er sich befand.

Einmal noch streckte sich Ruben aus dem Wasser empor, um dem auf den Wellen tanzenden Drachen nachzusehen, dann machte er eine Kehrtwende. Die letzten Meter legte er gehend zurück und leckte sich den salzigen Film von den Lippen, während Arjens Lungen sich wieder mit Luft füllten. Aber erst als sein Freund in greifbarer Nähe vor ihm stand, wagte er es auszuatmen. Um Rubens Hals hing am Lederband der Walfischknochen, seine Brust hob und senkte sich, und jede einzelne seiner Rippen war sichtbar. *Mit seinen Diebeszügen kann es nicht weit her sein, so mager wie er aussieht*, dachte Arjen und spürte, wie das Verlangen zu lachen an seinen Lippen kitzelte, während er es nicht verhindern konnte, dass sein Blick weiter über den Körper seines Freundes hinabwanderte, bis er ihn verschämt abwandte. *Auch wenn sein Name so klingt, ein Jude ist er auf jeden Fall nicht.* Woran man die erkennt, hatte sogar Arjen mitbekommen.

»Den Drachen können wir jetzt vergessen, den holen wir nicht mehr ein. Warum schwimmst du mir nicht hinterher, sondern bleibst einfach stehen?«

»Weil ich nicht schwimmen kann«, gestand Arjen.

»Wie? Du bist auf dieser elenden Insel geboren und kannst nicht schwimmen? Erzähl keine Märchen.«

»Meine Mutter ...« Arjen stockte. Es fiel ihm schwer, die richtigen Worte zu finden, die ihn nicht wie einen Jammerlappen klingen ließen. Außerdem war er es nicht gewohnt, über jenes furchtbare Ereignis zu sprechen, an das er selbst kaum eine klare Erinnerung hatte. »Es war an einem herrlichen Sommertag, nur Schäfchenwolken am Himmel und das Wasser lauwarm. So etwas gibt es hier nur ganz selten, da bleibt einem quasi gar nichts anderes übrig, als an den Strand zu gehen. Meine Mutter wollte am Ostkap mit seinen hohen Wellen schwimmen, weil man dort für sich ist, während sich alle Welt am Weststrand tummelt. Ich blieb am Strand zurück, die Brandung hat mir Angst gemacht, obwohl ich recht gut schwamm. Das war meinem Vater wichtig gewesen, da hat er sich durchgesetzt. An meiner Angst vorm Meer hat das aber nichts geändert. Thaisen ärgerte sich maßlos über meine Feigheit ... Und ich glaube, deshalb ist meine Mutter überhaupt schwimmen gegangen: Sie wollte mich locken. Ich sollte sehen, wie viel Spaß man in den Wellen haben kann. So war meine Mutter, sie konnte selbst die schlimmen Dinge in etwas Wunderbares verwandeln. Oder zumindest versuchte sie es. Ich stand am Strand und schaute ihr dabei zu, wie sie sich in den Wellen vergnügte. In einem Moment winkte sie noch, und im nächsten war sie schon weg, ganz plötzlich, einfach so. Eine Strömung hatte sie unter Wasser gezogen und nicht mehr losgelassen. Schwimmen am Ostkap ist gefährlich, haben die Einheimischen uns erklärt, aber erst nachdem es passiert war. Sie haben meine Mutter erst Tage später gefunden, am Festland, ein ganzes Stück von Beekensiel entfernt. Seitdem schwimme ich nicht mehr.«

Ruben strich sich das nasse Haar zurück. Seine Lippen färbten sich allmählich blau, aber er schien die Kälte nicht zu bemerken, auch nicht, dass die Brandung kräftig an seinem schmalen Körper zerrte und ihn mit sich nehmen wollte. Mit zitternden Fingern nahm er den Walfischknochen ab und hängte das Lederband um Arjens Hals. »Lass uns herausfinden, ob es dein Schicksal ist abzusaufen oder zu schwimmen. Bloß herumzustehen wird dich nicht weiterbringen.«

»Woher willst du das denn wissen?« Arjen fühlte sich in die Ecke gedrängt. »Bislang bin ich ganz gut damit gefahren, kein solch idiotisches Risiko einzugehen. Davon abgesehen, dass du nicht die leiseste Ahnung hast, wie das ist, einen Elternteil zu verlieren und sich deshalb wie erstarrt zu fühlen.« Schlagartig verstummte Arjen. In seiner Wut hatte er nicht bloß zu viel gesagt, sondern auch noch das Falsche.

»Ich habe zugesehen, wie sie meinen Vater abgeholt haben, und ich werde ihn ganz bestimmt nicht wiedersehen. Sie haben ihn dorthin gebracht, wo sie das ganze angeblich lichtscheue und faule Gesindel hinbringen, von dort kommt keiner zurück.« So hart und verstörend diese Feststellung klang, sie trieb Ruben keine Tränen in die Augen. Trotziger denn je erwiderte er den Blick seines Freundes. »Ich hätte auch in meinem Versteck verharren können, bis mich jemand gefunden hätte, jemand, der mir gesagt hätte, was ich tun sollte. Es wäre so einfach gewesen, nichts zu tun, es hinzunehmen. Aber das habe ich nicht getan. Man muss sein Schicksal herausfordern, verstehst du?«

Mit steifen Fingern hob Ruben Arjens Hemdkragen und ließ den Walfischknochen hineingleiten. Kaum berührte der Knochen seine Haut, glaubte Arjen ein Kribbeln zu spüren, als würden sich die Zeichen einbrennen. *Es liegt an der Anspannung*, versuchte er sich das seltsame Gefühl zu erklären, aber überzeugt war er nicht.

»Also, Arjen. Wer willst du sein: ein Herausforderer oder so ein gewöhnlicher Hockenbleiber?«

Obwohl das Kribbeln in seiner Brust immer stärker wurde, rührte Arjen sich nicht. Hinter seiner Stirn spielten sich unzählige Szenarien ab, angefangen bei einem tollkühnen Sprung in die Wellen bis hin zur Flucht ans sichere Ufer. Doch er bewegte sich nicht, während Ruben ihn immer eindringlicher ansah. Schließlich packte sein Freund ihn und drückte ihn unter Wasser.

Eiseskälte umschloss Arjen, Salz brannte in seinen weit aufgerissenen Augen, stieg ihm in die Nase und füllte seinen Rachen. Rein instinktiv trat er um sich, ruderte mit den Armen, und ehe er es sich versah, paddelte er im hüfthohen Wasser, spuckend und schimpfend.

Ruben stand mit einem breiten Grinsen im Gesicht neben ihm, offenbar mehr als stolz auf seine Hilfestellung. »Du hast eben den Beweis erbracht, dass es auch eine Zwischenform gibt und zwar die des wartenden Herausforderers. Du und deine Zögerei. Dabei weißt du doch, was richtig ist.«

»Du Klugscheißer!« Entrüstung und Begeisterung strömten gleichzeitig durch Arjens Körper und verliehen ihm eine enorme Energie. Als habe er sich nicht noch vor einigen Sekunden davor gefürchtet, tauchte er unter und packte Rubens Fußgelenk. Mit einem entschlossenen Ruck holte er den Jungen von den Füßen, der von weißen Schlieren umfangen neben ihm ins Wasser schlug, sich spielerisch um die eigene Achse drehte, bevor er nach Luft schnappend auftauchte. Sie bespritzten einander, tauchten sich gegenseitig unter, tobten und balgten, bis ihre ausgekühlten Glieder ihnen den Dienst zu verweigern drohten. Selbst dann wollte Arjen im Wasser bleiben, es war wie ein Rausch.

Als er neben Ruben auf den Strand sank, hielt seine Energie weiterhin an. Er nestelte an dem Lederband, bis er den Walfischknochen hervorgeholt hatte, und betrachtete den bleichen Bogen mit seinen Schnitzereien. Gleich würde Ruben ihn zurückfordern, deshalb nahm er ihn vorsorglich ab. Nur konnte er sich nicht dazu durchringen, ihn weiterzureichen. Der Walfischknochen fühlte sich leicht an, fast so, als hätte er kein Gewicht. Und er nahm rasch die Körperwärme an. Wenn man die Augen schloss, ahnte man bestenfalls einen leichten Druck auf dem Handteller, eine Ahnung, dass dort etwas war.

»Der Walfischknochen … Er trägt wirklich einen Zauber in sich, nicht wahr?«, fragte Arjen schüchtern.

Ruben saß an seiner Seite, in die Betrachtung des Knochens versunken. »Du hast es also gespürt.« Keine Frage, eine Feststellung.

»Wenn man die Zeichen lesen könnte. Stell dir das nur einmal vor, Ruben. Wir könnten unsere Schicksale bestimmen! Du bräuchtest nicht länger bei Peer Hinrichs zu hausen, und ich müsste in ein paar Tagen nicht zurück auf dieses verflixte Gymnasium. Das wäre doch wunderbar.«

Anstatt ebenfalls begeistert zu sein, schnaubte Ruben nur.

»Willst du denn nicht ein besseres Leben führen?«

»Doch, unbedingt.« In Rubens Stimme schwang nicht der leiseste Zweifel mit. »Aber ich kenne mich mit der Magie des Walfischknochens nicht aus, mein Vater hat mir das Geheimnis nicht verraten. Wahrscheinlich wusste er es selber nicht, ansonsten wäre es diesen Häschern ja wohl kaum gelungen, ihn einzufangen und in ein Lager zu verschleppen.«

Arjen fühlte sich umso mehr bestätigt. »Jedes Geheimnis kann gelöst werden. Als Erstes müssen wir herausfinden, was das für Zeichen sind. Vielleicht ist es ja eine Art Sprache, die einem verrät, wie man vorzugehen hat. Wir sollten die Zeichen abpausen und in der Bibliothek nachschauen, ob wir in einem der Bücher über Eskimos etwas Vergleichbares finden.«

Mit einem Mal begannen Rubens Augen zu leuchten. »Ich weiß was Besseres: Wir fotografieren sie ab.«

Die Idee erschien durchaus sinnvoll, es gab nur ein Problem. »Wir haben keinen Fotoapparat, und ich kenne auch niemanden, der einen besitzt«, sagte Arjen.

»Aber ich.« Ruben lächelte breit. »Einer von den Saubermännern, von denen Haro vorhin gesprochen hat. Vor ein paar Tagen gab es hohen Besuch auf Beekensiel, der die Insel mit Staatsgeld überschütten soll. Ich hatte einen Job als Spüljunge im Sturmwind ergattert, weil Peer unter der Hand seinen Fang an den Koch verkauft, sodass ich mir das Spektakel aus nächster Nähe ansehen konnte. Abends haben die Parteileute kräftig gefeiert, und da hat Fred Denneburg Fotos gemacht. Sah zum Schießen aus, wie dieser Riesenkerl mit der Kamera rumhantiert hat.« Allein bei der Erinnerung schüttelte Ruben belustigt den Kopf. »Jedenfalls hat Denneburg ein Mordsspektakel um den Apparat gemacht, niemand außer ihm durfte das werte Stück anfassen. Den leihen wir uns einfach mal aus, und dann machen wir Aufnahmen vom Walfischknochen.«

15

Übernächtigt stolperte Greta die Stufen hinab zur Rezeption, wobei sie in das Zimmermädchen lief, das, beladen mit einem Stapel frischer Bettwäsche, nur schlecht ausweichen konnte.

»Tut mir leid«, entschuldigte sich Greta, »aber so früh am Morgen ist mein Blick noch ganz benebelt.« Tatsächlich waren ihre Augen gerötet und scheuerten bei jedem Blinzeln. Sie hatte Schlafmangel noch nie ohne weiteres verwunden.

Birte starrte auf den schiefen Turm in ihren Armen. Das honigfarbene Haar trug sie streng zurückgebunden, und ihre Unterlippe war wund, als neige sie dazu, bei Stress auf ihr herumzubeißen. »Schon gut, es war meine Schuld. Entschuldigung.«

Dieses Eingeständnis kam nicht bloß wie aus der Pistole geschossen, sondern entsprach schlicht nicht der Wahrheit. Bevor Greta das jedoch richtigstellen konnte, huschte das Zimmermädchen weiter, mehr Hausgeist als eine junge, gut aussehende Frau. *Da stimmt doch was nicht*, entschied Greta, wusste dann aber nicht, was sie mit dieser Einsicht anfangen sollte. Mehr als alles andere brauchte sie jetzt einen extrem starken Kaffee, doch der Frühstücksraum war bereits verwaist und das Buffet abgebaut. Der Blick auf die Standuhr verriet, dass es bereits nach zehn war, obwohl lediglich diesiges Licht durch die Fenster fiel. Es würde ein regnerischer Tag werden – so viel stand fest.

»Moin.« Trude lugte um die Ecke, einen Stapel Papiere in den Händen. »Na, haben Sie ein wenig geschlafen nach all der Aufregung?«

»Sieht ganz so aus«, gestand Greta widerwillig ein. »Dabei hätte ich schwören können, dass ich bloß für einige Sekunden die Augen geschlossen habe. Ich wollte mir bloß einen Kaffee holen und dann bei Arjen reinschauen.«

Doch Trude winkte ab. »Den Gang können Sie sich sparen, ich war vor knapp zehn Minuten bei Ihrem Großvater. Er schläft wie ein Stein, seit das Fieber gesunken ist, offenbar schlägt das Antibiotikum ausgezeichnet an. Gönnen Sie ihm seine Ruhe und sich selbst einen Kaffee. Die letzten Tage sind auch an Ihnen nicht spurlos vorbeigegangen. Wollen Sie sich zu mir in die Küche setzen? Dann können wir schnacken, während ich die Buchhaltung mache. Unter uns gesagt, ich hasse diesen ganzen Bürokram, aber es bleibt einem ja nichts anderes übrig. Es meldet sich ja niemand freiwillig. Ein wenig Gesellschaft hilft da immens.«

Trude blinzelte so verschwörerisch, dass Greta allein deshalb schon zugesagt hätte. Und sie tat es noch lieber, weil die Besitzerin des Sturmwind sie tatkräftig unterstützt hatte, nachdem sich Arjen bei ihrem Spaziergang am Nordstrand eine Erkältung zugezogen hatte. Obwohl er ihr seit den ersten Symptomen durchgehend versicherte, dass es nicht ihre Schuld war, sondern dass Tattergreise sich nun einmal im Herbst eine Erkältung zuzogen, fühlte sie sich für seinen Zustand verantwortlich. Schließlich hatte sie bemerkt, wie erschöpft ihr Großvater nach dem Besuch der Reetdachkate gewesen war, und trotzdem hatte sie nicht darauf bestanden, ins Hotel zurückzukehren. *Weil ich ihn nicht bevormun-*

den will, ich bin keine Fürsorge-Tyrannin wie meine Mutter, sagte sie sich. Wenn sie ehrlich war, gestand sie sich jedoch ein, dass sie Arjen hatte gewähren lassen, weil sie unbedingt die Geschichte über den roten Drachen hatte hören wollen. Sie waren beide dem Sog der Vergangenheit verfallen gewesen, nur mit dem Unterschied, dass sie danach inspiriert und energiegeladen gewesen war, während Arjen noch am Abend zu fiebern begonnen hatte. Glücklicherweise wusste er selbst als Arzt am besten, was er brauchte, und so diktierte er dem jungen Notarzt, der extra vom Festland gekommen war, die richtigen Medikamente in seinen Rezeptblock, ohne sich überhaupt untersuchen zu lassen. Offenbar war dem Notarzt diese geballte Autorität ein Tick zu viel, denn er schlug sogar ein Stück von Trudes Apfelkuchen aus, um möglichst schnell wieder wegzukommen. Zuvor hatte er Greta jedoch noch um ein Gespräch unter vier Augen gebeten.

»Auch wenn Ihr Großvater es nicht hören will: Aus so einer Erkältung kann ruck, zuck eine Lungenentzündung werden, vor allem wenn der Kranke körperlich nicht viel entgegenzusetzen hat«, hatte der Arzt Greta mitgeteilt, sichtlich in seinem Stolz verletzt, von dem älteren Kollegen dermaßen abgekanzelt worden zu sein.

»Was meinen Sie denn damit, dass Arjen körperlich nicht viel entgegenzusetzen hat? Dass er so schlank ist? Wissen Sie, er hatte zwischenzeitlich seinen Appetit verloren, aber seit wir auf Beekensiel sind, hat sich das wieder geändert.«

»Es ist nicht ungewöhnlich, dass Menschen im hohen Alter das Interesse am Essen verlieren und auch ansonsten ruhebedürftiger werden, aber Ihr Großvater scheint mir ernsthaft angeschlagen zu sein. Für diese Vermutung hätte er mich fast aus dem Zimmer geworfen, dabei ist es nicht unüblich, die Meinung eines Kollegen einzuholen, selbst wenn man sein halbes Leben als Hausarzt praktiziert hat – ein Zahnarzt zieht sich ja auch nicht selbst einen Zahn. Falls Sie mein Rat interessiert: Behalten Sie seinen Zustand im Auge und überreden Sie ihn notfalls, sich einmal gründlich durchchecken zu lassen. Diese alten Knaben können nämlich ganz schön stur sein, sobald es darum geht, mal auf andere zu hören.«

Mit diesen Worten war der Arzt in den Regen hinausgelaufen und hatte Greta voller Beklemmung zurückgelassen. Sie nahm sich vor, den Rat zu befolgen und Arjen im Fall der Fälle mit Anette zu drohen – dem besten Druckmittel überhaupt. Nach zwei Nächten am Krankenlager war sie jetzt jedoch erst einmal froh, dass die Medikamente anschlugen und Arjen sich bereits auf dem Weg der Besserung befand. Sobald sie wieder einen klaren Gedanken fassen konnte, würde sie ihre Mutter anrufen müssen, bei der sie sich schon länger nicht gemeldet hatte. Blieb zu hoffen, dass ihr während der Kaffeepause mit Trude eine Idee kam, wie viel sie Anette erzählen durfte, ohne dass man von einer Lüge sprechen konnte.

»Ach, was soll's. Ich nehme noch zwei Zuckerstücke in den Kaffee, ansonsten komme ich wohl nicht zu mir«, gestand sie Trude, die ihren Kaffeebecher gerade zu zwei Dritteln mit Sahne aufgoss.

»Ohne Zucker wäre diese Brühe überhaupt nicht trinkbar – und das behaupte ich nicht nur, weil ich als Insulanerin eingefleischte Teetrinkerin bin. Obwohl man natürlich einen verwöhnten Gaumen hat, wenn man mit der schönen Tradition der Teetied aufwächst: ein kräftiger Assam, Kluntjes und Sahne – so gehört sich das. Das ist Lebensart und nicht dieses Sodbrennengesöff, das man auch aus

Pappbechern trinken kann, ohne einen Unterschied zu bemerken. Es ist mir unbegreiflich, was die Leute nur so an Kaffee begeistert.«

»Er macht wach«, erklärte Greta sachlich.

Trude lachte. »Stimmt. Und in Ihrem Fall dürfte das auch dringend notwendig sein nach Ihren Nachtwachen. Nun ja, ich trinke das Zeug ja auch, wenn ich meine Buchhaltung auf Trab bringe, sonst würde ich über diesem Rechnungswust mir nichts, dir nichts einschlafen.« Sie deutete auf den Papierstapel, der bereits auf dem Holztisch lag.

Zu Gretas Verwunderung war die Küche überraschend großzügig angelegt, vermutlich, weil sie noch aus einer Zeit stammte, als nicht alles dem Gedanken an Funktionalität unterworfen gewesen war. Dadurch war ausreichend Platz für eine professionelle Arbeitszeile und auf der anderen Seite für ein erstaunlich gut erhaltenes Küchenbuffet samt Sitzgruppe. Genauso sah Trude Haydens Stil aus: Das Geschäftliche verband sie stets mit dem Privaten und schaffte dadurch eine gemütliche Atmosphäre, in der man sich sofort heimisch fühlte – jedoch nicht so heimisch, dass man sich selbst bediente. So unauffällig wie möglich schaute Greta zum Kühlschrank hinüber, in dem man ohne Probleme Vorräte für ein ganzes Bataillon unterbringen konnte. Wobei ihr ein gut gefüllter Teller schon gereicht hätte.

Trude verstand den Wink. »Na, los. Gehen Sie ruhig an den Kühlschrank, und holen Sie raus, worauf Sie Hunger haben. Ihr Großvater ist nicht der Einzige, den seine Erkrankung mitgenommen hat. Sie müssen aufpassen, sonst verlieren Sie noch Ihre hübschen Kurven. Oder gehören Sie etwa auch zu den jungen Frauen, die glauben, es wäre schick, wenn überall an ihnen die Knochen hervorstechen?«

»Ehrlich gesagt, habe ich noch nicht darüber nachgedacht«, antwortete Greta wahrheitsgemäß. Sie war nicht sonderlich eitel veranlagt, und mit Mode kam sie nur im Wartezimmer ihrer Frauenärztin in Berührung, wenn sie vor Langeweile in den ausliegenden Magazinen blätterte. Davon einmal abgesehen hätte sie angesichts des prächtig gefüllten Kühlschranks ohnehin sofort alles vergessen, was sie jemals über Diäten und schlanke Silhouetten gelesen hatte. Seit Trude ihr versichert hatte, dass Arjens Fieber besiegt war, knurrte ihr Magen unüberhörbar, sodass sie nicht einmal der Holzschachtel mit dem Räucherfisch widerstehen konnte. Eifrig breitete sie ihre Beute auf dem Tisch aus und probierte umgehend ein Stück von dem geräucherten Heilbutt.

Bei dem Anblick des Räucherfischs schlug Trude sich vor die Stirn. »Das hatte ich ja ganz vergessen: Ich soll Ihnen schöne Grüße von Mattes ausrichten, er wünscht Ihrem Großvater gute Besserung. Vermutlich kann er mehr als jeder andere verstehen, wie das ist, wenn ein hochbetagtes Großelternteil, dem man eng verbunden ist, krank wird. Schließlich lebt Mattes in einem Haus mit seiner Großmutter Adele, die ihn mehr oder weniger aufgezogen hat.«

»Mattes lebt mit seiner Großmutter zusammen?« Greta konnte selbst nicht sagen, warum sie das so überraschte, denn er war ja offensichtlich ein Familienmensch, wie man schon an seinem Umgang mit seiner Tante gesehen hatte. Es war nur …

Auf Trudes Lippen erschien ein wissendes Lächeln. »Unser Mattes wirkt mehr wie ein Kerl, der eine Frau und einen Stall voll Kinder zuhause hat, anstelle der eigenbrötlerischen Adele Ennenhof, die lieber die Möwen beobachtet, anstatt ihre Nachbaren zu grüßen. Wäre ja auch im besten

Alter dafür – und er könnte es auch längst haben, wenn er nicht so ein elend sturer Brocken wäre.«

»A-ha, so ist das also.« Einen Moment lang hoffte Greta, Trude würde von sich aus weiter über ihren Neffen erzählen, doch allem Anschein nach wollte sie in diesem Fall gern gebeten werden. Greta zupfte an ihrem Pullover, wohl wissend, dass ein neugieriges Paar Augen jede ihrer Gesten verfolgte. Dann gab sie klein bei, schließlich wollte sie unbedingt erfahren, was Mattes Ennenhof angestellt hatte, um noch alleinstehend zu sein. »Ist Mattes Single, weil er jede Frau, die sich in seine Nähe wagt, mit seiner Art sofort vor den Kopf stößt, oder ist ihm eine ernsthafte Beziehung zerbrochen?«

»Letzteres!«, schoss es aus Trude heraus, als hätte sie ihr Schweigen keine Sekunde länger ausgehalten. »Als Mattes Anfang zwanzig war, hat er sich ordentlich die Hörner abgestoßen, wenn man dem Gerede trauen darf. Warum auch nicht? Er war blutjung und viel unterwegs, allein schon weil er eine Schwäche fürs Segeln hat. Sie müssen sich bei Gelegenheit unbedingt seine Jolle ansehen, ein schnuckliges Ding! Ich wette, so ein Segelausflug würde Ihnen gefallen, allerdings müssten Sie dafür bis zum Frühjahr warten, es sei denn, Sie mögen es ein wenig ruppig. Gleiches gilt ja auch für Mattes, aber ich komme vom Thema ab.« Trudes unschuldiges Blinzeln überzeugte Greta nicht wirklich. »Jedenfalls hat Mattes sogar eine Zeit lang in Neuseeland gelebt, wobei ich nie so richtig verstanden habe, was er dort genau gemacht hat. Wohl alles Mögliche, seitdem weiß er jedenfalls nicht nur, wie man hart am Wind segelt, sondern auch, wie man einen alten Kasten wie mein Sturmwind aufmöbelt. Ein nützlicher Junge.«

»Die Renovierungen hier im Haus hat also Mattes durchgeführt?« Der Gedanke gefiel Greta.

Und auch Trudes Augen leuchteten vor Begeisterung. »Toll, nicht? Ihr Zimmer unterm Dach ist doch ein richtiges Schmuckstück geworden, auch wenn er seine Arbeit bloß als ›Rummuckeln‹ bezeichnet, ein Zeitvertreib für die Wintermonate. Dabei ist es nur ihm zu verdanken, dass ich eine vorzeigbare Rezeption und ein paar Zimmer habe, die bei den Gästen Eindruck schinden. ›Mach das Fischen zum Hobby und werde Restaurateur, bevor du deinen Laden endgültig dichtmachen kannst. Die Zeiten ändern sich eben‹, sage ich immer zu Mattes. ›Niemand macht dich dafür verantwortlich, dass euer Familienbetrieb nur rote Zahlen schreibt.‹ Aber, wie gesagt, der Kerl ist stur. Mit genau dieser Versessenheit hat er auch Mathilde vertrieben, da bin ich mir ganz sicher, auch wenn er nie damit rausgerückt ist, was zwischen den beiden vorgefallen ist, dass so plötzlich Schluss war.«

»Hieß seine Freundin Mathilde?« Mattes und Mathilde – das klang ja wie im Märchen.

»Genau. Mathilde Kähler. Ihr kleiner Bruder Frank ist mit unserer Birte zusammen. Das ist wohl auch der Grund, warum Mattes ihn sich noch nicht wegen Birtes blauer Flecken zur Brust genommen hat, darum sollte er sich eigentlich kümmern … Also darum, dass das mit den blauen Flecken nicht mehr passiert, jetzt, wo sie doch zusammenleben. Sollte man meinen, nicht wahr? Jedenfalls macht Mattes um alles, was mit Mathilde in Verbindung steht, einen Bogen, als handele es sich um ein Minengebiet. Als sie im letzten Sommer ihre Tochter Leni bekommen hat, musste ich ihn regelrecht dazu zwingen, ihr persönlich zur Geburt zu gratulieren und nicht bloß so eine lumpige Karte zu schicken.« Mit einem Seufzen nahm Trude das oberste Blatt von ihrem Rechnungsstapel, warf einen Blick darauf und legte es gleich wieder zurück. »Als Mattes nach Beekensiel zurückgekehrt ist, um das Geschäft von seinem Onkel Volker Ennenhof zu übernehmen, der in den letzten Jahren sehr damit beschäftigt gewesen ist, auf den Grund von jeder greifbaren Schnapsflasche zu gucken, ist er quasi sofort mit Mathilde zusammengekommen. Dabei hatten die beiden dieselbe Schule besucht, aber nie zuvor Interesse aneinander gezeigt, obwohl die Auswahl in so einer kleinen Gemeinschaft wie Beekensiel recht übersichtlich ist. Vermutlich hat Mattes Mathilde nach so langer Zeit mit anderen Augen gesehen. Er hatte sich nämlich verändert, war erwachsen geworden, ruhiger, ein richtiger Mann eben. Jedenfalls hätte ich Stein und Bein geschworen, dass die beiden bis an ihr Lebensende zusammenbleiben würden. Dann, vor knapp vier Jahren, war jedoch plötzlich Schluss. Keine Ahnung, was vorgefallen ist, denn Mattes schweigt wie ein Grab, während Mathilde danach viel mit ihren Töpferwaren – schönen Schalen, Krügen und so – über die Märkte von Friesland gezogen ist. Mittlerweile lebt sie mit ihrem Mann auf dem Festland, kommt aber häufig ihre Eltern besuchen, gerade jetzt, wo die kleine Leni da ist. Na, das Mädchen hat sein Glück wenigstens gefunden, während Mattes seine Abende mit seiner Großmutter Adele verbringen darf. Vermutlich ist das nur die gerechte Strafe dafür, dass er es mit Mathilde verbockt hat. Denn dass *er* es verbockt hat, steht ja wohl außer Frage, der und sein Temperament.«

Greta wusste nicht recht, ob sie lachen oder zustimmend nicken sollte, sowieso reagierte sie ausgesprochen seltsam auf diese Geschichte. Ihr Herz schlug viel zu schnell, und zwischen ihren Schulterblättern hatte sich eine Hitze ausgebreitet, die ihr die Röte ins Gesicht trieb. *So spannend ist*

Mattes Ennenhofs Liebesleben nun auch wieder nicht, dass du hier vor Aufregung schmelzen musst, hielt sie sich vor. Aber ihr Körper blieb unbeeindruckt von ihrer Meinung und trieb den Puls beharrlich voran.

»Ich hoffe, ich habe Sie nicht in Verlegenheit gebracht, meine Liebe. Sie sind ja ganz rot geworden.« Trude sah nicht im Geringsten beunruhigt aus, sondern schmunzelte vielmehr. Allem Anschein nach war sie ausgesprochen zufrieden mit der Reaktion, die sie bei Greta ausgelöst hatte. »Wenn Sie Mattes das nächste Mal treffen, können Sie ja ruhig ein wenig nachsichtiger mit ihm umspringen, jetzt wo Sie wissen, dass er nicht aus seiner Haut kann. Sind Sie übrigens auch ... *Single*?« Trude sprach das Wort ›Single‹ wie den Namen eines komplizierten französischen Gerichts aus.

»Ich ... ähm.« Es lag auf der Hand, dass Trude vorhatte, ihrem Neffe das Ergebnis ihrer Unterhaltung direkt unter die Nase zu reiben. Wollte sie das? Ging es Mattes Ennenhof wirklich etwas an, ob sie in festen Händen war? »Ich habe mich gerade von meinem Lebensgefährten getrennt«, brach es aus Greta hervor, ehe ihr Kopf eine Entscheidung treffen konnte. Als Trude begeistert zu nicken anfing, schnappte sich Greta rasch den Rest ihres belegten Brots und verstaute die übrigen Lebensmittel im Kühlschrank. »Jetzt muss ich aber wirklich nach meinem Großvater sehen. Und meine Mutter anrufen muss ich auch noch. Am besten jetzt gleich. Vielen Dank für den Kaffee.«

Unter Trudes gut gelauntem »Ja, ja, nur zu« flüchtete Greta aus der Küche.

16

Greta sank tief in den Sessel, der neben Arjens Bett stand, den Blick immer noch auf das Bakelittelefon gerichtet, dessen Hörer ihr Großvater soeben aufgelegt hatte. Er sah schon sehr viel besser aus, seit er ausgeschlafen hatte, auch wenn die anhaltende Blässe seinen Zustand verriet. Seine Krebserkrankung vor drei Jahren hatte Arjen zwar viel Kraft gekostet, aber er war trotzdem ein stattlicher Mann geblieben. Spätestens nach dieser Erkältung kam Greta jedoch das Wort »zerbrechlich« in den Sinn, wenn sie ihren Großvater ansah. Seine Wangenknochen guckten spitz aus seinem Gesicht hervor, genau wie die Fingerknöchel aus seinen früher so kräftigen Händen. Jede einzelne Ader glaubte Greta unter der Haut zu erkennen, und sein Haar fiel ihm so weich in die Stirn wie bei einem kleinen Kind. Er sei in einem Alter, in dem der Tod ein guter Bekannter sei, hatte Arjen auf seinem Geburtstag gesagt und damit die Wahrheit ausgesprochen. Sein Leben ging auf sein Ende zu, und obwohl sie sich dessen natürlich durchaus bewusst gewesen war, begriff Greta es erst jetzt richtig, wo sie ihn von seiner Erkältung geschwächt erlebte.

Arjen wird sterben. Vielleicht nicht heute oder morgen, aber in nicht allzu ferner Zukunft. Und er weiß es. Nur wenn er es weiß, warum will er dann hier sein, auf dieser Insel, die er fast vergessen hatte, anstatt bei seiner Familie? Sie ahnte warum, aber im Augenblick konnte sie nur daran denken, dass sie Anette soeben – auf den ausdrücklichen Wunsch ihres Großvaters hin – erzählt hatte, dass Arjen unter Halsschmerzen litt, aber bereits auf dem Weg der Besserung sei. »Alles kein Problem«, hatte sie ihrer nachhakenden Mutter mehrfach versichert. »Ihm geht es den Umständen entsprechend gut, und ich sorge dafür, dass er streng das Bett hütet, bis auch die kleinste Nachwehe ausgestanden ist.«

»Es gefällt mir nicht, Anette zu belügen«, stellte Greta fest. »Es ist etwas anderes, als ihr Dinge zu verschweigen.«

»Wir haben doch gar nicht gelogen, schließlich geht es mir besser. Das Fieber ist fort, und von den Halsschmerzen sind lediglich die geschwollenen Lymphknoten geblieben. Noch ein wenig Bettruhe, und ich bin wie neu.«

»Das würde mich, ehrlich gesagt, sehr überraschen. Wenn ich mir dich so ansehe, glaube ich nicht, dass herbstliche Strandspaziergänge deiner Gesundheit im Moment zuträglich sind. Das Wetter wird mit jedem Tag rauer, einmal davon abgesehen, dass du schon alles Wichtige gesehen hast: das Dorf, die Strände, sogar in deinem Elternhaus sind wir gewesen.« Obwohl Arjens Miene sich mit jedem ihrer Worte mehr verfinsterte, hörte Greta nicht auf, dafür waren ihre Sorgen viel zu groß. »Ich würde vorschlagen, dass du dich noch einige Tage erholst, indem du strenge Bettruhe einhältst und nicht nur Anette am Telefon erzählst, wie genüsslich du isst, sondern es auch wirklich tust. Sobald du einigermaßen sicher auf den Beinen bist, kehren wir nach Meresund zurück.«

»Du willst unsere Reise beenden?«, unterbrach Arjen sie sichtlich erschüttert. »Ist mein Geschenk der ›gemeinsamen Zeit‹ etwa schon aufgebraucht?«

»Nicht einmal annähernd. Sobald das Klima im Frühjahr milder wird und dein Zustand wieder stabil ist, machen wir beiden erneut die Küste unsicher, das verspreche ich dir.«

»Aber mein Zustand wird niemals wieder stabiler werden, Greta. Versteh doch!« Arjen hatte sich vor Aufregung aufgesetzt, um schon einen Moment später wieder in sich zusammenzusinken.

»Wie meinst du das?« Gretas Ton geriet schärfer als beabsichtigt.

»Ich bin alt.«

»Alt zu sein ist eine Sache. Gesundheitlich angeschlagen zu sein eine ganz andere. Gibt es etwas, das ich wissen müsste, Großvater? Etwas, das über diese Erkältung hinausgeht?« Endlich hatte sie ihren Verdacht ausgesprochen, dass Arjen nicht nur der Erinnerung wegen diese Reise angetreten hatte. Deshalb überraschte sie sein Schweigen nicht. Seine Hände strichen mit einer fahrigen Geste über die Bettdecke, während sich auf seiner Stirn feine Schweißtropfen sammelten.

»Kehrt das Fieber zurück?«, fragte sie besorgt.

Arjen schüttelte den Kopf. »Das Antibiotikum hat die Erkältung zurückgedrängt, darüber brauchst du dir keine Gedanken zu machen. Aber du hast recht: Ich bin gesundheitlich in keiner guten Verfassung, deshalb ist es mir ja so wichtig, hier auf Beekensiel zu sein, bevor mich meine Kräfte vollends verlassen. Die Zeit mit Ruben … Sie hat mich geprägt, mehr als jede andere in meinem Leben. Ich denke viel darüber nach, woran diese tiefe Faszination gelegen hat, wahrscheinlich gibt es mehrere Antworten darauf. Er war nicht nur mein erster echter Freund, er hat mir mit seiner fordernden und bejahenden Art auch die Augen fürs Leben geöffnet. Wenn er nicht gewesen wäre, wäre ich gewiss nicht der Mann geworden, der ein so erfülltes Leben geführt hat. Ich brauche mir den Jungen namens Arjen vor diesem entscheidenden Sommer nur ins Gedächtnis zu rufen, und ich weiß, er wäre ein einsamer, ängstlicher Bücherwurm geblieben, der die Welt als etwas betrachtet, das man besser draußen vor der Tür lässt. Nachdem mir Ruben über den Weg gelaufen war, habe ich sogar »Tom Sawyer und Huckleberry Finn« in meinem Rucksack vergessen, bis ich ein Mahnschreiben von der Bibliothek bekam – das wäre zuvor vollkommen undenkbar gewesen.«

Allzu gern fiel Greta mit in das Lachen ihres Großvaters ein. »Ruben hat dir ganz schöne Flausen in den Kopf gesetzt, was?«

»Ja, das hat er – und dafür bin ich ihm bis heute dankbar. Obwohl ich im Nachhinein zugeben muss, dass es uns beiden nicht geschadet hätte, zumindest einen Tick mehr auf mein Hasenherz zu hören. Denn Rubens Furchtlosigkeit hat uns sogar dazu gebracht, den Fotoapparat des örtlichen NSDAP-Vorsitzenden Fred Denneburg auszuleihen. Wobei *ausleihen* für Ruben bedeutete, ins Haus einzusteigen, während der Besitzer im Garten ein Nickerchen hielt, und sich den Apparat heimlich unter den Nagel zu reißen. Nur leider überraschte Denneburg uns auf frischer Tat, und wir mussten übers Scheunendach fliehen. Ein Wunder, dass keiner von uns bei dieser wilden Flucht zu Tode gekommen ist.«

»Ihr beiden Verrückten habt einen Fotoapparat geklaut?« Gretas Gedanken flogen zu der Aufnahme von Arjen als Jungen, wie er die Hand schützend vor die Augen hielt, als würde ihn die Sonne blenden. »Ruben hat mit der Kamera ein Foto von dir gemacht!«

Arjen nickte. »Allerdings hatten wir uns den Apparat in

erster Linie geborgt, um den Walfischknochen zu fotografieren. Das haben wir dann noch am selben Tag gemacht, vollkommen überdreht und wohl auch weil wir ahnten, dass Fred Denneburg uns seinen heißgeliebten Fotoapparat nicht allzu lange überlassen würde.«

»Wie konntet ihr nur ein solches Risiko eingehen?«

»Wir waren Kinder.« Das sanfte Strahlen auf Arjens Gesicht bewies, dass er bis heute die Magie dieser Tage spürte: die Kunst, ganz in der Gegenwart zu sein und keinen Gedanken daran zu verschwenden, was noch kommen mochte. »Die Fotografiererei war ein Mordsvergnügen, obwohl wir eine Weile gebraucht haben, bis wir verstanden, wie die Kamera funktionierte. Es war eine schwarz lackierte Leica III, ein tolles Modell, das erst seit einigen Jahren auf dem Markt war. Vermutlich hatte Denneburg sie gebraucht auf dem Festland erstanden, um das stolze Treiben seiner Genossen für die Ewigkeit einzufangen. Nun, für Ruben und mich war es ein echtes Abenteuer, den Walfischknochen richtig in Szene zu setzen. Wir waren vollkommen überdreht und der festen Überzeugung, dass es jetzt nur noch ein Klacks sein würde, die Zeichen zu entziffern. Deshalb sind wir bestimmt auch ein solches Risiko eingegangen, weil wir das Schicksal ohnehin schon bald in unseren Händen glaubten. Anders kann ich mir unsere Sorglosigkeit nicht erklären …«

SOMMER 1939

Ruben rieb sich die Nasenwurzel. Obwohl er nur wenige Sekunden fürs Posieren ruhig gestanden hatte, war das schon zu viel für ihn gewesen. »Komm, jetzt mache ich auch noch ein Foto von dir, oder meinst du, der Film ist dann voll?«

Widerwillig senkte Arjen den Fotoapparat, er hätte zu gern noch eine weitere Aufnahme von seinem Freund gemacht, aber dazu würde sich Ruben nicht überreden lassen. Schon streckte er fordernd die Hand aus, bereit, seinen Freund an diesem aufregenden Nachmittag zu verewigen. »Schwer zu sagen, schließlich weiß ich nicht, wie viele Bilder Denneburg bereits verknipst hat. Das ist doch eh egal, wir sollten den Film jetzt vollmachen, damit ich ihn nächste Woche in Aurich zum Entwickeln abgeben kann … Falls mein Erspartes dafür ausreicht.«

Ruben drehte den Fotoapparat zwischen den Händen, als trage er ein Geheimnis in sich. Es fehlte nur noch, dass er die Kamera schüttelte. Arjen, der in der Schule einiges über Fotografie gelernt hatte, drehte sich der Magen um. Plötzlich schien der hünenhafte Denneburg wieder ganz nah. Arjen glaubte geradezu, den Atem des aufgebrachten Mannes im Nacken zu spüren. Doch selbst wenn Denneburg ihnen zu Peer Hinrichs' Versteck im Birkenwald gefolgt wäre, würden sie es rechtzeitig bemerken: Der alte Pirat lag dösend in einem Sonnenfleck, der auf die Lichtung fiel, aber sein eines Ohr reckte sich aufmerksam in die Höhe. Arjen war sich nicht sicher, ob er Hunde mochte, aber Pirat mit seiner gelassenen Art und seinem treuen Blick hatte sein Herz erobert. Falls jemand sie angriff, würde der Hund sich trotz seines lahmenden Beins vor sie stellen, so viel stand fest.

»Ich wollte die Chance nutzen und etwas Besonderes ablichten«, gestand Ruben endlich mit einem verschmitzten Lächeln ein. »Aber dazu muss ich allein sein und nicht von dir mit Fragen bombardiert werden.«

»Mal wieder ein Geheimnis.« Arjen verdrehte die Augen. »Na, los. Mach endlich dein Foto von mir, und dann kannst du los, um deine Mission zu erfüllen. Und damit du es weißt: Ich will gar nicht wissen, worum es dabei geht. Es interessiert mich nicht die Bohne, was du ach so Tolles vorhast. Null, kapische? Herr Ruben soll seine Geheimnisse ruhig für sich behalten, wie es sich für große Herren gehört. Da halten Orgelpfeifen wie ich doch den Mund und stellen keine lästigen Fragen.«

Lachend boxte Ruben seinen Freund in die Seite, und ehe sie es sich versahen, befanden sie sich in einer Rangelei. Arjen schob und zerrte, versuchte Rubens Handgelenke zu fassen, doch sein Freund war viel zu wendig und zwickte ihn, trotz der Kamera in seiner Hand, in Bauch und Rippen. Es war ein Spiel, das Arjen bislang immer nur beobachtet hatte, wenn Jungs auf dem Pausenhof der Schule einander in den Armen lagen, entschlossen balgend und trotzdem vor Vergnügen quietschend. Nun begriff er die roten Köpfe, das überdrehte Lachen, die miteinander verknoteten Gliedmaßen, er spürte zum ersten Mal dieses Kribbeln aus tausend Luftbläschen seine Kehle hochsteigen, langte blind hin und ließ sich rupfen, denn er befürchtete nicht eine Sekunde, dass Ruben ihm ernsthaft wehtun würde bei diesem Kampf. *Darum geht es nicht*, begriff Arjen instinktiv. Ein wenig Kräftemessen vielleicht und eine Prise Grobheit, die durch den Spaß ausgeglichen wurde, aber vor allem ging es um Freundschaft. In diesem Sinne umschlang er den Oberkörper des deutlich schmächtigeren Ruben und presste ihn so fest an sich, bis der keuchte.

»Ergibst du dich, du elender Wichtigtuer?«

»Niemals!«

Ruben wehrte sich nach Leibeskräften, dass Arjen schon

befürchtete, die Kamera könne dabei kaputtgehen, dann gab er plötzlich nach. »Gegen dich hochgepäppelten Gorilla komme ich nicht an. Und wenn ich jetzt den geheimen Todesgriff anwenden würde, würdest du bestimmt auf mich drauffallen – und dann wäre ich platt.«

»Also gibst du auf?«

»Soll ich den Todesgriff anwenden?«

»Das bedeutet dann wohl ›ja‹.«

Arjen gab seinen Freund frei, und beide ließen sich ins vertrocknete Gras fallen. Pirat beobachtete sie mit schräg gelegtem Kopf, ehe er sich auf den Rücken drehte und alle viere in die Höhe streckte. Ihre Rangelei hatte ihn offenbar nicht sonderlich beunruhigt. Ruben, der vor Lachen kaum noch Luft bekam, warf eine Handvoll Grashalme nach Arjen.

»Spinner«, sagte er atemlos. Trotzdem klang es wie ein Kompliment.

»Das sagst ausgerechnet du. Von deiner Kneiferei werde ich morgen überall blaue Flecken am Leib haben. Hat dir niemand gesagt, dass nur Mädchen zwicken?«

»Sei froh, dass ich nicht noch eine viel fiesere Mädel-Taktik angewendet und dich gebissen habe. Im Kampf und in der Liebe ist ja bekanntlich alles erlaubt.«

»Was du so alles redest…« Arjen fühlte sich auf wunderbare Weise ermattet. Am liebsten hätte er es Pirat nachgemacht und sich auf den Rücken gelegt, doch Ruben war bereits wieder auf den Beinen und reichte ihm die Hand, um ihn hochzuziehen.

»Ich muss gleich los, aber vorher will ich noch ein Foto von dir machen. Also los, stell dich hin und versuch ausnahmsweise einmal intelligent auszusehen.«

»So eine Drängelei«, maulte Arjen, der nichts davon hören wollte, dass Ruben ihn gleich verlassen würde. Widerwillig nahm er Haltung an. Die Vorstellung, fotografiert zu werden, gefiel ihm nicht. Bestimmt hatte Ruben recht, und er würde wie ein Depp aussehen. »Bist du dir sicher, dass du mit der Kamera zurechtkommst? Wir sollten sie Fred Denneburg unbedingt in einem Stück zurückgeben, der wird ohnehin außer sich sein vor Zorn.«

»Arjen?«

»Ja?«

»Könntest du jetzt endlich mal den Mund halten und dich vernünftig hinstellen?«

Arjen schluckte seine Antwort hinunter und warf seinem Freund lediglich einen Blick zu … Nur um zugleich seine Sorge und sein Missfallen zu vergessen. Ruben stand aufrecht da, das Objektiv einstellend, wobei seine Zungenspitze in den Mundwinkel wanderte, wie stets wenn er sich konzentrierte. In diesem Moment bereute Arjen es zutiefst, nicht derjenige mit der Kamera zu sein. Zu gern hätte er Ruben nach ihrer Kabbelei verewigt, als Erinnerung daran, was sein Freund ihm bedeutete. Doch da drückte Ruben bereits den Auslöser, ohne dass der Film weitersprang.

»Mist«, schimpfte Ruben. »Das war das letzte Bild auf der Rolle, ich kann nur noch zurückspulen.«

Ebenfalls enttäuscht, dass der Spaß nun vorbei war, nahm Arjen ihm die Leica ab und spulte den Film zurück, ehe er die Patrone herausnahm und sie in die Schnupftabakdose legte, in der er eigentlich Kleingeld aufbewahrte. Thaisen hatte vor einigen Monaten dem Schnupftabak abgeschworen, weil er ihm Herzrasen verursachte, und Arjen hatte die Messingdose mit dem Kreuz auf dem Deckel an sich genommen. Zu seiner Erleichterung passte die Patrone wie angegossen hinein.

Immer noch fluchend hängte Ruben sich die Kamera über die Schulter. »Ich werde zusehen, dass Denneburg seinen Schatz zurückbekommt, vielleicht vergisst er darüber ja, uns die Hammelbeine langzuziehen.«

Obwohl Arjen sich das nur schwer vorstellen konnte, brummte er zustimmend. Ihm lag noch etwas anderes am Herzen, das er bislang noch nicht auszusprechen gewagt hatte. »Wenn du damit einverstanden bist, nehme ich den Walfischknochen bis morgen mit zu mir. Ich habe überlegt, die Zeichen mit Brotpapier und einem Bleistift abzupausen. Bis wir den Film samt Abzügen haben, wird es sicherlich eine Weile dauern, und so habe ich schon mal was zur Hand, wenn die Schule wieder losgeht und ich die Bibliothek besuchen kann.« Bei dem Gedanken an das neue Schuljahr fühlte er, wie sich sein Bauch nervös anspannte, denn es bedeutete, dass er seinen Freund unter der Woche nur noch selten zu sehen bekommen würde.

Ruben blickte zum Walfischknochen, der immer noch auf dem Stein lag, auf dem sie ihn für die Aufnahmen postiert hatten. »Nimm ihn ruhig. Wenn ich *dir* nicht mein Schicksal anvertrauen kann, wem dann?«

Arjen zeigte ihm einen Vogel und hoffte zugleich, dass sein Freund ihm nicht ansah, wie stolz er auf diesen Vertrauensbeweis war. Falls Ruben es bemerkte, war er gnädig genug, um damit hinterm Berg zu halten. Er strich sich Grashalme vom Hinterteil und pfiff nach Pirat, um ihn zu seinem Verschlag zu bringen. »Ich komme morgen Mittag bei dir vorbei, sobald eure Haushälterin zur Tür raus ist, obwohl ich wirklich gern einmal neben ihr am Tisch sitzen würde. An der ist alles so schön rund.«

»He, pass auf, was du sagst!« Arjen hob drohend den Zeigefinger.

Mit einem frechen Grinsen salutierte Ruben, dann wendete er sich zum Gehen. »Halt die Ohren steif, du Schicksalshüter.«

Arjen schaute seinem Freund nach, bis er zwischen den Birken verschwunden war.

Der folgende Tag sollte einer der zähsten werden, die Arjen je erlebt hatte. Die Mittagszeit ging vorbei, ohne dass Rubens heller Schopf vor dem Fenster auftauchte, und auch der Nachmittag verrann ereignislos. Arjen saß im Schatten des Kirschbaums und spielte mit dem Walfischknochen, den er um den Hals trug. Seinen Versuch, in einem Buch zu lesen, hatte er nach einigen Seiten aufgegeben, weil ohnehin keins der Worte zu ihm durchdrang. Er konnte nur an Ruben denken. An Ruben, der ihre Verabredung nicht eingehalten hatte. Und wenn er Fred Denneburg beim Versuch, den Fotoapparat zurückzubringen, in die Hände gefallen war? Doch er redete sich sofort ein, dass Ruben dafür viel zu gewieft war. Ihn musste etwas anderes aufgehalten haben: vielleicht ein Job, der ihm und Pirat das Abendessen einbrachte. Diese Vorstellung gefiel Arjen wesentlich besser. Am Abend beschloss er den Bohneneintopf aufzuessen, den er für seinen Freund abgezweigt hatte, denn bei der Wärme würde er nicht lange halten. Und gerade als er in Richtung Dorf aufbrechen wollte, in der Hoffnung, auf dem Weg auf Ruben zu treffen oder zumindest eine Neuigkeit aufzuschnappen, kehrte Thaisen auf seinem Fahrrad zum Reetdachhaus zurück.

»Guten Abend, ich will noch rasch einen Spaziergang machen, bevor es dunkel wird«, begrüßte Arjen seinen Vater.

Thaisen lehnte sein Fahrrad gegen den nächstbesten Baum, dann stellte er sich vor Arjen und versperrte ihm den

Weg. Der Junge wollte seine Worte gerade wiederholen, da hob sein Vater auch schon die Hand. Die Ohrfeige, die seine gesamte rechte Gesichtshälfte traf, ließ ihn fast in die Knie gehen. »Und das war erst der Anfang«, knurrte Thaisen. »Rauf mit dir in meine Kammer, ich werde dich lehren, dich mit Gesindel herumzutreiben und dich am Eigentum anderer Leute zu vergreifen.«

Arjen wusste nicht, was ihn härter traf: der Schlag ins Gesicht oder die Tatsache, dass sein Vater über Ruben und die ausgeliehene Kamera Bescheid wusste. Mit Tränen in den Augen stolperte er die Dielentreppe hinauf und begriff kaum, wie Thaisen ihn bäuchlings über die Bettkante legte, um sein Hinterteil mit dem Gürtel zu bearbeiten. Entweder war es sein Schweigen, oder seinem Vater bekam die schwüle Wärme unter dem Dach nicht, jedenfalls ließ Thaisen überraschend früh von ihm ab und fiel in einen Sessel.

»Dass mein eigen Fleisch und Blut eine solche Schande über mich bringt, mein einziger Sohn, nachdem ich so viel Sorgfalt in seine Erziehung gesteckt habe«, beklagte sich Thaisen, während er sich den Schweiß von der Stirn wischte. »Lügt und stiehlt und zieht die Ehre seines Vaters durch den Dreck. Wie konntest du mich nur so enttäuschen, Arjen?«

Schwindelig vor Schmerz und noch mehr vor Entsetzen richtete Arjen sich wieder auf. Die Zunge klebte ihm aufgequollen am Gaumen und wollte sich beim besten Willen nicht rühren. Thaisen war ohnehin nicht auf eine Erklärung seines Sohns erpicht, dafür war er viel zu sehr mit seinem Gram beschäftigt.

»Wahrscheinlich kannst du nutzloser Bengel nicht einmal ermessen, in welche prekäre Lage du mich gebracht hast, weil du keinen Respekt hast vor der geistlichen Position, die ich auf Beekensiel bekleide. Anders kann ich mir deine Gedankenlosigkeit, mich einem Mann wie Fred Denneburg ans Messer zu liefern, nicht erklären. Der Kerl ist heute Nachmittag rotzfrech in mein Büro spaziert und hat mir erzählt, was du in seinem Haus getrieben hast. Allerdings hat er mir diesen Besuch nicht abgestattet, um von einer Anzeige gegen dich zu berichten. Nein, die hatte er noch nicht erhoben. Bevor es so weit kam, wollte er mir noch einen Handel vorschlagen. Einen Handel! Ausgerechnet mir, dem Hirten dieser Gemeinde!« Thaisen sah unendlich gekränkt aus. Arjen konnte sich nicht erinnern, seinen Vater seit dem Tod seiner Mutter so in seinen Grundfesten erschüttert gesehen zu haben, sodass er über das rasch abnehmende Licht unterm Dach dankbar war. »Falls ich künftig davon absehen sollte, mich bei jeder Gelegenheit über seine ordinäre Partei zu mokieren, und vor der Gemeinde seinen Kirchenverweis zurücknehme, würde Denneburg den kleinen Zwischenfall vergessen und auch nichts darüber verlauten lassen, in wessen Gesellschaft sich mein Sohn herumtreibt. Außerdem wirst du ab der nächsten Woche regelmäßig und mit großer Begeisterung an den Treffen der Hitlerjugend teilnehmen – das gehört ebenfalls zum Schweigepakt.«

»Hast du seinem Vorschlag zugestimmt?« Arjens Stimme war nicht mehr als ein Flüstern.

Thaisen gab ein zustimmendes Grunzen von sich, das seinen ganzen Körper zum Erzittern brachte. Einen Augenblick befürchtete Arjen, sein Vater könnte sich erneut auf ihn stürzen oder – noch viel schlimmer – in Tränen über seine Schande ausbrechen. Stattdessen saß Thaisen einfach nur da und starrte ins Leere. »Mein eigener Sohn«, sagte er immer wieder.

»Und der Junge, mit dem ich bei Denneburg war … Hat er den auch erwähnt?«

Mit einem Knall schlug Thaisen auf die Sessellehne. »Ja, hat er! Diesen Rumtreiber, dem du bei seiner Räuberei geholfen hast. Den hat Jörg Claußen gestern Abend beim Rumschnüffeln in seinem Garten geschnappt, der Kerl hat wohl nach einer Möglichkeit gesucht, ins Haus zu gelangen. Damit ist jetzt jedenfalls Schluss, sie haben diesen dreisten Bengel heute Vormittag bereits aufs Festland gebracht, sollen sich die Behörden dort mit ihm herumschlagen.«

»Ruben ist fort …« Arjens Stimme versagte endgültig.

»Und Peer Hinrichs haben sie ebenfalls festgenommen, der soll wohl irgendwie seine Finger im Spiel gehabt haben. Ich will gar nicht wissen, wie diese kriminellen Zusammenhänge aussehen, alles gottloses Zeug. Damit machen wir uns nicht die Finger schmutzig – und mit ›wir‹ meine ich auch dich, Arjen Rosenboom. Wir beide werden nie wieder auch nur ein Wort über diese unselige Geschichte verlieren, wir legen einen Mantel des Schweigens über deine Schande und beten, dass Fred Denneburg sich an unsere Absprache hält, damit du nicht in diese Angelegenheit mit hineingezogen wirst. Und vom heutigen Tag an wird es für dich nur noch zwei Orte geben, an denen du dich aufhältst: in der Schule und hier im Haus. Deine Freiheit gehört genau wie mein Vertrauen in dich der Vergangenheit an. Verstanden?«

Während sein Vater die Worte wie vergiftete Pfeile abschoss, hatte sich Arjen zur Treppe vorgetastet. »Daran werde ich mich ab morgen halten, aber jetzt muss ich noch einmal fort. Jetzt gleich.«

»Du wagst es nicht, mir zu widersprechen, du verdorbener Bengel, du frecher …«

Den Schimpfnamen, mit dem Thaisen ihn bedachte,

hörte Arjen nicht mehr, er hatte sich bereits die Stufen hinabgeschwungen und rannte zur Tür hinaus in die ständig zunehmende Dunkelheit. Das harte Aufschlagen seiner Füße hallte ihm bis in den Schädel, seine Lunge begann vom Lauf zu brennen, und schon bald beschwerten sich seine Knie über den unebenen Grund des Waldbodens. Doch Arjen kümmerte all das nicht, viel mehr noch: Er genoss den Schmerz, wünschte ihn sich stärker, so stark, dass er seine inneren Qualen überdeckte. Ruben war fort, sie hatten ihn am Ende des Sommers gestellt und fortgebracht. Er hatte seinen einzigen Freund verloren. Er war allein. Endgültig.

Die Lichtung zwischen den Birkenstämmen lag, wie erwartet, verlassen da. Aus der grob zusammengeschusterten Hütte drang kein Licht, nur vom Verschlag her erklang ein freudiges Jaulen. Ohne eine Spur von Angst öffnete Arjen das Gatter und ließ Pirat heraus, der ihn freudig anstupste. Arjen fiel neben ihm auf die Knie und verbarg sein Gesicht im struppigen Fell des Hundes. Als er zu schluchzen anfing und seine Finger sich wie von allein ins Fell gruben, hielt Pirat still, als könne er Arjens Unglück begreifen. Und tatsächlich war es der Gedanke, dass ihm wenigstens dieser eine Verbündete geblieben war, der Arjen schließlich wieder aufstehen ließ. Er hatte Pirat, um den er sich kümmern musste. Und er hatte den Walfischknochen. Gut, es war ihnen gelungen, Ruben einzufangen, und vermutlich würden sie ihn in ein Erziehungsheim stecken, aber er würde früher oder später nach Beekensiel und somit zu Arjen zurückkehren, weil hier sein Schicksal auf ihn wartete. *Ich werde der Hüter sein, genau wie er es gesagt hat*, beschloss Arjen.

»Und Ruben war wirklich fort?« Greta konnte es nicht fassen, dass diese Geschichte so unvermittelt enden sollte.

Waren sie deshalb auf Beekensiel, weil Arjen tief in seinem Innersten immer noch auf seinen Freund wartete?

Ihr Großvater nippte an einem Glas Wasser, das Erzählen hatte ihn sichtlich mitgenommen. »Ja, es hat sich alles genau so abgespielt, wie Thaisen es von Denneburg erfahren hatte: Jörg Claußen hatte Ruben gestellt und sich als Rechtsanwalt sofort um die notwendigen Schritte gekümmert. Peer Hinrichs haben sie aus dieser Geschichte einen Strick gedreht, vermutlich hatte man nur auf eine Gelegenheit gewartet, ihn loszuwerden. Eigenbrötler waren nie sonderlich beliebt auf Beekensiel.«

»Aber Pirat …«

Ein Grinsen schlich sich auf Arjens hagere Züge. »Den habe ich mit nach Hause genommen. Mein Vater hat gewütet wie noch nie zuvor, aber ich habe keinen Zentimeter nachgegeben. Hätte Thaisen darauf bestanden, dass ich den Hund wegbringe, wäre ich mit ihm ausgebüchst, und das hat mein Vater vermutlich geahnt. Nach der ganzen Aufregung wollte er eine weitere Auseinandersetzung gewiss vermeiden. Seltsamerweise war Thaisens und mein Verhältnis nach dieser ganzen Angelegenheit besser als zuvor, es war, als hätte er mich mit einem Schlag als Person und nicht bloß als lästiges Anhängsel gesehen. Außerdem war Pirat ein ausgesprochen anspruchsloser Zeitgenosse, der eine ruhige Ecke und einen vollen Napf zu schätzen wusste.«

Diese Nachricht beruhigte Greta, auch wenn ihr ordentlich der Kopf schwirrte. »Wo ist denn dieser Film abgeblieben, den ihr beiden Jungs verschossen habt … Und die restlichen Fotos?«

»Den Film und die Abzüge von unseren Aufnahmen habe ich versteckt, sehr gut sogar, denn ich wollte um jeden Preis verhindern, dass sie Thaisen in die Hände fielen. Dasselbe galt für den Walfischknochen – für ein solch heidnisches Relikt, dem man eine magische Wirkung nachsagte, hätte er noch weniger Verständnis gehabt als für meine Freundschaft zu dem Streuner und Gelegenheitsdieb Ruben.«

»Ich würde die übrigen Aufnahmen sehr gern sehen.«

Der Blick, mit dem Arjen sie maß, verriet, dass er ihr Angebot richtig einzuschätzen wusste. Er hatte längst mitbekommen, dass er sie mit seiner Vergangenheitssuche angesteckt hatte. »Meine Zeit mit Ruben … Sie ist wie ein großes Geheimnis, an das ich mich nie zuvor herangewagt habe – bis jetzt. Hab ein wenig Geduld mit mir, mein Liebes. So leid es mir tut, aber ich muss hier wirklich meinem eigenen Tempo folgen.«

»Das verstehe ich ja auch – und ich werde dich darin unterstützen, diesem Geheimnis auf den Grund zu gehen. Versprochen.«

»Danke. Das bedeutet mir sehr viel.« Unvermittelt breitete sich Kraftlosigkeit auf Arjens Zügen aus, und sein Kopf sank schwer in die Kissen. »Ich bin froh, dass du zu mir stehst, obwohl ich es dir nicht gerade leicht mache. Deine Sorge um meine Gesundheit … Und dann bringe ich dich auch noch in eine unmögliche Situation deiner Mutter gegenüber.«

»Dass du beim Telefonieren mit Anette herunterspielst, wie krank du in Wirklichkeit bist, ist ja durchaus auch in meinem Interesse, auch wenn es mir ein schlechtes Gewissen macht. Aber so ist es auch für sie besser, schließlich macht sie durchaus den Eindruck, sich an deine Abwesenheit zu gewöhnen. Ansonsten hätte sie kaum so locker auf die Nachricht reagiert.«

»Das stimmt. Trotzdem tut es mir leid, ich lüge ungern. Ich möchte dir die Wahrheit sagen …« Arjens von dunklen

Adern durchzogene Augenlider schlossen sich für einige Sekunden, als würden sie sich seinem Willen entziehen.

»Ist schon gut.« Greta nahm seine Hand, als er erneut ansetzte, aber zu schwach war. »Schlaf dich aus. Wir reden morgen weiter, wenn du wieder bei Kräften bist. Wir haben uns gemeinsam auf diese Reise begeben und werden auch gemeinsam entscheiden, wie sie weiter verlaufen soll. Du kannst also ganz beruhigt sein, ich probe keinen Alleingang.«

Sichtlich erleichtert schlief Arjen ein.

Greta blieb noch eine Zeit lang neben seinem Bett sitzen, bis sich die Welt hinter den Fenstern schwarz gefärbt hatte. Dann ging sie auf ihr Zimmer, allerdings nur um ihre Jacke zu holen. Sie würde ihren Großvater bei seiner Suche nach der Vergangenheit unterstützen, aber dafür würde sie Hilfe benötigen.

17

Es war ein Glück, dass im Leileckerland an diesem Abend ordentlich Betrieb herrschte – offenbar nutzten einige Beekensieler einen Restaurantbesuch als Höhepunkt des Wochenendes. Deshalb kam Trude lediglich dazu, Greta rasch Mattes' Adresse in der Hafengegend zu nennen, sonst wäre ihr der Tellerstapel, den sie trug, aus den Händen geglitten.

»Wollen Sie dem Mattes etwa einen Besuch abstatten? Warten Sie einen Moment, ich bring das nur rasch zur Spüle, dann bin ich auch schon bei Ihnen.«

Doch diese Aufforderung überhörte Greta geflissentlich, stattdessen sah sie zu, dass sie in die Nacht verschwand.

Nach dem hell erleuchteten und von bestens gelaunten Stimmen erfüllten Leileckerland schien das Dorf wie verwaist, denn jeder Laut wurde vom Brausen des Meeres und vom Sturm übertönt. Er vertrieb die Menschen von den Straßen, und die wenigen, denen Greta begegnete, huschten vorbei, ihr Ziel fest im Sinn: raus aus dem schneidenden Wind. Obwohl hinter einigen Vorhängen Lichter brannten, kamen sie kaum gegen die Dunkelheit an und verliehen den Straßenzügen einen Anstrich von Verlorenheit, als wären sie nichts weiter als die Illusion einer menschlichen Zuflucht inmitten der tosenden Naturgewalten.

Greta verwünschte sich dafür, keine Mütze dabeizuhaben. Ihre beachtliche Sammlung an Kopfbedeckungen war neben vielen anderen Dingen in Zürich geblieben, wo Erik sich, laut Anette, weigerte, ihre restlichen Sachen zusammenzupacken. »Sie bleiben hier, weil hier Gretas Zuhause ist. Sobald sie wieder zur Vernunft gekommen ist und sich nicht länger weigert, meine Entschuldigung anzuhören, wird sie zurückkehren, da bin ich mir sicher«, hatte er Anette am Telefon erklärt. Greta wusste gar nicht, worüber sie sich mehr ärgern sollte: darüber, dass Erik zu glauben schien, dass sie ihre Beziehung wie einen Handel wieder aufnehmen konnten, sobald sie ein paar Dinge zurechtgerückt hatten – oder über ihre Mutter, die sich Eriks Rechtfertigungen offenbar ausführlich anhörte. »Er ist so schrecklich unglücklich darüber, wie ihr auseinandergegangen seid. Du hast ihm allem Anschein nach nicht die geringste Chance gegeben, sich zu erklären.« »Weil eine Lüge eine Lüge ist, da gibt es nichts zu erklären!«, hatte Greta ihr wütend entgegnet und den Hörer an Arjen weitergereicht, bevor sie sich dazu hinreißen ließ, Anette an ihrem eigenen Beispiel zu erklären, was eine Lebenslüge war – z.B. die eigene Zuneigung zu Thomas Roder zu leugnen, damit sie mehr Zeit dazu hatte, sich in das Privatleben ihrer erwachsenen Tochter einzumischen. Greta merkte, dass sie sogar jetzt noch mit den Zähnen knirschte, wenn sie bloß an dieses Gespräch dachte. Dass Anette es einfach nicht bleiben lassen konnte.

Als Greta jedoch die Melkaustraße 4 in unmittelbarer Nähe zum Hafen gefunden hatte, vergaß sie ihren Ärger genauso umgehend, wie ihr der kalte Wind schlagartig nichts mehr ausmachte. Stattdessen lockerte sie ihren Kragen, so heiß war ihr. Das Haus, in dem Mattes mit seiner Großmutter Adele lebte, war ein altehrwürdiges Bauwerk mit einer durch die Jahre dunkel gewordenen Klinkerfassade, dessen Parterre aus einem Ladenlokal bestand. Im schwachen Licht der Laternen schimmerte hinter dem Fenster eine Edelstahltheke, und die Wände waren bedeckt von Regalen, bestückt mit nostalgisch aufgemachter Ware – Labskaus im Einweckglas und Holzkästchen mit Sprotten. Ein schöner Fischladen, so viel stand fest. Nur blieb die Frage, wer die Ware kaufen sollte, wenn es kaum Touristen auf die Insel verschlug und in jedem Beekensieler ein Hobbyfischer steckte.

Greta trat einige Schritte auf dem Gehweg zurück und legte den Kopf in den Nacken. Zu ihrer Enttäuschung war keines der Fenster in den beiden oberen Stockwerken erleuchtet. Wen wunderte es auch, dass Mattes Ennenhof an einem Samstagabend unterwegs war? Vermutlich war er, wie die anderen Beekensieler auch, auf ein Bier oder zum Abendessen verabredet.

Mit einem Seufzen trat Greta vor die seitlich neben dem Fischladen gelegene Eingangstür und betrachtete die Schilder neben den Klingelknöpfen. Neben dem einen stand »A. Ennenhof«, neben dem anderen »M. Ennenhof« – Mattes und seine Großmutter lebten offenbar in zwei getrennten Wohnungen, so musste sie zumindest keine Angst haben, die alte Dame aus dem Bett zu läuten.

Greta war mit den Gedanken bereits bei ihrem Rückweg durch Dunkelheit und Sturm, als sie die Klingel drückte. Nach einer kurzen Wartezeit wollte sie sich bereits zum Gehen abwenden, als plötzlich der Summer erklang. Vollkommen perplex spürte sie die vibrierende Tür unter ihren Händen und drückte sie gerade noch rechtzeitig auf, bevor der Summer wieder verstummte. Jemand hatte vorsorglich das Licht im Treppenhaus angemacht, sonst wäre sie vermutlich durchs Dunkel gestolpert, zu verblüfft, um nach einem Lichtschalter Ausschau zu halten. Sie nahm die ausgetretenen Holzstufen viel zu hastig, lief an einer verschlossenen Wohnungstür vorbei, stieg ein halbes Stockwerk höher und stand schließlich vor Mattes Ennenhof. Lediglich mit einem dunklen Shirt und zerschlissenen Jeans bekleidet stand er im Türrahmen und blickte sie erstaunt an.

»Guten Abend«, brachte Greta atemlos hervor.

Mattes runzelte die Stirn. »Moin. Hat dich jemand verfolgt?«

»Nein, natürlich nicht.« Greta wedelte sich Luft zu. »Das hier ist Beekensiel und nicht New York, es ist nur... Ich habe nicht damit gerechnet, dass du da bist. Ganz Beekensiel tummelt sich heute außer Haus.«

»Und deshalb bist du durch den Herbststurm zu meinem Haus gekommen und hast geklingelt?«

Zu ihrem Elend musste Greta sich eingestehen, dass ihre Erklärung durchaus seltsam anmutete. Ratlos hob sie die Schultern. »Es lag eher daran, dass sämtliche Fenster in diesem Haus dunkel waren...«

»Ach, deshalb. Meine Großmutter wohnt in der Maisonettewohnung und ist wahrscheinlich auf ihrem Abendspaziergang unterwegs, davon kann sie nicht einmal ein Orkan abhalten. Ich habe mich in den ehemaligen Personalräumen einquartiert, bei denen die Fenster auf den Hof hinausgehen, deshalb sah es bei uns so verlassen aus. Da ich meist eh unterwegs bin, macht es mir nichts aus, das Meer mal für ein paar Stunden nicht zu sehen.«

»Das ist ja wirklich hochanständig von dir.«

Obwohl der Kommentar durchaus ernst gemeint war, bekam Mattes rote Ohren. »Nun ja, meine Großmutter hat deswegen aber trotzdem ein schlechtes Gewissen... Für sie ist das Meer das Schönste überhaupt. Manchmal denke ich, die Aussicht ist der einzige Grund, warum sie Beekensiel ihr Leben lang treu geblieben ist, obwohl sie alles andere auf der Insel schlichtweg hasst.«

So interessant Greta das auch fand, kam es ihr allmählich seltsam vor, dieses Gespräch zwischen Tür und Angel zu führen. »Darf ich reinkommen, oder störe ich? Das wäre mir nämlich sehr unangenehm.«

»'Tschuldigung, ich bin miserabel im Umgang mit Gästen, aber das hast du ja schon bei unserem ersten Treffen festgestellt.«

Mit einer einladenden Geste trat Mattes zur Seite und ließ Greta eintreten. Rein ihrem Instinkt gehorchend, atmete sie tief ein, als sie dicht an ihm vorbeiging – als wäre das ihre Chance, mehr über ihn zu erfahren. Und das tat sie auch: Sie erfuhr mit einer erschreckenden Intensität, dass sie Mattes Ennenhof mehr als bloß gut riechen konnte. Dabei hatte sie höchstens eine Ahnung von dem Duft eingefangen, der auf seiner Haut lag. Wie wäre es erst, wenn sie ihr Gesicht in die Beuge seines Halses legen würde? Sie musste sich ernsthaft zusammenreißen, um den Eindruck abzuschütteln. Ihr Auftritt war ohnehin schon bizarr genug.

Im Flur kam ihr leise Musik entgegen, Gitarrenklänge begleiteten den traurig süßen Gesang einer weiblichen Stimme. Im Flur mit seinen wandhohen Regalen voller Bücher saß Mattes' Hund und fiepte, während seine Vorderpfoten einen Tanz aufführten. Für Gretas unerfahrenen Blick sah es aus, als würde der Labrador von einer unsichtbaren Hand gegen seinen Willen am Boden festgehalten werden.

»Was hat Fado denn?«

Auf Mattes' Gesicht breitete sich ein Grinsen aus. »Du meinst: Abgesehen davon, dass er sich nicht auf meine Besucherin stürzen und sie zur Begrüßung begeistert zu Boden werfen darf? Tja, davon einmal abgesehen hat er nichts weiter.«

Trotz ihrer sperrigen Jacke ging Greta vor dem Hund in die Knie und kraulte ihn hinter den Ohren, wofür der Rüde äußerst dankbar war. Denn er hätte es bestimmt keinen Augenblick länger ausgehalten, sitzen zu bleiben, gleichgültig, wie der Befehl seines Herrchens lautete. »Bist du so ein gut erzogener Hund, machst du brav, was man dir sagt?«, lobte Greta ihn ausgiebig. »So ein feiner Junge.« Als Fado ihr einmal quer übers Gesicht leckte, musste sie lachen.

Auch Mattes entging dieser verbotene Zuneigungsbeweis nicht, aber anstelle einer Zurechtweisung schüttelte er lediglich belustigt den Kopf. »Ich sollte mir wohl merken, dass man als braver und folgsamer Junge besonders weit bei dir kommt. Nicht, dass ich eine ähnliche Begrüßung bevorzugt hätte«, beschwichtigte er schnell, als Greta ihn anfunkelte.

Mattes machte einen erstaunlich gelösten Eindruck, ganz anders als vor ein paar Tagen, als er sie kurzerhand am Strand hatte stehen lassen. Sie würde sogar so weit gehen zu behaupten, dass er sich über ihren spontanen Besuch freute. *Sieht ganz so aus, als habe Tante Trude umgehend Bericht erstattet, dass ich Single bin, anders kann ich mir diese plötzlich wiedergefundene Lockerheit nicht erklären*, freute Greta sich im Stillen.

»Jetzt weiß ich wenigstens, woher dein Hund seinen außergewöhnlichen Namen hat. Fado … Dabei hätte ich dich nicht als jemanden eingeschätzt, der eine Schwäche für traurige portugiesische Lieder über die Macht des Schicksals hat.«

Mattes warf ihr einen fragenden Blick zu.

»Nicht dass ich dich für jemanden halten würde, für den Musik lediglich ein Hintergrundgeräusch aus dem Radio ist«, beeilte Greta sich richtigzustellen, während sie sich zugleich fragte, warum – um Himmels willen! – sie in Mattes Ennenhofs Gegenwart immer das Falsche sagte oder tat. Sie war gewiss jenseits davon, perfekt zu sein, aber normalerweise gelang es selbst ihr, ihren Mitmenschen nicht unentwegt auf die Zehen zu treten. Nur bei Mattes geriet sie zielsicher von einem Fettnäpfchen ins nächste, obwohl es ihr zunehmend wichtig war, einen guten Eindruck zu machen.

»Als welchen Musiktyp würdest du mich denn eher einschätzen?«, fragte Mattes.

»Jemand, der es durchdachter mag und nicht so gefühlvoll und schwermütig.«

»Fado ist nicht ausschließlich schwermütig.«

»Das weiß ich, ich mag diese Musik nämlich auch sehr gern. Aber in erster Linie zielt sie eben auf das Gefühl, auf die Seele des Zuhörers.«

»Und so etwas Gefühlsbetontes passt demnach nicht zu mir. Mal schauen, ob ich nicht irgendwo eine Schallplatte vom Beekensieler Shantychor habe, der die harten Fischersleut besingt, die nur sentimental werden, wenn es um ihre Liebe zur See geht. Das würde vermutlich eher hinhauen, oder?«

Während sie einander weiter aufzogen, nahm Mattes ihr die Jacke ab und führte sie in eine Wohnstube mit krummen Wänden und einer so niedrigen Decke, dass er den Kopf einziehen musste, um nicht anzustoßen. Augenblicklich erkannte Greta den Einrichtungsstil des Sturmwind wieder. Es war wie eine Zeitreise ins 19. Jahrhundert, als man jedem einzelnen Stück in einer gutbürgerlichen Wohnung noch ansah, dass es handgemacht war. Und trotzdem wirkte nichts wie eine bemühte Kopie jener Zeit, dafür war der Stil dann doch zu eigen. Mattes' Kunst bestand darin, das Ursprüngliche eines Raumes freizulegen und zugleich charakteristische Elemente Beekensiels einzubringen.

»Einen Moment bitte«, sagte Mattes, bevor er in einen angrenzenden Raum verschwand, in dem Greta die Küche vermutete.

Als sie das Geräusch hörte, das seine nackten Fußsohlen auf den Fliesen machten, musste sie schmunzeln. Ihr gefiel dieser private, leicht zerzauste Mattes. Neugierig blickte sie sich um. Vor dem Wandkamin, in dem ein Feuer brannte, stand ein Biedermeiersofa mit einem blaugestreiften Bezug, das ausgesprochen einladend aussah. Das Kernstück in der Wohnstube bildeten jedoch ein Holztisch, in dessen Mitte Schieferplatten eingelassen waren, und moderne Stühle. Die hatte Greta schon einmal gesehen, in einer von Eriks Architekturzeitschriften, die er stets wie hingeworfen auf dem Wohnzimmertisch platzierte, um Gäste zu beeindrucken. Neben einem halbvollen Rotweinglas lag ein aufgeschlagener Skizzenblock, der mit Sicherheit nicht drapiert worden war, um seinen Besitzer besonders weltgewandt aussehen zu lassen. Obwohl es Greta fast umbrachte, hielt sie den nötigen Abstand, um nicht zu erkennen, was dort mit Bleistift festgehalten worden war – schließlich war sie schon weit genug in Mattes' Privatsphäre eingedrungen, und das ohne Einladung. Bevor sie doch noch schwach wurde, kehrte Mattes bereits mit einem Rotweinglas und einer geöffneten Flasche zurück, nur um mitten im Raum stehen zu bleiben.

»Mir fällt gerade ein, dass ich vielleicht mal hätte fragen sollen, ob du überhaupt Rotwein trinkst. Wie du siehst, lasse ich keine Gelegenheit ungenutzt, um mein Image als Gästeschreck zu untermauern.«

Offenbar war Greta nicht die Einzige, die sich den Kopf darüber zerbrach, was für einen Eindruck sie machte. Dabei waren sie beide in einem Alter, in dem sie diese Art von Unsicherheit schon lange hinter sich gelassen haben sollten … Aber vielleicht war das ja gerade ein gutes Zeichen? Greta gab sich einen Ruck. Schließlich war sie nicht hierhergekommen, um mit Mattes Ennenhof zu flirten, sondern um ihn um seine Unterstützung zu bitten.

»Normalerweise bin ich eher eine Biertrinkerin, aber bei diesem Wetter ist ein Glas Rotwein genau das Richtige. Ich will dich auch gar nicht lange aufhalten, allein schon wegen meines Großvaters.«

»Ich habe von Trude gehört, dass es ihm mittlerweile zwar besser geht, aber er nach wie vor einen angeschlagenen Eindruck macht.«

Während Greta zustimmte, baute sich hinter ihren Augen ein verdächtiger Druck auf. Arjens Erkrankung setzte ihr mehr zu, als sie sich einzugestehen bereit war. »Mein Großvater behauptet zwar, es sei nur eine Erkältung, die er schon so gut wie überwunden habe, aber ich mache mir trotzdem Sorgen. Er wirkt so durchscheinend, und damit meine ich nicht nur seine Blässe, die jeden Tag mehr unter der weichenden Sonnenbräune hervortritt. Wahrscheinlich klingt es verrückt, aber auf mich macht er den Eindruck, als würde er langsam entschwinden … Ich würde mir wünschen, dass er nach Hause zurückkehrt, aber ich weiß, dass er das im Augenblick noch nicht kann.«

»Wegen dieses Sommers, von dem du erzählt hast«, half Mattes ihr aus, als ihre Stimme zu versagen drohte.

Ohne weitere Umschweife holte Greta das Notizbuch

hervor und reichte es ihm. Gemeinsam setzten sie sich an den Tisch, und Mattes ließ den Skizzenblock verschwinden, ehe er Wein einschenkte und im Notizbuch zu blättern begann. Dabei überflog er lediglich die Seiten, betrachtete ihre Fotos und Zeichnungen, worüber sie froh war, denn die Geschichte, die sie aufgeschrieben hatte, gehörte Arjen. Mit dem Notizbuch wollte sie nur erreichen, dass Mattes begriff, was sie tat und warum es so wichtig war. Dass ihr das glückte, erkannte sie an seinem Gesichtsausdruck. *Er begreift es, weil er auch einen Großelternteil hat, den er liebt und für den er sogar gern auf den zugebauten Hinterhof blickt.*

Als Mattes die Seiten durchgesehen hatte und demonstrativ über das erste leere Blatt nach ihren Einträgen strich, nahm sie ihren ganzen Mut zusammen. »Ich bin heute Abend zu dir gekommen, um zu fragen, ob das Angebot noch steht, das du mir neulich am Strand gemacht hast… Dass du mir helfen könntest… Wobei ich im Augenblick noch nicht weiß, wonach man suchen müsste. Mein Großvater hat mir zwar von den Ereignissen auf Beekensiel erzählt, die sein Leben maßgeblich geprägt haben, aber ich habe das Gefühl, dass da noch mehr ist. Das liegt alles eine halbe Ewigkeit zurück, und ich glaube, dass er diese Erinnerungen seitdem mehr oder weniger verdrängt hat. Vielleicht braucht es lediglich einen Gegenstand oder einen bestimmten Ort von damals, um die Vergangenheit für ihn wieder lebendig zu machen. Würdest du mir helfen, einen Kindheitssommer meines Großvaters auf Beekensiel einzufangen?«

»Ja, das will ich gern tun«, erklärte Mattes ruhig. Er hatte das Notizbuch zugeschlagen und betrachtete Arjens Kinderfoto, das Greta auf dem Deckblatt eingefügt hatte.

Greta umfasste das Glas Wein mit beiden Händen und

nahm einen Schluck, während Fado sich bei ihren Füßen zusammenrollte, seinen Korb in der Nähe des Kamins ignorierend. Ein erdiger und zugleich fruchtiger Geschmack breitete sich in ihrem Mund aus und kratzte im Rachen, er schmeckte nach einem fernen Land. Für einen Augenblick ahnte Greta, wie gemütlich der Abend mit Mattes sein könnte, in diesem behaglichen und zugleich fesselnden Raum. Sie müssten sich nur mit ihren Gläsern auf das Sofa setzen und sich von Feuer und Wein wärmen lassen, während sie von einem Thema zum nächsten wechselten. Denn obwohl Mattes durchaus den Eindruck machte, ein eher zurückhaltender Mann zu sein, reizte sie ihn offenbar zum Reden. Und sie wünschte sich, mehr über ihn zu erfahren, weiter auszuloten, was sie miteinander verband und was sie trennte, unabhängig davon, dass diese Vorstellung sie auch gleichzeitig erschreckte. Erst vor einigen Wochen hatte sie nicht bloß festgestellt, dass ihre Beziehung zu Erik eine Lüge war. Sie hatte auch nach wie vor keinen Plan dazu in Aussicht, wie sie ihr Leben gestalten wollte, sobald die Reise mit Arjen vorbei war. Wie sollte in dieses Chaos ein neuer Mann passen? Vorausgesetzt natürlich, dass Mattes tatsächlich ein Interesse an ihr hegte. Denn lediglich als spannende Abwechslung, jemand, der ihr den Bruch mit Erik versüßte, sah sie Mattes Ennenhof nicht. Schon möglich, dass eine Affäre genau das war, was sie in ihrer Situation gebrauchen konnte, aber darauf würde sich dieser Mann mit seinen ernsten graublauen Augen nicht einlassen. Sobald Mattes feststellte, dass Beekensiel nur eine Zwischenstation für sie war, würde er sich abwenden. In dieser Hinsicht konnte sie sich genauso wenig vormachen wie hinsichtlich der Anziehungskraft, die zwischen ihnen herrschte.

Wenn wir mehr Zeit füreinander hätten, würde ich schon bald herausfinden, warum er ausgerechnet den schwermütigen Fado liebt und am Abend über einem Skizzenblock sitzt, anstatt mit den anderen Beekensielern Karten zu spielen, gestand sie sich ein. Aber diese Zeit hatte sie nicht, denn sobald Arjen wieder einigermaßen hergestellt und die Geschichte zu Ende erzählt war, würden sie abreisen. Und egal was sie ihrem Großvater gegenüber behauptet hatte, so stand keineswegs fest, ob sie überhaupt noch einmal nach Beekensiel zurückkehren würden. Und Greta fühlte, dass ihr der Mut fehlte, sich auf Mattes einzulassen und möglicherweise etwas herauszufinden, was sie nur vor neue Probleme stellte.

»Mein Großvater hat sich im Sommer 1939 hier auf der Insel mit einem zwölfjährigen Ausreißer angefreundet, der sich Ruben nannte. Dieser Junge hat Arjen sehr viel bedeutet, diese Freundschaft hat seiner Kindheit auf Beekensiel eine Bedeutung gegeben, denn nach dem Tod seiner Mutter war er sehr einsam, alles schien ihm eintönig und leer. Am Ende des Sommers ist Ruben vermutlich ins Kinderheim abgeschoben worden. Ich bin mir nicht sicher, was danach genau passiert ist … Mein Großvater hat lediglich angedeutet, dass der Junge später noch einmal wiederkam. Ich werde den Verdacht nicht los, dass die Geschichte ab hier noch lange nicht vorbei war. Leider hat der kleine Rumtreiber wohl nicht viel über sich verraten, nur dass sein Vater gut ein Jahr zuvor von den Nazis verschleppt und in ein Lager gebracht worden war. Vielleicht täusche ich mich, aber es klang nicht so, als habe es in seiner Familie einen jüdischen Hintergrund gegeben, obwohl man vom Namen her durchaus darauf tippen könnte – falls er sich den nicht selbst gegeben hat.«

»Bist du dir sicher, dass du das ausschließen kannst?« Mattes folgte dem Themenwechsel ohne Zögern.

Greta bemühte sich, den genauen Wortlaut ihres Großvaters zu erinnern. »Ausdrücklich gesagt hat es der Junge wohl nicht, aber an einem Tag war mein Großvater mit Ruben im Meer schwimmen, und da hat er gesehen, dass er nicht beschnitten war. Oder glaubst du, der Vater wäre jüdischen Glaubens gewesen, der Sohn jedoch nicht? Von einer Mutter hat Ruben leider nie etwas erwähnt.«

Bevor Mattes antwortete, schenkte er Greta Wein nach. In ihrer Aufregung hatte sie ihr Glas bereits geleert, während seines immer noch halbvoll war. »Denkbar ist es, aber eher unwahrscheinlich.«

»Ruben hat eine Heldengeschichte um das Verschwinden seines Vaters gesponnen, in der sein Vater der Hüter eines großen Geheimnisses war. Danach haben die beiden unter abenteuerlichen Umständen inkognito gelebt, bis der Vater bei Nacht und Nebel von Nazischergen entführt wurde. Was auch immer in Wirklichkeit passiert ist, es muss ungefähr ein Jahr zuvor geschehen sein. Seitdem war der Junge auf sich selbst gestellt.«

Mit einer kraftvollen Bewegung stand Mattes auf und verschwand im Flur, von wo er mit einem Buch wiederkehrte. »Vermutlich könnte man ganz schnell im Internet herausfinden, wer den Verschleppungen damals alles zum Opfer gefallen ist, aber ich bin nicht so für diesen Computerkram zu haben. Dafür habe ich das hier.« Er legte ein dickes Buch auf den Tisch. Greta sah, dass es eine Geschichte des Nationalsozialismus war.

»Der Einband sieht aus, als hättest du dieses Mammutwerk wirklich gelesen«, stellte Greta erstaunt fest. »Dieses Thema muss dich ziemlich beschäftigt haben.«

Mattes fuhr sich durchs eh schon zerzauste Haar. »Ich habe es zumindest versucht, aber an manchen Stellen wurde es mir einfach zu viel. In meiner Familie war damals niemand Parteimitglied, davon haben wir Ennenhofs uns zum Glück ferngehalten. Aber mein Großvater und der alte Rasmus sympathisierten durchaus mit den Ideen der Nationalsozialisten, vor allem was die ›Blut und Boden‹-Ideologie anbelangt. Es passte eben zur Ennenhof'schen Einstellung, dass Beekensiel ein Ort der Fischerei bleiben sollte, weil dadurch die alten Traditionen am ehsten erhalten blieben. Dein Großvater hatte ja etwas in diese Richtung angedeutet… Dass die Ennenhofs sich dagegen gewehrt haben, dass ihre Insel eine Touristenattraktion wird. Seine Anspielung, dass meine Familie in Wahrheit die Nazis benutzt hat, um sich selbst in die Tasche zu arbeiten, stimmt allerdings nicht. Das ist sogar eine ziemlich heftige Unterstellung, für die es nicht den geringsten Beweis gibt. Unter anderen Umständen hätte ich das nicht einfach so auf mir sitzen lassen, vor allem weil diese Gerüchte bei uns in der Familie großen Schaden angerichtet haben. Rose, meine Mutter, war labil und eher freigeistig veranlagt, sie fühlte sich zeit ihres Lebens wie ein Fremdkörper in dieser Familie. Nachdem mein Vater, Conrad Hayden, sich noch vor meiner Geburt von ihr getrennt hatte, ging es ihr zunehmend schlechter. Und irgendwann hat sie dann den – ihrer Meinung nach – Schuldigen gefunden: ihre eigene Familie. Die Ennenhofs würden die ganze Insel vergiften, hat sie behauptet, und als Beleg dafür hat sie diese alten Gerüchte wieder aufleben lassen. Das muss eine schwere Zeit für alle gewesen sein. Vor allem meine Großmutter Adele hat wohl sehr gelitten, weil Rose sich ihr entzog. Als eingeheiratete Ennenhof hat Adele genauso unter Verdacht gestanden, den

Familienklüngel zu unterstützen – darin war meine Mutter rigoros. Ich war noch zu klein, um diese Auseinandersetzungen mitzubekommen, aber am Ende verließ meine Mutter Beekensiel – ohne mich.« Mattes verstummte, und Greta wollte lieber ihm die Entscheidung überlassen, mehr über seine Mutter zu erzählen. Nach einem Schluck Wein entschied er sich jedoch anders. »Das war nun eine ziemlich weitschweifige Erklärung dafür, warum ein solcher Wälzer bei mir im Regal steht. Nicht, dass du mich noch für einen verkappten Intellektuellen hältst… Obwohl das vermutlich ganz nach deinem Geschmack wäre, oder?«

»Ehrlichkeit ist mir wichtiger«, gab Greta zurück. »Und ich bin mir gerade sehr unsicher, ob man sich von seinem Geschmack oder von seinen Ideen überhaupt reinreden lassen sollte, ob man einen Menschen mag.«

Der Satz stand zwischen ihnen und verlockte dazu weiterzureden, nachzuhaken, sich noch besser kennenzulernen… Bis Greta mit den Fingerknöcheln auf den Buchdeckel klopfte. »Willst du nachschlagen, ob wir hier etwas zu den Verschleppungen im Frühsommer 1938 finden?«

Mattes nickte und begann, in dem Buch zu blättern und schließlich zu lesen, als er die entsprechende Stelle gefunden hatte. »Die Verschleppungen in die Konzentrationslager werden in vier verschiedene Phasen unterteilt. Schau«, er deutete auf einen Absatz, und Greta musste näher an ihn heranrutschen, um die dicht stehenden Zeilen überfliegen zu können. »Von April bis Juni 1938 gab es zwei Verhaftungswellen, bei denen über 10 000 sogenannte Asoziale im Rahmen der Aktion ›Arbeitsscheu Reich‹ verschleppt wurden. Wäre das ein Anhaltspunkt?«

Greta musste hart schlucken. »Es passt erstaunlich gut,

wenn man diese Folie über die Geschichte legt, die Ruben erzählt hat.« Dieser Gedanke versetzte ihr einen Stich. *Wahrscheinlich hat Ruben ein wenig geflunkert, aber es war nicht alles erlogen. Der Walfischknochen – so etwas kann sich ein Zwölfjähriger nicht ausdenken, oder?* »Rubens Vater könnte ein Lebenskünstler gewesen sein, der als arbeitsscheu verschrien war. Jemand, der mit seinem Sohn durch die Lande zieht und der seinen unsteten, vermutlich durch Entbehrungen gezeichneten Alltag durch Geschichten verschönert, in denen alles ein großes Abenteuer ist. Diese Einstellung hat Ruben später nicht nur übernommen, er wusste auch ziemlich gut darüber Bescheid, wie man sich durchschlägt, und machte zugleich einen gebildeten Eindruck. Er hat behauptet, sein Vater sei Historiker gewesen, und vielleicht hat das sogar gestimmt. Es würde wohl wenig Sinn machen, die Namenslisten der damals Verschleppten durchzusehen …?«

»Lass uns die Theorie im Hinterkopf behalten und erst einmal herausfinden, welche Spuren es vielleicht noch hier auf der Insel gibt«, schlug Mattes vor.

»Es gab eine heruntergekommene Fischerkate am Nordstrand, bei der die Jungs sich herumgetrieben haben, aber die ist später ausgebrannt. Was wäre da sonst noch … Peer Hinrichs' Hütte!« Greta haute vor Begeisterung mit der flachen Hand auf den Tisch und riss Fado aus seinen Träumen. Brummend verzog sich der Labrador vors Kaminfeuer. »Ruben war bei einem Fischer namens Hinrichs untergekommen, der inmitten eines Birkenwäldchens hauste. Nach diesem Unterschlupf wollte ich ohnehin mal Ausschau halten.«

»Birkenwäldchen?« Nachdenklich zeichnete Mattes Beekensiels Umriss auf die leere Seite des Notizblocks, dann kreiste er drei Gebiete ein. »Das hier sind die einzigen Birkenwälder auf der Insel, aber ich könnte mir vorstellen, welchen dieser Hinrichs als Unterschlupf bevorzugt hat. Morgen ist Sonntag, da habe ich frei. Was hältst du davon, wenn wir morgen Vormittag einen Waldspaziergang machen?«

»Eine großartige Idee.«

»Dann kannst du Fotos von der Umgebung machen, und wenn dir dein Großvater davor noch die Hütte beschreibt, könnten wir eine Zeichnung davon anfertigen, sodass sich beides zusammenfügt.«

»Und wer würde sich an diese Zeichnung machen? Ich habe ein paar Skizzen ins Notizbuch eingefügt, aber da hatte ich jedes Mal etwas, das ich direkt abzeichnen konnte, weiter reichen meine Künste leider nicht.«

»Ich könnte das probieren, obwohl ich gleich sagen muss, dass ich nicht gut im Zeichnen bin, also künstlerisch gesehen. Dafür kann ich Häuser und Räume skizzieren, die bislang nur in meiner Vorstellung existieren – so wie Architekten es tun.«

Greta kam der Skizzenblock in den Sinn. Sie spielte mit dem Gedanken, Mattes darauf anzusprechen, entschied sich dann jedoch anders. Mattes erinnerte sie immer mehr an Arjen: Man erfuhr mehr über das Innenleben der beiden Männer, wenn man ihnen ihr eigenes Tempo zugestand. Mattes war niemand, der sich drängen ließ, sonst schaltete er auf stur, während Arjen kunstvoll das Thema wechselte. Deshalb lächelte sie Mattes bloß an. »Das wäre großartig, mein Großvater wäre gewiss begeistert.«

»Na, dann.«

Mattes' Versuch, gleichmütig dreinzublicken, misslang, das Leuchten in seinen Augen war nicht zu übersehen. Als sie es wahrnahm, schlug Gretas Herz schneller. Es war also nicht sie allein, die die Anziehungskraft zwischen ihnen spürte … Sie nahm ihr Weinglas und stieß mit Mattes an, in dessen Augen in diesem Moment das Blau das Grau beiseiteschob, als würde ein Schleier gelüftet. Draußen fuhr der Wind um die Häuser, jagte in den Kamin und brachte das Feuer zum Knistern.

18

Schon am späten Abend, als Mattes die vom Rotwein beschwipste Greta zum Hotel begleitet hatte, war der Sturm am Abklingen gewesen. Glücklicherweise hatte sich Mattes bereits auf dem Marktplatz verabschiedet, denn seine Tante Trude stand mit einer Bekannten plaudernd in der Rezeption und musterte Greta mit vielsagendem Blick, als sie sich mit geröteten Wangen vorbeischummeln wollte. Gekonnt ließ Greta alle Anspielungen, wo sie wohl den Abend verbracht habe, an sich abprallen. Zu ihrer Erleichterung erklärte Trude schließlich, dass bei Arjen alles gut sei und er schlafe – somit konnte sie direkt auf ihr Zimmer wanken, anstatt ihren Großvater noch zu Tode zu erschrecken, indem sie über seine Hausschuhe stolperte und der Länge nach auf den Boden fiel. Am frühen Morgen, als Greta wieder Herrin ihrer Sinne war und ihrem Großvater einen Besuch abstattete, ging draußen nicht einmal mehr ein Windchen. Dafür hatte sich nach der fühlbaren Abkühlung dichter Nebel über die Insel gelegt, sodass man von Arjens Fenster aus kaum die Kaimauer sah.

»Guten Morgen, mein Kind. Warum bist du denn schon so früh am Morgen auf den Beinen?«

Greta, die am Fenster gestanden hatte, fuhr erschrocken herum. Sie hatte gedacht, Arjen würde noch schlafen. »Herrgott, da schleiche ich auf Zehenspitzen umher, dabei bist du längst wach. Hast du dir wegen Anette antrainiert, so überzeugend den Schlafenden zu geben, um ungestört im Lesesessel zu faulenzen?«

Arjen lachte heiser. »Durchaus denkbar, obwohl ich natürlich nie mit Absicht eine solche Taktik ausgeklügelt hätte. Schließlich bin ich ein Ehrenmann. Ich schließe eben nur ganz gern die Augen, wenn ich über etwas nachdenke.«

»Und worüber denkst du so früh am Morgen nach, anstatt zu schlafen und dich weiter zu erholen?« Die Frage geriet schärfer als beabsichtigt, aber als Greta ans Bett trat, bemerkte sie das nass geschwitzte Bettzeug. Egal was er behauptete, es ging ihm noch nicht wesentlich besser.

»Über was denken alte Männer schon nach, wenn sie überdeutlich spüren, dass ihnen die Zeit davonläuft?«

»Ich war gestern Abend noch bei Mattes Ennenhof«, platzte es aus Greta heraus. »Mir ist schon bewusst, dass du nicht viel auf die Familie Ennenhof gibst, aber ich habe das Gefühl, dass Mattes aus der Art schlägt. Vermutlich hängt das mit seiner Mutter Rose zusammen, die wohl kein Stück nach diesem habgierigen Haufen schlug.«

»Rose … Adeles Tochter, ja?« Arjen setzte sich im Bett auf und strich sich das wirre Haar zurück. »Das Mädchen hat sich also zu einer schwierigen Persönlichkeit im Kreis der Ennenhofs entwickelt … Überrascht mich nicht.«

»Du kennst Mattes' Großmutter? Ja, warum auch nicht, schließlich ist Beekensiel ein Nest.«

»Das stimmt, aber ich kannte Adele lediglich vom Sehen, weil sie mindestens drei Jahre älter war als ich. Allein deshalb trennten uns Welten. Außerdem war Adele Claußen – so hieß sie mit Mädchennamen – das mit Abstand schönste Mädchen auf der Insel. Das ebenholzfarbene Haar hat Mattes eindeutig von ihr. Ihr Vater war damals Bürgermeister von Beekensiel und ein ziemlicher Opportunist, wenn ich mich recht erinnere. Anders ließ sich auch gar nicht erklären, warum ein stolzes Wesen wie Adele einen Ennenhof geheiratet hätte. Bestimmt steckte irgendein schmutziges Geschäft dahinter.«

»Du hast sie gemocht«, stellte Greta verblüfft fest.

»Adele war etwas Besonderes.«

Mehr war aus Arjen an diesem Morgen nicht herauszubekommen, er hing Erinnerungen nach, die ihm einen bitteren Zug aufs Gesicht legten. Als Greta ihm das Frühstück ans Bett brachte, weigerte er sich zu essen – er habe keinerlei Appetit, beim besten Willen nicht.

»Bitte, wenigstens eine Kleinigkeit. Ich habe auch nicht die Zeit, auf dich einzureden, ich bin nämlich mit Mattes verabredet. Wir wollen nachschauen, ob von Peer Hinrichs' Versteck im Birkenwald etwas zurückgeblieben ist. Spurenlese sozusagen. Ich werde Fotos machen, die kannst du dir dann später ansehen.«

»Sagte ich doch: Du bist gut im Verhandeln. Fein, dann esse ich eben das Ei und einen Toast mit Honig, damit du losziehen und diese verlockenden Fotos schießen kannst. Wer weiß, ob der Birkenwald noch steht nach den ganzen verheerenden Stürmen … Andererseits steht er in einer geschützten Lage zum Festland hin.« Schwerfällig setzte Arjen sich im Bett auf und strich sich über die mit Schweißperlen bedeckte Stirn. Als er Gretas besorgten Ausdruck bemerkte, lächelte er. »Der Gang ins Badezimmer vorhin war nicht unanstrengend. Wenn ich mir vorstelle, dass dieser geschwächte Zustand für mich schon bald alltäglich sein wird, möchte ich mir am liebsten die Decke über den Kopf ziehen und nie wieder aufwachen.«

Diese Mutlosigkeit war schrecklich, und doch konnte man

ihr nicht widersprechen, was sie besonders schwer zu ertragen machte. Ihrem Bauchgefühl folgend, holte Greta das Notizbuch hervor und schlug es bei der Skizze von Beekensiel auf, die Mattes gemacht hatte. Sie zeigte auf die eingekreiste Stelle, die am nächsten beim Festland lag.

»War Hinrichs' Lager in diesem Birkenwald?«

»Ja, das ist die Stelle, das habt ihr beiden Detektive also bereits ausbaldowert. Wirklich clever, dieser junge Ennenhof.«

Als Arjen Anstalten machte, in dem Notizbuch zu blättern, schlug Greta es rasch zu. Es sollte zwar kein Geheimnis sein, aber sie wollte es ihm gern erst dann zeigen, wenn Rubens Geschichte zu Ende erzählt war. Die alte Fotografie von Arjen zog ihren Blick an. Jetzt da sie wusste, wie diese Aufnahme entstanden war, kam es ihr vor, als sähe sie sie zum ersten Mal. *Es ist nicht das Sonnenlicht, wegen dem Arjen seine Augen beschattet*, erkannte Greta. *Es ist wegen Ruben, er ist seine ganz persönliche Sonne. Wie trist muss das Leben nach Rubens Verschwinden gewesen sein?*

»Ich habe diese Aufnahme lange Zeit als Talisman mit mir herumgetragen, deshalb macht sie so einen mitgenommenen Eindruck«, gestand Arjen verschmitzt ein. »Schau auf die Rückseite.«

Mit gerunzelter Stirn nahm Greta das Foto heraus. Die Rückseite war stark vergilbt, sodass die geschriebenen Zeilen erst beim genauen Hinsehen zu erkennen waren. Verblichene Worte, unterzeichnet mit einem ›R‹. Als sie das Foto direkt unter die Leselampe bei Arjens Bett hielt, gelang es ihr endlich, die Sätze zu entziffern:

Als Erinnerung an einen Sommer voller Geheimnisse.
Unseren Sommer.
Dein Freund R

»Die Zeilen können doch unmöglich von Ruben stammen, sie haben ihn doch kurz nach eurem Einstieg bei Fred Denneburg geschnappt und ins Kinderheim abgeschoben.« Um Gretas Brust legte sich ein Griff, der sie zwang, schnell und flach zu atmen. »Du hast ihn also ein zweites Mal gesehen … Wo? Wann?«

Doch ihre Fragen prallten an Arjen ab. Stattdessen drehte er die Fotografie zwischen ihren Fingern erneut um. »Das Wichtigste ist jetzt das Motiv, mein Kind. Siehst du den Hintergrund? Es ist die Lichtung von Peer Hinrichs' Unterschlupf, möglicherweise hilft euch das bei der Suche weiter, denn von der Hütte dürfte kaum noch etwas übrig sein.«

Damit biss Arjen in seinen Toast und begann so entschlossen zu kauen, dass Greta wusste, dass sie jetzt nicht weiter zu ihm vordringen würde. Das Einzige, was ihr blieb, war, der ausgelegten Fährte zu folgen – obwohl sie der Gedanke daran, dass Arjen Ruben erneut getroffen hatte, nicht mehr losließ. Vermutlich wäre sie hartnäckig bei ihrem Großvater sitzen geblieben, wenn nicht eine ganz andere Art der Verlockung auf sie gewartet hätte. Ein Spaziergang mit Mattes Ennenhof war allerdings ein schlagendes Argument, also steckte sie die Fotografie behutsam in die Seite ihrer Fotoapparattasche und eilte los.

19

Mattes wartete mit Fado ein Stück abseits vom Sturmwind auf Greta. Ohne es auszusprechen, waren sie beide zu dem Entschluss gekommen, nicht zusätzliches Öl in Trudes Feuer zu gießen, indem er sie im Hotel abholte. Die redselige Dame hatte Greta ohnehin schon mit Lobeshymnen auf ihren Neffen überschüttet, während sie das Frühstückstablett für Arjen zusammenstellte. Vermutlich waren sie selbst auf dem Marktplatz nicht sicher vor neugierigen Blicken, denn sicherlich wohnte in jedem zweiten Haus ein guter Bekannter von Trude. Während Fado sie so stürmisch begrüßte, als hätten sie sich seit einer Ewigkeit nicht mehr gesehen, lächelte Mattes sie nur freundlich an. *Egal wie verbunden wir uns nach dem gestrigen Abend fühlen, Mattes ist eben ein typisches Nordlicht und sehr zurückhaltend. In dieser Hinsicht sind wir einander nicht unähnlich*, stellte sie belustigt fest, denn schließlich hatte sie ihre Hände in den Jackentaschen gelassen, um ja nicht aufdringlich zu wirken.

»Moin! Heute ist der perfekte Tag für einen Spaziergang, vor allem wenn man sich eine Spur verkatert fühlt«, begrüßte Mattes sie mit einem vergnügten Augenblitzen.

Zwar fühlte sich Greta energiegeladen, aber ihre Augen waren trotzdem verräterisch verquollen. »Ich weiß schon, warum ich für gewöhnlich keinen Rotwein trinke: Erst hat man eine leichte Zunge und dann einen schweren Kopf.«

Mattes nickte wissend, dann deutete er auf den Fotoapparat, der über ihre Schulter hing. »Meinst du, wir werden das Versteck schon heute finden?«

Ohne viele Umwege berichtete Greta von ihrer Unterhaltung mit Arjen, während sie eine Unruhe in sich aufsteigen fühlte, von der sie nicht wusste, woher sie genau stammte. Sie wollte losgehen, sich bewegen, um diese Beklemmung abzustreifen.

»Im Birkenwald, der zum Festland geht, lag das Versteck von diesem Hinrichs also.« Mattes zog seine Mütze aus der Jackentasche, setzte sie jedoch nicht auf, sondern spielte mit ihr. »Habe ich mir schon fast gedacht, dort hat man seine Ruhe und kann problemlos ein kleines Boot verstecken, sodass man sich nicht unentwegt mit den Hafenwärtern herumschlagen muss.«

»Ich habe noch einen weiteren Anhaltspunkt.« Mit klammen Fingern holte sie Arjens Aufnahme hervor und zeigte sie Mattes. »Das ist mein Großvater als Kind, aber in unserem Fall ist der Hintergrund vielleicht nützlich, denn er zeigt die Hütte, in der Peer Hinrichs mit Ruben gehaust hat.«

Aufmerksam musterte Mattes die alte Fotografie. »Es ist nicht viel zu erkennen, aber ich würde darauf tippen, dass die Hütte aus Holz war. Gut möglich, dass bereits alles verrottet ist, aber dieser Anbau hier … Das sieht nach Mauerwerk aus. Was könnte das sein?«

»Pirats Hundehütte«, flüsterte Greta. »Wenn auch sonst alles Zeit und Witterung zum Opfer gefallen ist, die Mauer müsste noch stehen.«

»Das ist tatsächlich ein Anhaltspunkt.« Mattes pfiff nach Fado, der sich gerade mit zwei Terriern balgte. »Dann mal los, das Wäldchen liegt nämlich einen ordentlichen Fußmarsch entfernt.«

Schweigend liefen sie durch den milchigen Dunst, der alles wie eine Haube überdeckte: die »Moin«s der Spaziergänger, die ihnen begegneten, die Umrisse der Häuser, die wenigen Lichtstreifen, die einen Weg durch die Wolkendecke fanden. Sogar das Meeresrauschen klang gedämpft, obwohl kräftiger Seegang herrschen musste. Sobald sie den Ort verließen, gehörte der Weg ihnen allein. Fast kam es Greta so vor, als mieden die Beekensieler die Teile der Insel, die sich nicht in der unmittelbaren Nähe ihres Dorfes befanden – bis auf Mattes, der offenbar gern umherstromerte und stets zielsicher einen Weg abseits der Straße fand. Doch diese Beobachtung behielt Greta für sich, denn sie wollte das Schweigen nicht brechen.

Mit Mattes an der Seite durch den Nebel zu wandern, kam Greta seltsam vor: vertraut und verstörend zugleich. Wie konnte sie sich in der Nähe eines Menschen, den sie kaum kannte, so geborgen fühlen? Mit Erik hatte sie Jahre verbracht, ohne die Distanz zwischen ihnen zu überwinden, und bis zum Schluss war er ihr in vielerlei Hinsicht ein Rätsel geblieben. Nicht dass es sie verwundert hätte, sie führte es darauf zurück, dass ihnen zu einem Gefühl der Verbundenheit schlicht noch ein paar gemeinsame Jahre fehlten. Erst jetzt, als der Saum des Birkenwalds auftauchte und Mattes sie verstohlen aus den Augenwinkeln betrachtete, während Fado eine Gruppe Dünenhasen aufscheuchte, begriff sie, dass sie vollkommen ahnungslos gewesen war. Mit einem Mal meldete sich eine innere Stimme, auf die sie während ihrer Zeit mit Erik ständig gewartet hatte. Nun flüsterte sie immer eindringlicher auf Greta ein. »Es passt … Warum auch immer«, wisperte die Stimme. *Mir passt es aber gerade nicht*, hielt Greta dagegen. Dabei wollte sie gar nicht leugnen, dass es zwischen Mattes und ihr auf einer tiefer gehenden Ebene eine Verbindung gab – doch ihre Leben waren einfach zu unterschiedlich. Außerdem beunruhigte sie die Intensität, mit der sie auf diesen Mann reagierte, und es verunsicherte sie auch, dass ihre Wege sich mehrmals gekreuzt hatten, seit Arjen angefangen hatte, ihr vom Walfischknochen zu erzählen.

Das kommt dabei heraus, wenn man sich Geschichten von zwölfjährigen Jungen über das Schicksal in den Kopf setzen lässt, spottete Greta über sich selbst. *Sobald du alles über Ruben herausgefunden hast, bittest du Mattes, dir bei der Suche nach dem Walfischknochen zu helfen, damit du dein Schicksal mit seinem auf zauberhafte Weise zusammenführen kannst. Falls das nicht ohnehin schon der Fall ist …* Der Spott half jedoch nicht, Greta beobachtete Mattes genauso aus den Augenwinkeln wie er sie, und vermutlich lag in ihren Mundwinkeln dabei das gleiche Lächeln. Sie dachte an seine klar geschwungenen Brauen und an die Form seiner Nase, die sich vom breiten Sattel zur Spitze hin verjüngte – obwohl sie eigentlich wenig Wert auf Äußerlichkeiten legte. Und trotzdem würde sie sein Gesicht sogar mit geschlossenen Augen bis ins Detail sehen, als habe sein Anblick sich auf ihrer Netzhaut eingeprägt …

»Fällt dir eine Besonderheit ein, um die Lage des Unterschlupfs besser einschätzen zu können?«, fragte Mattes, nachdem sie den Wald betreten hatten. Der Boden unter ihren Füßen war von Dünengras bedeckt, das Sturm und Regen niedergedrückt hatten. Es fühlte sich an, als würde man schweben, so gedämpft war jeder Tritt. Die Birken leuchteten in einem satten Gelbton, doch kaum fiel ein Sonnenstrahl auf sie, verblassten sie zu flirrendem Weißgold. Durch die zierlichen Blätter und die weißen, schlanken Stämme sahen die Bäume wie Kunstwerke aus.

Greta durchsuchte ihr Gedächtnis. »Nur so viel, dass die Hütte auf einer Lichtung lag, die wohl von außen nicht einsehbar war. Arjen war damals ziemlich verblüfft, als er plötzlich vor ihr stand. Hinrichs wird schon dafür gesorgt haben, dass kein Beekensieler durch Zufall über seinen Unterschlupf stolperte, schließlich ging es ihm ja um die Abgeschiedenheit.«

»Eine Lichtung also. Das ist nicht viel, die könnte mittlerweile bereits zugewuchert sein. Wir sollten uns von der Mittelachse des Wäldchens einmal durchschlagen. Die Ränder wird er ja gewiss gemieden haben.« Mattes hielt einen Moment lang inne, und Greta befürchtete, er könnte vorschlagen, dass sie sich trennten, um ihre Chancen zu erhöhen. Falls ihm der Gedanke gekommen war, behielt er ihn für sich. »Nach Osten hin steigt die Insel noch einmal an, ich tippe deshalb drauf, dass Hinrichs sich eher in diesem Bereich niedergelassen hat, denn er musste ja ans Trinkwasser rankommen. Ich habe heute Morgen übrigens kurz mit meiner Großmutter geredet. Sie konnte sich verschwommen an Peer Hinrichs erinnern. Sie sagt, er habe als Sonderling gegolten und sich auf seine bärbeißige Art wohl mit einigen Insulanern angelegt.«

»Unter anderem mit den Ennenhofs, wenn ich mich richtig an Arjens Worte erinnere«, fügte Greta hinzu.

Mattes warf ihr einen abmessenden Blick zu. »Das stimmt sicher. Selbst wenn dein Großvater nichts davon erwähnt hätte, wäre es wahrscheinlich gewesen. Meine Familie versuchte, den Fischhandel auf Beekensiel in geordnete Bahnen zu lenken. Ein Peer Hinrichs, der unbedingt seinen eignen Weg gehen will, war meinem Urgroßvater mit Sicherheit ein Dorn im Auge.«

»Das klingt fast so, als würdest du die strikte Haltung

deiner Familie gutheißen.« Die Vorstellung löste eine ungeahnte Sorge in Greta aus. Vielleicht hatte sie sich in ihrer Verbundenheit zu Mattes getäuscht …

»Nun, du bist eine Rosenboom. Von deinem Urgroßvater Thaisen hieß es, dass er ziemlich aus der Haut fahren konnte, obwohl er ansonsten ein eher weltabgewandter Mann voller Ideale war. Findest du dich in dieser Beschreibung wieder?« Da Greta nicht gleich antwortete, grinste Mattes schief. »Ich denke, dein Auftritt mit Großvater Arjens Mercedes in der engen Gasse steht für sich. Und dann die Sticheleien, weil ich mein Geld mit Fischerei verdiene …«

»Ist ja schon gut, ich habe verstanden«, unterbrach ihn Greta. »Es ist nur … Du kommst mir nicht wie ein typischer Ennenhof vor.«

Mattes zuckte mit der Schulter. »In Beekensiel kannst du jeden von den älteren Semestern fragen, sie werden dir alle bestätigen, dass ich in vielerlei Hinsicht nach meiner Mutter schlage: Ich habe ihren Dickkopf genauso geerbt wie ihre etwas seltsame Nase. Womit ich dann ja wohl ein waschechter Ennenhof bin. Kannst du damit leben?«

Greta lachte. »Ich werde mich bemühen.«

»Gut, dann kreide ich dir auch nicht länger an, wie eine Wahnsinnige Auto zu fahren und deine Opfer hinterher auch noch zu beschimpfen.« Mattes rieb seine behandschuhten Hände aneinander, um die Kälte zu vertreiben, die klamm in der Luft lag. »Übrigens konnte sich meine Großmutter nicht an einen kleinen Ausreißer erinnern, den Hinrichs bei sich beherbergt hat. Damals war Adele nur sporadisch auf der Insel gewesen, ihre Eltern hatten sie auf ein Internat geschickt, und die Sommerferien verbrachte sie überwiegend bei einer Tante in Hamburg, die ihr ein wenig Lebensart beibringen sollte. Offenbar hoffte man, sie in die bessere Gesellschaft zu verheiraten, ihr Vater Jörg war in dieser – und in so manch anderer – Hinsicht ausgesprochen ehrgeizig. Adeles Familie stand vor dem Krieg kurz vor dem Sprung ins Großbürgertum. Ihr Vater war ein angesehener Rechtsanwalt in Aurich, aber die Bomben haben seinem Streben ein Ende gesetzt, und er hat sich dann wieder auf seine Heimatinsel Beekensiel konzentriert, war sogar einige Jahre Bürgermeister. Trotzdem kann ich mir durchaus vorstellen, dass es dem alten Claußen nicht leichtgefallen ist, seine einzige Tochter an einen Beekensieler Fischer zu verheiraten, auch wenn dessen Familie ihm in sein Amt verholfen hat und auf der Insel damals die erste Geige spielte.«

Es gelang Greta nicht recht, Mitleid für die zerschlagenen Großbürgerträume der Familie Claußen aufzubringen, schließlich waren während der Nazi-Herrschaft und im Krieg ganz andere Hoffnungen und Wünsche zerschlagen worden. Adele Claußen war noch glimpflich davongekommen: Sie hatte weder ein enges Familienmitglied verloren, noch hatte sie in der Nachkriegszeit ein entbehrungsreiches Leben geführt. Mattes schien das ganz ähnlich einzuschätzen, denn er zuckte mit den Achseln.

»Jedenfalls meinte meine Großmutter, die Geschichte mit dem Jungen passe zu dem Ende, das Hinrichs gefunden hat: Man beschuldigte ihn, kleine Jungen zu verführen, angeblich würde er mit ihnen in den Wald gehen, auch wenn niemand genau wusste, wohin. Namen sind in diesem Zusammenhang in der Öffentlichkeit wohl keine gefallen, und es hat erst recht keine ordentliche Anklage gegeben. Aber als Hinrichs sich angetrunken auf dem Marktplatz blicken ließ, hat der führende NSDAPler, Fred Denneburg, ihn mit viel Theater festgesetzt und an den Wachtmeister der Ordnungspolizei übergeben. Es gab Gerüchte, die Gestapo hätte sich seiner angenommen, jedenfalls sah man Peer Hinrichs auf Beekensiel nie wieder.«

Säure breitete sich in Gretas Magen aus. Auch wenn es niemand mit Sicherheit sagen konnte, so war Peer Hinrichs sicherlich ein Opfer der NS-Tyrannei geworden, die nicht nur diejenigen ablehnte, die nicht in ihr System passten, sondern sie systematisch vernichtete. So gesehen hatte sich Rubens Schicksal auf Beekensiel ein zweites Mal wiederholt: Der Mann, der ihm Unterschlupf gewährt hatte, endete in den Fängen des Regimes. Ob Arjen wohl darüber Bescheid wusste, oder war diese Geschichte vielleicht nicht bis an das Ohr des Pastorensohns vorgedrungen?

Ihren Gedanken nachhängend, wanderte sie mit Mattes durch Nebelfetzen, die sich zwischen den von Stürmen gebogenen Baumstämmen verfangen hatten und die selbst die Helligkeit des anbrechenden Vormittags nicht vertreiben konnte. Der Birkenwald war dank des niedrigen Baumwuchses licht, und vereinzelte Blätter rieselten durch die milchige Luft. Auf dem Dünengras sammelten sich Tropfen, ein paar späte Pilzköpfe schauten hervor, und bei jedem Schritt knackte Gehölz, das sich in dem dichten Teppich verfangen hatte. Wie aus weiter Ferne ertönten Möwenschreie. Dem Wald haftete etwas Unwirkliches an und verlieh Greta das Gefühl, sich außerhalb der Zeit zu befinden.

»Die Festlandseite der Insel hat eindeutig ihre Vorzüge, aber ich treibe mich lieber auf der Meerseite herum«, begann Mattes unvermittelt zu erzählen. »Natürlich macht der freie Blick auf den Horizont viel aus, die Verbindung, die das Meer mit dem Himmel eingeht. Adele würde dafür sterben. Bei mir ist es jedoch noch etwas anderes … Alles zusammen sozusagen. Ich mag es, wie sich der nasse Sand unter den Füßen anfühlt, das Rillenmuster des Watts, seine Grautöne. Wie der Strand einen ganz eigenen Pfad bildet und wie die Dünen sich erheben. Es gibt viele beeindruckende Orte auf der Welt, aber dieser hier ist meiner.« Für einen Moment schwieg Mattes. Dann fügte er hinzu: »Das klingt ganz schön dramatisch, oder? Dabei bin ich normalerweise gar nicht so dramatisch veranlagt.« Er grinste verlegen. »Außerdem gibt es in den Dünen Sanddornbüsche, und diese Beeren sind wirklich das Leckerste, das es gibt.«

Greta schmunzelte. »Ich kenne noch jemanden, der eine Schwäche für Sanddorn hatte.« Das Lachen blieb ihr fast im Hals stecken, als ihr bewusst wurde, zu wem sie einen Vergleich gezogen hatte: zu dem Jungen, nach dessen Spuren sie gerade suchten – Ruben. »Dieser Wald ist voller Geister.«

»Wenn dem so ist, dann haben sie uns gerade zu ihrem Versteck geführt.«

Verwirrt blickte Greta sich um, dann begriff sie, dass sie inmitten einer Lichtung standen. Am Rand, fast überwuchert vom Grün, entdeckte sie die erhofften Mauerwerkreste. Fast andächtig berührte sie die bemoosten Steine, während Mattes sich einen Baumstumpf zum Hinsetzen suchte und einen Block samt Stift hervorholte. Fado legte sich zu seinen Füßen, einen Stock als Beute im Maul haltend. Als der Hund den Stock genüsslich zu zerkauen begann, hatte Mattes bereits die ersten Striche gezogen. Greta begann jedoch nicht, wie geplant, Fotos von der Lichtung zu machen, sondern schob Dünengras beiseite und drang in den kleinen Raum vor, der vom Verschlag noch erhalten geblieben war. Ruben hatte Pirat geliebt, sein Essen mit ihm geteilt und mit seiner Begeisterung den ängstlichen Arjen so weit angesteckt, dass er den Hund gegen den Willen seines Vaters zu sich genommen hatte.

Einem Hund kann man bedingungslos vertrauen, hat Ruben gesagt.

In diesem Moment wurde Greta in den Rücken gestupst. Sie kippte vor Schreck nach vorne und versuchte, Halt an den Mauerresten zu finden, die jedoch sofort nachgaben und ihr in den Handballen schnitten. Unter ihren Händen zerbröselte das letzte Zeugnis für Peer Hinrichs' Existenz. Während Greta fluchend versuchte, sich wieder aufzurichten, stupste Fado sie unbeeindruckt mit seinem Stock an. »Nicht jetzt«, brummte sie ihn an und blickte auf das Chaos, das sie angerichtet hatte. Sie war umringt von Backstein- und Mörtelbrocken, während sich in ihrem Handballen ein scheußlicher Schmerz ausbreitete. Doch sie vergaß die Verletzung sofort, als ihr Blick auf ein Stück Messing fiel, das zwischen den Überresten der Mauer herausragte. Mattes war mittlerweile bei ihr angekommen und wollte ihr gerade hochhelfen, da sah er es auch. Es war die Ecke einer Schnupftabakdose, die jemand zwischen den Steinen versteckt hatte. Ihren Deckel zierte ein schlichtes Kreuz. Als Greta an ihr rüttelte, erklang im Inneren der Dose ein Klacken.

»Mumifizierter Tabak?«, mutmaßte Mattes nicht ganz ernsthaft.

Mit einigen Mühen öffnete Greta den verrosteten Deckel und brachte eine Filmpatrone zutage. Sie wusste sofort, was sie vor sich hatten und was sie auf den Negativbildern finden würden: zwei Jungen, die sich nach einem gelungenen Streich gegenseitig fotografierten – und ein Stück Walfischknochen, das geschnitzte Muster zierten. Den endgültigen Beweis dafür, dass sowohl Ruben als auch der mysteriöse Talisman existiert hatten.

20

»Und du bist dir sicher, dass du nicht schnell noch mit mir zu Mittag essen möchtest? Unser Ausflug in den Birkenwald hat dich doch sicher auch hungrig gemacht.«

Sie waren nach einem raschen Fußmarsch durch die Kälte wieder beim Sturmwind angekommen. Obwohl Mattes die Frage wie nebenbei stellte, entging Greta keinesfalls das hoffnungsvolle Aufblitzen in seinen Augen. Allein deshalb hätte sie am liebsten sofort ihre Meinung geändert, doch es war an der Zeit, nach Arjen zu sehen und sich darum zu kümmern, dass er etwas aß. Denn im Gegensatz zu Greta lief ihr Großvater ernsthaft Gefahr, vor Entkräftung zusammenzubrechen. »Ein anderes Mal gern, außerdem hast du ja auch noch etwas zu tun.« Sie deutete auf Mattes' Jackentasche, in der die Negative steckten. Da es auf Beekensiel keine Möglichkeit gab, Abzüge machen zu lassen, wollte er den Film in Aurich abgeben, wo er sich ohnehin mit einem Freund treffen wollte. Greta konnte es kaum erwarten, die Bilder zu sehen, die Ruben und Arjen in jenem Sommer gemacht hatten, dessen Einfluss bis in die Gegenwart reichte – und zwar nicht nur in die ihres Großvaters, sondern auch in ihre eigene. Wie sonst war es zu erklären, dass sie nun auf dem Beekensieler Marktplatz zusammen mit Mattes Ennenhof stand? Oder hätte sie ohne Arjens Geschichte ebenfalls zu diesem Mann gefunden? Greta bezweifelte es. Fast konnte man meinen, dass es die Macht des Walfischknochens gewesen war, die sie auf diese Insel gebracht hatte …

Mattes nickte ergeben. »Wie du meinst, dann werde ich mal zusehen, dass ich loskomme. Vergiss nicht, die Schnittwunde an deinem Handballen zu reinigen. Wer weiß, was für Schimmelkulturen in diesem alten Mörtel saßen? Die Mauer ist schließlich nicht umsonst zerbröselt, und das bisschen Wasser, das wir auf die Verletzung gegossen haben, wird kaum gereicht haben, um sie richtig auszuspülen.«

»Ach, den kleinen Schnitt hatte ich schon fast vergessen.« In Wirklichkeit pochte die Wunde scheußlich, und Greta war bloß zu gut gelaunt, um sich damit zu befassen. Der Vormittag war in vielerlei Hinsicht ein Erfolg gewesen.

Für einen Moment standen sie schweigend voreinander, als wolle keiner von ihnen den anderen verlassen. Außerdem waren sie wohl auch unschlüssig, wie sie sich nach einem solchen Erlebnis voneinander verabschieden sollten. Dann umfasste Mattes leicht ihren Arm, beugte sich vor und gab Greta einen Kuss auf die Wange. Sie spürte seine kühlen Lippen, das Kratzen seiner Bartstoppeln – eine flüchtige Berührung, und doch war es, als würde sie durch unzählige Schichten heißen und kalten Wassers tauchen.

»Also, dann.« Benommen drückte Greta die friesengrüne Tür des Sturmwind auf und tapste in den Windfang – jedoch nicht, ohne zuvor das Grinsen in Mattes Ennenhofs Gesicht zu bemerken. Der Kerl wusste offenbar ganz genau, welche Wirkung sein Kuss entfaltet hatte.

In Arjens Zimmer erwartete Greta ein unerwarteter Anblick: Arjen saß frisch rasiert in seiner grauen Lieblingsstrickjacke in einem Meer aus Kissen und mit einem Tablett auf seinem Schoß. Den Suppenlöffel hielt er bei ihrem Eintreten hoch in die Luft, offenbar, um einen Witz zu unterstreichen, den er gerade erzählt hatte. Zumindest lachte das Zimmermädchen Birte, das am Bettrand saß, hinter vorgehaltener Hand. Ein klirrend helles Feengeräusch, das vollauf zu diesem verhuschten Wesen passte. Kaum bemerkte sie Greta, sprang Birte auf und wäre wohl davongestürmt, wenn diese ihr nicht den Fluchtweg versperrt hätte.

»Moin«, grüßte Greta so herzlich wie möglich. »Macht ihr beiden euch eine schöne Zeit? Das finde ich ja sehr lieb von Ihnen, dass Sie meinem Großvater Gesellschaft beim Essen leisten, Birte. Und dann auch noch so ausgesprochen erfolgreich, der Teller ist ja leer!«

Arjen, der das Spiel »Wir reden beruhigend auf das scheue Wildpferd ein« in seiner Arzttätigkeit tagein, tagaus gespielt hatte, nahm Birtes Hand. »In der Gesellschaft dieser jungen Dame war es ein Leichtes zu vergessen, dass seit meiner Erkältung alles wie Styropor schmeckt. Wusstest du, dass Birte neben ihrer Tätigkeit hier im Haus auch in der hiesigen Trachtengruppe aktiv ist? Es ist erstaunlich, was es über eine Tracht alles zu erzählen gibt, vor allem, wenn man es mit einem ahnungslosen Banausen wie mir zu tun hat. Greta hat für solche Dinge mehr Sinn, nicht wahr?«

Das war eine flotte Lüge. Bislang hatte Greta nicht einmal geahnt, dass es so etwas wie eine ostfriesische Trachtenkultur gab. Trotzdem nickte sie eifrig und war bereit, sich alles über Hauben und Schürzen anzuhören, wenn es denn half, dass Birte Zutrauen fasste. Ihr klang immer noch Trudes Bemerkung in den Ohren, dass die junge Frau bei einem gewalttätigen Vater aufgewachsen war. Da war jede Möglichkeit willkommen, die ihr half, mehr Selbstvertrauen zu fassen.

»Kommen Sie, Birte. Zeigen Sie meiner Enkelin doch Ihre wunderbare Halskette.«

Zu Gretas Erstaunen hob Birte brav das Kinn und deutete auf ein filigranes Schmuckstück, das an einem Samtband um ihren Hals hing. »Meins ist zwar nur aus Silber, aber sehr schön gearbeitet. Allein wie exakt die Details der Blüte aufgesetzt sind ... Sehen Sie?«

Greta musste zugeben, dass sie solch ein hauchzartes Etwas niemals mit dem Begriff Trachten in Verbindung gebracht hätte. Ein Halbmond aus Blättern mit einer Blüte in der Mitte, während darunter an feinen Gliedern eine Knospe hing. Behutsam berührte sie das Schmuckstück, das sich – erwärmt durch Birtes Haut – anfühlte, als gehöre es zu ihr.

»Es gefällt Ihnen«, stellte Birte stolz fest. »Bestimmt würde Ihnen ein solcher Halsschmuck auch gut stehen. Es gibt noch Goldschmiede, die diese Art von Stücken fertigen. Am schönsten sind jedoch Erbstücke.«

Arjen nickte zustimmend. »Ich wette, Mattes Ennenhof hat einen ganzen Sack voll mit dem edlen Geschmeide.«

Während Greta blutrot anlief, tauschte ihr Großvater mit Birte ein wissendes Lächeln aus. Es sah ganz danach aus, als wäre das ansonsten zurückhaltende Mädchen bestens in den Sturmwind-Klatsch eingeweiht. Nachdem Birte sich mit dem Tablett in den Händen verabschiedet hatte – Greta behielt einen Teller mit verschmähtem Rührei zurück –, musterten die beiden sich eindringlich.

Es war Arjen, der das Schweigen als Erster brach. »Und, ist der Ausflug erfolgreich gewesen?«

»Eigentlich bin ich mir im Moment unsicher, ob ich dir überhaupt davon erzählen möchte, nachdem du mich derartig hopsgenommen hast – von wegen ›hübsche Erbstücke‹.« Greta aß ein paar Bissen und bemerkte mit jedem Happen mehr, wie ausgehungert sie war. An Mattes' Seite war die Zeit geradezu verflogen, und der Geist des Birkenwalds schien sie geradezu eingelullt zu haben. Nun pustete sie auf ihren verletzten Handballen, was jedoch kaum Linderung brachte.

»Zeig mal her.« Arjens Ton war so bestimmt, dass sie seiner Forderung sofort gehorchte. »Gott sei Dank, nur oberflächlich, aber der Schnitt wird dich trotzdem noch ärgern. Nun, lass ihn an der frischen Luft und kleb ihn nur im Notfall ab. In meinem Kulturbeutel ist Desinfektionsspray, davon tust du etwas drauf, nachdem du die Wunde gesäubert hast. Wie ist das denn passiert?«

»Ich habe Pirats alten Verschlag zum Einsturz gebracht ... Das Mauerwerk war so brüchig, dass es meinem Körpergewicht nicht standhalten konnte. Das hat sich jedoch als Glück im Unglück herausgestellt, weil ich dadurch ein Geheimversteck entdeckt habe.« Greta legte die verschrammte Schnupftabakdose in Arjens Hand, die sich sogleich darum schloss.

»Erkennst du sie wieder? Da, sie ist aus Messing und trägt ein Kreuz in der Mitte.«

Mit einer fahrigen Bewegung angelte Arjen seine Brille vom Nachttisch und setzte sie leicht schräg auf seine Nase. »Keine Frage – das ist Thaisens Schnupftabakdose. Siehst du? Auf der Unterseite sind seine Initialen eingeritzt. Das olle Messingding ... Warum, zum Kuckuck, hat Ruben sie aufbewahrt?

»Darin war die Filmpatrone mit euren Aufnahmen versteckt. Mattes ist gerade dabei, nach Aurich zu fahren und Abzüge machen zu lassen. Spätestens morgen Abend ist er wieder zurück.«

Gretas Hoffnung, ihrem Großvater einen beglückten Ausdruck zu entlocken, wurde enttäuscht. Stattdessen riss Arjen die Augen auf und wurde noch blasser, als er es ohnehin schon war. Er brauchte eine ganze Weile, um sich wieder zu fangen. »Dort hat Ruben die Filmpatrone also versteckt gehabt …«, flüsterte er, als seien die Worte nur an ihn selbst gerichtet. »Dabei war Pirat doch schon lange nicht mehr dort, um sie zu beschützen.«

Die Worte sickerten in Gretas Bewusstsein ein, bis sie sich zu einer Gewissheit verdichteten. »Wenn Pirat zu diesem Zeitpunkt nicht mehr da gewesen ist, weil du ihn zu dir genommen hast …« Die Gedanken überschlugen sich regelrecht. »Dann stimmt es also, dass Ruben nach seiner Abschiebung noch einmal auf Beekensiel gewesen ist.« Greta hielt es kaum noch auf ihrem Stuhl aus vor Aufregung. Die Geschichte, die sie in ihren Bann gezogen und die bereits so viel in ihrem Leben bewegt hatte, war noch nicht zu Ende. Ruben war zurückgekehrt!

»Ja, das ist er.« Noch immer schlich sich keine Freude in Arjens Stimme. Schwerfällig, als wiche schlagartig die Kraft aus ihm, sank er in die Kissen. Die Lebensfreude, die er eben noch versprüht hatte, war mit einem Schlag verblasst. »Wenn du möchtest, werde ich dir davon erzählen, aber nicht jetzt. Nicht jetzt.« Entkräftet lehnte er sich in sein Kissen.

Greta blieb auf der Bettkante sitzen, bis Arjen in einen unruhigen Schlaf gefallen war, dann wechselte sie in einen Sessel beim Fenster. Der Marktplatz lag verlassen da. Selbst beim Hafen waren nur vereinzelte Gestalten zu sehen, dabei hatte sich der Nebel gelichtet, und dem Perlgrau des Himmels lag etwas Verheißungsvolles inne. Mit angezogenen Knien kuschelte sich Greta in die Polster. *Gleich werde ich mein Notizheft holen und den Besuch des Birkenwalds darin festhalten*, nahm sie sich vor. Aber zuerst wollte sie noch den Flug eines Seevogels beobachten, der kühn seine Kreise zog. Während sie noch versuchte, ihre ersten Sätze im Geist vorzuformulieren, nickte sie ein.

»Aufwachen. Hörst du, Greta-Mädchen?«

Ich schlafe doch gar nicht, dachte Greta, musste dann aber feststellen, dass es ihr nicht gelang, die Worte auch auszusprechen. Ihre Lippen waren wie versiegelt und ihre Lider allem Anschein nach auch, denn sosehr sie sich anstrengte, sie wollten sich nicht öffnen.

Es wurde erneut an ihrer Schulter gezupft und »Greta, aufwachen« gewispert.

Endlich gelang es ihr, die Augen einen Spalt zu öffnen. Sie staunte als Erstes darüber, dass Arjens Zimmer bereits im Zwielicht lag. Sie musste einige Stunden lang geschlafen haben. Zum Beweis, dass ein Sessel gut für ein Nickerchen, aber nicht für den Tiefschlaf ist, zuckte ein Schmerz durch ihren Rücken. »Oh, verflixt.« Erst als sie sich so gerade aufgesetzt hatte, wie es ihr unter diesen Umständen möglich war, begriff sie, wer sie aufgeweckt hatte: ihre Mutter. Gretas Bestürzung wurde nicht geringer, als sie in Anettes abgehetztes und verquollenes Gesicht blickte.

»Mama? Was – um Himmels willen – machst du denn hier?«

Sofort legte Anette den Finger über die Lippen. »Psst, du weckst sonst Arjen auf. Sieh ihn dir nur an, wie erschöpft und ausgezehrt er aussieht. Er braucht dringend seinen Schlaf.«

Dieser indirekte Vorwurf verstärkte Gretas Gereiztheit so kurz nach dem Aufwachen. »Und Ruhe braucht er auch, aber die wird er wohl kaum bekommen, wenn er aufwacht und vor Schreck gleich wieder umkippt, weil er dich für ein Wahnbild hält. Du solltest nämlich gar nicht hier, sondern in Meresund sein und mit Pastor Roder Händchen halten. Das ist es jedenfalls, was Großvater sich von ganzem Herzen für dich wünscht.«

Anette biss sich auf die Unterlippe, als kämpfe sie gewaltsam gegen aufsteigende Tränen an. »Ich habe ein Recht darauf, bei Arjen zu sein – besonders jetzt.«

»Ich will ja auch gar nicht behaupten, dass es nicht schön ist, dich zu Besuch zu haben. Es ist nur … Es wäre nett gewesen, wenn du vorher Bescheid gesagt hättest.« Insgeheim verfluchte Greta ihre Mutter für diesen mitleidheischenden Auftritt, aber Anette hatte vermutlich schon genug hinnehmen müssen in den letzten Wochen. Da es immer noch beißend heiß zwischen ihren Schulterblättern brannte, versuchte Greta die Stelle mit den Fingerspitzen zu erreichen, um sie zu massieren. Letztendlich musste sie sich jedoch eingestehen, dass sie für eine solche artistische Übung viel zu verspannt war. »Die Erkältung hat Großvater zwar mitgenommen, aber mittlerweile geht es ihm deutlich besser, er isst wieder und …«

»Das bezweifle ich.« Obwohl sich an Anettes gebeuteltem Ton nichts änderte, entging Greta das Aufblitzen in ihren Augen nicht: ein Gefühl von Überlegenheit. »Nichts ist gut, und das habe ich von Anfang an gefühlt. Diese seltsame Idee mit der Reise … Niemand, der Arjen wirklich kennt, konnte glauben, dass es sich dabei lediglich um einen lang gehegten Wunsch handelte. Dahinter steckte etwas ganz anderes.«

»Hör bitte auf, in Rätseln zu sprechen, und erzähl, worum es geht. Falls Arjen etwas verheimlicht hat, dann ist die Angelegenheit zu ernst, um Spielchen darüber zu veranstalten, wer von uns beiden für ihn wichtiger ist.«

»So etwas würde ich ja auch niemals tun!« Doch die Art, mit der Anette hektisch den Sitz ihrer Haare kontrollierte, bestätigte durchaus, dass ihr diese Unterhaltung Genugtuung verschafft hatte. Die Gelegenheit, sich über ihre Tochter zu stellen, die sie so kläglich am Wegesrand zurückgelassen und seitdem lediglich unzureichend mit Informationen gefüttert hatte, musste natürlich ausgekostet werden. »Eigentlich wäre ich euch schon viel früher nachgereist, aber ihr beiden habt ja so eine unsägliche Geheimniskrämerei um eure Reiseroute gemacht. Na ja, und Thomas … Ich meine natürlich Pastor Roder, der hat gemeint, ich soll euch ruhig die gemeinsame Zeit zugestehen, du würdest dich gewiss gut um Arjen kümmern. Und ich habe ja auch gar keine Zweifel daran, dass du genau das getan hast. Es ist nur …«

»Worum geht es?« Langsam riss Greta der Geduldsfaden.

Anettes Augenbrauen zogen sich mahnend zusammen. »Sollen wir das vielleicht lieber vor der Tür besprechen, wenn du außerstande bist, dich zurückzuhalten?«

»Was besprechen?« Arjen schaltete die Lampe auf dem Nachttisch an. »Oh, Anette. Das ist ja eine Überraschung.«

Für einen Moment war Greta nach Schmunzeln zumute, wenn sie sich vorstellte, wie ihre Mutter und sie im Halbdunkel flüsternd ihre Kräfte miteinander maßen, um ja nicht den Gegenstand ihrer Diskussion zu stören. König Arjen, den Herrscher über den Rosenboom-Clan, selbst wenn er schnarchend daniederlag. Aber als sie das von Falten übersäte Gesicht und vor allem die müden Augen ihres Großvaters sah, verging ihr das Lachen.

Nach einem Zögern trat Anette neben das Bett und

nahm Arjens Hand. »Es tut mir leid, dass ich ohne Anmeldung in dein Zimmer platze. Das ist ja sonst so gar nicht meine Art. Ich war bloß furchtbar aufgebracht, nachdem Greta mir von deiner Erkältung erzählt hat.«

»Du bist in deinem Zustand doch hoffentlich nicht mit dem Auto gefahren?« Arjen blinzelte Greta zu. »Wusstest du, dass deine Mutter eine noch schrecklichere Autofahrerin ist als du?«

Greta schüttelte den Kopf. Rückblickend kannte sie Anette tatsächlich nur auf dem Fahrrad, mit dem man in Meresund alles problemlos erreichen konnte. »Hat sie mir gegenüber interessanterweise nie erwähnt, nicht einmal nachdem ich durch die Führerscheinprüfung gefallen bin.«

»Das ist doch alles nebensächlich«, fiel Anette erregt ein. »Thomas hat mich gebracht, deshalb sind wir auch so spät dran, schließlich musste er noch die Sonntagspredigt halten. Nachdem wir in diesem Gasthof eingetroffen sind, bin ich schon einmal vorgegangen, während er damit beschäftigt ist, diese aufdringliche Wirtin abzulenken. Die wollte mich nämlich nicht ohne Vorankündigung zu Arjen aufs Zimmer lassen, gerade so, als wäre ich eine Fremde. Aber auch das ist egal. Nachdem Greta mir deine Erkältung gebeichtet hatte, habe ich bei Dr. Brunner angerufen und mich wegen deiner Nachuntersuchung erkundigt. Und bevor du dich aufregst: Dr. Brunner hat sich geweigert, mir irgendwas über deinen Gesundheitszustand zu erzählen. Er sagte lediglich: ›Wenn Ihr Schwiegervater Ihnen erzählt hat, es läge kein Befund vor, dann würde ich Ihnen raten, noch einmal in Ruhe mit ihm darüber zu sprechen.‹ Arjen, das sagt der Mann doch nicht ohne Grund!«

»Nein, das tut er nicht«, bestätigte Arjen erstickt. Sein

Blick suchte erneut den seiner Enkelin, erwischte ihn jedoch nicht.

Greta glaubte hintenüberzustürzen und zu fallen, immer weiter zu fallen, während ihr Verstand mühsam zu begreifen versuchte, was soeben zwischen den Zeilen angedeutet worden war. Sie wollte ebenfalls zu ihrem Großvater ans Bett treten, damit er nicht lauter als nötig sprechen musste, stand auch auf, aber es gelang ihr nicht, sich weiter zu rühren. Gleich würde sich ihre Reise verändern, das spürte sie beinahe körperlich, wie ein eisiger Regen grub sich die Vermutung in ihre Haut, machte ihre Wangen und Lippen taub.

Arjens Augen schlossen sich für einen Moment, und als er sie wieder öffnete, waren sie von dem strahlenden Blau, das Greta so liebte. »Es tut mir leid, euch beiden solchen Kummer zu bereiten. Und nicht nur euch, sondern der ganzen Familie, auch wenn ich überzeugt davon bin, dass der Mensch es sich selbst schuldig ist, sein Schicksal in die eigenen Hände zu nehmen. Nach der Philosophie habe ich jedenfalls einen Großteil meines Lebens gehandelt. Und ich habe mich auch daran gehalten, als mir Dr. Brunner kurz vor meinem Geburtstag die Ergebnisse der Nachuntersuchung bekanntgegeben hat. Ich kann nicht behaupten, dass ich überrascht war, schließlich ist das Risiko nach einem Knochenkrebs recht hoch, an Leukämie zu erkranken.«

Kaum war das entscheidende Wort gefallen, schluchzte Anette auf. »Ich habe es geahnt, die ganze Zeit über habe ich es geahnt, dass etwas nicht stimmt.«

»Leukämie.« Ohne zu wissen, wie sie dorthin gelangt war, fand sich Greta neben dem Bett wieder. Die Erschöpfung, unter der ihr früher sonst stets energiegeladener Großvater gelitten hatte, der immer häufiger wegbleibende Appetit, die Blässe – all das hatte sie wahrgenommen und als Alterserscheinung abgetan. »Wie schlimm ist es?«

Ein trauriges Lächeln stahl sich auf Arjens Gesicht. »Nun, die Heimsuchung nennt sich ›akute myeloische Leukämie‹. Um es geradeheraus zu sagen: Die Therapiechancen sehen in meinem hohen Alter schlecht aus. Sehr schlecht sogar. Darum habe ich mich entschlossen, den Dingen ihren Lauf zu lassen und die Handvoll Monate, die mir noch bleiben, zu nutzen, anstatt mich in einem Krankenhaus mit Medikamenten vollstopfen zu lassen, die das Unvermeidliche für eine kurze Spanne hinauszögern.«

Bevor Greta auch nur eine der tausend Fragen stellen konnte, die ihr auf der Zunge lagen, brach Anette in Tränen aus. Es war jenes haltlose Weinen, das durch Mark und Bein ging. Behutsam tätschelte Arjen ihre Hand, aber das machte es nur schlimmer. Eine Weile versuchte er seine Schwiegertochter noch mit Zuflüstern zu beruhigen, doch je mehr er sich bemühte, desto mehr verlor sich Anette in ihrer Trauer. Sie wirkte, als stünde sie bereits an seinem Grab. Schließlich gab er auf und wandte sich Greta zu, die selbst verzweifelt gegen ihre Tränen ankämpfte.

»Sieh bitte zu, dass du umgehend Thomas Roder findest. Ich glaube, niemand ist jetzt besser imstande, sich um Anette zu kümmern, als er.«

»Nein, ich möchte nicht nach irgendwem suchen, ich möchte …« Gretas Stimme versagte.

Arjen bedachte sie mit einem solch strengen Blick, wie sie ihn nie zuvor bei ihm erlebt hatte. Schlagartig schwand das diffuse Gefühl, das sich mit seiner Offenbarung hinter ihrer Stirn ausgebreitet hatte. »Bitte tu, was ich dir gesagt habe. Anette muss die Nachricht erst einmal verkraften, und ich … Ich muss dir etwas erzählen, was viel wichtiger ist als meine Diagnose, an der ich sowieso nichts ändern kann.«

Am liebsten hätte Greta geschrien, dass er nicht solche Sachen sagen durfte, dass er ihnen nicht so wehtun durfte. Aber sie tat es nicht. Ihr Großvater hatte sie um ihre Hilfe gebeten, also drehte sie sich um und fand ihren Weg zu Thomas Roder, der gerade die Koffer in zwei nebeneinanderliegende Zimmer brachte. Der Mann begriff schnell, was Greta ihm abgehackt erzählte, und eilte dann zu Arjens Krankenbett, wo Anette ihrem Schwiegervater zwischen tiefen Schluchzern versicherte, sie würde alles Erdenkliche tun, wenn er sich bloß einer Therapie unterzog, anstatt kampflos aufzugeben. Arjens Erklärung, dass auch Dr. Brunner die Meinung vertreten hatte, dass eine Therapie qualvoll sei und das Ende vermutlich nur um wenige Wochen hinausschieben würde, prallte an ihr ab. Ohnehin schien sie allein Arjens Anblick in die Verzweiflung zu stürzen.

»Es ist sicherlich das Beste, wenn Anette sich für einen Augenblick zurückzieht, um diese Nachricht zu verkraften«, schlug Thomas Roder behutsam vor. »Und Sie beide machen ebenfalls den Eindruck, als bräuchten Sie einen ruhigen Moment.«

Als Arjen nickte, legte Thomas Roder den Arm um Anettes Schultern und zog sie an sich. Zu Gretas Überraschung gelang es ihm tatsächlich, Anette zum Gehen zu bewegen, während er auf ihre ständige Forderung, Arjen müsse ihr versprechen, sich in Therapie zu begeben, mit einem beruhigenden Brummen reagierte. Als endlich die Tür hinter ihnen zuging, meinte Greta, es habe tatsächlich den Anschein gehabt, dass ihre Mutter dankbar war, aus der Situation herausgenommen zu werden. Der Schock war schlicht zu groß gewesen. Und auch sie spürte, wie erschüttert sie war. Mit steifen Bewegungen zog sie den Sessel neben das Bett und sank hinein, erschöpft, als hätte sie seit einer Ewigkeit nicht mehr geschlafen.

»Großvater …«, wisperte sie und kämpfte gegen das wieder aufwallende Bedürfnis zu weinen an. »Ich weiß nicht, wie ich das ertragen soll.«

»Sieh es als Geschenk – genau wie ich. Nur wenige Menschen wissen, dass sie bald sterben werden, und haben damit die Chance, Dinge in Ordnung zu bringen und ein friedliches Ende zu finden. Ich bin sehr froh darüber, dass sie mir gewährt wird, denn ohne den Zeitdruck hätte ich die Rückkehr nach Beekensiel vermutlich immer weiter vor mir hergeschoben. Du musst nämlich wissen, dass ich meinen Alltag unter Anettes Fuchtel ganz gemütlich fand. Die Diagnose hat meinen Blick darauf verändert. Noch vor drei Jahren, als mir Knochenmarkkrebs diagnostiziert wurde, konnte ich an Ruben nicht einmal denken. In diesen drei Jahren hat sich etwas in mir verändert, und als du mir an meinem Geburtstag auch noch ›gemeinsame Zeit‹ geschenkt hast, wusste ich, was ich zu tun hatte. Alles hatte sich von selbst gefügt – es war der perfekte Zeitpunkt, um endlich nach Beekensiel zurückzukehren. Und meine Eingebung hat sich als richtig erwiesen, nicht wahr?«

»Das stimmt«, gestand Greta ein. »Jetzt stehen aber erst einmal andere Dinge im Vordergrund. Wir müssen alles über deine Krankheit erfahren und die Möglichkeiten durchdenken. Es gibt gewiss eine Therapie, die dir mehr als nur ein paar Wochen schenkt, wir müssen bloß …«

»Nein«, sagte Arjen sanft und bestimmt zugleich. »Ich werde sterben, Greta. Schon bald. Niemand kann daran etwas ändern, es ist der natürliche Lauf der Dinge, und ich habe mich damit abgefunden. Du weißt, dass ich ein glückliches und zutiefst befriedigendes Leben geführt habe. Aber um in Frieden gehen zu können, muss ich den Bogen, der in meinem Sommer mit Ruben seinen Anfang genommen hat, zu Ende spannen. Dazu brauche ich deine Hilfe, auch wenn es zweifellos sehr viel ist, was ich von dir verlange. Vermutlich bist du traurig und auch ein wenig wütend auf mich, weil ich euch die Wahrheit über meinen Zustand verschwiegen habe. Ich befürchte jedoch, anders wäre es nicht gegangen. Und nun muss ich dich bitten, mir zuzuhören. Es ist wichtig, dass ich dir von Rubens Rückkehr erzähle.«

»So gern ich es auch möchte, ich glaube nicht, dass ich mich jetzt darauf einlassen kann.«

Arjen nickte. »Es ist sicher schwer für dich, und ich fühle mich auch scheußlich, weil ich dich trotzdem darum bitte. Ich befürchte nur, wenn ich jetzt nicht die Gelegenheit habe, dir zu erklären, warum ich mich meiner Vergangenheit stellen muss, wird es mir gar nicht mehr gelingen. Dann wird Anette die Zügel übernehmen, und mein Schicksal wird sich nicht erfüllen.«

Die Worte trafen ins Schwarze.

Arjen hat recht, fuhr es Greta durch den Kopf. *Im Angesicht des Todes darf man nicht zögern. Die Trauer kann warten, bis es wirklich einen Grund für sie gibt, wenn dieses Leben tatsächlich abgeschlossen ist. So, wie er es sich wünscht.*

Sie schenkte ihrem Großvater ein Glas Wasser ein, dann lehnte sie sich zurück. »Erzähl mir von Rubens Rückkehr nach Beekensiel.«

21

BEEKENSIEL, SOMMER 1946

Die Gestalt zeichnete sich scharf gegen das klare Licht des Vormittags ab, wie sie mit den Händen in den Taschen am Kai stand und aufs Meer hinausblickte. Sie war hochgewachsen, mit breiten Schultern, obwohl sie nichtsdestotrotz eine Spur zu hager war.

Eigentlich hätte Arjen den jungen Mann nicht weiter beachtet, als er den Sonntagsgottesdienst verließ und einige Schritte im Hafen spazieren wollte – oder entlang der Reste, die der Krieg davon übriggelassen hatte. Am Abend vorher hatte er sein Buch, entgegen seiner sonstigen Gewohnheit, zeitig beiseitegelegt, und trotzdem fühlte er sich übernächtigt. Während Thaisen von der Kanzel aus seine Predigt geschmettert hatte, war er damit beschäftigt gewesen, seine Hände unter Kontrolle zu halten, die unentwegt über seine müden Lider fahren wollten. Auch die unterdrückte Gähnerei machte ihm zu schaffen – so wie sein Leben insgesamt.

Von einem achtzehnjährigen Mann sollte man eigentlich erwarten dürfen, dass er vor Lebenslust nur so sprühte, anstatt mit hängenden Schultern auf der Kirchbank zu kauern und darauf zu hoffen, dass die noch verbleibende Sonntagspredigt wie von Zauberhand vorbeiging. Sein Vater verlangte – weiß Gott – nicht viel von ihm, nur diesen einen Kirchenbesuch und den Bibelkreis mit den Kriegsflüchtlingen und ehemaligen Zwangsarbeitern, die sich noch auf Beekensiel aufhielten. Letzteres lag Arjen tatsächlich am Herzen, er fand sowieso, dass sein Vater sich erschreckend wenig für diese Menschen einsetzte, die alles verloren und oft Grausames erlebt hatten. Doch Thaisen vertrat unbeirrlich die Haltung, dass Gott demjenigen half, der sich selbst zu helfen wusste. Damit zeigt er immerhin mehr Nächstenliebe als die meisten Insulaner, die in den Flüchtlingen lediglich Arbeitskräfte sahen, die die erlittenen Verluste der Einheimischen ausglichen und den Rest zum Teufel wünschten. Gerade von den jungen Beekensielern, die mit Begeisterung in den Krieg gezogen waren, waren nur wenige zurückgekehrt. Und diejenigen, die bisher den Weg aus Krankenlagern oder aus der Gefangenschaft heimgefunden hatten, konnten oftmals ihre alte Arbeit nicht wieder aufnehmen, wegen sichtbaren und unsichtbaren Verletzungen. Im Vergleich zu den meisten Kriegsteilnehmern von Beekensiel war Arjen noch glimpflich davongekommen: Im Herbst 1943 war er als Flakhelfer der Marine eingezogen und auf Norderney stationiert worden, wo er sich gegen Ende des Winters eine so schwere Lungenentzündung zugezogen hatte, dass er an die folgenden Monate im Lazarett kaum eine Erinnerung besaß. Von der Endphase des Krieges hatte er nur das Geschrei der Verwundeten und die zunehmende Verzweiflung des Pflegepersonals um sich herum mitbekommen. Als im Mai 1945 das Ende da war, verschlief Arjen es in seinem Elternhaus auf Beekensiel, ein ausgezehrter Junge, der darauf hoffte, dass der Frühling nicht nur für sein Land, sondern auch für ihn einen Neuanfang brachte.

Doch stattdessen hatte Beekensiel ein noch härteres Jahr bevorgestanden. Denn die Insel hatte sich von den Bombardements, die den Hafen und einige Wohn- und Lagerhäuser beschädigt hatten, noch nicht einmal ansatzweise erholt, als die Flüchtlingswelle über sie schwappte. Ihr folgte die britische Besatzung samt ihrer Unterstützung durch die polnische Armee, die Platz und Nahrung für sich in Anspruch nahm – beides Dinge, um die es knapp bestellt war. Als Arjen es im Herbst zum ersten Mal wieder zu Fuß in den Ort schaffte, erkannte er ihn kaum wieder: Die einst stolze Hafenanlage sah aus, als habe ein Riesenkind mit seinen Fäusten auf sie eingedroschen. Wo der prächtige Gasthof Friesenhus und das Rathaus mit seiner strahlend weißen Fassade gestanden hatten, war nur ein Schutthaufen geblieben, und auch die alten Kastanien im Bürgerpark waren abgebrannt. Dabei waren die Schäden, die Beekensiel hatte hinnehmen müssen, im Vergleich zu den anderen Ostfriesischen Inseln noch gering ausgefallen. Die größeren Nachbarinseln waren für die Marine besser zugänglich gewesen und deshalb später auch in den Fokus der feindlichen Bomber geraten. Wieder einmal hatte sich die selbsterwählte Außenseiterrolle von Beekensiel ausgezahlt. Trotzdem blickte Arjen in jenen Tagen in viele mutlose, verstörte und trauernde Gesichter, sodass er beschloss, seine müden Glieder zu vergessen und seinen Vater in seiner Arbeit als Geistlicher zu unterstützen, soweit es ihm möglich war – und Thaisen ihn ließ. Als der Winter dann mit gnadenloser Härte über die Insel einbrach und die letzten Kraftreserven hinwegzufegen drohte, war sich sogar Thaisen Rosenboom nicht mehr vollends sicher, ob Fleiß und Vertrauen auf Gott ausreichten, um zu überleben. Erst jetzt im Sommer keimte endlich die Hoffnung, dass es vielleicht doch noch so etwas wie eine Zukunft gab. Die britische Besatzung wollte sich bis Ende des Jahres zurückziehen, und am 1. September sollte sogar wieder ein Bürgermeister gewählt werden.

Als Arjen an jenem Sonntagvormittag die Kirche verließ, war diese Stimmung greifbarer als je zuvor. Die warme und freundliche Sonne lockte und gab ihm für einige Augenblicke die Zuversicht, dass das überall gegenwärtige Chaos schon bald überwunden sein und es eine Zukunft für ihn geben würde. Diesen Moment wollte er für sich allein haben, und genau deshalb musste er sich beeilen und die Gemeinde hinter sich lassen. Denn einige der Besucher waren nur seinetwegen da, als Dankeschön für seine Unterstützung – unabhängig davon, dass ihm eine solche Aufmerksamkeit unangenehm war. Alles, was er hatte, waren Worte, und im Gegensatz zu seinem Vater reichte ihm das nicht.

Gerade als er abwog, den Umweg über die Dünen, wo die ersten Heckenrosen blühten, zu wagen, hatte er die hochgewachsene Gestalt am zertrümmerten Kai bemerkt. Fast wäre Arjens Blick weitergeglitten, aber dann bückte der Unbekannte sich, um einen Stein aufzuheben und ihn ins Wasser zu werfen. Es war diese geschmeidige Bewegung, die Arjens Aufmerksamkeit einfing, die Leichtigkeit, die ihr innewohnte. Er blieb stehen und schaute auf die fremde und gleichwohl vertraute Gestalt.

Konnte es wirklich sein?

Eher er sich selbst eine Antwort darauf gab, drehte der Fremde sich um.

»Ruben!« Arjen wollte den Namen herausschreien, bekam jedoch nicht mehr als ein Flüstern zustande.

Dort am Kai stand wahrhaftig Ruben, auch wenn es nicht länger der kindliche Ruben seiner Erinnerung war. Nein, dort stand ein junger Mann, ungeachtet der Tatsache, dass er nach wie vor einen halben Kopf kleiner war als Arjen, der mittlerweile sogar Thaisen überragte. Rubens Haar schimmerte eine Spur dunkler im Sommerlicht, seine Gesichtszüge wirkten kantig, genau wie seine Glieder, und doch ging von ihm immer noch jener Zauber aus, der Arjen vom ersten Tag an gefesselt hatte. Einen Moment lang glaubte er sogar das Blau in Rubens Augen aufleuchten zu sehen, die jedoch nicht in seine Richtung blickten, sondern über den Vorhof der Kirche wanderten, als suchten sie jemanden Bestimmtes im Gewimmel der herausströmenden Gottesdienstbesucher. Seit dem Kriegsende war die alte Kirche so gut besucht, dass einige Gäste keinen Platz auf den Bänken fanden und stehen bleiben mussten. So etwas hatte es zuvor nur bei der Weihnachtsmesse gegeben. Offenbar gab es mit einem Mal ein dringendes Bedürfnis, Schutz unterm Mantel des Herrn zu finden, wenn auch nur für eine Stunde und unter Thaisen Rosenbooms dröhnender Stimme.

Ruben musste geahnt haben, dass er hier zu finden war! So musste es sein, sein Freund fand ihn – wie schon bei ihrem ersten Zusammentreffen – und nicht umgekehrt. *Hier bin ich*, dachte Arjen. *Ich stehe nur ein paar Schritte von dir entfernt und nicht bei den anderen, schau her.* Stattdessen bückte Ruben sich nach einem weiteren Stein und warf ihn in die sanft gegen den Kai plätschernden Wellen.

Mit ein paar Schritten war Arjen bei seinem Freund und packte ihn bei den breit gewordenen Schultern. Zorn flammte über Rubens Gesicht, und er setzte schon die Hände an, um Arjen vor die Brust zu stoßen, ehe er begriff, wen er vor sich hatte.

»Verflucht, Rosenboom, ich habe dich fast nicht erkannt! Was ist das in deinem Gesicht, haben sie dir im Krieg die

Nase weggeschossen und dir an ihrer Stelle einen Zinken angeschraubt?«

Es war die Stimme eines Fremden … Eines fremden Mannes, tief und verwirrend erwachsen, auch wenn Arjen bestenfalls einen Bartschimmer an seinem Kinn ausmachen konnte. Im Gegensatz zu ihm hatte Ruben fast alle Eierschalenreste der Jugend abgestreift. Arjen konnte nicht anders, als übers ganze Gesicht zu strahlen, während seine Hände bei seinem Freund auf den Schultern liegen blieben, obwohl es ihn drängte, seine in den letzten Jahren ins Unheimliche gewachsene Nase zu betasten. Denn wenn er ihn losließ, könnte er verschwinden. Ruben war das durchaus zuzutrauen.

»Du bist ebenfalls kaum wiederzuerkennen, vor allem weil du endlich mal anständige Kleidung am Leib trägst«, neckte er zurück. »Ich kann mich nicht daran erinnern, jemals Schuhe an deinen Füßen gesehen zu haben, Ruben.«

Bei der Nennung seines Namens blinzelte Ruben, um dann jenes breite Lächeln aufzusetzen, das Arjen schmerzlich vermisst hatte. »Die Dinger machen mich, ehrlich gesagt, auch völlig verrückt. An meinen Füßen reiht sich eine Blase an die nächste. Sobald ich aus dem Ort raus bin, ziehe ich die Stiefel aus, so viel steht fest.«

»Du hättest ja auch gar nicht erst ins Dorf kommen müssen, um mich zu treffen. Den Weg zu unserer Reetdachkate hast du doch wohl kaum vergessen, oder?« Als Ruben nicht sogleich reagierte, schob Arjen ein »Du bist doch hierhergekommen, um mich zu treffen?« hinterher. Denn er befürchtete, dass Ruben sich aus einem ganz anderen Grund am Kai herumtrieb, dass ihre Freundschaft – wie so vieles andere – der Vergangenheit angehörte und nur er unter ihrer Trennung gelitten hatte. Dann erlöste Ruben ihn jedoch.

»Wenn nicht dich, wen dann?«, fragte er mit seiner unnachahmlichen Verschmitztheit.

Endlich schloss Ruben ihn in die Arme, und Arjen kam nicht umhin, seinen Geruch einzuatmen, der nach wie vor an frisches Seegras erinnerte. Allerdings war noch eine andere Note hinzugekommen, schwerer und unleugbar anziehend. Außerdem fühlte sich sein Freund sehnig, geradezu muskulös an unter Hemd und Jacke – ganz im Gegensatz zu ihm, der die weichliche Körperform seiner Kindertage gegen die eines langgestreckten Elends eingetauscht hatte. Aus Ruben würde schon bald ein stattlicher Mann werden, während er selbst sein Leben voraussichtlich blass und kurzatmig hinter einem Schreibtisch fristen würde. Eine grauenhafte Vorstellung, denn seit dem Sommer, in dem er mit seinem Freund über die Insel streunte, hatte er es vermisst, unterwegs zu sein. Selbst seine andauernde Ermattung hatte dieses Verlangen nicht unterdrücken können – auch wenn er viel zu selten die Kraft aufgebracht hatte, ihm nachzugeben.

Jetzt wird eh alles besser, wo Ruben wieder da ist, beschloss Arjen. *Dieser zweite Sommer an seiner Seite wird die Veränderung abschließen, die er in unserem ersten ins Rollen gebracht hat. Die Zeit des Stillstands ist vorbei.*

»Bist du zum Mittagessen schon vergeben? Ansonsten lade ich dich herzlich gern ein. Unsere Dörchen ist zwar zurück zu ihrer Familie aufs Festland gezogen, nachdem ihr Mann in diesem schrecklichen Winter verstorben ist, aber ich bekomme mittlerweile auch das eine oder andere Gericht zustande. Meine Spezialität sind Bratkartoffeln – und zwar unangebrannt.« Das Lachen, mit dem Ruben diesen kleinen Hinweis auf ihre gemeinsamen Erlebnisse quittierte, jagte Arjen einen Schauer über den Rücken. Er hatte seinen Freund so schrecklich vermisst.

»Das klingt überaus verführerisch, aber was hältst du davon, wenn ich dich heute mal im Gegenzug zum Essen einlade? Wir könnten ins Sturmwind gehen, die bieten da seit heute ein Sonntagsessen an, nachdem das Restaurant ja quasi beschlagnahmt gewesen ist. Bestimmt Maischollen mit original Gartengemüse. Kartoffeln sind ja im Augenblick so gut wie gar nicht zu haben. Obwohl… Bei einem Restaurantbesuch muss ich vermutlich diese verflixten Stiefel anbehalten.«

Vor lauter Verblüffung schnappte Arjen nach Luft. Nicht nur dass Ruben offenbar Geld in den Taschen hatte, sondern er zeigte auch keinerlei Hemmung, im Ort gesehen zu werden. »Hältst du das für eine gute Idee? Wenn man dich nun wiedererkennt…«

Rubens Augen blitzten. »Und wenn schon? Ich bin kein Kind mehr, ich darf mein Geld ausgeben, wo ich will. Außerdem erregt mein Gesicht in diesen Tagen wenig Aufmerksamkeit, da gibt es ganz andere Visagen, nach denen sich die Insulaner umdrehen. Und wenn ich das richtig einschätze, dann können die Leute hier froh über jeden sein, der dabei hilft, dass das Inselleben wieder in normalen Bahnen verläuft.«

Arjen nickte ausweichend und behielt für sich, dass die Beekensieler trotz der unverzichtbaren Notwendigkeit zupackender Hände den Flüchtlingen gegenüber keineswegs freundlich gesinnt waren. Es wurden sogar schon die ersten Stimmen laut, dass man schon allein klarkäme und die darbenden alteingesessenen Familien jeden Pfennig selbst brauchten, anstatt ihre bescheidenen Vorräte mit Fremden zu teilen. Nein, mit solchen Themen wollte er ihr Wiedersehen wirklich nicht vergiften. Auch wenn er Ruben gegenüber zumindest eine Andeutung machen sollte, wenn sein Freund glaubte, sich unbehelligt im Sturmwind zeigen zu können. »Hör mal, wir haben uns so lange nicht gesehen, da gibt es doch einiges zu erzählen, das nicht unbedingt jeder Tischnachbar mitbekommen muss«, gab er zu bedenken. »Glaub mir, die Leute sind nervös und noch neugieriger als sonst. Wenn du länger bleiben möchtest, wäre es klug, ein wenig aus dem Fahrtwind zu treten.«

Widerwillig brummend steckte Ruben die Hände in seine Hosentaschen, während sein Blick einigen Kirchenbesuchern folgte, die gerade ins Hotel Sturmwind einkehrten – eine vornehme Prozession aus den führenden Familien Beekensiels, die sich ein solches Essen nicht nur leisten konnten, sondern auch die Chuzpe hatten, es öffentlich zu zeigen. Allen voran gingen die Ennenhofs, denen es mit beispielhafter Geschmeidigkeit gelungen war, ihr Unternehmen durch die Nachkriegswirren zu bringen, auch wenn sie sich in der letzten Zeit ungewöhnlich bedeckt hielten. Damit war nun offenbar Schluss, denn der alte Rasmus Ennenhof hatte beschlossen, den Rechtsanwalt Jörg Claußen bei seiner Kandidatur fürs Bürgermeisteramt zu unterstützen. Claußen war der perfekte Mann für dieses Amt, politisch unbelastet und eine der wenigen Persönlichkeiten von Format, die die Insel hervorgebracht hatte. Man rechnete es ihm hoch an, Beekensiel auch in den Jahren treu geblieben zu sein, als er seine Kanzlei in Aurich gehabt hatte, die jedoch – wie so vieles andere – den Bomben der Alliierten zum Opfer gefallen war. Nun war Claußen mittellos, aber das war nachrangig, solange er auf die Freundschaft der Ennenhofs zählen konnte. Dem Ganzen kam zugute, dass Rasmus' ältester Sohn Ole an Claußens Tochter Adele Interesse zeigte. Er war mit nur einem Bein aus Frankreich zurückgekehrt, bevor die Lage dort zu Ungunsten der Angreifer gekippt war. Jetzt ging Ole an der Seite der auffallend schönen und noch auffallender kühlen Adele, darauf bedacht, ihren Ellbogen zu halten, als liefe sie ansonsten Gefahr zu stürzen.

Mit gerunzelter Stirn beobachtete Arjen diese Gesellschaft und fragte sich, wie schon so oft, warum es immer dieselben Leute waren, die wie die Katzen auf den Pfoten landeten. Davon abgesehen war es ihm ein Rätsel, wie Ruben auf die Idee gekommen war, in diesem Lokal einzukehren. Vermutlich hätte man ihnen gar keinen Tisch zugewiesen, egal, ob Ruben Geld dabeihatte und eine ordentliche Jacke trug.

Als die friesengrüne Tür hinter den Gästen zuschlug, zuckte Ruben mit den Schultern. »Was soll's. Wahrscheinlich hast du recht, und wir würden uns nur zum Narren machen. Aber unser Wiedersehen muss gefeiert werden! Komm, ich nehme dich mit in meinen Unterschlupf.«

»Hast du Hinrichs' alte Hütte hergerichtet? Von der stand doch bloß noch der Hundeverschlag.« Mit einem Stich im Magen dachte Arjen an Pirat, der noch zwei Jahre bei ihnen gelebt hatte. Es war ein bittersüßer Schmerz, denn sie hatten einander ins Herz geschlossen gehabt. Der Schäferhundmischling war mit grauer Schnauze vorm Ofen eingeschlafen. Davon würde er Ruben bei Gelegenheit erzählen müssen und auch von Peer Hinrichs' Verschwinden …

Ruben fuhr sich mit der Hand durchs Haar, das ihm der Wind in die Stirn trieb. Ein Schwarm korngroßer, hellrot aufleuchtender Narben war dort zu sehen, die sich bis auf die Wange fortsetzten, als hätte ihn ein Funkenregen erwischt. Offenbar hatte auch Ruben seinen Teil des Krieges zu sehen bekommen. »Nein, bei Peer bin ich noch nicht gewesen, ich wollte gleich von Anfang an etwas Eigenes. Na, komm. Errätst du etwa nicht, wohin es mich gezogen hat?«

Die Hütte in den Dünen am Nordstrand sah mehr denn je wie eine Ruine aus: Die Fenster zum verwilderten Vorhof waren schwarze Löcher, und dort, wo sich einst die Haustür befunden hatte, war das Gemäuer sogar eingestürzt. Unsicher, wie er auf diese Behausung reagieren sollte, stand Arjen neben Ruben, der die Schnürbänder seiner Stiefel zusammengebunden und über die Schulter gehängt hatte. Mit den hochgekrempelten Hosenbeinen und dem offenen Hemd war er dem Ruben von früher ein ganzes Stück ähnlicher geworden, wozu sicherlich auch ihr Spaziergang an der Wassernaht beigetragen hatte, auf dem Ruben leichtfüßig von einem Thema zum nächsten gesprungen war, während Arjen japsend versucht hatte, mit ihm Schritt zu halten.

»Das ist also dein Unterschlupf?«, vergewisserte sich Arjen noch einmal.

Ruben schlug sich theatralisch vor die Brust. »Jawohl, dieser Haufen mürbe Steine ist mein Lager, meine Bastion, mein Hafen im Sturm. Gib es zu, am liebsten würdest du gleich mit einziehen in dieses Kleinod Beekensieler Baukunst. Ich gestehe, dass es gilt, die eine oder andere Kleinigkeit vielleicht noch auszubessern, aber man darf nicht kleinlich sein. Schon gar nicht in Zeiten, in denen das halbe Land in Schutt und Asche liegt. Ich habe Zufluchten in den zerbombten Gebieten gesehen, gegen die sieht meine Kate wie ein Palast aus.«

»Was bleibt denn noch, wenn man den Haufen mürber Steine wegnimmt?«

Diese Frage war durchaus ernst gemeint, denn es überstieg schlicht Arjens Fantasie. Vom Krieg zerfressene Landschaften hatte er während seiner wenigen Monate als Flakhelfer der Marine kaum zu sehen bekommen, die zerstörten Städte kannte er nur aus Zeitungen. Hier auf Beekensiel waren sie mit einem blauen Auge davongekommen: Da die Insel zu klein war, die Verbindung zum Festland von Gezeiten und Wetter abhing und ihr Hafen, trotz kostspieligem Ausbau, zu wenig Platz bot, hatte man lediglich einige Geschützstellungen aufgebaut gehabt. In diesen Tagen war Thaisens Beistand und Rat gefragter als je zuvor, auch wenn die Leute ihm seine ewige Rede davon, dass er dieses schlimme Ende von Anfang an habe kommen sehen, übelnahmen. Was Thaisen jedoch nicht davon abhielt, es ihnen bei jeder Gelegenheit erneut unter die Nase zu reiben. Vermutlich würde seine Beliebtheit schon bald schwinden, aber das würde dann auch nur bestätigen, was Arjens Vater sowieso von den Menschen hielt: Wer nicht fest in seiner Kirche verankert war, war nicht mehr als ein Fähnlein im Wind. Politische Gesinnungen kamen und gingen, nur der Glaube blieb unangetastet vom weltlichen Lauf der Dinge.

»Würde ich dich nicht besser kennen, mein lieber Arjen, würde ich annehmen, du wärst geschockt über die Wahl meiner Behausung, so erstarrt wie du dastehst. Oder kippst du mir gleich um, weil dir vor Begeisterung der Atem stockt?«

Tatsächlich fühlte Arjen sich bereits ganz leicht im Kopf, als habe er ein Gebirge und nicht bloß eine Düne erklommen. »Ich habe mir im Krieg eine schwere Lungenentzündung eingefangen, und seitdem bekomme ich die Brust nicht richtig frei, da liegt unentwegt ein gemeiner Druck drauf, ich kann mich kaum bewegen und bin ständig müde. Ich bin nicht einmal mehr an die Front geschickt worden, weil ich denen zu klapperig war, dabei haben die doch Mann und Maus in die Schlacht geworfen. Sogar mein Vater war als Seelsorger an der Front, wobei er wohl in erster Linie Sterbebegleitung geleistet hat, wenn ich mir seine Geschichten so anhöre.«

Mit erhobenen Brauen musterte Ruben ihn. »Den Nordstrand hast du eben aber ohne einmal zu keuchen genommen.«

Zu seiner Überraschung musste Arjen ihm zustimmen. Er fühlte sich außer Atem, aber nicht auf die niederdrückende Art, die ihn schon so unerträglich lang begleitete. Vorsichtig sog er Luft in die Lunge und stellte fest, dass sie nachgab, wenn auch nur widerwillig. Ganz langsam ließ das Reiben gegen den Rippenbogen nach, sein Brustkorb weitete sich und schuf einen ungeahnten Raum, um Sauerstoff und mit ihm das Leben in sich aufzunehmen. »Der Sommer, die Wärme … Vermutlich heilt mein Leiden allmählich aus«, versuchte sich Arjen die spontane Besserung zu erklären. »Und ich sah mich schon als farblosen, unentwegt röchelnden Junggesellen auf einem Buchhaltungsposten verschimmeln.«

»Tja, da bin ich ja wohl zum perfekten Zeitpunkt wieder aufgetaucht. Du und Buchhalter – der Gedanke ist schlichtweg abstrus, du bist für Größeres geschaffen, mein Freund. Das kann man dir doch an der Nase ablesen und zwar im wahrsten Sinne des Wortes. Falls du dich nun also stark genug fühlst, dann lass uns in mein bescheidenes Heim eintreten.« Die beiden jungen Männer starrten gemeinsam auf das Trümmerwerk, das einst die Eingangstür gewesen war. »Oder vielmehr reinklettern«, korrigierte sich Ruben.

»Du bist doch schon immer gern durchs Fenster eingestiegen, daran hat sich offenbar nichts geändert.«

Als Antwort bekam Arjen ein breites Grinsen, bei dem Rubens angeschlagener Vorderzahn zum Vorschein kam. In diesem Moment weitete sich sein Brustkorb erneut, als würde er ein zu eng gewordenes Korsett aus Angst und Trauer sprengen. Ein wenig ungelenk folgte er seinem Freund durch die Fensteröffnung und half ihm dabei, Gesteinsbrocken beiseitezuräumen, damit sie die alte Eingangstür, die an die Wand gelehnt stand, verschieben konnten. Dahinter kam ein Loch im Mauerwerk zum Vorschein, durch das man in einen Raum schlüpfen konnte, der zu Arjens Verwunderung im Dunkeln lag. Ruben rumorte herum, und plötzlich sickerte Tageslicht durch ein Fenster, dessen Laden von innen gesichert war. Verblüfft sah Arjen sich in der Kammer um, in der ein aus Holzplanken gezimmertes Bett und eine Bistrotischplatte mit Birkenstämmen anstelle der fehlenden Beine standen. Die Kammer war sauber, beinahe gemütlich, und was Arjen am meisten faszinierte, war die Tatsache, dass sie ein Dach besaß, eine Mischung aus Planen und Planken.

Ruben entging seine Verwunderung nicht. »Das mit dem Dach war nicht ganz einfach, weil man es vorläufig nicht von außen erkennen soll. Sobald ich auf der Insel einigermaßen Fuß gefasst habe, will ich ein Reetdach draufsetzen, so wie es sich gehört. Und bis dahin reicht es aus, wenn es nicht reinregnet und windet.«

Während Ruben seine Renovierungspläne weiter ausführte und dabei in der Kammer auf und ab lief, verfinsterte sich Arjens Miene. »Seit wann bist du eigentlich schon wieder zurück? Seit einer Woche? Einem Monat?«

Augenblicklich blieb Ruben stehen und bemühte sich darum, dem finsteren Blick seines Freundes standzuhalten. »Nun schau mich nicht so vorwurfsvoll an. Seit ich auf Beekensiel eingetroffen bin, haben sich die Dinge nur so überschlagen: Ich habe einen Aushilfsjob am Hafen ergattert und noch einen als Maler oder vielmehr Schuttbeseitiger. Und dann das hier.« Ruben fasste mit unübersehbarem Stolz an die Kante seines Tisches. »Ich wollte, dass mein Neuanfang auf der Insel bereits feste Formen angenommen hat, bevor ich dir unter die Augen trete. Kein verlumpter Bengel, der sich sein Essen zusammenklauen oder erbetteln muss und auf dem Boden einer Baracke schläft. Jemand, den man am Nacken packt wie einen räudigen Köter und kurzerhand ins Heim verfrachtet, ohne dass er etwas dagegen tun kann, weil er vollkommen unmächtig ist.« In Rubens Augen zog der graue Nebel auf und verriet, mit welchen verletzten Gefühlen er zurückblickte auf den Sommer, der trotz des bitteren Endes für Arjen die wunderbarste Zeit seines Lebens war. So hatte sich Ruben damals gefühlt: wehrlos wie ein eingesperrter Hund, für den sich niemand interessierte. »Erst jetzt bin ich wirklich in der Lage, mein Schicksal in die eigene Hand zu nehmen, und genau das ist es, was ich will. Ich habe an dich gedacht, Arjen. Nicht erst seitdem ich wieder auf Beekensiel bin. Aber ich musste mich zuerst einmal beweisen, bevor ich dich wiedertreffen konnte.«

»Ich habe auch an dich gedacht, sehr oft sogar.« Allerdings behielt Arjen lieber für sich, wie überlebenswichtig diese Erinnerungen gewesen waren, wenn Tage und Nächte während seiner Krankheit kaum einen Unterschied zu machen schienen. »Und nicht nur das – ich habe auch mein Versprechen gehalten und das Geheimnis für dich bewahrt.« Mit zittrigen Fingern griff Arjen in den Ausschnitt seines Hemdes und holte den Walfischknochen hervor, der ihn seit jenem Sommer tagein, tagaus begleitet hatte. »Ich habe ihn für dich aufbewahrt.«

Unwillkürlich biss Ruben sich beim Anblick des Talismans auf die Unterlippe. »Ich bin zurückgekehrt, um dort weiterzumachen, wo ich aufgehört habe: mit einem eigenständigen Leben auf dieser Insel. Und dieses Mal wird mich niemand davon abhalten können.« Zögernd streckte er die Hand aus und berührte das elfenbeinartige Material, streichelte über die glatte Fläche und liebkoste flüchtig eine Schnitzerei. Als Arjen das Lederband jedoch über seinen Kopf ziehen wollte, deutete Ruben ihm, es bleiben zu lassen. »Du hast den Walfischknochen so gut behütet, du solltest ihn vorläufig bei dir behalten.«

»Aber was ist mit dir?« Arjen konnte die Bestürzung in seiner Stimme nicht verbergen. Wie konnte Ruben etwas so Wichtiges einfach ihm überlassen? Der Walfischknochen hatte seinem verschleppten Vater gehört, er war ein mystisches Relikt, das sie hatten entschlüsseln wollen, und Ruben war deswegen ergriffen und fortgebracht worden. »Der Walfischknochen gehört doch zu dir, er ist dein Erbe.«

»Nein, er gehört mir nicht. Er hat nie irgendjemandem gehört, er ist ein Symbol, das das Schicksal verkörpert. Man kann sich des Walfischknochens annehmen, seine Magie beschwören und ihn vor den falschen Händen bewahren, aber man kann ihn sich niemals zu eigen machen. Du bist ein guter Hüter gewesen, sehr viel besser als ich. Außerdem habe ich den Verdacht, dass du ihn dringender nötig hast als ich, denn ich ahne bereits, was das Schicksal für mich bereithält.«

»Du erahnst dein Schicksal?« Die Worte fühlten sich in Arjens Mund wie ein erster Schluck Wein an: dunkel, brennend und doch mit einem Vorgeschmack auf kommende Freuden.

Ruben nickte, die Gesichtszüge angespannt. »Dieser Sommer wird alles entscheiden, davon bin ich überzeugt.«

22

Am Montagmorgen füllte sich der Beekensieler Marktplatz mit Ständen, an denen Gemüse und Obst, Wurstwaren, Blumen, aber auch Wein und selbstgebackene Torten verkauft wurden. Ein beliebter Treff war dieser Wochenmarkt obendrein, wie der spartanisch hergerichtete Kaffeestand bewies, um den sich die halbe Insel tummelte und in die dampfenden Becher blies.

Greta ließ sich treiben, betrachtete die verschiedenen Waren und vor allem die Leute, die jede Gelegenheit auf einen Plausch zu nutzen schienen. Dafür dass die Zahl der Insulaner von Jahr zu Jahr schrumpfte, fühlten sich die Übriggebliebenen offenbar wohl. Die mürrische Art, mit der sich die Beekensieler früher abgegrenzt hatten, schien der Vergangenheit anzugehören, soweit Greta das beurteilen konnte. Es war wirklich eine Schande, dass niemand dort draußen in der Welt eine Ahnung davon hatte, wie wunderschön diese kleine Halbinsel war. Von weitem sah Greta das Ennenhof-Schild über einem Stand und schlug schnell die Gegenrichtung ein, denn allein der Gedanke an Mattes verstärkte ihre Traurigkeit. Zu gern hätte sie ihm von Arjens Geständnis erzählt und sich trösten lassen. Aber er war nun einmal nicht da, und sie war auf der Suche nach etwas, das ihre Aufmerksamkeit fesselte, damit ihre Gedanken nicht dorthin wanderten, wo sie sich ohnehin schon die halbe Nacht aufgehalten hatten. Selbst bis in ihre Träume hatte sie ein unendlich müder und ausgemergelter Arjen verfolgt. Sie hatte auf ihn eingeschrien, ihn bei den knochigen Schultern gepackt und geschüttelt, aber er war einfach eingeschlafen, als sei sie gar nicht da. Und tatsächlich hatte sie im Traum nicht einen ihrer eigenen Schreie gehört.

Greta brauchte eine Auszeit, und der Beekensieler Wochenmarkt bot die perfekte Ablenkung. Handgestrickte Pulswärmer wanderten durch ihre Hände, sie bewunderte Trockenblumensträuße und sogar das Fell einer Heidschnucke, bis sie auf ein vertrautes Aroma stieß, das sich von den anderen Gerüchen deutlich abhob. Es duftete nach … Zitronen. *Wie ein ganzes sizilianisches Zitronenfeld*, hörte sie Arjen in der Erinnerung sagen. Greta musste sich an einer schwer beladenen Frau vorbeizwängen und dabei Acht geben, nicht auf deren geifernden Spitz zu treten. Diese Sorte Kläffer führte ihr vor Augen, warum sie bislang nicht die Hundeliebhaberin in sich entdeckt hatte: Nicht alle Vierbeiner hatten Fados einnehmendes Wesen. Nachdem sie sich an Hund und Frauchen vorbeigezwängt hatte, entdeckte sie einen hölzernen Verkaufsstand, auf dem blasse blaugraue und milchweiße Becher, Schalen und Töpfe aus Keramik aufgebaut standen. Mit einem unterdrückten Freudenschrei nahm sie eines der Gefäße in die Hand und schnupperte an dem enthaltenen Badesalz. Der herbe Zitronenduft prickelte in der Nase.

Die junge Frau hinter dem Tisch blinzelte Greta zu. Mit ihrem zum Kranz eingeflochtenen sandfarbenen Haar, dem ebenmäßigen Gesicht und dem zwei Nummern zu großen Norwegerpullover sah sie aus, als wolle sie den Preis für den authentischsten Marktauftritt gewinnen. »Gefällt Ihnen der Duft?« Ihre tiefe Stimme passte zu ihrem Erscheinungsbild. »Einigen Kunden ist er nämlich zu intensiv.«

Für einen Moment schloss Greta die Augen und überließ sich ganz ihren Sinnen. »Die Zitrone riecht so frisch und irgendwie unbedarft… frei.« Zu ihrer Erleichterung nickte die junge Frau zustimmend. Greta überlegte: »Vielleicht finden die meisten Beekensieler, dass dieser Duft eher zu *dolce vita* als zu Gummistiefeln und Matjes aus dem Fass passt. Bei einem Badesalz, das mit Sanddorn versetzt ist, würden bestimmt sowohl Gäste als auch Insulaner Schlange stehen, schon allein deswegen, weil sie den Geruch mit der Insel verbinden.«

Das Seufzen der jungen Frau verriet, dass ihr dieser Gedanke auch schon gekommen war. »Das stimmt schon, in den Dünen wachsen jede Menge Sanddornbüsche, diese Früchte sind ja geradezu das Wahrzeichen unserer Insel und auch sehr beliebt, wenn es um Körperpflege geht. Aber ich könnte mir nicht vorstellen, ausgerechnet diesen Duft jeden Tag einatmen zu müssen – Geschäft hin oder her. Das hat einen persönlichen Hintergrund, und persönliche Dinge sind mir nun einmal wichtiger als mein Geldbeutel.« Als herrsche mit einem Mal Durcheinander in ihrem Sortiment, rückte sie Teller und Näpfe zurecht.

Nachdenklich begutachtete Greta die Töpferwaren, vor allem der Farbton der Lasur sprach sie an. »Dieser graublaue Ton, den Sie verwenden, erinnert mich an etwas, und damit meine ich nicht bloß den wolkenverhangenen Himmel hier an der Küste.« Plötzlich begriff sie, mit wem sie es zu tun hatte. »Sie sind Mathilde, nicht wahr? Sie müssen wissen, ich bin zu Gast im Sturmwind, und auf dem Badewannenrand meines Zimmers steht Ihr Badesalz. Die Wirtin, Trude Hayden, hat mir von Ihnen erzählt.« *Außerdem kenne ich Mathias Ennenhof, und der hat ja nicht nur graublaue Augen, sondern mag auch Sanddorn besonders gern* – aber diese Erkenntnis behielt sie lieber für sich.

Kaum fiel Trudes Name, hielten die fleißigen Hände inne. Trude mochte eine Schwäche für Tratsch haben, aber das tat ihrer Beliebtheit offenbar keinen Abbruch. Greta hätte, ohne mit der Wimper zu zucken, darauf gewettet, dass die dralle Dame mit ihrem Charme selbst hartgesottene Seemänner um den Finger wickelte.

»Wie ich Trude kenne, hat sie sicherlich nicht nur von meiner Arbeit geschwärmt, sondern meinen gesamten Lebenslauf gleich miterzählt«, bestätigte Mathilde ihre Vermutung. »Sie ist ein wahres Herzchen und vermutlich die beste Werbebotschafterin für meine Keramik, obwohl sie recht wenig damit anfangen kann. Das ist ihr alles viel zu modern, sowohl von der Form her als auch von der Lasur, sie schwört privat eben voll auf friesisches Zwiebelmuster.« Mathilde zog die Hände in die Pulliärmel, um sie aufzuwärmen. »Und, als Gast im Sturmwind fühlt man sich bestimmt gepäppelt und gehätschelt? Fürsorglichkeit steht bei Trude schließlich an erster Stelle.«

»In jeder Hinsicht«, bestätigte Greta. »Die Zimmer sind behaglich hergerichtet, das Essen und die Gastfreundschaft ein Traum. Das können wir auch gut gebrauchen, ich bin nämlich auf Reisen mit meinem Großvater, der sich eine schwere Erkältung zugezogen hat. Die letzten Tage waren ziemlich aufreibend.«

Für einen Augenblick brach Gretas Stimme weg, und sie sah wieder Arjens erschöpftes und im Schlaf zugleich gelöstes Gesicht vor sich. Würde er so aussehen, wenn die Krankheit ihn endgültig besiegt hatte? Die letzten Sätze hatte ihr Großvater gestern Abend nur noch schleppend herausgebracht, und Greta hatte ihn auch nicht bedrängt, weiter von Rubens Rückkehr zu erzählen. Das war auch gar nicht nötig gewesen, denn sie hatte sich schon längst dazu entschieden, ihn weiterhin nach Kräften zu unterstützen. Entsprechend hatte sie gegenüber Anette, die sich trotz Thomas Roders Fürsorge nur leidlich beruhigt hatte, durchgesetzt, dass Arjen auf Beekensiel blieb, bis er sich einer Rückreise aus eigenen Kräften stellen konnte, anstatt mit einem Krankentransport nach Meresund zurückzukehren. Den Wunsch ihrer Mutter, Arjen notfalls gegen seinen Willen in ein Krankenhaus zu bringen, hatte sie so resolut vom Tisch gewischt, dass Anette beim Frühstück ununterbrochen zum Fenster hinausgeblickt hatte, als säße sie allein am Tisch. Dass ihre Tochter selbst jetzt noch darauf bestand, sich gegen ihre Wünsche zu stellen, verletzte sie tief, schließlich wollte sie nur das Beste. Gretas Hinweis, dass das Beste für Anette und die Familie noch lange nicht das Beste für Arjen sei, hatte sie nicht überzeugen können. Doch für das nötige Fingerspitzengefühl, diese Sache einzurenken, fehlte Greta einfach die Geduld. Zu sehr griff die lähmende Trauer nach ihr und ließ sie erahnen, was sie schon bald verlieren würde. Nein, darüber wollte sie jetzt auf keinen Fall nachdenken, denn es half weder ihr noch Arjen weiter, wenn sie ihn bereits zu Lebzeiten betrauerte. Stattdessen besann sie sich auf Mathilde … Mattes' Mathilde.

Unsinn, sie ist vor Jahren seine Lebensgefährtin gewesen und hat sich in der Zwischenzeit ein neues Leben aufgebaut. Und wenn sie sich die junge Frau so ansah, hatte sie nicht das Gefühl, als ob Mathilde ihre Zeit damit verbrachte, ihrer verflossenen Liebe hinterherzuweinen. Mathilde wirkte viel mehr so zufrieden, wie Greta es auch gern eines Tages sein wollte.

»Jedenfalls hat Trude mich bei der Krankenpflege nach Kräften unterstützt und sich liebevoll um meinen Großvater gekümmert, viel mehr als man es von einer Wirtin erwarten darf«, nahm Greta den Faden wieder auf. »Das gilt auch für Birte, das Zimmermädchen. Der ist es sogar gelungen, ihn zum Essen zu überreden, was einem Wunder nahe kommt.«

Offenbar rannte Greta mit dieser Beobachtung offene Türen ein, denn Mathilde nickte überschwänglich. »Die Birte, die wird vollkommen unterschätzt, weil sie sich immerzu unsichtbar macht. Dabei ist sie so ein liebes Mädchen. Die kommt halt aus einer schwierigen Familie, ihr Vater ist schon seit fast zwei Jahrzehnten ein arbeitsloser Fischer, der seinen Frust an Frau und Kindern abgelassen hat.«

»Als ich angereist bin, hatte Birte sich für einen Tag krankgemeldet, weil sie aufs Gesicht gefallen war«, erzählte Greta wahrheitsgemäß. Als Mathilde die Arme in die Seiten stemmte und zu fluchen begann, zog Greta fragend die Brauen hoch. »Ich glaube, ich komme nicht ganz mit. Inwiefern betrifft Sie das?«

»›Du‹, bitte. Auf Beekensiel wird geduzt, und ich bin ohnehin aus Prinzip dafür, dadurch wird gleich alles viel lockerer. Und warum mich das so wütend macht…?« Mathilde atmete tief durch. »Mein kleiner Bruder Frank lebt mit Birte zusammen und sollte allein deshalb schon darauf achtgeben, dass ihr nichts mehr zustößt. Man muss Birte von ihrem Vater fernhalten, das schafft sie nämlich nicht von allein, vor allem nicht weil seine Frau vor einigen Monaten ausgezogen ist und Birte, das Schaf, Mitleid mit ihm hat. Mit diesem Mistkerl, der sie ihr halbes Leben lang halbtot geschlagen hat. So ist das mit Kindern, die man wie Dreck behandelt: Sie hängen umso mehr an einem. Mein

Bruderherz weiß das ganz genau, aber vermutlich ist es ihm zu anstrengend, unentwegt mit Engelszungen auf Birte einzureden, dass ihr Vater sie nur deshalb gegen Monatsende sehen will, weil ihm das Geld für seine Sauferei ausgegangen ist. Wenn ich Frank in die Finger bekomme!«

Mathilde schimpfte noch eine Runde weiter, wobei sie sich nicht darum kümmerte, dass die Verkäuferin vom Nachbarstand immer näher rutschte, um besser mithorchen zu können, und ihre Apfelkisten sich selbst überließ. Nein, Mathilde trug ihr Herz auf der Zunge, und es stand zu befürchten, dass ihrem Bruder eine ordentliche Gardinenpredigt bevorstand. Greta kam nicht umhin, sich einzugestehen, dass sie diese Frau mochte. Mattes hatte einen guten Geschmack, auch bei Frauen, so viel stand schon einmal fest. Aber warum hatte er zugelassen, dass Mathilde sich einen anderen suchte, wenn die Chemie zwischen ihnen – laut Trude – gestimmt hatte? Vielleicht war das ihre Chance, mehr darüber herauszufinden, schließlich machte Mathilde keine Geheimniskrämerei um ihre Angelegenheiten.

»Der Neffe von Trude, Mathias Ennenhof, hat sich deshalb ziemlich aufgeregt«, wagte Greta sich an das Thema heran.

»So, so, Mattes war also angefressen. Überrascht mich nicht, tief in seinem Inneren versteckt er die Seele eines edlen Ritters, auch wenn man das bei seiner direkten und manchmal auch ziemlich barschen Art nicht unbedingt glauben mag.« Ein Funkeln trat in Mathildes Augen, als würde ihr so manche pikante Erinnerung durch den Kopf gehen. »Ritterlichkeit hin oder her, angesprochen hat Mattes meinen bequemen Bruder ja trotzdem nicht. Nein, nicht den Frank, obwohl er sich ansonsten jeden vorgeknöpft hätte. So ist das, oder?« Als Greta ratlos mit den Schultern zuckte, winkte Mathilde ab. »Keine Sorge, das war eine rein rhetorische Frage, ich kenne diesen Mattes Ennenhof – und zwar besser als viele andere auf Beekensiel. Wir waren früher nämlich ein Paar.«

»Davon habe ich gehört«, gab Greta zu. Sie kam nicht dagegen an, ihr schlug das Herz hoch bis zur Kehle. »Auch davon, dass Mattes deshalb auch einen Bogen um deinen Bruder macht, obwohl ihn diese unfreiwillige Zurückhaltung wohl ziemlich wurmt. Es überrascht mich nicht, mir kommt Mattes vor wie jemand, der es gewohnt ist, seinen Kopf durchzusetzen, egal welche Wände er dabei einrennt.«

»O ja, davon kann ich ein Lied singen.« Entgegen dieser Aussage erschien ein Lächeln auf Mathildes Gesicht und zeigte eine Reihe weißer Zähne, während sie Greta plötzlich mit einem anderen Blick maß, wie diese unangenehm berührt feststellte. Ihre Camouflage als neugierige Kundin, die auf ein bisschen Inseltratsch aus war, war mit Pauken und Trompeten aufgeflogen. »Jetzt begreife ich auch die Anspielung, die Trude heute Morgen losgelassen hat, als sie an meinem Stand vorbeigeeilt ist. Von wegen ›auf wirklich jeden Topf passt ein Deckel‹. Und ich dachte, sie macht sich bloß wieder über die organische Form meiner Badesalztöpfchen lustig. Dabei ist es endlich wieder einer Frau gelungen, Mattes' Aufmerksamkeit auf sich zu ziehen. Das nenne ich eine echte Neuigkeit!«

Noch immer lächelte Mathilde ihr Strahlelächeln, sodass Greta sich allmählich entspannte. Allem Anschein nach hatte sie sich nicht getäuscht, was Mathildes Gefühle für ihren Verflossenen anbelangte: Auch wenn sie Mattes ohne jeden Zweifel noch gut leiden mochte, so war sie über das Ende ihrer Liebesbeziehung hinweg. Keine Frau, die im Geheimen noch Gefühle für einen Mann hegte, würde eine potentielle Nachfolgerin mit einem solch vergnügten Ausdruck betrachten. Trotzdem wollte Greta die Andeutung, sie habe ein romantisches Interesse an Mattes, so nicht stehen lassen.

»Falls Trude das mit ihrem Kommentar gemeint hat, übertreibt sie maßlos. Mattes hilft mir lediglich dabei, den Spuren meines Großvaters auf der Insel zu folgen, der ist nämlich auf Beekensiel aufgewachsen und war seit Ewigkeiten nicht mehr hier.«

»Tatsächlich?« Das Lächeln verwandelte sich in ein wissendes Grinsen: So leicht ließ Mathilde sich nicht von einer Spur abbringen. »Mattes ist ein hilfsbereiter Kerl, aber er hat genug eigene Ideen im Kopf, um aus reiner Nächstenliebe den Geschichten eines Fremden hinterherzulaufen. Nein, mir brauchst du nichts vorzumachen, ich weiß, wann der alte Brummbär schwach wird.«

»Das scheint hier jeder außer mir mitzubekommen.« Obwohl Greta vor Verlegenheit rot anlief, hielt sie Mathildes prüfendem Blick stand. Es schien ihr wichtiger denn je zu begreifen, warum Mattes Ennenhof diese Beziehung aufgegeben hatte. Was mochte ihn bloß dazu veranlasst haben?

Mathilde rieb mit dem Daumennagel über ihre Unterlippe, dann holte sie ein Leinentuch hervor, das sie über ihren Töpferstand ausbreitete. »Petra, gibst du mal einen Augenblick auf meine Sachen acht? Ich brauche dringend was Warmes zu trinken.« Obwohl die Verkäuferin vom Nachbarstand enttäuscht dreinblickte, weil der Informationsfluss zu versiegen drohte, stimmte sie zu und ließ die beiden Frauen obendrein noch jede einen Apfel aussuchen. »Komm, wir holen uns einen Kaffee, und dann gehen wir zusammen ein paar Schritte am Kai entlang. Normalerweise würde ich mich ja mit dir verabreden, aber heute Nachmittag bin ich mit meiner Tochter Leni allein, und die Arme zahnt gerade. Da werde ich keine ruhige Minute haben, und mit einem weinenden Baby im Arm fühlt man sich nicht gerade bemüßigt, über ein Liebesaus zu reden, das einem übel zugesetzt hat, auch wenn es schon ein paar Jahre her ist.«

»Vielleicht ist das Ganze ohnehin keine gute Idee. Ich will dir weder die Zeit rauben, noch böse Erinnerungen wecken.«

»Unsinn. Ich fände es schön, wenn Mattes endlich mal wieder verliebt wäre, der wird sonst seiner grantigen Großmutter immer ähnlicher. Hast du Adele schon kennengelernt? Ein waschechter Drache. Wie auch immer, für den Mann braucht man jedenfalls eine Gebrauchsanweisung. Ich habe so meine Erfahrungen mit ihm gemacht, warum soll ich dir nicht davon erzählen, damit du vorbereitet bist? Echt, ich bin froh, wenn ich hier mein Scherflein beitragen kann. Ist bestimmt auch einträglich fürs Karma.«

Greta presste ihre Lippen fest aufeinander, um nicht alles abzustreiten, obwohl sie sich von Mathildes Direktheit ziemlich mit dem Rücken an die Wand gedrängt fühlte. Während sie ihren Apfel bloß in der Hand hielt, biss Mathilde genüsslich in ihren hinein. Von bösen Erinnerungen, die sie niederdrückten, war nichts zu erkennen.

»Sag mal, wie heißt du überhaupt?«

Erst jetzt wurde Greta bewusst, dass sie sich noch gar nicht vorgestellt hatte. »Greta. Greta Rosenboom.«

»Eine Rosenboom also. Wusstest du, dass der Name bei uns auf Beekensiel gleichlautend ist mit ›Dickkopf‹? Wenn du Mattes die Stirn bieten willst, musst du genau das sein und noch einen Tick mehr, sonst hast du gegen ihn keine Chance, meine liebe Greta.«

Am Kai in Richtung Hafen war bedeutend weniger los, wofür Greta äußerst dankbar war. Denn im Gedränge der Kaffeetheke war ihr der kochend heiße Glühwein, den die halbe Insel anstelle von Kaffee gegen die aufziehende Herbstkälte trank, über die Finger gelaufen. Außerdem war Mathilde zu sehr mit dem Begrüßen sämtlicher Bekannten beschäftigt gewesen, als dass sie die Ruhe gefunden hätten, die ein solches Gespräch brauchte. Während sie auf dem weiß getünchten Rand des Kais entlangliefen, warf Greta einen Blick zurück auf das Sturmwind, wo Anette ihren Schwiegervater sicherlich gerade zum Frühstück überredete, auf das er nach der Aufregung des Vortags wohl kaum Appetit verspürte. Am Horizont türmten sich regenschwere Wolken, die schon bald über die Insel hinwegziehen würden, so wie der Wind stand. Ein weiterer Sturm und die Birkenblätter im Wald würden hinabrieseln wie goldene Plättchen – dann wäre die dunkle Jahreszeit endgültig gekommen.

»Hast du das Fischereigeschäft der Ennenhofs gesehen?«, fragte Mathilde unvermittelt, nachdem sie ebenfalls eine Weile ihren Gedanken nachgehangen war.

Greta wusste nicht recht, wie sie diese Frage verstehen sollte. »Nur von außen. Ein schöner Laden.«

»Nun, der Laden ist nur ein kleiner Teil des eigentlichen Geschäfts, der Großteil wird durch den Verkauf des Fangs bestritten, was richtig Geld einbringt. Oder zumindest war das vor einigen Jahrzehnten noch der Fall. Die Ennenhofs haben den Fischverkauf auf Beekensiel bestimmt – entweder man verkaufte an sie oder gar nicht, einen anderen Zwischenhändler gab es nicht. Und wenn jemand auf die Idee kam, sich als Konkurrent aufzubauen, fand er sich schnell in einer Situation wieder, die ihn davon überzeugte, es besser bleiben zu lassen. Schließlich gehörten den Ennenhofs ja auch die meisten Kutter, die sie an diejenigen vermieteten, deren Boote und Netze auf geheimnisvolle Weise zu Schaden gekommen waren. Trotzdem hatten sie offiziell einen tadellosen Ruf, denen hat nie jemand was ans Zeug flicken können, und mit Leuten, die hinter ihrem Rücken redeten, sind sie überaus rabiat umgesprungen. Nach außen hin haben sie immer den zurückhaltenden Familienbetrieb gegeben und sich sogar von den Nazis ferngehalten, die hier auf Beekensiel ansonsten alles fest in der Hand hatten. Na, bis auf so einen widerspenstigen Pfaffen namens Rosenboom.« Mathilde stupste Greta in die Seite, woraufhin sie sich noch einmal Glühwein über die Hand goss. »Mattes will darüber nicht reden, aber es wird gemunkelt, dass die Vorgehensweise seiner Familie oft nicht weit von Mafiamethoden entfernt war, auch wenn wohl niemand mit Beton beschwert im Hafen versenkt wurde … Glaube ich zumindest. Jedenfalls standen die Ennenhofs in den Nachkriegsjahren besser da als je zuvor da, während es den meisten Beekensielern schlecht ging. Bis der lokale Fischfang dann zunehmend einbüßte. Dann haben sie sich immer mehr auf den internationalen Handel spezialisiert und ihre Beziehungen stetig ausgeweitet. Rückblickend könnte man sagen, dass die Ennenhofs seit Generationen immer die richtigen Entscheidungen zur richtigen Zeit getroffen haben. Doch als Mattes noch ein Kind war, begann ihr Stern unterzugehen. Mattes' Großvater Ole hatte den Laden noch mit eiserner Hand regiert, aber sein Sohn Volker ist in so ziemlich jeder Hinsicht ein Versager. Vermutlich hätte die ältere Tochter Rose ein besseres Händchen für die neuen Herausforderungen gehabt, denen sich die Fischereibetriebe damals stellen mussten, aber sie lag ihr Leben lang mit ihrem Vater Ole im Streit und hat sich schließlich sogar abgesetzt – da war Mattes noch ein Kind. Jedenfalls war von dem einst stolzen Betrieb nicht viel übrig, als Mattes ihn schließlich übernommen hat: bloß das Haus mit dem Laden, eine Räucherei, die bestenfalls den Inselbedarf deckt, ein paar morsche Kutter und eine Handvoll übrig gebliebener Handelsbeziehungen, die ihn mit Müh und Not schwarze Zahlen schreiben lassen. Eigentlich bliebe einem klugen Kopf wie Mattes nichts anderes übrig, als den Betrieb mit allem Drum und Dran zu verkaufen und sich etwas Neues aufzubauen, denn dafür hat er bestimmt die nötigen Ideen und das Knowhow. Aber das wird er auf keinen Fall tun. Und weißt du, warum?«

Obwohl Greta die Antwort ahnte, schüttelte sie den Kopf.

»Weil Mattes glaubt, dass man nicht vor seinem Schicksal davonlaufen kann – seine Mutter hat es getan, und er hat es eine Zeit lang ebenfalls versucht, nur um festzustellen, dass er hierhergehört, nach Beekensiel. Und konsequent, wie er nun einmal ist, gehört für ihn der Familienbetrieb dazu – ob er ihn nun in einen Abgrund reißt oder nicht.«

»Was du mir sagen willst, ist, dass man Mattes nur als Ennenhof bekommt.« Greta dachte darüber nach. »Ich glaube, damit kann ich leben, so wie die Dinge heute stehen. Seine Familie hat als Unternehmen sicherlich Fehler gemacht und oftmals unmoralisch und gierig gehandelt, aber dafür ist Mattes nicht verantwortlich. Es sei denn, er würde die vergifteten Geschäftspraktiken fortsetzen …«

»Nein, das tut er auf keinen Fall. Mattes ist ein grundehrlicher Mensch, der Beekensiel Gutes will, anstatt es auszubeuten«, beeilte sich Mathilde richtigzustellen. »Aber er trägt an einem schweren Erbe, das er sich nicht abnehmen lässt. Das war damals auch unser Problem: Ich wollte dieses alte Haus mit der zimtzickigen Adele am liebsten genauso loswerden wie den Fischhandel, den Mattes in Wirklichkeit hasst. Geschäftsessen, Zahlen, Taktieren … Das liegt ihm einfach nicht im Blut, er ist vielmehr ein zupackender Mensch. Du kennst ja die Zimmer im Sturmwind, die er für Trude in seiner Freizeit hergerichtet hat. Oder die Fischräucherei – das sind Dinge, in denen er sich wiederfindet, die ihn befriedigen. Stattdessen verbringt er die meiste Zeit in dem stickigen Büro hinterm Laden und quält sich mit Angeboten und Vertragsbedingungen herum. Wir haben uns deshalb nächtelang die Köpfe heißgeredet, und irgendwann habe ich beschlossen, ihm die Pistole auf die Brust zu setzen, weil ich nicht an der Seite eines unglücklichen Mannes leben wollte. Doch er hat zu mir gesagt: ›Ich kann den Betrieb nicht abstoßen, er steht für den Namen Ennenhof, und genau das bin ich. Meine Mutter hat diese Verantwortung abgelehnt und bloß bemängelt, was alles falsch gelaufen ist, ehe sie sich einfach aus dem Staub gemacht hat – um in der Fremde so zu tun, als habe sie keine Wurzeln. Das will ich aber nicht, ich will keine Lüge leben. Wenn du das von mir verlangst, dann verlangst du zu viel.‹« Mathilde blinzelte, als würden sie diese vor Jahren gesagten Worte immer noch erschüttern. »Dabei ist er dann geblieben, er ist nicht einen Millimeter von seiner Position abgewichen, egal, was ich getan oder gesagt habe. Heute weiß ich, dass es falsch war, ihn zu bedrängen, Mattes sieht in solchen Situationen rot. Aber als er so unnahbar vor mir stand, konnte ich mich nicht zurückhalten. ›So funktioniert das nicht, Mattes‹, habe ich zu ihm gesagt. ›Nicht in einer Beziehung. So baut man sich kein gemeinsames Leben auf, da wackelt ja schon das Fundament.‹ Er hat bloß genickt und angefangen, mir beim Packen zu helfen. Ich war so in meinem Stolz gekränkt, dass ich gar nicht erst versucht habe, ihn umzustimmen. Wenn ich ihn seitdem gesehen habe, war er immer wie erstarrt, freundlich, geradezu unheimlich höflich, aber ich habe es in seinen Augen gesehen, dass er in seinem Inneren eine Tür verriegelt hat, seine Gefühle verdrängt hat. Wenn Mattes das tut, dann hast du keinerlei Chance, jemals wieder an ihn ranzukommen. Ich will dich nicht verunsichern, aber so anziehend wie ihn sein Sturkopf macht, im Zweifelsfall macht es ihn zu einem Mann aus Eis, an dem du nur abprallst und dich verletzt.«

Greta strich sich das Haar aus dem Gesicht, in den Strähnen hatten sich erste Regentropfen verfangen. Obwohl ihr alles Mögliche auf der Zunge lag, konnte sie Mathilde nur stumm ansehen. Und sie erkannte, dass die alte Narbe doch noch schmerzte – ganz gleich wie zufrieden Mathilde heute mit ihrem Leben war. An jemandem, den man liebt, dermaßen zu scheitern war sicherlich eine schockierende Erfahrung gewesen. *Wie kann ein Mann gegenüber der Frau, die er liebt, nur schlagartig so kalt werden?*, fragte sie sich und musste daran denken, was Mattes über seine Mutter erzählt hatte. Dieser Verlust konnte unmöglich spurlos an ihm vorbeigegangen sein.

»Danke, Mathilde«, brachte sie schließlich hervor. »Herzlichen Dank für deine ehrlichen Worte, wozu sie auch gut sein mögen.«

Mathilde blieb stehen und legte sanft eine Hand auf Gretas Unterarm. »Egal, was du jetzt über Mattes denkst – er ist wirklich ein großartiger Mensch, trotz allem, was zwischen uns passiert ist. Nun kennst du seine Achillesferse, und wenn dir an ihm liegt, dann solltest du sie besser niemals berühren.«

23

Das Klopfen an der Tür ließ Greta zusammenfahren, und ihr beinahe gelungener Lidstrich endete in einem Zacken. *Dieses Gepinsel ist einfach nichts für mich. Jetzt sehe ich aus wie Alice Cooper*, stellte sie genervt fest. Während sie den Schaden zu beheben versuchte, ohne das Gesamtwerk zu gefährden, rief sie »Herein«, obwohl sie ahnte, wer dort vor der Tür stand. Anette hatte sich den Tag über hinter Schweigen verschanzt, in der Hoffnung, ihr desolater Zustand würde bei ihren herzlosen Anverwandten einen Meinungsumschwung herbeirufen. Greta musste sie leider enttäuschen, denn sie war recht froh über dieses Schweigen. Nun sah es jedoch danach aus, als hätte ihre Mutter den passiven Widerstand aufgegeben. Was auch immer Anette zum Auftakt hatte sagen wollen, sie vergaß es, als sie Greta vorm Badezimmerspiegel fand, die vorsichtig mit einem Kosmetiktuch an ihrem Augenlid rieb.

»Du schminkst dich? Warum?«

»Weil ich noch einmal um den Block will und ohne Schminke gruslig übernächtigt aussehe. Meine Augenringe werden allmählich chronisch.«

Anettes Verblüffung war nicht gespielt. »Du willst in einer solchen Situation ausgehen?«

»Warum nicht?«, fragte Greta zurück. »Arjen schläft, und du hast betont, dass dir nicht nach einem gemeinsamen

Abendessen zumute ist. Du wirst ja wohl kaum erwarten, dass ich auf meinem Zimmer bleibe und um Arjen trauere, obwohl er noch lebt.«

»Wie kannst du nur so kalt sein?«

Die Anschuldigung traf Greta wie ein Schlag ins Gesicht, obwohl sie schon früher mit einem derartigen Kommentar gerechnet hatte. Es war trotzdem ungerecht, wo sie doch alle Kraft darauf verwendete, die Haltung zu wahren – und dafür wurde sie dann auch noch abgestraft. »Ich bin nicht kalt«, erwiderte sie leise. »Ganz im Gegenteil, ich habe noch nie so sehr das Bedürfnis verspürt, mich zwischen den Kissen zu verkriechen und meinem Kummer freien Lauf zu lassen. Das würde Großvater allerdings nur verletzen und ihm die Zeit verleiden, die er noch hat. Genau aus diesem Grund hat er uns doch nichts von seiner Erkrankung erzählt, weil er nicht zu Lebzeiten von seiner Familie betrauert werden wollte. Damit du mich nicht falsch verstehst: An deinen Gefühlen ist nichts verkehrt, aber wenn du Arjen liebst, dann respektiere seinen Wunsch, wie er seinen Weg zu Ende gehen will. Dieses Kräftemessen, wer die Entscheidungen fällt, muss endlich aufhören, damit tust du dir selbst und uns keinen Gefallen.«

»Wie kannst du mir nur unterstellen, ich würde ein Kräftemessen austragen? Ich liebe Arjen und will doch nur das Beste für ihn.«

»Das weiß ich … Und er weiß es bestimmt auch.« Greta streckte die Hand nach ihrer Mutter aus, die die Berührung duldete, obgleich sie den Blickkontakt weiterhin mied. »Du bist doch eine starke Frau, schieb deine Angst und Sorge beiseite und geh auf Großvater zu. Mach ihm klar, dass er dich nicht länger schützen muss, indem er sich dir entzieht. Arjen braucht dich nämlich tatsächlich, als Freundin und als Tochter, denn genau das bist du für ihn.«

Anette brach in Tränen aus, doch dieses Mal waren es keine aufgelösten Schluchzer, sondern ein befreiendes Weinen. Bis sie sich wieder beruhigte, hielt Greta sie im Arm und wischte die eigenen Tränenspuren aus dem Gesicht. Ihren Lidstrich hatte sie vergessen.

Als Greta später die ausgetretenen Treppenstufen des Sturmwind hinablief, verspürte sie Erleichterung und nahm erst jetzt wahr, dass die ganze Zeit über ein Gewicht auf ihren Schultern gelastet hatte. Eigentlich seit Arjen in seiner Geburtstagsrede von seinen Reiseabsichten erzählt und ihre Familie wenig begeistert reagiert hatte. Damals hatte sie die Sorge gehabt, dass die »geschenkte Zeit« in Wahrheit für Arjen »geraubte Zeit« war. Jetzt erst erkannte sie, dass es sich um mehr als um »geschenkte Zeit« oder um das Auflebenlassen einer Kindheit drehte – bei ihrer Reise ging es um nichts Geringeres als um Arjens Leben.

Den Nachmittag über war Greta nicht von der Seite ihres Großvaters gewichen, der sich mittlerweile so weit erholt hatte, dass er sich zum Teetrinken in den Sessel beim Fenster setzen konnte. Das war ihm wichtig gewesen, genau wie er es sichtlich genoss, seine Enkeltochter gemeinsam mit Birte, die ihren freien Nachmittag mit ihnen verbrachte, aufzuziehen, sie müsse wohl ein süßes Geheimnis haben, weil sie so gedankenverloren aufs Meer hinausblickte. Wäre Greta mit ihrem Großvater allein gewesen, hätte sie ihm vielleicht von ihrem Gespräch mit Mathilde erzählt. Je länger sie darüber nachdachte, desto mehr verunsicherte sie Mattes' kompromissloses Verhalten, während sie sich zugleich davon angezogen fühlte. Im Gegensatz zu ihr war

Mattes keine Kompromisse eingegangen, sondern hatte sich seinen Überzeugungen entsprechend verhalten und sich damit gegen seine Gefühle entschieden. Es war erstaunlich, dass ihre Beziehungen einander wie Negativ und Positiv gegenüberstanden.

»Hallo! Greta! Liebes, warten Sie doch bitte einen Moment.«

Trudes Stimme riss Greta aus ihren Grübeleien, und sie fand sich zu ihrer Überraschung bereits an der Rezeption wieder. *So was.* Offenbar ging sie wie eine Schlafwandlerin durchs Hotel und wäre zu guter Letzt bestimmt im Hafenbecken gelandet, weil sie in ihrem Tran stetig geradeaus gelaufen wäre. Mit gestrafften Schultern stellte sie sich vor den Tresen und bereitete sich innerlich darauf vor, Trude gleich Rede und Antwort stehen zu müssen. Schon das selbstzufriedene Lächeln auf dem Gesicht der Wirtin verriet mehr als genug.

»Gut, dass ich Sie noch erwische, ich habe nämlich etwas für Sie.«

Die folgende Kunstpause nutzte Trude dafür, an ihrer um den Hals baumelnden Lesebrille herumzuspielen, während es zwischen Gretas Schulterblättern unangenehm heiß wurde.

Als Greta immer noch keine Anstalten machte nachzufragen, räusperte sich Trude. »Mein Neffe, der Mattes, ist vor knapp einer halben Stunde reingeschneit und ist genau auf der Stelle, auf der Sie jetzt gerade stehen, von einem Bein aufs andere getreten. Ich wusste gar nicht, dass der Kerl so verlegen dreinblicken kann! Dabei habe ich ihn bloß ein wenig damit aufgezogen, dass seine Schwiegermutter in spe eingetroffen ist und er sich rasch mal was Schickes anziehen soll. Im Anzug macht der Junge nämlich ordentlich was her, auch wenn er immer so tut, als wäre er mit seinen Norwegerpullis und Gummistiefeln verwachsen. Dann habe ich noch erwähnt, dass Sie heute mit Mathilde einen Plausch gehalten haben. Ha! Da ist ihm glatt die Kinnlade runtergefallen. Am liebsten hätte er mir den Umschlag auf den Tresen geschmissen und sich dann aus dem Staub gemacht. Keine Zeit für Tee, er wäre gerade erst aus Aurich zurück und müsse nun ganz schnell mit Fado raus, hat der Kerl behauptet. So was aber auch, ständig diese Hektik. Habe ihm aber trotzdem noch ein paar passende Takte getrommelt.« Trude blickte so zufrieden drein wie eine alte Katze, die es auf die Anrichte mit der Sahneschale geschafft hatte. »Durch die Blume habe ich erklärt, dass er sich gefälligst zusammenreißen soll, so eine Chance bekommt er bestimmt nie wieder, schließlich verschlägt es keineswegs Wagenladungen voll mit alleinstehenden jungen Frauen nach Beekensiel. Und die meisten laufen ohnehin weg, sobald Mattes seinen speziellen Charme spielen lässt, den er von seiner Großmutter eins zu eins geerbt hat. Nur hat Adele ihre Garstigkeit früher durch ihre Schönheit wettgemacht, bei Mattes punktet höchstens sein Labrador mit den treuen Augen. Ich fand, das sollte er ruhig wissen, dann strengt er sich auch mehr an. Habe ich das nicht gut gemacht, min Deern?«

Greta befürchtete, einen ähnlichen Gesichtsausdruck wie Mattes zur Schau zu stellen, als er von ihrem Gespräch mit Mathilde gehört hatte. »Mattes hat also etwas für mich dagelassen?«, krächzte sie.

Dieser Themenwechsel sagte Trude sichtlich wenig zu. Die Lippen gespitzt, schob sie die Lesebrille auf die Nase und durchsuchte einen Papierstapel mit aufreizender Gemächlichkeit. Endlich förderte sie einen Umschlag zutage, auf dem mit klarer Handschrift »Für Greta« geschrieben stand. Trotzdem musterte Trude ihn eingängig.

»Was da wohl drin ist? Etwas zu schwer für einen Liebesbrief, selbst wenn er einige Seiten umfassen würde.«

Am Ende ihrer Geduld angelangt, streckte Greta eine Hand aus und nahm sich den Umschlag.

»Kindchen, Sie wollen mich doch wohl nicht ratlos zurücklassen, oder? Nun kommen Sie schon … Wenn es drauf ankommt, kann ich schweigen wie ein Grab.«

Nun war es an Greta, breit zu lächeln. »Nichts, was ich Ihnen lieber glauben würde. Ich befürchte allerdings, dass es lediglich Fotoabzüge von meinem Großvater als Jungen sind. Mattes war so gut, sie in Aurich anfertigen zu lassen.«

Wie erwartet wich das neugierige Funkeln der Wärme, die Trude ansonsten stets ausstrahlte. »Es ist wirklich sehr lieb von Ihnen, wie Sie sich um Ihren Großvater kümmern. Da wird sich der alte Herr gewiss freuen, und vielleicht versteht Ihre Mutter dann ja auch besser, dass Beekensiel nicht der Vorhof der Hölle, sondern ein nettes Fleckchen Erde inmitten der stürmischen Nordsee ist.« Anettes Auftritt am letzten Abend hatte offenbar Spuren hinterlassen. »Und, machen Sie nun einen Abstecher in Richtung Hafen, um sich Appetit zu holen? Ein gewisser Hundeliebhaber müsste allmählich auf dem Rückweg vom Spaziergang sein … Ich könnte für später einen schönen Tisch vorbereiten, an dem gegebenenfalls auch Ihre Mutter und deren Begleitung Platz finden würden. Wäre das was?«

Obwohl ihr die Vorstellung eines gemeinsamen Essens durchaus gefiel, schüttelte Greta den Kopf. »Heute ist leider nicht der richtige Zeitpunkt für Geselligkeit, wir haben nämlich eine traurige Nachricht erhalten. Ich will auch nur schnell noch einmal vor die Tür, um mir die Beine zu vertreten.«

»Eine traurige Nachricht? O, das tut mir aber leid. Und dabei hatte ich so gehofft, die Insel würde Ihnen nur Gutes bringen.«

Entgegen ihrer sonstigen Art ließ Trude es darauf beruhen und fragte nicht weiter nach. Als Greta sich zum Gehen wandte, wünschte sie sogar einen schönen ruhigen Abend, und das ohne jeden anzüglichen Unterton. Die Nachricht von Arjens Krankheit begann Kreise zu ziehen, ohne dass sie laut benannt werden musste. Gleichgültig wie sehr Greta sich darauf konzentrieren mochte, den Mut hochzuhalten, um ihren Großvater herum würden die Menschen leiser und zurückhaltender werden, obwohl es genau das war, was Arjen vermeiden wollte. So gesehen war es gar nicht verkehrt, wenn er schon bald in den Kreis seiner Familie zurückkehrte. Zuhause würden die Menschen zwar auch unglücklich sein, aber da sie ihm so vertraut waren, würde jene belastende Distanz gar nicht erst aufkommen. Zumindest hoffte Greta das.

Auf dem Marktplatz blickte Greta sich suchend um. Sie brauchte einen ruhigen Platz, um sich die Fotos anzusehen, bevor sie Mattes einen Besuch abstattete. Eigentlich stand ihm zu, dass sie sich die Abzüge gemeinsam ansahen, nachdem er ihr so viel geholfen hatte. Doch Greta verspürte das Bedürfnis, allein zu sein, wenn sie den ersten Blick auf Ruben und seinen Walfischknochen warf. Später würde sie die Aufnahmen dann gern gemeinsam mit Mattes betrachten.

Wie von allein fand Gretas Blick den Kirchturm aus Backstein, den noch dieselben Lichter erhellten, an denen sich in früheren Zeiten die Seefahrer orientiert hatten, weil Beekensiel keinen eigenen Leuchtturm hatte. Dass der Turm überhaupt noch stand, war ihrem Urgroßvater zu verdanken, der mit seiner unnachahmlichen Hartnäckigkeit Spenden für seine Instandhaltung eingetrieben hatte. Daran hatte sie vor einigen Tagen amüsiert gedacht, als sie der Kirche in Arjens Gesellschaft einen Besuch abgestattet hatte. Es war ein der norddeutschen Backsteingotik nachempfundener Bau, nachdem die verheerende Weihnachtsflut 1717 die ursprüngliche Kirche fortgespült hatte.

Im Bauch der Kirche war es kühl und eine Spur zu dunkel, dafür war Greta zu dieser abendlichen Stunde die einzige Besucherin. Sie setzte sich auf eine Bank, auf der sie die spärliche Beleuchtung am besten nutzen konnte. Mit steifen Fingern öffnete sie den Umschlag. Zuerst kam ein Zettel zum Vorschein, der mit der gleichen Handschrift beschriftet war, in der auch ihr Name auf dem Umschlag stand.

Liebe Greta,

ich hoffe, Du hast Dich gut von unserem Marsch durch den Birkenwald erholt, und dass der Sturz durchs Mauerwerk Dir nicht allzu viele blaue Flecken eingebracht hat.

Mein Abstecher nach Aurich hat sich gelohnt, ich habe nämlich einen Fotoladen gefunden, der tatsächlich noch über ein eigenes Fotolabor verfügt. Der Inhaber hat sich richtig gefreut über die Herausforderung, hat die Negative gereinigt und das Beste aus ihnen rausgeholt. Er meinte allerdings, dass einige Aufnahmen sehr unscharf seien.

Ich muss zugeben, dass es mich ziemlich in den Fingern gejuckt hat, einen Blick auf die Fotos zu werfen, aber ich habe mich beherrscht. Vielleicht möchtest Du mich ja heute Abend besuchen kommen und sie mir zeigen? Ich koche auch!

Bis dahin,
Mattes

In der Einsamkeit der Kirche gönnte Greta sich ein leises Lachen, das von den Wänden widerhallte. Für einen Mann wie Mattes war das eine ziemlich deutliche Einladung. Ich koche auch – wow! Noch ein wenig direkter und er hätte vermutlich die Nerven verloren und den Zettel die Toilette runtergespült. Dass er sich überhaupt dazu hatte durchringen können, ein paar Zeilen zu schreiben … Ja, vom Temperament her passten sie wirklich hervorragend zusammen: Sie waren beide eigentlich die Zurückhaltung in Person und dennoch als Hitzköpfe verschrien.

Immer noch schmunzelnd holte Greta die Abzüge hervor, die in der bislang ungeöffneten Originaltasche des Fotoladens steckten. Ein weiterer Baustein in diesem Puzzle, dessen Sog sie selbst in den Momenten spürte, als sie am Krankenbett ihres Großvaters saß oder mit Mattes zusammen war. Wie ein fernes Glitzern in der Dunkelheit, lockend, voller Versprechungen. »Gleich habe ich dich«, flüsterte Greta.

Das erste Foto zeigte Arjen als Kind. Es war jene Aufnahme, die Ruben von ihm gemacht hatte und einen rundlichen, verlegenen Jungen zeigte. Dann kam eine Aufnahme, die Greta eingehender betrachten musste, bis sie begriff, was sie zeigte: Auf einem Stein lag der Walfischknochen. Es war ein länglicher, leicht gebogener Stab, um dessen Enden ein Lederband gebunden war. Auf den ersten Blick konnte man es für ein Holzstück halten, doch die glatte Oberfläche und die ungewöhnlich feinen Schnitzereien deuteten darauf hin, dass es sich tatsächlich um einen Knochen handelte. Greta bückte sich tief über das Foto, um die Muster besser erkennen zu können. Geschlungene Linien, wie ein Netz … und andere Zeichen, vielleicht ein Sternenbild. Nein, sie brauchte eine Lupe und deutlich besseres Licht. Um die beiden anderen Aufnahmen des Knochens war es nicht besser bestellt, sie waren zu unscharf, geradezu verwackelt. Die Jungen waren natürlich unerfahren im Umgang mit der Leica gewesen, und die Jahrzehnte in der Schnupftabakdose hatten sicherlich auch ihre Spuren auf den Negativen hinterlassen. Die aufkommende Enttäuschung schluckend ging Greta zur nächsten Aufnahme über, die eine Gruppe Männer in einem Lokal zeigte. Bierkrüge wurden gestemmt, und es wurde geredet und mit weit aufgerissenen Mündern gelacht, während nur zwei abseits sitzende Männer ein Zwiegespräch führten. Fast alle trugen sie die Binde mit dem Hakenkreuz am Oberarm, und von einigen zierten Orden und Abzeichen die stolzgeschwellte Brust. *Haben die Jungen diese Aufnahmen gemacht?*, fragte sich Greta. Es schien ihr eher unwahrscheinlich, schließlich hatte ihr Interesse dem Walfischknochen gegolten. Doch dann fiel Greta ein, dass Arjen und Ruben die Kamera ja entwendet hatten und dass die ersten Bilder bereits vom Besitzer der Leica verschossen waren, diesem Fred Denneburg. Die Bilder mussten ein Treffen seiner Nazi-Kumpane zeigen … Als würde Greta sich die Finger an den Aufnahmen verbrennen, schob sie weitere dieser Fotos unter den Stapel, bis sie plötzlich innehielt.

Da war er.

Ruben.

Helles Blondhaar, das für die damalige Zeit sicher schon unanständig lange nicht mehr geschnitten worden war, umgab ein Gesicht, das nur aus Augen und einem breiten Grinsen zu bestehen schien. Unschärfe und weiße Sonnenflecken lagen über dem Bild, schoben sich zwischen ihren Blick und diesen Jungen, und trotzdem ... Das war Ruben, daran herrschte kein Zweifel, nicht nur wegen des abgebrochenen Schneidezahns, der sein Lächeln nur charmanter machte. *Ein kleiner Pirat*, dachte Greta und glaubte sich direkt ein wenig verliebt. Obwohl seine Nase und die linke Gesichtshälfte wegen der Lichtflecken kaum zu erkennen waren, ließ sich sagen, dass aus diesen Zügen einmal ein anziehendes Männergesicht werden würde. Nicht weil sie so klassisch geschnitten waren, sondern wegen ihrer Eigensinnigkeit. Gut möglich, dass es vor allem an der Ausdrucksstärke dieses ungefähr zwölfjährigen Jungen lag, dass er auch auf dem Foto noch so eine überbordende Lust auf Abenteuer ausstrahlte, während ihm gleichzeitig auch eine Verletztlichkeit anzusehen war. Nein, es überraschte Greta nicht im Geringsten, dass Arjen seinem Freund vom ersten Augenblick an verfallen war. Ihr wäre es genauso ergangen.

Nachdem Greta die Fotos wieder sorgfältig verpackt hatte, blieb sie noch eine Weile sitzen. Diese Kirche war also der Grund dafür gewesen, dass die Rosenbooms ihren Weg nach Beekensiel gefunden hatten. Anfang des 20. Jahrhunderts hatte Thaisen die Pfarrstelle auf dieser unbedeutenden ostfriesischen Insel angetreten, gewiss weil er sich mit seiner Besserwisserei bei seinen Vorgesetzten unbeliebt gemacht hatte. Von diesem schlichten Altar aus hatte er seiner unwürdigen Gemeinde vor Augen geführt, dass sie kein

Leben im Antlitz Gottes führte, sondern sich von Zerstreuungen wie Politik und der Jagd nach dem schnöden Mammon verführen ließ. Allem Anschein nach war Arjen nach seiner Mutter geschlagen, denn als Arzt hatte er ja auch für seine Mitmenschen gesorgt, jedoch kein Bedürfnis verspürt, seinen Schäfchen Vorhaltungen zu machen. Thaisen hatte dieses Gotteshaus geprägt, aber er war nie zu einem Teil dieser Insel geworden – im Gegensatz zu Magda, die hier ihren Platz gefunden hatte, wenn auch nur für eine viel zu kurze Zeit.

Das schummrige Licht verleitete Greta dazu, einen Moment lang die Augen zu schließen und sich auf diese Weise besser auf die Lebenswege ihrer Familie einzulassen. Im Geiste zeichnete sie sie nach, verwandelte sie in ein Muster, lauter miteinander verwobene Bögen, die in der Dunkelheit begannen und in der sonnendurchfluteten Ferne verschwanden. *Es ist die Kraft des Walfischknochens*, gestand sie sich halb belustigt, halb erschrocken ein. *Seine Schnitzereien haben sich mir eingeprägt.*

Woher auch immer diese Feinfühligkeit stammte, es kam ihr vor, als würde sie plötzlich gleichzeitig in zwei verschiedenen Welten wandeln: Im Heute, in dem ihre Zehen sich trotz ihrer warmen Lederstiefel in Eiszapfen verwandelten, und dem Gestern, das bevölkert war von Menschen, die sie nie kennengelernt hatte und die ihr trotzdem unvergleichlich vertraut erschienen. Als sie schließlich aufstand, den Gang hinablief und die schwere Eichentür der Kirche aufstieß, kam ihr in den Sinn, dass ihr Großvater davon erzählt hatte, wie er an einem Sommertag den Gottesdienst verlassen hatte. Während seine Worte sie umkreisten, kam es ihr vor, als folgte sie Arjen, einem in die Höhe geschossenen hageren Jungen, dem alles Weichliche abhandengekommen und der trotzdem noch weit davon entfernt war, ein Mann zu sein. Er blinzelte, als er die Kirche verließ und ihm das Sonnenlicht in die Augen stach, nachdem er während des Gottesdienstes eine gefühlte Ewigkeit auf den Boden gestarrt hatte, um besser ausblenden zu können, wie sein Vater sich vorne am Altar in Rage redete. Kaum war sein Blick wieder klar, bemerkte er die Gestalt am Kai. Sieben lange Jahre hatte er nicht gewusst, was aus seinem Freund Ruben geworden war.

Es muss Arjen wie ein Wunder vorgekommen sein …

Greta ignorierte die Kälte, die sie auf dem Marktplatz empfing, und presste einen Hand vor die Brust, um den aufsteigenden Druck auszugleichen. In Gedanken versunken blieb sie auf dem verwaisten Platz stehen. Wie kam es nur, dass ihr Arjens Vergangenheit so naheging und eine Sensibilität in ihr freilegte, die sie bislang nicht einmal erahnt hatte? Die Liebe, die sie für ihren Großvater empfand, reichte ihr als Erklärung kaum aus, die Verbindung, die sie zu seinen Erlebnissen verspürte, war wie ein unsichtbares Band, das ein Netz zwischen dem Damals und dem Heute spannte. Wie Arjen, so wollte auch sie Rubens Wesen erfassen und begreifen, wer er war. Als würde sie sein flüchtiges Bild in ihrem Kopf, losgelöst von Ort und Zeit, dann halten können. Mit aller Kraft malte Greta ihn sich aus, den fast erwachsenen Ruben mit Schuhen an den Füßen und dem Kopf voller Zukunftspläne. Doch jedes Mal, wenn sie glaubte, nur noch die Hand nach ihm ausstrecken zu müssen, verflüchtigte sich das Bild. Widerwillig gestand sie sich ein, dass sie – genau wie einst der junge Arjen – immer einen Schritt hinter Ruben herlief. Sobald sie glaubte, sein Geheimnis begriffen zu haben, offenbarte er eine neue Seite … Auch der Umschlag mit den Aufnahmen würde ihr keine Antwort darauf geben, was aus Ruben geworden war. Die Bilder zeigten nur einen Jungen, einen Ausreißer, der nicht länger sein eigener Herr war, sobald es nach den Regeln der Erwachsenenwelt ging.

Der zweite Sommer auf Beekensiel war weiterhin ein Rätsel.

24

An diesem Abend roch das Meer intensiv nach Salz und Tang, während der Himmel überm Horizont dunkelgrün eingefärbt war, als wäre er aus Glas. Die ersten frühen Sterne zeichneten sich ab, und Greta sah ihren Atem, als sie in die Melkaustraße einbog. Auch dieses Mal lagen die Fenster der Vorderseite des Klinkerhauses im Dunkeln – offenbar ging Mattes' Großmutter ungewöhnlich früh zu Bett. Mit einem Kribbeln im Bauch klingelte Greta, und dann – als sich nichts tat – klingelte sie erneut. Im Haus blieb es still, nicht einmal ein Schatten regte sich hinter den schwarzen Fensterscheiben.

Sieht ganz danach aus, als würde Mattes noch eine Extrarunde mit Fado drehen, schlussfolgerte Greta. Er hatte ja auch nicht ahnen können, dass sie schon so früh vor seiner Tür stehen würde. Sie rieb ihre klammen Hände gegeneinander und ärgerte sich zum wiederholten Mal darüber, ihre Handschuhe nicht eingepackt zu haben. Auf Beekensiel gab es zu ihrem Elend nur ein Lädchen, das gestreifte Schals und Mützen sowie nach Erdöl riechende Seemannspullover verkaufte, aber ansonsten nichts Nützliches gegen die Kälte. Die kleine Insel hatte wirklich den Anschluss verpasst, wenn man sie mit ihren Nachbarn verglich. Da stand sie quasi im Zentrum des Ortes, aber außer dem Leileckerland und einer Kneipe mit Kegelbahn gab es nichts, worin sie sich hätte zurückziehen können. Tagsüber konnte man wenigstens noch im Teeladen mit seinen Stehtischen unterschlüpfen oder sich in den Windschatten des Fischbrötchenstands stellen, aber jetzt blieb ihr nichts anderes übrig, als von einem Bein aufs andere zu treten und im Freien zu warten.

Gerade als Greta beschloss, es später noch einmal zu versuchen, kam eine trotz Kälte und Wind kerzengerade gehende Gestalt in einem Cape auf sie zu. Kurz vor Greta hielt sie an und schob sich die Kapuze aus der Stirn. Das Straßenlaternenlicht beschien das Gesicht einer alten Frau, das hohlwangig und bedeckt mit hauchfeinen Falten war – was seiner Schönheit jedoch keinen Abbruch tat. Sie wirkte geradezu majestätisch. Das Paar dunkler Augen wirkte trotz des hohen Alters überaus lebendig, wenn auch abweisend.

»Was suchen Sie vor meiner Tür?«, fragte die alte Dame mit einer Stimme, die von den vielen Jahren ganz heiser geworden war.

Greta zuckte unwillkürlich zusammen. Mit einer solchen Unfreundlichkeit hatte sie nicht gerechnet, auch wenn es über Adele Ennenhof hieß, sie sei nicht gerade ein Schätzchen. »Guten Abend, ich bin Greta Rosenboom«, stellte sie sich vor, darum bemüht, sich ihre Verstörung nicht anmerken zu lassen. »Ich bin mit Mattes verabredet, aber er scheint noch mit dem Hund draußen zu sein.«

»Ach, Sie sind also Rosenbooms Enkeltochter. Keine besonders große Ähnlichkeit, möchte ich meinen. Seien Sie froh, seine Hakennase hätte Ihnen auch nicht sonderlich gut gestanden.« Da Adele nicht einmal ansatzweise lächelte, ließ sich nicht beurteilen, wie sie den Seitenhieb meinte.

»Sie erinnern sich also an Arjen? Die meisten Leute

reden immer nur von seinem Vater Thaisen, der offenbar einen größeren Eindruck hinterlassen hat.«

»Womit auch schon alles über die Beekensieler gesagt ist.« Umständlich befreite Adele sich von einem Lederhandschuh und holte einen Schlüssel aus der Seitentasche ihres altmodischen Capes. »Es kommt eine Kälte über das Meer, die einem ganz tief in die Knochen kriecht. Die nächsten Tage werden ungemütlich werden. Sehr ungemütlich. Ein grüner Abendhimmel verheißt nichts Freundliches.«

Obwohl Adele wie zu sich selber sprach, nickte Greta zustimmend. Die alte Dame war zweifellos ein Besen, aber sie hatte etwas an sich, das Greta gefiel und in ihr den Verdacht weckte, dass es sich lohnte, hinter ihre kratzige Fassade zu blicken.

Kaum war die Tür geöffnet, stiefelte Adele ins Treppenhaus und rief, ohne sich umzudrehen: »Wenn es Ihnen lieber ist, draußen in der Kälte herumzustehen, dann tun Sie sich bloß keinen Zwang an. Ich nötige niemandem meine Gesellschaft auf.«

Sieht ganz so aus, als wäre unterentwickelte Gastfreundschaft vererblich, stellte Greta belustigt fest, als sie ins Treppenhaus trat, während Adele bereits in ihrer Wohnung verschwunden war. Wenigstens hatte sie die Tür offen stehen gelassen, und als Greta in ihre Wohnung eintrat, schlug ihr mollige Wärme entgegen, wie sie nur ein Feuer zu erzeugen vermochte.

»Lassen Sie die Wohnungstür einen Spalt weit offen, dann weiß Mattes, dass er zu mir reinkommen soll«, rief Adele aus einem Zimmer, das vom Flur aus nicht einsehbar war. »Und was Ihre Stiefel anbelangt: Die ziehen Sie gefälligst aus, auch wenn ich Ihnen keine Hausschuhe anbieten kann. Unter Ihrem derben Schuhwerk hängt garantiert der halbe Strand, und ich verspüre nicht die geringste Lust, Möwenscheiße von den Dielen zu kratzen. Meine Knie sind nicht mehr die besten.«

Greta überlegte, doch umzudrehen und draußen auf Mattes zu warten, aber da kam Adele auch schon mit einem Tablett, auf dem ein Teeservice angerichtet war, um die Ecke. »Der Wasserkessel pfeift gleich, also sehen Sie zu, dass Sie aus diesen Tretern kommen und mir in die gute Stube folgen, sonst verlaufen Sie sich bei den vielen Zimmern noch. Ich sage Mattes ja unentwegt, dass diese Wohnung zu groß für mich ist, aber davon will er nichts hören.«

»Er möchte, dass Sie das Meer sehen«, erinnerte sich Greta, während sie durch den Flur gingen, dessen Wände überraschend kahl waren. Bei einer Frau von Adeles Alter hätte sie mit unzähligen Erinnerungsfotos oder zumindest Landschaftsaquarellen gerechnet. »Das sei von großer Bedeutung für Sie«, fuhr sie fort. »Weil Sie das Meer so lieben.«

Abrupt blieb Adele stehen. »Ich würde nicht behaupten, dass ich das Meer liebe, aber es stimmt, dass es mir unmöglich ist, auf seinen Anblick zu verzichten oder sein ewiges Grollen und Toben nicht zu hören. Deshalb bin ich eben auch noch einmal draußen gewesen … Manchmal glaube ich, es ruft mich. Aber mit Liebe hat das nichts zu tun, eher mit Verzweiflung und Einsamkeit.« Sie wartete nicht ab, was für einen Eindruck ihre Worte bei Greta hervorriefen, sondern marschierte schnurstracks weiter.

Die »gute Stube«, wie Adele sie nannte, erwies sich als halber Ballsaal mit hohen Bogenfenstern, unter denen es eine eingebaute Sitznische gab. Es war nicht schwer zu erraten, wo die alte Dame am liebsten saß, denn es war der einzige Platz in diesem überdimensionalen Raum, der Heimeligkeit ausstrahlte. Während die Antiquitäten, zu denen der Sekretär und die Anrichte gewiss zählten, wie auf einer Ausstellungsfläche herumstanden, gab es in der Nische Kissen, Bücherstapel und sogar eine geöffnete Pralinenschachtel auf einem Beistelltisch.

»Nehmen Sie die Schachtel beiseite, damit ich das Tablett abstellen kann«, wies Adele an. »Und probieren Sie ruhig eine, Sie sehen nämlich aus, als würde Ihnen eine Portion Zucker guttun. Mattes meinte, Sie wären auf Beekensiel im Urlaub, aber dafür machen Sie, ehrlich gesagt, einen ziemlich abgekämpften Eindruck. Besucht mein Enkel Sie auch nachts, dass Sie solche Schatten unter den Augen haben?«

Bevor Greta darauf eine passende Antwort geben konnte, pfiff der Wasserkessel und Adele eilte davon. Soweit ihre Erziehung es zuließ, trat Greta an die Sitznische heran und begutachtete das in Silber gerahmte Portrait einer jungen Frau mit einem riesigen Sommerhut, das auf dem Beistelltisch stand. Sie musste den Hut mit der Hand festhalten, damit der Wind ihn nicht fortriss. Aufgekratzt lachte sie in die Kamera, ein fröhliches Geschöpf, vielleicht einen Tick zu gut gelaunt. Die eigensinnig geformte Nase verriet, dass es sich um Rose Ennenhof handeln musste. Es war die einzige Ähnlichkeit zu Mattes, die Greta wiederentdecken konnte. Ansonsten war sie ihrer Mutter wie aus dem Gesicht geschnitten.

Behutsam stellte Greta den Bilderrahmen zurück auf den Bücherstapel und betrachtete die Romanrücken. Zu ihrer Verwunderung war Adele offenbar eine vielseitige Leserin, die sogar vor Thrillern und Agentenstorys nicht zurückschreckte. Dabei hatte Greta ausschließlich gutbürgerliche Literatur erwartet. Die asketisch eingerichtete Wohnung und die elegant in Schwarz gekleidete Adele passten schlecht zu Geheimmissionen und Serienkillern. Da passte der Duft von frisch aufgebrühtem Assamtee schon besser, der die Wiederkehr der alten Dame ankündigte.

Nachdem Adele eine Stehlampe angeschaltet und die Kerzen in einem Bodenständer entzündet hatte, kam Greta endlich dazu, sich Mattes' Großmutter genauer anzusehen. Ihr erster Eindruck wurde mehr als bestätigt, Adele war immer noch eine durch und durch schöne Frau mit hohen Wangenknochen und einem anmutig geschwungenen Mund, auch wenn ihre Lippen früher vermutlich voller gewesen waren – wie bei ihrer Tochter auf dem Bild. Ihr hochgestecktes Haar war schlohweiß, wodurch es nur schwer vorstellbar war, dass Mattes sein dunkles Braun von ihr geerbt hatte. Außerdem war Adele erschreckend zart, der Hals saß zerbrechlich auf den Schultern, und die Unterarme, die aus den Blusenärmeln hervorschauten und aus denen jede einzelne Vene hervorstach, waren nicht stärker als die eines Kindes. Während die meisten Menschen im Alter dazu neigten, in die Breite zu gehen, war aus Adele Ennenhof ein Vögelchen geworden, darüber täuschte auch ihre rauchige Stimme nicht hinweg.

Offenbar entging der alten Dame die Begutachtung nicht, der sie Greta unterzog, denn sie kräuselte missbilligend die Nase. »Nun setzen Sie sich endlich hin und trinken Sie Ihren Tee, wie es sich gehört. Haben Sie eine Praline gegessen, wie ich Sie gebeten habe? Nein? Nur zu, keine falsche Bescheidenheit. Ich muss die Dinger loswerden, bevor Mattes die Schachtel kontrolliert. Er hat sie mir nämlich geschenkt, Sie ahnen vermutlich warum. Der liebe Junge ist in Sorge, dass seine klapprige Großmutter eines Tages vom Wind davongeweht wird, wo der Tod sie schon zu holen vergessen hat. Aber wenn man das Leben leid hat, helfen nun einmal auch keine Pralinen. So viel zu mir, jetzt erzählen Sie mir aber rasch ein wenig über sich, sonst steht Ihre Verabredung gleich in der Tür, und dann bin ich so ratlos wie zuvor, was denn nun zwischen meinem Enkelsohn und Ihnen vorgeht. Dem Mattes muss man ja jedes Wort aus der Nase ziehen. Seine Mutter, die konnte nicht eine Sekunde lang den Mund halten, war immerzu am Plappern.« Ein jäher Schmerz zuckte über Adeles Gesicht. »Seit meine Rose nicht mehr da ist, ist es sehr still geworden. Vermutlich ist Mattes deshalb so schweigsam, weil er von einer alten Frau aufgezogen worden ist, die immerzu in der Vergangenheit lebt. Es ist sehr ungerecht, in einem Haus voller Geister aufzuwachsen, wenn man in seinem Wesenskern nach Leben lechzt und etwas bewegen will.«

»Ich habe mich heute mit Mathilde Kähler darüber unterhalten. Sie meinte, dass Mattes nicht glücklich damit sei, den Fischereibetrieb weiterzuführen, aber sich weigere, auch nur darüber zu reden.«

Adeles Blick verfinsterte sich, während sie mit ihren knochigen Fingern ein silbernes Zigarettenetui unter einem Sitzkissen hervorholte, eine Zigarette herausholte und zu paffen begann. »Klug von Ihnen, ein Schwätzchen mit Mathilde zu halten«, sagte sie. »Es tut mir bis heute leid, dass aus dieser Liebe nichts geworden ist, aber wenn Sie mich fragen, war es für Mattes zu früh. Seine rebellische, eigensinnige Mutter war gerade in der Ferne verstorben, worüber man uns erst nach ihrer Beerdigung infomierte, und er musste den runtergewirtschafteten Betrieb von seinem Onkel übernehmen. Um die Kraft dafür aufzubringen, hat Mattes sich mit aller Kraft an der Vorstellung festgehalten, ein Ennenhof zu sein. Er musste einfach wissen, wo sein Platz im Leben ist. So sind manche Männer eben ... Wenn sie etwas wollen, dann wollen sie es mit aller Macht, selbst wenn sie daran zerbrechen.« Gedankenverloren öffnete Adele das Fenster einen Spalt breit und warf die aufgerauchte Zigarette hinaus. »Mattes regt sich immer über meine Qualmerei auf. Ich weiß gar nicht, wann sich das Verhältnis zwischen uns verkehrt und er die Gluckenrolle übernommen hat. Schrecklich. Aber sagen Sie mir, Greta: Glauben Sie, dass Ihnen etwas gelingen wird, das Mathilde versagt blieb? Werden Sie es schaffen, dass Mattes seine Beziehung mit diesem elenden Betrieb aufgibt, um eine mit Ihnen führen zu können?« So zynisch die Frage klang, bemerkte Greta doch, wie viel Hoffnung darin mitschwang. Adele wünschte sich, dass ihr Enkel aus seinem selbsterwählten Gefängnis ausbrach.

Erschlagen von dieser Unverblümtheit, nahm Greta erst einmal einen Schluck von ihrem Tee. »Es ist mir ein Rätsel, wie sämtliche Frauen, die Mattes nahestehen, felsenfest davon überzeugt sind, dass er eine Beziehung mit mir eingehen möchte. Und dass obwohl er mich erst seit einigen Tagen kennt und sich bei der Hälfte unserer Gespräche mit mir gestritten hat. Einmal davon abgesehen, dass zu einer Liebesgeschichte immer zwei gehören, und mir sind meine Gefühle ja wohl kaum von der Nasenspitze abzulesen.«

Adele winkte ungeduldig ab, als sie sich zu Greta in die Nische setzte. »Glauben Sie mir, ich weiß, wann ich es mit einem verliebten Frauenzimmer zu tun habe. Wer sonst steht sich bei diesem Wetter und völlig ermattet die Beine in den Bauch? So etwas Unsinniges tun nur Verliebte. Außerdem laufen Sie jedes Mal rot an, wenn Mattes' Name fällt. Ich bin alt, aber nicht blind. Und was Mattes anbelangt … In dieser Hinsicht schlägt er vollkommen nach seinem Großvater, der konnte seine Gefühle auch nicht verbergen, obwohl er sich für einen Meister der Diskretion gehalten hat.« Zum ersten Mal schlich sich ein Lächeln auf Adeles Lippen, um zugleich von Traurigkeit überschattet zu werden. »Zu leidenschaftlich und zu unbekümmert, obwohl er eigentlich hätte wissen müssen, dass es auch schiefgehen kann, wenn man das Schicksal herausfordert.« Die letzten Worte waren nur ein Flüstern, dann verstummte Adele und blickte zum Fenster hinaus, als habe sie Gretas Anwesenheit vergessen.

Und auch Greta spürte erneut den Sog der Vergangenheit, als würde sich eine Brücke zwischen dem Heute und dem Damals aufbauen, wobei es ihr überlassen blieb, sie zu überqueren. Ehe sie sich's versah, hatte sie die Abzüge aus dem Umschlag hervorgeholt und zeigte Adele die Aufnahme von Arjen. »Schauen Sie einmal, die berühmte Hakennase meines Großvaters war noch nicht einmal zu erahnen gewesen, als er noch ein Junge war. Er hatte ein richtig pausbäckiges Gesicht.« Als Adele nicht reagierte, legte sie ihr behutsam die Hand auf die Schulter. »Haben Sie Arjen so in Erinnerung?«

Endlich warf Adele einen Blick auf das Schwarzweißfoto. »Himmel, ich hatte ganz vergessen, dass er so ein Moppel gewesen ist. Nein, in meiner Erinnerung ist Arjen ein hagerer, blasser Kerl, immer eine Spur zu zögerlich, aber sehr wortgewandt und freundlich. Was ist denn aus ihm geworden?«

Mit einigen Sätzen umriss Greta das Leben ihres Großvaters, wohl wissend, dass sie ihm damit nicht einmal ansatzweise gerecht wurde.

»Arjen ist also Landarzt geworden? Eine gute Wahl, da kann man den Menschen tatsächlich helfen, und das ganz ohne große Reden zu schwingen. Sein Vater hat es ja lieber andersherum gehalten. Es ist erstaunlich, dass es Arjen gelungen ist, seinen eigenen Weg zu gehen, nachdem er bei einem solch engstirnigen Vater aufgewachsen ist. Viele andere wären unter dem Druck zerbrochen, vor allem da ja noch die Kriegserfahrungen hinzukamen.«

»Nun, mein Großvater hat Hilfe von ganz unerwarteter Seite erfahren. Er hat jemanden getroffen, der ihn mehr geprägt hat als jeder andere Mensch in seinem Leben. Warten Sie, ich zeige ihn Ihnen.«

Bei dem Versuch, Rubens Foto aus dem Stapel herauszulösen, entglitt er Gretas Händen, und die Abzüge verteilten sich auf den Sitzkissen. Während die beiden Frauen die Fotos aufsammelten, klopfte es an der Tür.

»Störe ich?«

Freudig blickte Greta auf, nur um in Mattes' verschlossenes Gesicht zu sehen. »Das war aber ein langer Abendspaziergang«, versuchte sie seine Stimmung aufzuhellen.

Mattes zog sich die Wollmütze vom Kopf, als er auf sie zutrat. Greta bemerkte, dass er ebenfalls nur Socken an den Füßen trug. Offenbar war sie nicht die Einzige, die Adeles Erziehungsmethoden zu spüren bekommen hatte. »Tut mir leid, dass du warten musstest, aber es gab einige Dinge, die ich mir durch den Kopf gehen lassen musste.«

Offenbar hat er die Nachricht, dass ich mit Mathilde geredet habe, nicht gut weggesteckt, mutmaßte Greta und lächelte ihn demonstrativ an, damit er gar nicht erst den Verdacht hegte, sie könnte ihn nun aus anderen Augen sehen. Aber Mattes beachtete sie nicht länger, er war neben seine Großmutter getreten, die so kerzengerade dasaß, dass es schon unnatürlich aussah. Mit starrem Blick betrachtete sie die Fotos, die sie eingesammelt hatte und die ihr wieder aus den Händen gefallen waren. Als Mattes sich zu ihr hinabbeugte und über ihre Wange strich, begann die alte Dame zu weinen. Vollkommen lautlos.

»Sind das die Abzüge von dem Film?« In Mattes' Stimme lag eine Schärfe, bei der Greta instinktiv zurückzuckte.

»Ja, ich wollte sie deiner Großmutter gerade zeigen.«

Mattes betrachtete die Aufnahmen, zuckte merklich zusammen, dann warf er Greta einen brennenden Blick zu. »Würdest du bitte im Treppenhaus auf mich warten?«

Das war keine Frage, sondern eine unmissverständliche Aufforderung, der Greta jedoch nur ungern nachkam. »Ich würde lieber bleiben, bis Adele sich beruhigt hat.«

»Das wird sie bestimmt, sobald du ihre Wohnung verlassen hast. Also würdest du jetzt bitte gehen?«

Ungläubig stand Greta auf, zu verwirrt, um die Abzüge zusammenzusuchen. Sie gehörten ohnehin Mattes. Mit hölzernen Schritten ging sie zur Wohnungstür hinaus, durchs Treppenhaus, wo sie nur kurz stehen blieb, um ihre Stiefel wieder anzuziehen und den wartenden Fado zu streicheln, und dann hinaus in die Dunkelheit. Was auch immer Mattes dazu veranlasst hatte, so mit ihr zu sprechen – sie würde nicht, wie geheißen, im Treppenhaus warten, bis er es ihr erklärte.

Greta hatte bereits den Marktplatz erreicht, als Fado zu ihr aufschloss, und schon im nächsten Moment umfasste Mattes ihren Oberarm und brachte sie zum Stehen.

»Würdest du mich gefälligst loslassen?«, fuhr sie ihn an. Die Enttäuschung über sein Verhalten ließ ihre Stimme bitter klingen.

»Selbstverständlich, solange du stehen bleibst.«

»Du irrst dich, wenn du glaubst, ich lasse mich heute Abend noch ein weiteres Mal von dir demütigen, nur weil es dir nicht schmeckt, dass ich mich mit deiner Exfreundin unterhalte. Das ist doch der Grund für deine schlechte Laune, oder?«

Mattes schnaubte durch die Nase. »Das hat mir nicht gefallen, richtig. Aber was ich wirklich nicht verstehen kann, ist, dass du dich bei meiner Großmutter einlädst, um sie auszuhorchen. In der Vergangenheit deines Großvaters kannst du meinetwegen so viel herumschnüffeln, wie es dir Freude bereitet, aber aus unseren Familienbelangen hältst du deine Nase gefälligst raus.«

»Wie kommst du darauf, dass ich mich in euere Familienangelegenheiten eingemischt habe? Ich wollte Adele mit Arjens Fotos nur aufheitern, weil sie so traurig war. Das hatte nicht das Geringste mit Aushorchen zu tun!«

»Es war ganz bestimmt nicht Arjens Foto, das ihr die Tränen in die Augen getrieben hat.« Mattes' Augen funkelten aufgebracht. »Du wolltest wissen, was es mit den Aufnahmen auf sich hat, auf denen mein Urgroßvater zu sehen ist, also lüg mich bitte nicht an. Offenbar hast du richtig Gefallen daran gefunden, die Geheimnisse anderer Menschen aufzudecken. Das scheint dich ja so sehr zu faszinieren, dass du nicht einmal auf alte Menschen Rücksicht nimmst, die gegen deine Neugierde nicht ankommen. Ich gebe dir einen guten Rat, Greta: Such dir lieber ein eigenes Leben, als in dem der anderen herumzustochern – weder in meinem, noch in dem meiner Familie. Hast du mich verstanden?«

Greta blinzelte nicht einmal, als sie Mattes' wütenden Blick erwiderte. Dann drehte sie sich um und ging. Als sie die Tür des Sturmwind hinter sich zuzog, stand er immer noch genauso da, wie sie ihn verlassen hatte.

25

SOMMER 1946

Es war Arjen durchaus unangenehm, am Hafen herumzulungern und auf Ruben zu warten, der auf einem Kutter aushalf. Es musste den Eindruck machen, als habe er nichts Besseres zu tun. Was keineswegs der Wahrheit entsprach, denn seine Flüchtlingsbetreuung nahm ihn mit jedem Tag mehr in Anspruch, mit dem die Beekensieler sich gegen die Neulinge auf der Insel wendeten – vor allem wenn es um alleinstehende Frauen mit Kindern oder alte Leute ging, die nur begrenzt arbeiten konnten. Der Kneipenwirt Merten Volkers, dessen Lokal den Bomben zum Opfer gefallen war, hatte in seinem Privathaus einen provisorischen Biersalon eröffnet, in dem es selbstgebrannten Korn und Pils vom Fass gab. Der Treffpunkt wurde von den Engländern erstaunlicherweise geduldet, vermutlich gegen das eine oder andere Fass unter der Hand. Im Gegensatz zu den Nachbarsinseln, die inzwischen sogar als Kurorte für britische und polnische Militärangehörige und ihre Familien genutzt wurden, schwand das Interesse der Besatzer an Beekensiel rasch. Die wegen der zerstörten Verbindungsstrecke beschwerliche Anreise nahm niemand freiwillig auf sich, und die größtenteils zerstörte Hafenanlage bot nicht einmal ausreichend Platz für die Kutter. So kam es, dass

Merten Volkers' illegaler Biersalon blühte. Zwar war Arjen dort nicht zu Gast gewesen, aber er hatte trotzdem mitbekommen, um welches Thema sich die abendlichen Gespräche der Alteingesessenen drehten. Denn mittlerweile ignorierten ihn die Leute nicht mehr wie in seinen Kindheitstagen, sondern sie vertrauten sich ihm überraschend oft an. So war er als einer der ersten Außenstehenden darüber im Bilde, dass die Beekensieler sich nichts mehr wünschten, als das Rad der Zeit zurückzudrehen und, anstatt sich ihrer Vergangenheit zu stellen, an jene Tage anzuschließen, als angeblich noch alles gut gewesen war: als man unter sich blieb und sich ganz allein dem Fischfang widmete, unbehelligt von der Politik.

Das Problem war nur, dass bereits vorm Krieg einiges in Schieflage geraten war, wie Arjen fand. Anders ließ sich ein Fall wie der von Peer Hinrichs nicht erklären. Nicht alle Insulaner mochten mit den Nationalsozialisten übereingestimmt haben, aber niemand hatte sich dagegen ausgesprochen, als der Einsiedler von der Gestapo geholt worden war. Rasmus Ennenhof und Konsorten hatten sich an diesem Fall vielleicht nicht persönlich die Finger schmutzig gemacht, trotzdem waren im Grunde sie es, die solche Taten überhaupt ermöglicht hatten. Sie waren diejenigen, die vorgaben, was gut und richtig für Beekensiel war. Wobei »gut und richtig« in der Regel dasjenige war, wodurch die Geschäfte nicht gestört wurden – und daran hatte sich bis heute nichts geändert. Auch wenn der Name Ennenhof bei den Gesprächen bei Merten Volkers' Saufabenden nicht fiel, so war doch klar, welche Saat dort aufging. Jemand, der sich schon bald wieder zum wichtigsten Arbeitgeber auf der Insel aufschwingen würde und in der Zwischenzeit den Schwarzmarkt kontrollierte, hatte angedeutet, dass man sich die vielen hungrigen Mäuler, die mit Kriegsende auf Beekensiel eingefallen waren, nicht mehr lange würde leisten können. Und dass diejenigen unter den Flüchtlingen und – noch schlimmer – ehemaligen Zwangsarbeitern, die zuzupacken imstande waren, schon bald bei den Entscheidungen der Insel würden mitmischen wollen. Schließlich standen im September Wahlen an. Und woher sollten diese Menschen bitte schön wissen, was zum Wohle der Insel war? Vermutlich kannten sie eh nur ihren eigenen Vorteil, mittellos und ehrgeizig wie sie waren.

Was sollte Arjen dazu sagen?

Oder was viel wichtiger war: Konnte er etwas gegen diese Entwicklung unternehmen?

Im Geiste sah er schon, wie die braven Bürger von Beekensiel eine Vertreibung der angeblichen Gefahr einleiteten, sobald die Briten sich zurückgezogen hatten. Dann würde nicht nur sein Freund Ruben seinen gerade erst gefundenen Hafen verlieren, sondern auch viele andere, die er beim Bibelkreis kennengelernt hatte. In solchen Momenten kehrte die bleierne Erschöpfung, die ihn erst vor kurzem verlassen hatte, schlagartig zurück. Nur dass er kaum Gelegenheit fand, sich ihr zu überlassen, dafür stand einfach zu viel an. Wenn er nicht der Flüchtlingshilfe nachging oder seinen mittlerweile über siebzig Jahre alten Vater unterstützte, der die Aufgaben als Pastor zwar mit eisernem Willen, jedoch mit merklich nachlassender Kraft erledigte, ging er Ruben beim Ausbau seiner Hütte zur Hand. Das war auch nötig, denn Ruben quoll zwar vor Energie über, die er jedoch in alle erdenklichen Jobs stecken musste, um sich mit Baumaterial und Nahrung bezahlen zu lassen. Wenn er dann endlich mit Holzplanken, Nägeln und Planen beladen zur Hütte zurückkehrte, war er oftmals so erschöpft, dass es gerade für ein Gespräch beim Lagerfeuer reichte. Für Arjen waren diese abendlichen Stunden der Höhepunkt des Tages, sogar wenn Ruben einnickte, bevor die Kartoffeln im Feuer gar geworden waren. Sein Lachen, seine Abenteuergeschichten, die er nach wie vor gern erzählte, und die schlichte Nähe seines vor Lebensfreude vibrierenden Geistes reichten Arjen aus, um sich inspiriert und glücklich zu fühlen. An Rubens Seite gehörte ihm die Welt – daran hatte sich nichts geändert.

An den Tagen, an denen Arjen allein den Boden der Hütte auswechselte, weil die alte Schicht Muschelkalk Feuchtigkeit gezogen hatte, spielte er in Gedanken die Möglichkeit durch, seinen Lebensunterhalt mit ähnlichen Tätigkeiten wie Ruben zu verdienen. Die körperliche Arbeit gefiel ihm, vor allem weil sie zu einem sichtbaren Ergebnis führte. In seinem Kopf hatte sich die Vorstellung eingenistet, gemeinsam mit seinem Freund zu arbeiten. Nicht um damit Geld zu verdienen. Um Geld hatte Arjen sich nur Gedanken machen müssen, wenn er mitbekam, wie es den Flüchtlingen an allen Ecken und Kanten fehlte. Obwohl sich sein Blick auf die Welt vor allem im letzten Jahr erheblich geweitet hatte, war er eben doch noch Pastor Thaisens wohlbehütet aufgewachsener Sohn, der schon bald ein Studium beginnen würde, nach dem ihm alle Türen offen stehen würden. Daran änderten auch der vor Leere schmerzende Bauch und die durchfrorenen Nächte des letzten Winters nichts: Im Vergleich zu denen, die im Krieg Hab und Gut verloren hatten, hatte er es immer gut gehabt. Vielleicht war die Idee eines Arbeiterdaseins auch deshalb so verführerisch, weil es eine Art Abbitte darstellte, eine Demutsgeste vor dem Schicksal, das bislang so wohlwollend mit ihm umgesprungen war.

»Unsinn«, hatte Ruben ihn unterbrochen, als Arjen sich bei einem ihrer Lagerfeuerabende ausgemalt hatte, wie sie als Gespann zerbombte Häuser auf Vordermann brachten. »Dein Verstand funktioniert viel zu hervorragend, um deine Hände in Dreck zu stecken. Im Gegensatz zu mir kannst du eine Universität besuchen und Dinge erfahren, von denen ich nicht einmal einen blassen Schimmer habe.«

»Dafür weißt du eine Menge Sachen, von denen selbst die Magister noch nicht gehört haben, und damit meine ich nicht bloß den Walfischknochen, sondern auch deine Überlebenskünste. Dir musste niemand etwas beibringen, du schaffst alles von ganz allein.«

Bei Arjens letzten Worten hatte sich Rubens Ausdruck verfinstert. »Glaub mir, auch ich hatte einen Lehrer. Ohne meinen Vater und sein Geschick, sich durchzuschlagen, wäre ich niemals bis nach Beekensiel gekommen. Es waren seine Tricks, die mich damals hierhergebracht haben, sonst wäre ich schon viel früher in einem Erziehungsheim gelandet oder in irgendeinem Graben verendet, weil ich von selbst zu dumm war, ein gewöhnliches Vorhängeschloss zu knacken und mir etwas Essbares zu besorgen.«

»Hast du denn eine Ahnung, was aus deinem Vater geworden ist?«

Es hatte eine Weile gedauert, bis Ruben darauf eine Antwort gegeben hatte. Arjen war schon fast davon ausgegangen, dass sein Freund sich im Anblick der Flammen verloren hatte, heimgesucht von Erinnerungen, die er sogar mit seinem besten Freund nur unter dem Mantel einer Geschichte zu teilen imstande gewesen war. Meistens tat Ruben aber nicht einmal mehr das, sondern richtete den Blick stur nach vorne und weigerte sich zu erzählen, wie es ihm seit ihrer Trennung ergangen war. Nur das Zusammensein mit seinem Vater fand immer wieder einmal Eingang in seine Geschichten.

»Mein Vater… Die Zeit hat ihn aufgerieben, und sein Schicksal hat – wie so viele andere auch in den letzten Jahren – ein abruptes Ende gefunden«, hatte er schließlich hervorgestoßen. Dann hatte Ruben seine Wange an den aufgestellten Knien gerieben, und als er das Kinn wieder angehoben hatte, hatte ein milder Zug um seine Mundwinkel gelegen. »Aber du lenkst bloß von der Frage über deine Zukunft ab. Um es noch einmal deutlich zu sagen: Falls du an der Schnapsidee festhalten solltest, ein Tagelöhner wie ich zu werden, dann werde ich dich nicht bloß schnurstracks bei deinem Herrn Vater anschwärzen, sondern dir die Freundschaft kündigen. Du bist derjenige von uns beiden, der im Leben weit kommen kann – und genau das wirst du tun.«

Arjen hatte sich nicht anmerken lassen wollen, dass diese Trennlinie ihn schmerzte, aber es war ihm nicht gelungen. »Und was ist mit dir?«

»Ich? Ich werde mir den Weg nach oben erkämpfen. Was sonst?«

Auch an diesem Abend hatte Arjen keine Antwort darauf gefunden, was aus ihm werden sollte. Er verspürte aber zunehmend das Bedürfnis, von Nutzen zu sein und sein Leben nicht länger verstreichen zu lassen. Zuerst seine Kindheit mit den nicht enden wollenden Stunden am Ulricianum in Aurich mit seinen Latein- und Altgriechisch-Prüfungen und dem Warten auf Dörchen an den freien Tagen, die ihm zumindest Gesellschaft leistete, während sie seine Wäsche plättete, kochte oder auf der Bank im Garten eine Pause machte. Dann seine Zeit als Flakhelfer, die ihm rückblickend wie ein böser Traum erschien, gefolgt von dem noch böseren Traum der nicht enden wollenden

Lungenentzündung und ihrer Folgen. War es da ein Wunder, dass er sein Leben endlich selbst in die Hand nehmen wollte, so, wie Ruben es ihm vorlebte? Selbstbestimmt und voller Freude auf das, was noch kommen sollte? Aber Ruben hatte recht, Thaisen hätte es auf keinen Fall erlaubt, dass sein Sohn sich als Handlanger verdingte. Sein Vater bestand vielmehr darauf, dass er sich bis zum Herbst schonte, denn dann sollte er zum Nachholen seines Abiturs nach Aurich ziehen. Das anschließende Theologiestudium stand bislang noch unausgesprochen im Raum, wobei es nur eine Frage der Gelegenheit war, bis Thaisen versuchen würde, ihm ein Bekenntnis dazu abzuringen. Bislang hatte Arjen sich dem Willem seines Vaters gebeugt, allein schon aus dem Grund, weil er bislang keinen eigenen Plan gefasst hatte, wie es mit ihm weitergehen sollte. Wenn er ehrlich war, musste er zugeben, dass es ihm sogar ganz lieb gewesen war, dass sein Vater stets einen Plan für ihn hatte. Die Antriebslosigkeit hatte wie eine bleierne Decke über Arjen gelegen, und nicht nur über ihm, sondern über ganz Beekensiel. Doch seit die ersten Sonnenstrahlen im Frühjahr hervorgekommen waren, hatte sich das schlagartig geändert: Die Schockstarre nach dem verlorenen Krieg und der Besatzung brach auf, und die Menschen kehrten ins Leben zurück. So gesehen war Ruben genau zum richtigen Zeitpunkt zurückgekehrt.

»Moin Arjen, du Tagträumer«, grüßte Ruben, der die Leinen der *Lore*, auf der er angeheuert hatte, bereits an Pollern befestigte. Die Haut auf seinem Nasenrücken pellte sich, und die Sonne hatte ihm den Schopf ausgeblichen, auch wenn sein Haar das helle Blond seiner Kindheit wohl nie wieder erreichen würde. Er hatte die Ärmel des Fischerhemdes hochgekrempelt, sodass Arjen die Muskeln an seinen Unterarmen bemerkte, als er ihm eine Kiste mit frisch gebrühten Krabben hinhielt. Mittlerweile verunsicherte ihn Rubens Männlichkeit nicht mehr, nun da auch sein eigener Körper – dank der Arbeit an der Ruine – zusehends erstarkte. Rasch legte er seinen Schulterbeutel beiseite und nahm die Kiste entgegen.

»Was ist los, Rosenboom? Stehst du hier herum, weil du auf Erleuchtung hoffst, oder wartest du wirklich auf mich?« Ruben grinste ihn herausfordernd an. »Wenn du so weitermachst, hält der alte Bircher dich am Ende noch für meinen eifersüchtigen Liebhaber.«

Rolf Bircher, ein alteingesessener Fischer und Besitzer der *Lore*, lachte, ohne die Pfeife aus dem Mund zu nehmen. Arjen hegte den Verdacht, dass er das Mundstück in einer Zahnlücke einklackte, wo es rund um die Uhr saß.

»Ich bin gerade erst am Hafen angekommen«, verteidigte sich Arjen, während seine Wangen rot anliefen. Im nächsten Moment ärgerte er sich bereits darüber, wie leicht er es seinem Freund machte, ihn aufzuziehen – und Ruben ließ keine Gelegenheit dazu ungenutzt verstreichen. »Außerdem solltest du dankbar sein für jedes bisschen Aufmerksamkeit, das man dir schenkt. Oder nimmt Bircher dich später mit zu sich nach Hause und hört sich dein endloses Geschwätz über deine Zukunftsfantasien an?«

Bircher winkte ab. »Gott bewahre, de Jung kann ja nich fünf Sekunden sin Sabbel halten.« Und das waren vermutlich mehr Worte, als Bircher normalerweise in einem Monat sprach.

Ruben zuckte mit den Schultern und sah zu, dass er die restlichen Kisten ablud. Als Ole Ennenhof auf seiner Beinprothese angehumpelt kam, um die Ware in Augenschein zu nehmen, verstärkte er sogar seine Anstrengungen, um den jungen Mann lediglich mit einem Nicken begrüßen zu müssen.

»Da ist euch ja ordentlich was ins Netz gegangen, wie ich sehe.«

Ole Ennenhof war eine hagere, aber nichtsdestotrotz imposante Gestalt, da er im Erscheinungsbild ganz nach seinem Vater schlug. Der alte Rasmus erinnerte an eine Birke, die der Sturm zwar beugte, aber niemals brach. Allerdings munkelte man, dass Ole leider nur das Äußere von ihm geerbt hatte, während sein Geschäftssinn mehr nach seiner Mutter ging, die bis Kriegsende weder wusste, was für Unsummen ihre Hausbediensteten verschlangen, noch, dass es keine Schande war, für seinen Lebensunterhalt zu arbeiten. Nun sahen sich die Ennenhofs gezwungen, selbst mit den Fischern zu verhandeln, wobei die Ware für den Schwarzmarkt bestimmt war, den sich die Ennenhofs genauso schnell unterworfen hatten wie zuvor den regulären Markt. Sogar die Kommandantur hatten sie davon überzeugen können, den an für sich beschlagnahmten Fang effektiver umzuverteilen, bis sich schließlich kein Uniformierter mehr am Hafen blicken ließ. Die Insel mochte am Boden liegen, aber den Ennenhofs bot sie immer noch eine Gelegenheit, die Kontrolle zu behalten.

Obwohl Ole Ennenhof nur einige Jahre von den beiden jungen Männern trennten, sah er auf sie herab wie auf ein paar Halbstarke. Dabei schien ihn besonders Ruben zu reizen, vermutlich weil er sich nicht die geringste Mühe gab, sich bei ihm beliebt zu machen. Kaum war der Fang gelöscht, ging Ruben dazu über, das Deck zu schrubben, anstatt sich um den Händler zu kümmern.

Mit gerümpfter Nase begutachtete Ole die Fische. »Ist ja leider nichts Anständiges dabei, da wird sich die viele

Arbeit für eure Taschen wohl kaum gelohnt haben«, entschied er und kritzelte eine Summe auf seinen Klemmbock, die sich Ruben jedoch nicht ansehen wollte.

»Damit musst du dich an Bircher wenden, die Fische gehören ihm.«

»Ja, und? Du gehörst ihm doch auch. Für ein paar Bretter und eine Kanne Milch würdest du alles tun, munkelt man. Genau wie der Rest von euch hergelaufenem Pack. Also lass mich hier gefälligst nicht meine Zeit verschwenden und segne das Geschäft ab, damit meine Leute sich um den Fisch kümmern können, bevor er anfängt zu stinken.«

Mit verkantetem Kiefer hielt Ruben nach Bircher Ausschau, der in Richtung Dieselmotor verschwunden war, vermutlich um erst einmal in Ruhe einen zu trinken. So schnell, wie sein Holzbein es zuließ, war Ole Ennenhof aufs Deck gestiegen und packte Ruben unsanft bei der Schulter, woraufhin Arjen automatisch einen Schritt nach vorne tat, um seinem Freund notfalls zu Hilfe zu eilen.

»Ich sagte: Ich habe nicht den ganzen Tag Zeit. Und schon gar nicht für deine Spielchen, du dreister Bursche. Soll ich den Briten Bescheid geben, damit sie euer Zeug beschlagnahmen? Dann geht ihr leer aus: keine Essensmarken, kein Schnaps. Das würde Bircher bestimmt nicht gefallen.«

Obwohl Ruben seine Muskeln sichtlich anspannte, erwiderte er Oles Blick gelassen. »Und ich habe dir gesagt, dass es Birchers Fische sind. Wenn du es eilig hast, solltest du deine kostbare Zeit besser nicht unnütz mit mir verplempern.«

»Das ist also deine Arbeitsmoral! Davon werde ich Herrn Claußen berichten. Dann wird er sich gewiss jemanden Passenderes für die Instandsetzung seiner Wohnung suchen. Obwohl man dort ja der Auffassung ist, du könntest besonders gut mit Farbe umgehen. So sorgfältig beim Pinselstrich, behaupten zumindest die Damen des Hauses. Für den entsprechenden Preis würdest du vermutlich sogar den vom Russ geschwärzten Putz der Claußens sauberlecken. Also tu nicht so.« Grob riss er Rubens Hemd hoch und steckte ihm einige der begehrten Essensmarken in den Hosenbund. »Davon einmal abgesehen … Wer hat dir eigentlich erlaubt, mich zu duzen, du dreckiges Lumpenpack? Für dich bin ich Herr Ennenhof, verstanden?«

Ole Ennenhof wollte sich gerade umdrehen, um mit sichtlich befriedigter Miene den Kutter zu verlassen, als Ruben ihm einen Arm um die Schultern legte. Nach außen sah es aus wie eine freundliche Geste, aber Arjen entging keineswegs, wie Oles Schweinsaugen sich überraschend weit öffneten, als er ein Stöhnen unterdrückte.

»Wie du willst, Herr Ennenhof.« Ruben sprach so gleichmütig, dass es beinahe unwirklich klang. »Schließlich ist das hier ja deine Insel, nicht wahr? Oder doch eher die deines alten Herrn. Von den Haarspitzen bis in die Zehen ein ungekrönter Königsprinz. Deshalb würde ich dir auch raten, dich nicht mit Nebensächlichkeiten wie meiner Arbeit für die Claußens zu beschäftigen, einmal davon abgesehen, dass Lumpenpack wie ich bloß auf dumme Ideen kommt, wenn es nicht ausreichend beschäftigt wird. Da könnte einer von meinem Schlag vor lauter Langeweile beispielsweise damit anfangen, am Stuhl des Königsprinzen zu sägen.«

Auf Ole Ennenhofs Stirn erschienen feine Schweißperlen. »Du wagst es nicht, mir zu drohen.«

»Das war keine Drohung, sondern eine Feststellung«, erwiderte Ruben ruhig. Dann gab er Ennenhofs Schultern frei, woraufhin dieser wegtorkelte und nach der Stelle tastete, wo Rubens Hand gelegen hatte. Als er Arjens Blick bemerkte, straffte er seine Haltung, soweit ihm das möglich war.

»Warum überrascht es mich nicht, Rosenbooms kläglichen Sprössling ausgerechnet hier zu sehen? Deine Vorliebe für Flüchtlinge und Vertriebene ist ja bereits legendär. Wie viele Äpfel musst du denn springen lassen, damit dieser Hurensohn sich mit einem Würstchen wie dir abgibt? Ein kleiner Rat: Leg noch eine Schokolade drauf, dann geht er sogar mit dir auf Tuchfühlung, die Art der Wiedergutmachung kennt er nämlich noch von Peer Hinrichs.« Als Ruben zusammenzuckte, lachte Ole Ennenhof siegessicher. »Ja, da staunst du! Hast wohl gedacht, wir würden dich nicht wiedererkennen? Aber ich weiß, wer du bist und wie du dich verdingt hast. Und du kannst deinen mageren Hintern darauf verwetten, dass es schon bald die ganze Insel weiß.«

Mit diesen Worten suchte Ennenhof das Weite, während Arjen von seinem Freund am Handgelenk festgehalten wurde, damit er dem Großmaul nicht nachsetzte. Rubens Griff ließ sich nicht abschütteln, sosehr sich Arjen auch bemühte.

»Lass es gut sein«, appellierte Ruben. »Auf Ole einzuschlagen hat den gleichen Effekt, als würdest du dir selbst eine verpassen: Das kommt wie ein Bumerang zurück.«

»So etwas darf dieser Drecksack doch nicht einfach ungestraft behaupten!« Arjen spürte eine Wut in sich hochzüngeln, die er noch nie zuvor verspürt hatte. Er war wütend auf den großspurigen Ennenhof-Spross, der genau wusste, dass er mit jeder Frechheit durchkam, wütend auf Rubens Zurückhaltung und auf sich selbst, weil er erst reagiert hatte, als es eigentlich schon zu spät gewesen war. »Jetzt wird Ennenhof seine Lügen in ganz Beekensiel erzählen, die Geschichte wird schneller umgehen als ein Darmvirus. Sie werden alle glauben, du wärst käuflich.«

Obwohl Ruben immer noch blass war, seitdem Peer Hinrichs' Name in einem solchen Zusammenhang gefallen war, gelang ihm ein Lächeln, als er in seinen Hosenbund griff und die Lebensmittelkarten hervorholte. »Das bin ich doch auch.«

»Aber nicht auf diese Weise, wie Ennenhof es behauptet hat?« Eigentlich hatte der Satz eine Bestätigung sein sollen, aber irgendwie schlich sich am Ende ein Fragezeichen ein. Beschämt, nicht wie ein Felsen hinter seinem Freund zu stehen, schlug Arjen den Blick nieder.

»Peer Hinrichs war ein ausgemachter Querkopf, der mich und Pirat alles andere als zuvorkommend behandelt hat. Aber er hat mich nie zu etwas genötigt oder mich für bestimmte Dinge bezahlt, wie Ennenhof behauptet. Diese Lüge war doch schon damals nur ein Mittel zum Zweck. Weil ich angeblich nicht nur ein Ausreißer, sondern ein Straßenjunge war, haben sie mich in eine ganz üble Erziehungsanstalt gesteckt, aus der mich erst der Krieg rausgeholt hat. Und jetzt wollen sie diese Lüge erneut gegen mich verwenden. Allerdings macht Ennenhof dabei einen entscheidenden Fehler: Ich bin weder ein kleiner Junge noch ein eigenbrötlerischer Geist wie Peer Hinrichs – ich bin in der Lage, mich zur Wehr zu setzen, und das wird er schon bald herausfinden.«

Während Arjen, in Grübeleien versunken, dastand, brachte Ruben dem merklich angetrunkenen Bircher seinen Anteil und verabschiedete sich. Es war bereits später Nachmittag, und über den Himmel hatte sich ein feiner, gleichmäßiger Wolkenschleier gelegt, der den Hafen in ein mildes Licht tauchte. Sobald Ruben und Arjen die provisorische Anlegestelle und den in Mitleidenschaft gezogenen Kern des Dorfes hinter sich ließen, konnten sie die Zerstörung, die der Krieg hinterlassen hatte, vergessen. Der Sommer legte sich wohltuend über jeden Schatten, bis nicht einmal mehr Arjen sich seiner Wirkung entziehen konnte. Die leichte Brise trug Möwenschreie mit sich, das Dünengras wisperte, und als sie sich in den Sand legten, spürten sie die Wärme des Tages auf den nackten Unterarmen. Arjens Sorgen wurden von einer unsichtbaren Welle davongespült, und der Duft von Salz, Algen und Muscheln weckte die Lust auf mehr … Mehr von der Wärme und Leichtigkeit.

»Ein Sommerfest«, sagte Arjen mitten aus dem Blauen heraus und drehte sich auf die Seite zu seinem Freund.

Ruben hatte sich das Fischerhemd ausgezogen, den Rücken in die Düne geschmiegt und die Arme hinterm Kopf verschränkt. Seine Augen waren halb geschlossen, und er brummte bloß träge als Erwiderung.

»Eigentlich hätte ich mir eine begeistertere Reaktion auf dieses Zauberwort versprochen.« Arjen merkte, wie sich ein Kribbeln in seinem Körper ausbreitete. Genau das war es: ein Zauberwort. Und er spürte die Wirkung bereits.

»Am besten klärst du mich erst einmal auf, was es mit diesem Wort auf sich hat, dann entscheide ich, ob die Sache es wert ist, auch nur einen Muskel zu rühren.«

Für diese Frechheit schnipste Arjen eine Ladung Sandkörner auf Rubens flachen Bauch. Schimpfend stützte sein Freund sich auf den Ellbogen und bemühte sich, den Sand wegzuwischen, der jedoch haften blieb.

»Wehe, an deinem Hokuspokus ist nichts dran, dann werde ich …«

Arjen winkte ab. »In drei Wochen wird es eine Versammlung auf dem Marktplatz geben, auf der sich die Bürgermeisterkandidaten vorstellen sollen. Ich möchte ein Sommerfest daraus machen. Daran sind bestimmt alle Parteien interessiert: ein fröhliches Zusammenkommen des ganzen Ortes mit Tanz und einem Glas Bier, falls es mir gelingt, Merten Volkers' Kontakt herauszubekommen. Wo seine Fässer herkommen, gibt es bestimmt noch mehr. Und die Briten haben gewiss nicht dagegen, die machen sich schließlich schon bald aus dem Staub. Da kann es doch nur in ihrem Interesse sein, wenn die Stimmung auf Beekensiel friedlich ist. Und das wird sie, denn mit wem man gefeiert und kräftig angestoßen hat, den will man nicht mehr unbedingt loswerden.«

Endlich hörte Ruben auf, gegen den an seiner verschwitzten Haut klebenden Sand anzukämpfen. »Gar keine schlechte Idee. Das könnte durchaus was bringen. Ein Stimmungsaufheller sozusagen. Traust du dir das denn zu, eine solche Sache zu organisieren?«

»Natürlich«, schoss es aus Arjen hervor. Zu seiner eigenen Verwunderung hegte er nicht den geringsten Zweifel daran, auch wenn er noch nie zuvor etwas Derartiges getan hatte und auch nicht sagen konnte, woher er sein Selbstvertrauen nahm. »Da fällt mir ein: Ich habe etwas mitgebracht.« Nachdem er sich die Hände sauber gewischt hatte, holte er einen Umschlag hervor, in dem er die Abzüge der Fotos aufbewahrte. »Erinnerst du dich noch daran?«

Während er auf seiner Unterlippe knabberte, schaute sich Ruben die Aufnahmen an. »Herrgott, war ich ein mageres Würstchen… Ganz im Gegensatz zu dir.«

»Ja, lach nur. Auf uns zwei hätte wohl niemand gesetzt – und in deinem Fall hat sich daran bis heute nichts geändert.« Als Ruben anstelle einer Replik nur grinste und sich die Fotos ansah, kam Arjen auf sein eigentliches Anliegen zu sprechen. »Wir haben das damals gemacht, weil wir mehr über den Walfischknochen und seine Zeichen herausfinden wollten. Nachdem du fort warst, habe ich tatsächlich ein paar Nachforschungen angestellt, bei denen jedoch nichts Interessantes herauskam. Ich war zu jung, und die Bibliothek gab kaum etwas her. Vielleicht ist jetzt der richtige Zeitpunkt, um uns noch einmal auf die Spur des Walfischknochens zu begeben.«

»Mensch, du sprühst heute ja geradezu über vor brillanten Ideen.«

»Heißt das ›nein‹?« Arjens Enttäuschung ließ ihn hart schlucken.

Ruben blinzelte ihm zu. »Das heißt natürlich ›ja‹, du Vogel. Ich kann mir nichts Schöneres vorstellen, als Zeit mit dir in einer muffigen Bibliothek zu verbringen, auf der Suche danach, ein altes Geheimnis zu lösen. Das wird spannend.«

»Natürlich wird das spannend. Außerdem wird es dir guttun, zur Abwechslung mal mit deinem Geist als immer nur mit deinen Händen zu arbeiten. Wenn das so weitergeht, sitzt du bald kornsaufend bei Merten Volkers rum und schwadronierst über Fischernetze.«

Ruben nuschelte bloß etwas Unverständliches, ganz gefesselt von den Fotos. Dann würden sie eben ein anderes Mal Pläne darüber schmieden, wie sie hinter das Geheimnis des Walfischknochens kommen sollten. Arjen überließ seinen Freund seinen Betrachtungen und begann sich Gedanken darum zu machen, wie er das Sommerfest angehen wollte. Je länger er darüber nachdachte, desto besser gefiel ihm die Idee.

»Sag mal«, unterbrach er Ruben erneut. »Du wirst mir bei

den Festvorbereitungen wohl nicht zur Hand gehen können bei deinen tausend Jobs, was? Übrigens verliere ich allmählich den Überblick, für wen du alles tätig bist. Arbeitest du wirklich für Jörg Claußen, den Kandidaten fürs Bürgermeisteramt?«

Ruben lächelte vielsagend und steckte die Fotos zurück in den Umschlag, ehe er nach seinem Hemd griff.

»Sollen wir zusehen, dass wir was zu essen auftreiben?« Pünktlich mit der langsam am Horizont verschwindenden Sonne begann Arjens Magen zu knurren. »Mein Vater hat heute vom Besitzer des Sturmwind anstelle der Kollekte einen Möhreneintopf bekommen, das wäre jetzt genau das Richtige.«

Mit seiner ganz eigenen Geschmeidigkeit stand Ruben auf und strich sich das verschwitzte Haar aus der Stirn. »Ja, mach das. Ich habe allerdings noch was anderes vor, ehe im Ort Sperrstunde ist.«

»Das ist nicht dein Ernst! Irgendwann muss doch auch einmal Feierabend sein.«

»Wer sagt denn, dass ich noch arbeiten muss?«

Nachdem Ruben gegangen war, fragte Arjen sich, ob die Geheimniskrämerei seines Freundes nun wieder von vorn losging … Dann streckte er sich im Sand aus und stellte in Gedanken ein Orchester für sein Sommerfest zusammen.

Das Sommerfest war trotz ihrer bescheidenen Möglichkeiten ein Erfolg. Arjen hatte mit seiner Wahrnehmung, dass die Menschen sich nach der Gelegenheit sehnten, einige unbeschwerte Stunden miteinander zu verbringen, richtiggelegen. Mit seinen Plänen war er durchweg offene Türen eingelaufen und auf mehr helfende Hände gestoßen, als er in seinen kühnsten Träumen erwartet hätte. Nicht einmal die Kommandantur brachte einen Einwand vor und beschränkte sich darauf, das Treiben bis zum späten Nachmittag zu gestatten. Mehr wollte Arjen auch gar nicht, seiner Meinung nach war es eher von Vorteil, das Fest enden zu lassen, ehe die ersten Betrunkenen anfingen, Ärger zu machen. Während die grob geschreinerte Rednerbühne kurzerhand auch für den Shantychor diente und später für Birchers Auftritt mit seinem Schifferklavier, wurde auf dem Marktplatz davor ausgiebig getanzt. Am Rand standen die zwei hart erkämpften Fässer Bier, und der Wirt des Sturmwind brachte Tabletts mit Schmalzbroten und Kochkäse. Die Frauen hatten sich das Haar frisiert, und einige hatten sogar Lippenstift aufgetragen, wobei es sich dem Farbton nach zu urteilen bei allen um ein und denselben Stift handelte. Man sah die selten gewordenen Sonntagskleider und Schuhe mit Hacken. Die strengen, mit Wasser gezauberten Seitenscheitel der Jungen lösten sich beim Herumtoben, und die Mädchen mit Blumenkränzen im Haar und die jüngeren Frauen tanzten in Ermangelung männlicher Tanzpartner miteinander. Zuvor war das Fehlen der jüngeren Männer zwar in aller Munde gewesen, aber erst heute wurde es augenscheinlich.

Arjen, der noch nie zuvor getanzt hatte, profitierte davon, nicht bloß, weil ihm kein Mädchen einen Tanz ausschlug, sondern weil er geradezu genötigt wurde, von einem Paar Arme ins nächste zu fallen. Nach einer Weile überkam ihn ein Schwindel, jedoch nicht wegen der prallen Sonne oder der vielen Drehungen. Es war der Duft weicher Haut, leicht geöffneter Lippen und das Erspüren von Rundungen unter den Kleidern, wenn die jungen Frauen sich an ihn pressten, damit auch der nächste Tanz der ihre war. Seit Dörchen nicht mehr im Reetdachhaus arbeitete, hatte Arjen vergessen, wie wunderbar es war, einer Frau nah zu sein, wie verlockend der Gedanke war, mit den Lippen die zarte Haut zu erkunden und mit den Fingerspitzen der Wärme ihrer Schenkel zu folgen. Waren die Empfindungen, die Dörchen bei ihm als fast Zwölfjährigem wachgerufen hatte, noch ungenau und teils verstörend gewesen, fühlte sich Arjen jetzt regelrecht erweckt. Er bekam gar nicht genug davon, den Arm um eine geschwungene Hüfte zu legen und die Hand wie zufällig tiefer wandern zu lassen, bis seine Tanzpartnerin wissend lächelte und sich enger an ihn schmiegte. Dabei war es ihm nicht wichtig, mit welcher der jungen Damen er über die Pflastersteine des Marktplatzes glitt, Hauptsache sie berieselte ihn mit dieser speziellen weiblichen Magie, die seinen unablässig arbeitenden Geist betäubte und stattdessen seinen ansonsten oft unnützen Körper elektrisierte. Sie waren alle wundervoll. Jede von ihnen beherrschte die Kunst, ihn um den Verstand zu bringen. Wieso war es ihm nie zuvor aufgefallen, dass Frauen eine solche Macht besaßen?

Alles schwebte an Arjen vorbei: die missbilligende Miene seines Vaters, der das Fest ohnehin für eine Verschwendung von Zeit und Ressourcen hielt … Jörg Claußen, der nach einer beklatschten Ansprache Hände schüttelte, während der alte Rasmus Ennenhof ihm wie sein Schatten folgte, ein zufriedenes Lächeln im Gesicht … Sein Sohn Ole, der ein Bierglas nach dem anderen leerte, anstatt seine wunderschöne Verlobte über die Tanzfläche zu wirbeln, bis Adele der Warterei müde wurde und das Fest verließ. Er sah Menschen, die sich von Flüchtlingen in Gesprächspartner und Tanzlehrer verwandelten, die auf Beekensiel bislang unbekannte Schrittfolgen vorführten, verschwitzte Kinderschöpfe, die man keinem Lager mehr zuordnen konnte; er hörte Lachen, durchmischt mit fremd klingenden Akzenten; er sah vom Bier gerötete Wangen und bunte Fähnchen, die von den neuen Bewohnern des Denneburg-Hauses im Keller gefunden worden waren.

Nur etwas fehlte – und kaum dass sich Arjen dessen bewusst wurde, wurde ihm klar, dass es das Wichtigste überhaupt war.

Ruben war nicht zum Fest erschienen.

Wenn er es recht bedachte, hatte er seinen Freund in der letzten Zeit nur selten zu Gesicht bekommen, höchstens am späten Abend, wenn sie sich am Nordstrand trafen, wo die Sperrstunde quasi nicht existierte. Dann war Ruben erschöpft und schweigsam, wobei er einen durchaus zufriedenen Eindruck machte. In diesem Moment fragte sich Arjen, ob er in den vergangenen Wochen der einzige Glückliche von ihnen gewesen war und schlichtweg nicht mitbekommen hatte, wie es seinem Freund tatsächlich ging. Aber das konnte er sich beim besten Willen nicht vorstellen. Ruben war für sein Naturell auffallend still gewesen, allerdings auf eine Art, die ihn von innen heraus strahlen ließ. Entgegen Ole Ennenhofs Drohung hatte die Enthüllung über Rubens Vergangenheit auf Beekensiel nicht die gewünschten hohen Wellen geschlagen, weil die meisten Insulaner diese Zeiten wohl am liebsten vergessen wollten. Über allem, was mit Fred Denneburg, der wegen seiner Parteizugehörigkeit im Internierungslager auf seinen Prozess wartete, zu tun hatte, lag in diesen Tagen ein Mantel des Schweigens. Solange die Beekensieler nicht die Hoheit über ihre Insel zurückhatten, hielt es niemand für eine kluge Idee, alte Sünden aufleben zu lassen. Die Bloßstellung durch Ole Ennenhof hatte Ruben nur einige Handlangerjobs gekostet, die er verwinden konnte, denn die Hütte am Weststrand war längst keine Ruine mehr, sondern eine – wenn auch ausgesprochen karge – Kate. Sein erstes Ziel hatte Ruben somit erreicht: Er besaß ein eigenes Heim auf Beekensiel, das ihm niemand streitig machen konnte.

»Vielen Dank, das war ein wundervoller Tanz«, bedankte sich Arjen, als die letzten Takte einer Polka verklangen.

Marie oder Ilse – er war sich nicht ganz sicher – bedachte ihn mit einem rotgeschminkten Schmollen und wiegte ihre Hüfte gegen seine, dass er beinahe aufgestöhnt hätte. »Es muss ja nicht der letzte gewesen sein«, wisperte sie verheißungsvoll.

»Ich befürchte doch.« Arjens eigene Stimme erschien ihm seltsam tief. »Das Fest darf nur bis zum Nachmittag stattfinden, und der ist bereits um. So leid es mir tut, aber ich muss jetzt los, um nach je…«

Weiter kam Arjen nicht, denn Marie oder Ilse stellte sich auf die Zehenspitzen, um ihm ins Ohr zu flüstern, wobei sie sich gegen seine Brust lehnte. »Zwischen den Dünen werden die Herren Besatzer schon nicht nachschauen, oder?« Arjen wurde deutlich bewusst, dass ihn von diesem betörenden Geschöpf lediglich seine Kleidung und der dünne Stoff ihres Sommerkleides trennten. Das nächste Tanzstück hatte längst begonnen, aber konnte sich nicht rühren. Er ahnte, dass sie bereits angestarrt wurden, trotzdem war es ihm unmöglich, sich auch nur einen Millimeter von dieser Fleisch gewordenen Versuchung zu lösen.

Als sich eine Hand auf seine Schulter legte, hoffte er, es sei Ruben, der ihn mit seiner geschickten Art aus dieser Situation erlöste. Es war jedoch sein Vater, die Flügel seiner mächtigen Hakennase aufgebläht, während der weiße Haarkranz von der Brise zerwühlt wurde. Zwar schaffte Thaisen es aufgrund seines Alters nicht mehr, seinen Aufgaben im gewohnten Umfang nachzugehen – seiner Schärfe hatten die Jahre allerdings nichts anhaben können.

»Ich befürchte, dir ist die Hitze zu Kopf gestiegen, Sohn. Anders kann ich mir dein Benehmen nicht erklären.«

Selbst wenn Arjen sich bei dieser schneidenden Ansprache noch nicht rühren konnte, so gelang es Marie-Ilse sofort. Niemand hielt dem sengenden Blick von Thaisen Rosenboom stand. Ohne ein Wort des Abschieds verschwand das Mädchen in einer Gruppe anderer junger Frauen, die sie bereitwillig in ihre Mitte ließen.

»Du hast recht, das Fest hat seinen Höhepunkt überschritten, ich werde Jörg Claußen bitten, das Ende bekannt zu geben.«

Thaisen war jedoch noch nicht bereit, Arjen freizugeben. »Dieses Fest … Das hast du gut gemacht, auch wenn mir die Laszivität, die ich in den Augen mancher Gäste sehe, ganz und gar nicht zusagt. Davon einmal abgesehen, hast du ein Korn gepflanzt, und das ist mehr, als viele andere von sich behaupten können. Wie etwa der alte Ennenhof, der sich benimmt, als wäre er dank Claußen bald ein Schattenkönig. Soll mir eins sein, diese weltlichen Dinge gehen mich nichts an, weder als Pastor noch als alten Mann.«

Sprachlos über das unerwartete Lob, drückte Arjen die Hand seines Vaters, dann machte er sich auf die Suche nach Jörg Claußen, um ihn um ein paar Schlussworte zu bitten. Auf dem Weg zu dem umschwärmten Kandidaten stellte sich ihm Ole Ennenhof, der sichtlich angetrunken war, in den Weg.

»Wo hast du denn deine zweite Hälfte gelassen? Wenn dein Freund Ruben diese spezielle Tanzdarbietung gesehen hätte, wäre er gewiss rasend vor Eifersucht gewesen. Eine Stehtanznummer, mal was Neues.«

»Im Gegensatz zu dir weiß ich wenigstens, wie man das anstellt.« Arjen war viel zu aufgedreht, um seine Worte abzuwägen. »Du schaffst es ja höchstens, dein Bierglas anstelle einer Frau festzuhalten. Kein Wunder, dass Adele sich frühzeitig zurückgezogen hat. Wo immer sie jetzt auch ist, amüsiert sie sich mit Sicherheit besser als an deiner Seite.«

Bevor Arjen wusste, was geschah, hatte Ole Ennenhof ihm einen Kinnhaken verpasst. Zu seinem Glück steckte keine Kraft dahinter, weil Ole mit seiner Beinprothese einen schlechten Stand hatte, sonst hätte Arjen der Schlag den Kiefer brechen können. Er taumelte zurück, und bevor er zum Gegenschlag ansetzen konnte, traten ein paar Männer zwischen sie. Einer von ihnen war Haro Flennigs, wie er verblüfft feststellte. Seit Haro sich freiwillig als Soldat gemeldet hatte, hatte er ihn nicht mehr gesehen, und nun stand er gedrungen und mit vierschrötiger Visage vor ihm. Er war der Einzige aus der damaligen Jungenbande, die Ruben und Arjen den Drachen geklaut hatte, der aus dem Krieg zurückgekehrt war.

»Das reicht jetzt«, erklärte Haro, während er Arjen nachdenklich musterte, als wisse er nicht, wie er ihn zuordnen sollte. »Wenn du mit Herrn Ennenhof Streit suchst, bekommst du es mit uns zu tun. Und das willst du doch wohl nicht, oder?«

»Ich habe keine Angst vor dir, Haro. Die Zeiten, in denen du kleine Jungs am Strand erschrecken konntest, sind vorbei.«

Haro nickte, während hinter seinen dunklen Augen Wiedererkennen aufleuchtete. »Du bist das Anhängsel von Ruben. Ich erinnere mich. Grüß deinen Freund schön von mir, ich habe gehört, er treibt sich wieder einmal auf Beekensiel herum. Sag ihm, er soll es sich nicht zu gemütlich machen.« Mit diesen Worten ließ Haro von ihm ab und kümmerte sich um Ole Ennenhof, der vom Schwung seines Schlags aus dem Gleichgewicht gebracht worden war und auf dem Hintern saß.

Zuerst wollte Arjen abwarten, bis Ennenhof wieder einigermaßen gerade stand, um ihm seine Meinung zu sagen. Als er jedoch erkannte, dass der Mann viel zu betrunken war, besann er sich anders. Stattdessen würde er sich den Rat seines Vaters zu Herzen nehmen und Claußen bitten, schleunigst das Ende des Fests bekannt zu geben. Er mochte mit dem Fest einen Samen gepflanzt haben, der zum Frieden in Beekensiel beitrug. Aber in diesem Moment kümmerte ihn mehr, dass eine ganz andere Saat aufzugehen drohte: Es war das Unkraut, das an den Rändern von Rubens gerade erst erblühendem Leben zu wuchern begann und es erdrücken würde, wenn nicht bald etwas geschah.

Die Dünenkate lag verlassen da. Das Lagerfeuer, über dem Ruben normalerweise sein Essen zubereitete, weil sie den Schornstein bislang noch nicht freibekommen hatten, brannte nicht, und auch ansonsten war keine Spur von ihm zu entdecken. Bei dieser Wärme würde er doch wohl kaum in der stickigen Kate sitzen? Als Arjen die Haustür, die aus Planken und Wellblech bestand, öffnen wollte, musste er feststellen, dass sie verschlossen war. Offenbar war sie von innen verbarrikadiert worden, denn ein Schloss gab es nicht.

»Ruben?« Arjen hämmerte gegen die Tür, wobei das scheppernde Blech einen Heidenlärm machte. »Bist du zuhause? Komm schon, du musst doch da sein. Ich will mit dir reden.«

Es dauerte eine ganze Weile, bis die Tür geöffnet wurde

und ein zerzauster Ruben heraustrat, ehe Arjen die Kate betreten konnte.

»Tut mir leid, dass ich dich geweckt habe«, sagte Arjen beim Anblick seines Freundes, der lediglich ein Paar Hosen trug und auf dessen Wangen eine verschwitzte Hitze lag. »Du hast das Sommerfest verschlafen.«

Ruben zuckte mit der Schulter. Dabei blieb er vor der Tür stehen und machte deutlich, dass er Arjen weder reinbitten noch sich gemütlich mit ihm an ihre Feuerstelle setzen wollte. »Tut mir leid. Aber du bist doch wohl hoffentlich nicht gekommen, um mich zu holen? Ich habe nämlich nicht die Absicht, mich dort blicken zu lassen.«

»Ach, wenn es wegen Ole Ennenhof ist, musst du dir keine Sorgen machen. Sein Gerede über dich ist doch Schnee von gestern. Was wirklich interessant ist, ist, wen er seit neustem als Handlanger in seinen Dienst genommen hat.« Arjen wedelte vor Anspannung mit den Händen in der Luft. »Das errätst du nie!«

»Haro Fennigs. Die beiden passen zusammen wie der Hintern auf den Topf«, erwiderte Ruben trocken. »Entschuldige, ich wollte dir deine Neuigkeit nicht verderben, aber ich habe das neue Traumpaar der Insel bereits gesehen. In den letzten Tagen bin ich Ennenhof immer wieder einmal gefolgt, um herauszufinden, was er so treibt. Du weißt ja, was ich ihm versprochen habe.«

»Du … Du spionierst Ole Ennenhof hinterher?« Arjen konnte es kaum glauben. Das war also der Grund, warum er seinen Freund kaum noch zu sehen bekam.

»›Spionieren‹ klingt so abfällig, sagen wir lieber, dass ich eine interessante Studie über Ole Ennenhof betreibe – mit dem Ziel, seiner Anwesenheit auf dieser Insel ein Ende zu bereiten. Das einzige Interessante, das dabei bislang rausgekommen ist, betrifft seinen Vater oder vielmehr seine Geschäfte: Rasmus Ennenhof baut darauf, mit Jörg Claußens Hilfe den Hafen wieder aufzubauen. Wenn seine Träume wahr werden, verwandelt sich Beekensiel erneut in einen einzigen Fischereibetrieb, damit die Insel von der Familie Ennenhof abhängig bleibt. Aber dazu muss er seinen Kandidaten nicht bloß durchbekommen, sondern ihn sich auch gewogen halten.«

»Das ist ja alles sehr interessant, aber was genau hat das mit deiner Fehde mit Ole zu tun?«

Ein hartes Lächeln breitete sich auf Rubens Gesicht aus. »Hast du noch den Film, auf dem unsere Aufnahmen vom Walfischknochen sind?«

Verwirrt über diesen abrupten Themenwechsel nickte Arjen.

»Großartig. Kann ich mir den morgen Abend samt einiger der Abzüge bei dir abholen?«

»Das kannst du auch jetzt schon tun, ich habe nichts mehr vor, außer den Abend zu verbummeln.« Ruben leckte über seine Unterlippe, die geschwollen war, wie Arjen irritiert feststellte. *Was ist nur los mit ihm?*

»Nein, heute habe ich leider keine Zeit, das muss bis morgen warten.«

»Wie du meinst.«

Als Arjen bereits die Düne erklommen hatte, warf er einen Blick zurück auf die Kate, deren Tür bereits wieder verschlossen war. Hinter ihr lag ein Geheimnis, das er nicht begriff. Er ahnte, dass es nichts Greifbares war wie der Walfischknochen. Er wusste nur, dass sein Freund es ihm nicht verraten würde, ganz gleich wie sehr er ihn bedrängte. Um was auch immer es sich handeln mochte, es gehörte Ruben allein.

26

Nachdem Greta die frisch aufgeschriebenen Zeilen über das Sommerfest durchgegangen war, schloss sie das Notizbuch und blickte zum Fenster des alten Reetdachhauses hinaus. Sie hatte es sich in der Stube auf dem Sofa gemütlich gemacht, obwohl das heruntergekommene Möbelstück nicht gerade bequem war. Im Kofferraum des Coupés hatte sie eine Folie gefunden, die im Winter für die Wagenscheiben benutzt wurde und die sie nun zweckentfremdete, um die Feuchtigkeit des alten Polsters von sich fernzuhalten. Von Trude hatte sie sich Wolldecken ausgeliehen, und es war ihr sogar gelungen, im Ofen ein Feuer zu schüren. Beides war durchaus von Nöten, denn seit der letzten Nacht lag eine erste Ahnung von Frost in der Luft, die so schneidend klar war, dass man sie kaum einzuatmen vermochte. Umso froher war Greta, dass der Kaminschacht des Reetdachhauses sich nicht – wie befürchtet – zugesetzt hatte, sondern kräftig zog. Ansonsten wäre es ihr vor Kälte nicht einmal gelungen, mehr als den Anfang über das Sommerfest aufzuschreiben.

Greta hatte den Vortag mit Arjen verbracht, der im Gegensatz zu ihr in hervorragender Stimmung gewesen und zum Mittagessen sogar die Stufen ins Leileckerland hinabgestiegen war, obwohl er die Gabel überwiegend dazu benutzt hatte, den gebratenen Knurrhahn auf seinem Teller herumzuschieben, anstatt ihn zu essen. Als Anette mit Thomas Roder zu einem Verdauungsspaziergang aufgebrochen war, hatte Arjen seinen Stuhl vor den Kamin geschoben und bei einem Glas Wein vom Zustandekommen dieses erstaunlichen Festes erzählt. Die Worte, wie er an Rubens Seite aufblühte und immer mehr über den Mann herausfand, der er einst werden sollte, waren ihm leicht über die Lippen gekommen. Noch beim Aufschreiben hatte Greta den Verdacht gehabt, dass Arjen seiner Zeit mit Ruben jetzt deutlich näher war als noch zu Beginn ihrer Reise in seine Vergangenheit. Entweder hatten die erzählten Erinnerungen viele Blockaden gelöst, oder es lag daran, dass Arjen keine Angst mehr hatte – weder vor dem Ende seiner Geschichte mit Ruben, noch vor seinem eigenen.

»Und im Austausch für meine Erzählung möchte ich jetzt gern wissen, was mit dir los ist, dass du ins Leere blickst, sobald du dich unbeobachtet fühlst. So in dich gekehrt kenne ich dich gar nicht«, schloss Arjen die Geschichte, in der Ruben lieber einen heißen Sommernachmittag in seiner Kate verbrachte, als auf einem Fest zu tanzen. »Es sei denn, du glaubst ebenfalls, dass du mich wegen meiner Krankheit nur noch mit Samthandschuhen anfassen darfst, weil schon das Alltäglichste für mich zu belastend ist. Falls du es noch nicht mitbekommen hast: Anette unterschlägt mir wieder einmal die Tageszeitung. Dabei hilft Politik-Abstinenz bestenfalls bei Magenkrebs.«

Zuerst hatte Greta gezögert, mit der Sprache herauszurücken – nicht etwa weil sie Arjen schonen wollte, sondern weil die Ereignisse in Adeles Wohnung viel darüber aussagten, welche überzogenen Hoffnungen sie mit Mattes verbunden und wie heillos sie Mastbruch erlitten hatte. Dann besann sie sich jedoch anders, denn es machte wenig Sinn,

Geheimnisse vor ihrem Großvater zu haben. Jetzt noch weniger als je zuvor.

»Ich habe gestern Abend Adele kennengelernt und ihr bei der Gelegenheit die Fotos gezeigt, die Mattes für mich hat abziehen lassen. Leider war die alte Dame danach sehr aufgebracht, wobei ich nicht genau sagen kann, warum. Vermutlich lag es an den Aufnahmen von Fred Denneburg, die ebenfalls im Stapel dabei waren und die wohl einen der Ennenhofs in einem kompromittierenden Zusammenhang zeigen. Mattes meinte, ich hätte diese Aufnahmen seiner Großmutter mit der Absicht gezeigt, seiner Familie etwas unterstellen zu wollen. Als wäre ich in einem Recherchewahn. Aber das stimmt nicht, ich weiß ja nicht einmal, was genau auf diesen Fotos zu sehen war. Beim Durchsehen der Aufnahmen haben mich Ruben und der Walfischknochen interessiert, mehr nicht.«

Arjen schüttelte ungläubig den Kopf. »So was. Mattes tritt also für die Ehre der Ennenhof-Sippschaft ein. Wenn er sich da mal nicht zu viel vorgenommen hat.« Mehr war aus Arjen zu diesem Thema nicht herauszubekommen gewesen, was Greta letztlich nicht unlieb gewesen war, schließlich hatte ihr ohnehin schon der Kopf gesummt.

Die Idee, sich zum Schreiben in Magdas Haus – wie Greta die Reetdachkate nach ihrer Urgroßmutter mittlerweile in Gedanken nannte – zurückzuziehen, war ihr gekommen, nachdem am Morgen ihre anstrengende Tante Beeke im Sturmwind eingefallen war. Und zwar mit der Nachricht, dass am Wochenende auch Wencke mit ihrer Familie anreisen würde. Wenn Arjen nicht zu seiner Familie kam, dann kam seine Familie eben zu ihm, hatte Beeke voller Theatralik gesagt. Daraufhin war sie in schallendes Gelächter ausgebrochen, das nahtlos in einen Weinkrampf überging. Mit

Beekes Ankunft waren auch Anettes Gefühle wieder hochgekocht. Endlich hatte sie eine Verbündete an ihrer Seite, die Arjens Entscheidung ebenfalls inakzeptabel fand. Nachdem Greta eine Stunde lang Zeugin unzähliger Tränen und Kummerbekundungen der beiden Frauen geworden war, beschloss sie, das Feld dem kurzerhand einnickenden Arjen und dem in allen Lebenslagen geschulten Thomas Roder zu überlassen. Trude hatte ihr Decken, Brennholz und jede Menge nützliche Tipps mit auf den Weg gegeben, die von »zum Feuermachen Zeitungspapier benutzen« bis zu »Männer sind schwierige Lebewesen, besser, man ärgert sich gar nicht erst über sie« reichten. Offenbar hatte sie bereits von ihrem Streit mit Mattes erfahren.

Als das knarzende Türschloss der Kate nachgegeben hatte, war die Anspannung schlagartig von Greta abgefallen. Ein Blick in die Diele reichte aus, um erneut die Verbundenheit zu verspüren, die sie bei ihrem letzten Besuch überkommen hatte. Hier war der richtige Platz für sie, auch wenn die Wände feucht waren und es nach morschem Holz roch. Nun, da der Ofen die Stube ordentlich einheizte, wagte sie es sogar, Arjens Strickjacke auszuziehen, die sie sich zu guter Letzt noch rasch unter den Arm geklemmt hatte. Draußen vorm Fenster zogen dunkle Wolken vorbei, und die Zweige der Eschen hoben sich wie ein schwarzes Spitzenband davor ab.

Greta versuchte, sich auf die soeben aufgeschriebenen Zeilen zu konzentrieren. Noch immer wusste sie nicht, was aus Ruben geworden war, obwohl sie eine dunkle Ahnung hatte. Es gelang ihr jedoch nicht, sich mit diesem Rätsel zu beschäftigen, denn ihre Gedanken wanderten eigenmächtig zu Mattes und der Tatsache, dass sein Verhalten sie über alle Maßen verletzt hatte. Anstatt froh über seine Reaktion zu sein, die ihr beizeiten gezeigt hatte, dass er sich ohne Zögern von ihr abwenden konnte, war sie verstört. Und genau das ärgerte sie. Wenn schon nicht gleichgültig, dann sollte sie zumindest wütend sein und nicht unter der Zurückweisung leiden. Allein dass er ihr ohne Hemmungen böse Absichten unterstellte, bewies schließlich, dass er ihr Wesen nicht erkannt hatte. Ansonsten wäre ihm klar gewesen, dass sie Adele niemals mit Absicht zugesetzt hätte. Erneut sah sie Mattes' Gesicht vor sich, den harten Ausdruck in seinen Augen, die zu einer Linie zusammengepressten Lippen. Sein Zorn und seine Enttäuschung hatten sie tiefer getroffen, als sie sich einzugestehen bereit war. Es half nichts, dass sie unbegründet waren. Einen anderen Mann hätte sie möglicherweise mit der Wahrheit konfrontiert, allein schon aus dem Grund, weil sie es sich selbst schuldig war. Dafür hatte sie jedoch Mathildes Geschichte zu deutlich im Gedächtnis. Wenn Mattes erst einmal eine Entscheidung getroffen hatte, ließ er sich davon nicht mehr abbringen. Nun, da er in ihr lediglich eine hartherzige Schnüfflerin sah, wäre jeder Versuch einer Klärung von vornherein zum Scheitern verurteilt.

Und wenn du dich darin täuschst?, fragte eine innere Stimme, die Greta am liebsten ignoriert hätte. *Was, wenn du in Wahrheit bloß zu feige bist, dich Mattes zu stellen, weil du in der letzten Zeit schon zu viele Verletzungen hinnehmen musstest? Oder hast du dir die besondere Verbindung zwischen euch beiden doch nur eingebildet und bist froh, jetzt einen Schlussstrich unter die verwirrende Situation ziehen zu können?*

Auf diese Fragen mochte sich Greta lieber keine Antwort geben. Stattdessen ließ sie den Blick durch die Stube schweifen und malte sich im Geiste aus, wie der Raum wohl aussehen mochte, wenn die scheußlichen Tapeten von den Wänden geholt und der Dielenboden vom braunen Lack befreit war. Bevor sie es sich versah, standen Möbel da, wo jetzt noch mit Plunder gefüllte Kisten und kaputte Lampenschirme die Ecken füllten. Gerahmte Bleistiftzeichnungen, die Details des Hauses zeigten, hingen an den Wänden, und vorm Ofen lag eine Hundedecke. Bevor es ihrem merklich verwirrten Geist gelang, auch noch Fado auf ebendieser Decke zu platzieren, stand Greta auf, um Holz im Ofen nachzulegen. Zwar sprangen ihre Gedanken in diesem Haus von einem unangenehmen Thema zum nächsten, aber ihr war trotzdem keinesfalls danach zumute, ins Sturmwind zurückzufahren.

Während Greta die Glut mit einem Holzstück schürte, nahm sie sich vor, Mattes' Rat zu beherzigen und sich ihrem eigenen Leben zuzuwenden. Und das Wichtigste war im Augenblick, Arjens Erinnerung an Ruben einem befreienden Ende zuzuführen. Die Frage war, wo sie als Nächstes ansetzen sollte – einmal davon abgesehen, dass sie die Fotoabzüge neu anfertigen lassen musste. Sie wusste weder, was aus Ruben geworden war, noch, wo sich der Walfischknochen befand. Selbst wenn sich sein Verbleib durch Arjens Erzählung aufklären würde, konnte sie in der Zwischenzeit versuchen, mehr über ihn herauszubekommen. In der Mythologie der Inuit oder über ihre Handwerkskunst ließ sich gewiss etwas herausfinden … Falls es sich bei dem Walfischknochen tatsächlich um ein antikes Relikt handelte, dem wirklich die Kraft zugesprochen worden war, das eigene Schicksal zu bestimmen. Im Internet würde sich einiges finden lassen. Sie beschloss, gleich am folgenden Tag der nächstgelegenen Bibliothek auf dem Festland einen Besuch abzustatten. Auf Beekensiel gab es ja noch nicht einmal einen Buchladen. Kein Wunder, dass die Leute hier sonderbar waren …

Gerade als die Flammen so hoch züngelten, dass Greta nur noch schleunigst die Ofentür zubekommen wollte, klopfte es an der Tür. Das glühende Holzstück, das sie in Ermangelung eines Schürhakens benutzte, fiel zu Boden und kokelte die Lackschicht an.

»Über den Schaden wird sich Herr Freitag vom Bürgeramt wohl kaum beschweren, der müsste mir vielmehr dankbar sein, dass ich diesem scheußlichen Lack den Kampf angesagt habe«, murmelte Greta, während sie in die Diele eilte. Der Verwalter der alten Kate musste durch Trude mitbekommen haben, dass sie kurz davorstand, sich hier häuslich einzurichten. Bestimmt sah er seine Chance gekommen, dieses seit Jahren leerstehende Schätzchen endlich loszuwerden. Obwohl allein die Vorstellung abstrus war, in die Kate einzuziehen, ahnte Greta, dass sie ihm keine beherzte Absage erteilen würde. *Über eine Art Miete für die Zeit unseres Aufenthalts könnte man ja wenigstens mal nachdenken. Vor allem da das Sturmwind bald bis in die letzte Ecke mit Rosenbooms vollgestopft sein wird,* wog sie noch rasch ab, bevor sie die Tür öffnete.

Mattes hob gerade den Arm, um erneut anzuklopfen. Als Greta bei seinem Anblick die Augenbrauen in die Höhe rutschten, räusperte er sich, ohne jedoch etwas zu sagen. Einen Moment lang standen sie unschlüssig voreinander. Fado hingegen waren solche Verlegenheiten fremd, er drängte sich kurzerhand an Greta vorbei, auf der Suche nach einem molligen Plätzchen, um sich das von der Frostluft berührte Fell aufzuwärmen.

»Fado, wir sind nicht vorbeigekommen, um uns einzunisten!«, rief Mattes seinem Hund hinterher. Allerdings nicht halbwegs mit der gleichen Autorität, mit der er ihm ansonsten Kommandos erteilte. »Tut mir leid, dass Fado einfach …«

»Was machst du hier, Mattes?«, unterbrach ihn Greta. Mit einem Schlag breitete sich die Wut in ihr aus, die sie vorhin noch vermisst hatte. Was dachte sich dieser Kerl eigentlich dabei, hier aufzutauchen? Er konnte froh darüber sein, dass sie sich überhaupt die Mühe machte, mit ihm zu reden, anstatt ihm die Tür vor der Nase zuzuschlagen.

Trotz der Kälte zog sich Mattes die Mütze vom Kopf und fuhr sich durchs Haar. Eine allmählich vertraute Geste. »Ich war mit Fado spazieren.«

»Fein. Dann sieh zu, dass du rasch weiterkommst. Es dämmert bereits.«

Mattes blinzelte, als habe sie ihm eine Ohrfeige verpasst. »Das werde ich auch, ich wollte dir nur die Fotoabzüge vorbeibringen.«

»Danke, aber es reicht vollkommen, wenn du mir die Negative wiedergibst, dann werde ich mich selbst um Abzüge kümmern. Und keine Sorge: Die Aufnahmen, die in welchem Zusammenhang auch immer mit deiner Familie stehen, kümmern mich einen feuchten Kehricht. Die Familie Ennenhof interessiert mich nicht, weder ihre Vergangenheit noch ihre Gegenwart.«

»Das habe ich durchaus verstanden.« Was jedoch nicht dazu führte, dass Mattes verschwand. Stattdessen stülpte er in nervtötender Gründlichkeit die Wollmütze um, als sei ein Spickzettel in ihr verborgen. Dabei wäre sie deutlich besser auf seinem Kopf aufgehoben gewesen, wie seine geröteten Ohren bewiesen. »Ich wollte die Angelegenheit nur nicht so im Raum stehen lassen, Adele hat mir nämlich erzählt, dass eure Unterhaltung nicht einmal ansatzweise in die Richtung gegangen ist, die ich vermutet hatte. Es tut mir leid, dass ich dir aus dem Blauen heraus solche Vorwürfe gemacht habe.«

Das war ja eben eine Entschuldigung … Dieser ausgemachte Sturkopf ist soeben tatsächlich zurückgerudert.

Unwillkürlich musste Greta schlucken und hoffte, dass man ihr nicht ansah, wie ihre Wut nachließ. Sonst kam Mattes noch auf die Idee, dass seine Unterstellung sie nicht sonderlich gekränkt hatte und dass es ihm durchaus zustand, beliebig Beschuldigungen auszusprechen, anstatt sein Temperament zu zügeln und erst einmal zuzuhören.

»Ist schon gut«, antwortete sie ausweichend. »Es hat ganz den Anschein, dass wir uns beide in dem anderen getäuscht haben. Ich bin nicht halb so neugierig und versessen, wie du gedacht hast. Und du bist eben auch nur ein Mensch, der Fehler macht. Na ja, dass du Fehler machst, habe ich ja schon bei unserem ersten Zusammenstoß mitbekommen, aber irgendwie habe ich das zwischenzeitlich wohl vergessen gehabt. Wenn du mir also einfach die Negative gibst …«

»Könnte ich nicht reinkommen, und wir sprechen in Ruhe miteinander? Ich war an dem Abend ziemlich durch den Wind, nachdem Trude mir dein vertrauliches Gespräch mit Mathilde auf die Nase gebunden hat. Die Art, wie ich diese Beziehung beendet habe, war nicht gerade rühmlich. Ich hätte es dir eines Tages gern selbst erzählt, weil man meine Entscheidung leicht missverstehen kann. Und – ehrlich gesagt war ich auch ein wenig sauer, dass du Mathilde aufgesucht hast.«

»Willst du mir jetzt etwa unterstellen, dass ich deine Exfreundin nur aus dem einen Grund angesprochen habe? Um alles über dein Verhalten in Liebesdingen herauszufinden?« Greta deutete an, die Tür zuschlagen zu wollen, doch Mattes schüttelte hastig den Kopf.

»Nein, das nun nicht. Ich mache mir nur Sorgen, was du jetzt von mir hältst. Schließlich lässt mich die Art, wie ich mich von Mathilde getrennt habe, in einem verdammt schlechten Licht dastehen. Es war ja unleugbar meine Schuld, dass wir keinen Weg gefunden haben, um zusammenzubleiben. Aber es ging nun einmal nicht, weil ich eben *ich* bin. Seitdem habe ich mir unablässig den Kopf zermartert, ob mir ein solcher Fehler beim nächsten Mal wieder passieren wird. Ich weiß es nicht… Ich bin ein Ennenhof, auch wenn es mir nicht immer gefällt. Aber wenigstens weiß ich, wer ich bin – im Gegensatz zu meiner Mutter. Und das, was sie erlebt hat, war noch viel trauriger: Rose hat sich von ihrer Familie abgewandt und wusste zum Schluss nicht mehr, wohin sie gehen sollte. Sie war immerzu auf der Flucht. Ich habe dieses Gefühl kennengelernt, als ich mit Anfang zwanzig auf Weltreise gegangen bin, weil ich dachte, mich würde hier ebenfalls nichts halten. Und dann habe ich es mit Menschen zu tun bekommen, die genau wussten, dass sie die richtigen Dinge am richtigen Ort taten. Damals habe ich mich dazu entschieden, es ihnen nachzutun. Es fühlte sich richtig an. Und was hätte ich sonst tun sollen?«

Von einer plötzlichen Erschöpfung heimgesucht, trat Greta zur Seite und ließ Mattes eintreten. »Ja, was bleibt einem schon anderes übrig, wenn sich der große Lebensplan nicht von allein offenbaren will?«, wiederholte sie, unschlüssig, ob es Mattes' Ergebenheit an sein Schicksal war, die sie niederdrückte, oder die Befürchtung, dass es alles andere als einfach war, sein Schicksal selbst in die Hand zu nehmen. Ihr war das bislang ja auch keineswegs gelungen.

In der Stube scheuchte Mattes als Erstes Fado vom Sofa, wo der Hund es sich auf den Wolldecken gemütlich gemacht hatte. Es war erstaunlich, mit welcher Zielsicherheit Tiere immer die besten Plätze fanden.

»Man kann es Fado wirklich nicht verübeln.« Mattes versuchte sich an einem Lächeln. »Draußen ist es eisig, vor allem jetzt, wo die Sonne allmählich verschwindet. Höchste Zeit, dass ich meine Jolle für den Winter unterbringe. Alle anderen haben das längst gemacht, aber ich hatte irgendwie so viel anderes um die Ohren.« Mattes stellte sich vor den Ofen und wärmte sich die Hände. »Man merkt der Kate an, dass ihre Erbauer wussten, was sie taten. Sind gut gedämmt, diese alten Wände, auch wenn sie wegen der undichten Fensterrahmen Feuchtigkeit gezogen haben. Ich würde zu gern wissen, was für ein Material benutzt wurde, wobei alles reine Natur sein dürfte, ich tippe nämlich auf Bau anno 1750, eventuell sogar ein wenig früher. Wie auch immer, es ist ein Wunder, dass du die Stube trotz der maroden Fenster so warm bekommen hast.«

»Erzähl das Herrn Freitag, dem Herrn vom Bürgeramt, der kann solche Argumente gebrauchen, um die Kate endlich an den Mann zu bringen. Es ist eine Schande, dass ein solches Schmuckstück verfällt. Aber außer den Einheimischen hält es auf Beekensiel wohl niemand lang genug aus, als dass er sich hier ein Haus kaufen würde.« Es misslang Greta, auch nur annähernd so distanziert zu klingen, wie sie es beabsichtigte. Das entging nicht einmal Mattes, der ihr zum ersten Mal seit der missglückten Begrüßung an der Tür in die Augen sah.

»Dir liegt offenbar etwas an dieser Kate«, stellte er fest. An der Art, wie er sich umsah, erahnte Greta, dass auch er das Besondere des Hauses erkannte. »Das gute Stück ist in den letzten Jahren ganz schön heruntergekommen, aber die Bausubstanz ist ordentlich – von der wunderschönen

Lage einmal abgesehen. Kein schlechter Ort, um zu leben.«

Greta spürte geradezu körperlich, wie sich die Verbindung zwischen Mattes und ihr wieder aufbaute. Es war, als würden lauter unsichtbare Fäden ein Band zwischen ihnen weben, die sie immer enger zueinander hinziehen würden. Wenn sie nicht aufpasste, würde sie sich plötzlich an seine Brust gedrückt wiederfinden. Hastig trat sie vor das Fenster mit dem gesprungenen Glas, durch das Kälte eindrang, während er verstohlen den Reißverschluss seines Parkas hinabzog. Es war die einzige Möglichkeit, um Mattes den Rücken zuzudrehen, ohne allzu abweisend zu wirken. Denn genau das wollte sie plötzlich nicht mehr, egal wie wütend sie eben noch auf ihn gewesen war.

»Es ist ein Haus, das auf einer Insel steht«, sagte sie mit Nachdruck, als müsse sie sich selbst überzeugen. »Auf einer kleinen Insel. Ich kann mir nicht einmal ansatzweise ausmalen, was für ein Leben ich hier führen sollte.«

»Wohin zieht es dich denn sonst?«

Es hat mich noch nie zuvor irgendwohin gezogen – bis jetzt. Und nun bindet mich nicht nur diese verwahrloste Kate mit jedem Moment mehr an sich, sondern auch du, hätte Greta fast eingestanden. Aber sie hatte ihre Lektion gründlich gelernt. Weder Verstand noch Gefühl waren die besten Ratgeber im Leben, ob es nun um Häuser oder um zerknirscht dreinblickende Männer ging. Es war ihr allerdings mehr denn je ein Rätsel, was dann der richtige Wegweiser sein sollte.

»Vermutlich denkst du, dass es mich nichts angeht, wohin es dich in Zukunft verschlägt. Nicht nur wegen meines Verhaltens vorgestern, sondern überhaupt«, sagte Mattes in die Stille hinein. »Ich will dich auch nicht länger als nötig belästigen. Ich lege dir Film und Abzüge auf dein Notizbuch, einverstanden? Nur noch eine Sache: Ich habe mir die Aufnahme von diesem Walfischknochen angesehen und mir ein paar Gedanken dazu gemacht. Gut möglich, dass ich mich täusche, aber das Stück sieht absolut nach einem Knochenstück aus. Dass er an einem Ende breiter ist, hat mich auf eine Idee gebracht, denn es sieht so aus, als handele es sich ursprünglich um die Spitze von etwas, das sich nach unten hin verbreitete. Wie eine Spitze, die abgebrochen ist und deren Bruchstelle anschließend glatt geschliffen wurde. Die Zeichen deuten ebenfalls auf diese Theorie hin, an der breiten Seite brechen sie nämlich ab.«

Greta hielt es nicht länger aus und ging auf Mattes zu, was ihn prompt dazu veranlasste, ihr entgegenzukommen. »Worauf willst du hinaus?«

»Die Inuit haben Harpunen gebaut, deren Spitzen manchmal aus Walfischknochen bestanden. Auf der einen Seite fügten sie eine Öffnung fürs Seil ein, die andere wurde spitz zulaufend geschnitzt, damit sie problemlos in die Beute eindringen konnte. Und diese Harpunenspitzen haben sie gelegentlich mit Schnitzereien geschmückt. Es wäre doch denkbar, dass die Aufnahme genau eine solche abgebrochene Spitze zeigt.«

»Das klingt durchaus plausibel«, gestand Greta ein. Nun gab es nicht nur eine Aufnahme vom Walfischknochen, sondern auch eine durchaus plausible Hintergrundgeschichte.

»Wenn du meinst, dass die Spur taugt, kann ich gern in diese Richtung weitersuchen. Bestimmt lässt sich einiges über die Symbole herausfinden, und wenn wir erst einmal ihre Bedeutung kennen, lässt sich möglicherweise auch die ursprüngliche Geschichte des Walfischknochens rekonstruieren. Und vielleicht finden wir dann auch heraus, wie er in die Hände dieses kleinen Stromers names Ruben gelangt ist.«

Natürlich war das ein hervorragender Ausgangspunkt, aber wollte sie den Weg in Arjens Vergangenheit wirklich gemeinsam mit Mattes weitergehen? Nachdenklich begann Greta an ihrem Daumennagel zu knabbern, eine Unart, die sie sich eigentlich schon als Jugendliche abgewöhnt hatte. Zumindest hatte sie das geglaubt.

»Natürlich kannst du der Spur auch allein folgen.« Mattes deutete Fado, zu ihm zu kommen. »Ich will dann mal los, das letzte Tageslicht ausnutzen.«

Über den Wiesen hatte sich innerhalb kürzester Zeit Dunkelheit ausgebreitet. Die Tage waren bereits merklich kürzer geworden, und für Ende Oktober war es außergewöhnlich kalt. Alles deutete darauf hin, dass der Winter früh einbrechen würde. »Vielen Dank«, sagte Greta und drehte sich endlich um, obwohl ihr dabei ganz schwindelig wurde. »Besonders für den Hinweis mit der Harpune. Ich wollte morgen zur Recherche nach Aurich fahren, dann weiß ich gleich, in welche Richtung ich suchen muss.«

»Ja, dann«, sagte Mattes und wandte sich zum Gehen ab.

Greta sah ihm nach, betrachtete sein widerspenstiges dunkles Haar, seinen breiten Rücken und die Stiefel an seinen Füßen. In ihren Ohren klang noch das Geräusch seiner nackten Sohlen auf dem Holzboden, als sie vor ein paar Tagen in seine Wohnung eingefallen war. Mit einem Mal stieg die Erinnerung daran auf, wie sich seine Lippen auf ihrer Wange angefühlt hatten, und an seinen Duft, den sie lediglich flüchtig eingefangen hatte. Erst jetzt war sie in der Lage, den Geruch in Worte zu kleiden. Mattes roch nach Birkenwald, nach Moos, Gras, frisch gefallenem

Laub, feuchter Rinde, und dann dieses feine, unterschwellig metallische Aroma …

»Mein Großvater wird sterben«, brach es aus Greta hervor. »Die Leukämie, an der er erkrankt ist, ist untherapierbar, und er hat das akzeptiert. Ich weiß aber nicht, ob ich das ebenfalls kann … Ihn gehen lassen. Das scheint mir die schwerste Herausforderung überhaupt zu sein. Und dabei herrscht bei mir im Augenblick wirklich kein Mangel an Herausforderungen. Egal in welche Richtung ich sehe, alles deutet auf Beekensiel, als läge hier die Lösung für die vielen Rätsel in meinem Leben bereit. Aber wenn das so ist, dann erkenne ich sie nicht, und je gründlicher ich danach suche, desto mehr gerate ich durcheinander.« Als Mattes sich ihr zuwendete, machte Greta unweigerlich einen Schritt zurück, was ihm nicht entging. Sie konnte die Enttäuschung in seinen Augen lesen. »Und du bist auch so eine Herausforderung. Ich fühle mich zu dir hingezogen, aber reichen Gefühle allein aus?«

»Kennst du einen besseren Grund, um einen Anfang zu wagen?«

Während Greta noch darüber nachdachte, war Mattes schon bei ihr und schloss sie in seine Arme. Sie spürte seine Lippen, jedoch nicht sanft auf ihrer Wange, sondern fordernd auf ihrem Mund. Einen Moment lang war sie wie erstarrt, dann gab sie nach. Viel mehr als das. Sie erwiderte sein Drängen, während ihre Hände gar nicht erst die Umarmung erwiderten, sondern sich auf die Suche nach einem Weg unter seinen Parka machten und unter all die anderen Kleidungsschichten, die sie voneinander trennten. Das Bedürfnis, die Distanz zwischen ihnen zu überbrücken, war mächtiger als ihre Bedenken, genau wie ihr Wunsch, ihn zu erleben, ungezügelt und ohne jede Zurückhaltung. Mattes spürte und erwiderte ihre Ungeduld. Er streifte seine Jacke und den derben Pullover ab, und als ihre Finger über seine Unterarme glitten, spürte sie noch einen Rest der Kälte und die Hitze darunter. Als sie ihr Gesicht in der Senke seitlich seines Halses vergrub, wie sie es in Gedanken schon getan hatte, fühlte es sich wie eine Erlösung an. Danach hatte sie sich gesehnt. Allerdings herrschte die Empfindung nur kurz vor, denn sie wurde fortgeschwemmt von dem Verlangen, ihn zu entdecken, zu spüren, jeden Bogen, jedes Tal seines Körpers zu erforschen. *Mehr, mehr*, schallte es zwischen ihren pulsierenden Schläfen, während ihre Lippen sich nicht entschließen konnten, seinen Mund zu liebkosen oder auf Wanderschaft entlang seiner rauen Kehle bis hinab zu der sanft geschwungenen Einkerbung unter seiner Brust zu wandern. Seine Hände glitten über ihre Taille und entlang ihrer Hüften, während der Tanz zwischen ihnen enger wurde. Sie überließ sich dem Rhythmus, den ihre beiden Körper eigenständig fanden, überließ sich dem Brand, den die Berührungen seiner Haut auf ihrer auslösten. Es war ein gegenseitiges Bedrängen und Locken … Und irgendwann war da nur noch das Bedürfnis, ihn zu sich zu nehmen, mit auf die Decken neben dem Ofen, dessen rötlicher Schein ein Schattenspiel zwischen seinen Muskeln entstehen ließ. Vermutlich hätte sie sich in seinem Anblick verloren, wenn er sich nicht zu ihr gelegt hätte, obwohl der Platz kaum ausreichte, aber sie wollte ja auch gar keinen Abstand mehr zwischen ihnen. Sie wollte, dass er seinen Schenkel über ihren gleiten ließ, sie wollte das Gewicht seines Körpers spüren, bevor sie jeden Gedanken verlor und nur noch spürte und erlebte …

27

Wenn ich den Walfischknochen in meiner Hand halten würde, dann würde er gewiss auf Mattes deuten, dachte Greta. Plötzlich wurden alle Stationen auf ihrem bisherigen Weg zu Zwischenstationen und als sei sie erst jetzt, auf Beekensiel, angekommen. Dort, wo er gewartet hatte, nachdem er sich lange Zeit in der Weltgeschichte herumgetrieben hatte.

Während Mattes das Coupé in Richtung des Dorfes lenkte, tauchten die ersten Lichter auf. Die Fahrt über die unbefestigten Straßen in der Dunkelheit hatte sie dankend ihm überlassen. Zu ihrer Erleichterung hatte Mattes sich ohne weiteres dazu überreden lassen. Der Himmel sah aus, als habe ihn jemand mit einem schwarzen Samttuch abgedeckt, und wüsste sie es nicht besser, hätte sie darauf getippt, dass es bereits tiefste Nacht war. Dabei setzten sich im Leileckerland vermutlich gerade einige späte Gäste an den Tisch, um sich von Trude das Abendmenü auftragen zu lassen. Greta hatte zwar schon seit Stunden nichts mehr gegessen, aber Hunger verspürte sie keinen. Sie war vielmehr erschöpft, auf eine zufriedene Weise, die ihr unentwegt ein Lächeln auf die Mundwinkel legte. Sie schmiegte sich in ihren Sitz und studierte in Ruhe Mattes' Profil. Zuerst hatte er sich deshalb noch über sie lustig gemacht, aber mittlerweile sah er sie nur immer wieder lächelnd an.

Der Parkplatz des Hotels Sturmwind tauchte viel zu

schnell vor ihnen auf und zerriss unvermittelt die Nebelwand, hinter der Greta es sich gemütlich gemacht hatte. Als Mattes ihr die Tür öffnete, murrte sie ihn unwillig an. Auszusteigen kostete schlichtweg zu viel Energie, die sie mit ihren wackeligen Knien kaum aufbringen würde.

»Kommst du von allein auf die Beine oder ist es dir lieber, wenn ich dich reintrage?« Seine Hand lag bereits unter ihrem Ellbogen.

»Können wir nicht einfach noch ein wenig sitzen bleiben, im Wagen ist es so schön gemütlich.«

»Das hast du auch vom Sofa mit den kratzigen Wolldecken behauptet, als das Feuer im Ofen schon längst niedergebrannt war. Vertrau mir: Im Sturmwind ist es tausendmal gemütlicher, vor allem wenn du erst in der Badewanne liegst.«

»Badewanne?« Das Leben kehrte schlagartig in Gretas müde Glieder zurück.

Mattes grinste wissend. »Die auf deinem Zimmer ist ziemlich fantastisch, nicht wahr?«

»Fantastisch ist ein viel zu schwacher Ausdruck. Sie ist die reinste Wellness-Oase, bildschön … Und groß ist sie auch noch.«

»Daran habe ich ebenfalls gedacht.«

Zum ersten Mal in ihrem Leben ließ sich Greta beim Aussteigen helfen und hielt ihre glühenden Wangen dem Wind hin, der zwar beißend kalt war, ansonsten jedoch eher mild ausfiel. Seit sie auf Beekensiel angekommen war, jagte ein Sturm den nächsten, doch heute Abend herrschte endlich eine Atempause. Dabei hatte Adele ein Unwetter vorhergesagt …

Als sie die friesengrüne Eingangstür des Sturmwind erreichten, glühte Gretas Gesicht noch immer, außerdem musste sie plötzlich an ihren zerwühlten Haarschopf denken. Jemandem wie Trude würde es ein Leichtes sein, daraus Rückschlüsse zu ziehen … Im Zweifelsfall würde sie von einem ausgiebigen Spaziergang am Wasser schwärmen, auch wenn das bei dieser Finsternis ziemlich absurd klang.

»Lass uns zusehen, dass wir den Empfangsraum möglichst rasch durchqueren und die Treppe hochkommen«, schlug Greta vor.

Mattes versuchte, durchs Milchglas der Tür zu linsen. »Wir könnten auch durch den Lieferanteneingang rein, allerdings wären unsere Chancen dadurch nicht unbedingt besser, unbemerkt an Trude vorbeizukommen. Die Frau hat ihre Augen überall.«

»Hast du vielleicht auch eine schöne große Badewanne in deiner Wohnung?«

Bedauernd schüttelte Mattes den Kopf.

»In dem Fall würde ich vorschlagen, dass wir schnurstracks reingehen und uns Tanten und allen anderen Ungeheuern stellen. Wir wissen ja, wofür wir es tun.«

In Begleitung von Mattes' Lachen betrat Greta das Sturmwind, und nicht einmal als Trude sofort auf sie zuhielt, verging ihr die gute Laune. Dabei sah Trude ungewöhnlich angespannt aus. Sie tätschelte noch schnell Fado den Kopf, der gleich in Richtung Küche abdrehte, wo er ein eigenes Körbchen vorm Heizkörper stehen hatte.

»Moin, moin. Da sind Sie ja, meine Liebe! Sie wollen sich doch wohl nicht einfach davonschleichen? Wir haben auf Sie gewartet. Ich hatte schon Sorge, dass Ihnen in dieser morschen Kate vielleicht ein Dachbalken auf den Kopf gefallen ist. Da bin ich ja erleichtert, dass Sie sich bloß die Zeit mit unserem Mattes vertrieben haben.« So anzüglich dieser Kommentar wirkte, er war eindeutig nicht so gemeint. Trude war sichtlich aufgeregt und zerknüttelte ihren Bestellzettel zwischen den Händen.

Auch Mattes entging die Unruhe seiner Tante nicht. »Ist alles in Ordnung?«, fragte er.

»Im Prinzip schon.« Trotzdem machte Trude ein Gesicht, als habe sie in eine Zitrone gebissen. Ihr Blick blieb an dem Arm hängen, den Mattes um Gretas Taille gelegt hatte. »Unsere Greta hier hat bloß Besuch. Ich meine: noch mehr Besuch als ohnehin schon …« Sie deutete auf die überraschend gut besetzten Tische im Leileckerland. »Ihr Lebensgefährte ist offenbar extra aus der Schweiz angereist, um Sie zu sehen.«

»Ex-Lebensgefährte«, korrigierte Greta, während sie voller Unglauben ins Restaurant schaute.

Dort am Tisch saß tatsächlich Erik gemeinsam mit den beiden rosenboomschen Damen. Während Anette ihr sichtlich verlegen zuwinkte, wirkte Beeke so aufgeregt, als könne sie es kaum erwarten, dass endlich das ganz große Drama beginnen würde. Thomas Roder hielt sich an einem Glas Rotwein fest, vermutlich war es ihm im Gegensatz zu Arjen nicht gelungen, sich rechtzeitig von dieser Gesellschaft abzusetzen. Als habe der arme Mann in den letzten Tagen nicht schon genug Familienszenen miterleben dürfen …

Während Greta sich einen Reim darauf zu machen versuchte, was um Himmels willen Erik, den sie schon fast vergessen hatte, auf Beekensiel wollte, stand er auf und lächelte sie entschuldigend an. Unter seinen ansonsten stets leuchtenden Augen lagen Schatten, und an seinem Kinn prangte ein Dreitagebart, den er normalerweise früh genug abrasierte, dass man die grauen Haare darin nicht sah. Auf den ersten Blick hätte man meinen können, es mit einem am Boden zerstörten Mann zu tun zu haben, aber Greta kannte ihn besser. Was ihr hier geboten wurde, war ein fein abgestimmter Auftritt: Um seinen Hals trug er anstelle seines modischen Halstuchs einen dezent gestreiften Wollschal, den er doppelt umgeschlungen hatte, als habe er sich eben noch gegen den Küstenwind gestemmt, und sein frisch geschnittenes Haar war ungewöhnlich kurz. Greta war sofort klar, was er damit bezweckte. Sie sollte einen gereiften und geerdeten Erik Brunner vor sich sehen, der seine Lektion darüber, wohin Oberflächlichkeit und Täuschungen führen konnten, gelernt hatte. Und der gelitten hatte. Ihretwegen.

»Greta«, sagte Erik dann auch mit bedrückter Stimme, während er auf sie zuging. »Es tut mir leid, dass ich dich einfach überfalle, aber du hättest meinen Besuch ansonsten bestimmt abgeblockt. Und egal was du wegen dieser Software-Affäre von mir denkst, ich möchte dich bitten, mir die Chance zu geben, mich zu erklären. Nicht etwa weil ich glaube, dich von der Richtigkeit meines Verhaltens überzeugen zu können – nein! Ich habe nämlich begriffen, was für einen Mist ich da gebaut habe. Es ist nur … So können zwei Menschen, die sich geliebt und ein Leben geteilt haben, doch nicht auseinandergehen.« Erik blieb so dicht vor ihr stehen, als habe er Mattes gar nicht bemerkt. Überhaupt schien es für ihn nur Greta zu geben. »Ich bin noch nie zuvor am Meer gewesen, ich wusste gar nicht, was ich verpasse. Es ist beängstigend schön. Es passt zu dir.«

Was sollte sie darauf erwidern, ohne die Beherrschung zu verlieren? Erik hatte sie in einer Situation abgefangen, in der sie ihn weder einfach stehen lassen noch eine lautstarke Szene machen konnte – obwohl ihr nach diesem Ausmaß an Dreistigkeit durchaus danach zumute war. Diese elende Heuchelei. Nichts hatte er dazugelernt, er glaubte immer noch, sie mit den gleichen alten Tricks ködern zu können.

Appelliere an Gerechtigkeit und Liebe, nimm ihr den Wind aus den Segeln, indem du dich von vornherein schuldig bekennst, und sichere dich mit dem Wohlwollen ihrer Familie gegen ihre Wut ab. Auch jetzt konnte Anette nicht widerstehen, Greta vom Tisch aus milde anzulächeln, was wohl bedeuten sollte: Hat Erik das nicht schön gesagt? So ein guter Mann, viel besser als der derbe Bursche an deiner Seite. Erik Brunner ist eben ein Mann von Welt. Wenigstens brachte Anette ausreichend Feingefühl auf, um sitzen zu bleiben, anstatt die Unterhaltung mit ihrer erfahrenen Art zu moderieren. Zu Gretas Verunsicherung nahm Mattes seine Hand von ihrer Taille, während Erik alles daransetzte, ihre Aufmerksamkeit auf sich zu ziehen.

»Ich muss schon sagen, das ist ein geradezu filmreifer Auftritt, Erik. Du weißt wirklich, wie man sich in Szene setzt.« Es gelang ihr, die Wut weitestgehend aus ihrer Stimme zu tilgen. Egal wie befreiend es gewesen wäre, ihn anzuschreien, es hätte nur Anette und Konsorten dazu gebracht, dem armen Mann Hilfestellung zu leisten. Unter solchen Umständen würde Mattes vermutlich die Flucht ergreifen, und genau das wollte sie vermeiden. »Ich weiß es zu schätzen, dass du eine so weite Anreise auf dich genommen hast, damit wir zu einem harmonischen Ende gelangen. Nur leider hast du dir einen ziemlich schlechten Zeitpunkt dafür ausgesucht, es ist nämlich gerade so viel los, da habe ich keinen freien Kopf zum Scherbenaufräumen.«

Ein Schatten flog über Eriks Gesicht, und zum ersten Mal wanderte sein Blick zu Mattes, der mit nachdenklicher Miene ein Stück beiseitegetreten war, aber immer noch nah genug bei Greta stand, um nur die Hand nach ihr ausstrecken zu müssen, falls sie ihn brauchte. Offenbar gefiel Erik wenig, was er sah, obwohl er sich darum bemühte, seinen zerknirschten Ausdruck aufrechtzuerhalten. »Mir ist durchaus bewusst, dass mein Verhalten überzogen ist, aber was ist mir anderes übriggeblieben?«, fragte er. »Meine Telefonanrufe in Meresund hast du ja nicht entgegengenommen, und ich habe so den Verdacht, dass du meine Briefe, die Anette gesammelt und dir mitgebracht hat, direkt ins Kaminfeuer befördert hast. Als ich dann auch noch gehört habe, dass dein Großvater erneut an Krebs erkrankt ist, musste ich einfach kommen.«

»Von wem hast du das gehört?« Greta versuchte den Blick ihrer Mutter zu erhaschen, die jedoch damit beschäftigt war, die Tischdecke glattzustreichen.

»Das ist jetzt doch egal, genau wie unsere Streitigkeiten. Es tut mir so unendlich leid für dich und deine Familie.«

Ehe Greta es sich versah, hatte Erik sie umarmt und an seine Brust gezogen. »Lass es gut sein«, versuchte sie seinen Griff abzuwehren, aber er drückte sie nur fester an sich. Als wäre sie ein Kind, das dringend Trost brauchte. Sie musste ihm erst beherzt einen Stoß verpassen, bis er nachgab. Obwohl … ganz frei gab er sie nicht, seine Hand blieb auf ihrer Schulter liegen.

»Entschuldige. Da ist eben wohl was mit mir durchgegangen.« Erik wischte sich über den Mund, wie um zu überprüfen, ob seine Mimik auch mit seinen Worten übereinstimmte. »Es ist nur … Ausgerechnet jetzt, wo du mich mehr als je zuvor brauchst, klafft diese Kluft zwischen uns. Weil ich einen dummen, einen verdammt dummen Fehler gemacht habe, das gebe ich zu. Lass mich trotzdem für dich da sein, dich in dieser Krise unterstützen, bitte. Außerdem möchte ich nicht außen vor bleiben, schließlich war ich in den letzten Jahren auch Teil dieser Familie, auch wenn es mich nur selten nach Meresund verschlagen hat. Egal welche Fehler wir in der Vergangenheit gemacht haben, jetzt ist es Zeit zusammenzuhalten. Dafür hat man doch eine Beziehung!«

Kein Wort über die Trennung, die in Gretas Erinnerung eindeutig vollzogen worden war, als Erik sie eine verrückte Idealistin genannt und eifrig die von ihr in das Wind-Tech-Netz gestellten Daten über seine Geschäfte gelöscht hatte, anstatt sich zu erklären.

»Das ist wirklich ein lieb gemeintes Angebot, und ich kann mir durchaus vorstellen, was es dich kostet, es mir zu unterbreiten«, sagte Greta. »Ich werde es jedoch nicht annehmen, weder was deine Fürsorge anbelangt, noch deinen Wunsch nach Versöhnung. Das mit uns ist vorbei, das war es schon, als ich dich in Zürich verlassen habe.«

»Hör mal, Greta«, mischte Mattes sich unvermittelt ein. »Ich weiß nicht, was zwischen euch beiden vorgefallen ist, aber eine Chance, seine Fehler zumindest zu erklären und sich für sie zu entschuldigen, sollte eigentlich jeder bekommen. Die Zeit solltest du dir nehmen, auch in deinem eigenen Interesse.« Dann pfiff er nach Fado, der ausgesprochen unmutig antrabte. So wie die Ohren des Labradors hinabhingen, hatte er sich auf ein längeres Päuschen im Warmen eingestellt gehabt. »Einen schönen Abend noch.«

Greta ließ Erik stehen und eilte Mattes hinterher. Im Windfang holte sie ihn ein. »Du kannst doch jetzt nicht einfach gehen«, flüsterte sie. Dabei war ihr durchaus klar, dass Mattes gar nichts anderes übrigblieb.

»Ich hätte mir auch einen anderen Ausklang für diesen Abend gewünscht, aber so ist es vermutlich das Beste. Der Mann, mit dem du zusammengelebt hast, ist allem Anschein nach einen weiten Weg nach Beekensiel gekommen, um mit dir zu sprechen. Eure Trennung ist also noch ganz frisch, falls es denn überhaupt eine richtige Trennung war.«

»Natürlich war sie das!« Greta konnte kaum glauben, in welche Richtung Mattes' Gedanken gingen. »Für mich ist Erik Brunner Vergangenheit.«

»Nun, er scheint das anders zu sehen. Sprich mit ihm und finde in Ruhe heraus, ob du ihm nicht doch noch eine Chance geben willst. Und selbst wenn nicht, findest du auf diese Weise möglicherweise heraus, dass das zwischen uns nur zur Überbrückung dient. Liebeskummer bekämpft man ja bekanntlich am besten mit einer Affäre.«

»Wie kommst du nur auf die absurde Idee, dass du bloß eine Ablenkung für mich bist?«

»Weil du vorhin sehr deutlich gesagt hast, dass du dich nicht auf einer Insel wie Beekensiel siehst. Und wie du gewiss von Mathilde erfahren hast, kann ich mir unter keinen Umständen vorstellen, mein Leben hier aufzugeben. Was sollte es also anderes sein als etwas für zwischendurch?«

Schwer getroffen stand Greta da und ließ sich von Mattes zum Abschied auf die Wange küssen.

»Lass dir das alles in Ruhe durch den Kopf gehen, ich bin ohnehin die nächsten Tage unterwegs. Mein Boot muss dringend aufs Festland, bevor der Winter zuschlägt, ich werde gleich morgen früh aufbrechen. Zum Winterliegeplatz werde ich knapp zwei Tage unterwegs sein.«

»Und wenn du zurück bist?«

Mattes sagte nicht »Dann machen wir da weiter, wo wir gerade gezwungenermaßen aufgehört haben«, sondern erwiderte bloß stumm ihren Blick, ehe er zur Tür hinaus verschwand.

28

Nein. Nein, sie wollte es nicht.

Greta lief wütend am Strand entlang und versuchte, ihre Gedanken zu ordnen. Wenigstens in einem Punkt war sie sich absolut sicher: Sie wollte sich dem Chaos nicht stellen, das am letzten Abend über sie hereingebrochen war. Tief in ihrem Inneren fühlte sie eine regelrechte Blockade, und sie brauchte sich in Gedanken bloß in ihre Nähe zu wagen, dann bekam sie schon einen Magenkrampf.

Es war eine himmelschreiende Ungerechtigkeit, dass ihr nun auch noch diese Bürde auferlegt wurde. Und das absolut Schlimmste war, dass sie es sich selbst schuldig war, die leidige Angelegenheit mit Erik zu Ende zu führen. Nur: Wie sollte sie den dafür notwendigen kühlen Kopf behalten, wenn sie sich eher wie ein Wasserkessel kurz vor der Explosion fühlte? Das Unbehagen, das ihre Beziehung zu Erik begleitet hatte wie ein treuer Schatten, war einer haltlosen Wut und Enttäuschung – auch sich selbst gegenüber – gewichen. Dass ihr Tobsuchtsanfall in Zürich und ihr anschließendes Schweigen keinen hinreichenden Schlussstrich bildeten, war ihr selbst durchaus bewusst. Nichtsdestotrotz hätte sie die Aufarbeitung dieses Dilemmas gern noch eine Weile aufgeschoben, aber man ließ sie ja nicht in Frieden. Wobei *Männer* es besser traf als *man*. Erst Erik in seiner ganzen Selbstherrlichkeit, der einfach unangemeldet im Sturmwind einfiel und sich ihr im Schutz ihrer Familie aufdrängte, und dann auch noch Mattes, der sie vor vollendete Tatsachen stellte.

»Liebeskummer bekämpft man ja bekanntlich am besten mit einer Affäre«, hatte er behauptet. Als wäre sie nicht imstande, sich auf eine neue Liebe einzulassen, nur weil Erik ihre Beziehung nicht kampflos aufgab. Wie kam Mattes bloß auf die Idee, was zwischen ihnen in der Kate passiert war, wäre für sie lediglich eine Übersprunghandlung gewesen? Nach allem, was sich seit ihrer Ankunft auf Beekensiel zwischen ihnen abgespielt hatte? Sie waren sofort aufeinandergetroffen und hatten es seitdem nicht geschafft, sich aus dem Weg zu gehen, sosehr sie es sich beide gelegentlich gewünscht hatten. Die Anziehungskraft, die mit jedem gemeinsamen Moment stärker geworden war, hatten sie beide doch gespürt... Und er sprach von einer Affäre, bevor er sich – ganz der einsame Seebär – mit seinem Segelschiff davonmachte!

Greta schritt schneller aus, bis der feine Sand des Nordstrands unter ihren Stiefeln aufwirbelte. Noch immer war es ungewohnt windstill, kaum ein Lüftchen fuhr durch ihr Haar, auch wenn der Himmel von einer undurchlässigen Schicht grauer Wolken verhangen war. Der Strand lag nach der Ebbe so eben da, als habe eine unsichtbare Hand ihn glattgestrichen. Hier gab es keine anderen Fußabdrücke als ihre eigenen, nur ab und zu Möwenspuren, ansonsten herrschte Einsamkeit. Es war schwer zu sagen, wie lange sie schon den Strand entlanghastete, aber sie hatte zweifellos das östliche Ende der Insel erreicht. Das Ostkap. Der Dünengürtel flachte hier ab, und die Insel lief zu einer spitzen Sandbank aus, die bei Flut wohl unter Wasser stand. Auch der Streifen Watt wurde hier auffällig schmal, während die kräftigen Wellen unablässig auf ihn zurollten. Das dunkle Blau des Meeres deutete nicht nur darauf hin, dass der Grund an dieser Stelle rasant abfiel, sondern auch, dass mit starken Unterströmungen zu rechnen war. Wie ein Wellenbrecher ragte die Landzunge in jene Schneise hinein, in der die Wassermassen zwischen Halbinsel und Festland umgewälzt wurden.

Von einer dunklen Ahnung heimgesucht, blieb Greta stehen und blickte auf die hohen Wellenrücken, die mit Grollen gegen den Sandstreifen schlugen. Diese Stelle musste ihre Urgroßmutter Magda an einem freundlichen Sommertag vor rund achtzig Jahren für ein Bad auserkoren haben. Es war kein Wunder, dass die Einheimischen diese Inselspitze mieden, aber Magda hatte sich mit solchen Dingen als Zugezogene nicht ausgekannt. Bestimmt hatten sie die Wellen gelockt, als sie sich für ein Bad entschied. Vielleicht hatte sie sogar darauf gehofft, ihr Sohn würde seine Angst vorm Meer überwinden und zu ihr kommen, wenn er erst einmal sah, wie viel Spaß seine Mutter in diesem brausenden Kessel hatte. Dann hatte sie die Strömung erfasst und unter die Oberfläche gezogen, dorthin, wo jeder Kampf rasch verloren war.

Greta schlang die Arme um sich, doch damit konnte sie nichts gegen die Kälte ausrichten, die sich in ihren Gliedern ausbreitete. Magda war ihrem einzigen Sohn Arjen in vielerlei Hinsicht eine wunderbare Mutter gewesen: Sie hatte ihm auf einer Insel voller distanzierter Menschen, umgeben von Naturgewalten, die den Jungen ängstigten, ein liebevolles Zuhause geschaffen. Sie hatte den kühlen Thaisen in einen Ehemann und Vater verwandelt und hatte voller Ideen gesteckt, um den zurückhaltenden Arjen aus seinem Schneckenhaus zu locken. Als sie damals von den Wellen mitgenommen wurde, war Arjen erst fünf Jahre alt gewesen, weshalb seine Erinnerung an seine Mutter nur bruchstückhaft war. Aber während Greta den Rückweg einschlug, erkannte sie, was für eine großartige Frau Magda Rosenboom gewesen war und was für ein Glück Arjen mit ihr gehabt hatte. Selbst wenn er nur wenige gemeinsame Momente mit ihr erinnerte, so hatte sie ihn doch maßgeblich geprägt. Sein Freund Ruben hatte später nur dort angesetzt, wo Magda bereits das Fundament geschaffen hatte. Sie hatte ihm den Wert eines echten Zuhauses nahegebracht und ihm die Nächstenliebe vorgelebt, die ihn durch sein Leben begleitete. Arjen hatte seine Mutter viel zu früh verloren, das war gewiss. Aber sie hatte ein Leuchten in ihm hinterlassen – und obwohl Greta nicht wusste, warum, war sie sicher, dass es dieses Leuchten war, das Ruben trotz ihrer Verschiedenheit zu dem dicklichen, ängstlichen Jungen geführt hatte.

Ob Magda Rubens Vorstellung, dass man sein Schicksal in die Hand nehmen muss, geteilt hätte? Im Prinzip vermutlich ja, nur wäre ihr eine weniger radikale Formulierung in den Sinn gekommen, damit man sich nicht davor fürchten musste, die Angelegenheit in Angriff zu nehmen.

»Magda hat geliebt, was sie tat«, dachte Greta laut nach. »Und die Spuren davon sind heute noch in ihrem Haus und in ihrem Sohn vorhanden.« Dann vergrub sie ihre Hände tief in ihren Jackentaschen und blickte noch einmal auf das bewegte Meer hinaus, bevor sie sich abwandte.

Kaum klopfte Greta an Eriks Zimmertür im Sturmwind, öffnete er so schnell, als habe er dahinter gelauert.

»Da bist du ja endlich!«, begrüßte er Greta. »Ich hatte schon befürchtet, du wärst Hals über Kopf von der Insel geflohen.« Im letzten Moment zog er die Arme zurück, die er bereits nach ihr ausgestreckt hatte. Aber Gretas kühler Blick war ihm nicht entgangen.

»Hallo, Erik. Tut mir leid, dass du auf heißen Kohlen gesessen hast, aber ich musste deinen Überfall erst einmal verdauen.«

»Hoffentlich nicht in den Armen von diesem Kerl, der dich gestern ins Hotel begleitet hat. Wer war das überhaupt, der örtliche Frauenbeglücker, verantwortlich für die Handvoll Touristinnen, die es in dieses Niemandsland verschlägt?« Eriks Grinsen geriet schief, als der Seitenhieb keine Reaktion bei Greta auslöste. »Sorry, das war wirklich ein selten dämlicher Kommentar«, lenkte er ein. »Ich bin nur komplett durch den Wind ... Erst diese schwierige Anreise und die Neuigkeit mit Arjen, dann sehe ich dich nach all den Wochen der Funkstille endlich wieder, nur um im nächsten Moment vertröstet zu werden. Und dann ist da noch ein wildfremder Mann, der besitzergreifend seinen Arm um deine Taille legt – das war in dieser Situation echt das fehlende i-Tüpfelchen. Wie hartnäckig der an deiner Seite stehen geblieben ist, anstatt sich anstandshalber sofort zu verabschieden ... Aber jetzt komm doch erst einmal rein, die Aussicht aus meinem Zimmer ist fantastisch.«

Greta rührte sich nicht vom Fleck. »Ich habe eine bessere Idee: Wir gehen spazieren, dann siehst du gleich auch etwas von der Insel. Das Wetter ist heute wie dafür gemacht, und schließlich hast du gesagt, dir würde es hier sosehr gefallen.«

Wie auf Befehl fielen Eriks Mundwinkel hinab, nur einige Millimeter weit, aber Greta kannte ihn gut genug, um zu wissen, dass ihn ihr Vorschlag enttäuschte. Am Strand würde man schließlich eine Versöhnung nicht auf jene Weise feiern können, die ihm gewiss vorschwebte. Denn dass sie sich versöhnen würden, daran herrschte bei Erik mit Sicherheit kein Zweifel. Schließlich wusste er die Dinge zu drehen, egal wie sie standen – auf diesem Selbstvertrauen beruhte sein Erfolg als Geschäftsmann. Außerdem interessierte ihn die Insel vermutlich nicht einmal ansatzweise, das war nur reine Schmeichelei gewesen. Erik war durch und durch ein Stadtmensch. In einer Großstadt schwamm er wie ein Fisch durchs Wasser. Für ihn war die Natur etwas Edles, über das man wunderbar bei einem Glas Wein in einem Sternerestaurant sprechen konnte. Oder womit man Geld verdiente, indem man es sich auf die Fahnen schrieb, um möglichst modern und sauber dazustehen – wie Greta hatte herausfinden müssen. Kein Wunder, dass das höchste der Gefühle, was die Natur betraf, für Erik Skitrips und ein gemeinsamer Wanderurlaub entlang einer Route luxuriöser Hotels gewesen waren. Trotzdem nickte er jetzt eifrig.

»Ein Spaziergang klingt toll.«

Gemeinsam schlenderten sie am einsam daliegenden Hafen entlang und folgten der Promenade am Weststrand, auf der sich wasserdicht verpackte Kleinkinder mit Buddelausrüstung tummelten und Jogger ihre Runden drehten.

»Meine Skimütze hätte ich ja ruhig zuhause lassen können, so windstill wie es ist. Und dabei dachte ich, auf einer Nordseeinsel würde man sich rund um die Uhr durch Windböen kämpfen.« Seit sie das Hotel verlassen hatten, plauderte Erik in einem fort über belanglose Dinge. Dass Greta nicht recht darauf einstieg, schien ihn nicht weiter zu beunruhigen. Mit einer ausholenden Geste zeichnete er die Horizontlinie nach. »Diese Weite … So was ist man als Schweizer gar nicht gewohnt. Das Meer eröffnet einem doch eine ganz neue Perspektive. Mit deinem Entschluss, nach Beekensiel zu kommen, hast du genau die richtige

Entscheidung getroffen, Greta. Das ist es, was du brauchst und was ich brauche: einen Ort, an dem die Dinge wieder ins richtige Verhältnis gerückt werden. Und da gibt es bei mir einiges zu tun, auf der beruflichen Ebene, wie du mir vor Augen geführt hast, aber eben auch auf der privaten.«

Greta blieb stehen, und zum ersten Mal seit seiner Ankunft lächelte sie Erik an. »Es freut mich, dass du das so siehst. Es hätte mich nämlich traurig gemacht, wenn du so weitergemacht hättest wie bisher, mit diesem ganzen Aufgesetzten und Verlogenen, das zu deiner zweiten Natur geworden ist. Du solltest die Chance auf einen Neubeginn nutzen, genau wie ich es tue.«

»Wir sollten es gemeinsam tun«, schlug Erik vor und legte zärtlich eine Hand auf ihren Arm.

Vor einigen Stunden noch hätte Greta sich der Berührung sofort entwunden und ihm auf den Kopf zu gesagt, dass er seine Hände gefälligst bei sich behalten solle, weil die Zeiten nämlich vorbei seien, in denen sie sich um den Finger wickeln ließ. Jetzt fühlte sie sich jedoch nicht länger gezwungen, ihn demonstrativ auf Abstand zu halten. Während er so nah bei ihr stand, wurde er immer mehr zu einem Menschen aus ihrer Vergangenheit, zu jemand, über den sie hinweg war. Mattes' Vorschlag, ein Abschiedsgespräch zu führen, war richtig gewesen. Das war ihre Gelegenheit, einen Schlussstrich zu ziehen, nach dem sie gelassener auf diese zerbrochene Beziehung zurückblicken konnte. »Unser gemeinsamer Weg hat in Zürich geendet«, sagte sie sanft zu Erik. »Auch wenn du das im Augenblick vielleicht nicht wahrhaben möchtest, ist es besser so. Man kann nichts erzwingen. Nimm die Gelegenheit wahr, fahr ein paar Tage die Küste entlang, lass dich treiben, und dann geh den nächsten Schritt, wie immer der auch aussehen mag. Ich bin froh, dass du nach Beekensiel gekommen bist, damit wir nicht im Streit auseinandergehen müssen.«

»Und das war es jetzt? Wir haben in einem Haus gelebt, du hast in meinem Unternehmen gearbeitet, wir hatten einen gemeinsamen Freundeskreis …« Eriks Finger gruben sich tief in den Stoff von Gretas Parka. »Es liegt an diesem Mann von gestern Abend, dass du mich jetzt eiskalt abservierst, richtig? Mir ist nicht entgangen, wie er dich angesehen hat. Und was dieses Leuchten angeht, das von dir ausging, das kenne ich auch zur Genüge aus persönlicher Erfahrung. Ich wollte ja eigentlich nichts erwähnen …«

»Dann tu es auch nicht«, forderte Greta ihn auf. »Ich werde jetzt zurück zu meiner Familie gehen, sicherlich warten schon alle auf mich. Und dir wünsche ich alles Gute, Erik. Was auch immer das für dich bedeuten mag.« Sie wartete noch, dass seine Hand sich von ihr löste, dann drehte sie sich um und ging.

29

Mit Einbruch der Dunkelheit hatte Greta sich eigentlich vorgenommen gehabt, es sich mit ein paar Kissen im Rücken auf dem Bett gemütlich zu machen und zu lesen. Auf dem Nachttisch flackerten Stumpfkerzen neben einer dampfenden Tasse Tee, und sie hatte sich einen Roman bereitgelegt, genau wie die von Arjen geborgte Strickjacke. Irgendwo musste auch noch ein Rest Schokolade sein. Es sollte ein ruhiger Abend werden, den sie allein und angenehm abgelenkt verbringen würde. Und er würde in der Sekunde anbrechen, wenn es ihr endlich gelang, sich vom Fenster loszureißen, vor dem nur der wolkenüberzogene Nachthimmel zu sehen war. Nur leider gelang es Greta nicht, sich loszureißen. Das Geräusch, mit dem der Wind die Fenster zum Erzittern brachte, jagte ihr Schauer über den Rücken und ließ sie unentwegt darüber spekulieren, was dieser stündlich stärker werdende Sturm wohl mit einer Jolle auf See anstellen mochte. Warum hatte Mattes ausgerechnet jetzt zum Winterliegeplatz aufbrechen müssen?

Als es an ihre Zimmertür klopfte, zuckte Greta zusammen, dann stürzte sie auch schon zur Tür, vor der nicht – wie einen Moment lang erhofft – Mattes stand, sondern ihr Großvater.

»Nun sieh mich bitte nicht so enttäuscht an«, flackste Arjen, der ihr die Gefühle offenbar von der Nasenspitze ablas. »Ich bin zwar kein dunkelhaariger Hüne, aber immerhin habe ich es geschafft, mich heldenhaft diese Endlostreppe hinaufzuschleppen. Ein Sessel mit Schemel für meine müden Knochen wäre jetzt nicht verkehrt.«

Hastig trat Greta beiseite, um Arjen einzulassen. »Entschuldige bitte. Ich bin nur ziemlich überrascht, dich hier zu sehen. Nicht nur wegen der vielen Treppen … Es ist ja schon recht spät.«

Nachdem Arjen sich in den Sessel gesetzt hatte und wieder zu Atem gekommen war, sah er sich im Zimmer um. »Hübsch hast du es, sehr hübsch sogar. Dafür hat sich der Aufstieg gelohnt, auch wenn ich es in erster Linie getan habe, weil ich ein wenig Bewegung brauchte. Dieser Familienansturm ist wirklich beglückend, und ich weiß es überaus zu schätzen, dass sich die halbe Sippschaft im Sturmwind versammelt hat, um mir vor Augen zu führen, dass ich geliebt werde, obwohl ich ein alter Sturkopf bin. Aber die viele Gesellschaft ist auch anstrengend – wobei ich in Wahrheit nur halb so viel döse, wie ich vorgebe. Ich weiß mir bei diesen beiden dauerredenden Frauen einfach nicht anders zu helfen, als mich schlafend zu stellen. Oft schlafe ich dabei dann tatsächlich ein. Deswegen verwandele ich mich auch allmählich in eine Nachteule, wie du siehst. Na ja, so haben wir beide wenigstens die Gelegenheit, unter vier Augen miteinander zu sprechen.«

»Ja, das habe ich auch vermisst«, gab Greta zu und nahm die Hand ihres Großvaters. »Es ist so viel passiert innerhalb kürzester Zeit, die Hälfte des Tages weiß ich mittlerweile gar nicht mehr, wo mir der Kopf steht. Da sind so viele Dinge, über die ich eigentlich in Ruhe nachdenken müsste, aber immerzu verdrängt das eine das andere, wenn du verstehst, was ich meine. Wenigstens hat Erik die Segel gestrichen, womit wenigstens das kleinste meiner Probleme gelöst ist. Er ist sofort abgereist, als ihm klar geworden ist, dass ich mich nicht zur Rückkehr überreden lasse. Ihm ging es wohl sowieso mehr um seinen verletzten Stolz als um unsere Beziehung. Vielleicht bin ich unfair, aber ich hatte den Eindruck, als ob er nichts ändern würde, egal was er behauptet.« Greta musste schlucken. Noch vor kurzem hätte sie nie gedacht, dass ihr dramatisches Beziehungsende so schnell in den Hintergrund rücken könnte, auch wenn es ihr nur bestätigte, wie richtig ihre Entscheidung gewesen war. »Ich bin sehr erleichtert, dass es mit Erik und mir nun endgültig vorbei ist.«

»Dieser Mathias Ennenhof ist dir ganz schön unter die Haut gegangen, was?« Ihr Großvater blinzelte sie freundlich an.

Die Frage traf Greta unvermittelt und riss sie aus ihren Grübeleien. »Es ist nicht nur Mattes, das kannst du mir gern glauben. Aber, ja: Ich mache mir Sorgen um ihn. Bei diesem Wetter sollte man nicht mit einem Segelboot unterwegs sein – um das zu erkennen, braucht es keinen Fachmann.«

»Soll ich dich ein wenig ablenken, da es deinem Buch allem Anschein nach nicht gelingt, dich in seinen Bann zu ziehen? Was liest du denn da überhaupt… ›Die Liebe in groben Zügen‹ von Bodo Kirchhoff… A-ha.« Arjen balancierte das Buch auf seinem übergeschlagenen Bein, das sich deutlich unter der Wollhose abzeichnete. Egal wie sorgfältig er sich auch kleidete, sein rascher körperlicher Verfall ließ sich nicht länger überspielen.

»Den Roman hat Anette mir ausgeliehen. Wenn ich mich nicht täusche, hat sie ihn von Thomas Roder geschenkt bekommen und trägt ihn seitdem mit sich herum, ohne auch nur einen Blick hineingeworfen zu haben. Das Thema ist ihr wohl zu nahe. Es geht um die Liebe und die Frage, was eine lange Beziehung wert ist. Da ich darin leider keine besondere Spezialistin bin, dachte ich, es zu lesen kann nicht schaden, obwohl mir – ehrlich gesagt – im Augenblick mehr nach seichter Ferienlektüre zumute wäre. Oder nach einer Märchenstunde mit meinem Großvater, der mich in den Sommer 1946 entführt und mir erzählt, wie er mit seinem besten Freund die Dünen unsicher gemacht hat. Da fällt mir ein, ich habe dir ja noch gar nicht die Abzüge gezeigt!«

Aufmerksam beobachtete Greta Arjen, als er die Bilder durchsah. Am längsten verweilte sein Blick auf dem Bild, das Ruben als Jungen zeigte – genau wie sie es erwartet hatte.

»Mir wird erst jetzt klar, wie sehr ich diese Aufnahmen vermisst habe. Mir ist ja nur der Abzug geblieben, auf dem ich selbst zu sehen bin und auf den Ruben einige Zeilen geschrieben hat. Der steckte nämlich einige Jahre als Glücksbringer in meiner Brieftasche, während die anderen mir auf einem meiner unzähligen Umzüge verloren gegangen sind. Wobei es gut möglich ist, dass ich unbewusst schluderig mit ihnen umgegangen bin, weil sie mich an etwas erinnerten, das ich unbedingt vergessen wollte. So war das nämlich lange Zeit: Ich wollte Ruben vergessen, trotz allem, was er mir Gutes getan hatte. Das ist mir dann ja durchaus gelungen, sodass ich jetzt tief graben muss, um an die Erinnerungen heranzukommen. Es ist schwierig, die Fetzen, aus denen sie bestehen, zu fassen zu kriegen und sie so aneinanderzureihen, dass sie der Wahrheit entsprechen. Auch ist da ein kleiner Schneideteufel in meinem Kopf, der herausnehmen will, was mich verletzt oder mich gar in einem schlechten Licht dastehen lässt. Die Eitelkeit und Harmoniesucht eines alten Mannes ist nicht zu unterschätzen. Ich liege mit geschlossenen Augen da und versuche, Ruben wieder lebendig werden zu lassen, aber er entgleitet mir, der Klang seiner Stimme dringt lediglich verzerrt zu mir durch, und seine geschmeidigen Bewegungen erahne ich bloß noch für einen Sekundenbruchteil, dann habe ich den Zugang auch schon wieder verloren. Das ist schmerzhaft und wunderschön zugleich.« Arjen hielt Rubens Foto hoch. »Nach allem, was ich dir über den Sommer von 39 erzählt habe ... Hast du ihn dir so vorgestellt?«

Greta nickte. »Genau so. Ich bilde mir sogar ein, dass ich ihn unter einer ganzen Reihe von Jungenaufnahmen herausgepickt hätte. Ich kann mir vorstellen, dass der Prozess des Erinnerns für dich schmerzhaft ist, aber ich kann dir versichern, dass er dir gelingt. Deine Erzählungen lassen mich miterleben, was du damals erlebt hast. Vielleicht ist deine Erinnerung verblasst, aber wenn es darauf ankommt, erweckst du sie zum Leben. Allerdings wäre es wohl zu viel verlangt, sie auch noch festhalten zu können.«

»Du hast recht, man kann das Vergangene nicht beliebig auferstehen lassen, egal wie sehr man sich das wünscht.« Trotz seiner Einsicht studierte Arjen mit sehnsüchtigem Gesichtsausdruck die Fotografie seines Freundes.

Mehr denn je lagen Greta Fragen auf der Zunge, mit denen sie ihren Großvater zu gern konfrontiert hätte, allen voran die brennende Frage danach, was aus Ruben geworden war. Doch was war wichtiger? Ihre Neugierde zu befriedigen oder Arjen dabei zu begleiten, wie er seine Erinnerung an Ruben ein Stück vorantrieb? Die treffende Antwort zu finden, fiel ihr nicht schwer. »Das Sommerfest, das du auf die Beine gebracht hast, blieb nicht ohne Folgen, richtig?«

Arjen legte Rubens Foto auf den Nachttisch und schenkte seiner Enkelin ein Lächeln. »In so mancher Hinsicht, könnte man meinen. Für meinen Teil bedeutete das nicht weniger, als dass ich auf den Geschmack gekommen war, was es bedeutete, ein Mann zu sein. Zwar hatte mich Rubens Geständnis, dass er Ole Ennenhof beschattete, in Sorge versetzt, aber noch mehr zerbrach ich mir plötzlich den Kopf über den seltsamen Haarschnitt, den mir mein Vater eigenhändig verpasste, seit unsere Dörchen nicht mehr da war. Und noch viel mehr beschäftigte mich die Frage, wie – um Himmels willen – man abseits der Tanzfläche mit jungen Damen ins Gespräch kam, ohne Aufsehen zu erregen. Das trieb mich ordentlich um, bis ich die Aufnahmen von 1939 hervorholte, die Ruben haben wollte. Ich hatte die Abzüge machen lassen, nachdem ich im Herbst wieder aufs Ulricianum nach Aurich musste. Seitdem hatte ich sie wie einen Schatz vor meinem Vater verborgen, der sie zweifellos verbrannt hätte, sobald sie ihm in die Hände gefallen wären. Das Thema Ruben war für ihn all die Jahre ein rotes Tuch. Er machte mir schon Vorwürfe, wenn ich bloß zu Streifzügen durch die Dünen aufbrechen wollte oder gedankenverloren Löcher in die Luft starrte. Für ihn waren das alles Flausen, die mir dieser Herumtreiber in den Kopf gesetzt hatte und die er mir trotz aller Strenge nicht austreiben konnte. Womit er ja nicht verkehrt lag. Da hat mein Vater sich redlich Mühe gegeben, um mich nach seiner Vorstellung großzuziehen. Und was mache ich, sein einziger Sohn? Nehme mir einen dahergelaufenen Bengel zum Vorbild. Obwohl ich gestehen muss, dass es eine Weile brauchte, bis Rubens Einfluss sich wirklich bemerkbar machte. Selbst als er nach dem Krieg zurückgekehrt war, ahnte ich noch nicht, wie bedeutend er wirklich für mich war. Und schon gar nicht, als mir langsam aufging, auf welche Weise er Ole Ennenhof in die Schranken weisen wollte … oder gar warum.«

30

SOMMER 1946

Selbst am späten Nachmittag war die Hitze noch unerträglich. Thaisen hatte die Gartenbank in den Schatten des Kirschbaums geschoben und nach einigem Zögern sein Jackett abgelegt. Die Hemdsärmel hätte er allerdings niemals aufgekrempelt, obwohl ihm der Schweiß übers Gesicht lief. Neben ihm lag das Notizbuch, in dem er Stichworte für seine Predigten, die immer mehr Anklagen ähnelten, aufschrieb. Es war jedoch weit und breit kein Stift zu sehen, als diente das Notizbuch bloß als Alibi für eine Auszeit. Arjen hingegen nahm die Hitze nicht als Belastung wahr. Nein, für ihn fühlte sie sich gar nicht wie Hitze an, sondern leckte mit einer Glutzunge über seine Haut, die er ungewöhnlich deutlich wahrnahm. Sein ganzer Körper erschien ihm plötzlich sehr sensibel. Es war, als vibriere er immer noch vom Rhythmus des Tanznachmittags. Selbst der drückenden Luft, die wie eine Glocke über der Insel hing, wohnte für ihn etwas Verheißungsvolles inne.

Arjen warf einen Blick auf seinen Vater: Thaisen atmete schwer durch den Mund, und trotz der Sommerbräune wirkte seine Gesichtsfarbe gräulich. *Es liegt an seinem Herzen*, vermutete Arjen, obwohl sein Vater nicht müde wurde zu behaupten, dass ein Lausebengel wie er doch wohl kaum besser wissen konnte als er, wie es um seine Gesundheit bestellt war. Es ließ sich jedoch nicht leugnen, dass die letzten Jahre einen Tribut von Thaisen Rosenboom forderten, den er nicht durch seinen eisernen Willen auszugleichen vermochte. Die vielen Kriegsversehrten, die er als Seelsorger an der Front bis zu ihrem Ende begleitet hatte, und die nicht abreißen wollende Sorge um die Gesundheit seines Sohns hatten ihn geschwächt, auch wenn er das nicht einzusehen bereit war.

Obwohl sein Vater fürsorgliche Gesten nicht zu schätzen wusste, brachte Arjen ihm ein Glas Wasser. Er wagte es sogar, ihn dabei anzusprechen: »Willst du dich nicht für eine Stunde hinlegen?«

Mit dem erwarteten missbilligenden Schnaufen nahm Thaisen das Glas entgegen und trank. »Meine Predigt schreibt sich nicht von allein. Ich spiele mit dem Gedanken, mich dem Geschick Lots zu widmen, denn dass Sodom dabei ist, wieder aufzuerstehen, ist nicht von der Hand zu weisen. Man muss es den Gläubigen sagen, bevor sie vergessen, dass sie Gläubige sind, wenn du verstehst, was ich meine.«

Arjen hockte sich vor seinem Vater auf die Fersen und fragte sich, ob es das war, was Thaisen im Geiste sah: Wie Feuer und Schwefel auf Beekensiel niedergehen würden, wenn er, der strenge Ermahner, nicht mehr sein würde. Doch eine solche Eitelkeit hätte sich sein Vater niemals eingestanden.

»Ich kann es in ihren Gesichtern sehen, dass sie immer noch nicht begriffen haben, wozu ihr lasterhaftes Treiben führt«, fuhr Thaisen fort, die Augenlider halb geschlossen, als sei jedes Wort eine Anstrengung. »Sie sehnen sich nach Vergebung, aber noch mehr sehnen sie sich nach Vergessen, damit sie wieder tanzen und lachen können. Hast du diesen aufgeblasenen Claußen gesehen? Kein goldenes Kalb, sondern ein geschniegelter Bulle, und sie sind nur allzu bereit, ihn anzubeten. So viel Dummheit will mir nicht in den Kopf! Schließlich haben wir doch alle soeben erst erlebt, was ihre zur Ersatzreligion erhobene Politik angerichtet hat. Aber sie machen weiter, immer weiter, sogar wenn das Feuer bereits auf sie niedergegangen ist.«

Unter anderen Umständen wäre das bloß der Auftakt für eine von seinen berüchtigten Ansprachen geworden, aber nun blieb ihm schlicht die Luft weg. Während er noch japste, packte Arjen ihn kurzentschlossen unter den Achseln und führte ihn ins Haus.

»Du wirst dich in der Stube aufs Sofa legen und zwar ohne Widerspruch. Die Predigt kann warten und alles andere auch. Ich möchte nicht, dass du heute noch einmal aufstehst, Vater.«

»Bitte?« Thaisen stand der Unglaube ins Gesicht geschrieben, eine solche Behandlung war er nicht gewohnt. Allerdings protestierte er nicht weiter, sogar dann nicht, als Arjen ihm Schuhe und Socken auszog.

Arjen spielte mit dem Gedanken, mit dem Fahrrad in die Siedlung zu fahren und dem Arzt auf dem Festland eine Nachricht zukommen zu lassen, dass es seinem Vater schlecht ging und er für eine Untersuchung auf die Insel kommen sollte, entschied sich jedoch dagegen. Der seit einigen Monaten für Beekensiel verantwortliche Landarzt neigte nämlich dazu, jede Erkrankung als Wehwehchen abzutun, wegen dem er sich nun wirklich nicht auf Reisen begeben müsste. Arjen sah wenig Sinn darin, seine Zeit mit einem Telefonat zu verschwenden, bei dem letztendlich nichts herumkam. Also brachte er seinem Vater einen nassen Lappen und ein paar Wadenwickel gleich mit. Sobald Thaisen sich erholt hatte, würde er ihn dazu überreden, in der Auricher Klinik vorstellig zu werden. Zu seiner eigenen Verwunderung zweifelte er nicht daran, dass er sich gegen seinen Vater würde durchsetzen können. Einfach aus dem Grund, weil er recht hatte: Thaisen war gesundheitlich angeschlagen und bedurfte medizinischer Betreuung. Gegen ein solches Argument kam nicht einmal sein wortgewaltiger Vater an, der sich sonst von niemandem etwas sagen ließ. Mal schauen, ob sich in der Siedlung nicht ein Medizinbuch auftreiben ließ, mit dem er seinen Verdacht, dass Thaisen an einem Herzleiden erkrankt war, untermauern konnte.

Als aus der Stube regelmäßiges Schnarchen ertönte, verspürte Arjen den Wunsch, durch die Dünen zu streifen, sich in der Hitze, die sich selbst gegen die Dämmerung behauptete, zu bewegen, bis jeder einzelne Muskel brannte. War ihm sein Körper vor kurzem noch wie ein Gefängnis vorgekommen, bekam er nun nicht genug davon, ihn zu spüren. Doch er wollte seinen Vater nicht alleine lassen, und außerdem wollte Ruben am Abend vorbeikommen. Arjen zupfte nachdenklich an seiner Unterlippe, dann huschte er auf blanken Sohlen in seine Kammer.

Unter dem Boden der Kommode war ein Umschlag mit Reißzwecken befestigt, der in den Ecken schon ganz zerstochen war. Auf der Bettkante sitzend, sah Arjen die abgegriffenen Aufnahmen durch. Ganz unten im Stapel wurde er fündig, dort waren die Aufnahmen, die der im Internierungslager sitzende Fred Denneburg gemacht hatte. Er hatte sich diese Fotos, die einen bierseligen Herrenabend des örtlichen NSDAP-Verbands zur späten Stunde zeigten, nie groß angesehen. All die Bierglas-Stemmer und Zuproster, die Schulterklopfer und Redenschwinger – sie kümmerten ihn nicht, obwohl sie es waren, die viel zu lange den Takt auf Beekensiel vorgegeben hatten. Nun sah Arjen sie sich zum ersten Mal genau an und studierte die Gesichter. Warum interessierte sich Ruben ausgerechnet für diese Fotos, wo doch die meisten Männer, die sie zeigten, tot, in Gefangenschaft oder bei Ankunft der englischen Besatzer untergetaucht waren?

Es dauerte eine Weile, bis Arjen begriff, was Rubens Interesse geweckt hatte: Auf zwei Aufnahmen sah man Rasmus Ennenhof im vertraulichen Gespräch mit Heinz Flugmann, einem hochrangigen Beamten des Reichsamts für Wirtschaftsausbau, der sich und seiner Familie bei Kriegsende das Leben genommen hatte. Zu dem Zeitpunkt, zu dem die Fotos entstanden waren, war es auf der Feier offenbar schon hoch hergegangen, wie allein schon die leicht verwackelten Aufnahmen bewiesen. Außerdem zeigten die Bilder die beiden Männer etwas abseits, als wollten sie nicht gestört werden, während der Rest der Gesellschaft die Schnapsgläser hob.

Heinz Flugmann … An diesen Namen erinnerte sich selbst Arjen, obwohl ihm das politische Geschehen in diesen Tagen ziemlich gleichgültig gewesen war. Dieser hochrangige Nazischerge hatte die Insel nur ein einziges Mal mit seiner Anwesenheit beehrt, und dieser Besuch hatte bei den Insulanern einen bleibenden Eindruck hinterlassen. Damals bemühten sich die tonangebenden Beekensieler um ein stattliches Förderpaket, mit dem die rückständige Insel im Sinne der »Blut-und-Boden«-Ideologie gefördert werden sollte. Ein Vorzeige-Projekt sollte die Insel werden, ein vor »Überfremdung« gerettetes Stück deutschen Bodens, denn hier war das ursprüngliche Leben noch greifbar. Die einzige jüdische Familie, die es nur durch das Lehramt des Vaters nach Beekensiel verschlagen hatte, hatte die Insel schon vor dem Siegeszug der NSDAP verlassen. Die Insulaner öffneten Fremden niemals die Türen, egal welcher Religion oder Herkunft sie zugehörig waren.

Damals jedenfalls sollten mit Hilfe von Heinz Flugmann erhebliche Gelder in die Sozial- und Infrastruktur der Insel fließen. Es lagen sogar Pläne für eine Bahnlinie direkt bis Beekensiel vor, das man bislang nur auf Umwegen erreichen konnte. Von einer Renovierung des maroden Schulgebäudes, einem Kurpark samt Konzertmuschel und sogar von einem »Konversationshaus« war die Rede gewesen, um Gästen neben dem ursprünglichen Inselleben auch die Sommerfrische schmackhaft zu machen. Herausgekommen waren zu guter Letzt eine befestigte Straße vom Festland aus, ein Lagerhaus mit einer hochmodernen Kühlungsanlage für den Fischfang, die von der Firma Ennenhof betreut wurde, und mit dem Löwenanteil war die Hafenanlage ausgebaut worden. Rückblickend wohl auch mit der Hoffnung, sie in Zeiten des Krieges für die Marine nutzen zu können, obwohl schon damals jedermann klar gewesen sein musste, dass der Raum des ursprünglichen Naturhafens niemals dafür ausreichen würde.

»Die Ennenhofs haben Beekensiel in ihren Fischereibetrieb verwandelt, während das Dorf ausblutet«, hieß es schon damals hinter vorgehaltener Hand, aber auch immer öfter laut und deutlich. So deutlich, dass Rasmus Ennenhof zum ersten Mal nicht in der Lage war, mit seinen sonstigen Druckmitteln für Ruhe zu sorgen, und gezwungen war, sich bei jeder Gelegenheit dafür zu verbürgen, seine Finger nicht im Spiel gehabt zu haben. Er habe Heinz Flugmann lediglich die Hand geschüttelt, als man einander beim Hafenbesuch vorgestellt worden war, mehr nicht. Wie auch? Er sei ja kein politischer Mensch, sondern nur ein Fischer. Und außerdem solle man aufhören, ständig zu klagen – die Hafenanlage käme schließlich allen Insulanern zugute. Als der Unmut trotzdem nicht verstummen wollte, nahm er sogar den Aufschlag zurück, den er den Fischern als ihr einziger Zwischenhändler aufgenötigt hatte, um seine neuen Lieferwagen zu finanzieren. Auch einen saftigen Spendenscheck fürs neue Schuldach stellte er aus.

Der Verdacht der Bestechung blieb aller Bemühungen zum Trotz bestehen, genau wie ein unterschwelliger Zorn auf die Familie Ennenhof. Doch dann kam der Krieg, die ersten schnellen Siege und die Euphorie stellten sich ein, und es schien, die Zukunft halte für alle Landsleute nur das Beste bereit. Man vergaß Rasmus Ennenhofs vermutliches Geklüngel mit Heinz Flugmann, und selbst als die Alliierten die teuer erkaufte Hafenanlage und das Lagerhaus einige Jahre später zu Schutt und Asche bombten, loderte die alte Wut nicht wieder auf. Das würde sich nun schlagartig ändern, denn diese Fotos bewiesen, dass die beiden Männer sehr wohl mehr miteinander zu tun gehabt hatten, als sich nur die Hände zu schütteln.

Unter anderen Umständen hätten die Ennenhofs die Bestätigung der alten Gerüchte vermutlich ohne Probleme weggesteckt, aber nicht jetzt, wo die Bürgermeisterwahlen anstanden. Da würde allein die geschäftliche Nähe zu einer Nazigröße unangenehme Fragen mit sich bringen, und wahrscheinlich würden sich sogar die Besatzungskräfte dafür interessieren. Wenn diese Aufnahmen ihre Runde machen würden, wäre Jörg Claußen gezwungen, sich von den Ennenhofs zu distanzieren, um selbst keinen Schaden zu nehmen. Wobei der Verlust des blühenden Schwarzmarkthandels, den die Familie betrieb, vermutlich die größere Wunde schlagen würde.

Je länger Arjen darüber nachdachte, desto klarer wurde ihm, welche Folgen diese alten Aufnahmen mit sich bringen konnten. Genau diese Brisanz musste Ruben erkannt haben, denn er war 1939 auf der Insel gewesen, als die Affäre Heinz Flugmann heiß diskutiert worden war. Wenn Arjen sich recht erinnerte, hatte es nach einem Gottesdienst eine hitzige Diskussion gegeben, bei der Peer Hinrichs und einige andere Beekensieler sich lautstark darüber aufgeregt und Rasmus Ennenhof auf den Kopf zugesagt hatten, was sie von seinen Mauscheleien hielten. Ja, Ruben wusste bestens Bescheid, wie er Ole Ennenhof in die Knie zwingen konnte, so viel stand fest.

Arjen saß noch eine ganze Weile in Gedanken verloren auf seinem Bett, bis ein blonder Schopf im offen stehenden Fenster auftauchte. Mit einem Grinsen hievte sich Ruben durch die Öffnung. Er setzte sich aufs Fensterbrett und ließ die Beine baumeln.

»Du machst ein Gesicht wie sieben Tage Regenwetter. So etwas sollte an einem Tag wie heute eigentlich verboten sein.«

»Meinst du?«

Sichtlich irritiert über diese kühle Begrüßung begutachtete Ruben die Sammelstücke, die neben ihm auf der Fensterbank lagen: Muscheln, ein hölzerner Nussöffner und eine Schnupftabakdose aus Messing. Sein Blick blieb an ihr hängen, sie schien ihn zu faszinieren. »Sind die Negative noch da drinnen?«

»Nein, aber nimm dir die Dose ruhig, wenn sie dir gefällt. Ich wäre froh, sie aus dem Haus zu haben, aber zum Wegschmeißen ist sie zu hübsch.« Unter anderen Umständen hätte Arjen darüber geschmunzelt, dass Ruben einen Hang zu Kleinoden hatte, die mit mystischen Zeichen geprägt waren wie diese Dose mit dem Kreuz. »Mein Vater kann sie nicht mehr gebrauchen, seine Schnupftabak-Zeiten sind endgültig vorbei. Wenn ich mich nicht täusche, wird er bald mit so ziemlich allem kürzertreten müssen, sonst wird ihn sein Herz dazu zwingen.«

»Und dabei dachte ich immer, der alte Rosenboom sei unverwüstlich.« Ruben lachte, verstummte jedoch rasch, als sein Freund nicht miteinstieg. Nachdenklich kratzte er sich hinterm Ohr, dann betrachtete er die Fotos, die Arjen auf seinem Bett ausgebreitet hatte. »Das war ein verdammt großartiger Tag, als wir diese Aufnahmen gemacht haben.«

»Ja, das war er. Der ganze Sommer war großartig, und es hätte noch viele weitere solcher Tage gegeben, wenn du nicht mit einer deiner verrückten Ideen alles kaputtgemacht hättest.« Vor Zorn ballte Arjen die Hände zu Fäusten, was seinem Freund keineswegs entging. Ruben stieß sich vom Fensterbrett ab, kam zum Stehen und ging langsam auf das Bett zu.

»Du meinst die Idee, Fred Denneburgs Leica zu stibitzen?«

»Oder sich nachts bei Jörg Claußen im Garten herumzutreiben, obwohl alle Welt nach einem Dieb Ausschau hält.«

»Du nimmst es mir übel, dass ich mich von Claußen habe schnappen lassen? Arjen, ich war damals noch ein halbes Kind, ich …«

»Darum geht es nicht!« Arjen musste sich beherrschen, um nicht zu schreien. Nur wenige Schritte hinter der geschlossenen Zimmertür schlief Thaisen. »Du bringst dich mit deiner Versessenheit in unmögliche Situationen und machst damit alles kaputt. Begreifst du das denn nicht?«

Rubens Nasenflügel blähten sich auf, während die Hitze in der kleinen Kammer sekündlich anstieg. Mit spitzen Fingern hob er eine von Denneburgs Aufnahmen auf. »Darum geht es dir im Grunde – und nicht um diese längst vergangene Geschichte. Du hast dir zusammengereimt, wie ich gegen Ole Ennenhof vorgehen will. Siehst du, ich habe dir doch gesagt, dass dein Verstand viel zu gut funktioniert, um auf Beekensiel beim Malochen zu versauern.«

Obwohl Arjen sich dagegen wehrte, freute er sich über das Kompliment, während seine Wut nachließ. »Üble Nachrede ist nichts, was ich gutheißen kann, nicht einmal wenn sie dazu dient, Ole Ennenhof auf seinen Platz zu verweisen. Ich verstehe, dass du wütend auf ihn bist, so herablassend wie er dich behandelt hat. Er ist ein Mistkerl, das steht außer Frage, aber eine solche Unruhe kann die Insel im Augenblick nicht vertragen, nicht nachdem sich auf dem Sommerfest alles so schön entwickelt hat. Wir stehen hier kurz davor, endlich doch noch Frieden auf der Insel zu finden. Und vielleicht können wir uns auch endlich nach außen hin öffnen. Wenn jetzt einer der bekanntesten und einflussreichsten Insulaner vorgeführt wird, bringt das mehr Schaden als Nutzen mit sich, das muss dir doch klar sein. Vergiss deinen verletzten Stolz, Ruben.«

»Ginge es nur um meinen verletzten Stolz, würde ich mir nicht die Mühe machen, das kann ich dir versprechen. Aber es geht um viel mehr. Es geht um die Frage, ob ich auf Beekensiel das Leben führen kann, das ich mir erhoffe. Oder ob ich im Schatten von Ole Ennenhof leben will. Es geht mir mit diesen Fotos nicht darum, ihm eins auszuwischen. Ich werde ihn damit erpressen, und falls er sich an meine Forderung hält, wird sie nie jemand anderes zu Gesicht bekommen.«

»Ole Ennenhof erpressen? Um Himmels willen, bist du komplett wahnsinnig? Der wird dafür sorgen, dass sie dich ins Zuchthaus werfen, und danach kannst du dich hier nie wieder blicken lassen!«

Arjen begriff erst, dass er schrie, als es schon geschehen war. Beide junge Männer erstarrten für einige Atemzüge. Aus der Wohnstube erklang jedoch nur ein regelmäßiges Schnarchen. Sich imaginären Schweiß von der Stirn wischend, setzte sich Ruben auf die Bettkante.

»Das war knapp. Ich gebe es nicht gern zu, aber ich hätte vor deinem Vater selbst dann einen Heidenrespekt, wenn er taub, stumm und blind in einem Rollstuhl sitzen würde. Es wundert mich stets aufs Neue, dass sich überhaupt jemand traut, seine Kirche zu betreten. Als Kind bin ich immer erst drei Mal um eure Kate gelaufen, weil ich mir unbedingt sicher sein wollte, dass Thaisen Rosenboom nicht da ist. Und ich war nun wirklich kein Schisser.« Leise summend betrachtete Ruben erst das Foto von ihm selbst als Jungen, dann griff er nach Arjens Bild. »Seltsam, ich habe dich gar nicht so mollig in Erinnerung. Auf mich hast du immer eher einen behüteten Eindruck gemacht.« Während er allmählich zu seiner alten Selbstsicherheit zurückfand, nahm er einen Stift vom Nachttisch und schrieb einige Zeilen auf die Rückseite des Fotos, ehe er es Arjen reichte. »Ist doch gar nicht verkehrt, sich ein paar Notizen zu machen, das Gedächtnis spielt einem ja gern mal einen Streich.«

»Als ob ich dich vergessen könnte«, zischte Arjen und legte das Foto ungesehen beiseite. Er war so aufgebracht, dass er seine Gefühle nicht für sich behalten konnte. »Seit du dich von Claußen hast einfangen lassen, habe ich jeden Tag an dich gedacht, verflucht. Damals habe ich es dir nicht übelgenommen, aber wenn du es noch ein Mal versaust, dann bist du für mich gestorben. Gib es zu, Ruben: Du hast dich in einer fixen Idee verrannt, und nun weigerst du dich umzukehren, selbst wenn es dir das Genick bricht. Sei vorsichtig, dann wird Ole dich in Ruhe lassen. Dafür bedarf es keiner Erpressung.«

»Das geht leider nicht.«

»Warum nicht?«

Anstatt einer Erklärung schüttelte Ruben nur den Kopf. Seine ansonsten vor Leben sprühenden Augen wirkten verhangen.

»So ist das also. Gut, dann nimm den Walfischknochen!« Fast gewaltsam zerrte sich Arjen das Lederband über den Kopf. »Vielleicht hilft er dir ja dabei, dein Leben wieder auf Kurs zu bringen.«

Nach einem Zögern nahm Ruben den Walfischknochen. »Du glaubst also nach wie vor daran, dass dieses Stück Knochen in der Lage ist, unsere Schicksale zu beeinflussen?«

Die Lippen vor Wut fest aufeinandergepresst, nickte Arjen.

»Ich auch«, gestand Ruben ein. »Seltsamerweise.«

»Wie meinst du das?«

»Wie soll ich das schon meinen? Die Geschichte, die ich dir damals über seine Herkunft erzählt habe, war nur eine Geschichte. Oder vielmehr eine Lüge und noch nicht einmal meine eigene.«

»Du hast mich also angelogen.« Arjen wollte die Worte verächtlich ausspucken, aber sie klangen vielmehr nach einem verängstigten Kind. Er würde es nicht verwinden, sollte sein Freund tatsächlich eine Lüge erzählt haben, bloß um ihn zu beeindrucken.

»Ja und nein, aber dass ich damals gern ein wenig geflunkert habe, dürfte dir doch wohl kaum entgangen sein.«

Behutsam wie immer zeichnete Ruben die Schnitzereien mit der Fingerspitze nach, als wären sie eine Art Blindenschrift. »Aber wie gesagt: Diese Lüge ist nicht auf meinem Mist gewachsen, sie stammt von meinem Vater. Er hat den Walfischknochen – oder was immer dieses Stück auch sein mag – bei einem seiner Beutezüge mitgehen lassen. Die meisten Dinge landeten damals schnell beim Hehler. Er konnte es sich nie leisten, lange zu feilschen, so chronisch abgebrannt wie wir waren. Dieses eine Stück hatte jedoch meine Aufmerksamkeit gefesselt. Wir waren in einem leerstehenden Keller untergekommen, der sich dank des Herbstwetters jeden Tag mehr mit Wasser füllte. Wenn ich mich nicht täusche, war ich damals erkältet und wehleidig. Ich hatte die Nase gestrichen voll – von der Dunkelheit, der Kälte, dem Loch in meinem Magen. Am schlimmsten war meine stets aufs Neue enttäuschte Hoffnung, dass es bald besser werden würde und dass mein Vater uns endlich dorthin bringen würde, wovon er unablässig redete: in eine der großbürgerlichen Stadtvillen, in die er so gern einstieg, obwohl sie hervorragend gesichert waren, und deren Besitzer sich nicht ungestraft bestehlen ließen, sodass wir unentwegt auf der Flucht waren. Es brauche nur ein wenig Glück, dann würden wir schickes Schuhwerk tragen, heiße Schokolade vorm Kamin schlürfen und den Tag mit Nichtstun verstreichen lassen. Mein Vater wusste, wovon er sprach, so war er nämlich aufgewachsen, zumindest behauptete er das. Allerdings behauptete er viel, und ich war sein einziger Zuhörer. Als ich den Walfischknochen aus einem Säckchen voller Tand herausgepickt hatte, muss er den Ausdruck in meinen Augen bemerkt haben.

›Weißt du, was das ist?‹, hatte er mich gelockt. ›Ein Stück Knochen. Wahrhaftig. Und zwar von dem größten Lebewesen, das es auf Gottes schöner Erde gibt. Von einem Walfisch.‹

›Du lügst.‹

›Redet man so mit seinem Herrn Papa?‹ Auch dieses Mal missglückte sein Versuch, streng zu klingen. Gleichgültig in welcher aussichtslosen Situation wir auch steckten, er war trotzdem ein großartiger Vater.«

Ruben hielt inne und sah Arjen prüfend an, als sei es ihm wichtig, dass sein Freund diesen Widerspruch verstand. Konnte ein Vater, der mit seinem kranken Kind in einem feuchten Kellerloch hauste und sie mit Gelegenheitsdiebstählen mehr schlecht als recht durchbrachte, ein guter Vater sein? Arjen nickte und zeigte damit, dass er verstand, allerdings mehr mit dem Herzen als mit dem Intellekt.

»Mein Vater legte mir den Walfischknochen auf den Handteller, den er an beiden Seiten überragte, und schloss meine Finger über ihm. Ich weiß noch, dass ich es sofort mochte, wie der Knochen sich anfühlte, wie seine Schnitzungen sich in meine Haut drückten, als wolle er mit mir verschmelzen.

›Diesem Walfischknochen wohnt eine uralte Magie inne, die das Schicksal seines Trägers beeinflusst, indem er ihm seine innigsten Wünsche erfüllt‹, behauptete mein Vater.

›Ich bin zu alt für Märchen.‹

›Mh‹, machte er, dann legte er seine Stirn in Falten, und ich wusste, dass er sich eine bessere Geschichte ausdachte, um mich um den Finger zu wickeln. Und dann erzählte er mir von den Eskimos in Grönland, für die dieser Walfischknochen ein Heiligtum darstelle. Ich konnte geradezu hören, wie es in seinem Gehirn arbeitete, damit eine Geschichte entstand, die mich überzeugen würde. Es war ihm wichtig, dass ich den Glauben nicht verlor. Warum hätten wir sonst am nächsten Morgen aufstehen sollen, obwohl doch alles immer nur noch schlimmer wurde? Ich wusste, dass er mir eine Lügengeschichte auftischte, aber ich glaubte sie ... Und ich glaube sie noch immer.«

»Ich auch«, gestand Arjen.

Ruben ließ sein Gesicht hinter den blonden Strähnen verschwinden, und als es wieder auftauchte, sah es verblüffend jung aus. »Mein Vater war ein guter Vater, ich habe ihn sehr geliebt. Und die ganzen Märchen ... Warum hätten sie nicht eines Tages wahr werden sollen? Ich für meinen Teil versuche zumindest mit aller Kraft, dafür zu sorgen. Der Walfischknochen ist eine Art Kompassnadel, aber der Mensch selbst muss sich mit ihm in der Hand in einen Kompass verwandeln. Genau das ist geschehen, als ich damals nach Beekensiel gekommen bin: Diese Insel ist meine wahre Heimat.« So plötzlich wie sein Ausdruck weich geworden war, so umgehend verhärtete er sich auch wieder. »Darum brauche ich die Aufnahmen von Denneburg, daran führt nun einmal kein Weg vorbei.«

»Unsinn.« Es fiel Arjen nach diesem Geständnis schwer, die nötige Härte aufzubringen. Viel lieber wäre er still mit seinem Freund beisammengesessen und hätte das Erzählte auf sich wirken lassen. Aber Rubens Blick war nach vorne gerichtet, drängend und ungeduldig. »Bitte, tu mir den Gefallen und vergiss Ole, der hat seine Giftpfeile doch schon verschossen, und außerdem hat er im Augenblick eh Wichtigeres zu tun: seine Verlobte zu seiner Ehefrau zu machen, das Geschäft wieder auf die Beine zu bekommen und sich als passabler Erbe des alten Rasmus zu behaupten. Warum willst du also unbedingt auf Angriff gehen?«

Anstelle mit einer seiner schlagfertigen Entgegnungen die Situation zu retten, starrte Ruben ihn nur an. »Ich brauche die Abzüge der Denneburg-Fotos und die Negative. Würdest du mir die bitte geben?«

Arjen schluckte seine Frustration hinunter. »Nimm sie, wenn du nicht anders kannst, aber wundere dich nicht darüber, falls du ihretwegen untergehst.«

Die Nacht war angebrochen, und trotzdem herrschte keine Dunkelheit auf Beekensiel. Der Himmel war klar und von einem ins grünlich gehenden Blau, als spiegle er das Meer, das sanft gegen die zerstörte Hafeneinfassung leckte. Entgegen seinem sonstigen Hang zum Sommer wünschte Arjen sich inständig, es würde ein Sturm aufkommen, der Wolken herbeitrieb und dem Sternglanz auf den Wellen ein Ende setzte. Er wollte nicht gesehen werden, nicht während der Sperrstunde, obwohl sie auf Beekensiel nachlässig überwacht wurde. Vor allem aber wollte er nicht von Ruben gesehen werden, dem er heimlich gefolgt war. Dabei hatte es ihn wenig überrascht, wie geschickt sein Freund sich durch den nächtlichen Ort bewegte und – im Gegensatz zu ihm – in dem Wechsel zwischen Schatten und dunklen Ecken mehr ein Spiel als eine Anstrengung zu sehen schien. Arjen hingegen war der Schweiß ausgebrochen und lief ihm nicht nur wegen der Hitze der Nacht tropfenweise zwischen den Schulterblättern entlang. Jedes Stöhnen und Schnarchen, das durch die offen stehenden Fenster drang, ließ ihn zusammenfahren, jeden Moment rechnete er damit, entdeckt zu werden. Wie würde Ruben darauf reagieren, dass er ihm nachspionierte? Mit Gelächter oder Verachtung?

Als Ruben in eine der schmalen Gassen abbog, verharrte Arjen unschlüssig. Er kannte dieses Sträßchen. Nach der Biegung lief es schnurgerade auf die Kirche zu, da gab es keine Nische, in der er sich verbergen konnte, falls sein

Freund einen Blick über die Schulter warf. Was Ruben bislang nicht getan hatte, denn er rechnete wohl einfach nicht damit, verfolgt zu werden. Ein solcher Vertrauensbruch … Arjen atmete die salzige Luft tief ein, dann trat er um die Ecke, um sogleich wieder kehrtzumachen, denn nur wenige Meter von ihm entfernt wartete Ruben. Jedoch nicht auf ihn, wie schon einen Moment später klar wurde. Ein kaum wahrnehmbares Flüstern ertönte, dessen Worte nicht zu verstehen waren, aber dessen freudiger Ton verriet, dass man einander erwartet hatte.

Vorsichtig blickte Arjen in die Gasse und sah gerade noch, wie zwei Schatten in den Seiteneingang der Kirche verschwanden. Der eine Schatten trug einen schwingenden Rock.

Schlagartig begriff Arjen, wovon er soeben Zeuge geworden war. Sein Blick wanderte zur Wohnung im zweiten Stockwerk des Wohnhauses, das er vor sich hatte und dessen geschwärzte Fassade immer noch vom Krieg erzählte, während die Räume im Inneren bereits wieder hergerichtet waren. Der künftige Bürgermeister von Beekensiel durfte schließlich nicht in den Baracken wie die anderen Ausgebombten wohnen, dafür war von seinem großzügigen Unterstützer gesorgt worden.

Arjen zog sich in einen der Kirche gegenüberliegenden Hauseingang zurück, um zu warten.

Die Nacht war plötzlich nicht mehr so still … Es gab Geräusche, die Arjen beim besten Willen nicht zuordnen konnte, Schaben, Knarren und Katzengejaul. Insekten zogen ihre Kreise, sogar ein Nachtfalter kam in seinem unsteten Flug vorbei. Die Hitze des Tages steckte noch in den Gemäuern der Häuser, und Gerüche von Menschen, Essen und dem nach Tang riechenden Meer hingen in der unbewegten Luft fest. Arjen scherte sich nicht darum, als ein pelziges Tier an der gegenüberliegenden Hauswand entlanghastete, und auch als in einem der Fenster Licht gemacht wurde, drückte er sich nur tiefer in den Hauseingang. Erst als die Kirchentür wieder aufging, beschleunigte sein Puls, dass er beinahe glaubte, das donnernde Geräusch müsse ihn verraten. Doch die beiden Schatten, die an ihm vorbeieilten, bemerkten ihn nicht. Arjen gestand ihnen einen letzten Moment der Zweisamkeit zu, doch sobald das Geflüster verklang, verließ er sein Versteck. Ruben stand allein in der Gasse und drehte sich beim Geräusch seiner Schritte um. Wortlos deutete Arjen auf die Kirchentür, und sein Freund folgte ihm ohne Zögern.

In der Kirche war es empfindlich kühl, es brauchte mehr als ein paar Tage Sonnenschein, um die massiven Steinmauern aufzuwärmen. Ruben zündete eine Kerze in dem fensterlosen Vorraum an und erwiderte Arjens Blick.

»Du hättest es mir erzählen können.« Es kostete Arjen seine ganze Beherrschung, die Stimme lediglich zu einem Flüstern zu erheben. »Ich hätte dein Geheimnis für mich behalten, das weißt du doch. Stattdessen lässt du zu, dass wir uns dermaßen streiten. Das begreife ich nicht.«

Behutsam trat Ruben mit der Kerze in der Hand auf Arjen zu. Das Licht brachte seine Gesichtszüge hervor, ließ sie in einem Moment härter und im nächsten weicher aussehen. »Es lag nicht daran, dass ich dir nicht vertraue. Das tue ich nämlich, das habe ich von Anfang an getan. Aber dieses Geheimnis«, Ruben deutete auf seine Brust, an der das verschwitzte Hemd klebte, »das gehört nicht mir allein. Wie hätte ich dir davon erzählen können?«

»Ganz einfach: Ich besteige in aller Heimlichkeit Ole Ennenhofs Verlobte, um ihm so richtig den Boden unter den Füßen wegzuziehen!« Es fühlte sich verwirrend gut an, etwas dermaßen Gemeines zu sagen. »Niemals hätte ich gedacht, dass ein Mädchen wie Adele sich für so etwas hergibt.«

Das Schweigen, das sich ausbreitete, fuhr Arjen in den Magen, als hätte Ruben ihm einen harten Faustschlag versetzt. Doch der blickte ihn nur prüfend an, während seine mahlenden Kiefermuskeln Schatten warfen.

»Wärst du nicht mein Freund, würde ich dir für diese Bemerkung den Schädel einschlagen«, sagte Ruben schließlich gefährlich leise. Das Kerzenlicht flackerte in seiner Hand. »Du hast mir zwar hinterhergeschnüffelt, aber nicht das Geringste verstanden. Offenbar hast du nicht einmal eine Ahnung, wer ich eigentlich bin. Oder glaubst du ernsthaft, ich würde ein Mädchen verführen und sie anschließend bloßstellen, nur um ihren Verlobten vorzuführen?«

So formuliert klang das tatsächlich nicht nach Ruben. »Es ist doch deine Devise, dass man alles daransetzen muss, sein Ziel zu erreichen«, erwiderte Arjen kleinlaut.

»Ja, natürlich. Man muss mit seinem ganzen Willen kämpfen. Aber das bedeutet noch lange nicht, dass man das Recht hat, dabei jemanden zu demütigen. Das ist Ennenhofs Spezialität, mit einem solchen Verhalten will ich nichts zu tun haben.«

»Aber du warst mit Adele zusammen … Allein dieser verräterische Geruch an dir. Und nach dem Fest war sie auch bei dir in der Fischerkate, richtig?«

Ruben wich einen Schritt zurück, er sah verlegen aus, geradezu überführt, doch dann hatte er sich wieder gefangen. »Das mit Adele und mir … Das ist echt. Ich liebe sie, das war vom ersten Augenblick an so. Ich habe als Junge lediglich einen Blick auf sie werfen können, auf ihr dunkles

Haar und dieses stets einen Tick zu hoch getragene Kinn, als würde sie über alles hinwegsehen. Als verwahrloster Bursche, der ich damals war, wäre ich ihr niemals freiwillig unter die Augen getreten. Ich habe sie immer aus der Ferne beobachtet … Beim Spaziergang mit ihrem Hund entlang der Promenade oder wenn sie im Garten saß und las. Sie hat nie mitbekommen, wenn ich sie beobachtet habe. Einmal bin ich nachts sogar in ihr Zimmer eingestiegen, um sie mir in Ruhe aus der Nähe anzusehen. Das war ein echtes Kunststück, weil ihr Weimaraner vor ihrem Bett schlief. Um diesen Köter ruhigzustellen, ist die ganze Beute meines Streifzugs draufgegangen.«

Ein Lächeln schlich sich auf Rubens Lippen und zeigte nicht bloß, dass er den *Köter* gemocht hatte, sondern auch, wie tief sich ihm diese Erinnerung eingeprägt hatte. Unwillkürlich verspürte Arjen einen Stich der Eifersucht. Jeder herausragende Moment in jenem Sommer hatte ihnen gehört! Doch nun machte es den Eindruck, als sei sein Freund in Gedanken ganz woanders gewesen, beim schönsten Mädchen von Beekensiel … Dann erinnerte sich Arjen unwillkürlich daran, wie es ihm auf dem Fest ergangen war, an den Sog der Empfindungen, in den die tanzenden Frauen ihn gerissen hatten. Er hatte zumindest eine Ahnung davon erhalten, welche Gefühle das andere Geschlecht auszulösen vermochte. »Bist du wegen Adele wiedergekommen?«

Aus Rubens entrücktem Lächeln wurde ein Grinsen. »Ich habe Beekensiel *auch* wegen Adele eine zweite Chance gegeben, aber du warst natürlich auch ein ganz passabler Grund.«

So leicht ließ Arjen sich nicht einwickeln. »Der Tag, als ich dich am Hafen wiedergetroffen habe, da hast du gar nicht darauf gewartet, dass ich aus dem Gottesdienst komme, du wolltest bloß Adele begaffen.«

»Ein klassischer Doppelstreich, würde ich sagen.« Glücklicherweise unterdrückte Ruben ein Lachen, das hätte Arjen ihm auf keinen Fall durchgehen lassen. »Nein, wirklich. Als ich im Frühjahr endlich eine Gelegenheit gefunden hatte, nach Beekensiel zu kommen, wollte ich als Erstes zu dir. Aber noch auf dem Festland wurde ich von Jörg Claußen angesprochen, der sich auf dem Schwarzmarkt in Rotgers Scheune Baumaterial besorgt hatte. Zuerst fragte er, ob ich auf seinem Karren mitfahren wolle, und dann, ob ich mich mit Malerarbeiten auskannte. Zuerst dachte ich, dass er mich wohl nicht wiedererkennt, schließlich ist es schwierig, eine Parallele zwischen einem halbverhungerten Kind und einem von so vielen Flüchtlingen zu ziehen. Dann bemerkte ich an der Art, wie er mich aus den Augenwinkeln beobachtete, dass er genau wusste, wer ich war. Ich vermute, dass er mir diese Arbeit als Wiedergutmachung gegeben hat. Wahrscheinlich hat es ihm all die Jahre leidgetan, mich Denneburg und seinen Nazischergen ausgeliefert zu haben.«

»Das ist durchaus denkbar«, stimmte Arjen zu. »Claußen mag nicht perfekt sein, aber das dürfte kaum seinem Gerechtigkeitssinn entsprochen haben.«

Ruben nickte bekräftigend. »Und als Claußen mich dann durch diese ausgebrannten Räume geführt hat, die Rasmus Ennenhof ihm zur Verfügung gestellt hat, gab es keinen Zweifel mehr. Adele hatte ein Tuch um ihren Kopf gebunden und trug ein altes Kleid, das schon ganz schwarz war von den verkohlten Bruchstücken, die sie eigenhändig ausmistete, aber für mich sah sie genauso wunderschön aus wie in den weißen Sommerkleidern, die sie als junges Mädchen

Jahre zuvor getragen hatte. Und sie sah mich an. Nicht neugierig oder gar abwägend, sondern geradewegs, als habe sie nur auf mich gewartet. Und das hat sie auch, nur dass ich zu spät dran war, ein anderer war mir zuvorgekommen. Dieser verfluchte Ennenhof, für den sie nichts anderes ist als eine besonders hübsche Beute. In seiner Raffgier hält er sie in seinen Krallen, obwohl ihm bewusst ist, dass sie ihn nicht liebt, sondern bestenfalls in ihrer Nähe duldet. Ihre Familie ist kein Stück besser, die Heirat in die Ennenhof-Familie ist das einzige Sprungbrett zurück in den Schoß der wohlhabenden Gesellschaft. Da scheint ihnen Adeles Glück nicht besonders vorrangig. Ich kann mich noch sosehr anstrengen und beweisen, dass ich mir über kurz oder lang ein vorzeigbares Leben aufbauen werde, gegen Ole Ennenhof werde ich immer verlieren.« Mit jedem Wort war Rubens Ton bitterer geworden.

»Deshalb das Foto«, flüsterte Arjen. »Du willst Ole dazu bringen, dass er sich von Adele löst.«

Ruben nickte. »Meine einzige Chance. Und ich werde sie nutzen.«

31

Das Telefonklingeln riss Greta aus dem Schlaf. Sie hatte das Gefühl, erst vor wenigen Augenblicken weggenickt zu sein, so deutlich dröhnte Arjens Stimme noch in ihrem Kopf. Obwohl es draußen dunkel war, zeigte ihr ein Blick auf den Wecker, dass es bereits sieben Uhr in der Früh war. Heute würde vermutlich kein einziger Lichtstrahl durch die dichte Wolkendecke dringen – Beekensiel stand ein weiterer ungemütlicher Tag bevor. Mit einem Seufzen langte Greta nach dem Hörer.

»Moin, moin«, meldete sich Trude Hayden und klang dabei, als würde sie durch fest zusammengebissene Zähne sprechen. »Ich darf Ihnen Frühstücksbesuch anmelden. Und bevor Sie freudig im Nachthemd zur Rezeption gesprungen kommen, muss ich Ihnen leider sagen, dass es nicht Mattes, sondern bloß seine Großmutter ist. Haben Sie Zeit für Adele? Wenn nicht, schicke ich sie gern weg. Das wäre absolut kein Problem.«

»Nein, natürlich habe ich Zeit. In fünf Minuten bin ich unten.«

»Ach, ja. Noch was.« Trudes Stimme schlug ins Schrille um. Greta konnte geradezu sehen, wie sie tapfer zu lächeln versuchte, obwohl ihr die Situation schrecklich unangenehm war. »Adele lässt darum bitten, dass Sie irgendwelche Fotos mitbringen. Beeilen Sie sich um Himmels willen«, schob sie flüsternd hinterher. »Ich bin allein mit dem alten Drachen.« Kein Wunder, dass sie sich zu einer solchen Bemerkung hinreißen ließ, einen größeren Gegensatz als die liebenswürdige Trude Hayden und die Schneekönigin Adele Ennenhof konnte man sich nicht vorstellen.

Natürlich beeilte sich Greta – das hätte sie auch ohne Trudes ausdrückliche Bitte getan. Auf halber Strecke machte sie jedoch noch einmal kehrt, um Arjens Strickjacke gegen einen Rollkragenpullover einzutauschen. Schließlich war Adele eine elegante Erscheinung, und sie wollte neben ihr nicht wie ein Haufen Altkleider wirken. In diesem Sinn schob sie sich sogar ein Band ins Haar, das dank seiner Übergangslänge in alle Himmelsrichtungen abstand. Dann lief sie hinab zur Rezeption.

Adele war es offenbar genau wie Trude ergangen: Sie hatte der Gesellschaft der anderen Frau nur wenig abgewinnen können und war deshalb bereits in den Frühstücksraum gewechselt, in dem noch ein penetranter Räucherfischgeruch vom Vorabend hing. Mit entsprechend verkniffenem Gesichtsausdruck saß die alte Dame nun am Fenster und starrte aufs Meer. Das Cape hatte sie über ihre Knie gelegt, als würde sie frieren, und das schwarze Seidenkleid betonte fast schmerzlich ihre Zerbrechlichkeit.

Unschlüssig blieb Greta in der Tür stehen, die Fotos in ihren plötzlich schwitzigen Fingern. Was würde sie wohl erwarten?

»Nur zu«, stachelte Trude sie an, die sich hinter ihr postiert hatte. »Der Drache macht heute einen ungewöhnlich zahmen Eindruck. So sanft habe ich Adele nicht mehr erlebt, seit Mattes als Knirps mit seinem Turnbeutel nach La Gomera abhauen wollte, weil seine Mutter ihm von dort eine Postkarte geschickt hatte.«

»Sie würden diesen Gesichtsausdruck allen Ernstes als sanft bezeichnen?«, versicherte sich Greta misstrauisch.

Trude zuckte mit der Schulter. »Das ist Adele Ennenhof, mehr Liebenswürdigkeit werden Sie von ihr nicht bekommen. Also nur zu, fassen Sie den Stier bei den Hörnern. Und keine falsche Zurückhaltung.«

Mit einem zweifelnden Lächeln trat Greta an den Tisch und ertappte sich dabei, dass sie stramm stand wie ein Zinnsoldat. »Guten Morgen.«

Anklagend deutete Adele auf die aufgewühlte See, deren Wellenbögen gegen die Bucht donnerten, dass man es bis ins Sturmwind hörte. »Ich habe gesagt, dass ein ordentlicher Sturm aufzieht. Nur glaubt mir ja leider niemand, obwohl ich schon mein ganzes Leben diesen elenden Tümpel vor Beekensiel beobachte.« Was Adele auch jetzt tat, sie weigerte sich nämlich beharrlich, Greta auch nur eines Blickes zu würdigen, geschweige denn ihr einen guten Morgen zu wünschen. Allerdings kümmerte Greta das im Moment wenig, sie hatte ganz andere Sorgen.

»Sie glauben also nicht, dass Mattes mit dem Unwetter zurechtkommt? Ich bin nämlich davon ausgegangen, dass er ein erfahrener Segler ist, der sein Boot und die Nordsee kennt. Da wird er doch wohl kein Risiko eingehen …«

Adele schnaufte. »Männer haben es leider nicht so sehr mit ihrem Verstand, sobald es um die Liebe geht. Mattes wäre gestern mit seinem morschen Kutter selbst dann hinausgefahren, wenn sich bereits eine Flutwelle am Horizont abgezeichnet hätte.«

»O nein.« Greta schlug sich die Hand vor den Mund. »Ich habe mir, ehrlich gesagt, auch schon Gedanken gemacht – aber dann dachte ich, es liegt bloß daran, weil ich als Landei die Gefahren eines solchen Törns gar nicht richtig abschätzen kann.« Die Vorstellung, dass Mattes sich in solche Gefahr begab, bloß um Abstand zu bekommen, versetzte sie in Angst und Schrecken.

»Nun brechen Sie mal nicht gleich vor Verzweiflung zusammen«, wies Adele sie an. »Vermutlich bekommt der Junge das hin – und höchstwahrscheinlich sieht er in diesem Wetter eher eine Herausforderung als eine Gefahr. Trotzdem ist ein Unwetter um diese Jahreszeit unberechenbar, vor allem wenn man allein unterwegs ist. Ich habe versucht, es ihm auszureden, aber Sie wissen ja selbst, wie stur Mattes sein kann. Normalerweise mag ich das an ihm, aber in diesem Fall macht er mich einfach wütend. Um die Gefühle der Zurückgelassenen schert sich ja niemand, das war schon immer so. Was kümmert es meinen Enkel, wenn ich vor Angst fast sterbe, dass ich ihn auch noch verlieren könnte?«

Erst jetzt, da Adele ihren Blick endlich erwiderte, bemerkte Greta, dass das versteinerte Gesicht und der kühle Ton nur eine Maske waren. Die alte Dame hielt ihre Fasson genauso eisern aufrecht wie ihre Haltung, aber sie würde nicht mehr lange die Kraft dazu haben. *Du hast schon genug Menschen in deinem Leben verloren*, erkannte Greta. Für einen Moment sah sie in Adele die junge Frau, die nachts heimlich auf die Straße schlich, mit pochendem Herzen und einem unbewussten Lächeln auf den Lippen. Wie sie auf dem Weg war zu einem Rendezvous mit einem jungen Mann, der nichts hatte und dem sie trotzdem glaubte, dass er ihr die Welt schenken würde. Hatte Adele Ruben genauso geliebt wie er sie? Denn daran, dass Ruben sie geliebt hatte, bestand kein Zweifel, das war eindeutig aus Arjens Erzählung herauszuhören gewesen. Was war nur geschehen, dass letztendlich doch eine Ennenhof aus Adele geworden war?

»Sie wollten doch einen Blick auf die Fotos werfen«, wechselte Greta das Thema. »Die Aufnahmen, über die Mattes sich so aufgeregt hat, habe ich aussortiert. Nur damit Sie Bescheid wissen.«

»Sie meinen die Fotos, auf denen mein Schwiegervater Rasmus bei einem seiner dreckigen Geschäfte zu sehen ist? Als ob die mich kümmern würden.« Adele steckte sich eine Zigarette an, während der Fotostapel unangetastet vor ihr auf dem Tisch liegen blieb.

Trude, die gerade mit dem Teeservice nahte, zog die Augenbrauen zusammen, bis eine steile Falte auf ihrer Stirn erschien. »Adele, also wirklich. In unserem Haus wird nicht geraucht, schon seit Jahren nicht mehr.«

»Darum hast du auch chronisch zu wenige Gäste, liebe Gertrud. In deinem Haus mangelt es an Gastfreundschaft, da helfen auch die herausgeputzten Zimmer nichts.«

Mit einem Klirren stellte Trude das Service ab. »Ihr schenkt euch den Tee dann bitte selber ein.« Ehe Greta eine stellvertretende Entschuldigung vorbringen konnte, rauschte sie ab, vermutlich um sich wortreich bei einem geneigten Zuhörer über Adele Ennenhofs Fisimatenten aufzuregen.

Auf Adeles Lippen breitete sich ein hinterhältiges Lächeln aus. »Die einzige Taktik, mit der es gelingt, unsere geschwätzige Trude auf Abstand zu halten, ansonsten wäre sie ganz schnell mit bei uns am Tisch gesessen. Sie ist ein nettes altes Mädchen, aber im Augenblick könnte ich sie wirklich nicht ertragen.« Mit einem Seufzen schnipste sie ihre halb aufgerauchte Zigarette in den Kamin, dann nahm sie die Fotos in die Hand. Stück für Stück musterte Adele sie, bis sie schließlich an Rubens Bild hängen blieb. Sie betrachtete es so eingehend, als würde es unendlich viel mehr als einen frech grinsenden Jungen zeigen – und vermutlich tat es das auch: eine ehemalige, vor langer Zeit zerbrochene Liebe, unerfüllte Hoffnungen und Wünsche.

»Erkennt man den jungen Mann, der Ruben später war, in diesem Kindergesicht wieder?«, fragte Greta vorsichtig.

Adeles fast unsichtbare Augenbrauen fuhren in die Höhe. »Wie bitte?«

»Mein Großvater war mit diesem Jungen befreundet und hat mir erzählt, dass der Junge später als junger Mann noch einmal auf Beekensiel gewesen ist. Ich habe angenommen, Sie würden ihn kennen.«

»Mattes hat mir von dieser Kinderfreundschaft erzählt, aber ich muss gestehen, dass ich mich als Mädchen wenig für die Burschen in der Nachbarschaft interessiert habe. Für mich gab es nur das Klavier und meine Amika, eine Weimaraner Hündin. Ruben habe ich erst im Sommer 1946 kennengelernt. Aber wie Sie schon vermutet haben, erkennt man ihn auf dem Foto durchaus wieder, obwohl das interessanteste Merkmal in seinem Gesicht von diesen hellen Flecken bedeckt wird. Ruben hatte so eine Nase … Schwierig zu beschreiben. Wenn es Sie allerdings interessiert, müssen Sie sich nur Mattes' Nase anschauen, eine von vielen Eigenheiten, die er von seinem Großvater geerbt hat.«

Greta glaubte ein Geräusch zu hören, als ob in weiter Ferne zwei Kontinente aufeinanderstießen, um endlich eins zu sein. Unter Adeles prüfendem Blick konnte sie lediglich nicken.

»Sie haben es sich also bereits zusammengereimt«, stellte Adele fest. »Überrascht mich nicht, schließlich sind Sie ein kluges Mädchen. Mein Mattes hingegen hat wohl nicht einmal einen Verdacht geschöpft – und vielleicht ist es auch besser so, denn schließlich baut er sein Leben darauf auf, ein Ennenhof zu sein. Was immer das auch bedeuten mag. Ich hatte Glück, dass meine Tochter Rose bis auf Rubens Nase und sein blondes Haar ganz nach mir schlug, sodass niemand Verdacht schöpfte. Abgesehen von meinem Mann natürlich, der es genoss, sie spüren zu lassen, dass sie bestenfalls geduldet war. Es war der größte Fehler meines Lebens, Ole Ennenhof zu heiraten, aber damals glaubte ich, mir bliebe nichts anderes übrig. Ich hatte mich meinem Schicksal ergeben und nicht daran gedacht, was das für mein Kind bedeuten sollte …«

In diesem Moment, als Adeles Stimme versagte, sah sie zerbrechlicher aus als je zuvor. Behutsam berührte Greta mit den Fingerspitzen ihre Hand, die immer noch Rubens Fotografie hielt. Sie suchte nach Worten, um sie zu trösten, doch was konnte sie dazu schon sagen? Sie wusste zu wenig über Adeles Beweggründe und noch weniger über die Schwierigkeiten, die Rose unter Ole Ennenhof hatte ausstehen müssen und die sie letztendlich vertrieben hatten. Ihr wurde nur zunehmend klarer, dass sich hinter Adeles Distanz sehr viel Kummer und Selbstvorwürfe verbargen.

»Mattes hat mir erzählt, dass Ihr Großvater sehr eng mit Ruben befreundet war«, nahm Adele das Gespräch wieder auf, als sie sich einigermaßen gefasst hatte. »Bestimmt würde es Arjen freuen zu hören, dass Ruben ihn ebenfalls oft erwähnte, er war offenbar sehr stolz auf diese Freundschaft. Trotzdem habe ich mich stets von Ihrem Großvater ferngehalten, weil ich davon ausging, dass er nichts von mir wusste. Und so wie die Dinge damals standen, durfte ich kein Risiko eingehen, dass meine Liebesbeziehung zu Ruben bekannt wurde.«

»Es muss sehr hart für Sie gewesen sein, das alles allein mit sich auszumachen. Dabei wusste mein Großvater von

Ihnen, er hat Sie nämlich zusammen mit Ruben gesehen.« Dass Arjen seinem besten Freund heimlich gefolgt war, behielt sie lieber für sich.

Adeles Lippen glitten vor Erstaunen auseinander, nur um sofort wieder geschlossen zu werden, allerdings nicht zu einer strengen Linie wie zuvor, nein, es blieb ein milderer Zug zurück. »Meinen Sie, es wäre möglich, dass ich mich mit Arjen einmal treffe, sobald es seine Gesundheit zulässt?«

»Ja, gewiss doch, das würde ihm bestimmt gefallen«, sagte Greta fest überzeugt.

»Es wäre schön, mit jemandem zu reden, der Ruben ebenfalls gekannt hat … Und ihn vermisst.«

Endlich wagte es Greta, die Frage auszusprechen, die ihr schon lange auf der Zunge lag: »Wohin ist Ruben denn gegangen?«

Adeles Blick kehrte zum Meer zurück, dem wogenden grauen Seidenband, während es merklich in ihr arbeitete. Greta überkam das Gefühl, als müsse sie nur noch die Hand ausstrecken, dann würde sie die Vergangenheit zu fassen kriegen. Es fehlten nur noch wenige Millimeter … In diesem Moment kam eine schreckensbleiche Trude in den Frühstücksraum.

»Einen solchen Anruf habe ich in meinem ganzen Leben noch nicht erhalten, und ich möchte auch nicht, dass es je wieder geschieht. Ich fühle mich, als hätte man mir einen Eimer eisiges Wasser über den Kopf gegossen. Grauenhaft, ganz grauenhaft.«

»Was – um Gottes willen – faselst du, Trude? Hast du dir am frühen Morgen einen Schluck Rum im Tee gegönnt?« Adele wirkte ernsthaft erbost über diese Unterbrechung.

»Natürlich nicht, was denkst du von mir? Du bist unmöglich, Adele. Sogar in einer solchen Situation kannst du deine spitze Zunge nicht im Zaum halten.«

»Was für eine Situation denn?« Ein ungutes Gefühl machte sich in Greta breit und wurde ständig stärker.

Augenblicklich besann sich Trude und warf Greta einen entschuldigenden Blick zu. »Eben hatte ich eine nette Dame von den Seenotrettern am Telefon, nachdem sie es vorher wohl bei dir zuhause probiert hat, Adele. Wir sollen uns alle nicht aufregen, hat die Dame gesagt. Also bleibt bitte ganz ruhig.«

Mit einem Satz war Greta auf den Beinen, während von Adele lediglich ein gequältes Stöhnen zu hören war. »Geht es um Mattes?«

»Ja«, gestand Trude ein, während sich ihre Augen mit Tränen füllten. »Er hatte mit seiner Jolle wohl Probleme wegen des Sturms gestern, und die Seenotretter mussten ihn aufs Festland bringen. In die Nordener Klink, um genauer zu sein. Wegen Unterkühlung und ein paar Blessuren. Außerdem ist er gerade im Operationssaal, hat die freundliche Dame gesagt. Der wird schon wieder, was auch immer ihm passiert ist. Mattes ist nicht so leicht kaputtzukriegen.«

Mehr brauchte Greta nicht zu wissen. Sie war schon halb zur Tür hinaus, als sie Trude über die Schulter zurief: »Kümmern Sie sich um Adele, ich fahre in die Klinik.«

»Nicht doch!«, protestierte Trude. »Bei diesem Wetter kommen Sie niemals aufs Festland, die Verbindungsstraße ist wegen hohen Wellengangs bestimmt gesperrt!«

Das werden wir ja sehen, dachte Greta und stürmte die Treppen hinauf, um Jacke und Autoschlüssel zu holen. Auf dem Weg begegnete sie Anette, die gerade Hand in Hand mit Thomas Roder um die Ecke kam.

»Frühstückst du mit uns?«, flötete ihre Mutter.

»Tut mir leid, aber ich muss aufs Festland. Mattes ist im Krankenhaus und wird im Augenblick operiert. Ich muss sofort zu ihm.«

Greta hörte, wie ihre Mutter ihr hinterherlief und Fragen stellte, doch sie blendete Anette kurzerhand aus. Innerhalb eines Moments hatte sich alles verschoben, nun gab es für sie nur noch ein Ziel: bei Mattes zu sein. Alles andere musste warten.

Ohne zu wissen, wie ihr geschah, fand Greta sich in Arjens altem Coupé wieder und hatte den Irrgarten der Dorfstraßen hinter sich gelassen, ohne einen Unfall gebaut zu haben. Doch die Schranke vor der Verbindungsstraße stoppte ihre Fahrt. Zu beiden Seiten des Übergangs zum Festland schäumten die Wellen, bäumten sich auf und leckten über die Befestigung. Immer wieder schickten sie einen Schwall Wasser bis auf die Straße. Allein bei diesem Anblick drehte sich Greta der Magen um und erinnerte sie an die Furcht, die sie bei ihrer letzten Überquerung erfasst hatte. Und da hatte es keine Überflutung gegeben. Trotzdem stieg sie aus dem Wagen und lief zu dem Häuschen, von dem aus die Schranke kontrolliert wurde.

»Hallo? Ist jemand da?«

Greta hämmerte heftig gegen die Tür. Offenbar einen Tick zu heftig, zumindest dem Gesichtsausdruck des jungen Mannes nach, der öffnete. Es war ein langer Schlacks mit Kapuzenpulli und Augenringen. »Moin«, sagte er verkniffen.

»Ja, moin. Können Sie bitte die Schranke hochmachen? Ich muss nämlich dringend aufs Festland.« Jedes Wort schien Greta ein Wort zu viel.

Der Wächter schätzte die Lage hingegen anders ein und

stierte Greta erst einmal an, bevor er sich zu einer Antwort herabließ. »Nö, kann ich nicht.« Demonstrativ verschränkte er die Arme vor der Brust.

Greta musste sich beherrschen, den jungen Mann nicht bei seinem Kragen zu packen und durchzuschütteln, damit er diese gleichgültige Haltung ablegte. »Hören Sie, ich sehe ja selbst, dass das Meer sehr unruhig ist, aber ich muss trotzdem hinüber. Ein Notfall, verstehen Sie doch.«

In der Miene des jungen Burschen regte sich zu Gretas Entsetzen nichts. Er starrte sie nur weiter an, als sei sie eine lästige Fliege, die sich nicht von selbst in Luft auflöste.

»Okay, soll ich die Schranke einfach mit dem Wagen durchbrechen? Dazu zwingen Sie mich nämlich, wenn ...«

»Greta, bist du das?« Mathilde mit ihren hochgesteckten Zöpfen linste um die Ecke. »Das ist ja witzig, dass wir uns ausgerechnet hier wiedertreffen. Das ist übrigens Frank, mein kleiner Bruder und der Freund von Birte aus dem Sturmwind. Der schiebt heute Dienst, eine Art Zweitjob, bei dem man nur blöd rumsitzen muss, also genau das Richtige für ihn. Aber was ist denn los? Du bist ja ganz aufgelöst.«

Greta konnte ihr Glück kaum fassen: Wenn jemand sie verstand, dann Mathilde. Franks Protest überhörend, schob sie sich nach draußen, weil im Inneren des Häuschens nicht genug Platz für drei Personen herrschte.

»Mattes ist im Krankenhaus, nachdem er gestern mit seiner Jolle in Schwierigkeiten geraten ist und die Seenotwacht ihm zu Hilfe kommen musste. Mehr weiß ich nicht.«

Mehr brauchte es jedoch auch nicht, um Mathilde auf den Plan zu rufen. »Der Kerl war bei dem Wetter unterwegs? Auf solche Ideen kommt auch nur Herr Ennenhof.« Sie schüttelte ungläubig den Kopf. »Nun ja, aber leider hat

Frank recht, die Verbindungsstraße steht schon so gut wie unter Wasser, der Sturm drückt die Flut rein, und dadurch verwandelt sich eine Fahrt über die Straße in eine einzige Schlitterpartie. Falls einem dabei nichts Schlimmeres passiert …«

»Das mag ja sein, aber ich muss trotzdem in die Nordener Klinik.« Greta betete, dass die junge Frau ihr die Entschlossenheit abnahm, obwohl ihre Hände schlagartig feucht wurden.

Mathilde musterte sie eindringlich. »Das musst du offenbar wirklich. Also gut, ich helfe dir.« Sie packte Greta bei der Hand und zog sie aus dem nach Yogi-Tee duftenden Häuschen und vorbei an dem mürrisch dreinblickenden Frank. »Mit diesem Auto geht das aber auf keinen Fall, das liegt viel zu flach am Boden. Dieses hübsche Ding wurde dafür gemacht, um damit im Sonnenschein über die Landstraße zu kutschieren, aber sicherlich nicht für unser ostfriesisches Schietwetter.«

»Ich habe aber nur das Coupé«, gestand Greta kleinlaut. Wenn sie sich nicht umgehend zusammenriss, würde sie sich in Mathildes Arme werfen und sich trösten lassen. Sie musste los, ehe sie der Mut verließ.

Nachdenklich rieb Mathilde ihr Kinn am Kragen ihres Norwegerpullis, dann schnalzte sie mit der Zunge. »Dann nimm doch einfach Mattes' Jeep, der ist wie gemacht für eine solche Herausforderung.«

»Das Monsterauto?« Neben der Vorstellung, in einen solchen Wagen zu steigen, verblasste die Furcht vor der überschwemmten Straße.

»Glaub mir, der Jeep packt das.« Mathilde nickte, als sei das eine bewiesene Tatsache. »Der steht ganz bestimmt in der Garage, und der Schlüssel steckt ohnehin im Schloss, das tun sie bei fast allen Wagen hier auf der Insel. Und was die Schranke betrifft… Frank kann ja mal ein paar Fischbrötchen am Marktplatz kaufen gehen, und ich halte so lange die Stellung.« Mathildes Bruder sah aus, als hielte er das Ganze für eine ausgemachte Schnapsidee, aber allem Anschein nach wäre es noch eine größere Schnapsidee gewesen, seiner Schwester zu widersprechen. Herausfordernd funkelte Mathilde Greta an. »Traust du dir die Sache mit dem Jeep zu oder musst du jetzt nicht mehr ganz so dringend zu Mattes?«

»Doch, muss ich«, sagte Greta bestimmt.

Eine halbe Stunde später stand Greta mit Mattes' Jeep vor der Schranke, die Hände so fest um das Lenkrad gelegt, dass ihre Knöchel weiß hervortraten. Als sie das Garagentor neben Mattes' Wohnhaus aufgezogen hatte, hatte sie insgeheim gehofft, dass der Schlüssel nicht im Zündschloss steckte oder ein Nachbar sich ihr in den Weg stellen würde mit der Frage »Was haben Sie denn hier zu suchen?«. Doch ihre Hoffnungen wurden enttäuscht, und somit blieb ihr nichts anderes übrig, als den inneren Schweinehund zu überwinden. Es stellte sich heraus, dass es noch viel schrecklicher war, dieses Auto zu fahren, als sie es sich in ihren schlimmsten Träumen vorgestellt hatte: Der Jeep war unübersichtlich und laut und so hart gefedert, dass sie bei jedem Huckel glaubte, gleich durch den Boden zu brechen. Dieser Wagen war nicht nur eine Zumutung für seine Umwelt, sondern auch für seinen Fahrer!

Alarmiert durch den Motorenlärm kam Mathilde aus dem Häuschen gelaufen, eine Hand schützend aufs Ohr gelegt, damit der kalte Wind nicht hineinfuhr.

Greta kurbelte das Seitenfenster runter. »Ich bin mir

nicht sicher, ob ich dir für die Idee mit dem Jeep danken oder dich beschimpfen soll.«

Mathilde zog die Nase kraus, nur um sogleich wieder ernst zu werden. »Und, bist du bereit?«

Eine Welle schob sich über die steinerne Befestigung und ergoss einen Schwall Gischt über den Asphalt.

»Am besten lasse ich das Fenster gleich offen, damit ich mich ins Freie retten kann, falls der Jeep von der nächsten Welle fortgespült wird. Bei meinem Glück lande ich mit einer Unterkühlung in Mattes' Nachbarzimmer.«

»Ich nehme das als ein beherztes ›Ja‹.« Mathilde nickte bekräftigend, und damit war die Sache beschlossen. »Normalerweise würde ich dich ja begleiten, aber in einer halben Stunde muss ich Leni stillen, und ihre Oma hat dann auch keine Zeit mehr zum Einhüten. Und jetzt los, Frank kehrt gleich zurück, und ich bin mir sicher, dass er sich bei seinem Spaziergang jede Menge Argumente zurechtgelegt hat, warum es grundlegend falsch ist, diese Schranke zu öffnen. Außerdem werde ich mir anhören müssen, dass ich eine grässliche große Schwester bin, die ihn immer noch herumkommandiert, obwohl er schon lange ein Mann ist. Er ist eh noch sauer auf mich, weil ich ihm wegen Birte den Marsch geblasen habe.« Rasch langte Mathilde nach Gretas Schulter und drückte sie. »Gib die Klinik in Norden ins Navi ein und grüß den alten Brummbär. Sag ihm, er soll ja lieb zu dir sein, das hast du nämlich verdient.«

Greta nickte, dann konzentrierte sie sich auf ihr Ziel auf der anderen Seite der Verbindungsstraße. Dorthin musste sie gelangen, und was dazwischenlag, würde sie einfach nicht beachten. Die einzige Alternative bestand darin, auf Beekensiel zu bleiben und abzuwarten, was das Schicksal für sie bereithielt. Doch wie hatte Ruben es so passend gesagt:

Man musste sein Schicksal herausfordern, um zu sehen, was es für einen bereithielt. Kaum hob sich die Schranke, trat Greta aufs Gas, und wie ein Bollwerk schob sich der Jeep auf die Straße. Das Meeresrauschen war geradezu ohrenbetäubend, ein Warnsignal, das Gretas Fluchtinstinkte wachrief und das sie mit aller Kraft ignorierte. Sie spürte, wie die Reifen immer wieder den Kontakt zum Boden verloren und der Wind mit seiner ganzen Kraft gegen die Seite des Wagens drückte. Sie kümmerte sich jedoch nicht darum, sondern starrte so fest auf das vor ihr liegende Festland, dass sie es kaum glauben konnte, als der Jeep es schließlich erreichte.

32

»Jetzt atmen Sie mal schön tief durch, während ich nachschaue, ob Herr Ennenhof bereits vom Aufwachraum auf sein Zimmer verlegt worden ist.« Die Krankenschwester, die Greta auf dem Stationsflur abgefangen hatte, schenkte ihr ein beruhigendes Lächeln, während sie mit ihr zum Schwesternzimmer ging und eifrig in ihren Computer zu tippen begann.

Unter anderen Umständen hätte Greta ihr Lächeln gern erwidert, aber jetzt wollte ihr das nicht gelingen. Die Fahrt zur Klinik hatte viel zu viel Zeit in Anspruch genommen, während sie sich dafür verfluchte, ihr Handy in der Toilette versenkt zu haben. Zum ersten Mal hätte dieses Teil einen Sinn gehabt! Und als sie in dem riesigen Gebäudekomplex der Klinik endlich die Station gefunden hatte, auf der Mattes sich befand, wurde sie vertröstet. Die Schwester durfte ihr nicht einmal sagen, was genau ihm zugestoßen war, weil sie keine Familienangehörige war. Mehr als die Zusicherung, es sei nichts Schlimmes, war nicht aus der Frau herauszubekommen gewesen. Aber was konnte diese Aussage schon bedeuten: nichts Schlimmes? Gretas Kopfkino trieb sie halb in den Wahnsinn.

»So, wie ich es mir gedacht habe«, meldete sich die Krankenschwester wieder zu Wort. »Herr Ennenhof befindet sich bereits auf seinem Zimmer, sein behandelnder Arzt wird gerade noch bei ihm sein. Ich würde also vorschlagen, dass Sie sich in der Zwischenzeit ein wenig beruhigen. Wenn Sie möchten, leihe ich Ihnen auch einen Fön, damit Sie Ihre nassen Haare herrichten können.«

»Die sind nass?« Benommen betastete Greta ihr Haar, das tatsächlich in triefenden Strähnen herunterhing. Auf dem Weg vom Parkplatz hatte es wie aus Eimern geschüttet … Dann fiel die Anspannung, die sie bislang fest im Griff gehabt hatte, mit einem Schlag von ihr ab. Wenn sie gleich zu Mattes konnte, dann konnte die Operation unmöglich kompliziert gewesen sein. »Er wird wieder ganz, nicht wahr? Es ist schlimm, aber nicht schlimm-schlimm. Himmel, was bin ich erleichtert.«

Die Krankenschwester tätschelte ihr beruhigend den Arm und zeigte ihr die Waschräume, wo Greta der geliehene Fön erst einmal aus den Händen glitt. Sie fühlte sich wie nach einem Rausch, gleichzeitig überdreht und ausgebrannt, dabei stand ihr die größte Herausforderung noch bevor. Als sie mit einigermaßen trockenen Haaren und noch trockenerem Mund vor Mattes' Zimmer stand, musste sie sich beherrschen, nicht an der Tür zu lauschen, um zu verstehen, worüber die Stimmen sprachen, die sie dumpf dahinter hörte. Als endlich die Zimmertür aufging und eine Ärztin mit einem Pfleger heraustrat, stand Greta zu ihrer eigenen Überraschung wie angefroren da.

Die Ärztin, eine Frau um die fünfzig, blickte sie über ihre Brillengläser hinweg an. »Sie möchten zu Herrn Ennenhof, richtig? So früh hat der gewiss nicht mit Besuch von Beekensiel gerechnet, schon gar nicht bei dem Wetter. Na, er wird sich jedenfalls freuen, Sie zu sehen, er fühlt sich nämlich nicht allzu wohl in seinem OP-Hemdchen. Sie haben ihm doch frische Sachen mitgebracht, oder?«

»An so etwas Gewöhnliches wie Wechselwäsche oder einen Kulturbeutel habe ich – ehrlich gesagt – nicht eine Sekunde lang gedacht«, gestand Greta.

Die Ärztin blinzelte verwirrt, als könne sie sich beim besten Willen nicht vorstellen, wie man in einer solchen Situation nicht daran denken konnte.

»Darf ich jetzt zu ihm rein?« Greta riss allmählich der Geduldsfaden.

»Nur zu, aber bitte keine Umarmungen. Die linke Körperhälfte ist ein einziges Hämatom. Daran wird Ihr Freund noch viel Freude haben.«

Nach einem Kopfnicken zog die Ärztin samt Anhang weiter, und Greta erinnerte sich an den Tipp, den ihr die Krankenschwester gegeben hatte: schön tief durchatmen. Genau das tat sie erst einmal, dann öffnete sie die Tür.

Mattes saß in einem Bett – die linke Gesichtshälfte von Blutergüssen übersät und auf der Stirn ein viel zu großes Pflaster. Trotz dieser Blessuren versuchte er sich an einem Lächeln, doch das bemerkte Greta gar nicht, ihre Augen waren auf den ruhiggestellten Arm gerichtet, der von Gestänge, Verbandzeug und Schläuchen umringt war. Glücklicherweise hatte sie noch die Türklinke in der Hand, an der konnte sie sich nun festhalten.

»Das sieht übler aus, als es ist«, erklärte Mattes mit rauer Stimme, als habe er zu viel Salzwasser geschluckt. »Du hättest den Arm vorher sehen sollen, so ein offener Bruch ist wirklich unheimlich. Aber jetzt ist alles wieder zusammengeschraubt und verpackt, du brauchst vor Aufregung also nicht umzukippen.«

»Habe ich auch gar nicht vor.« Trotzdem gelang es Greta nicht, den Blick von seinem verletzten Arm zu nehmen. »Du Schwachkopf, was hast du bloß angestellt?«, brachte sie mühsam hervor. »Bei einem solchen Unwetter mit dem Segelboot unterwegs zu sein …«

Mattes grinste, nur um im nächsten Moment aufzustöhnen. »Was hältst du davon, mich von der Bettkante aus zu beschimpfen?«

»Keine Umarmungen, hat deine Ärztin gesagt.« Kaum war der Satz raus, bereute ihn Greta auch schon. Was redete sie bloß für einen Unsinn?

Mattes hingegen schien das nicht zu stören, trotz seines ramponierten Äußeren machte er einen durchweg vergnügten Eindruck, sogar das OP-Hemd hatte er offenbar vergessen. »Solange du deine Leidenschaft im Zaum behältst, bekommen wir das mit der Umarmung bestimmt hin. Aber zuerst einmal wäre es schön, wenn du die Tür loslassen würdest. Oder soll die halbe Station mitbekommen, auf welch dusselige Weise ich den Törn beendet habe? Grund dafür war nämlich kein heldenhafter Kampf eines Mannes gegen die See, sondern eine Wasserlache, auf der ich ausgerutscht bin. Dank des gebrochenen Oberarms war ich wohl eine ganze Weile lang weggetreten, jedenfalls war ich vollkommen durchnässt und unterkühlt, als ich zu mir kam. Ich habe dann die Küstenwache informiert, und das ist auch schon die ganze Geschichte. Ein dummer Ausrutscher, im wahrsten Sinne. Es besteht also kein Grund, vor Schreck wie ein weißes Bettlaken auszusehen.«

Endlich ließ Greta die Türklinke los und trat mit weichen Knien neben Mattes' Bett. »Ich bin kein Stück verschreckt, ich sehe nur so mitgenommen aus, weil ich mit deinem Jeep gefahren bin.« Als Mattes vor Überraschung die Augen aufriss, hob Greta beschwichtigend die Hände. »Die Verbindungsstraße stand unter Wasser, das wäre für Arjens Coupé zu viel gewesen.«

»Du bist über die Verbindungsstraße gefahren, obwohl sie unter Wasser stand?« Unglaube und ein Funke Wut standen Mattes ins Gesicht geschrieben.

»Deinem Jeep ist nichts passiert. Außerdem hat Mathilde gesagt, du sollst lieb zu mir sein, das würde ich nämlich verdienen. Besser, du hörst auf sie.«

»Mathilde?«

Mehr fiel Greta nicht zu ihrer Verteidigung ein. Das brauchte ihr auch gar nicht, denn Mattes langte mit dem heilen Arm nach ihr und zog sie an seine Brust. »Vorsicht!«, ermahnte sie ihn.

»Das sagst ausgerechnet du.«

Dann fanden seine spröden Lippen ihren Mund, und Greta vergaß augenblicklich die tausend Dinge, die sie noch hatte sagen wollen.

»Und diese endgültige Trennung von Erik hat sich ganz eindeutig richtig für dich angefühlt?«, hakte Mattes nach.

»Hm-hm. Es stand schon länger schlecht um unsere Beziehung… Vermutlich brauchte ich deshalb nicht einmal eine heiße Affäre, um über ihn hinwegzukommen.«

»Brauchtest du nicht?« Mattes spielte mit einer von Gretas Haarsträhnen, die sich dank der Feuchtigkeit lockte. Sie hatte es sich, so gut es ging, neben ihm auf dem Bett bequem gemacht und genoss die Wärme, die von seinem Körper ausging.

»Nein, als ich auf Beekensiel ankam, war ich zweifellos bereit für eine neue Liebe, obwohl ich immer noch nicht glauben kann, dass die Wahl unbedingt auf einen Insulaner fallen musste, der alle Klischees über das eigenbrötlerische Inselvolk erfüllt.«

Während Mattes zu lachen versuchte, ohne seine Gesichtsmuskeln dabei allzu stark zu bewegen, betastete Greta vorsichtig die Kanüle, die in seinem Handrücken steckte. Seltsamerweise beruhigte es sie, jede einzelne seiner Blessuren genau zu begutachten. So grässlich sie aussehen mochten, und gewiss auch schmerzhaft waren, lieferten sie doch den Beweis dafür, dass die Gefahr überstanden war. Und auch sonst kam es ihr vor, als seien sämtliche Barrieren zwischen Mattes und ihr mit einem Schlag beiseitegeräumt worden. Alle – bis auf eine. Als Greta kurz im Schwesternzimmer gewesen war, um im Sturmwind wegen Mattes' Zustand Bescheid zu geben, war Adele an den Apparat gekommen. »Erzähl es ihm«, hatte Mattes' Großmutter mit ihrer kurz angebundenen und leicht herrischen Art gefordert. »Nachdem dieser Kindskopf dem Teufel von der Schippe gesprungen ist, wird er eine solche Nachricht am besten verdauen. Dann kann er nicht nur darüber nachdenken, was er um ein Haar verloren hätte. Und sagen Sie ihm, er hat kein Recht darauf, auf mich wütend zu sein, weil ich ihm nie von Ruben erzählt habe. Nicht nachdem er mir einen solchen Schrecken eingejagt hat.« Und damit hatte Adele den Hörer einfach aufgelegt und Greta mit dieser schwierigen Aufgabe alleingelassen.

»Es gibt da noch eine Sache, über die ich mit dir sprechen möchte … oder vielmehr: muss«, wagte sie nun den Vorstoß.

»Du meinst über die Zukunft?«, fragte Mattes erwartungsvoll.

»Nein, eher über die Vergangenheit … Obwohl es möglicherweise einiges verändern wird, wenn ich es dir erzählt habe.«

»Nur zu, pack alle Leichen aus, die du im Keller hast. Die haben mich dermaßen mit Schmerzmitteln vollgepumpt, dass ich bestimmt die größten Skandale problemlos wegstecke. Also keine falschen Hemmungen und raus mit der Sprache.«

Es fiel Greta schwer, Mattes' gut gelaunten Blick zu ertragen. Wie würde sich sein Gesichtsausdruck wohl verändern, nachdem sie Adeles Auftrag erfüllt hatte? Bedrückt sah sie zum Fenster, an dem Regentropfen hafteten wie Perlen an einem bestickten Tuch. »Es geht nicht um einen Skandal, sondern um Liebe, eine schon längst vergangene Liebe, wobei ich nicht weiß, warum sie ein Ende gefunden hat.« Greta nahm ihren ganzen Mut zusammen. »Adeles Tränen, als sie die alten Fotos betrachtet hat, rührten daher, dass sie darauf jemanden gesehen hat, der ihr einmal sehr viel bedeutet hat … Und es immer noch tut. Sie war heute in der Früh im Sturmwind, um mir davon zu erzählen – und sie hat mich gebeten, dich einzuweihen.«

Greta warf Mattes einen Blick aus den Augenwinkeln zu, doch anstatt sie abweisend oder verwirrt anzusehen, wartete er lediglich ab.

»In dem Sommer, in dem Ruben nach Beekensiel zurückgekehrt war, hatte er eine Liebesbeziehung zu Adele, die allem Anschein nach sehr tief ging. Sie war damals schon mit Ole Ennenhof verlobt, und Ruben suchte fieberhaft nach einem Weg, wie man diese Verlobung aus der Welt schaffen konnte. Offenbar ist ihm das nicht gelungen, dafür aber etwas anderes: Ruben hat mit Adele ein Kind gezeugt – deine Mutter.«

Genau in diesem Moment schloss Mattes die Augen, und Greta saß hilflos abwartend daneben. Sie glaubte, Schmerz über seine Züge huschen zu sehen, Trauer und Unverständnis, aber als er die Lider wieder hob, strahlten seine graublauen Augen eine unvermutete Gelassenheit aus. »Das erklärt einiges«, sagte er leise. »Es ist, als hätte ich plötzlich den richtigen Leim zur Hand, um all die Bruchstücke, aus denen das Leben meiner Großmutter, Roses und mein eigenes bestehen, zusammenzufügen: Adeles Lebensunmut, das Gefühl meiner Mutter, fehl am Platz zu sein, das sie uns entfremdet hat, und wohl auch meine Unsicherheit, wer ich eigentlich bin.«

»Du kannst stolz auf deine Herkunft sein, Ruben war ein wundervoller Mensch.«

»War er das? Und warum hat er meine Großmutter dann verlassen?«

Darauf wusste Greta leider keine Antwort. Behutsam streichelte sie Mattes durchs wirre, vom Salzwasser verklebte Haar. Dann ließ sie zu, dass er sie an sich zog, obwohl sie befürchtete, ihm dabei wehzutun – offenbar war Mattes ihre Nähe wichtiger. Sie spürte seinen Atem auf ihrer Schläfe, schwer und ein wenig abgehackt, während er seinen Gedanken nachhing. Warum auch immer Ruben nicht bei Adele geblieben war, sie beide würde das nicht mehr auseinanderbringen, erkannte Greta. Allein schon aus dem Grund, weil das Schicksal es eindeutig gut mit ihnen meinte. Warum sonst hätte es sie überhaupt nach Beekensiel verschlagen? Andererseits war vermutlich genau das der Gedanke gewesen, der auch Ruben vor sechsundsechzig Jahren gekommen war.

33

»Sind wir da?«, fragte Mattes zum wiederholten Mal.

»Ja, du kannst die Augen also ruhig wieder aufmachen.« Gretas Tonfall geriet genauso spitz, wie sie es beabsichtigt hatte. »Siehst du: Wir stehen auf dem Parkplatz hinterm Sturmwind, und zwar mit einem ausgesprochen heil gebliebenen Jeep. Ich verstehe wirklich nicht, warum du dich so aufregst.«

Anstelle einer Antwort ließ Mattes die angestaute Luft ab. »Das war abenteuerlicher als die Sturmnacht auf der Jolle.«

Greta widerstand dem Bedürfnis, Mattes einen Klaps auf den Arm zu geben, da sie befürchtete, die Schiene, mit der der Bruch fixiert war, könnte verrutschen. Die Blutergüsse in seinem Gesicht hatten sich in ein Grünblau verwandelt, und das große Pflaster oberhalb der Braue war gegen ein kleines ausgetauscht worden, das die genähte Platzwunde gerade so bedeckte. »Wenn du frech wirst, dann fahre ich dich schnurstracks zu deiner Wohnung, in der du dann in Ruhe darüber nachdenken kannst, ob es angebracht ist, sich über die Fahrkünste deiner Liebsten lustig zu machen. Und das obwohl ich nur ein oder zwei Mal ein wenig unorthodox gefahren bin.«

»Sagtest du ›ein wenig‹? Schon gut, ich halte den Mund. Außerdem ist die Fahrt ja, Gott sei Dank, vorbei. Nachher lassen wir den Jeep einfach stehen, und ich laufe nach Hause. Die frische Luft ist genau das Richtige, um wieder einen klaren Kopf zu bekommen.« Mattes biss sich auf die Unterlippe. »Nach den Tagen im Krankenhaus, meine ich natürlich. Das viele Liegen, die stickigen Zimmer …«

Fado, der auf dem Rücksitz lag, gab ein zustimmendes Winseln von sich. Nachdem er bei einer Vollbremsung ins Sicherheitsnetz geflogen war, hatte er sich für den Rest der Fahrt tot gestellt, obwohl er zuvor noch ganz aus dem Häuschen gewesen war, sein Herrchen endlich wiederzuhaben. Nach dem Ausstieg gaben sie Fado die Gelegenheit, sämtliche Ecken des Sturmwind zu beschnüffeln, ehe sie das Hotel betraten.

In dem abgewetzten Salonsessel bei der Rezeption saß Wencke, die bereits zum Ausgehen angekleidet war und eine Pudelmütze auf dem Kopf trug – vermutlich das Winteraccessoire des Jahres. Gretas Schwester war mit ihrer Familie am selben Tag auf Beekensiel eingetroffen, als Mattes in der Nordener Klinik operiert worden war. Als Greta für einen Abstecher auf die Insel gekommen war, um Wechselkleidung und andere Dinge für den Patienten zu besorgen, hatte Wencke sie prompt zu einem Schwesterngespräch verdonnert. Zuerst hatte sich Greta drücken wollen, nicht bloß weil es sie zu Mattes zurückzog, sondern auch weil sie im Gesicht ihrer Schwester ein abfälliges Zucken zu bemerken glaubte, als Wencke das Gespräch auf den »Fischer« von »diesem gottvergessenen Sandhaufen im Meer« brachte. Doch zu Gretas Verwunderung hatte sie sich bei einem Glas Wein in Ruhe angehört, warum und an wen ihre Schwester ihr Herz verloren hatte. Anstelle von biestigen Kommentaren und Unterstellungen hatte Wencke sogar Gretas Sorge vor einem Leben auf Beekensiel gemildert. »Heutzutage ist man doch nicht mehr von der Welt abgeschnitten, nur weil man auf einer Insel sitzt! Es gibt da diese kleine Erfindung namens Internet, über das kannst du deine veganen Klamotten bestellen und in Foren mit Gleichgesinnten über den Sinn des Lebens diskutieren. Wobei ich zugeben muss, dass Beekensiel außer Sand und Seegras wirklich nicht viel zu bieten hat. Andererseits bist du auch noch nie versessen darauf gewesen, ein Leben zwischen Betonklötzen zu führen, denk nur an Berlin. Und dir wird bestimmt eine sinnvolle Aufgabe einfallen, falls es dir schlussendlich nicht doch noch gelingt, den Fischer von seiner Insel herunterzubekommen.« Offenbar hatte sich Wencke nach ihrem letzten Streit Gedanken darüber gemacht, wie sie mit ihrer Schwester umsprang – anders konnte sich Greta diesen erfreulichen Wandel nicht erklären.

Jetzt wollte Wencke die Chance nutzen, einen Blick auf den neuen Mann an Gretas Seite zu werfen. »Hallo, ich bin Wencke«, begrüßte sie Mattes, dem gleich der Parka von den Schultern rutschte, als er ihr die Hand reichte. Bei diesem Wetter war ein geschienter Arm, der durch keinen Ärmel passte, ein einziges Ärgernis. »Mensch, Sie sehen aus, als hätte ein Trupp Schläger Sie in die Mangel genommen, vollkommen zerstört und verbeult. Kaum zu glauben, dass einem so etwas auf dem Meer passieren kann.«

»Ja«, sagte Mattes. »Ich wusste gleich, dass ich mir mit dem Bootsunglück eine ziemlich schwache Geschichte aus den Fingern gesaugt habe, um die Prügelaffäre zu kaschieren. Aber verraten Sie es bitte nicht weiter.«

Ein Sekunde stand Wencke wie angefroren da, dann lächelte sie. Es war ein echtes, warmes Lächeln, wie man es bei ihr nur selten zu sehen bekam. »Sie haben ja Humor.

Den werden Sie brauchen, falls Sie es länger mit Greta aushalten wollen. So, ich muss jetzt los. Till ist mit den Kindern schon mal an den Strand vorgegangen, und vermutlich befindet er sich bereits am Rande eines Nervenzusammenbruchs, weil sie nicht auf ihn hören. Wir sehen uns dann heute Abend zum Essen?«

Mattes nickte. »Auf jeden Fall. Obwohl es schade ist, dass der Rest der Familie schon abgereist ist, um alles für Arjens Rückkehr vorzubereiten. Aber so oder so, das wird bestimmt nett.«

»Natürlich wird es nett. Mindestens.« Bevor Wencke ging, nahm sie Greta noch rasch beiseite. »Okay«, flüsterte sie. »Der Kerl ist zwar nicht einmal ansatzweise so smart wie Erik, aber der hat definitiv was, auch wenn er es hinter seiner rauen Schale verbirgt. Da hast du dir einen ordentlichen Fisch an Land gezogen.«

Greta gab ihrer Schwester einen Kuss auf die Wange, dann ging sie zu Mattes, der seinen Parka gerade vom Boden aufklaubte.

»Hätte ich mir diesen verflixten Arm nicht im Sommer brechen können?«

»Ich für meinen Teil hätte gut ganz darauf verzichten können, bis auf die Narbe über der Braue, die wird dir bestimmt einen Hauch von Verwegenheit verleihen. Und?«, fragte Greta, nachdem sie sich versichert hatte, dass Wencke außer Hörweite war. »Wie findest du sie?«

»Ist ein ganz umgänglicher Mensch, deine Schwester. Ich weiß gar nicht, was du hast.«

Greta drohte ihm mit dem Zeigefinger. »Übertreib es nicht, deine Schonfrist wird schon bald ein Ende haben, und dann werde ich mich für deine Frechheiten rächen. Ich habe ein Elefantengedächtnis.«

»Und ich einen guten Draht zu deiner großen Schwester. Also womit willst du mir drohen?«

»Entzug von etwas, das du nur von mir bekommst.«

Mit gespieltem Entsetzen zog Mattes die Brauen hoch, was wegen des Pflasters gründlich misslang. Stattdessen ließ er den Parka, wo er war, und legte seinen Arm um Gretas Taille. Sie spürte seine Lippen an ihrem Ohr … seinen Atem, wie er zum Flüstern ansetzte … um im nächsten Moment erschrocken zusammenzufahren.

»Mattes, mein Junge, du bist ja schon da!« Trude stürmte aus der Küche, die Wangen geröteter als je zuvor, ein Tablett mit frischen Pfannkuchen, Marmeladengläsern und Schmand in den Händen, das sie mit einem lauten Rums auf die Theke stellte. »Lass dich anschauen. Nein, wie schrecklich! Und in einem solchen Zustand haben die Ärzte dich aus dem Krankenhaus entlassen? Was sind das nur für Zeiten? Du gehörst ins Bett!«

»Tante Trude, ich habe einen gebrochenen Arm. Was soll ich da im Bett? Eigentlich ist der nicht einmal mehr gebrochen, die Ärzte haben ihn ja schließlich wieder zusammengenagelt. Willst du mal sehen?«

»Untersteh dich! So ein frecher Bursche, obwohl er uns einen solchen Kummer bereitet hat. Deine arme Großmutter war völlig verzweifelt, ich habe sie den ganzen Tag nach deinem Unfall betreuen müssen, bis Greta vorbeikam und ihr persönlich versichert hat, dass du über dem Berg bist und ihr nichts übelnimmst. Was mich zu der Frage bringt: Warum solltest du Adele etwas übelnehmen? Wenn überhaupt, dann müsste es doch vielmehr andersherum sein.«

Anstelle einer Erklärung lächelte Mattes nur und tätschelte die Hand seiner Tante, die ihn mit unverhüllter Neugier musterte.

Trude seufzte ergeben. »Meinetwegen, behalt' ruhig deine Geheimnisse, ich gewöhne mich allmählich daran, dass man mir nichts erzählt. Arjen und Adele flüstern auch schon den ganzen Vormittag miteinander, als seien sie alte Vertraute. Dabei haben sie sich seit einer Ewigkeit nicht mehr gesehen. Ich bringe euch jetzt mal ins Clubzimmer, das ich extra für den heutigen Tag hergerichtet habe. Ihr werdet nämlich schon erwartet. Dort könnt ihr es euch gemütlich machen und Pfannkuchen essen. Bei euren Großeltern würden sie vermutlich eh nur zur Dekoration taugen, beides keine großen Esser, wenn ihr mich fragt.«

»Das ist wirklich lieb von dir, dass du dich um alles kümmerst«, erklärte Mattes.

Trude winkte ab. »Mache ich doch gern.« Dann nahm sie das Tablett und ging beschwingt wie ein junges Mädchen voran durch den Essensraum zu dem hinter Schiebetüren liegenden Clubraum mit seinen getäfelten Wänden mit der rauchblauen Farbe. In den mächtigen Ohrensesseln saßen Arjen und Adele, in ein solch inniges Gespräch vertieft, dass sie die Neuankömmlinge erst bemerkten, als Trude das Tablett neben dem Teeservice bereits abgestellt hatte und gegangen war. Während Greta die ausgestreckten Hände ihres Großvaters ergriff, steckte Adele sich trotz des Rauchverbots eine Zigarette an und suchte den Blick ihres Enkels. »Und?«, fragte sie. »Bist du mir böse?«

»Nicht, wenn du es mir nicht wegen des Segelunfalls bist.«

Adele schnaufte, wobei ihr Rauch aus der Nase kam, als würde eine nur mühsam unterdrückte Wut in ihr lodern. »Wie könnte ich dir wegen eines Charakterzugs böse sein, den du eindeutig von deinem Großvater geerbt hast. Ruben kannte auch keine Furcht, wenn er sich etwas in den

Kopf gesetzt hatte.« Adele presste die Lippen fest aufeinander, allem Anschein nach übermannt von den Gefühlen, die Rubens offen ausgesprochener Name in ihr wachrief. Mattes zog einen Sessel heran und setzte sich neben seine Großmutter, dann nahm er ihre Hand, was Adele regungslos geschehen ließ.

»Ich hätte Adele schon viel früher einen Besuch abstatten sollen«, sagte Arjen mit gedämpfter Stimme zu Greta, die es sich auf der Lehne seines Sessels bequem gemacht hatte. »Wir teilen sehr viel, viel mehr als ich jemals angenommen hätte. Nicht nur dass unsere Erinnerungen die des anderen beflügeln, es ist einfach eine Wohltat, mit jemanden beisammenzusitzen, der einen ähnlichen Verlust erlitten hat.«

»Endet Rubens Geschichte denn mit einem Verlust?« Allein die Frage zu stellen, lenkte einen Eisstrom zwischen Gretas Schulterblätter. Hastig stand sie auf und goss Tee ein. Als sie Mattes eine Tasse reichte, umfasste er sie trotz des heißen Porzellans mit der Hand, als befürchtete er, sie würde ihm sonst entgleiten. Ihre Blicke kreuzten sich, und Greta sah, dass auch Mattes unter großer Anspannung stand. Hierbei ging es nicht länger um eine Geschichte, die er als Außenstehender verfolgte, denn sie war auch zu seiner eigenen geworden.

Bevor Arjen darauf antworten konnte, löste Adele sich aus ihrer Starre. »Jetzt, wo wir alle beisammensitzen, habe ich die Gelegenheit, etwas gutzumachen. Greta war so lieb, mir Rubens Foto zu überlassen, Arjen hat mir viel über den Jungen erzählt, der er einst gewesen ist, und Mattes trägt mir mein Schweigen darüber, wer in Wahrheit sein Großvater war, nicht nach.« So zärtlich, wie man es von Adele niemals erwartet hätte, blickte sie ihren Enkel an. Es war Mattes vom Gesicht abzulesen, dass er gerade begriff, wie wichtig seine Reaktion für seine Großmutter gewesen war. Fast ein wenig erschrocken nickte er, um ihr zu versichern, dass sich zwischen ihnen nichts verändert hatte.

»Ich habe nie daran gezweifelt, dass Ruben mich aufrichtig liebte, selbst als er ohne ein Wort des Abschieds plötzlich verschwand. Nach dem Krieg geschahen seltsame Dinge, und Rubens Vergangenheit war ein einziges Geheimnis. Ich nahm an, dass er aus einem mir unbekannten Grund hatte fliehen müssen. Als ich dann feststellte, dass ich in anderen Umständen war, und als Ruben monatelang nicht zurückkam, fügte ich mich meinem Schicksal. Ich sah damals keinen anderen Weg, als Ole Ennenhof zu heiraten. Vor allem da Ole kein Wort darüber verlor, dass das Kind unmöglich von ihm sein konnte. Er duldete uns beide, selbst als der Graben zwischen Rose und ihm unüberwindbar tief geworden war. Ich habe mich stets gefragt, warum ausgerechnet ein Mann wie Ole, ein raffgieriger Kleingeist, in dieser Hinsicht so viel Großmut an den Tag legte.«

Greta warf ihrem Großvater einen fragenden Blick zu, denn wie es schien, wusste Adele nichts von Rubens Erpressungsabsichten, mit denen er Ole Ennenhof dazu bewegen wollte, die Verlobung aufzulösen. Und dementsprechend wusste sie auch nicht, dass ihr künftiger Ehemann über ihre Beziehung zu einem Flüchtling Bescheid gewusst hatte. Doch Arjens Aufmerksamkeit galt vollkommen Adele, in deren Gesicht gerade ein Lächeln aufleuchtete.

»Bevor ihr gekommen seid, habe ich von Arjen erfahren, dass Ruben sich bereits als Junge in mich verliebt hatte. Erst jetzt erinnere ich mich vage an einen abgerissenen Burschen, der sich auffällig oft in meiner Nähe herumdrückte. Ich hatte ihn bemerkt, wenn auch nur flüchtig – und trotzdem ist diese Erinnerung wie ein Geschenk, schließlich hatten wir nur einen gemeinsamen Sommer.« Adele verstummte und schloss die Augen, ganz leicht, als würde sie der Bedeutung dieser Worte nachfühlen. Und in diesem Moment veränderte sich etwas: Ihre durch enorme Willensanstrengung aufrechte Haltung lockerte sich, die Anspannung wich aus den Schultern, während die Härte aus ihren Gesichtszügen verschwand. Es war, als zerbräche die feine Eisschicht, die sich mit Rubens Verschwinden um Adele gelegt hatte. »In all den Jahren hat es mich unendlich viel Kraft gekostet, meinen Glauben an diese Liebe aufrechtzuerhalten. Ich habe jedes Mal gelitten, wenn ich Ole Ennenhofs abschätzigen Blick spürte oder zusehen musste, wie meine Tochter Rose immer unglücklicher wurde, ohne dass ich etwas dagegen unternehmen konnte. Es gab Zeiten, in denen wollte ich Ruben dafür hassen, dass er jemals einen Fuß auf Beekensiel gesetzt hatte, denn als ich mich in ihn verliebt habe, habe ich mich verwandelt. Er hat einen Raum in mir geöffnet, von dem ich nicht einmal geahnt habe, dass er existierte. Jemanden auf diese Weise zu lieben verändert den Blick auf einen selbst und auf die Welt. Es ist wundervoll, das gemeinsam zu erleben, aber wenn einem der geliebte Mensch plötzlich verloren geht, wenn man von einem Tag auf den anderen alleingelassen wird mit diesen Gefühlen, dann ist es die Hölle. Vielleicht ist es kindisch, aber es macht mich glücklich zu wissen, dass Ruben sich schon als Junge in mich verliebte, als ich für solche Empfindungen noch gar nicht reif genug war. Und dann hat ihn das Leben ein zweites Mal nach Beekensiel zurückgebracht – nach einem schrecklichen Krieg und mitten in den Wirren der Nachkriegszeit –, sodass wir einen wunderbaren Sommer miteinander verbringen konnten. Es verleiht unserer Liebe etwas Unausweichliches, als seien wir von Anfang an füreinander bestimmt gewesen. Das Schicksalhafte lässt sich besser ertragen als ein grausamer Zufall. Für mich ist er nun nicht mehr einfach nur plötzlich verschwunden, ohne eine Nachricht oder gar eine Spur zu hinterlassen. Ich kann jetzt dankbar sein für die Zeit, die mir mit ihm geschenkt wurde. Meine Freude, aber auch der Schmerz erhalten dadurch endlich einen Sinn.«

Arjen nickte bekräftigend. »Je länger ich darüber nachdenke, desto mehr sehe auch ich es so. Vor allem wenn ich mir vor Augen halte, dass diese Geschichte uns alle in diesem Herbst zusammengeführt hat. Nicht nur uns beide, Adele, sondern auch unsere beiden Enkel. Vielleicht ist es ja die Macht des Walfischknochens.« Obwohl er diese Vermutung mit einem Schmunzeln aussprach, wirkte er keineswegs so, als mache er nur einen Scherz.

»Dieser geheimnisvolle Walfischknochen … Wo ist der eigentlich abgeblieben?« Mattes' kräftige Stimme hallte nach Arjens leisen Worten regelrecht von den getäfelten Wänden wider.

Arjen hob ratlos die Hände. »Das weiß ich nicht. Als ich Ruben das letzte Mal gesehen habe, hatte er ihn nicht bei sich. Eine meiner größten Hoffnungen, als ich nach Beekensiel zurückgekehrt bin, bestand darin, den Walfischknochen wiederzufinden. Ruben hat ihn versteckt, aber ich weiß nicht wo. Ich weiß nur, dass es das letzte und einzige Erinnerungsstück ist, das von meinem Freund geblieben ist, nachdem seine Kate am Nordstrand abgebrannt war. Für mich ist der Walfischknochen wie ein Schlüssel, mit dem die Erinnerung aufersteht, aber mit dem man die Tür zur Vergangenheit auch wieder verschließen und zu einem Abschluss bringen kann – genau das, was ich mir wünsche. Ich habe ihn gefragt, warum er den Walfischknochen nicht um den Hals trage, aber Ruben hat bloß gesagt, er befinde sich dort, wo sein Schicksal besiegelt worden sei.«

»Der Kommentar passt zu Ruben«, sagte Adele mit einem Lächeln in der Stimme. Dann langte sie mit einer eleganten Geste in den Ausschnitt ihres Kleides und holte eine silberne Kette hervor, in die der Walfischknochen eingearbeitet war.

Greta schlug sich die Hand vor den Mund, um einen Schrei zu ersticken, während Arjen aussah, als würde er nur allzu gern aufschreien, wenn er nur könnte. Ihr Großvater grub seine Finger in die Sessellehnen und starrte auf das vergilbte Stück Knochen, dessen Schnitzereien kaum noch sichtbar waren. Das war er: der Schlüssel zu Rubens Schicksal.

»Ich habe ihn all die Jahre am Herzen getragen, dort, wo er hingehörte. Für mich war er ein Kleinod und der Beweis dafür, dass Ruben mich wahrhaftig geliebt hat, obwohl er mich – aus welchen Gründen auch immer – verlassen hat. Bis Arjen mir erzählte, dass es sich um einen Walfischknochen handelt, hatte ich nicht die leiseste Ahnung, was Ruben mir da eigentlich geschenkt hatte. Er sagte, es handle sich um ein Erbstück seines Vaters und damit würde ich sein Leben in den Händen halten. Ich habe ihm geglaubt, aber ich habe ihm ja ohnehin alles geglaubt, all die Geschichten über unsere gemeinsame Zukunft, die er gesponnen hat, seine Ideen, was wir alles tun würden. Selbst als er nicht länger auf Beekensiel gewesen ist und mein Vater mich zur Heirat mit Ole Ennenhof gedrängt hat, habe ich immer an ihn geglaubt. Sonst wäre ich vermutlich vor Kummer zerbrochen.«

»Du hast daran geglaubt, weil Ruben die Wahrheit gesagt hat«, erwiderte Arjen bestimmt. Als Adele ihm daraufhin den Walfischknochen hinhielt, zögerte er, auch nur die Hand nach ihm auszustrecken.

»Arjen Rosenboom, nun hör aber auf«, schimpfte Adele. »Nimm den Walfischknochen endlich, schließlich habe ich ihn eine halbe Ewigkeit bei mir getragen – und Ruben war uns beiden wichtig.«

»Ruben …«, flüsterte Arjen. »Daran, wie ich ihn das letzte Mal gesehen habe, wollte ich eigentlich niemals wieder denken, weil es zu sehr schmerzt. Die Leere, die zurückgeblieben ist … Im Laufe der Zeit konnte ich sie notdürftig abdecken, wie einen Graben im Boden, für dessen Bedeckung einem nur Gaze zur Verfügung steht: Sie reißt immer wieder ein, und man starrt auf diese Stelle und sieht, dass jetzt Dunkelheit herrscht, wo einst Licht gewesen ist. Wie es ist, etwas geradezu Lebenswichtiges verloren zu haben, weiß man erst, wenn es passiert. Die Wunde, die einem dabei geschlagen wird, verheilt niemals, man kann nur versuchen, sie zu vergessen. Oder man entscheidet sich dazu, sich zu erinnern – und erträgt den Schmerz, den man dabei empfindet …«

34

SOMMER 1946

Die Nacht war viel zu kurz und von Sorgen zermartert gewesen. Thaisen ging es seit seinem Schwächeanfall zusehends schlechter, sodass sich Arjen bei Sonnenaufgang ein Herz fasste und mit dem Fahrrad ins Dorf raste, um vom Bürgeramt aus den Arzt, einen Herrn Dr. Böhmer, anzurufen. Dr. Böhmer versprach, so schnell wie möglich nach Beekensiel zu kommen und vertröstete Arjen damit, dass es gewiss nur die Hitze sei, die seinem Vater zusetzte. Kühle Wickel und Ruhe, mehr würde es gewiss nicht brauchen, um den alten Burschen wieder auf die Beine zu bekommen. Arjen musste energisch werden, damit der Mann begriff, dass Thaisen keineswegs an altersbedingten Kreislaufstörungen litt, sondern dass sein Herz vermutlich kurz vorm Versagen stand.

»Mein Vater braucht Medikamente, sofort!«, brüllte er in den Apparat, fest entschlossen, sich nicht abwimmeln zu lassen. Er würde diesen faulen Arzt dazu bringen, nach Beekensiel zu kommen, koste es, was es wolle.

»Ich höre Sie deutlich, Sie brauchen nicht zu schreien.« Dr. Böhmer schnaufte empört. »Nun gut, ich werde mich beeilen, aber vor Mittag schaffe ich es auf keinen Fall zu Ihnen auf die Insel. Sehen Sie gefälligst zu, dass mich jemand vom Festland abholt und zu Ihrer Kate bringt, nicht dass ich auch noch zu Fuß bis zu Ihnen laufen muss. Aber ich warne Sie, Herr Rosenboom: Falls Sie sich in Ihrer Hysterie irren sollten und Ihr Vater lediglich erschöpft ist, werde ich Sie zur Verantwortung ziehen. Schließlich habe ich Wichtigeres zu tun, als mich auf Beekensiel zu tummeln.«

»Aber sicher doch«, knurrte Arjen in den Hörer, bevor er auflegte und zu Jörg Claußens Wohnung lief, um den Bürgermeisterkandidaten um Unterstützung zu bitten. Den alten Rasmus Ennenhof zu fragen, ob er ihm einen Lieferwagen zur Verfügung stellte, wagte er nicht – nicht nach dem Zwischenfall mit seinem Sohn Ole auf dem Sommerfest. Jörg Claußen versprach vom Fleck weg, sich um alles zu kümmern, schließlich ging es um niemanden geringeren als um den verehrten Herrn Pastor, dem Beekensiel so viel verdanke.

Zurück in der Kate verfolgte Thaisens abgehackter Atem Arjen durch die Stube, während er in wachsender Verzweiflung auf und ab lief. Sein Vater schlief fast ununterbrochen, seit er sich am vorigen Tag auf dem Sofa ausgestreckt hatte. Und wenn er zu sich kam, machte er einen verwirrten Eindruck. Gerade als Arjen in ein hilfloses Wutgebrüll ausbrechen wollte, stand Ruben plötzlich in der Diele.

»Wie kommst du ins Haus?«, fragte Arjen irritiert.

»Durch die Haustür natürlich.« Ruben deutete auf den schlafenden Thaisen. »Es geht ihm schlechter, wie ich sehe.«

»Ja, aber der Arzt müsste jeden Moment eintreffen. Claußen will einen Lieferwagen organisieren und ihn rasch zu uns bringen, denn es kommt auf jede Minute an.« Arjen musste sich beherrschen, den Flüsterton beizubehalten. »Ich könnte mich dafür ohrfeigen, dass ich Vater nicht gedrängt habe, einen Arzt aufzusuchen, als sein Zustand eine Reise aufs Festland noch zugelassen hat. Aber er ist ja immer so stur, daran hat auch die Schwäche der letzten Wochen nichts geändert. Oder ich war einfach nicht entschlossen genug.«

»Du solltest dir nicht die Schuld geben, denn du hast es ihm doch vorgeschlagen. Letztendlich ist dein Vater Herr über seine eigenen Entscheidungen, und wenn dies der Weg ist, für den er sich entschieden hat, dann ist das eben so.«

Rubens Ausdruck war von einer solchen Ernsthaftigkeit, dass Arjen sich nicht sicher war, ob er von Thaisen oder vielmehr von sich selbst sprach. Denn etwas in seiner Mimik verriet, dass er ebenfalls eine wichtige Entscheidung getroffen hatte. Arjen hatte aber nicht den Nerv, sich in diesem Moment damit zu beschäftigen. »Wenn Dr. Böhmer nicht sofort auftaucht, gehe ich noch die Wände hoch. Ich kann meinen Vater nicht einmal mehr ansehen, weil ich mich davor fürchte, dass er seinen letzten Atemzug tut, während ich bloß nutzlos danebenstehe und ihm nicht zu helfen weiß.«

»Nicht doch.« Ruben umfasste Arjens Oberarme und griff fest zu, bis er seinen Blick erwiderte. »Du hast für deinen Vater getan, was du tun konntest, mehr kann niemand von dir erwarten. Manchmal nehmen die Geschehnisse ihren eigenen Weg, und es gibt nichts, was man dagegen tun kann.«

Etwas ist anders an Ruben, schoss es Arjen unvermittelt durch den Kopf, doch er kam nicht drauf, was es war. Ohnehin wanderte sein Blick bereits wieder zum Dielenfenster hinaus, in der Hoffnung, der Lieferwagen möge endlich zwischen den Bäumen der Allee auftauchen. Auch Ruben fuhr herum, als rechne er ebenfalls damit, dass jeden Moment ein Wagen mit quietschenden Reifen vorfuhr. Doch der Schotterweg blieb leer.

»Ich wollte dir nur Bescheid sagen, dass ich mich jetzt mit Ole Ennenhof am Kap treffe, um über unseren Handel zu sprechen.« Bei Arjens Aufstöhnen hob Ruben beschwichtigend die Hände. »Bevor du dich aufregst: Als ich Ole die Fotos gezeigt habe, auf denen Rasmus mit Heinz Flugmann zu sehen ist, machte er einen ganz zugänglichen Eindruck. Ihm läge ohnehin nichts an Adele, die Verlobung sei nichts weiter als ein Geschäft zwischen ihren Vätern, hat er mir erklärt. Vermutlich ist er sogar froh, dass ich ihn vor der Ehe mit einer Frau bewahre, die ihm gleichgültig ist. Bei unserem Treffen geht es nur noch darum, wie wir die offizielle Trennung zeitlich am günstigsten legen, schließlich steht die Bürgermeisterwahl an. Und Ole bekommt schon mal die Abzüge. Die Negative behalte aber ich zur Sicherheit, die habe ich gut versteckt. Ich wollte dich fragen, ob du vielleicht mitkommen könntest, als eine Art Adjutant im Hintergrund. Aber dazu besteht eigentlich kein Anlass, und du hast ja wirklich Wichtigeres zu tun.«

Während Ruben sprach, hatte Arjen kaum die Geduld aufgebracht stillzustehen. »Kann das denn nicht warten, verflucht? Musst du dich ausgerechnet jetzt mit Ole Ennenhof treffen? Dem Kerl ist doch nicht über den Weg zu trauen, egal ob Adele ihm gleichgültig ist oder nicht. Und warum müsst ihr euch unbedingt am Kap treffen? Ausgerechnet dort …«

»Ich dachte mir, das sei ein besserer Treffpunkt als der Nordstrand, schließlich möchte ich Ole nicht direkt vor meiner Haustür haben. Das Kap liegt schön weit abseits, da kommt höchstens mal ein Kutter vorbei – und würde sich wegen der Strömung von der Küste fernhalten. Es ist also der beste Platz für ein Gespräch, von dem der Rest der Insulaner nichts mitbekommen soll.«

»Das ist eine Schnapsidee«, brauste Arjen auf. »Diese Erpressungsnummer wird dir noch das Genick brechen. Oder glaubst du, die Ennenhofs werden dich danach auch nur einen Tag länger auf Beekensiel dulden? Die werden dir die Hölle heißmachen, eine Spezialität dieser Bande, darauf kannst du dich verlassen.«

»Das ist kein besonders hoher Preis, um mit Adele zusammen zu sein.«

Mehr als ein Kopfschütteln fiel Arjen dazu nicht ein. Und egal wie eindringlich er seinen Freund auch anstarrte, es war beiden bewusst, dass Ruben keinen Millimeter von seiner Entscheidung abweichen würde. Endlich fiel Arjen auf, was fehlte. »Wo ist denn der Walfischknochen? Du solltest ihn tragen, gerade heute ...«

»Der Walfischknochen ist am sichersten Ort der Welt – dort, wo mein Schicksal besiegelt worden ist. Mach dir keine Sorgen um ihn.« Als überkäme ihn eine plötzliche Müdigkeit, strich Ruben sich über das Gesicht. »Pass auf, ich wünsche dir und deinem Vater viel Glück. Auf dass alles gutgeht. Sobald ich kann, komme ich zu dir. Dann wird Thaisen seine Medizin bekommen haben, und ich habe die Sache mit Ole Ennenhof vom Tisch. Wenn du willst, klettere ich als Wiedergutmachung auch in den Kirschbaum, um die letzten Früchte zu holen, oder meinetwegen lasse ich mich dann von dir ausschimpfen. Wonach auch immer dir zumute ist. Aber jetzt muss ich los, mein Freund.«

»Wie du meinst. Tu, was du nicht lassen kannst. Wir sehen uns dann später«, sagte Arjen, abgelenkt von dem fernen Geräusch eines Motors. Als er Ruben sagen wollte, er solle vorsichtig sein, war sein Freund schon verschwunden.

Tatsächlich kam Dr. Böhmer bereits kurz nach Rubens Besuch an und brachte zu Arjens Erleichterung auch eine Krankenschwester mit – offenbar hatte er sich dem Arzt gegenüber besser durchgesetzt als erwartet. Nach der Untersuchung, bei der Thaisen überraschend wach und laut geworden war, nahm Dr. Böhmer Arjen beiseite, während die Krankenschwester – eine hagere Frau namens Elsa – die Stube in ein Krankenlager umzuwandeln begann.

»Es ist der Kreislauf, wie ich sagte. Die Hitze macht Ihrem alten Herrn zu schaffen. Allerdings hatten auch Sie recht, denn dahinter verbirgt sich eine Herzschwäche, die sich wohl schon seit längerem angebahnt hat. Sobald sich der Zustand Ihres Vaters einigermaßen stabilisiert hat, muss er umgehend in die Klinik gebracht werden. Solange wird Schwester Elsa sich um ihn kümmern.«

Arjen wusste nicht, ob er erleichtert oder verzweifelt sein sollte. »Mit einer solchen Herzschwäche, da kann man doch noch einige Jahre leben, oder?«

Dr. Bröhmer zuckte mit den Schultern. »Durchaus, aber wirklich sagen kann man dazu erst etwas nach genaueren Untersuchungen. Im Moment können wir nichts anderes tun, als abzuwarten, ob die Medikamente anschlagen und er sich so weit erholt, dass wir ihn in die Klinik transportieren können.«

»Und was kann ich währenddessen tun?«

»Schwester Elsa möglichst wenig im Weg stehen, sie ist nämlich eine überaus resolute Frau. Und strenggläubig, sie wird Ihren Vater also mit doppelter Hingabe pflegen, schon allein weil er ein Geistlicher ist.«

Dr. Böhmer nahm seinen Hut, auch wenn er ihn bei dieser Wärme sichtlich ungern aufsetzte. Als Arjen ihn zum Wagen begleitete, schalt er sich, dass er Jörg Claußen nicht hineingebeten hatte, wo doch auf dem Vorhof die Mittagsluft brannte. Doch es war gar nicht Jörg Claußen, der eine Zigarette rauchend neben dem Lieferwagen stand, sondern Ole Ennenhof neben einem Vorarbeiter.

»Was machst du denn hier?«, fragte Arjen verblüfft.

»Warten. Schon viel zu lange übrigens. Ich muss nämlich noch was Dringendes in Aurich erledigen und habe schon viel zu viel Zeit bei euch auf dem Hof vertrödelt. Wenn der Herr Doktor also so weit wäre?«

Während Dr. Böhmer ächzend in den Führerraum des Lieferwagens kletterte, trat Arjen neben Ole. »Ich dachte, du hättest eine Verabredung?«

»Tatsächlich?« Ole grinste. »Davon weiß ich ja gar nichts. Ich war den ganzen Tag durchgehend verplant, hatte keine freie Minute. Aber an deiner Stelle würde ich mir darüber keine Gedanken machen, hast ja schließlich selbst auch was Besseres zu tun, als dir den Kopf über solcher Fantastereien zu zerbrechen. Steht wohl nicht zum Besten mit dem alten Eisenbeißer Thaisen? Na, war eh höchste Zeit, dass der sein Amt aufgibt. Ein paar Leute weniger auf Beekensiel … Das wird der Insel guttun.«

Arjen wartete nicht ab, welche Unverschämtheiten Ole noch zu bieten hatte, sondern lief zu Thaisens Fahrrad, das an der Hauswand lehnte. Bis ganz zum Kap würde er damit nicht kommen, aber vielleicht kam er trotzdem noch pünktlich. Falls er sein ganzes Glück nicht bereits für seinen Vater aufgebraucht hatte.

Die Mittagssonne hatte den Sand zum Glühen gebracht, der nun in Arjens Handflächen biss und in seine Schuhe drang, während er die Düne hochkletterte, verschwitzt und vollkommen außer Atem. Der Himmel war so strahlend blau, dass es ihm in den Augen schmerzte. Die Luft stand und verklebte ihm mit einer viel zu salzigen Note die Atemwege. Das Verlangen, stehen zu bleiben und sich die stechende Seite zu halten, wurde immer stärker, und trotzdem zwang Arjen seine Glieder, noch schneller voranzukommen. Das Bild von Ole Ennenhofs siegesgewissem Grinsen verfolgte ihn und trieb ihn an. Jeden Augenblick rechnete er damit, einen Schrei zu hören. Einen Schrei aus Verzweiflung, Demütigung oder Schmerz. Den ganzen Weg über hatten ihn Bilder heimgesucht, was Ruben am Kap wohl erwartet hatte. Als er endlich den Dünenkamm überwand, sah er, dass seine schlimmste Befürchtung sich bewahrheitet hatte.

Ruben lag reglos nahe der Wasserkante, die kommende Flut leckte bereits nach ihm. Er lag auf der Seite, das eine Bein angewinkelt, als würde er schlafen.

Nein, das stimmte nicht. Das redete Arjen sich ein, während seine Augen ihm etwas ganz anderes zeigten. So legte sich niemand hin, und so stürzte man auch nicht. Rubens Körper sah aus wie hingeworfen, als habe er bereits keine Macht mehr über seine Glieder gehabt, während er fiel. Weder Macht noch Bewusstsein.

Während Arjen noch glaubte, reglos auf dem Dünenkamm zu stehen, festgefroren wie in einem bösen Traum, rannte er in Wirklichkeit bereits zum Strand hinab. Erst als er ins Schlittern kam, bemerkte er es, ohne sich jedoch weiter darum zu kümmern. Er konnte nur auf Ruben starren, wobei er auf die kleinste Regung lauerte. Nur ein Zucken, mehr brauchte es nicht, um diese ohrenbetäubende Stille zu beenden, die sich in seinem Inneren breitmachte und ihn zu zerreißen drohte. Je näher er kam, desto deutlicher wurde die unnatürliche Haltung, in der Ruben lag.

Andererseits klebten verschwitzte Haarsträhnen an seiner Schläfe, und an einigen frischen Schnitten am Unterarm, die wohl vom Dünengras stammten, hatte sich Sand mit rot leuchtendem Blut vermischt. Alles Beweise fürs Leben, oder nicht?

Arjen war seinem Freund so nah, dass er sich bereits auf die Knie fallen lassen wollte. Bevor es jedoch so weit kam, wurde er grob am Arm herumgerissen.

Ein Mann, dessen Visage Arjen lediglich vom Sehen kannte, hielt ihn mit entschlossener Miene gepackt. Dafür war die bullige Gestalt neben ihm überaus vertraut.

»Du bist spät dran«, begrüßte ihn Haro Flennigs, der mit einem weiteren unbekannten Mann an seiner Seite auf Arjen zutrat. »Zehn Minuten früher und wir hätten noch einen Zeugen für den Unfall gehabt.«

»Unfall?«, echote Arjen.

»Dein Freund hier«, Haro deutete auf den immer noch reglos daliegenden Ruben, »ist unglücklich gestürzt. Ich habe nicht die geringste Ahnung, was an ihm kaputtgegangen ist, aber er ist hinüber, auch wenn sein Herz vielleicht noch schlägt. Im Krieg habe ich genug Verletzte und Tote gesehen, ich weiß Bescheid.«

»Du irrst dich, Ruben kann nicht tot sein. Auf keinen Fall, nicht er. Das ist vollkommen unmöglich!«

Das Dröhnen schwoll immer stärker in Arjen an, presste von innen gegen seine Ohren, drohte seine Stirn zu sprengen, bis er kaum begriff, was um ihn herum geschah, selbst Haro wurde trotz der im Zenit stehenden Sonne zu einem Schatten. Ohne die geringste Hemmung verpasste Arjen dem Mann, der ihn festhielt, einen Schlag ins Gesicht, hörte ein Knacken und schlug erneut zu, als der Griff um seinen Arm sich nicht sofort löste. Dann sank er vor Ruben auf die

Knie und streckte eine zitternde Hand aus, die jedoch in der Luft verharrte. Rubens Augen waren einen Spalt geöffnet, aber nicht weit genug, als dass man das Blau in ihnen sehen konnte. Sandkörner hatten sich in seinen Augenwinkeln angesammelt. Arjen wollte sie fortwischen, doch es gelang ihm nicht.

Berühr ihn. Nun mach schon! Spür, wie das Blut unter seiner Haut fließt, die Wärme, die von seinem Körper ausgeht, den leichten, vielleicht kaum merklichen Rhythmus seines Atems. Er lebt, er braucht dich …

Nie zuvor war Arjen eine größere Anstrengung abverlangt worden. Seine Hand bewegte sich lediglich einen Hauch.

Und wenn ich nichts von alldem spüre? Wenn ich mich irre?

Ehe Arjen eine Entscheidung fällen konnte, wurde er am Schopf in die Höhe gerissen. Fingerknöchel trafen mit voller Wucht seinen Nierenbereich und lösten einen Schmerz aus, der ihn schwanken ließ. Er wurde herumgeschleudert, und ein heißer Stich explodierte auf seiner rechten Gesichtshälfte, als ihn der nächste Schlag traf. Arjen taumelte einige Schritte, schaffte es, sich aufzurichten, nur um einen weiteren Hieb abzubekommen, der ihn zu Boden schickte. War es Ruben genauso ergangen? Würde auch er unglücklich fallen und nie wieder aufstehen? Halb betäubt vor Schmerz stemmte Arjen sich auf alle viere, während er aus den Augenwinkeln einen nahenden Angreifer wahrnahm. Ruben lag nur einige Meter von ihm entfernt. Das einzige Ziel, das Arjen in diesem Moment kannte.

»Der hat genug eingesteckt!«, rief Haro dem Angreifer zu. »Sieh lieber zu, dass du das Pastorensöhnchen wieder auf die Beine bekommst. Außerdem will ich, dass er begreift, was ich ihm zu sagen habe. Deine Fäuste setzt du jetzt also nur noch ein, falls es sich nicht vermeiden lässt.«

Ohne viel dagegen ausrichten zu können, wurde Arjen unter den Achseln gepackt und hochgerissen. Sein schmerzender Körper protestierte, und er glaubte für einen Moment, das Bewusstsein zu verlieren. Doch so viel Glück hatte er nicht. Haro baute sich vor ihm auf und hob sein Kinn an, damit Arjen sich ihm nicht entziehen konnte. Nachdenklich musterte er ihn, als wöge er ab, ob Arjen überhaupt imstande war zuzuhören.

»Diese Rangelei hättest du dir besser sparen sollen, Rosenboom. Jeder im Dorf wird verstehen, dass wir uns nicht gern provozieren lassen an einem so schönen Sommertag, an dem wir eigentlich nur unsere Ruhe haben wollten und deshalb extra bis zum Kap rausgelaufen sind.«

»Provoziert? So ein Unsinn! Ole Ennenhof hat euch geschickt, weil er nicht Manns genug ist, seine Angelegenheiten selbst zu bewältigen. Ihr habt Ruben auf dem Gewissen, ihn einfach erschlagen, ihr Schweine!«

In Haros Gesicht regte sich trotz dieser Anschuldigungen nicht der kleinste Muskel. Stattdessen musterte er Arjen weiterhin, dessen Schmerz sich in Kraft verwandelte. »Wir haben niemanden erschlagen«, erklärte Haro gelassen. »Was deinem Freund passiert ist, war ein Unglück – wie ich bereits gesagt habe. Das war nicht mehr als ein kleines Kräftemessen, weil er uns nicht erzählen wollte, wo diese verdammten Negative versteckt sind. Mehr wollten wir gar nicht von ihm. Erschlagen … Meine Herrn, was du da redest. Warum hätten wir den Burschen denn erschlagen sollen? War die Sache gar nicht wert. Denk darüber nach, bevor du wilde Spekulationen rausposaunst. Wir sind drei, während du allein bist.«

Arjen ballte die Hände zu Fäusten, als ihm das Ausmaß dieser Ungerechtigkeit bewusst wurde. »Ruben ist auch noch da.«

Haro sah zu Ruben hinüber, an dessen Haltung sich nichts geändert hatte. Unter seinem Haar verfärbte sich der Sand dunkel, eine stetig anwachsende Lache, die schon bald von den Wellen weggewischt werden würde. »Nun, zumindest das, was von ihm übrig ist. Selbst wenn ein Wunder passiert und der wieder auf die Beine kommt, wird er keinen blassen Schimmer haben, was genau geschehen ist. Vermutlich wird er von rein gar nichts einen Schimmer haben. Aber du hast recht, der Riss in seinem Schädel und die paar anderen Blessuren könnten falsch verstanden werden. Die Leute nehmen ja immer gleich das Schlimmste an, da sollten wir lieber Vorsorge treffen.« Als Arjen zornig aufschrie, umfasste Haro seinen Kehlkopf so hart, dass es sich anfühlte, als würde er ihn gleich eindrücken. »Du kannst später rumwüten, so viel du willst, jetzt hörst du mir aber erst einmal zu. Dein Freund hat alles auf eine Karte gesetzt, und er hat verloren. Die Fotoabzüge haben wir verbrannt, und es dürfte nicht allzu schwer sein, die dazugehörigen Negative zu finden. Ich weiß nämlich, wo die Ratte sich verkrochen hat: in dieser Ruine beim Nordstrand, dem richtigen Heim für Ungeziefer wie ihn. Dort hätte dein Freund Ruben mal schön hocken bleiben sollen, anstatt sich einen Platz unter den ehrbaren Bürgern ergaunern zu wollen. Jedenfalls scheint mir dieses Loch das perfekte Versteck für die Negative zu sein, und wir werden es ausräuchern, sobald ich mit dir fertig bin. Es heißt schließlich nicht umsonst, dass Feuer eine reinigende Wirkung hat.«

»Mach, was du willst, aber lass mich los«, brachte Arjen

unter Qualen hervor. »Ich muss mich um Ruben kümmern, er braucht einen Arzt, er …«

»Ganz ruhig.« Trotz der Lage war Haro kein bisschen aufgeregt, vielmehr schien es, als würde er sie genießen. Nichts berührte ihn, er war durch und durch kühler Verstand. »Dir muss klar sein, dass egal, was du im Dorf herumerzählen wirst, dir niemand glauben wird. Du hast keine Beweise, und – was noch viel mehr zählt – wir sind in der Überzahl. Ein kleiner Ort wie Beekensiel kann verdammt ungemütlich werden, wenn man sich mit den falschen Leuten anlegt. Dazu musst du dir nur das Schicksal deines Freundes anschauen: Für die Beekensieler existierte dieser Bursche nicht, niemand würde ihn vermissen, schließlich wimmelt es auf der Insel nur so vor Flüchtlingen, die kommen und gehen, wie sie wollen. Und dieser da … Der ist jetzt auch gegangen. Niemand wird nach ihm fragen, niemand wird ihn vermissen.«

Beide blickten sie zu Ruben hinüber, dessen Arm gerade zur Seite sank, wie Arjen mit einem Aufstöhnen bemerkte. Die Flut hatte Ruben erreicht, grub den Sand unter ihm hinfort, während die Wellen an ihm zogen. Oder hatte er sich doch aus eigener Kraft bewegt? So musste es sein, Rubens Geschichte konnte unmöglich schon beendet sein. Nein, er hatte sich aus eigener Kraft bewegt, so war es!

Auch Haro war diese Bewegung nicht entgangen, wie seine gekrauste Stirn bewies. »Da kommt mir eine Idee«, sagte er. »He, Georg, verhilf unserem Freund Ruben doch zu einem Bad. Na los, zieh ihn ins Wasser, aber pass auf, die Strömung ist hier verdammt stark. Am Kap sind schon ganz andere beim Schwimmen umgekommen. Nicht wahr, Rosenboom?« Endlich zeigte sich eine Regung auf Haros

Gesicht: Es war ein Lächeln. »Dein Freund, der wollte doch schon immer bis zum Horizont schwimmen. Jetzt bekommt er zu guter Letzt noch seinen Willen.«

Arjen versuchte auszubrechen, selbst um den Preis, sich dabei selbst zu verletzen, doch es gelang ihm nicht. Der Mann, der ihn von hinten festhielt, verstand sein Geschäft, und Haro sicherte ihn von vorne. Hilflos musste Arjen zusehen, wie dieser Georg Ruben, den das Wasser bereits auf den Rücken gedreht hatte, sodass er mit seinen mittlerweile ganz geöffneten Augen ins grelle Sonnenlicht blickte, unter den Armen packte und in die Brandung schleifte. Als der Mann hüfthoch im Wasser stand und eine Welle ihn beinahe umgerissen hatte, ließ er fluchend von Ruben ab.

Mit einem Schrei gelang es Arjen endlich, sich loszureißen. So schnell ihn seine Füße trugen, rannte er ins Meer und schmiss sich gegen die Strömung. Die Flut schien ihm zuzuspielen, zumindest glaubte er Rubens hellen Schopf im Wasser aufleuchten zu sehen. Arjen ignorierte das Zerren in seinen Muskeln genau wie seine brennenden Sehnen und hielt auf die Stelle zu, wo er die blonden Haare gesehen zu haben glaubte. Und tatsächlich: Die schäumende Brandung trieb Ruben hinauf, fast sah es so aus, als gleite er über die Wellen.

Ruben lebt! Er muss einfach leben …

In diesem Moment bekam Arjen die Macht der Strömung zu spüren, wie sie sich einem eisigen Griff gleich um seine Beine legte und an ihm zu ziehen begann. Wie ein tödliches Gift schlich sich in Sekundenschnelle die Angst vor dem tiefen Blau in ihm ein und mit ihr das erschreckende Bewusstsein, dass er dem Meer ausgeliefert war. Es war eine alte, längst überwunden geglaubte Furcht, doch jetzt war sie so stark, dass sie Arjen zögern ließ. Augenblicklich erstarrten seine Arme und Beine, eine Welle schlug über seinem Kopf zusammen, und er erahnte, wie ihn die Strömung mit sich nehmen würde, wenn er nicht sofort umkehrte. Beweg dich, spornte er sich an, während ihm beißendes Salzwasser in die Nase stieg. Ruben kann dich jetzt nicht zu deinem Glück zwingen, das musst du selbst tun oder untergehen. Unwillkürlich blickte er nach oben, sah schäumendes Wasser und Luftblasen. Es war wie damals, als sein Freund ihn kurzerhand unter Wasser gedrückt hatte, als er zu lange zögerte. Arjen holte die letzten Reserven aus seinen geschundenen Gliedern und streckte die Arme, bis er glaubte, seine Muskeln zerreißen zu hören. Dort vor ihm glitt ein Körper durch die Schichten aus funkelndem Blau! Aber er war bereits zu weit weg, egal wie sehr Arjen sich anstrengte, er erreichte ihn nicht. Er hatte zu lange gezögert. Dann erblickte er ein letztes Mal Rubens helles Haar, ehe es in der Gischt verschwand. Alles, was blieb, war das Meer und ein strahlend blauer Himmel.

Später fand Arjen sich am Strand wieder, im klammen Sand sitzend, mit nur einem Schuh am Fuß. Er konnte unmöglich sagen, wie lange er schon auf das Spiel der Wellen blickte. Du hast ihn verloren, hämmerte es in einem fort hinter seiner Stirn. Du hast zugelassen, dass er dir verloren geht. Es ist deine Schuld … Dieser Gedanke, der eigentlich mehr ein Gefühl war, wurde übermächtig, während das Wissen, etwas Unersetzbares unwiederbringlich verloren zu haben, sich immer tiefer in ihn fraß. Es war ein unerträglicher Schmerz, und die Wunde, die er riss, würde sich niemals schließen, davon war Arjen überzeugt. Du hast gezögert, es ist deine Schuld … In seinem Inneren klaffte ein Abgrund und breitete sich immer weiter aus. Aber seine innere Stimme sagte ihm auch, dass er nicht hinabstürzen würde, solange er sich von den Rändern des Abgrunds fernhielt. Nur dann würde er überleben. Vielleicht würde er eines Tages die Stärke aufbringen, sich diesem Verlust zu stellen, aber nicht jetzt, sonst würde er zerbrechen.

Mühsam stand Arjen auf und wandte sich vom Meer ab. Er warf keinen Blick zurück, während er die Düne erklomm.

Epilog

BEEKENSIEL, SOMMER 2013

Greta blieb vor der Haustür der alten Reetdachkate stehen und nahm sich die Zeit, einen Moment innezuhalten. Dabei quälte sie die Neugier, seit Mattes sie am Auricher Bahnhof in Empfang genommen hatte. Seit fast einem Jahr hatte sie die Insel nicht mehr gesehen …

Tief einatmen, forderte Greta sich auf. Dann besann sie sich ganz auf die Tür und legte ihre Hand auf das frisch lackierte Holz. Auch wenn es bloß ihrer Fantasie entspringen mochte, so glaubte sie doch, ein Pochen zu spüren: das Herz der Kate. Magdas Haus, zu dem sie von Anfang an eine besondere Bindung empfunden hatte, sprach stärker zu ihr als je zuvor. Sie hatte es so vermisst, die ganzen vergangenen Monate, die sie in Meresund bei ihrem Großvater verbracht hatte, um ihn auf seiner letzten Strecke des Weges zu begleiten. Nie zuvor hatte sie Winter, Frühjahr und die ersten Sommertage deutlicher wahrgenommen als an Arjens Seite, der jeden Tag so intensiv erlebte, wie sein Zustand es zuließ. Obwohl in ihrer Familie niemand die Trauer hatte verwinden können, war es ihnen gemeinsam trotzdem gelungen, das Leben um Arjen herum nicht zum Erliegen zu bringen und den Alltag wie ein liebgewonnenes Ritual zu zelebrieren. Am Ende hatten sie sein Gehen akzeptiert, wodurch der Verlust sich nicht scharf und zersetzend, sondern beinahe sanft angefühlt hatte. Nun war Arjen begraben – als zufriedener Mann, der am Ende mit sich versöhnt auf sein Leben zurückgeblickt hatte.

»Ein Teil von mir wird immer glauben, dass ich Ruben an jenem Sommertag hätte retten können. Dass ich versagt habe, als sein Leben in meiner Hand lag«, hatte Arjen ihr gestanden, als er an einem seiner letzten Tage in Decken gehüllt im Garten saß. Die Apfelbäume blühten, und es duftete nach frisch gemähtem Rasen. »Ein viel größerer und wichtigerer Teil von mir ist aber vor allem dankbar, dass es meinen Freund gegeben hat. Erst als ich dir die ganze Geschichte erzählt habe, ist mir bewusst geworden, welche große Bedeutung Ruben für mich hatte, wie sehr sein Wesen meinen Lebensweg beeinflusst hat. Und ich habe begriffen, dass er mich niemals für das, was ihm am Kap zugestoßen ist, verantwortlich gemacht hätte. Der Moment, in dem ich gezögert habe, als er im Meer davontrieb, stand in keinem Verhältnis zu den Momenten, in denen ich alles für ihn gegeben hätte. Wir waren Freunde, ausnahmslos – und er wusste um meine Schwächen und Stärken. Aber an diesem Sommertag lag es nicht in meiner und auch nicht in Rubens Hand, dem Schicksal unseren Willen aufzuzwingen.«

»Weil ihr den Walfischknochen nicht bei euch hattet. Ist es das, was du meinst?«, hatte Greta gefragt.

Arjen hatte seine knochige Hand geöffnet, in der das Knochenstück lag. »Ich habe immer an den Walfischknochen geglaubt, so, wie ich an Ruben geglaubt habe. Darin bestand seine Macht. So gesehen war es ein Unglück, dass Adele seine Bedeutung damals nicht kannte, sicherlich hätte es sie ermutigt, andere Entscheidungen zu treffen. Vor allem was ihre Ehe mit Ole Ennenhof anging. Tief in seiner Seele hat Ruben nicht damit gerechnet, dass ihm etwas zustoßen könnte, und deshalb muss er vergessen haben, ihr davon zu erzählen. Wenn man jung ist, hält man sich ja für unsterblich …« Vorsichtig hatte Arjen den Walfischknochen an seine Lippen geführt und ihm einen Kuss aufgehaucht. Einen Abschiedskuss, wie sich herausstellte, denn anschließend hatte er ihn Greta gegeben. »Ab hier brauche ich ihn nicht mehr … Und ohnehin ist es deine Aufgabe, diese Geschichte zu Ende zu bringen. Das habe ich von Anfang an gespürt.«

Greta hatte widersprechen wollen, besonders da ihr das Wort »Ende« Kummer bereitete. Aber sie beugte sich dem Wunsch ihres Großvaters, und seitdem lag der Walfischknochen an der Silberkette um ihren Hals. Auch jetzt, als sie vor der Reetdachkate stand, spürte sie seine Berührung auf ihrer Haut, an die er sich schmiegte.

»Und?«, fragte Mattes, der hinter ihr stand, sodass sie seinen Birkenwaldduft einatmete. »Bist du bereit?«

»Einen Moment noch.«

Greta blickte über ihre Schulter zu den sonnenverbrannten Wiesen, von denen die Kate umgeben war. Lichtflecken tanzten über den Kiesweg, als eine Brise das Erlenlaub der Allee durcheinanderwehte. An diesem Nachmittag war der scheidende Sommer wieder lebendig und der Herbst nicht mehr als eine Ahnung in den tiefen Gold- und Grüntönen der Natur. Das Meeresrauschen klang von fern, und Greta schmeckte Salz auf den Lippen. Sie musste lächeln. Ja, dieser Ort gehörte ihr, daran bestand jetzt noch weniger Zweifel als zuvor. Und nun gehörte Magdas Haus endlich wieder einer Rosenboom – dank einer Summe, die Arjen ihr hinterlassen hatte. Entschlossen öffnete Greta die Tür und betrat die Kate.

»Ich will ja nicht ungeduldig erscheinen, aber allmählich könntest du mal etwas sagen«, merkte Mattes an, nachdem er ihr von einem Raum in den nächsten gefolgt war.

»Es ist unglaublich…«, brachte Greta atemlos hervor. »Wie hast du das bloß geschafft, obwohl die letzten Monate doch dermaßen hektisch für dich gewesen sind? Allein das viele Pendeln nach Meresund an den Wochenenden.«

Unwillkürlich stiegen Greta Tränen in die Augen, was ihr seit Arjens Beerdigung häufiger passierte. Es war, als würde der Druck, der sich durch den langen Abschied aufgebaut hatte, immer noch nach Ventilen suchen. Als Mattes ihr den Arm um die Schultern legen wollte, schüttelte sie kaum merklich den Kopf. Sie hatte seinen Trost bereits über alle Maßen angenommen, außerdem gehörte dieser Moment ihnen beiden und der Kate, dic Mattes in seinen wenigen freien Momenten hergerichtet hatte. Die Wände waren jetzt perlgrau, sandfarben und blassblau getüncht, die Holzbalken und die Türen frisch geschliffen. Von den alten Möbeln war keine Spur zu entdecken, dafür stand in der Stube ein gestreiftes Biedermeiersofa, das Greta durchaus bekannt vorkam. Der kleine Schreibtisch, der in Arjens ehemaligem Zimmer jetzt vorm Fenster stand, war dagegen neu, genau wie der dazugehörige Drehstuhl. Mit sanftem Druck brachte Mattes sie zum Sitzen, dann öffnete er eine Schublade und holte ein Notizbuch hervor, das er vor sie legte.

»Von Beekensiel geht ein ganz eigener Zauber aus, so viel steht fest, ansonsten hättest du dich wohl kaum bereiterklärt, hier zu leben. Aber weil ein reger Geist wie deiner eine Aufgabe braucht und du dein Notizbuch Arjen mit ins Grab gegeben hast, habe ich das hier für dich besorgt… Damit du jetzt deine eigene Geschichte aufschreiben kannst.

Und das …« Mattes griff erneut in die Schublade und holte einen Laptop hervor. »Das kannst du bestimmt ebenfalls in deinem neuen Leben gebrauchen.«

»O nein! Du hast den ganzen Gewinn, den dir der Verkauf des Fischereibetriebs eingebracht hat, in einen Laptop für mich investiert!«

Mattes grinste schief, als könne sich einer seiner Mundwinkel nicht dazu durchringen, über diesen Seitenhieb zu lachen. »Keine Sorge, den Rest des Erlöses habe ich wohlüberlegt in ein Fahrrad für dich investiert. Nicht dass die Beekensieler dich zu guter Letzt noch von der Insel werfen, weil du mit dem Auto alles über den Haufen fährst. Jedenfalls dachte ich mir, so ein Laptop ist recht nützlich, wenn du dich daranmachen willst, das Sturmwind erfolgreich zu bewerben. Das heißt, sobald ich es vollständig auf Vordermann gebracht habe. Um Beekensiel aus seinem Dornröschenschlaf zu erwecken, braucht man doch wohl eine Verbindung zur großen weiten Welt dort draußen, oder?«

Glücklich streichelte Greta über ihre Geschenke. *Wer hätte gedacht, dass es Mattes so leichtfällt zu erkennen, was ich mir wünsche? Oder viel mehr noch: was ich brauche. Er weiß es noch vor mir*, gestand sie sich ein. Dann schaute Greta zum Fenster hinaus, um ihre überwältigenden Gefühle in den Griff zu bekommen – und blickte auf einen frisch gepflanzten Kirschbaum. »Mattes …«, wisperte sie.

»Ein Geschenk von Arjen, ich habe ihn nur gepflanzt.«

»Gibt es noch mehr von diesen Überraschungen? Wenn nicht, würde ich dich jetzt nämlich gern mit Küssen überhäufen.«

Mattes zögerte. »Ich würde die Küsse liebend gern jetzt schon einheimsen, aber es gibt tatsächlich noch eine Überraschung … Unterm Dach. Arjen hat mir erzählt, dass die

Kammer dort oben es dir besonders angetan hatte, deshalb habe ich dort das Schlafzimmer …« Weiter kam Mattes nicht, weil Greta ihn an sich riss und küsste, als wäre es das letzte Mal.

Die späte Nachmittagssonne tauchte das Meer in goldfarbenes Licht, während sich über den Wellen bereits ein Dunstschleier ausbreitete, der die Schreie der Möwen dämpfte. In weiter Ferne spielten Kinder auf dem schmalen Streifen Watt, und Fado zerbiss mit einem Knacken eine Austernschale. Mattes hatte die Säume seiner Hose aufgekrempelt und lief neben Greta durchs knöchelhohe Wasser. Immer wieder musste sie auf seine nackten Füße blicken und an einen anderen jungen Mann denken, der auch nichts lieber getan hatte, als barfuß am Strand entlangzugehen. Auch das Lächeln, das seine Lippen umspielte, seit sie die Kate verlassen und durch die Dünen zum Nordstrand gelaufen waren, erinnerte sie an Ruben. Es war das Lächeln von der alten Fotografie, ein Lächeln zum Verlieben.

»Ich möchte wirklich gern wissen, was dich so strahlen lässt.«

Mattes zuckte unschuldig mit den Schultern. »Ich freue mich halt darüber, dass dir die Dachkammer gefällt.«

Nun musste Greta ebenfalls lächeln. Die Kammer hatte ihr tatsächlich überaus gut gefallen, vor allem das Bett mit dem weiß lackierten Holzrahmen, das zum Verweilen einlud. »Ich kann mich kaum erinnern, wie wir die steile Treppe hochgekommen sind«, gestand sie mit einem Blinzeln ein, um dann in Mattes' Lachen einzufallen.

»Was meinst du: Ist das ungefähr der Ort, an dem früher die Fischerkate in den Dünen gestanden hat?«

Greta nickte. »Ja, das stimmt mit Arjens Beschreibung

überein, dieser Teil des Strands gehörte damals den Jungs. Er war Rubens Zuhause«, schob sie flüsternd hinterher. Dann holte sie den Walfischknochen hervor und beobachtete, wie das milde Licht auf seiner mittlerweile fast glatt geriebenen Oberfläche schimmerte.

»Und du bist dir sicher?«

»Ich habe Adele von unserem Plan erzählt, und sie hat mir sofort zugestimmt: Der Walfischknochen sollte bei Ruben sein, die beiden gehören zusammen. ›Wenn ich jetzt aufs Meer blicke, dann weiß ich, dass alles gut ist‹, hat deine Großmutter gesagt. Sollen wir?«

Für einen Moment glitt Trauer über Mattes' Züge, als fiele ihm der Gedanke schwer loszulassen. »Das wichtigste Beweisstück dafür, dass Ruben jemals existiert hat…«

»Nein«, erwiderte Greta sanft. »Der wichtigste Beweis, dass Ruben gelebt hat, bist du.«

Während Mattes' Augen den Horizont absuchten, nahm er Gretas angebotene Hand. Sie gingen tiefer ins Wasser, wo die Flut sich ihnen entgegenwarf und ihnen den Sand unter den Fußsohlen wegspülte. Greta beugte sich vor, tauchte die Hand ins Wasser und sah zu, wie die Strömung nach dem Walfischknochen auf ihrem Handteller griff und ihn mitnahm hinaus ins glitzernde Meer.

Danksagung

Über das Geheimnis des Walfischknochens zu schreiben und damit Rubens Geschichte zu erzählen, war ein lang gehegter Traum von mir, nachdem mir das Wort *Walfischknochen* unerklärlicherweise in den Kopf geraten war. Während ich noch darüber nachdachte, was sich wohl dahinter verbergen mochte, sah ich plötzlich Rubens lachendes Gesicht vor mir. Er kletterte durch ein offen stehendes Fenster, durch das die Sonne so hell schien, dass ich kaum seine Umrisse erkennen konnte. Nur sein Lächeln, denn das strahlte noch heller. Mir blieb nichts anderes übrig, als diesem Jungen zu folgen – und dass dieser Weg mit einem Roman endet, verdanke ich vielen lieben Menschen. Allen voran meinem Mann Bastian, der meine Liebe zur Nordsee teilt und ein uraltes Reetdachhaus, umringt von Erlen und Eschen, jedem Palast vorziehen würde. Und meinem Sohn Justus, der mich jeden Tag aufs Neue hautnah miterleben lässt, was es bedeutet, ein abenteuerlustiger Junge zu sein.

Laila El Omari und Tabea Zierau danke ich für ihre »lesende« Begleitung und für viele hilfreiche Anregungen (wobei Tabea mich vor Urzeiten mit ihrer Fotografierlust angesteckt hat, die man dem »Walfischknochen« durchaus anmerkt). Außerdem war Dr. Andreas Kräuter mir eine große Hilfe, sobald es um Windräder und Software ging. In so mancher Hinsicht ist Antonia Michaelis für die Entstehung des »Walfischknochens« verantwortlich, weil sie mich dazu ermutigt hat, Geschichten zu erzählen, ohne darauf zu achten, in welche Schublade sie vielleicht gehören mögen. Und ein Dank gebührt dem Ehepaar Schliemann, deren Reetdachhaus an der Küste in so mancher Hinsicht eine wunderbare Inspiration war.

Je länger ich Romane schreibe, desto mehr weiß ich engagierte Lektorinnen zu schätzen. Sie sind die Führerinnen im Labyrinth, in das sich eine zu schreibende Geschichte gelegentlich verwandelt. In diesem Sinne danke ich Nicola Bartels, die dem »Walfischknochen« anhand von ein paar Zeilen eine Chance gegeben hat und die der unsicheren Autorin immer im rechten Moment auf die Schulter klopfte. Und Eva Schubert, die diesen Roman mit Hingabe begleitet hat. Liebe Eva, ohne Dich wäre der »Walfischknochen« nicht, was er ist! Last but not least geht ein dickes Dankeschön an meine Agentur Thomas Schlück, meinen sicheren Hafen im Schreiberlingsdasein.